BASTEI
LÜBBE

Von William Kowalski sind außerdem bei Bastei Lübbe Taschenbücher lieferbar:

14809 Eddies Bastard
15287 Das Leben brennt wie grüner Chili
2156 Sommer auf der Schattenseite

Über den Autor:

William Kowalski wurde 1970 in Cleveland, Ohio, geboren und wuchs in Erie, Pennsylvania, auf. Heute lebt der Wunschkanadier gemeinsam mit seiner Frau und seiner Tochter in Nova Scotia. Mit »Eddies Bastard« feierte er ein großartiges Erzählerdebüt und stürmte die amerikanischen Bestsellerlisten. »Übungen für Nichtschwimmer« ist sein vierter Roman.

william kowalski

ÜBUNGEN FÜR NICHTSCHWIMMER

Ins Deutsche übertragen von
von Hans Link

BASTEI
LÜBBE

BASTEI LÜBBE TASCHENBUCH
Band 15 556

1. Auflage: September 2006

Vollständige Taschenbuchausgabe

Bastei Lübbe Taschenbücher in der Verlagsgruppe Lübbe

Deutsche Erstveröffentlichung
Titel der amerikanischen Originalausgabe: The Good Neighbor

Published by arrangement with HarperCollins Publishers, Inc.

Einbandgestaltung: HildenDesign, München
Titelbild: Eigenarchiv HildenDesign
Satz: hanseatenSatz-bremen, Bremen
Druck und Verarbeitung: Nørhaven Paperback A. S., Viborg
Printed in Denmark
ISBN-13: 978-3-404-15556-9 (ab 01.01.2007)
ISBN-10: 3-404-15556-4

Sie finden uns im Internet unter
www.luebbe.de

Der Preis dieses Bandes versteht sich einschließlich
der gesetzlichen Mehrwertsteuer.

Für Kasia, mein kleines Mädchen,
und den kleinen Ethan Lars

For Karla,
Best wishes

DANKSAGUNG

Ich möchte meiner Frau Alexandra, meiner Agentin Anne Hawkins und meiner Lektorin Marjorie Braman für ihre unermüdliche Unterstützung während der Entstehung dieses Buches danken. Auch Nathan Sidoli und Michael Wolfe waren eine große Hilfe, und Paul Romaine hat viel Zeit und Energie geopfert, um mir zu zeigen, wie die Welt in den Augen eines professionellen Börsenmaklers aussieht. Larry Finlay, mein englischer Lektor, war ein beständiger Quell des Optimismus und der Ermutigung. Ohne diese und andere Menschen hätte dieser Roman nicht das werden können, was er geworden ist, und ich bin ihnen allen unendlich dankbar dafür.

Die Stadt Plainsburg in Pennsylvania ist rein fiktiv und nicht zu verwechseln mit irgendeiner real existierenden Stadt.

William Kowalski

INHALT

Teil 1

KAPITEL 1

Heimkehr

Am Morgen sah der Fluss seicht aus und schien ganz still zu stehen. Zu dieser frühen Stunde hatte es den Anschein, als habe er keine Tiefe und man könne das Wasser wie eine dünne Folie zwischen Daumen und Zeigefinger nehmen und wie ein Pflaster abziehen. Die Erde darunter würde trocken sein. Man würde Knochen finden und andere Geheimnisse, die davon flüsterten, was einst hier geschah, und auch davon, was noch geschehen sollte – aber sie hätten das alles nicht erkannt, noch nicht.

Sie kamen um die letzte Biegung der Straße vor dem Steilufer, wo das Gelände flach wurde und sich das Tal vor ihnen öffnete wie ein Bilderbogen in einem uralten Kinderbuch. Auf der einen Seite der Straße stand das Haus, auf der anderen floss der schmale, schweigsame Fluss. Längs des Flusses standen Bäume in verschwenderischer Fülle – Francie erkannte altehrwürdige Platanen, zarte Birken, Trauerweiden, mehrere junge Eichen und auch eine stattliche alte. Mit ihrem üppigen Kopfschmuck wirkten die Bäume wie Fackeln, die man in die Erde gesteckt hatte. Sie loderten mit ihrem flammenden, farbenprächtigen Herbstlaub zornig gegen das Grau des Himmels. Der Herbst war in diesem Teil des Landes die schönste Jahreszeit.

Später würden sie sich wie wetteifernde Forschungsreisende darüber streiten, wer von ihnen das Haus zuerst gesehen hatte, Francine oder Coltrane. Das war schwer zu sagen, denn das Haus war nicht das Einzige, was ins Auge fiel, wenn man um die Biegung der Straße kam. Es gab noch viel mehr zu sehen. Zum Beispiel in der Ferne die zerknittert wirkenden Berge, die weder durch ihre Höhe noch durch ihre Form beeindruckten, die vielmehr die Szenerie so stark verfremdeten, als seien sie nicht real, sondern Teil einer gemalten Kulisse. Die Berge sahen aus, als könne man hineinspringen, dachte Francie, wie in der Parkszene in *Mary Poppins.* Außerdem war da der Fluss, und überall ringsum breiteten sich weite, fruchtbare Felder aus, deren verschiedene Grüntöne noch standhaft ihre Frische bewahrten – die Jahreszeit des Sterbens war erst vor kurzem angebrochen. Auch die Straße, die sich – wie von einer fallen gelassenen Garnrolle abgewickelt – durch den Vordergrund und über die Hügelkuppe zog, war ein Blickfang. Dennoch fielen die Bäume mit ihren safrangelben und marsroten Farben zuerst ins Auge.

Francie würde Colt später erklären, dass er das Haus gar nicht als Erster gesehen haben konnte, weil er am Steuer gesessen hatte und es nur von der Beifahrerseite her sichtbar gewesen war. Sie überließ ihm das Verdienst, den Fluss entdeckt zu haben, weil ihr der Fluss egal war. Ihr ging es nur um das Haus. Sie war es, die es zuerst gesehen hatte, obwohl sie bei seinem Anblick beide gleichzeitig gestaunt hatten. Von dem Augenblick an, als sie es erspäht hatte, kam es ihr vor, als hätte ihr bis zu diesem Zeitpunkt in ihrem Leben noch nie irgendein Ort etwas bedeutet.

»Halt mal an!«, sagte Francie, obwohl Colt es bereits tat.

Sie parkten am Straßenrand, wagten sich nicht die Auffahrt zum Haus hinauf, sondern sahen sich das Haus nur stumm an. Nach einer Weile sagte sie zu ihrem Mann: »Hier würde ich eines Tages gern wohnen.«

Sie hatte erwartet, dass er sich über diese Bemerkung lustig machen würde, aber stattdessen erwiderte er zu ihrem Erstaunen: »Ja, das würde ich auch gern.«

Man sah, dass das Haus alt war, geduldig von Hand aus hartem Holz geschnitzt und aus kaltem Stein geschlagen. Es hatte eine umlaufende Veranda mit einem Geländer voller viktorianischer Schnörkel und eine Schaukel. Aber die Schnörkel waren neu und protzig und gehörten offensichtlich nicht hierher. Wer immer dafür verantwortlich war, hatte den Bogen überspannt, dachte Francie. Wenn sie zu bestimmen hätte, würde sie diese Auswüchse beseitigen. Es gab drei Geschosse und zusätzlich einen ausgebauten Dachboden oder wenigstens eine Art Halbetage. Ein schmales Rundbogenfenster ließ erahnen, dass es dort oben interessant sein könnte.

»Da oben haben sie das dämonische Stiefkind eingesperrt«, witzelte Colt. »Bevor es sie alle im Schlaf umbrachte.«

»Sei still«, sagte Francie. »Mach es nicht kaputt.« So wie du immer alles kaputt machst, dachte sie.

»Kann denn so ein Haus wie das hier tatsächlich *leer stehen?*«, wunderte sich Colt.

Sie stiegen aus und gingen zaghaft über die weite Rasenfläche vor dem Haus. Niemand kam heraus, um zu fragen, was sie wollten. Kein Hund bellte. Sie stiegen die Treppenstufen hinauf, zuerst Francie, die jetzt völlig furchtlos an die Tür klopfte. Ohne eine Antwort abzuwarten, wandte sie sich einem der Fenster zu, ging mit dem Gesicht dicht heran, sodass sie durch die alte Glasscheibe sehen konnte. Aber ihr war bereits klar, dass niemand da war.

»Sei nicht so neugierig«, sagte Colt. »Gleich haben wir Ma und Pa mit der Schrotflinte auf dem Hals.«

»Es steht leer«, sagte Francie. »Hier wohnt keiner.«

Dann zeigte sie Colt das Wohnzimmer. Deutliche Spuren von helleren und dunkleren Flächen an den Wänden und auf dem Boden zeigten, dass dort lange Zeit an der gleichen Stelle Möbel gestanden und Bilder gehangen hatten und dass das Haus offenbar ganz plötzlich ausgeräumt worden war wie ein Spülbecken mit Wasser, aus dem man den Stöpsel gezogen hatte.

»Sie sind alle ermordet worden«, sagte Colt düster. »Ich weiß Bescheid.«

»Das sind sie *nicht*«, sagte Francie. Normalerweise hatte Colt Erfolg, wenn er versuchte, sie zu ängstigen, aber diesmal wusste sie, dass er log. »Es hat so eine … Ausstrahlung. Es wirkt lebendig. Es hat ihnen hier gefallen.«

»Ihnen? Wer ist ihnen?«

»Allen. Die Katzen eingeschlossen«, erwiderte sie. »Selbst die Mäuse waren glücklich.«

»Ob wohl der Holzwurm drin ist?«, sagte Colt. »Vermutlich ja.«

Ohne sich Zeit für die Frage zu nehmen, was sie hier eigentlich taten, gingen sie weiter zur Rückseite des Hauses.

Colt und Francie waren nicht auf der Suche nach einem Haus gewesen. Sie wohnten in der Stadt und hatten keinerlei Absicht gehabt, auf Dauer von dort wegzuziehen; sie hatten lediglich einen Ausflug machen wollen – aus einer Laune Francies heraus, die es leid war, Autoabgase einzuatmen, und irgendwo spazieren gehen wollte, wo es ruhig war. Und zu ihrer Überraschung war Colt einverstanden gewesen. Normalerweise wollte er nichts davon hören, der Stadt den Rücken zu kehren, auch nicht für kurze Zeit. Bis sie endlich startklar waren, verging meist der ganze Vormittag, und dann mussten sie noch anderthalb Kilometer zu der Garage laufen, in der er seinen geliebten Wagen stehen hatte. Es folgte eine Fahrt im Wochenendverkehr durch den Holland-Tunnel quer durch New Jersey und vorbei am Delaware Water Gap nach Pennsylvania. Irgendwo dort jedenfalls hatten sie an diesem Tag angehalten, ohne dass sie darüber hätten sprechen müssen. Pennsylvania strahlte für Francie einen einzigartigen Zauber aus, weil es waldig war und ruhig oder ihr wenigstens so vorkam und weil es sie an eine Kindheit erinnerte, die sie sich gewünscht hatte. Sie liebte sogar den Klang des Wortes, der ihr wie ein Mund voll flüssigen Silbers vorkam: *Pennsylvania.*

Colt brachte mit Pennsylvania nichts Poetisches in Verbindung. Er hatte schlicht und einfach seinen restaurierten Camaro von 1970 mit einem 200-PS-V8-Motor einen ganzen Monat lang nicht mehr bewegt und brannte darauf zu spüren, wie die Maschine unter ihm auf der Straße ihre Kraft entfaltete. Motor, Chassis und Karosserie des Autos fingen bei einem bestimmten Tempo gemeinsam an zu vibrieren, in winzigen Wellen, die die ganze Maschine erschauern ließen, die einander perfekt überlagerten und wieder auslöschten, sodass es sich für einen Moment so anfühlte, als stünde der Wagen völlig still, obwohl er in Wahrheit in einem Höllentempo über den Asphalt donnerte. Es war ungefähr so, als träfe man einen Baseball oder einen Golfball genau mit der richtigen Stelle des Schlägers. In Abhängigkeit von der Temperatur trat dieser Zustand ungefähr bei einem Tempo von 110 Stundenkilometern ein, und Colt liebte das Fahrgefühl bei diesem Tempo so sehr, dass er manchmal sogar abends beim Einschlafen daran dachte.

Als sie um das Haus herumkamen, verschlug ihnen der Anblick fast den Atem. Francie griff nach Colts Hand. Es war ein Gefühl, als träten ihnen die Augen, die an die unnatürliche perspektivische Verkürzung der städtischen Aussicht gewöhnt waren, wie in einer Comiczeichnung aus den Köpfen hervor. Das alles sollte zu nur einem einzigen Haus gehören? Der Garten schien unermesslich groß zu sein, er verlor sich weit hinten in der Ferne bei einem dichten Baumbestand. Auch das kleine Wäldchen schien noch zum Grundstück zu gehören. Das musste man sich einmal vorstellen!, sagten sie sich. Ein kleiner Waldbesitz! Es war zu schön, um wahr zu sein.

Etwa hundert Meter vom Haus entfernt stand eine Scheune. Sie war von der Straße aus nicht zu sehen gewesen. Die Jahre hatten den rohen und wenig soliden Bau des letzten Jahrhunderts, der das nächste bestimmt nicht überstehen würde, mit einem samtenen Belag überzogen. Der Zerfall war bereits weit fortgeschritten. Außerdem gab es einen kleinen, verwilderten Obstgarten mit vielleicht zwei Dutzend Bäumen, die aber nicht in säuberlichen Reihen, sondern einfach durcheinander standen wie alte Männer bei einer Feuerwehrübung. Daneben lag ein kleiner Teich, überwuchert von Algen und Entengrütze. Als sie ihn näher in Augenschein nahmen, hörten sie die Stimmen von einem Dutzend winziger Taucher, die sogleich im trüben Wasser Schutz suchten.

»Was ist das für ein Lärm?«, fragte Colt. »Sind das Fische?«

»Das ist kein Lärm, das sind Tierlaute. Nicht von Fischen, sondern von Fröschen«, antwortete Francie, die sich mit solchen Sachen auskannte. Freundliche Kindheitserinnerungen stellten sich ein, aber sie konnte nicht sagen, ob sie echt waren oder nicht, und wischte sich nur die Tränen aus den Augen. Colt war in der Stadt groß geworden, und als Francie in diesem Moment begriff, dass er in seinem ganzen Leben noch nie ein Froschkonzert in einer Sommernacht gehört hatte, verspürte sie so etwas wie Mitleid mit ihm. Aber es war mit einer Spur Aggressivität durchsetzt; früher hätte sie es vielleicht amüsant gefunden, dass er Frösche nicht von Fischen unterscheiden konnte.

»Wir jagen ihnen Angst ein«, erklärte sie ihm.

»Möchte wissen, wie viele Hektar das hier sind«, sagte Colt. Er drehte sich langsam um sich selbst und behielt dabei den Horizont im Blick. »Nachbarn«, verkündete er, »gibt es keine, außer dem einen Haus dort auf dem Hügel. Was man kaum sehen kann. Es ist ruhig hier.« Er sprach das Wort *ruhig* mit Beklommenheit aus, wie jemand, der ein kühnes Experiment wagt. Das Haus, auf das er gedeutet hatte, war tatsächlich kaum zu sehen, aber Francie wusste, dass es gemessen an den Ansprüchen der Landbevölkerung den Besitzern beider Häuser vermutlich so vorgekommen war, als wohnten sie Wand an Wand. Sie mussten voneinander jedes intime Detail und jeden merkwürdigen Gedanken gekannt haben. Sie waren wohl ihr Leben lang Nachbarn gewesen, vielleicht sogar miteinander verwandt.

»Es ist vollkommen«, sagte sie. »Oder nicht?«

Colt zuckte die Achseln. »Hier ist praktisch genug Platz für einen ganzen Golfplatz.«

»Nein! Für einen englischen Landschaftsgarten.«

»Ich könnte wenigstens ein Green zum Putten anlegen.«

»Und im Winter Skilanglauf machen.«

»Jesses«, sagte Colt, »hier könnten wir einen ganzen Wintersportort hinbauen.«

»Lass uns das nicht tun«, sagte Francie.

»Ziehen wir denn um?«, fragte Colt. »Als ich heute Morgen aufstand …«

»Können wir nicht wenigstens mal darüber reden?«, erwiderte Francie seine Frage. Sie wusste, dass er sich bereits selbst überzeugt hatte und dass damit die größte Hürde überwunden war.

Als sie den Camaro in der Auffahrt parkten, nachdem sie auf der Straße kurz einen mit allerlei Gerümpel beladenen Kleinlaster vorbeigelassen hatten, sahen sie, dass gleich an der Straße auch ein zerbeulter, rostiger Briefkasten stand, in Schräglage wie ein Betrunkener, der ihnen vorher entgangen war.

»Warte mal«, sagte Francie. Sie stieg aus und sah nach, welcher Name auf dem Briefkasten stand, während der Fahrer des Pick-ups neugierig das Tempo drosselte, ihnen einen kurzen Blick zuwarf und dann wieder Gas gab. Auf der Tür des Lasters stand: ABSCHLEPPDIENST FLEBBERMAN. Colt wusste, was der Fahrer dachte: Fremde. Das ging ihm auf die Nerven. In der Stadt gehörte es sich nicht, auf so offensichtliche Weise voneinander Notiz zu nehmen.

»›Musgrove‹ steht drauf«, rief Francie und kniete sich neben den rostroten laibförmigen Briefkasten. Sie hatte den Pick-up gar nicht bemerkt. »Oder zumindest stand es darauf.« Sie stieg wieder in den Wagen. »Man kann die Schrift gerade noch lesen. Es war das Haus der Musgroves«, wiederholte sie.

»Ja, ich hab's vernommen«, sagte Colt.

Er klang sarkastisch und ungeduldig. Das verletzte Francie etwas, und sie fragte sich, was in den letzten drei Sekunden vorgefallen sein mochte, das ihn plötzlich reizbar machte. Sie hatten den ganzen Vormittag ohne Streit überstanden. Für einen Samstag, den einzigen Tag in der Woche, den sie von morgens bis abends zusammen verbrachten, war das ziemlich gut. Sie hätte auch nicht verstanden, dass der Auslöser der Fahrer des Kleinlasters war, der Colt auf seiner eigenen Auffahrt – das war sie für ihn bereits – angestarrt hatte. Er hätte den Mann gern zur Rede gestellt, aber der war zu schnell weitergefahren, und nun kreiste das Adrenalin in Colts Adern und machte ihn reizbar. Um ihn zu bestrafen, behielt sie ihre Tagträume die nächste Viertelstunde lang für sich. Aber sie waren beide zu aufgeregt, um lange zu schweigen, und auf ihrem Rückweg in die Stadt schnatterten sie bald miteinander wie Schulkinder nach der letzten Stunde vor den großen Ferien. Sie brachte Colt sogar dazu, sich zu entschuldigen, obwohl er keine Ahnung hatte, wofür.

KAPITEL 2

Das Ende der unbeschwerten Jugendjahre

Der nächste Montag war der 25. September 2000. Dieses Datum sollte später in Francies und Colts Erinnerung als eine Art Momentaufnahme der Planetenkonstellation, die den Gang ihrer Zukunft bestimmt hatte, von besonderer Bedeutung sein. Es würde ihnen im Greisenalter, wenn sie darauf zurückblicken konnten, wie sie dereinst gewesen waren, und sich fragten, welche merkwürdigen Kräfte die nun folgenden Änderungen bewirkt hatten, als ein Bild ihrer späten Jugend erscheinen. Denn niemand hat ein besseres Gefühl für die Unwägbarkeiten des Universums als die Dichter, zu denen Francie sich selbst großzügigerweise zählte – ungeachtet dessen, dass sie in den letzten neun Jahren vielleicht zehn Gedichte geschrieben hatte, denen allesamt jede Inspiration fehlte und die darüber hinaus stilistisch eher mangelhaft waren. Und was Colt anbelangte, so gibt es keinen Finanzmakler auf der Welt, der nicht zumindest ein klein wenig auf die mysteriösen Kräfte des Kosmos setzt; die Börsenmakler wissen alle miteinander, dass jeder Teil des Universums mit irgendeinem anderen Teil verknüpft ist, dass, wenn man an einem Faden zieht, ein anderer sich bewegt, dass alle Dinge unter der Sonne letzten Endes Auswirkungen auf den Markt haben und dass der Markt an sich nur ein Abbild von allem ist, ein Miniaturmodell des Universums sozusagen. Daher auch der Glücksbringer, den er diskret um den Hals trug, unter seinem Hemd verborgen – ein einfacher Goldring an einer Kette. Er sollte ihn daran erinnern, dass alles eins war und der Erfolg immer nur um eine Nasenlänge voraus.

Diese Momentaufnahme zeigte grob skizziert Coltrane und Francie an jenem Tag, an dem sie in der Auffahrt des Hauses auf die Immobilienmaklerin warteten, die sich verspätet hatte. Ihre gesamte Zukunft befand sich in einem labilen Gleichgewicht und glich einem Dreieck, das auf der Spitze steht und sowohl zur einen als auch zur anderen Seite kippen konnte.

Francie und Colt hatten sich knapp zehn Jahre zuvor kennen gelernt – auf Francies großem Ausflug nach New York unmittelbar nach ihrem Schulabschluss. Der Trip in die große Stadt hatte eigentlich nur einen Sommer lang dauern sollen, neun schwüle Wochen Unabhängigkeit in der Metropole, bevor sie zurückkehrte um einen akademischen Grad in englischer Literatur oder Lyrik zu erlangen oder sogar zu promovieren. Aber irgendwie war daraus ein inzwischen fast ein Jahrzehnt währendes Leben als Colts Ehefrau geworden, in einer Stadt, die ihr immer noch fremd war. Sie war sich nicht mehr sicher, wie es eigentlich dazu gekommen war.

Das heißt, die reinen Fakten kannte sie wohl, aber nicht die eigentliche Bedeutung dahinter – falls es überhaupt eine solche Bedeutung gab.

Tatsache war, dass sie mithilfe eines ihrer Professoren einen unbezahlten Praktikumsplatz am Metropolitan Museum of Art bekommen hatte. Das bedeutete, dass ihr das Privileg zuteil geworden war, Tag für Tag stocksteif zwischen Kunstwerken in der Ausstellung der Renaissance-Gemälde zu stehen, auf denen Geflügel mit glasigem Blick und fleischige Nackte präsentiert wurden. Ihre Füße schmerzten und mit jedem Tag versank sie tiefer in Dunkelheit und Verzweiflung. Und dann war Colt gekommen und hatte sie gerettet. Er war ihr aufgefallen, weil er groß war, und sie hatte sich in ihn verliebt, weil er wusste, wie man Verantwortung übernahm. Hätte sie es besser wissen müssen? In vielen Romanen, die sie gelesen hatte, heirateten die Figuren aus wesentlich unbedeutenderen Gründen. Allerdings hatte sie sich ihre Zukunft nicht als städtische, häusliche Ehefrau ausgemalt – und dazu war sie zweifellos geworden –, und es waren Augenblicke wie dieser jetzt, in denen sie auf die letzten Jahre zurückblickte und den Kopf schüttelte, als das Dreieck im Begriff war zu kippen.

Francie hatte im Juni 1991 an der Universität von Indianapolis ihren Abschluss gemacht. Damit waren vier Jahre einer selig verlängerten Jugend zu Ende gegangen, eine Phase, die sie jetzt in Gedanken ihre unbeschwerten Jugendjahre nannte. Zuvor war sie nie von zu Hause fort gewesen. Selbst während ihrer Schulzeit hatte sie bei ihrer Familie gewohnt, angeblich, weil es weniger kostete, aber in Wirklichkeit, weil sie Angst hatte fortzugehen. Außerdem war da noch Michael gewesen, ihr kleiner Bruder – kein Baby mehr, aber doch fünf Jahre jünger als sie und ständiges Mobbingopfer anderer Kinder. Er brauchte ihren Beistand und Trost. Etwa im Alter von zehn Jahren hatte Michael eine Neigung entwickelt, sich zusammenschlagen zu lassen. Er schien die Schläger anzuziehen, wie das Licht die Motten anzieht, und Francie war die Einzige, bei der er sich ausweinen konnte. Ihr Vater hätte ihm bloß eine Kopfnuss gegeben und ihm gesagt, er solle ein Mann sein, ihre Mutter würde sich nur unnütze Sorgen machen, und den Lehrern war das alles völlig gleichgültig. Was sollte Mikey denn tun, wenn er nicht mehr jede Nacht, nachdem die Lichter gelöscht waren, in Francies Bett kriechen konnte und die Litanei des Unrechts, das ihm tagsüber angetan worden war, herunterwimmern?

»Wann wirst du in die Schule kommen und sie alle für mich zusammenschlagen?«, fragte Michael dann, sein tränennasses Gesicht in ihrem Haar vergraben. »Warum hilfst du mir nicht?«

Die bloße Vorstellung, dass sie jemanden verprügeln könnte, war lächerlich. So benahmen Dichter sich nicht. Sie konnte nicht mehr tun, als ihn mit Träumen zu trösten.

»Wenn wir erwachsen sind, werden wir zusammen in einem Haus wohnen«, versprach sie ihm. »Nur du und ich. Und wir werden niemanden hereinlassen, und wir werden niemals hinausgehen müssen.«

»Wir könnten bewaffnete Wachen haben. Und Hunde.«

»Ja.«

»Wo soll das Haus stehen?«

»Irgendwo auf dem Land«, sagte Francie dann. »Irgendwo, wo uns niemand findet.«

»Hört sich echt gut an«, murmelte der kleine Michael, und dann schlief auch er ein und schnarchte gelegentlich etwas erstickt in das Haar seiner Schwester.

Dieses Gespräch war hundertmal wiederholt worden, vielleicht auch tausendmal. Aber obwohl Michael sie brauchte, war Francie oft abends auf dem Campus geblieben, hing vor Bewunderung an den sprichwörtlichen Lippen irgendeines brillanten Professors oder erleuchteten Doktoranden oder Magisteranwärters. Oder sie ging mit in eine der düsteren Kneipen, wo sich andere hoffnungsvolle literarische Talente trafen und sie ihnen zusehen konnte, wie sie sich bis zum Exzess voll laufen ließen. Sie selbst trank nicht. Vor allem die letzten beiden Jahre hatte sie die meiste Zeit in der Bibliothek verbracht und dort einige Dutzend von spiralgebundenen Kladden mit Notizen gefüllt. Sie schrieb ihre Gedanken, Verse und gelegentlich einmal Abschnitte einer unbeholfenen Prosa in diese Hefte.

Aber das erzählende Genre fand sie generell zu anstrengend und zu reizlos. Wenn das Dichten so etwas war wie das Formen kleiner Statuen aus Lehm oder Ton, dann war das Erzählen so etwas wie Betongießen. Diese Schwerarbeit überließ sie gröberen Zeitgenossen. Außerdem waren alle angehenden Romanciers, die sie von der Schule kannte, wilde, der Trunksucht ergebene Narzissten. Entweder versuchten sie – erfolglos –, sie flachzulegen, oder sie blickten hochnäsig auf die Dichterin herab, die bis zu einer Woche für vier fertige Verszeilen brauchte, während sie selbst an einem Tag viele Seiten produzierten.

Eigentlich war es die gewöhnliche freie Versform, die Francie am meisten fesselte. Diese Form erinnerte sie an Schmetterlinge: Sie sah sich selbst in einem Garten, umgeben von umherflatternden, transparenten Sätzen, die aus ihren Ohren und ihrem Mund gekommen waren. Es waren ihre Gedanken, und sie waren perfekt. Der große Triumph ihres Lebens ereignete sich in dem letzten Jahr auf dem College kurz vor ihrem einundzwanzigsten Geburtstag, als ein kleiner Verlag in Chicago sich bereit fand, eine Sammlung ihrer Gedichte als schmales Bändchen herauszubringen – keine gebundene Ausgabe, auch kein Taschenbuch, eher etwas dazwischen. Auf der Rückseite prangte ihr Porträt. »Schmerzhaft schön«, hatte der Verleger ihr Werk genannt, und »erfüllt von der Süße der Hingabe«. Das Büchlein trug den Titel *Poems from My Sinister Hand.* Dabei handelte es sich nicht um ein Eingeständnis geheimer Verbrechen, sondern nur um eine gelungene lateinische Umschreibung der Tatsache, dass Francie Linkshänderin war.

Von einer solchen Veröffentlichung ihrer Gedichte konnten junge Dichter für gewöhnlich nur träumen, und alte ebenfalls. Francie gab sie das Gefühl, dass ihr Leben sich nach einer Art Plan entwickelte, der besser war als alles, was sie selbst hätte zu Stande bringen können. Sie wurde in der winzig kleinen, exklusiven Sphäre, die ihre Welt war, berühmt. In den besagten düsteren Kneipen saßen Erstsemester nun zu ihren Füßen und hofften auf irgendeine Perle der Weisheit aus ihrem Mund. Die trunksüchtigen Romanschreiber machten weiterhin lästige Anstrengungen, sie flachzulegen, und scheiterten wiederum. Einem ihrer Professoren dagegen gelang es, sie zu verführen, und so wurde ihre Hingabe noch süßer. Eines Dienstagabends im Frühling verlor Francie McDermott ihre Jungfräulichkeit an einen kahl werdenden, fünfundvierzig Jahre alten Professor für Alte Sprachen, der nach Wolle und Pfeifentabak roch und sie »meine Liebe« nannte, als sei das die leidenschaftlichste Anrede, die für ihn denkbar war. Der Vorwand ihres Stelldicheins war ein romantisches Dinner bei ihm zu Hause gewesen, und sie war sogar noch rechtzeitig nach Hause gekommen, um mit ihren Eltern gemeinsam *The Tonight Show* mit Jay Leno zu sehen. Es war wirklich alles etwas schnell gegangen, vielleicht ein wenig zu schnell, aber das Leben hatte in letzter Zeit ja auch eine lebhaftere Gangart angenommen. Der Verlag aus Chicago ließ fünfhundert Exemplare ihres Gedichtbändchens drucken und gab ihr fünfundzwanzig davon als Honorar. Und um die Hingabe noch ein wenig süßer zu machen, druckte die Literaturzeitschrift der Schule sechs ihrer Gedichte daraus ab und bot ihr dafür ein kleines Honorar an, das sie jedoch zum Erstaunen aller zurückwies. Dass sie veröffentlicht wurde, konnte sie akzeptieren, aber sie hielt es für weitaus besser, dafür nicht bezahlt zu werden, denn Ruhm und Geld waren die zwei größten Feinde der Kreativität.

Allerdings hatte Francie sich zu dieser Geste in der Überzeugung entschlossen, dass ihr tatsächlich eine der größten literarischen Karrieren des zwanzigsten Jahrhunderts unmittelbar bevorstand. Dank göttlicher Bestimmung das Kind der Liebe einer Dickinson, einer Plath und eines Leonhard Cohen, war es ihr schlicht nie in den Sinn gekommen, dass sich für ihre Gedichte vielleicht nie wieder ein Verleger finden lassen würde, nirgendwo. Sie hatte vergessen, dass die Welt kein Universitätscampus war und nur wenig Verwendung für ihresgleichen hatte. In der wirklichen Welt waren Leute wie Jerry Springer tonangebend, beherrschten Crack und Drive-In-Kapellen für Instant-Hochzeiten die Szene, und niemand wusste oder gab etwas darum, dass sie Francine McDermott war, Dichterin, in deren Adern das Götterblut zweier genialer Amerikanerinnen und eines brillanten kanadischen Juden floss. Sie war wie alle anderen nur ein Konsument – so war Amerika. Es hatte den Anschein, als ob nirgendwo im ganzen elenden Land irgendjemand Gedichte las, außer er befand sich im Seminarraum einer Universität. Soweit sie wusste, war kein einziges Exemplar ihrer *Poems from My Sinister Hand* jemals verkauft worden.

Ein einsames Bändchen stand immer noch in einem Buchladen in Manhattan, den ihr Freund Walter betrieb. Er hatte ihr großzügigerweise zwölf Zentimeter neben der Kasse überlassen und ihr versprochen, das Exemplar dort nie wieder zu entfernen. Walter glaubte auf eine Art und Weise an die Dichtung, wie andere Leute an ihre Religion glaubten. Wenn sie jemals sehen würde, dass ihr Büchlein nicht mehr dort lag, würde sie wissen, dass es verkauft worden war.

Aber es war schon lange her, dass sie sich das letzte Mal hatte überwinden können, in Walters Buchladen zu gehen und nachzuschauen, ob *Poems from My Sinister Hand* wirklich noch da war.

Nach ihrem College-Abschluss beschloss Francie, sich ein sorgfältig geplantes, aber dennoch wildes Abenteuer in New York City zu leisten, dem Geburtsort von hundert berühmten Dichtern und einer Million unbekannten. Ihre Eltern stimmten zu – vermutlich erleichtert, dass sie endlich überhaupt Neigung zu verspüren schien, das elterliche Haus zu verlassen. Der Professor für Alte Sprachen, der ihr ihre Jungfräulichkeit gestohlen hatte, schrieb einen Brief an einen Freund am Metropolitan und fragte ihn, ob er sie irgendwo unterbringen könne. Der Freund schrieb zurück, dass er könne. Ihre Freunde aus der Abteilung für Literatur und Kunst zu Hause wurden grün vor Neid. Sie waren fest davon überzeugt, dass sie entdeckt werden und bald berühmt sein würde. Wie das vor sich gehen sollte, wusste niemand zu sagen, denn Dichter werden normalerweise nicht »entdeckt« wie eine Lana Turner am Mineralwasserspender. Aber ab und zu passierte so etwas irgendwie. Und alle waren sicher, dass es Francie treffen würde, ganz einfach, weil sie Indianapolis hinter sich ließ und nach New York ging. Zumindest, so glaubten alle, würde sie von nun an im vollen Bewusstsein ruhmreicher Bedeutungslosigkeit sterben können. Das war mehr, als jeder von ihnen erhoffen konnte. In New York ein Niemand zu sein war schön, aber in Indianapolis ein Nichts zu sein war nur das Normalste von der Welt.

Statt entdeckt zu werden, lag sie Abend für Abend in ihrem möblierten Zimmer, das ihr Vater für sie in Midtown gemietet hatte, und weinte sich in den Schlaf. Bis es ihr gelang einzuschlafen, meist gegen vier Uhr früh, hatte sie so heftig und so lange geweint, dass sie dehydriert war und ihre Rippen vom vielen Schluchzen schmerzten. Sie hatte nicht die geringste Ahnung, was sie eigentlich so traurig machte. Sie vermutete, es könne sich um Heimweh handeln, aber ihre Mutter Penelope erklärte ihr am Telefon, dass man nicht *so* starkes Heimweh bekäme. Mit ihr stimme vielleicht etwas anderes nicht, meinte Penelope. Vielleicht sei es etwas Ernstes.

Francie gab ihr Recht. Sie hatte am Montag die Arbeit im Museum angefangen und am Freitag bereits sämtliche Lust verloren, damit weiterzumachen. Sie lag einfach den ganzen Tag lang in der fremden Wohnung im Bett und konnte sich noch nicht einmal zum Duschen aufraffen. Sie war noch keine hundertfünfzig Stunden in New York und hatte nur den einen Wunsch: Sie wollte sterben.

Ihre Eltern kamen mit dem Flugzeug aus Indianapolis und versuchten, aus ihr schlau zu werden. Ihr Vater war mit seiner Weisheit am Ende, aber Penelope meinte, recht gut zu wissen, was mit ihrer Tochter vorging. Es handelte sich um ein genetisches Leiden, das sich bei ihr selbst gnädigerweise nicht bemerkbar gemacht hatte. Aber ihre Mutter, Francies Großmutter Minnie, hatte unter ähnlichen Zuständen gelitten. Sie hatten es das galoppierende Schluchzen genannt, weil es einen aus dem Nichts zu überfallen schien und am Boden zerstört zurückließ. Wenn Minnie von einem solchen Schub übermannt wurde, wussten alle, dass sie besonders ruhig und besonders freundlich sein mussten, bis die akute Krankheitsphase wieder vorüber war. Manchmal dauerte das Tage. Später wurden daraus Wochen. Nachdem diese Schübe immer wieder kamen, kümmerte sich allerdings niemand mehr darum. Penelope erinnerte sich dieser grausamen Situation nur allzu gut: Man benahm sich wieder ganz wie gewohnt, war nichts anderes als ein normales Kind und tat die Dinge, die ein normales Kind tut, und das führte dann zu Minnies tatsächlichem Zusammenbruch. Das kleinste Geräusch reichte aus, um sie in den Wahnsinn zu treiben. Wenn Minnie das Schluchzen befiel, wurden selbst ihre eigenen Kinder zu Todfeinden.

Aber das war in einer Zeit gewesen, wie Penelope wusste, bevor die pharmazeutische Industrie in Amerika sich dieser Krankheit zugewandt hatten, die man bis dahin generell als »Hysterie« zu bezeichnen pflegte. Sie galt als speziell Frauen betreffendes Leiden, deren Ursprung die Ärzte früher im weiblichen Schoß lokalisiert hatten und das sich von dort aus wie ein Virus bis ins Gehirn ausbreitete. Penelope litt selbst nicht am Schluchzen, Gott sei Dank. Aber sie kannte die Zeichen der Krankheit, und sie würde alles in ihrer Macht Stehende tun, um ihrer Tochter die Hölle zu ersparen, zu der sich das Leben ihrer Mutter entwickelt hatte. Sie würde ihrer Tochter Tabletten besorgen. Tabletten konnten heutzutage fast alles in Ordnung bringen, einschließlich des galoppierenden Schluchzens.

»Ich will nur nach Hause«, hatte Francie gesagt.

»Du wirst nicht nach Hause fahren«, befahl Penelope. »Du wirst dieses Ding hier lutschen.«

»Ich *will* es nicht lutschen«, sagte Francie. Sie überlegte, wie merkwürdig dieser Ausdruck war, »es lutschen«. Sie stellte sich vor, dass sie es sich an den Mund führte, was immer es eigentlich war, und ihre Zunge darüber gleiten ließ. Es war bestimmt ein schleimiges schwarzes Ding, wie ein Blutegel. Die Vorstellung erzeugte eine Würgereiz bei ihr. Sie hatte inzwischen eine ganze Woche nicht mehr geduscht. Ihr Gesicht glänzte vor Fett, und das Haar hing strähnig herunter. Sie lag auf der Seite und ließ einen Arm vom Bett herabbaumeln.

Ihr Vater, der bisher nur unnütz zwischen der Wohnungstür und der Rückwand des winzigen Apartments, das kleiner war als sein Esszimmer zu Hause, hin und her gelaufen war, sagte: »Du lutschst das jetzt, verdammt noch mal! Ich habe nicht dreitausend meiner schwer verdienten Dollars für diesen Schuhkarton bezahlt, damit du den ganzen Tag im Bett liegst. Wen interessiert es, ob du Depressionen hast? Steh auf und geh zur Arbeit. Danach kannst du dich von mir aus aufregen. Du kannst nicht jedes Mal dein ganzes Leben hinwerfen, wenn du merkst, dass die Dinge auf der Welt nicht vollkommen sind.«

»Stewart«, sagte Penelope, »sei um Gottes willen still.«

»Nein, das werde ich nicht sein. Ich werde ja wohl sagen dürfen, was ich für richtig halte«, erwiderte Stewart. »Das ist die gleiche Show, die deine Mutter immer abgezogen hat, Penny. Erinnerst du dich noch?«

»Ob ich mich erinnere? Wie könnte ich es je vergessen?«, sagte Penelope.

»Es ist keine *Show!*«, heulte Francie. »Ich will *sterben!*«

»Na gut«, versetzte Penelope. »Wenn du sterben willst, dann kann dir niemand mehr helfen. Du bist die Einzige, die diese Entscheidung treffen kann. Aber so lange, wie ich noch lebe, werde ich nicht dabeisitzen und zusehen, wie du dich selbst zu Grunde richtest. Ich habe für heute Nachmittag einen Termin bei einem sehr guten Arzt gemacht, und du wirst dich dort untersuchen lassen. Wenn du danach immer noch sterben willst, dann hindert dich nichts daran. Lass mich nur noch diese eine letzte Sache für dich tun, damit ich ein ruhiges Gewissen habe, wenn du beerdigt bist.«

»Was ist das für eine Art Arzt?«, fragte Stewart.

»Ein Psychiater«, antwortete Penelope.

Stewart murmelte etwas Unverständliches in seinen Bart, sagte aber nichts. Er war ein erfolgreicher Immobilienmakler, der sich in New York nicht wohl fühlte. Die schiere Größe der Bauten hier hatte ihm schon die Laune verdorben, als er aus dem Flugzeug gestiegen war, weil er erkannte, dass es hier viel zu viele Männer gab, deren Erfolge den seinen eigenen gnadenlos in den Schatten stellten. Und jetzt begann er einzusehen, dass das gesamte Geld, das er im Laufe seines Lebens angehäuft hatte, in weniger als fünf Jahren zerronnen sein würde, wenn er aus irgendwelchen bizarren und unvorhersehbaren Gründen gezwungen sein sollte, in diese Stadt zu ziehen und hier von seinen Ersparnissen zu leben. Stewart genoss es manchmal, sich mit Gedanken dieser Art zu quälen. Fünf Jahre, und er würde auf der Straße sitzen. Dieser Gedanke war so erschreckend, dass er das Gefühl hatte, selbst in eine Depression zu verfallen. Das musste man sich einmal vorstellen: all die vielen Jahre Arbeit für die Katz. Sein Geld wurde bereits auf schamlose Weise von seiner Tochter vergeudet, die zugegebenermaßen wirklich nicht alle Tassen im Schrank hatte, schon *immer* zu empfindlich gewesen war, über alles geweint und niemals viel Unternehmungsgeist oder Ehrgeiz gezeigt hatte. Aber dafür konnte man sie schließlich auch nicht verantwortlich machen – sie war ja ein Mädchen. Mädchen waren unmöglich. Gott behüte, man wurde verrückt, wenn man versuchte, sie zu verstehen.

Es lief schließlich darauf hinaus, dass Francie sich bereit erklärte, zu dem Psychiater zu gehen, dessen Diagnose schnell und sicher war: Sie war manisch depressiv mit bipolarem Aspekt. Der Psychiater war ein schlanker Mann, und trotz ihrer tief verwurzelten Angst vor Ärzten mochte Francie ihn. Er war weise, freundlich und klein, in gewisser Weise wie *Yoda,* bloß dass er nicht grün war, sondern von einem weichen, blassen Rosa. Der Arzt vermutete höflich, dass der manische Aspekt ihrer Krankheit normalerweise in Zeiten großer Aufregung aufträte, zum Beispiel in den Wochen vor ihrem Umzug nach New York. Ob ihr das bekannt vorkomme? Und tatsächlich hatte Francie eben diese Zeit als den besten Teil ihrer unbeschwerten Jugendjahre in Erinnerung. In dieser Zeit war ihr alles rosig erschienen, und es war völlig undenkbar gewesen war, dass irgendetwas schief gehen konnte. Dann war die Depression gekommen, nachdem die Aufregung sich gelegt hatte, nachdem der Schritt nach New York getan und sie in einer riesigen Stadt, in der sie keine Menschenseele kannte, auf sich allein gestellt war. Sie hatte nur mit dem Instinkt, der allen Säugetieren eigen ist, gespürt, dass sie sich in großer Gefahr befand. Wenn sie strauchelte und in die Zahnräder der großen Maschine New York geriet, so würde sie – das war ihr klar – zermalmt und im nächsten Augenblick wieder ausgespieen werden. Seither war sie von der Angst zu straucheln wie besessen. Wenn sie nur einmal stolperte, vielleicht auf der Treppe eines U-Bahn-Ausgangs, würden die hinter ihr herstampfenden Horden sie unter ihren Absätzen gnadenlos platt treten, wie Hitlers Braunhemden. Sie glaubte nicht, dass sie verrückt war, so zu empfinden. Es schien als sei sie die Einzige, die erkannt hatte, wie schlimm es in Wirklichkeit bestellt war.

Und dann hörte sie zum ersten Mal das Zauberwort, das ihr Leben verändern sollte: *Benedor.* Andere Zauberwörter aus der Geschichte der Menschheit hatten nie die geringste Wirkung auf sie gezeigt: »Sesam öffne dich«, »Abrakadabra«, »Abraxas«, »Bitte«, »Ich liebe dich«. Aber die Zeiten hatten sich geändert. Die alten alchemistischen Beschwörungen hatten den modernen Schlagwörtern der Neuropharmakologie weichen müssen. »Und hatten die Pillen nicht eine schöne Farbe?«, hatte ihre Mutter gefragt. Francie stimmte ihr zu, denn so war es. Nach nur wenigen Tagen Benedor hatte *alles* eine schöne Färbung angenommen. Der Himmel war ein wenig blauer, die Gebäude nicht mehr ganz so kahl und grau. Innerhalb eines Monats, so hatte der höfliche, weise, kleine Doktor gemeint, würde ihr System vollkommen von dieser Arznei durchdrungen sein, und alles würde einfach gut werden. Bis dieser Zustand eintrat, solle sie sich auf einige wenige unruhige Augenblicke gefasst machen, es dauere seine Zeit. Und sie solle so lange bei ihm in Behandlung bleiben, wie sie sich in der Stadt aufhalte, damit er die Entwicklung im Auge behalten konnte.

»Aber es ist Ihre Entscheidung«, erklärte er ihr, »ob Sie leben oder sterben wollen. Niemand kann Ihnen vorschreiben, was Sie zu tun haben. Das müssen Sie selbst herausfinden.«

Es war genau das, was ihre Mutter ihr bereits gesagt hatte, und daher wusste Francie, dass es wahr sein musste; einer von den beiden mochte sie anlügen, aber nicht beide. Sie sagte sich also, dass sie zur Arbeit gehen müsse, und diesmal funktionierte es. Ihre Mutter ging mit ihr zum Museum und sprach unter vier Augen mit dem Leiter ihrer Abteilung, während Francie draußen im Flur wartete. Da sie unbezahlt arbeitete, konnte das Museum sie streng genommen nicht entlassen, aber dennoch bestand natürlich einiger Erklärungsbedarf. Francie wurde in ihre frühere Position eingesetzt und bekam wieder ihre alte Aufgabe zugewiesen. Sie hatte darin bestanden, in einem der Renaissance-Säle zu stehen und dafür zu sorgen, dass niemand etwas anrührte. Sie trug ein Abzeichen auf einem lächerlich kastanienfarbenen Blazer, der zu nichts anderem passte, was sie anzuziehen hatte, und sie trug in der Tasche ein schweres Walkie-Talkie mit sich herum, unter dessen Gewicht sie sich krümmte und das ihr Nackenschmerzen verursachte. Aber das war schon in Ordnung. Das machte nichts. Sie nahm morgens ihr Benedor und noch einmal abends, und sie bewachte die Unversehrtheit der Renaissance und wartete geduldig darauf, entdeckt zu werden.

Ihre Eltern flogen zurück nach Indiana, überzeugt davon, dass sie ihrem Töchterchen durch die letzte größere Bredouille ihrer Kindheit geholfen hatten. Nun war sie mit allem ausgerüstet, was sie brauchte, um in der Welt zurechtzukommen. Nun mussten sie nur noch ihren Michael auf Trab bringen und konnten sich dann mit ruhigem Gewissen auf ihr Altenteil zurückziehen.

Nach dreiundfünfzig Tagen sollte Francie wieder heimkommen. Dann würde sie zur Universität gehen, aber das war eine ganz andere Geschichte. Sie hatte sich schon vorher für ein Magister-Seminar eingeschrieben, an dem sie eigentlich gar kein Interesse hatte – und zwar aus keinem anderen Grund als dem, dass sie ja irgendetwas tun musste. Vielleicht würde sie es nicht bis zum Schluss besuchen. Möglicherweise konnte sie sich stattdessen einen Job suchen und nebenbei Gedichte schreiben. Fürs Erste jedoch war sie es zufrieden herumzustehen, die Bilder anzustarren und zu hoffen, dass niemand versuchen würde, irgendetwas zu berühren, sodass sie niemanden deswegen zur Rede stellen musste.

Und genau in dem Moment kam Colt hereinspaziert, als Führer einer Gruppe japanischer Investoren mit staunenden Augen. Er taxierte sie vom anderen Ende des Saales aus; sie konnte seinen brennenden Blick auf ihrer Haut spüren. Francie wusste es zwar nicht, aber sie war hübsch, ein leicht pausbäckiger Typ mit weit auseinander stehenden Augen, und sie wirkte auf eine Weise unschuldig, die in New York sehr hervorstach. In ihrem rotbraunen Haar fing sich das Licht und hinterließ dort ein Schimmern, wenn der Rest von ihr schon wieder in Schatten getaucht war; sie hatte eine kleine Stupsnase, zarte Ohren, einen flachen Bauch, schlanke Hüften und hohe, feste Brüste. Colt selbst war groß und breitschultrig, die Schläfen schon mit etwas Grau durchsetzt, und sein Blick hatte eine Intensität, die sie dummerweise für Freundlichkeit hielt. Es war das erste Mal in ihrem Leben, dass sie den Wunsch verspürte, ein völlig Fremder möge sie ansprechen. O Gott, ich hoffe, dass dieser Mann jetzt herkommt und mich anspricht, dachte sie, und im nächsten Augenblick tat er es auch schon. Plötzlich schien ihre Welt wieder völlig in Ordnung zu sein, besser in Ordnung, als sie es je gewesen war, denn obwohl sie nicht wusste, wie er hieß, so war sie sich doch völlig sicher, dass er vor nichts Angst hatte und, was noch wichtiger war, dass sie ihm gefiel. Sie gefiel ihm wirklich. Sie wusste nicht, wie das möglich war – Francie hielt sich selbst nicht für liebenswert, nicht einmal für attraktiv –, aber er mochte sie.

Einige japanische Investoren machten Bilder von Francie und Colt, als sie miteinander sprachen. Sie glaubten, dass sie irgendeine wichtige künstlerische Autorität darstelle. Während ihres Gesprächs lächelte Francie zum ersten Mal seit zwei Wochen. Einige Stunden später erzählte sie Colt beim Abendessen, dass der kleine weise Arzt sie dazu gebracht hatte zu glauben, dass sie zumindest theoretisch in der Lage sei zu lernen, für sich selbst zu sorgen. Aber jetzt, da sie Colt kennen gelernt hatte, wusste sie die Wahrheit: *Er* war der Einzige, der sich um sie kümmern sollte, wirklich und wahrhaftig. Sie verschwieg ihm nichts. Sie erzählte ihm alles frei von der Leber weg, und sie war froh, dass sie es tat. Sie sah auch das Feuer, das ihre Erklärungen in seinen Augen entzündete, das beschützerhafte Anschwellen seiner Brust, und sie registrierte die Art und Weise, wie er ihren Arm nahm, als er sie zu ihrem möblierten Zimmer zurückbrachte. Er verliebte sich in sie, weil es für ihn eine Notwendigkeit war, gebraucht zu werden, und sie brauchte ihn. Er hatte zwar nicht so viele Romane gelesen wie sie, aber auch ihm leuchtete das vollkommen ein.

»Dein schönes Gesicht wird in ganz Japan in den Fotoalben prangen«, sagte er. »Wie findest du das?«

»Ich finde das super«, antwortete Francie, denn es war für sie alles Teil eines einzigen Wunders.

Er kam uneingeladen mit zu ihr herauf, was sie gewusst hatte, und er bediente sich ihrer, freundlich, so als ob er ein Besitzrecht auf ihren Körper hätte. Aber auch das war ihr recht. Sie brauchte sich darüber keine Sorgen mehr zu machen. Es war jetzt sein Körper. Als sie am Morgen aufwachte, war er immer noch da, und in dem Augenblick wusste sie, dass wirklich alles gut werden würde, denn er hatte sie nicht mitten in der Nacht verlassen. Sie machte ihm Frühstück, und als er aufwachte, umfing ihn der Duft von Kaffee.

Das war also die große Sache, die ihr in New York widerfahren war – sie hatte zwar keinen Verleger gefunden, aber einen Mann. Nach ein paar Wochen wusste sie, dass sie nie wieder nach Hause zurückkehren würde. Denn Colt hatte laut ausgesprochen, dass er sie liebte, und sie hatte es ihm auch gesagt. Sie würde stattdessen in der Stadt bleiben, und es würde einfach alles gut sein, und ihre Zukunft würde perfekt werden.

Daheim in Indianapolis frohlockten ihre Eltern, dass ihre merkwürdige und eigenwillige Tochter endlich einen Mann gefunden hatte, der für sie sorgen würde. Michael blies Trübsal und weinte, ohne dass es ihm geholfen hätte; seine Schwester hatte einen anderen Mann gefunden, und es gab kein Haus auf dem Land mehr. Gedichte schrieb Francie natürlich nicht mehr; die Tabletten rotteten sie aus, als handele es sich um Ungeziefer. Keine Gedichtbändchen mehr. Keine Herausgeber mehr, die sie bewunderten. So hatte eine unbeschwerte Jugend ein gutes Ende gefunden.

KAPITEL 3

Die Trophäe

Colt stand im Vorgarten des Hauses, das er – soviel war ihm bereits klar – kaufen würde, bis zu den Knöcheln im Laub und hatte den Kopf weit in den Nacken gelegt, um die abblätternde weiße Farbe des Dachfirsts zu begutachten. Eine leichte Brise umspielte sein sorgfältig geschnittenes, größtenteils immer noch kastanienbraunes Haar und kräuselte das weiße Brooks-Brothers-Hemd, das über seinem im Fitnessstudio geformten Brustkorb spannte. Die Ärmel hatte er sorgfältig bis knapp unter den Ellbogen aufgekrempelt, um seinen Freizeitlook zu unterstreichen. Er überlegte gerade, dass dieses Haus doch etwas ganz anderes war als das Mietshaus auf Avenue A, in dem er vor neununddreißig Jahren geboren worden und aufgewachsen war. Er dachte inzwischen nur noch selten an diese Wohnung. Und er wusste nicht, warum sie ihm gerade jetzt in den Sinn kam, es sei denn, dass das wundersame Gefühl, einen vollen Kreis durchlaufen zu haben, endlich etwas erreicht zu haben, dabei eine Rolle spielte. Natürlich war es im Grunde nur eine neue Art, die Dinge zu sehen, denn der Erfolg hatte sich bei ihm schon vor etlichen Jahren eingestellt – aber dieses neue Gefühl war so außerordentlich angenehm, dass er darauf erpicht war, es Tag für Tag wieder erstehen zu lassen, auf große und auf kleine Weise bis hin zu der Geste, mit der er den Verkäufern im Lebensmittelladen das Kleingeld auf die Theke warf. Wenn seine Eltern doch nur dieses Haus hätten sehen können! Sie würden über seinen Erfolg gestaunt haben. Nichts dergleichen war ihrem einzigen Sohn in die Wiege gelegt worden. Tatsächlich war ihm überhaupt nichts in die Wiege gelegt worden; aber schon vor Jahren hatte er sich gezwungen, das zu vergessen.

Dieses riesige alte Haus war, so überlegte Colt, genau das, was er brauchte, um sich ab und zu zurückzuziehen und um ein wenig anzugeben. Vielleicht würde es ihm sogar dabei helfen, Teilhaber seiner Firma zu werden – man musste den Vorgesetzten zeigen, dass man sich seines Wertes bewusst war, bevor man darauf hoffen konnte, dass sie einen wertschätzten. Am Anfang seines Berufslebens als frischgebackener Effektenmakler war Colt aufgefallen, dass die Männer, die er am meisten bewunderte, fast alle ein Landhaus besaßen. Das war die höchste Trophäe – noch besser als ein toller Wagen, eine große Wohnung oder eine schöne Frau. Es war gut, all dies zu haben, aber ein Landhaus war der Beweis dafür, dass man die tägliche Hektik des Stadtlebens hinter sich gelassen hatte und sich, wenn man wollte, von der irdischen Schwerkraft befreien konnte, um einen ruhigeren, kühleren, saubereren Ort aufzusuchen. Sein erster Chef in der Maklerfirma, bei der er nach seinem Studium angefangen hatte, war Mitbesitzer eines winzigen Landhauses auf Long Island, gleich östlich der Hamptons, gewesen, das er einen Monat im Jahr nutzen konnte. Wenn er dort aus der Haustür trat und fünfhundert Schritte nach rechts ging, stand er mit den Füßen im Atlantik. Das war Colt damals als der höchste denkbare Luxus erschienen. Ans Meer fuhr man, wenn es einem gut ging und wenn man Geld in rauen Mengen hatte. Colt selbst hatte das Meer erst im Alter von zweiundzwanzig Jahren mit eigenen Augen zu sehen bekommen.

Sein jetziger Chef, Forszak, Mitbesitzer und Seniorteilhaber von Anchor Capital Investments, besaß ein palastartiges Haus in den Adirondacks, über das einmal in der Fernsehserie *Amerikas Schlösser* berichtet worden war. Das war beeindruckend, aber Forszak gehörte außerdem noch eine Wohnung in Hongkong, die er vielleicht einmal im Jahr benutzte. Und das alles zusätzlich zu seinem Penthouse über dem Central Park, natürlich einer Zwanzig-Zimmer-Wohnung mit einem japanischen Bad auf der Dachterrasse und einem Esstisch für zweiundzwanzig Personen. Forszaks Reichtum sprengte alle irdischen Maßstäbe; seine Beteiligungen erstreckten sich tatsächlich in den interplanetarischen Raum. Das war keine bloße Übertreibung, denn sein Name stand auf der Liste der Interessenten, die mit einem russischen Raumschiff, das noch gebaut werden musste, zu einem Preis von etwa fünfzig Millionen Dollar pro Person zum Mond fliegen wollten. Er hatte sich in den Kopf gesetzt, der erste ungarische Zigeuner auf dem Mond zu sein und mit über sechzig die älteste Person, die sich mit diesem Ziel einschiffte. Wenn er erst einmal fest mit beiden Füßen auf dem weichen grauen Staub der Mondoberfläche stand, wollte er seine Roma-Gebete für all diejenigen sprechen, die von den Nazis ermordet worden waren. Er würde mit äußerster Befriedigung auf den Planeten hinabschauen, auf dem sein Volk seinen Ursprung hatte und wo es fast ausgelöscht worden war, und in dem Gefühl schwelgen, dass die Roma es in seiner Person schließlich doch noch geschafft hatten – mit knapper Not. Als die Nazis die Zigeuner zusammen mit den Juden ausrotteten, waren siebenundzwanzig Forszaks nach Dachau und Auschwitz gekommen. Nur einer war von dort zurückgekehrt, und dieser eine war unerhört erfolgreich gewesen und besaß den exklusivsten aller Landsitze. Man würde von Forszak sogar sagen können, dass sein letzter »Landsitz« so exklusiv und entlegen war, dass es dort nicht einmal mehr Sauerstoff gab.

Die Zeitungen hatten natürlich längst über seinen Ehrgeiz berichtet. Aber Forszak ging es in Wirklichkeit nicht um seinen Ruf; ihm war es ein echtes Anliegen, seine Gebete für die Toten zu sprechen, während er seinen Blick über den Planeten schweifen ließ, der der Schauplatz des Verbrechens an ihnen gewesen war – vermutlich in der Hoffnung, dass die Reichweite seiner Gebete von diesem Standpunkt aus größer sein würde und dass sie von dort aus – von atmosphärischen Störungen völlig ungetrübt – sehr viel schneller an Gottes Ohr dringen würden.

Colt und Francie waren einmal in Forszaks Wohnung am Central Park und zweimal auf seinem Landsitz in den Adirondacks gewesen und er hatte sie eingeladen, jederzeit und wann sie wollten wiederzukommen. Der Landsitz sah zwar aus wie ein Herrenhaus, hatte Colt nach seinem Besuch dort überlegt, war aber im Stil eines Blockhauses aus massiven

Baumstämmen gebaut. Aus Stämmen von *gefährdeten Baumarten,* hatte Forszak ihm verschmitzt zu verstehen gegeben, obwohl es sich vermutlich um einen Scherz gehandelt hatte. So benahm man sich eben, wenn man routinemäßig einer der fünf Topleute in einer Kapitalinvestmentgesellschaft mit über zweihundert Angestellten war. Selbst die Chefs wollten einen dann ein wenig beeindrucken.

Natürlich war Forszaks Aufforderung keine Einladung, von der man tatsächlich Gebrauch machte. Man wollte ja nicht sein gutes Verhältnis mit ihm über Gebühr strapazieren. Es reichte völlig, einmal in den Blockhauspalast eingeladen worden zu sein. Das war wie ein Abzeichen, das man im Büro tragen konnte. *Letztes Wochenende in Forszaks Hütte gewesen. Großartige Sache. Super Fischgründe. Ein toller Kerl.* Diese Worte, beiläufig in eine Unterhaltung am Wasserspender fallen gelassen, hatten den gleichen Effekt, als ginge man auf Stelzen; Colt stand plötzlich drei Meter über den anderen, atmete den gleichen betörenden Äther, der die Lungen aller großen Financiers füllte. Der widerliche Gestank der kubanischen Zigarren, die Forszak liebte und freigebig an seine Favoriten verteilte, gehörte ebenso zu einem Leben im Reichtum und waren ein umso größerer Kitzel, weil sie eigentlich illegal waren. »Wir unterstützen damit nicht Castros Wirtschaft«, hatte Forszak ihm erklärt. »Gehen wir lieber davon aus, dass wir sozusagen Kubas Felder verbrennen.« Colt hatte pflichtschuldig gelacht und sich die Havanna angezündet; der Rauch betäubte seine Zunge, setzte sich in seinem Mund fest und kam ihm vor wie ein grimmiges notwendiges Gift, das auch die letzten Zellen der Mittelmäßigkeit, die seine genetische Struktur vielleicht noch verunreinigten, zerstörte.

Als er durch einen Haufen Laub watete, stolperte Colt über ein Blechschild mit der Aufschrift *Zu verkaufen.* Widerwillig zog er es unter dem Laub hervor und beschmutzte sich die Hände mit der feuchten organischen Materie, die daran klebte. Eine kleine Ansammlung von Asseln und Tausendfüßlern besann sich kurz, geriet dann in Panik und floh das gleißende Sonnenlicht. Die Oberfläche des Schildes war von rostigen Pocken bedeckt, die aussahen wie eine Art mittelalterliche Seuche, sodass nur noch zu lesen war: »U AUFEN.«

»Siehst du dir das hier mal an?«, rief Colt Francie zu, die noch halb im Wagen saß und vergeblich versuchte, die auf dem Radio voreingestellten Sender hereinzubekommen. Eins ihrer schlanken Beine hatte sie aus dem Wagen gestreckt. Ihr rotblondes Haar war zu einem Pferdeschwanz zusammengebunden, sodass man die Sommersprossen sehen konnte, die wie Schneeflocken auf ihrer meist verdeckten Stirn und auf ihrem Nacken verteilt waren. Erfreut stellte sie fest, dass sie sich außerhalb der Senderreichweite der Stadt befanden.

»Irgendjemand will verhindern, dass das Haus verkauft wird«, sagte Colt.

»Wie kommst du darauf?«, fragte Francie ohne besonderes Interesse. Sie hörte meist nur mit halbem Ohr zu, wenn Colt redete, bis er es schließlich zwei oder drei Mal wiederholt hatte. Das hatte sie sich vor einigen Jahren angewöhnt, nachdem sie festgestellt hatte, dass er sich kaum jemals an das erinnerte, was sie ihm sagte, und auch nicht an das, was er selbst zu irgendjemandem gesagt hatte.

Colt wurde ungeduldig. »Also, sieh mal«, sagte er. »Jemand hat das Schild unter dem Laub versteckt.«

Francie blickte auf und schenkte ihm jetzt ihre Aufmerksamkeit. »Wenn jemand es tatsächlich verstecken wollte, hätte er es weggeworfen«, entgegnete sie. »Es ist vielleicht einfach heruntergefallen und dann vom Laub zugedeckt worden.«

Diese Möglichkeit war zwar die wahrscheinlichste, aber Colt befand dessen ungeachtet, dass sie damit falsch lag; er befand außerdem, dass diese Sache Beweis für irgendeine Art von Machenschaft sein musste. Dem würde er später nachgehen. Fürs Erste, überlegte er, wollte er noch einmal um das Haus herumgehen, um den Garten dahinter weiter zu erforschen; andererseits wollte er die Ankunft der Immobilienmaklerin nicht verpassen, denn er hatte vor, ihr einen seiner »verhängnisvollen Blicke« zu schenken. Das war eine seiner effektivsten Geschäftstaktiken. Es war der Blick, den er benutzte, wenn er entschlossen war, einen Handel durchzuziehen, koste es, was es wolle. Die Maklerin hieß Marge Westerbrook, und nach ihrem ersten Gespräch am Telefon glaubte Colt, sie recht gut einschätzen zu können: geschieden, allein erziehende Mutter mit einem Kind, einsam. Eine der Frauen, die so taten, als könne man mit Immobilien wirklich Karriere machen. Er konnte natürlich keine Gedanken lesen. Vielmehr war es so, dass Marge Westerbrook offenbar die Angewohnheit hatte, jedermann am Telefon Einzelheiten aus ihrem Privatleben mitzuteilen, bevor sie ihn persönlich kennen gelernt hatte. Colt hatte für diese Angewohnheit, zu viel von sich zu erzählen, nur Verachtung übrig.

»Sie kommt verdammt spät«, knurrte er zum dritten Mal.

Francie seufzte. Sie hatte gehofft, dass die Landluft Coltrane irgendwie davon heilen konnte, immer wie gehetzt zu sein. Aber jetzt war ihr klar, dass das zumindest nicht in wenigen Minuten funktionierte.

»Gefällt es dir hier immer noch?«, fragte sie ihn in der Hoffnung, ihn so von seiner Ungeduld abzulenken. »Das Haus, meine ich.«

Er hielt inne, hob den Kopf und sog die Luft ein wie ein Tier. »Klar«, sagte er. »So etwas habe ich immer gewollt.«

»Tatsächlich?«

»Ha-tschie.« Colt ließ sich wieder auf den Fahrersitz fallen, schnupperte noch einmal und musste dann so niesen, dass der Wagen durchgeschüttelt wurde.

»Jesses«, ächzte er. »Ob ich wohl allergisch gegen irgendetwas bin?«

»Das wäre mir ganz neu an dir«, versetzte sie.

»Ich habe mich niemals zwischen so vielen verdammten Pflanzen befunden«, sagte er und suchte im Handschuhfach nach einem Taschentuch. »Pflanzen, wohin man auch blickt. Sieht aus wie eine Invasion.«

»Nein, ich meine wegen des Hauses. Ich habe gar nicht gewusst, dass du *schon immer* so etwas haben wolltest.«

»Ach das.« Er fand ein Papiertaschentuch und schnäuzte sich die Nase. »Ja. Ich habe immer gedacht, schon als Kind, dass ich irgendwann mal etwas auf dem Land haben würde. Jeder, der etwas ist, hat so etwas. Forszak hat einen Landsitz, das weißt du doch, oder? Ist eine gute Idee. Irgendwas, wohin man sich zurückziehen kann.«

Sie wollte ihn fragen, aber liebst du es? Oder willst du es nur wegen Forszak? Aber solche Fragen irritierten ihn, weil sie analytischer Natur waren, und sie hatte kein Recht, irgendjemanden zu analysieren. Stattdessen stieg sie aus, stützte sich auf das Dach des Wagens und blickte über die Straße dorthin, wo der Fluss vor Blicken verborgen unterhalb des Steilufers lag. Sofort hatte sie ein besseres Gefühl, ganz allgemein, sogar was die schwindende Anzahl von Dingen in ihrem Leben betraf, mit denen alles in Ordnung war. Dort drüben konnte man sich unsichtbar machen, dachte sie. Man konnte dort unten sitzen und die Füße ins Wasser halten, und niemand würde einen sehen können. Keine Menschenseele.

»Da kommt sie«, sagte Francie.

Sie hatte einen gelben VW erspäht, ein neueres Modell, der in einer kleinen Staubwolke um den Felsvorsprung bog. Colt stieg aus dem Wagen und knallte die Tür zu.

»Ein halbe Stunde hat sie uns hier warten lassen«, murrte er. »Hätte mal anrufen können. Sie hat meine Handynummer.«

»Colt, bitte«, sagte Francie. »Sei freundlich.«

»Großer Gott, sie fährt einen Käfer«, bemerkte Colt.

Der VW hielt auf der kiesbestreuten Auffahrt. Eine große, üppige Frau stieg aus, die schon losträllerte, bevor die Fahrertür zugeschlagen war. Sie hatte rotes Haar, trug ein blütengelb bedrucktes Top zu schwarzen Hosen und hielt in der Armbeuge einen Klemmblock an ihren übergroßen Busen gepresst, als sei er ein Säugling. »Hallo!«, rief sie. »Tut mir Leid, mein Sohn wollte sich kein anderes Hemd anziehen, ich musste … Ach, die Pubertät. Und Sie sind sicherlich Mr Hart?«

»Guten Tag«, sagte Colt und schüttelte ihr die Hand. Sein verhängnisvoller Blick war offensichtlich unbemerkt geblieben, aber er hatte es auch nur einmal probiert; ihm war heute eigentlich nicht danach zu Mute, Schwierigkeiten zu provozieren. Das würde er sich für die Verhandlungen aufsparen. Marge Westerbrook schüttelte Francie mit den Fingerspitzen die Hand und nannte sie Fanny.

»Freut mich, Sie kennen zu lernen«, sagte Francie. »Schön, dass Sie kommen konnten.«

»Ach, mein Gott«, stieß Marge Westerbrook hervor, »das ist mir doch ein *Vergnügen.* Es ist mein *Job,* und Sie sind doch den weiten Weg von New York hierher gekommen. O je. Ich habe mich verspätet, nicht wahr?«

»Ja«, sagte Colt.

»Das ist schon okay«, warf Francie schnell ein. »Wir haben uns heute freigenommen. Beziehungsweise Colt hat sich freigenommen, meine ich.«

»Ach, wie schön!«, sagte Marge. »Und was machen Sie beruflich, Mr Hart?«

»Finanzen.«

»O je, New York City *und* Finanzen! Wie interessant. Wissen Sie was, lassen Sie uns doch hineingehen, oder?« Sie senkte die Stimme und beugte sich zu Francie hinab. »Und wir lassen *ihn* einfach hier draußen, bis er sich bessert«, sagte sie.

Einen erhebenden Augenblick lang glaubte Francie, sie meine damit Colt, bis sie in den Volkswagen schaute und begriff, dass ein gigantischer, mürrischer Teenager sich darin zusammengekauert hatte, und zwar so sorgfältig, dass er trotz seiner Größe praktisch hinter dem Armaturenbrett verschwand. Der Teenager reckte kurz seinen Kopf empor, als spüre er, dass es um ihn ging, und duckte sich dann wieder, als die Blicke der beiden Fremden ihm das bestätigten. Francie sah kurz die schaurig roten Akneflecken, die wie grober Schrot über sein Gesicht verteilt waren. Sofort tat er ihr Leid; ihr Gesicht hatte einmal genauso ausgesehen, als sie jung war, und sie erinnerte sich nur allzu gut, um wie viel einfacher es damals gewesen war, sich einfach versteckt zu halten.

»Ach, das braucht er nicht«, sagte sie. »Er kann ebenfalls mit hereinkommen, meine ich. Sie brauchen ihn nicht unseretwegen hier zu lassen.«

»Das kommt gar nicht infrage«, erwiderte Marge mit plötzlich sehr angespannter Stimme. Was immer der Teenager angestellt hatte, es musste ein schweres Vergehen gewesen sein, so viel war klar. »Ich habe den Schlüssel hier. Mr Hart, würden Sie bitte vorangehen?« Sie gab ihm einen Schlüssel. »Die Tür klemmt«, erklärte sie. »Sie werden wahrscheinlich mit der Schulter dagegendrücken müssen.«

Colt stieg die Stufen empor, schob den Schlüssel ins Schloss und »drückte« drei oder vier Mal »die Schulter« gegen die Tür, bis das alte, schwere Teil sich endlich öffnen ließ.

»Müsste abgehobelt werden«, murmelte er.

Er merkte, dass das Haus ihm aus offenem Mund seinen Atem entgegenströmen ließ; es atmete den Geruch einer unbestimmten Anzahl von Jahren aus, die es leer gestanden hatte. Es war ein bitterer Geruch, aber nicht unangenehm, der eine tief verborgene Erinnerung in ihm wachrief, zu der er im Augenblick keinen Zugang hatte. Er trat in den Schlund des Hauses ein, einen langen Flur, der zu einem zentral gelegenen Raum führte. Die beiden Frauen folgten ihm. Einen Augenblick hielt er unsicher inne und schritt dann weiter wie ein Jonas, der sich willig vom Walfisch verschlingen lässt. Er versuchte, sich vorzustellen, dass er hier wohnte.

»Das Schild ›Zu verkaufen‹ lag irgendwo unter dem Laub«, sagte er über die Schultern gewandt zu Marge Westerbrook.

»Die Kinder«, sagte Marge, ohne anzudeuten, um welche Kinder es sich handelte; möglicherweise meint sie ihr eigenes, dachte Francie.

Marge ging quer durch den Raum zu einem Kamin, der aus massivem Felsstein gemauert war, und legte ihre plumpe Hand auf den Sims, eine Felsplatte, die fast zwei Meter lang und ungefähr zehn Zentimeter dick war. Der Kamin war auf der Rückseite zum benachbarten Raum hin offen; offensichtlich sollte er beide Räume mit Wärme versorgen. Der Rost im Kamin war sauber, bemerkte Francie. Hier hatte schon lange Zeit kein Feuer mehr gebrannt.

»Nun, das hier ist das Wohnzimmer oder eines davon, wie ich vielleicht besser sagen sollte. Sie können das andere hier durch den Kamin sehen; außerdem gibt es im Obergeschoss noch einen Salon. Dieses Haus hat eine Wohnfläche von fast tausend Quadratmetern.« Marge hielt inne und neigte den Kopf, als verdiene ein solches Haus ihre Hochachtung. »Es gibt vier Bäder, sechs Schlafräume, ein Studio und ein Arbeitszimmer, ein schönes Esszimmer, einen Anrichteraum, Dienstbotenzimmer auf jeder Etage, ein Spielzimmer, einen ausbaufähigen Keller, einen ausbaufähigen Dachboden und eine Küche, die Sie einfach gesehen haben müssen, um zu glauben, dass es so etwas wirklich gibt. Und das Grundstück selbst ist knapp zwanzig Hektar groß.«

Francie schnappte nach Luft. »Zwanzig Hektar! Colt, hast du das gehört?«

Colt hatte nur halb hingehört. Er musterte die Balken an der Decke und in den Ecken des Wohnzimmers. Für ein altes Haus war der Raum relativ hoch. Er war genau einen Meter dreiundachtzig groß und konnte doch, wenn er sich auf die Zehenspitzen stellte und mit erhobenen Händen hochreckte, die Decke gerade eben mit seinen Fingerspitzen berühren. Er ließ die Hand über einen der Leimbinder gleiten und spürte die langen, flachen Rillen im Holz, die ihm verrieten, dass es von Hand behauen worden war. Colt hatte einmal eine Klientin gehabt, die sich auf Antiquitäten aus Holz spezialisiert und versucht hatte, ihm einige der wichtigsten Dinge beizubringen, auf die man bei Holz achten musste. Es erstaunte ihn, dass er nach über zehn Jahren immer noch etwas davon behalten hatte.

»Das ist echt«, sagte er mehr zu sich selbst als zu den beiden Frauen.

»Das sind alles noch die ursprünglichen Balken«, sagte Marge Westerbrook stolz, als sei sie dafür selbst verantwortlich. »Gut erhalten, keine Trockenfäule, kein Holzwurm. Das Haus ist hervorragend in Stand gehalten worden. Es ist wirklich *ein Glücksgriff*. Sie haben einen ausgezeichneten Geschmack!« Dann führte sie die beiden in die Küche. Zuerst hörten sie die eigenen Schritte noch auf den Bodendielen, bis sie auf Schieferplatten von novembergrauer Farbe traten. Francie konnte sich ein langes »Oh!« nicht verkneifen, und Colt stampfte prüfend mit den Füßen auf, um zu sehen, ob einzelne Platten lose waren. Marge hielt ihnen derweil einen Vortrag über die Notwendigkeit einer Reparatur der Rohrleitungen. Sie hielte nichts von Schönfärberei, denn sie glaubte nicht, dass man so Geschäfte machen sollte – das Haus würde also einiger Renovierungsarbeiten bedürfen. Die letzten Instandhaltungsarbeiten waren – hier schaute sie auf ihren Klemmblock – Mitte der siebziger Jahre abgeschlossen worden. Sie drehte den Hahn über der Spüle auf, und alle drei hörten sie einen Luftstoß wie das Rauschen eines Funksignals von einem weit entfernten Stern. Einen Augenblick später folgte ein leises Gurgeln, das langsam anschwoll, während die Quelle des Geräusches sich mit hoher Geschwindigkeit von irgendwoher unter ihren Füßen näherte. Dann wurde ihr Warten durch einen Schwall braunen Wassers belohnt, das etwas nach Teich roch. Doch im nächsten Augenblick war der Wasserstrahl wie durch ein Wunder klar und rein.

»Sie haben eigenes Brunnenwasser!«, rief Marge Westerbrook und veranlasste Francie damit zu einem Freudensprung. Jeder von ihnen hielt seine Hand einen Moment unter den Wasserstrahl, um dessen unterirdische Kühle zu spüren. Colt probierte das Wasser vorsichtig. Es war frisch und sauber und nur leicht kalkig. Ihm fehlte der metallische, chemische Geschmack des städtischen Wassers, man schmeckte weder Chlor noch Fluor. Niemand war vor ihm mit diesem Wasser in Berührung gekommen, kein Beamter hatte es für trinkwassertauglich befunden. Eine Flüssigkeit wie diese hatte es in seinem Leben zuvor noch nicht gegeben. Er ließ es über die Zunge gleiten wie einen alten Wein, schloss die Augen und dachte an Höhlenfische, Stalaktiten und Stalagmiten. Sie hatten ihr eigenes Brunnenwasser.

Dann zeigte ihnen Marge triumphierend den Rest des Hauses: das Doppelschlafzimmer, großzügig bemessen und hell; die Gästezimmer, klein, zahlreich und düster; den Salon, der ebenso wie der Arbeitsraum mit unmöglichen Eichenpaneelen verkleidet war; die Badezimmer, die einfach nur Badezimmer waren. Sie ging mit ihnen sogar auf den Dachboden, der mit seinen ungehobelten Dielen als Bodenbelag irgendwie rustikal wirkte. Es war warm dort oben, und von beiden Seiten flutete Licht durch runde Giebelfenster. In einer Ecke stand irgendetwas unter einer Plastikplane. Francie zog die Plane zurück und brachte darunter einen Stapel Pappkartons zum Vorschein. Sie öffnete den erstbesten und fand darin Comic-Hefte, vor allem Science-Fiction aus den fünfziger und sechziger Jahren. Francie stieß einen kleinen Freudenschrei aus; es würde sie nicht überraschen, wenn einige der Hefte von Sammlern gesucht sein würden, vorausgesetzt, sie waren nicht völlig verschimmelt. Ebenfalls unter der Plane stand ein angejahrter Schrankkoffer. Sie hob den zerbrechlich wirkenden, gewölbten Deckel ab und sah, dass er leer war. Ihre poetische Veranlagung sagte ihr, was für einer Person dieser Koffer einst gehört haben mochte, woher diese Person damit gekommen war und warum. Vielleicht war er auch nur für eine Reise angeschafft worden, die niemals unternommen worden war, und er stand deswegen immer noch leer hier auf dem Dachboden. Wenn man einen solchen Koffer sah, kam man auf derartige Gedanken, weil ein Koffer reisen bedeutete und träumen, dachte sie. Er roch nach Zedernholz wie jeder gute Schrankkoffer, und er war mit Papier ausgeschlagen, das in einem Muster ähnlich dem von Marge Westerbrooks Top bedruckt war.

Francie warf einen schnellen Blick auf Colt und Marge, die sich am anderen Ende des Speichers über irgendetwas unterhielten. Unbemerkt griff sie sich ein Comic-Heft und steckte es sich in den Bund ihrer Jeans, unter ihr Hemd. Dann schloss sie den Deckel des Koffers wieder und zog die Plane über den ganzen Stapel. Wenn sie dieses Haus kauften, würden der Koffer und die Bücher ihnen gehören, und es wäre kein Diebstahl mehr. Sie wollte das Heft ohnehin nicht behalten, sie hatte nur vor, es ihrem Freund Walter zu zeigen, der in der Stadt ein Antiquariat betrieb und sich mit allem Gedruckten auskannte, von Superman bis Shakespeare. Er würde wissen, was diese Hefte wert waren, wenn sie überhaupt etwas wert waren. Sie zog sich das Hemd aus der Jeans, damit man nichts von dem Heft sah, und dann wurde es auch schon Zeit, wieder hinabzusteigen.

Sie hatten bereits in der Stadt beschlossen, dass sie an Ort und Stelle ein Angebot machen wollten, falls ihnen das Haus gefiel. Sie hatten nie darüber gesprochen, *warum* sie es überhaupt haben wollten; sie wollten es eben, und in der freudigen Erregung, endlich einmal in etwas einig zu sein, gingen sie der Sache nicht weiter auf den Grund. Außerdem glaubte Colt, dass es ein sehr günstiger Kauf werden würde, und das war nach seinen Maßstäben schon Grund genug, den Handel abzuschließen. Wer wusste schon, wie lange das Haus leer gestanden hatte? Bestimmt Jahre. Der Besitzer versuchte wahrscheinlich schon lange verzweifelt, es zu verkaufen. Es lag abseits aller ausgetretenen Pfade, weit weg von allen städtischen Bequemlichkeiten, perfekt, um sich aufs Land zurückzuziehen. Falls überhaupt konnten nur sehr wenige interessierte Käufer es rein zufällig entdeckt haben.

Francie würde diesen Teil ganz ihm überlassen; er war der gewiefte Kaufmann, der seine Sache verstand, der Mann, der mit einem einzigen Telefonanruf dafür sorgen konnte, dass eine Aktiengesellschaft aufblühte oder verwelkte. Colt zog fragend die Augenbrauen hoch, und sie antwortete mit einem entschiedenen Nicken. Gleichzeitig musste sie sich Mühe geben, über ihre eigene Ernsthaftigkeit nicht zu kichern. Marge Westerbrook, die sich bestens darauf verstand, diese Art von Meinungsaustausch zu beobachten, tat so, als betrachte sie interessiert den Fußboden.

»Lassen Sie uns Klartext reden«, sagte Colt zu Marge.

»Ich warte draußen«, bot Francie an und verschwand mit dem entwendeten Comic.

KAPITEL 4

Das Blut der Engel

Zum Mittagessen hielten sie in Plainsburg, das wie jede andere mittelgroße Stadt in Pennsylvania – eigentlich in ganz Amerika – aus zwei Teilen bestand. Der erste war alt, stammte in diesem Fall aus dem späten 19. Jahrhundert, es gab Fassaden aus Holzimitat, ein oder zwei alte aus Steinen gemauerte Ladengeschäfte, einen schönen breiten, gepflasterten Bürgersteig und zu beiden Seiten der Hauptstraße eine Reihe von Straßenlaternen, die altmodischen Gaslampen nachempfunden waren. Der neuere Teil der Stadt umschloss den alten Kern mit einer vierspurigen Straße, einem braunen, müllübersäten Mittelstreifen und – soweit das Auge reichte – großen Parkplätzen links und rechts, um die sich jeweils eine Reihe von Einkaufszentren gruppierte. Der Verkehr auf dieser vierspurigen Straße war ein einziges Chaos.

Sie beschlossen, in der Altstadt zu Mittag zu essen, gerieten darüber jedoch in Streit. Beide waren anschließend so verärgert, dass sie während des Essens kaum miteinander sprachen, auch nicht über das Haus. Colt war ungewöhnlich verträumt – jedenfalls ungewöhnlich für ihn –, und Francie war mit einem Gedicht beschäftigt, das durch den Raum geschwebt war und sie gefunden hatte. So stellten sie sich immer bei ihr ein, die Gedichte, belästigten sie wie bettelnde Kinder mit ausgestreckten Armen. Sie stocherte abwesend in ihren Pommes frites herum und versuchte, das Gedicht auf einer Serviette zu notieren, bevor es sich ihr wieder entzog. Irgendetwas über Adern, die sich durch Holz zogen, Holz, das wie Fleisch war. Wie gewöhnlich war es ihr zuerst brillant erschienen, aber nachdem sie es jetzt in eine Form gefasst hatte, erkannte sie, dass sie wieder einmal versagt hatte. Es war eine weitere Fehlgeburt. Igitt. Pfui. Sie warf ihrem Mann einen Seitenblick zu; er verschlang seinen Cheeseburger, als ob es so etwas wie Dichtung überhaupt nicht gebe. Oder Manieren. Colt fragte sie nie, wie ihre Gedichte wurden, überlegte sie schmollend; es war ihm egal, dass es sich inzwischen seit Jahren um eine Serie von Mutanten, ein ganzes Geschlecht von Missgeburten handelte, die reif für den Zirkus waren. Natürlich konnte man von jemandem wie ihm nicht erwarten, dass er das verstand. Für ihn waren das alles einfach nur Worte.

»Worüber habt ihr gesprochen?«, fragte sie ihn, als sie in Richtung Osten heimwärts fuhren.

Colt sah sie an und lächelte lüstern. Er griff ihr an den Schenkel und drückte ihn in eindeutiger Absicht. Das erstaunte Francie; er berührte sie kaum noch spontan. Wenn er sie zu Hause zufällig streifte, murmelte er meist eine Entschuldigung, statt sie zu umarmen und zu streicheln. Was zum Teufel war in ihn gefahren?

»Du und Marge«, hakte sie nach. »Was hast du ihr gesagt?«

»Ich habe ein Angebot gemacht«, erwiderte er. »Sie wird es den Eigentümern übermitteln.« Seine Hand lag immer noch auf ihrem Schenkel, drückte, rieb und wartete auf eine Reaktion. Sie hatten einen Monat nicht mehr miteinander geschlafen. Vielleicht waren es auch sechs Wochen. Und jetzt wollte er es im Wagen treiben wie ein Teenager? Auf keinen Fall. Aber trotz ihrer Entrüstung spürte Francie, dass sie langsam warm wurde. Es war das Haus, das ihn auf Touren brachte, redete sie sich ein. Oder das Geschäft. Geld auszugeben stimulierte ihn immer.

»Einfach so?«, fragte sie. »Ist es unter Dach und Fach?«

»Nein, es ist nicht unter Dach und Fach«, sagte er. »Ich habe lediglich ein Angebot gemacht. Das ist nur der erste Schritt.«

»Wem gehört es denn eigentlich?«

»Einer Bank. Einer Bank, an der ich beteiligt bin, so viel steht fest.« Er schob die Hand weiter ihr Bein hinauf und fing an, die Innenseite ihres Schenkels zu massieren. Auf diesem nie dem Sonnenlicht ausgesetzten Teil ihres Körpers, der so zart war wie Perlmutt, konnte sie durch ihre Jeans die Reibung spüren. Sie presste die Beine zusammen, fing seine Hand wie in einer Falle und zupfte an den Haaren auf seinem Handgelenk. »Einer Bank? Glaubst du, die Bank hat überhaupt eine Vorstellung, wie das Haus aussieht?«, fragte sie.

»Ich bin mir sicher«, sagte Colt und befreite seine Hand, »dass sie ein sehr deutliches finanzielles Bild von dem Objekt haben.«

»Nein, ich meine, wie es *aussieht.* Nicht, wie viel es wert ist.«

»Es sind keine Dummköpfe. Deswegen habe ich ja Aktien dieser Bank.«

»Wie viel hast du angeboten?«

»Mach dir darüber keine Gedanken«, sagte er. »Wenn du es wüsstest, würdest du heute Nacht nicht schlafen können.«

»Oh, Coltrane!«

»Ich sagte doch, mach dir keine Gedanken. Wir können es uns leisten. Wir können uns zehn Häuser wie dieses leisten. Wird doch langsam Zeit, dass wir anfangen, mal etwas Geld auszugeben, meinst du nicht auch?«

»Vermutlich«, sagte Francie überrascht. Sie hatte den Eindruck, dass Colt sich verändert haben musste, ohne dass es ihr bisher aufgefallen war. Zuerst war er damit einverstanden gewesen, mit ihr hinaus aufs Land zu fahren. Dann hatte er das Haus gleichzeitig mit ihr gesehen, und jetzt das. Sie fragte sich, was diese Veränderung ausgelöst haben könnte. Bisher hatte immer eine gewisse Ironie darin gelegen, dass es Colt nicht die geringste Freude bereitete, Geld auszugeben, sondern nur, es zu verdienen. Wenn ihn etwas richtig in Fahrt brachte, dann konnte das nur eine Riesensumme sein, die er mit seiner Arbeit verdiente. Er hatte bereits Geld in rauen Mengen, haufenweise. Er hatte so viel Geld, dass er nicht mehr wusste, was er damit anfangen sollte. Es war verteilt auf alle möglichen verschiedenen Konten und Depots und warf dort Zinsen und Dividenden ab und machte sie beide schon ziemlich widerlich reich, um ehrlich zu sein. Aber Colt hatte noch nie zuvor das Bedürfnis verspürt, irgendetwas Großes anzuschaffen; und Francie war nie der Pelze-und-Juwelen-Typ gewesen. Ihnen gehörte nicht mal die Wohnung, in der sie lebten, obwohl sie sie leicht hätten kaufen können. Vielleicht, so überlegte sie, trat Colt jetzt in seine Art von unbeschwerter Jugendzeit ein. Falls es so war, wollte sie daran teilhaben – nur um einmal hineinzuschmecken. Sie wusste, dass sie niemals wirklich dazugehören würde, auch wenn er ihnen beiden alles kaufte, was sie sich jemals gewünscht hatten. Es würde immer *sein* Geld sein, und das, was sie dafür kauften, würden immer *seine* Sachen sein.

Außer dem Haus in Pennsylvania. Das war jetzt schon ihrs. Sie hatte es vom ersten Augenblick an gespürt, da sie ihren Fuß auf die Veranda gesetzt hatte. Es war wie eine Heimkehr gewesen.

Sie fuhren wieder um den Delaware Water Gap herum, den Durchbruch des Delaware durch den Kittatinny Ridge. Das Wasser war kabbelig und wirkte kalt im Licht der tief stehenden Sonne, das es wie mit Blattgold zu überziehen schien. Ein paar optimistische Motorbootfahrer machten das Beste aus der zu Ende gehenden Saison.

»Das muss echt Spaß machen«, sagte Francie.

»Ich habe nie verstanden, was für einen Sinn es haben soll, sich ein Boot zu halten«, sagte Colt. Er langte zu ihr hinüber und strich mit dem Handrücken über die Seite ihrer linken Brust. Sie nahm seinen Daumen in den Mund und biss hinein, sanft, aber fest, und er zog seine Hand wieder zurück. »Sieh dir doch diese Burschen an. Sie trailern einen ganzen Tag von Gott weiß woher das Boot hierher, nur um dann damit auf dem Wasser hin und her zu fahren. Kommt mir ziemlich stumpfsinnig vor.«

»Wieso machst du dich hier so an mich heran?«

»Was meinst du, wieso? Du bist doch meine Frau, oder?«

»Ja, aber trotzdem.«

»Wem zum Trotz?«

»Vielleicht gefällt es ihnen ja«, sagte Francie und schaute zu den Booten hinaus.

»Also, es sind Idioten.«

»Hast du nie den Wunsch gehabt, dir ein Boot zu kaufen?«

Colt zog frustriert seine Hand zurück und legte sie aufs Lenkrad. »Wenn ich mir ein Boot zulegen sollte, würde ich eins unten in den Keys haben wollen, irgendwo, wo es warm ist. Und ich würde ein richtiges Boot zum Fischen wollen, nicht so eine armselige kleine Nussschale. So wie die Charter-Yachten mit zwei Decks und einem Steuerhaus und ... und all dem anderen Zeug, das man bekommen kann.«

»Man kann hier von Water Gap aus bis zum Meer fahren«, sagte sie. »Es ist ein weiter Weg, aber es geht.«

»Das geht? Wie denn?«

»Flussabwärts«, antwortete Francie. »Über den Delaware.«

»Warum darf ich dich nicht berühren?«

»Das musst du dir erst verdienen.«

Colt grinste. »Und wie kann ich das?«

Francie kicherte angesichts seiner Ungeduld. »Durch Liebesbeweise«, sagte sie. »Werden wir dieses Haus kaufen?«

»Das weiß ich noch nicht.«

»Dann wirst du nicht mit mir schlafen«, versetzte Francie und wandte ihren Blick wieder der Straße zu.

Sie hatten eben erst New Jersey erreicht. Mit hoher Geschwindigkeit bog Colt von der Straße ab, sodass ihr die Luft wegblieb, und fuhr auf den Parkplatz des erstbesten Motels an der Straße. Er wandte sich zu ihr um und verschlang sie mit Blicken wie ein Sechzehnjähriger.

»Coltrane! Bin ich etwa eine, die gleich bei der ersten Verabredung zu haben ist?«

»Ich wusste gar nicht, dass wir verabredet waren.«

Sie blieb sitzen. Colt stieg aus und öffnete ihr den Wagenschlag. Der Manager des Motels trat an die Tür seines Büros und starrte die beiden an, ein untersetzter rundlicher Mann in T-Shirt und Bermudashorts mit Knien wie Softbälle. Colt lief rasch über den Parkplatz und drückte ihm ein paar Zwanziger in die Hand. Der Mann holte einen Schlüssel aus seinem Büro und händigte ihn Colt aus.

Sie gingen über einen rissigen, unkrautüberwucherten Plattenweg in eins der Zimmer, das nach kaltem Zigarettenrauch roch. Colt schlug die Tür zu, warf sie aufs Bett, riss sich die Kleider vom Leib und begann dann, sie langsam auszuziehen. Als er das Comic-Heft in ihrer Hose entdeckte, sagte er: »Was zum Teufel ist das denn?«

»Ach das, ich hatte es schon ganz vergessen. Das habe ich gestohlen.«

»Böses Mädchen. Dir muss man mal richtig den Hintern versohlen.«

»Tu mir bloß nicht weh«, sagte sie und schloss die Augen.

Francie öffnete die Augen erst wieder, als Coltrane nach einer halben Stunde völlig verausgabt auf die Matratze gesunken war, und starrte gedankenverloren an die Decke. Der Umstand, dass Colt kein Kondom benutzt hatte, brachte sie zum Nachdenken. Das war tatsächlich ziemlich merkwürdig, dachte sie. Colt nahm sonst immer ein Kondom, weil sie Angst vor der Pille hatte (nicht noch eine Pille, hatte sie ihm gesagt) und ihr die anderen Möglichkeiten der Empfängnisverhütung, Gel und Spirale und Diaphragma, allesamt zu kalt und glitschig und furchtbar erschienen. Hatte sich sonst noch etwas verändert? Stand jetzt, da sie vielleicht dieses Haus besaßen, vielleicht endlich Kinderkriegen auf der Tagesordnung? Es würde wenig nützen, ihn direkt zu fragen; wenn man etwas von Colt wollte und annahm, dass er vielleicht nein sagte, fragte man ihn auf keinen Fall direkt. Vielleicht hatte er es ja auch nur vergessen. Er gehörte nicht zu den Männern, die immer und überall ein Kondom dabeihatten.

Wenigstens hoffte sie, dass er nicht dazugehörte.

Sie griff sich zwischen die Beine und spürte die Feuchtigkeit, die ihr über die Schenkel gelaufen war. Sie rieb sie zwischen den Fingern. Sein Sperma. Es war eine Weile her, dass sie es zum letzten Mal gespürt hatte. Als sie noch jünger war, hatte sie sich vorgestellt, dass ihr Knochenmark genauso aussah, nicht rot wie Blut, sondern weiß und schimmernd, irisierend.

Ach, lass es gut sein, sagte sie sich. Du denkst zu viel nach. Und frag ihn nicht danach, sonst wird er ungehalten, und der Tag ist verdorben.

»Wie kommt es, dass wir es nur machen, wenn du eine Menge Geld ausgegeben hast?«, fragte sie stattdessen und ließ ihre Finger durch den Flaum auf seinem Rücken gleiten. Das letzte Mal, als es bei ihnen derart gefunkt hatte, hatte er sich gerade ein sehr teures Handy gekauft. Und davor ... sie konnte sich nicht mehr erinnern.

»Mmf«, sagte er.

»Coltrane.«

»Hm.«

»Errege ich dich noch? Im ganz normalen Alltagsleben?«

»Hm«, sagte er. »Ich bin müde.«

»Tue ich es?«

»Natürlich tust du es«, sagte er. »Warum musst du mich immer einem Verhör über unsere Beziehung unterziehen, wenn wir miteinander geschlafen haben?«

»Das tue ich nicht.«

»Jedes Mal.«

»Tut mir Leid«, sagte sie und blickte wieder zur Decke. »Werden wir ein Weilchen hier bleiben?«

»Ich möchte ein bisschen schlafen.« Er hatte ihr den Rücken zugekehrt. Francie griff nach der Fernbedienung und schaltete den Fernseher ein. Ein Mann und eine Frau lagen im Bett und kuschelten sich aneinander. Die Frau trug ein Seidennachthemd und der Mann seidene Boxershorts. Die Bettwäsche sah ebenfalls nach Seide aus. Sie lebten in einer Welt aus Seide. Francie schaltete den Ton ab und sah den beiden neidisch zu, wie sie zärtlich miteinander sprachen, stellte sich vor, was sie sich zuflüsterten, versuchte, es an ihren Lippen abzulesen, versuchte, sich vorzustellen, wie es eigentlich sein musste.

KAPITEL 5

Eine historische Rückblende

Adencourt wurde im Hauruckverfahren und auf Befehl (und mit dem beachtlichen, im Sklavenhandel erworbenen Familienvermögen) von Captain Victor T. Musgrove errichtet, Held des mexikanisch-amerikanischen Krieges von 1848 und diverser namenlos gebliebener Feldzüge gegen die Indianer. Captain Musgrove verstand sich auf ein oder zwei Gebiete, unter anderem auf den Krieg gegen die Indianer und einige ihrer Sprachen, hatte aber von allem anderen nicht die geringste Ahnung. Und darunter fiel auch die Architektur. Das spielte allerdings, soweit es den Bau des Hauses betraf, nicht die geringste Rolle, da der Captain sich selbst für einen Mann von tadellosem Geschmack hielt und niemand reich genug war, ihm zu widersprechen.

Adencourt war ein so solides und uneinnehmbares Haus, dass man ihm schon vor einhundertfünfzig Jahren eine Lebenszeit von mindestens einhundertfünfzig Jahren vorausgesagt hatte. Der Augenschein reichte, um das zu begreifen: Es war ein lebendiges Etwas, das atmete und wachsam war und manchmal wie ein Monster aus den Meerestiefen wirkte. Die breiten Eichenbretter der Eingangstür erinnerten an ein weit aufgerissenes Maul; die Fenster waren seine vielen leeren Augen; das Dach, das abwechselnd gegiebelt, spitz, flach und mit einem Aussichtsplateau versehen war, bildete einen merkwürdigen Schopf, und die beiden großen Flügel, der nördliche und der südliche, sahen aus wie klauenlose Gliedmaßen. Sein Skelett aus handgehobelten Balken wurde durch gezapfte Verbindungen zusammengehalten, geschnitzt mit Klopfholz und Beitel von Zimmerleuten, die Künste beherrschten, an die sich heute, abgesehen von Ludditen und Amish People, kaum noch jemand erinnert. Die Verkleidung bestand aus einem Sammelsurium von Schindeln in einem halben Dutzend verschiedener Farbtöne, allesamt Variationen des Themas »Schmutziges Weiß«. Hätte man den ganzen Bau mit einem Metalldetektor abgesucht, so wäre kaum ein Nagel darin entdeckt worden. Es wurde zusammengehalten von handgeschnitzten Pflöcken. Jedenfalls das Grundgerüst. Die erst später ergänzte Verkleidung hatte man notgedrungen mit Nägeln aufhängen müssen. Das Knochengerüst des Hauses war aus Kirschbaum, Esche und Eiche, gewachsen aus der Erde, auf dem das Haus jetzt stand. Einige der Balken, und zwar diejenigen, die man kaum sah, es sei denn, man verirrte sich tief in die Eingeweide des Gebäudes, waren dicker als ein Mann – sie bildeten das Rückgrat und die Rippen des Hauses. Es war ein starkes Haus, gebaut wie ein Schiff oder sogar noch besser als ein Schiff; es war ein Haus, das schwimmen würde, wenn man es vom Stapel ließ, ein Haus, das unzerstörbar war. Es war in der Tat eine Festung. In einigen Räumen bestand der Putz immer noch aus einer Mischung aus Pferdehaar und Gipsmörtel, die so elastisch war, dass ein Nagel, den man dort einzuschlagen versuchte, wie ein Geschoss zurückprallte.

Bis 1945 hatte eine altmodische Remise mit einem Wendeplatz davor neben der Scheune gestanden. Sie war einst abgerissen worden, um dort eine moderne Garage zu errichten, aber Anfang des 21. Jahrhunderts harrte diese Verbesserung immer noch ihrer Verwirklichung. Die Scheune stand jedenfalls noch. Sie war drei Jahre älter als das Haus und würde wahrscheinlich noch eine Weile in ihrer gegenwärtigen Form als ein Haufen alten Holzes weiter bestehen, wenn nicht jemand ein Streichholz daran hielt – oder sie durch einen gnädigen Blitz getroffen wurde.

Seine Nachbarn nannten Captain Victor T. Musgrove gewöhnlich einen »Helden«, aber sein letzter Krieg hatte eigentlich nicht die üblichen Gelegenheiten für Heldentum geboten, wie sie ein guter Krieg bieten sollte: insbesondere einen ehrenhaften Grund zum Kämpfen. Der Krieg gegen Mexiko war in Wahrheit nur ein schlecht kaschierter Landraub gewesen, ein peinlicher Ausrutscher in der Geschichte eines Landes, das ohnehin auf Landraub gegründet war – einer Nation, deren gesamte Philosophie des Wachstums tatsächlich auf Diebstahl und Völkermord beruhte, so wie es bei allen Nationen der Fall ist. Captain Musgrove wusste das, und außer ihm jeder andere Bürger der Vereinigten Staaten von Amerika; trotzdem kann man fast mit Sicherheit sagen, dass sich niemand klarmachte, dass sie es wussten.

Es war natürlich Captain Musgroves Überzeugung gewesen, dass Amerika einen ganz hervorragenden Grund hatte, gegen die Mexikaner zu kämpfen, die in seinen Augen nicht einmal eine echte Rasse waren, sondern lediglich Bastarde der spanischen Conquistadores und der eingeborenen Frauen, die sie vor Jahrhunderten vergewaltigt hatten. Der Grund war einfach, dass sie eine Menge Land besaßen und Amerika etwas davon haben wollte. Nichts leichter als das. Captain Musgrove war ein professioneller Indianermörder – ein Titel, der einmal eine große Auszeichnung bedeutet hatte –, und er hatte feste Vorstellungen von der Bestimmung des weißen Mannes in Nordamerika. Es gab klare Beweise dafür, dass ihm der Kontinent gehörte, und der beste Beweis dafür war die Tatsache, dass die Weißen dort waren. Versuch nicht, mit Captain Musgrove über die *offensichtliche Bestimmung* zu diskutieren, sagten die Leute vor vier oder fünf Generationen über ihn. Zuerst wird er mit Totschlagargumenten diskutieren, dich dann erschießen, danach skalpieren – eine Kunst, die er von den gleichen Indianern gelernt hatte, die er einst wie Kaninchen zu jagen pflegte. Und dann wird er weiter auf dich einreden.

Nicht, dass irgendjemand das geringste Interesse gehabt hätte, sich auf eine Diskussion mit dem Captain einzulassen. Die Lehre von der *offensichtlichen Bestimmung* war *so* offensichtlich, dass man darüber gar nicht zu diskutieren brauchte. Es war eine in sich selbst evidente Wahrheit, dem Herzen des Großen Weißen Vaters in Washington ebenso lieb wie die Erkenntnis, dass alle Wesen gleich waren, so lange es sich um weiße, besitzende Männer handelte. Jeder weiße amerikanische Mann glaubte damals, dass ihm die ganze Welt gehöre oder doch zumindest so viel, wie er davon bestellen und jagen konnte. Man darf auch nicht vergessen, dass die meisten dieser Amerikaner eigentlich nur nach Amerika verpflanzte Europäer oder deren unmittelbare Nachkommen waren und dass sie durch die unglaubliche Größe und den wahnsinnigen Reichtum des Kontinents, dessen Erbe sie de facto antraten, zu diesem Glauben verführt wurden. Der Anblick der ozeanischen Weite der Prärie – wo der Wind das lange Gras aufwühlte wie Wellen und die wuchtigen Rücken der Büffel gerade eben über die Spitzen des Präriegrases emporragten wie schlafende Wale – war derartig wunderbar, dass er die ehemaligen Leibeigenen und bescheidenen Pachtbauern auf der Stelle überzeugte. Hier würden sie auf einen Schlag reich werden, wenn sie ihr Land bestellt hatten – so ihr fester Glaube. In Europa gab es keine unkultivierten Flächen mehr. Dieser Kontinent war seit dem Mittelalter übervölkert, die Krume ausgelaugt. Amerika war zu schön, um wahr zu sein: eine breithüftige, vollbusige Versuchung, die völlig nackt daherkam, die ihre Schönheiten nicht versteckte, sondern die Männer geradezu drängte, sich blindlings ihrer Ausbeutung hinzugeben. Selbst die tugendhaftesten Männer wurden gierig; Männer von schwachem Charakter hatten ohnehin nicht die geringste Widerstandskraft.

Captain Musgrove, der sich selbst zweifelsohne unter die tugendhaftesten Männer rechnete, nahm 1851 im Alter von dreiundvierzig Jahren seinen Abschied von der Kavallerie der Vereinigten Staaten. In seinen Bewegungen und seinem Denken war er bereits ein alter Mann – dreimal schwer verwundet und von zwei dieser Verwundungen wieder genesen. Der Name »Adencourt« war ihm schon einige Jahre lang im Kopf herumgegangen, obwohl er gar nicht wusste, was er bedeuten sollte. Er flog ihn von Zeit zu Zeit an, gewöhnlich wenn er zu Pferde saß, wie ein nur aus einem einzigen Wort bestehendes Gedicht, das zum Klang des Hufgetrappels passte. Es gefiel ihm, das Wort mit der Zunge zu formen, als wolle er es aussprechen, was er aber niemals tat, niemals laut.

Der linke Arm, die Brust und beide Beine des Captains waren mit Narben übersät und von Pfeilen, Musketenkugeln und Säbelhieben gezeichnet. Seine letzte Verwundung, von der er sich niemals ganz wieder erholen sollte, hatte er sich im Zweikampf gegen einen mexikanischen Offizier zugezogen. Sie waren zu Fuß aufeinander losgestürmt, brüllend wie Bullen, die zum Angriff übergehen. Er hatte auf den Mexikaner geschossen und ihn verfehlt. Dann hatte er mit der ungeladenen Pistole nach ihm geworfen und ihn erneut verfehlt. Wie einem Anfänger war ihm schließlich das Schwert entglitten. Der Mexikaner hatte die Gelegenheit genutzt, dem Captain sein eigenes Schwert zwischen die Rippen zu stecken. Der Captain hatte prompt das Bewusstsein verloren, nicht vor Schmerz, denn er kannte keinen Schmerz, sondern in der Annahme, dass er einen gnädigen Heldentod gestorben war.

Der Captain glaubte nicht an den Himmel, denn er hatte bislang keine verlässliche Berichte über dessen Existenz erhalten. Er erwartete, sich nach seinem Erwachen in der Hölle wieder zu finden, aber dem war nicht so. Er war in Texas. Der mexikanische Offizier war nirgends zu sehen. Das ganze Schlachtfeld schien menschenleer. Dem Captain war es nie gelungen, eine vernünftige Erklärung dafür zu finden, was an jenem Tag geschehen war. Es war eine Frage, an der er für den Rest seines Lebens herumrätseln sollte. Was war mit seinem Feind geschehen? Hatte jemand anderes ihn getötet? Hatte man ihn für tot gehalten? War Jesus erschienen, während er nicht bei Bewusstsein war, und hatte alle Aufrechten mitgenommen und nur die Verdammten liegen lassen?

Es war ein Erlebnis, das einen gewöhnlichen Mann wohl bewegt haben mochte, Bilanz zu ziehen und vielleicht Besserung zu geloben, aus reiner Dankbarkeit. Jedoch nicht den Captain. Seit dem Ende seiner Kindheit, als er zum ersten Mal ins Feld gezogen war, hatte er es darauf angelegt, sich umbringen zu lassen. Eigentlich neigte er nicht besonders zur Wahrnehmung seines Seelenlebens. Doch er war sich jetzt immerhin des dunklen, aber vertrauten Missbehagens bewusst, dass er noch lebte. Er war dem Tod viele Male so nahe gekommen, dass er ihn mit Recht duzen zu können glaubte, dass er ihn auf eine Entfernung erkannte, in der der Tod den meisten anderen nur wie eine schwache atmosphärische Störung vorgekommen wäre. Wie eine umworbene Hure, wie Amerika selbst, war der Tod für den Captain ein beinahe unerreichbares Ideal, etwas, nach dem er sein Leben lang streben und es doch nie erreichen konnte. Die Ironie, die darin lag, entging ihm ungeachtet seiner philosophischen

Unbeholfenheit nicht ganz. Er war nicht dumm. Er glaubte eben, dass sein Leben nur dann als wohlgelebt betrachtet werden konnte, wenn es im Dienst einer Sache, die bedeutender war als er selbst, blutig endete.

Jetzt, mit Mitte vierzig, aus dem Dienst ausgeschieden, fiel es dem Captain schwer zu atmen. Ein Militärarzt sagte ihm, seine linke Lunge sei teilweise zerstört. Eines Tages werde sie ihn umbringen. Er konnte seinen linken Arm nicht mehr über den Kopf heben. Er brauchte eine halbe Stunde, bis er morgens angekleidet war. Es war ihm egal. Das war nur der Körper. Was von ihm übrig geblieben war, würde lernen, solche Unbilden zu kompensieren.

Der Captain war im östlichsten Teil Pennsylvanias geboren worden, und er hatte immer vorgehabt, einmal dorthin zurückzukehren, sich etwas Land zu kaufen und irgendetwas darauf anzubauen, wenn er zu alt wurde, um zu kämpfen, wenn das denn sein elendes Schicksal sein sollte. (Selbstmord stand außer Frage, es sei denn, er wäre auf dem Schlachtfeld geschlagen worden.) Er war, wofür er Gott dankte, rein englischer Abstammung. Damals war die ethnische Zusammensetzung der Bevölkerung dieses Landesteils noch eine andere. Die Indianer, die einmal dort gelebt hatten, waren natürlich allesamt tot, oder doch fast alle. Und es gab noch nicht so viele Osteuropäer – die Polen und die Böhmen und der übrige bastardisierte Pöbel, der bald den Osten Amerikas überschwemmen sollte, kam erst später, um in den Kohlebergwerken zu arbeiten, nachdem die Dampfschifffahrt die Reise neuerdings für jeden erschwinglich machte, der ein paar Dollars zusammenkratzen konnte. In jenem Teil Pennsylvanias hatte man hauptsächlich seine Deutschen, seine Schotten, seine ärmlichen Iren (als ob es je andere Iren gegeben hätte, dachte der Captain häufig) und viele Engländer. Dann gab es einige verbliebene Franzosen, Überbleibsel aus den Tagen, als diese Leute die Fallenstellerei und den Pelzhandel beherrscht hatten. Einige der schottischen Familien waren schon so lange in der Neuen Welt ansässig, dass sie sich dort überall verbreitet hatten, von den Ozarks im Süden bis zu den Catskills und den Adirondacks und den Poconos in New York und Pennsylvania. Diese Leute hatten die Berge im Blut, und sie sangen immer noch die gälischen Lieder der Highland-Clans aus den Tagen von Bonnie Prince Charlie und natürlich auch die Lieder ihrer Vettern aus dem Norden Irlands. Sie sangen sie Jahr für Jahr bei ihren Versammlungen, auf denen der Whisky reichlich floss, Generation für Generation, bis schließlich nach und nach der Klang ihrer Stimmen und der Rhythmus ihrer Melodien sich zu einer anderen Art von Musik entwickelten, eine, die für ihre Vorfahren nur noch schwer erkennbar gewesen wäre und die dennoch deren Füße genauso in Bewegung gebracht hätte wie die alten Klänge.

Und dann waren da die Familien, die von den Unterdrückern dieser Schotten abstammten, und zu ihnen gehörten die Musgroves: englische Gutsherren, Edelleute, die mit Ländereien in Schottland und Irland belehnt worden waren, die sie niemals gesehen hatten. An der systematischen Ausmerzung aller Spuren einer eigenständigen Kultur der schottischen Highlands waren die Musgroves maßgeblich beteiligt – mit Schwert und anglikanischer Bibel als Waffen. Sie hatten vorgeführt, wie ihre Nachfahren Jahrhunderte später den nordamerikanischen Kontinent von rothäutigen Heiden säubern würden. Der Captain war mit seiner Familiengeschichte gut vertraut und stolz auf jede Einzelheit. Er gehörte zu einer Familie von Siegern. Sie würden niemals untergehen. Einiges von dem, was sie getan hatten, war nicht schön gewesen, das wusste er, aber das war der Preis des Fortschritts, und es war besser, obenauf zu sein als am Boden. Das war das Motto, das er sich selbst jede Nacht wiederholte, die einzigen lateinischen Worte, die er kannte, um die Gewissensbisse zu beschwichtigen, die wie von den Saiten einer Harfe angeschlagen durch seinen Kopf hallten. *Melior in summo quam in fundo:* Es ist besser, obenauf zu sein als auf dem Grund.

Musgrove nannte das Haus Adencourt, weil dieser Name so klang wie etwas, von dem er gehört hatte, dass es sich in Frankreich ereignet haben sollte. *Er* war nicht in Frankreich gewesen – aber *es* hatte sich dort ereignet, eine Schlacht oder etwas in der Art, er wusste es nicht genau. Ihm gefiel einfach der Name. Er hatte jahrelang in seinem Kopf widergehallt, war von den Wänden seines Schädels abgeprallt wie eine Musketenkugel, die in eine Glocke geraten war und sie mit aller Macht des Schicksals geläutet hatte.

Das Wort, nach dem er gesucht hatte, lautete natürlich »Agincourt«, der Name einer Schlacht zwischen Frankreich und England, die 1415 stattgefunden hatte; es war eine vernichtende Niederlage der Franzosen gewesen, die völlig demoralisiert wurden und kaum ertragen konnten, dass sie ihre Drohung nicht hatten wahrmachen können: jedem englischen Bogenschützen auf dem Schlachtfeld den Mittel- und den Zeigefinger abzuschneiden, damit er nie mehr wieder eine Sehne damit spannen konnte, sei es eine Bogensehne, die Saite einer Harfe oder die Saite, die man im Herzen einer Frau erklingen lässt. Schade, dass der Captain diese Geschichte nicht kannte, denn er hätte sie sehr genossen, vor allem die Tatsache, dass die Franzosen verloren hatten.

Aber auch die Idee, Finger abzuschneiden, hätte ihm gefallen. In seiner Jugend hatte der Captain wie viele andere der Sitte des Verstümmelns auf dem Schlachtfeld gehuldigt. Viele Jahre lang hingen von den Dachsparren über der langen Veranda seines neuen Hauses bei Plainsburg merkwürdige Dinge, die aussahen wie Pferdeschwänze, an denen noch ein Stückchen Pferd haftete. Es waren menschliche Skalps. Der Captain hatte sie selbst erbeutet, von drei Kriegern irgendeines Apachenstammes bei der Schlacht von San Fernando. In jenen frühen Tagen Amerikas war es zwar vielleicht etwas übertrieben, aber doch sozial akzeptiert, Körperteile seiner Feinde öffentlich zur Schau zu stellen. Damen, die zu Besuch kamen, wendeten höflich ihre Augen von den gräulichen Trophäen ab, und die etwas weibischen Geschäftsleute, die für ein paar Tage von Philadelphia oder von New York herkamen und oft hier Halt machten, um auf ihrem Weg zu weiter westlich gelegenen Orten den alten Kriegshelden aufzusuchen, brauchten gewöhnlich eine Weile, bis sie den Mut fanden zu fragen, wie es sich denn genau anfühle, einen Mann zu skalpieren. Der Captain war nur allzu stolz, den Vorgang auf die herbe Art des Frontkämpfers zu beschreiben:

»Fühlt sich so an, als häute man eine Beutelratte. Macht auch das gleiche Geräusch. Man macht einen Einschnitt mit dem Beil an der Stirn, nicht zu heftig, denn man will ihm ja nicht das Gehirn aus dem Schädel schlagen. Nur, dass er es spürt, verstehen Sie. Dann fährt man mit der Klinge seines Messers darunter, genau zwischen die Haut und den Schädelknochen. Wenn man es weit genug hineingesteckt hat, fährt man damit einmal rund um den Schädel; währenddessen hält man den Haarschopf des Burschen fest. Höchstwahrscheinlich zappelt und tritt er und macht Geschrei; na ja, dann kniet man sich ihm einfach auf die Brust und hält ihn ruhig. Dann fehlt nur noch ein kräftiger Ruck, und schon ist es los, das Haar und alles, und wenn man es richtig gemacht hat, dann ist es so sauber, wie es sauberer nicht sein kann. Für gewöhnlich werden sie dann ziemlich still, und man zieht ihnen einfach die Klinge durch die Kehle, und damit sind sie dann erledigt. Ein passendes Ende, würde ich sagen, für diese schmutzigen Bastarde.«

Ein Herr, den das Ganze wirklich entsetzte, ein stutzerhafter Anwalt aus New York, sagte: »Aber warum, Sir, schneiden Sie nicht gleich den ganzen Kopf ab und schleppen den mit sich herum?«

Dem Captain waren die Grundsätze des Sarkasmus ebenso fremd wie die der Architektur. Er erklärte: »Der Kopf eines Menschen passt nicht in eine Satteltasche, und man kann ihn auch nicht ans Sattelhorn binden. Er erschreckt das Pferd.«

Als er seinen Abschied nahm, beschloss Captain Musgrove, zurück nach Osten zu gehen und zu heiraten. Mit der ganzen Sorgfalt und Umsicht, die die Männer heutzutage auf den Kauf eines Automobils verwenden, wählte er sich eine Frau aus einer Familie, deren Geschichte der seinen so ähnlich war wie möglich. Das hatte zur Folge, dass er seine Cousine heiratete, denn wer außer einem Musgrove konnte schon für einen Musgrove passend sein? Jedenfalls litten die meisten anderen auf der Welt unter Blutarmut und einer Neigung zu Wasserköpfen. Das war nichts für den Captain; er wollte starke Kinder. Ein Musgrove wollte, dass seine Nachkommenschaft gut gedieh. Das war der richtige Weg.

Sie hieß Marly. Sie war sechzehn, er dreiundvierzig, was alle, Marly eingeschlossen, für ein perfektes Zusammentreffen hielten. Marly war klein, hatte eine dicke Taille, breite, kräftige Hüften und starke Arme; ihre Gesichtszüge waren etwas zu grob, um attraktiv genannt zu werden, aber für den Captain, der den größten Teil seines Lebens in der Gesellschaft von Männern zugebracht hatte, war sie der Inbegriff des Weiblichen, und er nahm sie freudig in Besitz. Dieses Mädchen würde dem Captain schließlich zehn Kinder gebären – darunter zwei Zwillingspaare –, ihm helfen, die Farm zu bewirtschaften und die Aufsicht über die wenigen Hilfskräfte führen, die sie beschäftigten. Marly bewältigte all diese Aufgaben mit bewundernswertem Erfolg, bis sie im Alter von dreiundfünfzig Jahren und mit einem kleinen Enkelkind auf dem Arm unter den Hufen eines durchgegangenen Pferdes starb. Dieses Enkelkind, Lincoln Flavia-Hermann, überlebte den Unfall, ohne auch nur einen Kratzer davonzutragen, und lebte lang genug, um etwa achtzig Jahre später im Fernsehen die zahlreichen Wiederholungen der Aufzeichnung von der Ermordung Präsident John F. Kennedys zu sehen. Lincoln sah sich diese Szenen auf seinem kleinen Schwarzweißfernseher in seinem Altenheim an, und er dachte dabei an die Tragödie, die sich während seiner Kindheit ereignet hatte, und fragte sich, warum der Tod zu manchen so schnell kam, während andere, er selbst zum Beispiel, darum beten mussten.

Von Marlys zehn Kindern verstarben zwei bei der Geburt, ein Mädchen starb, bevor es laufen gelernt hatte, ein Kind starb an Tuberkulose, und eins ertrank im nahen Fluss, der damals tiefer und reißender war, als er es jetzt ist. Dann starben zwei in der Blüte ihrer Jahre während der Grippe-Epidemie von 1918. Diese Seuche forderte in den Vereinigten Staaten mehr Menschenleben als alle Kriege des 20. Jahrhunderts zusammen, aber trotzdem wurde fast nie von ihr gesprochen und heute erinnert sich kaum noch jemand daran. Von zehn

Musgrove-Kindern lebten nur drei lang genug, um alt zu sterben: Hamish und Ellen, ein zweieiiges Geschwisterpaar, und ihre jüngere Schwester Lucia.

Der Captain und seine Frau begruben ihre kleinen Kinder eins nach dem anderen auf einem kleinen Friedhof am äußersten Ende ihres Besitzes, der in späteren Jahren von Blauregen und Flieder und auch von dem Neuausschlag der Bäume, die für den Hausbau gefällt worden waren, bis zur Unkenntlichkeit überwuchert wurde. Die fünf Musgroves, die zumindest ihre frühe Kindheit überlebt hatten – Hamish, Ellen, Lucia, Olivia und Margaret – besuchten diesen Friedhof in ihrer Jugend oft. Sie spielten dort laut und sorglos zwei Meter über den sich zersetzenden Leichnamen ihrer Geschwister, wobei sie sich durchaus bewusst waren, dass sie den Verstorbenen Gesellschaft leisteten und dass sie alle zusammen ihren Spaß hatten.

Eines Tages im Jahre 1859 bat ein Handlungsreisender in Adencourt um ein Glas Wasser. Der Captain, der auf seiner Veranda im Schaukelstuhl saß, sah ihn die Straße entlangkommen; er grüßte den gelbhaarigen Mann mit einem Zuruf und dem lässigen Tippen mit zwei Fingern am Hut, den er aus seinen Militärtagen beibehalten hatte und der nun zu so etwas wie seinem Markenzeichen geworden war. Wie sich herausstellte, hatte der Mann die gleichen Gegenden im Westen kennen gelernt wie der Captain; sie kamen ins Gespräch über die Weite der Welt und logen einander freimütig allerhand darüber vor, wie gut sie mit dieser Welt vertraut waren. Der Captain wusste einen guten Lügner zu schätzen, so lange er sich wacker verkaufte; also wurde der Handlungsreisende – er hieß McNally – eingeladen, über Nacht zu bleiben.

Als McNally während des Essens das leibliche Unwohlsein des Captains bemerkte, erwähnte er, dass er über oberflächliche medizinische Kenntnisse verfüge. Der Captain räumte ein, dass er nicht dazu neige, sich zu beklagen, aber da der Herr nun einmal medizinisch bewandert sei, könne er ihm ebenso gut seine Meinung über die verschiedenen Schmerzen und Unpässlichkeiten sagen und, ob vielleicht etwas dagegen getan werden könne – er habe mit den echten Ärzten keinerlei Glück gehabt. Als der flachshaarige Handlungsreisende am nächsten Morgen weiterzog, hatte er einen vollen Bauch und ein brandneues Paar Schuhe. Im Austausch dafür hatte er sechs Flaschen McNallys orientalisches Spezial-Gesundheits-Tonikum dagelassen, das aus etwa achtzig Prozent Alkohol, neunzehn Prozent Wasser und einem Prozent Opium bestand.

Der Stoff war die Antwort auf die Gebete des Captains. Es erleichterte ihm das angestrengte Atmen und ließ ihn zum ersten Mal seit Jahren die ganze Nacht durchschlafen. Alkohol verschmähte er normalerweise, aber da er nicht wusste, woraus McNallys Tonikum bestand, machte das nichts. Der Handlungsreisende hatte ihm versichert, dass es sich um eine geheime Kräutermischung handele, die nur einigen weisen Ostasiaten bekannt sei, mit denen er, McNally, während seiner Reisen durch die Welt ein Exklusivabkommen geschlossen habe. Er würde in mehreren Wochen wieder des Weges kommen und sich glücklich schätzen, wieder beim Captain Halt machen zu dürfen und seine Vorräte des Tonikums auffüllen zu können. Allerdings müsse er beim nächsten Mal, da er nun einmal Geschäftsmann sei, ihm dafür den vollen Preis berechnen. Dafür habe der Captain sicherlich Verständnis.

Einige Wochen vergingen. Nachdem er festgestellt hatte, dass die Wirkung des Tonikums nachließ, begann der Captain, die Dosis zu erhöhen. Aus einem Esslöffel am Abend wurden zwei, dann kam einer am Nachmittag hinzu. Schon bald benutzte er nicht mehr den Löffel, sondern ein Glas. Nachdem er drei Flaschen geleert hatte, hatte sich seine Schlaflosigkeit wieder eingestellt, nur dass er jetzt außerdem an Ausbrüchen von kaltem Schweiß, Verfolgungswahn und Kopfschmerzen litt, die ihn zu zerreißen drohten. Manchmal stellte er sich vor, dass alle Männer, die er jemals getötet hatte, sich in einem Kreis um sein Haus aufgebaut hatten und dort warteten, Indianer und Mexikaner, Seite an Seite vereint in ihrem Wunsch, ihn an ihre kalte, zerfetzte Brust zu drücken. Seine alten Schmerzen waren gelindert, aber sie waren ersetzt worden durch ein überall lauerndes Gefühl der Verdammnis und einem entsetzlichen Empfinden der Leere, für das der Captain keinen Namen hatte, das ihn aber dennoch verzehrte: die Sucht. Er wollte nichts mehr von McNallys Tonikum trinken, aber er hatte Angst, damit aufzuhören. Er zwang sich, davon zu trinken, selbst wenn ihm nicht danach zu Mute war, um die unvermeidlichen Angstattacken abzuwehren, die sich alle paar Stunden einstellten. Nachdem er die letzte der sechs Flaschen geleert hatte, fürchtete der Captain die Rückkehr des Handlungsreisenden ebenso, wie er dafür betete.

Marly, die inzwischen sechsundzwanzig Jahre alt war, hatte keine Ahnung, wie sie sich das alles erklären sollte. Sie war nach ihrem zwölften Lebensjahr nicht mehr zur Schule gegangen, und sie wusste nichts über die geheimnisvolle Welt der Medizin. Sie wusste lediglich, dass ihr Ehemann in kurzer Zeit arbeitsunfähig geworden war und sie die ganze Landwirtschaft nun allein bewältigen musste. Das war zu viel für die junge Frau. Für alle Fälle hatte sie jetzt eine geladene Schrotflinte an der Tür stehen und behielt die Straße im Auge.

McNally erschien genau zu dem Zeitpunkt, den er angekündigt hatte; zweifellos berechnete er bereits den Gewinn, den ihm dieser leichte Handel einbringen würde.

An der Tür, wo er mit dem Hut in der Hand stand, wurde er von der Mündung einer Schrotflinte begrüßt, die, wie er feststellte, auf seinen Mund zielte. Am anderen Ende der Flinte stand Marly Musgrove, zum achten und letzten Mal in anderen Umständen.

»Dreh dich um, McNally«, befahl sie. »Marsch.«

McNally grinste. Die Sonne ließ sein Haar schimmern wie gesponnenes Gold. »Was haben Sie vor, junge Frau?«, fragte er und hob langsam die Hände. »Weiß dein Mann, dass du mit seiner Flinte herumspielst?«

»Der Captain weiß nichts mehr, nicht einmal mehr seinen eigenen Namen«, sagte Marly. »Jetzt setz dich in Bewegung.«

Sie trieb den Handlungsreisenden über die Straße an den Fluss und hinter den Bäumen die Böschung hinunter, wo niemand sie sehen oder hören konnte. Dann ließ sie ihn seine Kleider ausziehen und sie ins Wasser werfen, zusammen mit seinem Musterkoffer. Inzwischen war McNally das Grinsen vergangen und ein ungutes Gefühl, was seine Zukunft anbelangte, hatte sich seiner bemächtigt. Die Frau schien es ernst zu meinen. Obwohl er sonst nackt war, behielt er aus Höflichkeit den Hut auf. Seine zitternden Hände hatte er hoch über den Kopf erhoben.

»Sieh mich an«, sagte Marly.

McNally tat es. Als er den Ausdruck auf Marlys Gesicht sah, begann er zu heulen, denn er wusste, dass sie ihn töten würde.

»Wie wird es geheilt?«, fragte sie ihn.

»Es gibt keine Heilung, Madame«, sagte McNally und versuchte erfolglos, ein Schluchzen zu ersticken. »Sie müssen ihn in ein Zimmer sperren, bis er es hinter sich hat. Es gibt keine andere Möglichkeit.«

»Wird er daran sterben?«, fragte Marly.

»Ich weiß nicht«, schluchzte McNally. »Vielleicht.«

Mehr brauchte Marly nicht zu hören. Sie löste beide Abzüge gleichzeitig aus und wurde vom Rückstoß umgeworfen. Als sie sich wieder aufsetzen konnte, war der Handlungsreisende bereits hundert Meter stromabwärts getrieben, inmitten einer großen roten, blauen und grünen Lache von Blut und Eingeweiden.

Marly stand wieder auf und ging zurück ins Haus. Die Flinte rauchte noch, ihre Schulter schmerzte. Ihre Kinder hatten den Knall sicherlich gehört; sie würde ihnen erzählen, dass sie einen Fuchs geschossen habe. Der Captain lag oben im Bett und machte den dritten Tag seines erzwungenen Entzugs durch. Sie würde ihm nichts sagen, denn er würde glauben, er habe den Schuss nur geträumt. Sie hoffte, dass die Leiche nie gefunden wurde, obwohl die Wahrscheinlichkeit, dass es anders kam, recht groß war. Aber auch dann wusste sie, dass sie selbst zu denjenigen gehörte, die man als Letzte verdächtigen würde. Sie war immerhin die Frau des Captains. Und ohne seine Kleider konnte der Mann jeder sein: ein Spieler, ein entflohener Häftling, ein Bankräuber, ein Zigeuner. Er würde in einem Armengrab beigesetzt werden, und sie konnte hoffen, dass man zu dem Schluss kommen würde, dass er das bekommen hatte, was er verdiente.

Was in der Tat so war.

Ein paar Wochen später, als der Captain langsam wieder er selbst wurde, sagte er: »Wenn dieser verdammte Handlungsreisende es jemals wieder wagt, sein Gesicht hier zu zeigen, werde ich ihn mit der Schrotflinte wegblasen.«

»Ich glaube, das wird er nicht«, entgegnete Marly ruhig. »Wahrscheinlich wird ihn jemand anders vor dir erwischen.«

»Wie hieß er noch mal?«, fragte der Captain. »Ich habe es vergessen.«

Aber Marly sagte es ihm nicht.

Zwei Jahre später brach der Bürgerkrieg aus, und der Captain beschloss, zum dritten Mal in seinem Leben in den Krieg zu ziehen. Um die Wahrheit zu sagen, hatte er eine solche Gelegenheit schon lange herbeigesehnt. Es gelang ihm kaum, seine Erregung zu beherrschen. Sein Leib mochte inzwischen größtenteils nutzlos geworden sein, sein Atem nicht viel mehr als der schwache Hauch eines Schmetterlingsflügelschlags, aber er konnte, bei Gott, immer noch kommandieren. Sein Zuhause war immer das Schlachtfeld gewesen. Das häusliche Leben machte ihn verrückt, vor allem, weil er es mit so vielen Frauen zu tun hatte – er verstand Frauen weit weniger als Männer oder Pferde, und schon Pferde mochte er nicht besonders gern.

Bevor er seine Cousine geheiratet hatte, hatte der Captain niemals die Ruhe und den Frieden eines Bauernhofs erlebt. Das heißt, nicht als Erwachsener. Er war mit vierzehn zur Armee gekommen und hatte bereits in diesem zarten Alter gehofft, im Dienst zu sterben. Zwar wurden die Werte des häuslichen Lebens von älteren Soldaten in Liedern und Geschichten am Lagerfeuer in den höchsten Tönen gelobt, aber ihm war klar geworden, dass nur der Gegensatz zur Gewalt und Unsicherheit des Soldatenlebens sie so angenehm erscheinen ließ. In Wahrheit war ihm sterbenslangweilig, und ohne große Erklärungen legte er seine alte Uniform an und ging nach Philadelphia, um nie wieder gesehen zu werden.

Zu gegebener Zeit erfuhr seine Familie – sie nahm es relativ ungerührt hin –, dass er in Gettysburg gefallen war, in irgendeinem unbedeutenden Bezirk zentral im Süden des Staates Pennsylvania. Als Hamish Musgrove, damals zehn Jahre alt, die Nachricht vom Tod seines Vaters vernahm, ging er auf die Veranda, legte sich unter die ausgeblichenen Indianerskalps und blickte zu ihnen auf, wie sie sich sanft im Wind wiegten. *Sie gehören toten Leuten*, dachte er, *und jetzt ist mein Vater tot.* Er blieb einige Minuten dort liegen und versuchte, einen tieferen Sinn darin zu erkennen. Als sich nichts dergleichen einstellte, gab er es auf. Ihm war sein Vater ohnehin ziemlich egal gewesen. Wie allen anderen.

Übrig blieben Hamish, Ellen und Lucia, die Zwillinge Olivia und Margaret, die später an der Grippe sterben sollten, und Marly. Marly schnitt die Indianerskalps von den Dachsparren und verbrannte sie mit anderem Müll. Das Feuer roch unerwartet süß und rein, so als verbrenne man Salbei.

Das Haus umgab Marly und ihre Kinder schützend wie eine Decke. Es vermittelte ein Gefühl der Kindheit, ein Gefühl des Wiedererstehens. Alles war leichter geworden. Das Leben war jetzt, nachdem der Captain abgetreten war, ruhig und gut.

Sie waren die ersten Menschen, die in dem Haus wohnten, und deswegen sind sie wichtig. Ein Haus gerät nach denen, die es bauen, das ist richtig, aber ebenso nach denen, die es bewohnen. Aus den Bestandteilen der Erde etwas so Großartiges und Bequemes wie ein Haus zu schaffen, ist ein Wunderwerk. Und doch ist etwas zu schaffen oder zuzusehen, wie etwas geschaffen wird, nicht dasselbe, als es zu besitzen. Es ist der Geist, der nach dessen Geburt in ein Haus einzieht, der bestimmt, welche Art von Haus es sein wird, welche Art von Leben es haben wird. Es sind die Menschen, die sich darin Tag für Tag bewegen, die ihm Gefühl und Geruch und ein eigenes Wesen geben. Im Laufe der Zeit hatten sich die Spuren des Captains verwischt, und obwohl die Geschichte des Hauses ohne ihn am Anfang unvollständig wäre, spielte er doch am Ende keine Rolle mehr.

Hamish und Ellen waren erst achtzehn Jahre alt, als sie nach Harrisburg und dann weiter nach Pittsburgh zogen, wo sie sich eine Wohnung teilten und nicht widersprachen, wenn die Leute sie für Mann und Frau hielten. Das war 1870. Nach einer Weile kamen sie selbst zu den Feiertagen nicht mehr nach Hause, und sogar die eigene Familie vergaß sie langsam. Ihre Schwester Lucia heiratete später einen eingewanderten Bauern und bewohnte mit ihm das Haus, in dem nun nichts mehr an den Captain erinnerte – das war gut so, denn die Wahl dieses Ehemanns hätte ihn umgebracht. Kein Tropfen englischen Blutes floss in seinen Adern, nur bayerisches. Lucia hatte drei Kinder; von ihnen erbte der älteste Sohn Lincoln – der Überlebende des Unglücks mit dem durchgegangenen Pferd – die Farm und das Haus.

Als Lincoln in ein Pflegeheim kam, wo er Zeuge des letzten bedeutsamen Ereignisses seines Lebens werden sollte, vererbte er das Haus seiner ältesten Tochter Helen, einer schönen Frau mit einem Hang zu gewalttätigen Männern. Helen versuchte mehrfach, den alten Kasten zu verkaufen, stellte aber zu ihrer Bestürzung fest, dass es ihr nicht möglich war. Dafür gab es keine Erklärung; ihre Hand weigerte sich einfach, die Kaufverträge zu unterzeichnen, wieder und wieder, bis sie bei Immobilienmaklern und Bankern als unberechenbare Exzentrikerin galt. Sie konnte nicht wissen, dass es der Sog des alten Kinderfriedhofs war, der inzwischen vergessen und völlig überwuchert war, der sie vom Verkauf abhielt. Er beeinflusste immer noch alle, in deren Adern das Musgrovesche Blut floss, wie ein kleiner Mond über einem privaten See. Er würde nicht aufgegeben werden.

Statt zu verkaufen, ließ Helen Adencourt umgestalten. Das Haus war niemals großartig oder schön gewesen, sondern nur neu – früher einmal. Sie versuchte, diesen Zustand so gut es ging wiederherzustellen, ersetzte morsche Holzteile und stützte das Erdgeschoss vom Keller her, ließ die Termiten ausräuchern, alles streichen, das Dach neu decken, einige Räume verputzen und sorgte dafür, dass etwa um die Jahrhundertwende moderne Rohrleitungen und elektrische Leitungen verlegt wurden.

Das war, wie sich erwies, die Hauptaufgabe, die Helen in ihrem Leben zu bewältigen hatte. Sie brachte sonst nichts Nützliches mehr zustande. Für die Ehe war sie ungeeignet; um das herauszufinden, brauchte sie allerdings mehrere Versuche. Sie war auch keine geborene Mutter. Es wäre eine angenehme Vorstellung, dass eines Nachts ein Engel Helen aufgesucht hätte und ihr Warnungen ins Ohr geflüstert hätte, dass, falls sie sich fortpflanzte, ihre Kinder gewalttätig und hungrig sein würden, dass sie für die Welt eine Plage sein würden, und dass sie infolgedessen ihren Fortpflanzungsdrang unterdrückte. Aber es gibt keinerlei Anzeichen dafür, dass alles folgerichtig läuft. Vielmehr scheint alles eine merkwürdige Legierung aus freiem Willen und Zufall zu sein, und es war diese berauschende Mischung, die Helen zu ihrer letzten falschen Entscheidung bezüglich eines Mannes führte, der sie eines Nachts in einem SoHo-Hotelzimmer totschlug. Damals hatte sie die fünfzig bereits überschritten und war fast so alt, wie ihre Urgroßmutter Marly gewesen war, als das Pferd sie unter seinen Hufen zerstampft hatte. Sie hätte zu Hause sein sollen, Kuchen backen und stricken und nicht mit dem Magen voll Whisky in ihrem eigenen Blut liegen.

Das sagte einer der Polizisten, der half, ihre Leiche fortzutragen, und sich durch sie an seine eigene Mutter erinnert fühlte und dadurch beunruhigt war.

Das war 1975 gewesen. Zum ersten Mal in fast eineinviertel Jahrhunderten stand das Musgrovesche Haus leer. Es war kein repräsentatives Haus, aber es war groß. Es hielten sich darin freundliche anonyme Geister, die nur beobachten, neugierig und einsam, niemals aber einen Laut verursachen oder irgendjemanden stören. Für einige Jahre hatten die Geister das Haus für sich allein, bis ihnen, wie früher dem alten Captain, langweilig wurde und sie sich langsam zerstreuten. Die Energie des Hauses und Grundstücks entlud sich immer nur, wenn jemand Halt machte, um es sich anzusehen, als sei es verzweifelt darauf aus, wieder Bewohner zu finden. Ein Haus verhält sich in dieser Hinsicht nicht anders als ein Mensch. Es muss zu etwas nütze sein, oder es stirbt. Aber schließlich begann Adencourt zu verlöschen wie eine Kerze, die in ihrem eigenen Wachs ertrinkt, bis zu dem Tag, da die Harts auftauchten und durch die Fenster spähten. Francie war sich ziemlich sicher, dass es drinnen vor ihren Augen eindeutig heller geworden war; sie hatte das allerdings der Sonne zugeschrieben, die sich vor die Wolken geschoben hatte. Coltrane war bereits zu sehr damit beschäftigt gewesen, Hypothekenzinssätze zu berechnen, um etwas Derartiges zu bemerken.

Teil 2

KAPITEL 6

Das Rezept

Mehr als zwei Monate später bereiteten Coltrane und Francie ihren Umzug aus New York vor. Inzwischen war es Ende November, und es war kalt geworden, eine harsche Strafe für alle Gläubigen und Ungläubigen gleichermaßen. Die Bank hatte Colts erstes Angebot für das Haus in Pennsylvania ohne weiteres angenommen, obwohl er ganz bewusst ein sehr niedriges Gebot abgegeben hatte. Das überraschte Colt und machte ihn sogar ein wenig argwöhnisch, anders als Francie.

»Es ist der Beweis dafür, dass die Vorsehung will, dass wir es bekommen«, sagte sie erfreut. »Ich wusste, dass es darauf hinauslaufen würde! Ich wusste es einfach.«

»Es ist der Beweis dafür, dass irgendetwas damit nicht stimmt«, entgegnete Colt. »Denk doch mal einen Augenblick nach. Es hat fünfundzwanzig Jahre lang leer gestanden. Warum hat es inzwischen nicht längst jemand anders gekauft?«

»Weil es auf uns gewartet hat«, sagte Francie. »Warum musst du immer nach einem Grund für alles suchen?«

»Weil es einen Grund für alles *gibt.* Nichts geschieht aus sich selbst heraus, Francie. Alles geschieht, weil irgendetwas es geschehen lässt.«

»Ist mir egal, ist mir egal«, sang sie. »Es gehört uns, und das finde ich toll.«

Sie sah sich in der Wohnung um, in der sie seit neun Jahren

zusammen wohnten. Sie war so voll gestopft mit allen möglichen Sachen, dass man sich dort kaum noch bewegen konnte: einem viel zu großen Esstisch, einer Anrichte, einem Vertiko, einer voluminösen ledernen Sitzgarnitur; riesigen Regalen mit Schnickschnack und Bücherkisten, die allesamt Francie gehörten und für die nirgends Platz war, weil die Bücherregale bereits aus allen Nähten platzten. Als Colt noch allein in der Wohnung gelebt hatte, ging ihr durch den Kopf, hatte er eine Couch besessen, ein Bett, einen Fernseher und einen Kühlschrank – sonst nichts. Die Einrichtung eines Mannes. Es hatte ausgesehen wie das Versteck eines Gangsters.

Die Möbel, die jetzt die Wohnung füllten, hatte Francie allesamt aus Launen heraus gekauft. Jetzt jedoch merkte sie, dass sie gar nicht für diese Wohnung bestimmt waren, sondern für ein noch unbekanntes Traumhaus, von dessen Existenz sie überzeugt gewesen war. Wenigstens erschien es ihr jetzt so. Endlich, dachte sie, werden wir *Platz* haben. Das wollte sie feiern, und sie setzte sich einen alten Karnevalshut auf und wickelte sich in eine Weihnachtslichterkette ein, die noch im Garderobenschrank hing. Sie stand da wie ein Christbaum und blinkte rot und grün.

»Ich hätte es mir genauer ansehen sollen«, murmelte Colt und übersah ihre Mätzchen. Tatsächlich hatte er einen Bauinspektor angeheuert, der die Bausubstanz einer äußerst kritischen Prüfung unterzogen hatte. Der Inspektor hatte nichts Negatives aufspüren können, wenigstens nichts, das man in einem Haus dieses Alters nicht erwartet hätte. Die elektrischen Leitungen und die Rohre waren alle vorschriftsmäßig; die Statik des Hauses war grundsolide. Der Keller war wasserdicht, und es gab keine Termiten. Das Haus würde einiges Verschönerungsaufwandes bedürfen, aber es gab keinen Grund, warum sie nicht schon am nächsten Tag einziehen sollten, wenn sie wollten. Tatsächlich, sagte der Inspektor, habe er niemals ein Haus vergleichbaren Alters in besserem Zustand gesehen, und er habe sehr viel schlechtere gesehen. All das hatte Francies Überzeugung, dass das Haus die ganze Zeit auf sie gewartet hatte, nur gefestigt; aber Colt mit seinem messerscharfen Instinkt und seiner feinen Witterung suchte noch nach dem Pferdefuß. »Komm schon«, sagte sie und hielt ihm eine weitere Lichterkette hin. »Häng dir das über. Lass uns feiern.«

»Du wirkst lächerlich.«

»*Du bist* lächerlich. Sitzt da, als ob irgendetwas nicht in Ordnung wäre, obwohl davon gar keine Rede sein kann. Man könnte denken, diese guten Neuigkeiten hätten dich aufgebracht.«

»Ich bin aufgebracht, wann ich will.«

»Aber *was* bringt dich denn auf?«

»Nichts. Ich will mir nur nicht irgendwelche verdammten Weihnachtslichterketten umhängen.«

»Schön«, sagte Francie und zog den Stecker ihrer Lichterkette aus der Steckdose. »Sei von mir aus ein Partymuffel. Sei von mir aus ein großer Misthaufen. Das einzige, was mich interessiert, ist, dass wir es bekommen haben, Coltrane. Wir *haben* es bekommen!«

»Ja«, sagte Colt. »Wir haben es bekommen, das stimmt. Die Frage ist nur, was haben wir bekommen?«

Am nächsten Tag zog Francie los, um für das neu erstandene Haus Möbel zu kaufen. Sie hatte sich mit einigen Skizzen dessen bewaffnet, was sie sich vorstellte. Auf das Aussuchen von Möbeln verstand sie sich. Sie verfügte über die Fähigkeit, sich einen leeren Raum anzuschauen und sich vorzustellen, wie er werden sollte, die noch leeren Wände zu skizzieren und sie mit interessanten Formen zu füllen und diese Formen dann durch Möbel zu ersetzen. Das war fast so befriedigend wie ein gutes Gedicht zu schreiben, so lange sie nicht versuchte, darüber nachzudenken, was für ein armseliger Ersatz für die Dichtung es in Wirklichkeit war. Sie ging in ein Möbelhaus und kaufte Sofas, Couchtische, Sessel, eine Anrichte, allerlei Schnickschnack sowie eine Vitrine dafür, einen enormen Ohrensessel, in dem sie lesen konnte, und Federbetten. Nach langem Hin und Her gelang es ihr, den hauseigenen Lieferservice dazu zu überreden – »bestechen« wäre die treffendere Bezeichnung – ihr alles in das Haus in Pennsylvania zu liefern, denn in ihrer New Yorker Wohnung war dafür auf keinen Fall Platz. Man sagte ihr, die Möbel würden »bald« dort sein. In der Geschäftssprache der Möbellieferanten bedeutete das irgendwann, bevor alle beteiligten Parteien an Altersschwäche gestorben waren, obwohl es selbst dafür keinerlei Gewähr gab. Trotzdem fragte Francie lieber nicht nach den Einzelheiten, damit die Lieferanten keine schlechte Laune bekamen.

Colt war dafür abzuwarten, bis alles in das neue Haus geliefert worden war, bevor sie selbst dort wieder hinfuhren, denn sonst, so betonte er, würden sie dort noch nicht mal etwas haben, auf das sie sich setzen konnten. Aber Francie klagte, dass die Mauern der Stadt sie immer mehr einengten. Außerdem war sie furchtbar aufgeregt. Sie glaubte nicht, dass sie noch länger warten konnte, sagte sie; sie sollten die notwendigen Möbelstücke aus ihrer Wohnung zusammenpacken und sofort nach Pennsylvania fahren und sich dort einrichten.

»Ja, aber ehrlich gesagt habe ich das Haus als eine Art Sommerresidenz angesehen«, sagte Colt. »Um dort bei schönem Wetter abzuhängen. Ich meine ... Na ja, es ist schon ziemlich kalt geworden.«

»Oh, ich habe es *keineswegs* als Sommerhaus betrachtet«, sagte Francie.

Sie war gerade mit den Quittungen ihrer Käufe beschäftigt gewesen, hatte jedoch damit abrupt innegehalten, entsetzt von dem Gedanken, dass sie vielleicht bis zum Frühjahr warten musste, um wieder in das Haus zu kommen. Sie sah sich im Traum schon dort draußen in der Wildnis; sie hatte eine ganze Kladde mit Zeichnungen und Grundrissen der Wohnräume, der Salons und des Arbeitszimmers gefüllt, alle in jeweils zehn verschiedenen Stilrichtungen möbliert, angefangen vom französischen Rokoko zur Zeit Ludwigs XV. bis hin zu modernen skandinavischen Möbeln.

»Colt, ist das dein Ernst? Ich habe gedacht … Ich meine, *ich weiß*, dass ich da draußen endlich wirklich etwas Gutes schreiben könnte. Es ist so ein … ich weiß es nicht, so ein *ergiebiger* Ort. Schon daran zu denken, gibt mir ein Gefühl von Produktivität!«, sagte sie.

»Hast du auch nur die geringste Vorstellung, wie viel es kosten wird, den Bau zu heizen? Solche Häuser sind total ineffizient. Alte Fenster, schlechte Isolierung«, sagte Colt.

»Aber … Colt!«

»Na ja, ich sag's ja bloß. Warum machst du dich so verrückt damit? Das Haus steht seit einhundertfünfzig Jahren da, Francie. Es wird uns bis zum Frühjahr nicht weglaufen.«

Wie sollte sie es ihm erklären? In der kurzen Zeit, seit sie das Haus ihr Eigen nannten, flogen ihr wieder Ideen zu. Der Brunnen füllte sich aufs Neue. Sie konnte es spüren, und zum ersten Mal seit Jahren stellte sich das alte Gefühl wieder ein, dasjenige, das seit ihrer unbeschwerten Jugendjahre verloren gegangen war. Es war ganz einfach das Gefühl, inspiriert zu sein, und das war nichts, das man erst mal beiseite schob, bis es draußen warm genug geworden war.

»Ich wollte eigentlich dort leben«, sagte sie. »Ständig, meine ich.«

Colt sah sie an, als sei sie verrückt geworden.

»Davon hast du nie gesprochen«, sagte er.

»Nein?« Sie wunderte sich über sich selbst; es musste für sie so selbstverständlich gewesen sein, dass sie es nicht nötig gefunden hatte, es eigens zu erwähnen. »Colt, wir … wir *haben ein Haus gekauft.* Was glaubst du, warum wir es gekauft haben, wenn nicht, um darin zu leben? Wenigstens zeitweise?«

»Ein Haus für die *Ferien,* Francie, um Himmels willen«, sagte er. »Für Sommerwochenenden und so was. Und um Leute zu Partys dorthin einzuladen.«

Mit »Leuten« meinte Colt, wie Francie wusste, »Leute aus dem Büro«: schlanke, spröde Finanzleute und deren Frauen mit heiseren Stimmen. Nun hatte sie die Vision, wie sich die elegante Auffahrt mit teuren, vornehmen Wagen füllte und wie sie selbst auf den Stufen zur Veranda stand, eine Nerzstola um die Schultern, ein Glas Champagner in der Hand, und alle mit angedeuteten Küssen willkommen hieß. Wochenenden voller Rasen-Bowling und Ehebruch und Ärger mit dem Personal, die mit einem guten Mord oder zweien endeten. Nein. Wahrscheinlich würde es nur laut sein, Mahlzeiten mit viel Alkohol geben und Gäste, die erst nachmittags aufstanden; wahrscheinlich würde Colt die ganze Zeit über irgendetwas bramarbasieren und niemand ihm zuhören, während Francie sich mit einem Buch auf ihr Zimmer zurückgezogen hatte, bis alle wieder heimfuhren. Gott, was für ein Schicksal, dachte sie. Mit ihrem unfehlbaren Sinn für Kompromisse schlug sie auf der Stelle einen Plan B vor.

»Lass uns rausfahren und uns einrichten«, sagte sie. »Das Haus sauber machen und alles organisieren. Ein paar Tage dableiben. Feiern. Dann können wir in die Stadt zurückfahren. Es ist eine große Sache, Colt. Dir steht doch noch etwas Urlaub zu, oder?«

»Ja, aber …« Colt sprach den Satz nicht zu Ende. Tatsache war, dass er Ferien hasste, und Francie wusste das nur allzu genau. Ihm war die Arbeit lieber als alles andere, und wenn er einmal Urlaub nahm, dann wollte er unweigerlich in irgendeinen geschmacklosen Ferienort in der Karibik, wo die Strände bis hinauf zu den Bäumen mit den sonnengebräunten Körpern anderer reicher Amerikaner übersät waren. Zum ersten Mal wurde Francie klar, dass sie dieses Haus aus sehr unterschiedlichen Gründen gewollt hatten. O je, dachte sie. Es scheint, als hätte ich mich verkalkuliert. Dieses Haus war für ihn nichts als eine weitere Trophäe, oder? Nur ein Ding mehr, das er sich an die sprichwörtliche Wand hängen und bewundern konnte. Wie den Camaro. Oder mich. »Na komm schon«, sagte sie. »Bitte. Für mich. Es würde mich so glücklich machen, Colt.«

Das Versprechen häuslichen Glücks war eine Trumpfkarte, die sie nur selten ausspielte. Eigentlich nie. Sie überprüften also ihre Terminkalender – Francies war leer, aber Colt murmelte etwas davon, dass er verschiedene Treffen und geplante Sitzungen und so weiter verschieben müsse, als ob das irgendjemanden interessierte, dachte sie – und setzten ihre Abreise auf den folgenden Mittwoch fest, den Letzten des Monats, in dem die Erde bereits hart geworden war wie Eisen, der erste Schneefall aber immer noch auf sich warten ließ.

Am Dienstagabend, als sie sich gerade zum Abendessen setzen wollten, summte die Gegensprechanlage.

»Wer zum Teufel ist das?«, fragte Colt verärgert.

»Meine übersinnlichen Fähigkeiten lassen mich gerade jetzt im Stich«, sagte Francie und stand auf.

»Nein, geh nicht ran. Wer immer es ist … wir erwarten keinen Besuch.«

Francie hielt inne und starrte ihn an.

»Aber das macht das Leben doch erst interessant«, sagte sie. Sie drückte den Knopf der Gegensprechanlage an der Wand und sagte: »Hallo?«

»Ich bin's«, sagte eine verrauschte Stimme.

»Wer ich?«

»Ich! Michael!«

»Mikey!«, rief Francie in die Anlage. »Bist du's wirklich?«

»Lass mich rein, Sissie«, erklang Michaels schwache Stimme. »Es ist bitterkalt hier draußen!«

Francie drückte den Türöffner und eröffnete einen frenetischen Freudentanz durch die ganze Wohnung. Colt starrte sie unwillig an.

»Es ist Mikey!«, erklärte sie ihm. »Er besucht uns!«

»Welche Freude«, sagte er, ohne die geringste Freude zu empfinden.

»Mikey« war Francies Bruder Michael. Wieder einmal tauchte dieser naive Träumer aus dem Nichts auf, ohne Vorwarnung. Diese Überraschungsbesuche waren Teil von Michaels selbst kreiertem Stil. Tatsächlich wusste er nicht, wie er sonst einen Besuch machen sollte, er schien völlig unfähig, sich den üblichen sozialen Konventionen zu unterwerfen. Es war das fünfte oder sechste Mal seit ihrer Heirat, dass er unangemeldet auftauchte. »Macht er das schon wieder?«, sagte Colt und schlug sich mit der Hand vor die Stirn. »Kann er nicht vorher anrufen?«

»Das ist mein Bruder, wie er leibt und lebt«, sagte Francie atemlos und wohlgelaunt. »Er ist eben ein freier Geist.«

»Du tust, als sei das etwas Positives. Was, wenn wir nicht in der Stimmung wären, Besuch zu empfangen?«

»Er gehört zur *Familie*«, erklärte Francie ihrem Mann. »Das ist nicht das Gleiche wie Besuch.«

»Nein. Es ist schlimmer.«

»Wenn du einen Bruder hättest, würdest du dich doch auch freuen, ihn zu sehen, oder nicht?«

»Ja, aber ich habe keinen.«

Es klingelte an der Wohnungstür, und Francie öffnete, kreischend vor Freude, denn draußen stand ihr milchgesichtiger kleiner Bruder mit seinen Hängeschultern, ein bisschen weich und rund um die Hüften, mit dem Ansatz eines Backenbartes, die dünnen Lippen fest gegen die Zähne gepresst in der versteinerten Andeutung eines Lächelns. Colt stellte fest, dass Michael das fettige Haar immer noch lang trug und dass er den gleichen alten Strickponcho anhatte wie letztes Mal – dramatisch über die Schulter drapiert, als sei es ein Cape und er ein Edelmann. Es hätte Colt nicht überrascht zu erfahren, dass Michael kaum geduscht hatte, seit sie sich das letzte Mal begegnet waren. Hygienedefizite gehörte ebenso sehr zu seinem Stil wie Unstetigkeit. Francie schien das durchaus nicht zu stören; im Flur überschüttete sie ihn jetzt mit Küssen, beugte sich wie Clark Gable auf dem berühmten Kinoplakat über ihn, bevor er die Wohnung überhaupt betreten hatte.

»Mikey!«, kreischte sie. »Wie geht es dir? Wo hast du gesteckt?«

»Langsam, langsam«, sagte Michael abwehrend, obwohl er sich sichtlich über ihren Überschwang freute. »Hi, Sissie. Hi, Colt.«

»Hi«, erwiderte Colt.

»Komm rein!«, sagte Francie. »Hast du Hunger? Bist du müde? Möchtest du etwas zu trinken?«

»Ja, Mist«, sagte Michael. »Ja zu allen dreien. Ich bin

heute Morgen von Ohio losgefahren, und mein Bus pfeift auf dem letzten Loch. War ein ziemlich krasser Trip. Was ist los, Colt?«

»Nichts, wie du so drollig fragst, ist ›los‹«, sagte Colt. »Fährst du immer noch den gleichen Schrotthaufen wie früher?«

»Klar«, sagte Michael. »Hat jetzt fast zweihundertfünfzigtausend Meilen runter. Und ein großes Loch im Bodenblech, einfach durchgerostet. Man kann seinen Müll einfach da durchwerfen, wenn man will.«

»Setz dich, Mikey«, sagte Francie, schloss die Wohnungstür und drückte ihn auf einen Stuhl.

»Genau«, sagte Michael. »Klar setze ich mich. Colt, alter Junge. Schön, dich wiederzusehen.«

»Genau«, wiederholte Colt. »Du hast dir Urlaub genommen, vermute ich? Bist für ein paar Wochen raus aus der Tretmühle?«

»Nein, Kumpel«, sagte Michael. Er lachte dumpf wie ein Raucher; es klang wie ein Motorrad, das unter Wasser tuckerte. »Im Moment arbeite ich nicht.«

Mit einer Geste gespielter Überraschung schlug Colt die Hände vors Gesicht. »Was!«, sagte er. »Mikey McDermott ohne Job? Da bin ich aber schockiert!«

»Im *Augenblick*, sagte ich«, erwiderte Michael. »Ich bin auf Tour, Kumpel. Mache kulturelle Bestandsaufnahme, könnte man sagen. Erkunde unser weites Land. Du weißt schon.«

»Nein, weiß ich nicht. Den Luxus konnte ich mir nie leisten«, sagte Colt.

»Herausfinden, was Amerika zu Amerika macht, Mann«, sagte Michael. »Ich habe den merkwürdigsten Scheiß gesehen. Du würdest es nicht glauben.«

»Ich kann's gar nicht abwarten, alles zu hören«, sagte Francie.

»Irgendetwas sagt mir, dass wir darauf nicht lange werden warten müssen«, sagte Colt.

Sie setzten ihre unterbrochene Mahlzeit fort, und Francie pendelte unentwegt zwischen Tisch und Küchentheke hin und her, holte Michael mehr Hackbraten, mehr Saft, mehr Salat; sie machte sogar eine Flasche Champagner auf, von dem teuren, den Colt für besondere Anlässe aufbewahrt hatte. Der eindeutige Blick, den Colt ihr zuwarf, als sie den Korken knallen ließ, besagte, dass dieser Besuch nicht in diese Kategorie fiel. Aber Francie merkte es entweder nicht, oder es war ihr egal. Wenn Colt zu entscheiden hätte, wann und wie sie die kleinen Glücksfälle des Lebens feierten, dann würde jeder Tag wie ein Begräbnis sein, dessen war sie sich sicher. Michael redete und aß; Francie bewunderte ihn; Colt hörte zu und bemühte sich vergebens, die höhnische Verachtung zu verbergen, die immer wieder seine Züge verfinsterte.

»Hackbraten und Champagner«, meinte er. »Ich frage mich, ob das im *Le Cirque* auf der Speisekarte steht.«

»Du musst uns alles erzählen«, sagte Francie, ohne ihrem Ehemann Beachtung zu schenken. »Wir haben ja seit Ewigkeiten nichts von dir gehört. Als ich das letzte Mal mit Mum telefoniert habe, sagte sie, du wärest irgendwo im Westen.«

»Ich war in Denver«, sagte Michael.

»Oh, Denver! Da bin ich nie gewesen. Wie ist es denn da?«

»Gebirgig. Und kalt.«

»›Gebirgig‹?«, wiederholte Colt wie ein Echo.

»Ja. Schneebedeckt. Und Bergziegen gibt es dort. Völlig wild.«

»Wie hat es dich dorthin verschlagen?«, fragte Francie.

»Ich hing in Phoenix rum und hörte dort, dass Phish in Denver ein Konzert gab; deshalb bin ich einfach hin. Und dann habe ich auf dem Parkplatz so ein Mädchen kennen gelernt. Yolanda hieß sie. Sie war cool, also beschloss ich, ein Weilchen zu bleiben.«

»Wow, eine Parkplatzromanze«, bemerkte Colt. »Hatte sie Haare in den Achselhöhlen?«

»Ich hoffe, du hast *aufgepasst*«, sagte Francie.

»Mensch!«, Michael wurde rot. »Da gibt es Partys auf den Parkplätzen«, erklärte er Colt. »Sie hat da nicht einfach am Straßenrand gesessen oder so was. Da wird getanzt. Und es gibt etwas zu essen. Manchmal spielen sogar noch andere Bands dort.«

»Ach, wenn das so ist …«, sagte Colt.

»Und wie ist es weitergegangen?«, fragte Francie. »Hattest du keine Lust, sie mit nach Hause zu nehmen?«

Michael zuckte die Achseln und holte sich mit der Gabel ein weiteres Stück Hackbraten auf den Teller. »Wisst ihr«, sagte er, »ich denk mal, es kam so, wie es kommen musste. Wir haben ein paar Wochen miteinander rumgehangen, und dann war es an der Zeit weiterzuziehen.«

»Ach«, machte Francie. »Hat sie dir wehgetan, Liebling?«

Colt schnaubte vor Lachen.

»Nein, es ist cool so, wie es ist«, sagte Michael und warf ihm einen eisigen Blick zu. »Keine feste Bindung, kein Kummer, keine Reue. Ihr wisst schon: Alles geht seinen Gang, und ich bleib cool.«

»Gut«, sagte Francie. Colt nahm das Buttermesser und sägte damit auf seinem Handgelenk herum. Francie ignorierte ihn weiterhin. »Und weiter«, sagte sie. »Was hast du sonst noch so gemacht?«

»Mal sehen. Ich bin zu dieser indianischen Schwitzzeremonie gefahren, wo man zusammen mit über dreißig anderen in einen kleinen unterirdischen Raum gepfercht ist, wo dann die Luft knapp wird. Wir waren fast sechs Stunden drin. Und in gewisser Weise wird man dort mit seinem eigenen Tod und allem konfrontiert. Ich bin ohnmächtig geworden!«

»O Gott!«, rief Francie aus. »War danach denn alles wieder in Ordnung?«

»Er ist doch hier, oder nicht?«, sagte Colt.

»Klar war ich in Ordnung. Ich habe Verbindung zu meinem Totemtier aufgenommen. Das war eine Schlange.«

»Das ist außerordentlich fesselnd«, sagte Colt und spielte mit seinem Kartoffelpüree.

»Im Ernst, Mann. Da im Westen ist mir aller möglicher verrückter Scheiß zugestoßen.«

»›Schweres Geschütz‹, Mann?«, fragte Colt. »›Echt abgefahren‹?«

»Macht er sich über mich lustig?«, fragte Michael Francie. »Manchmal weiß ich nicht so recht.«

»Ignoriere ihn einfach«, sagte Francie. »Das mache ich auch.«

»Ja, typisch Colt. Jedenfalls habe ich immerhin zwei Konzerte mitgekriegt. Und ich habe diese echt coolen Leute kennen gelernt, bei denen ich eine Weile bleiben konnte. Freunde von Yolanda. Die hatten ein Riesenhaus. Echt alt.«

»Ich möchte wetten, da draußen ist es sehr schön«, sagte Francie verträumt. »Ich bin nie im Westen gewesen.«

»Es ist Klasse, Sissie. Wohin du auch schaust, es sieht alles aus wie die Kulisse zu einem Film.«

»Aber ist natürlich echt«, sagte Colt. »Richtig?«

»Ja, Mann, das will ich sagen. Es sieht nur unecht aus, weil es so schön ist.«

»Ja, das habe ich verstanden. Ich finde es nur etwas armselig, dass deine einzige Assoziation zur Beschreibung natürlicher Schönheit die Produkte von einem Haufen Kulissenmalern aus Hollywood sind«, ergänzte Colt.

»Jesses, das ist ja eine ganze Ladung echter Colts für mich«, sagte Michael. »Ist dir eine Laus über die Leber gelaufen?«

»Nicht, dass ich wüsste«, sagte Colt milde. »Jedenfalls nicht, als ich letztes Mal nachgesehen habe.«

»Coltrane, sei still, wenn du nicht nett sein kannst«, unterbrach ihn Francie. »Mikey, *wir* haben uns ein Haus gekauft. Ein großes riesiges altes Haus auf dem Land. In Pennsylvania.«

»Ohne Scheiß?«, sagte Michael. »Wann war das denn?«

»Vor ein paar Monaten. Wir haben es gesehen und uns sofort in es verliebt. Und wir bringen einen Teil unserer Sachen dorthin. Die Antiquitäten und die Möbel, die hier überflüssig sind.«

»Morgen, um es genau zu sagen«, sagte Colt.

»Das ist ja ein Ding!«, rief Michael. »Das ist so was von gut. Hey, wie steht's dann mit dieser Wohnung hier? Werdet ihr sie behalten?«

»Natürlich. Aber wir werden für ein paar Tage auf dem Land sein, um uns dort einzurichten.«

»Hey, ohne Scheiß«, sagte Michael. »Kann ich in dem Fall ein Weilchen hier bleiben? Nur so lange, bis ich weiß, wo ich als Nächstes hingehen werde?«

»Natürlich kannst du …«

»Nein«, unterbrach Colt seine Frau. »Auf keinen Fall.«

»Coltrane!«, sagte Francie. »Warum nicht?«

»Nein, hör zu, wirklich«, erwiderte Colt. »Darauf bestehe ich. Wenn du unangekündigt und uneingeladen erscheinst, dann kannst du dich wenigstens nützlich machen. Wir haben morgen früh eine ganze Wagenladung Zeug zu transportieren. Den ganzen Mist, den deine Schwester in den letzten zehn Jahren gekauft hat und für den wir keinen Platz haben. Und ich betreibe hier kein Hotel.« Er bedachte Francie mit seinem verhängnisvollen Blick, aber sie erwiderte ihn mit geübter Leichtigkeit, stützte das Kinn auf die Hand und starrte ihn ausdruckslos an, als warte sie darauf, dass er endlich zur Besinnung komme. »Und der größte Teil von *meinem* Zeug bleibt hier, einschließlich meiner sehr teuren Stereoanlage«, fügte Colt hinzu, »und ich will nicht, dass du dich daran zu schaffen machst. Außerdem fehlen mir noch ein paar CDs, die du dir bei deinem letzten Besuch hier ›ausgeliehen‹ hast. Du hast sie nicht zufällig diesmal wieder mitgebracht, oder? Zum Beispiel meine ›Steely Dan Greatest Hits‹?«

»Uuh«, machte Michael, »Mann, beruhige dich. Natürlich helfe ich euch beim Umzug.«

»Das wäre uns sehr willkommen«, sagte Colt.

»Den Ton, der hier herrscht, könnte man als etwas einschüchternd empfinden«, sagte Michael zu seiner Schwester, nahm sich aber dessen ungeachtet eine weitere Scheibe Hackbraten. »Ist fast so, als hätte man wieder einen Vater, nicht wahr?«

»Er beißt nicht. Er geht einfach weg, wenn man sich nicht um ihn kümmert«, sagte Francie.

Michael brüllte vor Lachen. »Das war gut, Sissie«, sagte er. »Das muss ich mir merken.«

»Er ist lernbehindert«, erinnerte Francie Colt später, als sie im Bett lagen. »Er ist Legastheniker, *und* er hat ADS. Es ist wirklich nicht seine Schuld, dass er so sprunghaft ist. Und ich finde es nicht gut, wenn du so grob zu ihm bist.«

»Heute haben sie auch einen Namen für alles, oder?«,

sagte Colt. »Niemand ist mehr für etwas verantwortlich. Hör zu, das einzig wirkliche Problem, das dieses Kind hat, besteht darin, dass dein Vater ihm immer noch jeden Monat einen Scheck schickt. Er hat es gar nicht nötig zu arbeiten. Das ist doch jämmerlich. Er leistet zur Gemeinschaft nicht den geringsten Beitrag. Er *kostet* lediglich.«

»Er *wird* eines Tages irgendetwas leisten«, sagte Francie. »Er braucht einfach Motivation, Ansporn.«

»Weißt du, was ihn anspornen würde? Hunger.«

»Colt! Du bist furchtbar!«

»Ich meine bloß, er braucht eine Arbeit.«

»Nun, wenn du irgendeine gute Idee hast, dann solltest du sie ihm vielleicht mitteilen. Er braucht jemanden, der sagt, wo es langgeht, Colt. Er braucht eine starke Hand. Es hilft ihm nicht weiter, dass du dich ständig über ihn lustig machst. Du weißt es vielleicht nicht, aber im Grunde blickt er zu dir auf. Du würdest viel mehr bei ihm erreichen, wenn du nicht so feindselig wärest.«

»Er blickt *nicht* zu mir auf«, sagte Colt. »Er spricht mit mir, als sei ich achtzig Jahre alt. Er *behandelt mich herablassend.*«

Francie seufzte. »Du könntest ein wenig Geduld haben. Hilf ihm herauszufinden, was er tun sollte.«

»Es ist ganz egal, was er tut«, gab Colt erregt zurück. »Das ist ja gerade das, was er nicht zu verstehen scheint! Er tut so, als warte er darauf, dass ihm sein Traumjob auf einem Silbertablett serviert würde. Aber es kommt nur auf eins wirklich an: dass er seinen Lebensunterhalt verdient, zumindest für den Anfang. Alles ist besser, als nichts zu tun. Er könnte als Tankwart arbeiten oder in einem Fast-Food-Restaurant. Wenn er erst mal sieht, wie es da zugeht, dann wird er sehr schnell motiviert sein, etwas Besseres zu finden. Und schließlich wird er etwas finden, was ihm gefällt.« Er hielt inne. »Oder auch nicht. Es kommt gar nicht drauf an, ob es ihm gefällt, was er macht. Das Leben ist schließlich keine verdammte Cocktailparty. Wir sind nicht hier, um uns ständig zu amüsieren. So … so läuft es eben nicht.«

»Das ist dein Blickwinkel, Coltrane, nicht seiner. Nicht jedem kommt es wie eine Strafe vor, auf der Welt zu sein. Es gibt Leute, die genießen ihr Leben sogar.« Sie seufzte. »Außerdem weiß er noch nicht mal, wo er anfangen soll, Colt. Er sagt jedes Mal, wenn er darüber nachdenkt, wird sein Kopf völlig leer.«

»Hat er denn irgendeine Art von Abschluss gemacht, während der … wie viele waren es denn … während der Jahre, die er zur Schule gegangen ist? Sechs Jahre, oder?«

»Kulturen der Welt.«

»Einen Abschluss in *Kulturen der Welt??*«

»Pst, Colt. Er kann dich hören. Diese Wände sind dünn.«

»Das ist hier mein Zuhause, zum Teufel. Ich kann hier reden, so laut ich will. Wofür genau qualifiziert einen denn ein Abschluss in *Kulturen der Welt,* falls es nicht ein zu großer Mangel an Feingefühl ist, danach zu fragen?«

»Es verhilft einem dazu, die Welt, in der wir leben, zu verstehen«, sagte Francie, »und davon könntest du selbst auch ein klein wenig mehr gebrauchen.«

Colt verstummte, starrte die Zimmerdecke an und zerknüllte das Bettlaken mit den Fäusten. Verständnis für die Welt, in der wir leben?, dachte er ungläubig. Das war eins der vielen Probleme, die Amerika heutzutage hatte, dachte er: Die Colleges und Universitäten hatten so wenig Geld, dass sie niemanden mehr abweisen konnten. Sie mussten sogar so blödsinnige Fächer wie »Kulturen der Welt« erfinden, bloß damit weiter Geld hereinkam. Leute wie Michael gehörten nicht auf die Schule oder die Universität, dachte er. Sie gehörten in Fabriken oder in die Armee. Dort könnten sie am ehesten von Nutzen sein.

»Wie soll man«, brachte er schließlich heraus, »um Himmels willen Geld damit verdienen, die Welt zu verstehen, in der wir leben?«

»Es gibt auf der Welt Dinge, die wichtiger sind, als Geld zu verdienen, Coltrane.«

Dieses Terrain war ihnen unerträglich vertraut, und ehe er sich noch einmal darauf vorwagte, entschied sich Colt lieber für eine anständige Mütze Schlaf als Vorbereitung für den kommenden Tag, der sicherlich anstrengend werden würde – Möbel schleppen und weitere Streitigkeiten. Er drehte sich um, zog sich ein Kissen über den Kopf und wünschte Francie murmelnd eine gute Nacht.

»Versprich mir, dass du versuchst, nett zu ihm zu sein«, sagte Francie.

»Was?« Colt zog sich das Kissen vom Kopf. »Was hast du gesagt?«

»Ich sagte, ich möchte, dass du nett zu ihm bist. Das würde mir die Dinge sehr erleichtern. Ich kann jetzt keine Spannungen gebrauchen, Colt. Es ist alles so gut jetzt. Ich will nicht, dass irgendeiner mir das kaputtmacht.«

»O Gott«, sagte Colt. »Ist gut, versprochen.«

In tiefster Nacht hatte Francie einen Traum, der sie aus dem Schlaf riss. Aber als sie den Kopf vom Kissen hob, hatte sie schon wieder vergessen, was sie geträumt hatte. Sie ließ sich zurückfallen, drehte ihr Haar um die Finger und starrte in die Dunkelheit. Colt lag laut schnarchend neben ihr. Leicht gereizt griff sie nach ihren Schaumstoffohrstöpseln. Bevor sie sie sich in die Ohren steckte, hörte sie durch die Wand, dass Michael im Schlaf etwas murmelte. Sie hatte ihm das Gästebett gegeben und sich darüber gewundert, dass er praktisch sofort eingeschlafen war. Aber das war bei ihm immer so gewesen, schon als Baby; sie erinnerte sich noch genau an den ersten Tag, als er nach Hause kam, obwohl sie damals erst fünf gewesen war – sein zerknittertes rotes Gesichtchen, sein dünnes, schnarrendes Weinen, das klang, als blase jemand auf einem Grashalm. Schon damals hatte sie das Gefühl gehabt, es sei ihre Pflicht, für ihn zu sorgen. Sie holte ihn heimlich nachts aus seiner Wiege und nahm ihn mit in ihr Bett, und so fanden ihre Eltern sie jeden Morgen, sie an ihn geschmiegt, ungeachtet aller elterlichen Warnungen, sie könne ihn ersticken oder zufällig erdrücken. Sie glaubt, sie sei seine Mutter, hatte ihr Vater immer gesagt. Gott weiß, wie sie darauf kommt.

Gott wusste es bestimmt. Sie stopfte sich den Schaumstoff fast bis zum Trommelfell in die Ohren. Morgen ziehen wir um, dachte sie. Natürlich freut *Colt* sich nicht darüber. Er geht damit um wie mit allem anderen: als ob es nur eine Last sei. Er hat sich ungefähr fünf Minuten lang gefreut. Warum erscheint ihm die Welt nur so, als ob wir alle zusammen an einer Art Fließband ständen? Er war doch früher nicht so. Oder hatte sie es nicht bemerkt? Aber das schien ihr kaum möglich zu sein, auch wenn es jetzt fast zehn Jahre her war. Eine lange Zeit, in der sich ein Mensch stark ändern oder, was wahrscheinlicher ist, *aufhören* kann, sich zu ändern; er kann die Maske fallen lassen, mit der er sich an einen herangemacht hat, und einen sein wahres, furchtbares Gesicht sehen lassen.

Was sind das nur für Gedanken?, überlegte sie über sich selbst erstaunt. Hör auf und schlaf endlich.

Es gelang ihr nur, weil die Ohrstöpsel eine künstliche Stille erzeugten.

Die Spediteure kamen am nächsten Morgen eine Stunde zu spät, ein kleines Wunder und ein gutes Omen – zwei dunkelhäutige Indianer in einem Lastwagen mit dem Schriftzug ZWEI KLEINE BRÜDER MIT STARKEN RÜCKEN UMZÜGE CO. und einer Karikatur der beiden, auf der zwei mit großen Köpfen und kleinen Körpern bei einem Klaviertransport dargestellt waren. Es war eine Reklame für Kunden, die den Underdogs eine Chance geben wollten. Etwa um neun hatten die Männer die überzähligen Möbel und das Gästebett in den Lastwagen verladen und waren abgefahren. Francie schlenderte noch einmal durch die Wohnung, die ihr nun unvertraut kahl erschien. Zu ihrer Überraschung bemerkte sie, dass sie sich nun überall frei bewegen konnte, ohne mit dem Schienbein irgendwo anzustoßen. Bald darauf verließen sie die Stadt in einem Konvoi, der aus dem Möbelwagen, ihrem Camaro und Michaels uraltem VW-Bus bestand.

Irgendwo in New Jersey fragte Coltrane: »Sag mal, hat er mal durchblicken lassen, für wie lange er uns besuchen will?«

»Michael? Ein paar Tage«, antwortete sie, während sie in ihrer Handtasche herumwühlte. »Weißt du, er scheint irgendwie über irgendetwas aus dem Häuschen zu sein. Als wenn irgendetwas Schlimmes geschehen wäre, er aber nicht darüber reden will. Hast du es nicht gemerkt?«

»Mein Herz fließt über vor Sorge«, sagte Colt. »Mir kommt er genauso normal und nutzlos vor wie immer.«

»Na ja, eine Schwester merkt so etwas eben.«

»Das würde ich niemals leugnen.«

»Schatz? Ich will dich nicht erschrecken, aber ich habe vergessen, mir meine Tabletten zu holen, bevor wir losgefahren sind.«

»In Pennsylvania gibt es doch auch Apotheken«, sagte Colt. »Was bedeutet ›ein paar Tage‹ denn genau?«

»Vielleicht eine Woche«, sagte Francie. »Das Rezept finde ich auch nicht ... ich hoffe bloß, dass ich es nur verlegt habe. Wenn ich es mir genau überlege, habe ich es schon eine ganze Weile nicht mehr gesehen.«

»Wenn das so ist, kann er im Keller schlafen«, sagte Colt. »Oder nein, wir stecken ihn lieber in die Scheune. Dein Rezept ist vermutlich in einer von deinen zehn Billionen Schachteln. Wie viele Pillen hast du denn noch?«

»Eine«, sagte sie. Sie legte ihre Handtasche beiseite, lehnte sich zurück und fuhr sich mit den Händen nervös durchs Haar. »Und die muss ich heute Abend einnehmen. Also habe ich für morgen keine.«

»Mach dir keine Sorgen deswegen«, sagte Colt. »Ich werde dir am Wochenende welche besorgen, wenn ich wieder in der Stadt bin. Das ist noch zeitig genug.«

»Ich soll sie keinen Tag auslassen. Das wirft mich aus der Bahn.«

»Francie?«

»Ja?«

»Du warst diejenige, die gesagt hat, du möchtest deine gute Stimmung von nichts kaputtmachen lassen. Mach dir also keine Sorgen darüber. Wirklich. Ein paar Tage ohne Pillen werden dir nicht schaden. Du nimmst das Zeug schon so lange, dass dein Körper gar nichts davon merken wird.«

Es geht nicht um meinen Körper, sondern um mein Gehirn, dachte Francie; aber sie lächelte nur schwach.

Die kahlen Bäume New Jerseys standen wie Wächter an der Straße, die nackten Arme angewinkelt, als müssten sie das Gewicht des Himmels tragen. Ein weiteres Mal fuhren sie am Delaware Water Gap vorbei. Die Oberfläche des Wassers erschien vor Kälte dick und ölig, und bis auf die Vögel, die hier überwintern würden, gab es kein Anzeichen von Leben mehr auf dem Fluss. Der Winter würde dieses Jahr früh kommen, und bald war es an der Zeit, sich irgendwo zu verkriechen und zu vergraben.

»Würdest du mir etwas sagen?«, fragte sie Colt leise.

»Dir was sagen?«

»Du weißt schon was.«

Er wusste, was sie hören wollte. Früher einmal hatte er ihre Gedanken lesen können, fast immer, und war in der Lage gewesen zu erraten, was sie dachte. In einem plötzlichen Anfall von – was? Wärme? Mitleid? nahm Colt ihre Hand und drückte sie.

»Ja, ich liebe dich«, sagte er.

Francie lächelte.

KAPITEL 7

Alles wie es sein sollte

Als sie am frühen Nachmittag in die Auffahrt des Hauses in Pennsylvania einbogen, wirkte der Himmel wie verrußt. Ein gewaltiger Sturm kroch aus Nordost heran und tauchte den Himmel in den stumpfen Glanz von Holzkohle. Francie stieg aus und blieb auf der Auffahrt stehen. Sie blickte wie in Trance hoch und meinte, ein Schiff aus marmorierten Wolken westwärts segeln zu sehen, so niedrig, dass sie es beinahe berühren konnte. In New York war es zwar kalt, aber sonnig gewesen; nun begann die Jahreszeit des unberechenbaren Wetters, in der niemand mehr eine Voraussage wagen konnte.

Sie atmete tief ein, und im nämlichen Augenblick roch sie etwas – seit Jahren zum ersten Mal wieder: den sich ankündigenden Schneefall. Es war ein flüchtiger Duft, der nur allzu leicht dem Smog zum Opfer fiel, doch hier gab es keinen Smog. Ebenso wenig gab es hier diese endlosen Reihen städtischer Bauten, die sich wie Stecknadel-Wälder aufrichteten und den weichen Bauch des Himmels zu zerreißen drohten. Und der Himmel selbst war hier auch größer. Der Horizont reichte einfach so weit, bis er verschwand, so wie es sein sollte, und die Wolken trieben über das entlegene Erdenrund wie Wasser, das bergab strömt. Sie hörte nur halb das Schlagen der Wagentüren, als Colt und die Indianer ausstiegen und die Schiebetür des Lastwagens öffneten. Von weit her konnte sie das metallische, klickende Miauen von Michaels VW-Bus hören, der sich die Straße hinaufquälte; er hatte es trotz Colts subtiler Versuche, ihn auf der Autobahn abzuhängen, geschafft, bis hierher zu kommen. Das war das erste Mal für Francie, dass sie das Haus mit den Augen einer Bewohnerin sah und nicht als Besucherin, und sie hielt lange inne, um auch das in sich aufzunehmen. Sie wusste bereits, dass sie nie wieder in die Stadt zurückkehren würde. Sie würde ihre Vereinbarung mit Colt stillschweigend unterlaufen; das war kein Problem. Sie hatte nicht die geringste Absicht, nur »ein paar Tage« auf dem Land zu bleiben. Als sie aus dem Tunnel unter dem Fluss wieder aufgetaucht waren und sie sich umgedreht hatte, um die Stadt – endlich – hinter sich liegen zu sehen, hatte sie zum ersten Mal seit Jahren wieder frei geatmet. Es war ihr niemals gelungen, eine New Yorkerin zu werden; das hatte sie begriffen, während die Skyline hinter ihr immer flacher geworden war. Andere zogen in die City und wurden dort innerhalb einer Woche heimisch; es musste ihnen also bereits im Blut gelegen haben. Für sie war New York dagegen immer wie eine Party gewesen, die sie von außen beobachtete, halb in der Befürchtung, sie würde niemals eingeladen werden, und halb in der Angst, sie würde. Ihr altes Haus dagegen mit seinen quadratischen Formen und gerundeten Fenstern, seinen dreieinhalb Geschossen und seiner deplatzierten Aussichtsplattform auf dem Dach an einem Ort, der höchstens drei Autostunden vom Meer entfernt lag: Dieses Haus war ein Teil von ihr geworden, sobald sie es gesehen hatte. Man würde sie dort in einer Zwangsjacke oder mit den Füßen voran heraustragen müssen, bevor sie in ihre New Yorker Wohnung zurückkehrte.

Als sie die Haustür öffnete, bemerkte sie, dass sie diesmal ohne Widerstand leicht in ihren Angeln schwang. Francie durchschritt den Flur und trat in das äußere Wohnzimmer. Sie hörte, wie der Klang ihrer Schritte in entfernten leeren Räumen widerhallte. Ihre Aufgabe würde nun sein, dieses Haus mit Möbeln, Kunst und Gegenständen zu füllen; das konnte Jahre in Anspruch nehmen. Bei diesem Gedanken wallte Erregung in ihr auf. Das ist es, sagte sie sich, dies ist der Ort, wo alles schließlich so werden wird, wie es sein sollte.

Francie fingerte in ihrer Manteltasche nach dem Plastikröhrchen, in dem einst fünfzig Tabletten gewesen waren und das jetzt nur noch eine enthielt; sie konnte spüren, wie die einsame Überlebende in ihrer Hand gegen die Wände des Röhrchens prallte, ein einziges winziges pinkfarbenes Kieselsteinchen.

Und plötzlich fiel ihr etwas wieder ein.

Als kleines Mädchen hatte sie die Angewohnheit, ihre ausgefallenen Milchzähne aufzubewahren, sie in einem Gläschen für Babynahrung mit sich herumzutragen, als könne sie sich nicht überwinden, sich von ihnen zu trennen. Diese Verehrung von Bruchstücken ihrer selbst war ihr eine vertraute Sache. Sie machte manchmal Phasen durch, in denen sie ihr

Haar, ihre abgeschnittenen Fingernägel und manchmal sogar dutzendweise gebrauchte Papiertaschentücher zwanghaft aufbewahrte; aber erst jetzt fiel ihr wieder ein, wie das alles angefangen hatte. Das Problem damals war gewesen, dass sie nicht glauben wollte, dass die Zahnfee wirklich zu ihr kam, nicht, wenn man bedachte, wie viele Kinder es auf der Welt gab, denen ja auch die Milchzähne ausfallen mussten. Und falls sie kam, hätte Francie den Gedanken nicht ertragen, dass ein Teil ihrer selbst von einer völlig Fremden mitgenommen werden würde – selbst wenn es ein Teil war, den sie nicht mehr benötigte.

Ihr Vater hatte schließlich ihre Zähne an sich genommen. Er hatte gemeint, es sei wohl nicht normal, dass sie sie mit in die Schule nahm, in die Kirche, sogar mit ins Bett und dass er sie nicht zum Gespött der anderen Kinder machen wolle. Francie widersprach ihm nicht. Schon damals wartete sie auf jemanden, der ihr sagte, es sei in Ordnung, die Dinge loszulassen, dass es nicht nötig sei, an *allem* festzuhalten. Als er die Zähne schließlich nahm, war es eine Erleichterung für sie, aber es war nicht das letzte Mal, dass man ihr sagen musste, wie sie empfinden sollte.

Genau genommen war das der Grund, warum sie jetzt diese Pillen nahm; sie fühlte nichts. Die Pillen sorgten dafür, dass sie sich nicht zu fragen brauchte, wie sie sein musste. Sie konnte einfach *sein.*

Aber es waren betrügerische, falsche kleine Tabletten. Alles war eigentlich ihre Schuld, dachte sie. Wegen dieser Pillen war ihr Leben so, wie es jetzt war. *Sie* waren schuld daran, dass sie beispielsweise kein gutes Gedicht geschrieben hatte. An ihnen lag es auch, dass es ihr möglich war, Colt in so vielen Dingen zuzustimmen. Wie in der Frage, ob sie Kinder haben wollten zum Beispiel. *Er* wollte keine Kinder, niemals;

er meinte immer, er habe nicht die Energie für seinen Beruf und die Familie. Klar, er arbeitete so viel, dass er, wenn sie Kinder *hätten,* diese niemals zu Gesicht bekommen würde. Zwölfstundentage waren für ihn normal, aber auch vierzehn oder sogar sechzehn Stunden nicht unüblich. Aber was ist mit mir?, überlegte sie. *Ich* arbeite nicht sechzehn Stunden am Tag. *Ich* tue *überhaupt nichts!* Ich könnte ein Baby haben und mich allein darum kümmern. Oder nicht? Warum soll ich es nicht einmal versuchen dürfen? Habe ich denn auch in dieser Sache gar nichts zu sagen? Warum soll er derjenige sein, der alles zu entscheiden hat, nur weil er derjenige ist, der das Geld verdient?

Dass sie das Rezept verloren hatte, musste ein Zeichen sein. So wie es ein Zeichen war, dass sie das Haus bekommen hatten. Es musste bedeuten, dass sie die Pillen nicht mehr nehmen sollte. Was sollte schon passieren, wenn sie die Pillen absetzte? Jedenfalls war sie jetzt ein anderer Mensch als mit einundzwanzig. Sie war nicht mehr das hilflose Mädchen. Sie war jetzt eine Frau. Sie konnte sie für eine Weile absetzen und beobachten, was geschehen würde. Wenn es nicht funktionierte – wenn sich die Dinge wieder zum Schlechten wendeten –, konnte sie sie einfach wieder nehmen. Es würde ganz gut sein, mal eine Pause zu machen. Es wäre sogar ein symbolischer Akt – so als bezeichne der Umzug in das neue Haus einen Neubeginn in ihrem Leben.

Heimlich und bevor die Männer hereinkamen, stahl Francie sich in das Bad neben der Küche. Sie nahm das Plastikröhrchen aus der Tasche und öffnete den kindersicheren Verschluss. Dann klopfte sie vorsichtig auf das Röhrchen, bis die letzte Pille in das Toilettenbecken fiel, und spülte es weg.

Was bin ich doch für ein böses Mädchen, dachte sie selbstzufrieden.

»Was tust du da, Sissie?«, fragte Michael.

Francie wirbelte herum und erschrak, als sie ihren Bruder hinter sich stehen sah. Schnell schob sie das Plastikröhrchen wieder zurück in ihre Tasche.

»Nichts, Mikey«, sagte sie. »Du solltest dich nicht so an mich heranschleichen!«

»Tut mir Leid. Ich dachte, du hättest mich gehört«, sagte Michael. »Was hast du da gerade durch die Toilette gespült? Kleine grüne Pillen?« Er kicherte.

»Ein Mittel gegen Erkältung«, entgegnete Francie. »Ich war erkältet. Aber jetzt bin ich wieder fit.«

»Oh. Und du hast vor, dir niemals wieder eine Erkältung zuzuziehen?«

»Es … hatte Nebenwirkungen«, sagte Francie.

»Oh, Mann, das ist ja der Hammer von einem Haus. Das ist echt ein Ding.«

»Findest du es auch so toll?«

»Ja, sieht ganz so aus, als hätten wir schließlich unser Plätzchen auf dem Land gefunden, was?« Michael grinste sie hocherfreut an. Francie lächelte unsicher. »Es ist groß. Und kalt. Wer hat hier vorher gewohnt?«, fuhr er fort.

»Wir wissen es nicht«, sagte Francie. »Ich meine, irgendwie wissen wir es schon. Es waren die Musgroves, eine Familie. Aber das ist schon lange her.«

»Ziemlich sauber hier«, sagte Michael. »Sieht nicht so aus, als hätte das Haus lange leer gestanden.«

»Die Bank sagte, dass sich jemand darum gekümmert habe. Jemand hat es für sie in Ordnung gehalten für den Fall, dass es jemals verkauft würde.«

»Es passt zu dir. Konnte sowieso nicht verstehen, warum du jemals nach New York gezogen bist.«

»Das war eine Phase«, sagte Francie. »Für eine Zeit lang

war es auch gut. Aber jetzt habe ich das hinter mir. Ich glaube, ich kann hier glücklich sein. Ich kann hier wirklich … aufdrehen.«

»Und bist du glücklich mit Colt?«

Francie erschrak. »Natürlich bin ich das, Liebes«, sagte sie. Sie streckte die Hand aus und strich ihrem Bruder eine widerspenstige Haarsträhne hinters Ohr. »Warum um Himmels willen denkst du, dass ich es nicht wäre?«

»Ich habe mich nur gefragt, das ist alles«, sagte Michael. »Er ist so … reizbar, finde ich. Echt geschäftsmäßig. Er hat niemals wirklich irgendetwas Nettes über irgendetwas zu sagen, ist dir das nie aufgefallen? Ein wirklich negativer Typ. Um die Wahrheit zu sagen, ich hätte nicht gedacht, dass du mal bei einem Burschen wie ihm endest.« Bei den letzten Worten hatte er die Stimme gesenkt und blickte über die Schulter, um sich zu vergewissern, dass sie allein waren. Sie waren es – und konnten Colt und die Möbelpacker an der Vorderfront hören, wo sie sich mit einem Sofa abquälten. »Du bist irgendwie empfindsam und künstlerisch, und er ist …«

»Ich weiß«, unterbrach ihn Francie. »Geschäftsmäßig. Aber wir ergänzen einander, Liebes. Man heiratet niemanden, der genauso ist wie man selbst. Man möchte mit dem anderen ergänzen, was einem fehlt. So ähnlich wie bei einem Puzzle.«

»Wird wohl so sein«, sagte Michael.

»Mach dir keine Gedanken über mich«, sagte Francie. »Deine große Schwester kann schon selbst auf sich Acht geben. Aber ich habe mir über dich Gedanken gemacht. Hast du irgendetwas auf dem Herzen? Beunruhigt dich irgendetwas?«

»Wir brauchen etwas Hilfe!«, rief Colt vom Wohnzimmer her. »Hallo! Francie! Mike!«

Michael überlief ein Schauder. »Ich hasse es, wenn er mich

›Mike‹ nennt«, sagte er. »Ich komme mir dann vor wie einer seiner Pokerkumpels.«

»Mikey? Gibt es da irgendetwas?«

Michael blickte zu Boden und besah sich dann die Wände. Francie kannte seinen Gesichtsausdruck nur allzu gut. Was immer es war, er hatte Angst, es ihr zu erzählen. Sie wartete.

»Nicht jetzt«, murmelte er. »Später.«

»Wir werden darüber reden«, sagte Francie. »Gib mir einen Kuss.« Sie zog ihren Bruder am Ohr zu sich herunter, und sie gaben sich einen flüchtigen Kuss. Dann machten sie sich auf den Weg zur Haustür.

Im Wohnzimmer begegneten sie Colt, der auf Händen und Knien herumkroch, die Nase zehn Zentimeter über dem Boden.

»Etwas verloren?«, fragte Francie.

»Meinen Glücksbringer«, sagte Colt. »Ist einfach runtergefallen. Die Kette ist gerissen.«

Michael blieb der Mund vor Staunen offen stehen. »Ich glaub es nicht«, japste er. »Du trägst einen Glücksbringer?«

Colt starrte ihn an. »Ja«, sagte er herausfordernd.

»Bei ihm im Büro tragen alle einen«, erklärte Francie ihrem Bruder. »Sie glauben daran.«

»Natürlich glauben wir daran«, meinte Colt. »Deswegen funktionieren sie ja.«

»Bist du dir sicher, dass du ihn hier verloren hast, Liebes?«

»Francie, wenn ich mir sicher wäre, wo ich ihn verloren habe, dann wäre er ja nicht mehr verloren, oder?«, sagte Colt verärgert.

»Das ist kein Grund, mich anzufahren«, erwiderte Francie. »Ich habe nur gefragt.«

Sie suchten überall, ohne etwas zu finden. Colts Glücksbringer blieb unauffindbar.

KAPITEL 8

Nur die Besten überleben

Unter der Drohung des heraufziehenden Sturms arbeiteten die Möbelpacker, die nicht in Pennsylvania festsitzen wollten, wenn es losging, schnell und wurden fertig, als gerade die ersten Schneeflocken durch die Luft wirbelten. Der Sturm schickte seine Vorboten. Die beiden Männer steckten ein Bündel Bargeld von Colt als Bezahlung ein und machten sich schleunigst auf den Heimweg. Obwohl die Dämmerung noch nicht eingesetzt hatte, dunkelte es im Haus bereits. Schatten krochen aus den Wänden und verbreiteten sich leise über den Boden. Colt hörte das alte Holz knacken – das Haus stellte sich auf die sinkende Temperatur ein. Wie viele Schneestürme hatte es wohl überstanden?, fragte er sich. Einhundert? Eintausend? Gab es einen Grenzwert, wie viele solcher Stürme ein Haus durchstehen konnte?

»Ist der Strom eingeschaltet?«, rief er, als er wieder hereinkam und sich den Schnee von den Schultern klopfte.

»Ich weiß es nicht«, antwortete Francie ihm von irgendwoher.

»Natürlich nicht«, murmelte er. »Du würdest einfach im Dunkeln sitzen, bis irgendjemand kommt und das Licht für dich einschaltet.«

»Was?«

»Nichts!«

Colt tastete sich an der Wand entlang, bis er einen Schalter fand, und war dankbar, dass ihn der Lichtkegel einer nackten Glühbirne traf, die an einem Draht von der Decke baumelte. »Ja, er ist angeschaltet«, rief er zurück. Andere Schalter in anderen Zimmern wurden umgelegt, und dann versammelten sie sich frierend, aber immerhin dankbar für die Helligkeit zu dritt in der Küche, deren einschüchternde Größe sie verloren wirken ließ.

»Wie wird das Haus geheizt?«, fragte Michael.

»Elektrische Fußleistenheizung«, sagte Colt. »Und Kamine. Eine Menge Kamine.«

»Kommt, lasst uns Feuer machen!«, schlug Francie vor. »Bitte! Feuerholz ist im Keller. Ich habe einen Stapel gesehen, als ich mit der Immobilienmaklerin unten gewesen bin.«

»Das ist keine schlechte Idee. Gut. Du«, sagte Colt und zeigte auf Michael, »gehst nach unten und holst etwas Holz. Bring es ins Wohnzimmer.«

»Ich allein?«, fragte Michael. Er wandte sich zur Kellertür um, öffnete sie und starrte die baufälligen Stufen hinunter in die Dunkelheit. »O Gott«, sagte er zweifelnd.

»Mach dir keine Sorgen, da unten ist nichts«, sagte Colt. »Haha.«

»Colt, hilf ihm doch«, bat Francie.

»Wieso? Das ist ein Einmannjob. Eine leichte Aufgabe.«

»Er hat Angst.«

»Ich habe keine Angst, Sissie«, sagte Michael. »Nur die Ruhe.« Er schaltete das Licht ein und marschierte die Treppe hinunter, die ausschließlich aus fünf Zentimeter dicken und fünfzehn Zentimeter breiten Holzstufen bestand; sie konnten hören, wie sie unter Michaels Gewicht bebten wie ein Blatt im Sturm. Colt grinste Francie an.

»Wenn das alles hier ein Film wäre, würde er jetzt von einem Monster aufgefressen werden«, sagte er.

»Sei still«, sagte Francie. »Du bist wirklich manchmal ein Arschloch.«

»Bin ich nicht«, protestierte Colt. »Oder falls ich es doch bin, funktioniert es. Er hat uns geholfen, die Möbel abzuladen und einzuräumen, oder nicht? Die erste ehrliche Arbeit, die er seit Jahren getan hat. Vielleicht färbe ich auf ihn ab.«

»Du willst ihn wohl provozieren.«

»Von mir aus. Hauptsache, es hilft.«

Francie ging durch die Küche und ließ die Hände über die runden Formen des alten Kühlschranks gleiten. Er gab kein Lebenszeichen von sich. Sie bückte sich, griff dahinter und stöpselte ihn ein. Rasselnd und summend erwachte er zum Leben. Als sie den Kühlschrank dann öffnete, runzelte sie unwillkürliche die Stirn, weil er leer war. »Was machen wir wegen des Abendessens?«, fragte sie. »Wir haben vergessen, etwas Essbares mitzunehmen.«

»Bestell etwas«, erwiderte Colt wie aus der Pistole geschossen.

»Von wo, lieber Mann? Wir sind hier auf dem Lande, weißt du?«

»Ich weiß nicht. Es muss doch irgendeinen Chinesen hier geben oder sonst etwas.«

»Das glaube ich nicht, Colt. In der Stadt gibt es das bestimmt, aber die ist meilenweit entfernt.«

»Ja, aber ... Gut, man kann sich doch überall etwas bringen lassen, oder nicht?«

Francie war bestürzt über den Anflug von Panik, der in seiner Stimme mitklang. Ging es ihm erst jetzt auf, dass es auf der Welt Orte gab, die nicht innerhalb des Lieferradius' irgendeines Chinesen lagen?, fragte sie sich.

»Schau mal im Telefonbuch nach«, sagte sie.

»Wir haben kein Telefonbuch. Wir haben übrigens auch kein Telefon.« Colt griff in seine Tasche und zog sein Handy hervor. Er schaltete es ein, hielt es sich ans Ohr und fluchte.

»Kein Netz. Ich habe gedacht, dieses Ding hätte automatischen Netzwechsel.«

»Das ist ein Extradienst. Den muss man erst freischalten.«

»Wie schön, dass Sie mir das jetzt sagen, ma belle.«

»Im nächsten Städtchen ist ein Supermarkt«, sagte Francie und seufzte übertrieben geduldig.

»Gut. Ich werde fahren«, sagte Colt missgelaunt. »Hast du noch Geld? Ich habe meins den Möbelpackern gegeben.«

»Nein, ich werde fahren.«

Colt war verwundert. »Was? Du bist ja verrückt. Es schneit draußen.«

»Colt, wir brauchen etwas zu essen. Und ich komme im Schnee auf der Straße besser zurecht als du.«

»Das ist nicht wahr.«

»Doch, ist es«, sagte Francie geduldig, denn sie wusste, dass sie diese Auseinandersetzung für sich entscheiden konnte. »Ich bin mit dem Auto groß geworden. Du bist mit der U-Bahn aufgewachsen. Wir haben uns schon mal darüber unterhalten. Weißt du nicht mehr?«

»Gut, in Ordnung«, sagte Colt. »Wenn du so wild entschlossen bist.«

»Ich will einfach irgendetwas tun, das ist alles. Ich will ein wenig auf Entdeckungsreise gehen.«

»Nachts? Während ein Schneesturm heraufzieht? Fein. Mach, was du willst.«

»Junge, da unten ist es echt gruselig«, sagte Michael, der mit einem Arm voll Holzscheiten wieder die Treppe heraufkam. »Und dieses Holz ist ganz hübsch alt. Es ist verfault oder so was.«

»Ich fahre«, verkündete Francie. »Bis nachher, Jungs.«

»Wo fährst du hin, Sissie?«, fragte Michael. In seiner Stimme schwang Angst mit.

»Sissie geht Teitamachen zum Supermarkt«, sagte Colt. »Will Mikey Hamham kaufen.«

»Colt!«, rief Francie.

»Ich mache nur Spaß«, sagte er schnell, als er den schrillen Ton ihrer Stimme vernahm. »Wollte die Situation ein wenig auflockern. Jesses!«

»Willst du, dass ich mitkomme?«, fragte Michael.

»Nein, mein Schatz, du bleibst hier. Ich komme schon zurecht. Du kannst Colt helfen.«

»Colt *wobei* helfen?«

»Wir machen Feuer«, sagte Colt. »Essen Büffelfleisch. Tanzen den Kriegstanz.«

»Du benimmst dich wie ein Idiot«, zischte Francie.

»Er benimmt sich nicht ...«, setzte Michael an.

»Tschüss Jungs«, sagte Francie und nahm den Autoschlüssel aus Colts Jackett. »Versucht, euch gegenseitig *nicht* umzubringen, während ich weg bin.«

Michael sah mit ungutem Gefühl, wie Francie mit dem Camaro aus der Ausfahrt bog und in dem Schneegestöber verschwand, das wie von tanzenden Derwischen aufgewirbelt wirkte. Dann wandte er sich um, um das Spektakel zu sehen, wie Colt versuchte, Feuer zu machen. Es war Mike vollkommen klar, dass Colt ein Mann war, der sein Kaminfeuer fertig abgepackt und vorbereitet kaufte, so wie alles andere. Colt hatte in einer lächerlichen Imitation der Standardszene aller Hollywood-Westernfilme, die er je gesehen hatte, eine Art Pyramide aus Holzscheiten auf der Feuerstelle errichtet. Jetzt hielt er ein Feuerzeug daran und wartete darauf, dass es Feuer fing. Er verbrannte sich den Daumen und steckte ihn in den Mund. Als er merkte, dass Michael nur mit Mühe ein Grinsen unterdrückte, warf er mit dem Feuerzeug nach ihm.

»Hier«, knurrte er mit dem Daumen im Mund. »Wenn du glaubst, du bist so schlau, dann versuch du es doch.«

»Anmachholz, Kumpel«, sagte Michael. »Du brauchst Anmachholz.«

»Was ist das denn?«

Michael prustete los. »Sag mir, dass es nicht dein Ernst ist«, sagte er. »Du weißt nicht, was Anmachholz ist? Seid ihr denn nie zelten gegangen als Kinder?«

»Ich war zu beschäftigt«, sagte Colt. »Die Kindheit habe ich übersprungen und gleich als Zwanzigjähriger weitergemacht.«

»Scheiße, möchte nicht in deiner Haut stecken.«

»Scheiße. Möchte noch weniger in deiner stecken.«

Michael schälte ein wenig Rinde von den Scheiten und zerbrach ein paar von den kleineren Holzstücken. In wenigen Augenblicken hatte er ein munteres Feuerchen in Gang gesetzt, das rasch größer wurde und den Raum mit einem angenehmen Knistern erfüllte. Colt lutschte an seinem verbrannten Daumen und starrte schmollend und hypnotisiert in die Flammen.

»Pfadfinder«, sagte Michael. »Ich kann auch Kaninchenfallen bauen.«

Colt antwortete nicht. »Aber im Ernst, hat dein Vater niemals ein Lagerfeuer mit dir gemacht?«, fragte Michael.

»Nein«, gab Colt zurück.

»Warum nicht?«

»Weil er tot ist.«

»Boah! Böse Sache. Das wusste ich nicht.«

»Hast du nicht gemerkt, dass er nicht bei unserer Hochzeit war? Ebenso wenig wie meine Mutter übrigens.«

»Eure Hochzeit ist lange her, Kumpel. Wie alt war ich, sechzehn? Du bist also so eine Art Waise?«

»In meinem Alter nennt man das nicht mehr Waise. Man hat einfach keine Eltern mehr.«

»Stimmt. Sind sie denn gestorben, als du noch klein warst?«

»Ja«, sagte Colt, »könnte man sagen.«

»Das ist echt schlimm, Mann.«

Colt antwortete nicht. Einige Augenblicke lang herrschte verlegenes Schweigen. Michael seufzte.

»Also, wenn wir jetzt nicht ›Kumbaya‹ singen wollen, dann werde ich mir jetzt einen gönnen«, sagte er. Irgendwo aus den Falten seines Ponchos zog er einen dicken, gebogenen Joint hervor. Er befeuchtete ein Ende davon, zündete das andere an und inhalierte dann tief; danach bot er ihn Colt an, der aber abwinkte.

»Wie lange rauchst du das Zeug eigentlich schon?«, fragte er.

»Seit dreizehn Jahren«, sagte Michael und stieß eine Rauchwolke in Richtung des Feuers aus. »Mehr oder weniger, glaube ich.«

»So lange. Jesses!«

»Das war damals angesagt, als ich angefangen habe.«

»Es war angesagt, als du *zwölf* warst?«

Michael zuckte die Achseln und nahm wieder einen Zug. »Was soll ich sagen? Ich war eben in einer fortschrittlichen Clique.«

»Fortschrittlich, Himmel-Arsch! Dein Hirn sieht inzwischen wahrscheinlich aus wie ein Marshmallow. Hast du jemals darüber nachgedacht, was das Zeug aus dir macht?«

»Willst du mir sagen, dass du niemals Drogen genommen hast? Kein einziges Mal?«, fragte Michael. »Nicht mal Koks? Ich dachte immer, dass ihr Finanzheinis eure Mittagspause damit zubrächtet, auf der Herrentoilette zu koksen. So wie in den Filmen.«

Colt lachte schallend. »Klar«, sagte er, »habe ich Koks genommen. Kinderzeug.«

»Kinderzeug?«

»Das machen all die jungen Nachwuchsleute. Um sich mal richtig wichtig zu fühlen.« Er schüttelte den Kopf. »Das war in den Achtzigern«, sagte er. »Was soll ich sagen? Ich habe es nur ein paar Mal genommen.«

»Nun, dann kannst du mir wohl kaum Ratschläge geben. Außerdem hilft Pot mir beim Denken.«

»Wie kann dir Kiffen beim Denken helfen?«

Michael zuckte mit den Schultern. »Ich kann mich dann besser konzentrieren«, sagte er.

Colt schnaubte verächtlich. »Bitte«, dozierte er, »das Zeug macht dich langsamer, falls es überhaupt etwas bewirkt. Du musst in Kategorien des Überlebens denken. Glaubst du, du könntest dich verteidigen, wenn du high bist?«

Michael sah sich um. »Mich gegen was verteidigen?«, fragte er lachend.

»Säbelzahntiger. Mammuts. Feindliche Angriffe. Wenn du vorankommen willst, musst du denken wie ein Steinzeitmensch. Nur die Besten überleben.«

»Mann, du bist ein Steinzeitmensch. Wir werden hier nicht angegriffen, Kumpel. Wir sind hier in deinem Wohnzimmer.«

»Ja, aber ich spreche über *Survival of the fittest.*«

Colt begann, um Michael herumzutänzeln, boxte nach seinem Gesicht und fing die Schläge im letzten Moment ab.

»Lass das«, sagte Michael ängstlich.

»Glaubst du, unsere Spezies ist vorangekommen, weil alle herumsaßen und sich vollgedröhnt haben? Du musst bereit sein. Du weißt nie, wann jemand kommt und versucht, dir deine Frau wegzunehmen. Ach, halt mal, ich habe gar nicht dran gedacht. Du hast ja keine Frau. Da war ja bloß ... Yolanda. Yolanda mit den haarigen Achselhöhlen.«

»Lass gut sein, Mann«, sagte Michael und wich vor ihm zurück. »Sie hatte keine haarigen Achselhöhlen! Und du gehst mir auf den Zeiger!«

»Na komm schon. Im Ernst. Boxt du manchmal?«

»Nein, und ich werde heute Abend nicht damit anfangen!«

»Ich habe auf dem College ein bisschen geboxt. Ich könnte dir ein paar Sachen zeigen. Komm, nur ein kleiner Schlagabtausch. Mach schon, bist ein harter Bursche. Verpass mir eine. Beweg dich mal so.«

Colt tänzelte schnell hin und her und traf Michael ein paar Mal leicht in den Magen. Es waren nur Knüffe, aber Michael war nicht auf sie vorbereitet und erschrocken. »Jesses«, sagte er, und leichter Ärger klang in seiner Stimme mit. »Kannst du endlich mit dem Scheiß aufhören?«

»Das ist es! Werd böse! Werd richtig gemein!«

Colt tänzelte weiter um ihn herum und landete eine Reihe weiterer leichter Schläge. Aber Michael ließ sich nicht darauf ein. Er starrte standhaft auf irgendeinen unsichtbaren Punkt an der Wand und biss die Zähne bei jedem Schlag fester zusammen. »Du musst böse werden, wenn du ein Killer werden willst. Du musst böse werden, wenn du ein Killer werden willst. Du musst böse werden, wenn du ein Killer werden willst.«

»Ich will kein Killer werden!«, rief Michael.

»Schlag mich!«, forderte Colt.

Michael holte plötzlich keuchend und unüberlegt zu einem Schwinger gegen Colt aus, ein weiter Schlag, unter dem sich Colt mühelos hinwegduckte.

»Du telegraphierst«, sagte Colt. »Ich hab den Schlag

schon kommen sehen, bevor du ihn überhaupt geführt hast. Du musst hinterhältig sein. So vielleicht.«

Er landete einen Haken von unten, irgendwo in Michaels Poncho, diesmal etwas fester. In einem sanften *pfff* schien die Luft aus seinem Schwager zu entweichen.

»Du Arschloch«, sagte Michael. »Das hat wehgetan!«

»Genau! Werd böse!«

»Ich will nicht böse werden!« Michaels Stimme überschlug sich vor Panik. »Ich will hier einfach nur abhängen!«

»Hier«, sagte Colt, »ich mach's dir einfach. Du musst ausweichen.«

Er schlug verhalten nach Michaels Gesicht, aber selbst die verminderte Geschwindigkeit war zu schnell für den pummeligen jungen Mann, und so traf er ihn voll auf die Nase. Blut spritzte unter Colts Fingerknöcheln hervor, während Michael auf die Knie fiel, als befolge er einen Aufruf zum Gebet.

»Oh Scheiße!«, sagte er in seine Hände. »Meine Nase!«

Ups, dachte Colt.

In Gedanken hörte er die Stimme seines Vaters: Hast noch viel zu lernen, Coltie, mein Junge.

Colt brauchte einige Minuten, um im Chaos der Umzugskisten eine Rolle Küchenpapier zu finden. Er brachte sie mit ins Wohnzimmer, und mit einer Mischung aus Verachtung und Reue beäugte er seinen Schwager. Michael lag jetzt vor dem Feuer, die Hände vors Gesicht gepresst.

»Hier«, sagte Colt und gab ihm die Papiertücher. »Nimm die. Eis haben wir noch nicht. Der Kühlschrank ist noch nicht lange genug in Betrieb.«

Michael nahm grollend die Papiertücher und hielt sie sich an die Nase.

»Leg den Kopf in den Nacken und atme durch den Mund.«

»Ich weiß, wie man mit einer blutigen Nase zurechtkommt«, sagte Michael. »Ich hab viel Übung darin, dank solcher Wichser wie dir. Jesus Christus, Mann, was ist eigentlich mit dir los?«

»Komm schon, wir haben bloß ein bisschen Spaß gemacht, stimmt doch?«, sagte Colt. »Du weißt doch, dass ich nicht wirklich versucht habe, dir wehzutun, richtig?«

»Was du nicht sagst«, schniefte Michael. Er setzte sich auf und spie blutigen Schleim ins Feuer. Dann legte er sich wieder hin und schloss die Augen.

»Wäre schön, wenn du Francie nichts davon sagen würdest. Es tut mir wirklich Leid.«

Michael seufzte.

»Ist sie gebrochen?«, fragte Colt.

»Ich glaube nicht.«

»So fest habe ich dich nicht geschlagen.«

»Warum hast du mich *überhaupt* geschlagen?«

»Ich wollte es nicht«, sagte Colt. »Pass auf, wenn du dich dadurch besser fühlst, dann kannst du mich auch schlagen. Mach zu. Ich werde mich nicht ducken. Lang einfach zu.«

»Verpiss dich«, sagte Michael.

Unsicher fuhr sich Colt mit den Händen durch die Haare. »Es war nur ein Spiel«, sagte er.

»Schönes Spiel.«

Ja, schönes Spiel, ertönte die Stimme wieder. Habe ich dich so großgezogen? Habe ich dir beigebracht, Leute nur aus Spaß zu verletzen? O ja, du bist wirklich ein großer Kerl. Ach, sei still, dachte Colt. Wo lebst du eigentlich? Du hast mich ja überhaupt nicht großgezogen.

Er ließ Michael auf dem Boden liegen und ging zurück in die Küche, wo er zwischen der Küchentheke und der gegenüberliegenden Wand hin und her lief. Es war Monate her, seit die Stimme seines Vaters ihn das letzte Mal belästigt hatte, und er hatte schon zu hoffen gewagt, dass er sie ein für allemal losgeworden war; aber die reine Willenskraft hatte nie gereicht, um sie komplett aus seinem Kopf zu verbannen.

Du musstest ihn nicht schlagen. Du wolltest es, um ihm zu zeigen, wie groß und stark du bist. Schau dich an, fast vierzig Jahre alt und benimmst dich wie ein Halbstarker! Als ob du noch auf der Highschool wärst!

»Schnauze!«, sagte Colt und presste die Hände an den Kopf. »Er hat es sich selbst zuzuschreiben. Einer musste ihn mal etwas aufrütteln. Ich habe ihn nicht wirklich verletzt.«

Nein, du hast ihn nicht wirklich verletzt. Deshalb hast du auch Blut an den Händen.

Colt blickte auf seine Hände und sah, dass in der Tat ein großer unförmiger Flecken von Michaels Blut auf seinem rechten Handrücken getrocknet war, an der Hand, mit der er ihn getroffen hatte. Er ging zur Spüle und wusch das Blut unter dem kalten Wasserstrahl ab. Er konnte seine Schläfen spüren; auch dort, wo sein Haar grau zu werden begann, war geronnenes Blut. Er musste sich mit den Händen durchs Haar gefahren sein; das machte er, wenn ihn etwas beunruhigte. Er machte sich die Finger feucht und wischte das Blut aus dem Haaransatz. Dann ging er zum Spiegel im Bad, um sich zu vergewissern, dass alles weg war.

»So«, sagte er zu seinem Spiegelbild, »bist du jetzt zufrieden? Jetzt hör auf mit dem Scheiß. Ich brauche keine Meldungen mehr von dir.«

Die Stimme verstummte.

Colt ging zurück in die Küche, stützte sich auf die Spüle

und wippte auf den Zehenspitzen. Draußen wirbelte der Schnee in dicken Flocken durch die Luft. Er konnte sich selbst schwach in der Fensterscheibe erkennen und fletschte seine Zähne zu einem Grinsen, dem jede Heiterkeit fehlte.

»Es war in einer dunklen, stürmischen Nacht«, sagte er.

KAPITEL 9

Das Huhn der Verzweiflung

Nachdem sie den Camaro zwischen zwei bejahrten Pickups auf dem Parkplatz abgestellt hatte, wurde Francie mit einem Stoß kalter Luft durch die automatischen Türen des Supermarkts geweht. Der Windstoß wirbelte ihr den langen Rock dramatisch um die Beine, was ihr das köstliche Gefühl gab, eine selbstmordgefährdete Dichterin am Rande der Verzweiflung zu sein. Das war der Hauptgrund, warum sie gern lange Röcke trug – die meisten Dichterinnen trugen welche, stellte sie sich vor. Außerdem vermittelte ein langer Rock irgendwie ein absolut perfektes Selbstgefühl: Man war gleichzeitig zur Schau gestellt und geschützt.

Die Temperatur war seit ihrem Aufbruch in der Stadt am Morgen um fast zehn Grad gesunken. Es schneite jetzt ganz beträchtlich. Eine Kassiererin mit graubraunem Haar blickte erschrocken von ihren Fingernägeln auf, als Francie hereinschneite wie in einem Frankenstein-Film, als ob jeder, der diesem Wetter trotzte, Anlass zum Fürchten gab.

»Wir schließen in fünf Minuten«, sagte die Frau. »Wir werden wegen des Sturmes alle früher nach Hause geschickt.«

»Dann werde ich mich beeilen«, sagte Francie. Sie lächelte,

um zu zeigen, dass sie das Schließen des Ladens nicht persönlich nahm. Das Mädchen starrte sie an. Immer noch lächelnd holte sich Francie den letzten in einer langen Reihe von Einkaufswagen und begann, damit durch die Gänge zu flitzen und in Gedanken ein Abendessen zusammenzustellen. Sie nahm Paprikaschoten, ein Riesenpaket Hähnchenkeulen, einen Beutel Salatmix und Möhren. Dieses Wetter hatte sie tief durchdrungen; sie fühlte sich düster und wundervoll. Am Horizont kündigten sich große Ereignisse an. Im Auto auf dem Weg hierher war der Osthimmel so schwer und mörderisch gewesen, dass es den Anschein hatte, als absorbiere er alles Licht der Welt, als sauge er Licht in sich hinein wie ein gieriges, schwarzes Loch. Es war schön. Francie wusste, dass es Monate dauern würde, bevor sie sich an das Fehlen von Gebäuden gewöhnen würde, an diese Unmittelbarkeit des Himmels. Sie freute sich schon auf diese Öffnung ihrer selbst. Sie war eine Winterblüte. Sie fühlte sich, als sei sie aus einem Käfig freigelassen worden. Ihr Herz flatterte frei über den Regalen mit den asiatischen Lebensmitteln, wie die Taube, die aus Noahs Arche freigelassen worden war und nach dem ersten Anzeichen für festes Land Ausschau hielt. Sie war Francie Hart, und sie lebte jetzt auf dem Land. Das konnte sie mit Recht sagen.

Am Ende des Gangs war der Drogeriebereich. Neben den übergroßen Sonderangeboten – Vitamin C und Pflanzenmedikamente – stand ganz keck ein Aufsteller mit Kondomen. Eine Phalanx zusammengerollter Penisse, die auf ihren Einsatz warteten. Ein freundlich wirkender, älterer Mann mit einem Kranz weißen Haars, das einen perfekten Kreis von seiner Stirn bis zum Kinn bildete, war offenkundig damit beschäftigt, Medikamente hinter dem Verkaufstresen einzuschließen. Der Apotheker. Er sah aus wie ein Amish, obwohl

Francie wusste, dass er keiner sein konnte. Die Amish durften nicht in Apotheken arbeiten, ihre Religion verbot es ihnen. Mennoniten allerdings durften, zumindest die weniger Strenggläubigen. Vielleicht war er einer von ihnen. Ein mennonitischer Apotheker. Großer Gott. Welche Überraschungen hielt dieses neue Landleben noch für sie bereit?

Francie machte Halt. Hätte sie ihr Rezept schon gefunden, könnte sie sich jetzt ihre Medizin geben lassen. Aber sie wusste immer noch nicht, wo es war. Sie würde zurück in die Stadt fahren und noch einmal zu ihrem Arzt gehen müssen.

Halt. Sie wollte sie doch gar nicht mehr nehmen, nicht wahr?

Ja, richtig.

So.

Nein, je mehr sie eigentlich über diese Idee nachdachte, desto unvernünftiger kam sie ihr jetzt vor. Sie wusste doch noch, wie schlimm die Dinge vorher gewesen waren?, fragte sie sich. *Bevor* sie die Pillen genommen hatte? Wollte sie, dass es wieder so wurde? Diese Gedanken drückten ihre Stimmung, und plötzlich wurde ihr schlagartig bewusst, dass es in dem Supermarkt kalt war. Und die Hintergrundmusik, die so klang, als würde sie durch Aluminiumfolie gedämpft, konnte das Heulen des Windes über dem Dach nicht übertönen.

»Entschuldigen Sie bitte«, sagte Francie furchtsam, »ich frage mich, ob Sie mir vielleicht helfen könnten.«

»Wir machen zu«, sagte der wie ein Mennonit aussehende Mann, aber er nahm sie zur Kenntnis. Er stand da und lächelte. Francie fühlte sich ermutigt fortzufahren.

»Ich habe eigentlich nur eine Frage«, sagte sie. »Ich … also, haben Sie irgendeine Art von Computer mit Datenbankzugriff, in den Sie meinen Namen eingeben können, um vielleicht eine Kopie meines Rezeptes zu bekommen? Ich bin immer zu einer Apotheke in New York gegangen, aber ich habe mein gerade gültiges Rezept verloren und weiß nicht, wo es ist. Ich war mir sicher, ich hatte es in meine Handtasche gesteckt, aber als ich später danach gesucht habe, war es nicht dort, und es war auch nicht in den Kartons mit all meinen wichtigen Papieren, und ich …« Ihre Stimme verlor sich; sie hatte Angst, dass sie zuviel redete.

»Wie heißt denn Ihre Apotheke?«, fragte der Mann.

Sie konnte sie vor sich sehen, ein kleiner Eckladen auf der siebten Avenue in einem Backsteingebäude. Der Besitzer hieß Bernie. Er hatte einen Bruder, der nach seiner Pensionierung nach Orlando gezogen war. Die Apotheke war ungefähr tausend Jahre alt und roch furchtbar nach irgendeiner Salbe. Hatte sie überhaupt einen Namen? Falls ja, hatte sie ihn nie erfahren.

»Ich kann mich nicht erinnern«, sagte Francie. »Ich habe eine Blockade.« Sie versuchte zu lachen. »Ist es nicht furchtbar, wenn so etwas passiert? Ich bin eine Million Mal da gewesen und nie auf die Idee gekommen herauszufinden, wie sie heißt.«

Der Mann lächelte verständnisvoll und trat an seinen Computer. »Wenn Sie mir Ihren Familiennamen buchstabieren würden«, sagte er. »werde ich nachschauen, ob ich Sie in unserem System habe.«

»H-A-R-T. Hart«, sagte Francie. »Vorname Francine.«

Sie sah zu, wie der Apotheker seine dicken Finger über die Tastatur sausen ließ, und fragte sich träge, was dieser Mann wohl von seinem Leben hielt. Bestimmt kamen jeden Tag viele Leute zu ihm, bei denen irgendetwas nicht stimmte, überlegte sie. Mit allem, was man sich nur denken konnte, von Hämorrhoiden bis hin zu Krebs. Und es gab vermutlich auch viele Leute wie sie, diejenigen mit Problemen, die man nicht sehen konnte. Die mussten wohl die schwierigsten sein, entschied sie. Bei Leuten wie ihr war nicht abzusehen, wann sie die Kontrolle verlieren würden. Bei Leuten, die verrückt waren.

»Es tut mir Leid«, sagte der Apotheker. »Ich habe Sie nicht in unserer Datenbank.«

»Ich verstehe«, sagte Francie. Sie verspürte Schmerz in ihren Knöcheln. Sie hielt den Griff des Einkaufswagens so fest umklammert, dass sie vollkommen weiß geworden waren. »Ich verstehe«, sagte sie wieder und zwang sich, vorsichtig loszulassen. Ihre Hände fielen von dem Griff ab und hingen an ihrem Körper herab, während ein Gefühl, das sie viele Jahre lang nicht mehr gehabt hatte und von dem sie gehofft hatte, dass sie es nie wieder erleben würde, sich pickend und hackend unterhalb ihrer Lungen bemerkbar machte. Es war, als hielt sie ein Huhn in ihrer Bauchhöhle gefangen, dachte sie. Genauso fühlte es sich an, wenn sie die Angst befiel. Die pinkfarbenen Pillen waren das Futter für das Huhn. Wenn es satt war, war alles in bester Ordnung, und das Huhn blieb ruhig. Aber sie hatte es bisher immer rechtzeitig gefüttert, sie hatte es kein einziges Mal in neun Jahren vergessen, und jetzt bemerkte sie erschrocken, dass das Huhn plötzlich hungrig war. Es hatte seit Ewigkeiten nichts mehr zu fressen bekommen, und jetzt überlegte es, ob es vielleicht aus ihr ausbrechen sollte.

Sie sagte rasch: »Nun, gibt es denn irgendeine Möglichkeit für Sie … Sehen Sie, sie sind mir ausgegangen, und … das ist mir noch nie zuvor passiert … Ich nehme sie schon seit langem, verstehen Sie? Ich habe überlegt, ob ich nicht versuchen sollte, sie abzusetzen, aber ich sehe jetzt, dass das ein Fehler war. Es ist, als ob etwas Schlechtes passieren könnte, wenn ich aufhöre, sie zu nehmen. Ich weiß nicht einmal, was passieren könnte.« An dieser Stelle lachte sie und versuchte, es wie einen Scherz erscheinen zu lassen. Der Apotheker lächelte wieder, aber nicht mehr so überzeugt wie zuvor. Er warf einen raschen Blick auf das Telefon. Francie bemerkte das, und plötzlich wurde das Huhn größer und wilder. Sie konnte sogar spüren, wie sich seine Krallen in ihren Zwölffingerdarm bohrten.

»Es tut mir Leid, meine Liebe«, sagte der Mann.

Hatten Männer wie er, wenn sie sie ansahen, großväterliche Fantasievorstellungen?, fragte sie sich. Vielleicht ging er in seinen Tagträumen mit ihr einkaufen und schickte ihr einen Scheck zu Weihnachten. Dann merkte sie, dass das ein verrückter Gedanke war. Nur eine verrückte Person konnte sich so etwas ausdenken. Großväterliche Fantasievorstellungen, also wirklich.

»Sie wissen sicher, dass ich ohne Rezept nichts tun kann. Wie ist denn der Name des Medikaments?«, fragte der Mann.

»Benedor«, sagte Francie mit einem Aufwallen wilder Hoffnung. Vielleicht hatte er welche, die er ihr zustecken konnte! In einem Papierumschlag durch die Hintertür!

»O nein, auf keinen Fall bei Benedor«, sagte der Mann. »Das ist ein psychotropes Mittel.«

Ihr Mut sank. »Ich weiß«, sagte Francie. »Es ist nur so ... Wir sind gerade aus der Stadt hierher gezogen. Heute, um genau zu sein. Und ich habe vergessen, das Rezept einzulösen, bevor wir losgefahren sind. Die Tabletten sind mir ausgegangen. Und das Rezept habe ich ohnehin verloren. Ich habe keine Ahnung, wo es ist.« Ihre Stimme zitterte jetzt, wie sie selbst merkte. Sie wiederholte sich. Sie würde gleich weinen. Oh, Mist.

»Es tut mir wirklich sehr Leid«, sagte der Mann. »Ich wünschte, ich könnte Ihnen helfen. Können Sie nicht einfach zu Ihrem Arzt gehen? Vielleicht morgen?«

»O mein Gott«, sagte Francie. »O mein Gott!«

Das sagte sie, weil das Huhn gerade ausgebrochen war, durch ihre Bauchwand hinaus in die saubere weiße Luft des Supermarktes. Es verwunderte sie, dass der Apotheker es nicht sehen konnte, oder, falls er es konnte, dass er nichts dazu sagte. Es war mit ihrem Blut und ihren Eingeweiden bedeckt, dieses Huhn, und stolzierte in merkwürdiger Weise über die Bodenkacheln. Seine Krallen klackerten feucht und vorsichtig in der schönen neuen Welt der Wirklichkeit. Francie legte eine Hand dorthin, wo, wie sie glaubte, das Loch in ihr sein musste, und sank langsam zu Boden. Eine Dichterin am Rande des Abgrunds. Eine Schauspielerin, die ihren besten Bühnentod starb. Aber dies war real oder schien es zu sein, und es machte überhaupt keinen Spaß.

»Madam«, sagte der Apotheker und beugte sich über die Theke, um nach ihr zu sehen. »Fühlen Sie sich nicht wohl?«

Francie saß auf dem Boden, die Beine vor sich ausgestreckt wie ein Kind. Sie sah gleichgültig zu, wie das Huhn sich nach links wandte und hinter dem Stand mit den Waschmitteln und Seifen außer Sicht geriet. Sie begann zu weinen. »Madam?« Der Apotheker war irgendwie auf ihrer Seite der Theke aufgetaucht. War er tatsächlich darüber gesprungen? Wie heroisch. Ein heroischer, mennonitischer Apotheker. Francie spürte seine Hände auf den Schultern; er versuchte, sie zu beruhigen. Er stellte ihr großväterliche Fragen. Ist Ihnen schlecht? Brauchen Sie Wasser? Müssen Sie sich hinlegen? Sie ignorierte ihn. Der Schmerz dort, wo das Huhn wie in einer Explosion aus ihr hervorgebrochen war, war unerträglich. »Wie ist Ihre Telefonnummer?«, fragte der Apotheker sie. Er hielt ihre Hand. Sie sah, dass er auf ihren Ehering blickte. »Ich werde Ihren Mann anrufen.«

Francie schluchzte. »Ich weiß es nicht!«, sagte sie. »Wir haben überhaupt kein Telefon!« Sie würde im Supermarkt leben müssen! Sie würde niemals den Mut aufbringen, den Laden zu verlassen, nicht mehr jetzt, nicht mehr, nachdem die ganze Welt Zeuge ihrer Schwäche geworden war.

»Kommen Sie mit nach hinten und legen Sie sich hin«, sagte der Apotheker. »Wir sorgen dafür, dass sich jemand um Sie kümmert, meine Liebe. Machen Sie sich keine Sorgen. Es ist alles in bester Ordnung.«

»Nein, etwas ist nicht in Ordnung«, sagte Francie. Sie ließ sich auf die Füße helfen und wie ein Kind an der Hand durch die hüfthohe Pendeltür des Apothekerstandes in den Pausenraum der Angestellten führen. Der Apotheker legte sie auf eine Couch und zog ihr die Schuhe aus. Dann brachte er ihr ein Glas Wasser.

»Hier bitte«, sagte er.

»Etwas ist überhaupt nicht in Ordnung«, erklärte Francie ihm und nahm das Glas. »Etwas war schon immer nicht in Ordnung. Ich war nur nie in der Lage herauszufinden, was es ist.« Sie nippte vorsichtig an dem Wasser und hoffte, es würde nicht durch das Loch in ihrer Körpermitte wieder herauslaufen. Wenn es das tat, würde es sicherlich eine große Pfütze hinterlassen. »Das war schon immer das Problem bei mir«, erklärte sie dem Apotheker. »Nur weiß niemand, wie man es behebt.«

»Beruhigen Sie sich einfach«, sagte der Apotheker.

Francie ließ ihren Hinterkopf langsam gegen die Wand sinken.

Du dummer, dummer Mann, dachte sie. Du weißt gar nicht, worauf du dich da einlässt.

KAPITEL 10

Trink das, das wird dir helfen

Michael hatte sich in eine Ecke des hinteren Wohnzimmers zurückgezogen, so gab es zumindest eine schützende Wand zwischen ihm und seinem marodierenden Schwager. Dort saß er im Halbdunkel, schmollte und wartete darauf, dass seine Schwester nach Hause kam. Colt wischte ein paar Tropfen Blut vom Boden auf, die er bemerkt hatte, als er zurückgekommen war, und unterdrückte seinen leichten Ekel in der Hoffnung, dass dieser mildtätiger Akt der Reue ihn wenigstens teilweise von seiner gewalttätigen Sünde freisprechen würde. Dunkelheit hatte sich über das Land gesenkt, und Francie war noch nicht zurück. Jetzt ging Colt vor dem Feuer auf und ab. Er war in Sorge, dass ihr etwas passiert sein könnte, und auch, was *ihm* wohl geschehen würde, wenn sie heimkam. Sie würde, das wusste er, böse werden. Als die Scheinwerfer des Camaro schließlich am Ende der Auffahrt aufleuchteten, öffnete er mit gemischten Gefühlen – Erleichterung und Besorgnis – die Tür. Er beobachtete, wie sie aus dem Wagen stieg und mit einer Tasche voller Lebensmittel die Stufen zur Veranda heraufstieg. Auf der Auffahrt lagen jetzt mindestens fünf Zentimeter Schnee. Es schneite immer noch, und der stetig zunehmende Wind verwirbelte die Flocken zu kleinen Miniaturtornados.

»Jesus Christus«, sagte Colt, als sie in den Flur trat, »wo bist du gewesen? Ich habe schon gedacht, du wärest verloren gegangen!«

Francie antwortete nicht. Sie drängte sich schweigend an ihm vorbei und ging direkt in die Küche.

»Was ist los? Ist mit dem Auto alles in Ordnung?«, fragte Colt, der ihr folgte. »Du hattest doch keinen Unfall, oder?«

»Sieh doch selbst nach, wenn du so besorgt bist«, sagte Francie. Sie stellte die Lebensmittel auf die Küchentheke. Colt folgte ihr misstrauisch.

»Was ist passiert?«, wollte er wissen.

»Nichts ist passiert.«

»Doch. Irgendetwas ist passiert. Das weiß ich. Du kommst mir … komisch vor.«

Francie hielt ihren Mantel in der Körpermitte eng an sich gepresst, wie um zu verhindern, dass ihr Inneres ausströmte. Sie war sich uneins, was das Loch, durch das das Huhn entkommen war, anbetraf: Ihr Verstand wusste, dass es eine Vision war, aber ihr poetischer Sinn glaubte, es sei real, und im Augenblick behielt ihr poetischer Sinn eindeutig die Überhand.

»Wie, komisch?«, fragte sie. »Komisch wie Milton Berle oder komisch wie Hannibal Lecter?«

»Ich meine … verrückt.«

»Mir geht's gut, Coltrane.« Sie wartete, dass er wegging, aber er blieb und sein Blick hing an ihrem Gesicht wie ein hartnäckiger Staatsanwalt.

»Was hast du in deinem Mantel?«

»Nichts.«

»Mach mal auf. Lass mich mal sehen.«

Abrupt gehorchte sie, wie sie es immer tat, einfach weil das der einfachste Weg war, um mit ihm zusammenzuleben. Er stieß ihre Arme beiseite, zog ihren Mantel auf und sah nach. Sie schloss die Augen und wartete.

Colt runzelte die Stirn. »Quält dich irgendetwas? Innerlich?«

»Nein. Ich habe …« Er hatte es also nicht gesehen. Also war es nicht real.

»Was?«

»Ich hatte eine … Attacke. Das ist alles.«

Colt runzelte die Stirn und ließ ihren Mantel los. Er trat an die Küchentheke und begann, die Tüte auszupacken. Francie ließ sich erschöpft gegen die Theke sinken.

»Eine Attacke? Was für eine Attacke?«

»Es ist nichts, Coltrane.«

»Ach, ich verstehe. So eine Frauensache, stimmt's?«, fragte er und warf ihr einen Blick über die Schulter zu.

Francie verdrehte die Augen. »Ja, genau das«, sagte sie. »So eine Frauensache. Das war alles, nichts, was man ernst nehmen müsste.«

»Wenn das so ist, nimm dir doch am besten ein Glas Wein«, schlug er vor. »Ich mache das Abendessen.«

»Ein Glas Wein«, sagte sie. »Was soll das ausrichten?«

»Was meinst du, was soll das ausrichten? Es wird dich entspannen. Du könntest es gebrauchen.«

»Ich verstehe«, sagte Francie. »Ist das dein Ratschluss, was mir fehlt?«

Colt warf ihr einen merkwürdigen Blick zu.

»Du bist wirklich in einer schrägen Stimmung«, sagte er.

»Wie überaus scharfsichtig von dir, Coltrane«, sagte Francie. »Das ist das Vernünftigste, was du heute gesagt hast.«

»Und reizbar. Du weißt doch, früher mussten die Frauen während ihrer Menstruation das Dorf verlassen und sich in eine abgelegene Hütte zurückziehen. Damit alle anderen ihre Ruhe und ihren Frieden hatten.« Er grinste. »Vielleicht sollte ich dir eine kleine eigene Hütte bauen«, sagte er. »Hinten im Garten. Jetzt, da wir einen Garten haben.«

Francie biss sich auf die Zunge, sonst hätte sie schreien müssen.

Ein paar Augenblicke später kam sie mit zwei Gläsern Wein ins Wohnzimmer und suchte im Halbdunkel nach Michael. Sie kniff die Augen zusammen; er schien sich aufgelöst zu haben. Jedenfalls war er nirgends zu sehen. »Mikey? Wo steckst du?«

»Hier«, kam die gedämpfte Antwort durch den Kamin. Francie ging um die Kaminwand herum und fand ihren Bruder im anderen Wohnzimmer, wo er, die Hände um die Knie gelegt, in die Flammen starrte.

»Mikey? Möchtest du etwas trinken?«

Michael sah zu ihr auf, ein Bild des Jammers. Sie kannte diesen Ausdruck. Es war der gleiche, den er immer zur Schau gestellt hatte, wenn die Jungen aus der Nachbarschaft ihn in die Mangel genommen hatten, ihn mit Schlamm beschmiert oder ihn mit Stöcken gequält hatten.

»Was ist los?«

»Nichts ist los«, sagte er. »Alles in bester Ordnung.«

Sie setzte sich neben ihn, beugte sich zu ihm herüber und küsste ihn auf die Wange. Trockenes Blut klebte auf dem schütteren Haar seines Schnurrbarts. Francie berührte sein Gesicht.

»Was zum Teufel ist mit dir passiert?«, fragte sie besorgt.

»Ich … ich habe mir die Nase gestoßen.«

»Ah, Liebes. Ich *wusste doch,* dass du dir irgendetwas getan hattest. Tut es weh?«

»Ja, es tut weh.«

Francie berührte vorsichtig die Nase. »Ist sie gebrochen?«

Michael zuckte zusammen und zog seinen Kopf zurück. »Ich weiß es nicht. Ich glaube nicht. Vielleicht.«

»Armer kleiner Liebling. Hier, trink das, das wird dir helfen.«

Wie oft hatte sie genau diese Worte zu ihm gesagt? Hundert, vielleicht tausend Mal. Als Mädchen hatte sie immer über einem imaginären Feuer irgendeinen Sud gebraut, unzählige Aufgüsse in einem ausgemusterten Aluminiumtopf, die seine zahllosen Wehwehchen heilen sollten. Gras und Löwenzahn für verletzte Gefühle, Rinde und Wurzeln gegen Langeweile, Schlamm und Steine gegen Ärger und schlechte Schulnoten. Es hatte niemals gewirkt, aber sie versuchte es immer noch. Jetzt gab sie ihm das Glas mit kühlem Wein. Michael leerte die Hälfte davon in einem Zug, während Francie an ihrem nur nippte. Der Schmerz in ihrer Körpermitte hatte nachgelassen. Zu ihrer Überraschung stellte sie plötzlich fest, dass sie sich gut fühlte. Es war, als hätte sie irgendetwas Giftiges ausgeschieden. Jetzt, nachdem es heraus war, war sie reiner, natürlicher. Vielleicht war es eine *gute* Sache gewesen, dass das Huhn ausgebrochen ist, dachte sie. Obwohl es sich auf jeden Fall nicht gut angefühlt hatte, als es passierte. Der schlimmste Schmerz, den sie jemals empfunden hatte. Jedoch war etwas Reinigendes daran. Sie fühlte sich im wörtlichen Sinne wie reingewaschen.

Aber es war sinnlos, irgendetwas davon mit Michael zu besprechen. Es war nicht seine Aufgabe, ihr zuzuhören. Das war niemandes Aufgabe; es war eine Stelle, die bisher noch nicht vergeben war.

»Du warst lange fort«, sagte er.

»Ich weiß.«

»Ich habe mir Sorgen gemacht.«

»Na, wenigstens einer. *Er* hat sich mehr um sein Auto gesorgt.«

Michael schnaubte und leerte sein Glas vollständig. »Das glaube ich dir aufs Wort«, sagte er.

»Hör zu. Bevor ich es vergesse – was wolltest du mir vorhin sagen, als wir im Bad waren?«, fragte sie.

»Was meinst du?«

»Du schienst irgendwie aufgeregt zu sein. Als ob in Colorado irgendetwas passiert wäre. Ich hatte den Eindruck, dass du drauf und dran warst, mir davon zu erzählen.«

»Ach das. Nun … ist egal. Ist nicht der Rede wert«, sagte Michael.

»Was soll *das* bedeuten?«

»Es bedeutet, dass es etwas ist, womit ich selbst fertig werden muss. Du kannst mir da nicht heraushelfen.«

»Mikey«, sagte Francie.

Sie wollte schon sagen: »Ich bin deine große Schwester«, eine andere reichlich abgenutzte Phrase, als die Lichter ausgingen und das Summen im Hintergrund, das niemand von ihnen bisher registriert hatte und das von der Feuerung im Keller kam, plötzlich verstummte.

»Mist!«, brüllte Colt in der Küche. »Der Strom!«

Michael stöhnte. »Was nun?«, sagte er. »Das entwickelt sich ja zu einem ausgewachsenen Albtraum!«

»Ist schon gut, er wird wieder angehen«, sagte Francie. »Keine Sorge.«

Sie stellte ihren Wein ab und tastete sich bis zu dem Kartonstapel im Flur vor. Sie konnte Colt in der Küche herumstolpern hören, fluchend und immer wieder irgendwo anstoßend. Sie öffnete in der Dunkelheit einen Karton nach dem anderen und tastete seinen Inhalt ab, bis sie fand, was sie suchte; ihr war eingefallen, dass sie einen Beutel mit Teelichtern eingepackt hatte, und als sie ihn gefunden hatte, nahm sie ihn mit ins Wohnzimmer. Sie und Michael zündeten ein Licht nach dem anderen an, bis die Wände in ein orangefarbenes Licht getaucht waren. Dann ging sie mit zwei brennenden Teelichtern in der Hand durch den Flur in die Küche, wo Colt immer noch hilflos umhertappte und fluchte.

»Jesses, du siehst aus wie ein Geist«, sagte er aus der Dunkelheit. »Ich weiß nicht, was wir jetzt essen sollen. Und ich verhungere fast.«

»Ich habe Gemüse gekauft und Kartoffelchips. Die können wir auf jeden Fall essen.«

»Du hättest natürlich nicht auf die Idee kommen können, vorgekochtes Hähnchen zu kaufen?«

»Also Colt … ich habe den Stromausfall eigentlich nicht geplant.«

»Nein, das hast du natürlich nicht.«

»Was soll *das* wieder heißen?«

»Nichts. Nur, dass du immer zu erwarten scheinst, dass sich alles … irgendwie regeln wird. Du musst vorausdenken, verflucht. Unwetter, Sturm, schwerer Schneefall. Natürlich wird da der Strom ausfallen!«

»Willst du mich im Ernst dafür verantwortlich machen? Es schneit draußen, und die Freileitungen halten das nicht immer aus. Das ist ganz normal.«

»Ich rede nicht vom *Strom,* ich rede vom *Abendessen.*«

»Colt«, sagte Francie und legte ihm die Hände auf die Stirn. »Bitte, sei einfach still.«

»Ja«, sagte Michael, der jetzt, vom Kerzenschein beleuchtet, als eine weitere unheimliche Gestalt in der Tür erschien. »Warum bist du nicht einfach still? Und benimmst dich uns gegenüber nicht wie ein Wichser. Sonst werde ich ihr sagen, was mit meiner Nase wirklich los war.«

»Was wirklich mit deiner Nase …«

»Ach verdammt«, sagte Colt.

»Mach schon, sag es ihr, großer Mann!«, sagte Michael.

»Colt?« Francie verschränkte die Arme vor der Brust. »Was hast du meinem Bruder getan?«

»Wir haben bloß ein bisschen rumgealbert«, sagte Colt schwach. »Es war ein Unfall.«

»*Er* hat rumgealbert«, sagte Michael. »*Ich* habe versucht, nicht auf ihn einzugehen. Aber er konnte mich einfach nicht in Frieden lassen. Er muss mich immer irgendwie zur Sau machen. Muss mich immer in den Hintern treten. Und er hat mich geschlagen!«

»Ich habe dich nicht *geschlagen,* ich habe dir nur *einen Klaps gegeben*«, sagte Colt. »Und es geschah nicht mit Absicht. Wenn ich dich wirklich geschlagen hätte, lägst du jetzt immer noch da.«

»Siehst du? Da geht's schon wieder los!«, sagte Michael. »Immer stößt er irgendwelche Drohungen aus! Immer versucht er zu beweisen, was für ein harter Bursche er ist!«

»Du hast meinen Bruder *geschlagen?*« Francie war erschüttert. »Coltrane Hart, was in Gottes Namen ist in dich gefahren? Wie konntest du so etwas tun?«

»Wir haben geboxt«, sagte Colt schwach.

»*Er* hat geboxt, Sissie«, sagte Michael. »*Ich* hatte kein Interesse am Boxen und habe ihm das auch ungefähr hundert Mal gesagt, aber er kann einen ja nicht in Frieden lassen. Er muss immer irgendeinen Scheiß machen. Immer! Er benimmt sich wie ein Zehnjähriger!«

»Jetzt mach mal einen Punkt«, sagte Colt.

»Colt, du Arschloch«, sagte Francie ruhig. »Du kompletter, totaler Pimmel.«

Colts Augen wurden zu Schlitzen, und seine Augenbrauen senkten sich wie Falltore. »Francie, pass auf. Nur weil …«

»Hier«, sagte Francie, »damit du mal siehst, wie es ist.« Sie holte im Halbdunkel aus und versuchte, ihm eine Ohrfeige zu geben, aber es misslang ihr. Colt fing ihre Hand ab und brachte sie damit aus dem Gleichgewicht, sodass sie beinahe hinfiel. Sie keuchte überrascht auf und riss sich von ihm los.

»Hey!«, rief Michael. »Was hast du vor, willst du jetzt *sie* schlagen?«

»Nein!«, sagte Colt. »Ich wollte …«

»Lass deine Hände von mir«, sagte Francie, obwohl er sie inzwischen losgelassen hatte. »Ich will dich heute nicht mehr sehen, Colt. Mir ist es egal, wohin du gehst. In den Keller oder auf den Dachboden oder in eins der Zimmer. Aber ich will dich nicht mehr sehen. Du machst mich manchmal wirklich krank. Wirklich krank. Jetzt hau einfach ab.« Sie musste kämpfen, um ihre Tränen zurückzuhalten, aber es waren Tränen des Zorns, nicht der Trauer – auch wenn Colt diesen Unterschied nicht bemerkte.

»Ich werde nirgendwo hingehen. Dies ist *mein* Haus …«

»Dein Haus!«, schrie Francie. »*Dein* Haus?«

»Ja! Gott! Was glaubst du denn, wer dafür bezahlt hat? *Du?* Du hast keinen eigenen Groschen, und du hast seit Jahren nicht mehr gearbeitet! Du bist nicht besser als er!« Colt deutete auf Michael. »Ihr seid wie Kinder! Ihr beide denkt, dass alle Welt euch euren Lebensunterhalt schuldet!«

»Ich glaube nicht, dass jeder mir meinen Lebensunterhalt schuldet«, sagte Michael.

»Doch, das tust du!«

»*Wer* ist hier ein Kind?«, sagte Francie. Diese Bemerkung hatte sie so in Rage versetzt, dass ihre Stimme zitterte. »Wen nennst du ein Kind? Du bist doch derjenige, der glaubt, dass die Welt sich nur um ihn dreht. Du bist derjenige, der sich für die wichtigste Person im ganzen Universum hält!«

Colt starrte sie ungläubig an. »Was soll *das* nun wieder heißen?«, fragte er.

»Deine Bedürfnisse«, sagte Francie. »Es geht immer um *deine* Bedürfnisse!«

»Nein, es geht nicht immer um meine Bedürfnisse.«

»Doch, das tut es!«

»In Ordnung. Was meinst du genau?«

Francie spürte, wie ihre Gefühle sie vibrieren ließen, ähnlich einer gespannten Violinsaite; es fühlte sich an, als ob sie jeden Augenblick in der Mitte auseinander reißen könne.

»Du denkst, du bist derjenige, der über unsere Zukunft zu entscheiden hat! Du bist derjenige, der alle Entscheidungen trifft! Was ist mit *mir*? Wie steht es mit dem, was *ich* will?«

»Ich will dir etwas sagen«, sagte Colt. »Wenn ich nicht die Entscheidungen treffen würde, dann gäbe es keine. Wenn ich dir alles überlassen würde, dann wäre das, als ob ... wir in eine Starre verfallen würden oder so etwas. Dann würde niemals irgendetwas geschehen!«

Francie lachte; sie würde ihm nicht die Genugtuung von Tränen gönnen. »Starre? Wovon zum Teufel redest du, von welcher Starre?«

»Ich meine damit, herumsitzen und immer darauf warten, dass irgendetwas passiert. Man muss im Leben die Initiative ergreifen, Francie. Man muss die Dinge manchmal selbst in die Hand nehmen. Man muss die Dinge geschehen lassen!«

»Ich weiß, wie man die Initiative ergreift, zum Teufel«, sagte Francie. »Ich weiß, wie man Dinge geschehen lässt. Es ist nur schwierig, wenn man dabei jeden einzelnen Schritt gegen dich durchsetzen muss! Weil du denkst, dass du wichtiger bist als ich!«

Michael war inzwischen verstummt, weil er spürte, dass der Streit auf eine sehr persönliche Ebene gekommen war. Er zog sich zur Tür zurück, wo er halb innerhalb und halb außerhalb der Küche stehen blieb und zuhörte.

»Ich glaube nicht, dass ich wichtiger bin als du«, sagte Colt. »Du hast kein Recht, das zu behaupten.«

»Ach, so ist das?«, sagte Francie. Jetzt kamen ihr doch die Tränen. Sie konnte sie nicht länger zurückhalten. »Wie sieht es denn damit aus, was ich für uns beide will? Und für mich? Wie steht es mit meinen Träumen?« Sie wischte sich die Nase am Ärmel ihres Sweatshirts ab.

Colt verdrehte die Augen. »Nicht das schon wieder«, sagte er. »Bitte, nicht jetzt. Willst du damit vor deinem Bruder anfangen?«

»Warum nicht?« Ihre Stimme wurde schrill. »Er kann es genauso gut wissen.« Sie drehte sich zu Michael herum, dessen Augen groß geworden waren wie die eines Kindes, das Zeuge eines Kampfes zwischen zwei Giganten wird. »Weißt du was, Mikey? Colt will nicht, dass ich Kinder bekomme. Weil *er* keine will. *Er* findet sie nämlich lästig. Weil *seine* Arbeit das Wichtigste in seinem Leben ist.«

Colt warf die Hände hoch. »›Ich will nicht, dass du …‹«, wiederholte er. »Hörst du, wie sie redet? Als wenn alles nur an mir läge. Das ist das wirkliche Problem. Du bist mit dir selbst im Unreinen, Francie. Du findest es selbst abstoßend, dass du so passiv bist. Der Grund, warum du das Gefühl hast, nicht auf gleicher Augenhöhe mitentscheiden zu können, ist der, dass du niemals den Mund aufmachst, bevor es zu spät ist! Und dann lässt du es an mir aus!«

»Nun, dann mache ich jetzt den Mund auf!«, sagte Francie. »Das ist nicht fair! Ich bin eine Frau! Ich will gewisse Dinge! Ich *brauche* gewisse Dinge!«

»Und dann sitzt du einfach da und wartest, bis ich sie dir gebe«, sagte Colt. Er nahm eine Gabel und riss damit die Plastikhülle, in der die Hähnchenschenkel eingepackt waren, auf. »Statt sie dir selbst zu holen. Das ist das Problem. Passivität statt Initiative. Immer das Opfer, nie der Sieger.«

»Wie soll ich denn hingehen und allein ein Baby bekommen?«, schrie Francie. »Wie? Dazu braucht es zwei, Colt! Dazu braucht es dich und mich!«

»Genau, es braucht zwei. Und wir müssen es beide wollen.«

»Und du willst es nicht! Und wo bleibe ich dabei?«

Colt zuckte die Achseln. Diese scheinbare Gleichgültigkeit war mehr, als Francie ertragen konnte. Sie schlug wieder nach ihm und traf ihn diesmal an der Schulter; dabei verstauchte sie sich zwei Fingerknöchel an seinem Schulterblatt. Es folgten noch mehr Tränen, und sie jaulte auf vor Schmerz. Colt legte die Gabel hin, starrte auf die rohen Hähnchenschenkel, die Hände fest an die Platte der Küchentheke geklammert, und versuchte, sich zu beherrschen.

»Ich habe dich niemals geschlagen«, flüsterte er. »In fast zehn Jahren habe ich niemals auch nur daran gedacht, dich zu schlagen.« Er schlug mit der Faust auf die Theke, sodass die leeren Schränke in der Küche klapperten.

»Und dann machst du noch irgendwelche Spielchen mit meinem Kopf!«, fuhr Francie fort, als ob sie ihn nicht gehört hätte. »Was war das denn in dem Motel? Nachdem wir dieses Haus hier entdeckt hatten? Weißt du noch?«

»*Was* soll ich noch wissen?«, zischte Colt.

»Du hast kein Kondom benutzt!«

»Oh Mann«, sagte Michael. »Vielleicht sollte ich …«

»Nein, Mikey, du bleibst«, sagte Francie. »Ich will, dass er erklärt, was er getan hat.« Sie wandte sich wieder Colt zu. »Erinnerst du dich noch, du Bastard? Du hast mich gevögelt! Ohne Kondom! Weißt du das noch? Warum hast du das getan? Nur mal so, damit ich mir etwas Hoffnung machen konnte? Oder hast du es vergessen, nur dieses eine Mal? Du vergisst es *nie,* Colt! Das ist für dich doch wie eine Religion! Wie sollte ich das verstehen? Was sollte ich davon halten?«

»Jesses, Francie«, sagte Coltrane inzwischen verzweifelt. »Ich kann einfach nicht glauben, was du da sagst.«

»Ich will wissen, warum! Ich will jetzt sofort wissen, warum du das getan hast!«

»In Ordnung«, sagte Colt. »Du willst wissen, warum? Weil es keine Rolle mehr spielt, ob ich ein Kondom benutze oder nicht, deshalb.«

»Und warum nicht? *Warum* spielt es keine Rolle mehr?«

»Weil«, sagte Colt, »ich eine Vasektomie habe vornehmen lassen.«

Es folgte ein langes Schweigen, währenddessen Michael sich stumm in der Dunkelheit des Flurs auflöste. Francie starrte Colt an. Sie wollte ihren Ohren nicht trauen. Der Schmerz in ihrer Leibesmitte schwoll wieder an wie eine Woge im Ozean. Sie legte die Hände auf den Bauch, ihr war übel. »Du hast was?«, sagte sie schließlich. »Wann?«

Colt seufzte und ließ sich gegen die Theke sinken. »Als ich letzten Sommer in San Francisco war.«

»Ich dachte ... ich dachte, das sei eine Geschäftsreise gewesen.«

»Ja, das war es auch, teilweise. Und teilweise aus dem anderen Grund.«

»Und du hast was, du hast ... dich aus einer augenblicklichen Stimmung heraus dazu entschieden? Aus einer Laune heraus?«

»Nein. Ich habe es geplant.«

»Du hast es geplant. Ohne mich zu fragen. Ohne es mir zu sagen.«

Colt wappnete sich wie gegen einen starken Sturm. »Ich habe nicht eingesehen, warum ich das hätte tun sollen. Es war meine Entscheidung. Es ist mein Körper. Ihr Frauen macht ja immer viel Gewese darum, dass euer Körper euch gehört, dass niemand sonst das Recht hat zu entscheiden, was mit euch geschieht. Abtreibung und Geburtenkontrolle und der ganze Mist. Nun, warum sollte es für uns Männer anders sein? Es sind genauso unsere Körper. Wir können bestimmen, was damit geschieht. Ich brauche dich nicht um Erlaubnis zu fragen. Außerdem wusste ich, was du sagen würdest. Ich wusste, wohin es führen würde. Dazu, was wir jetzt haben.«

»Colt«, sagte Francie. »Wie konntest du mir das antun?«

Colt sah sie jetzt an. »Weil«, sagte er fest, »ich keine Kinder will. Niemals. Und ich wollte sichergehen, dass es keine Fehler geben würde. Ich wollte sichergehen, dass ich nicht …«

Seine Worte verloren sich. Francie wartete.

»Dass du nicht?«, drängte sie ihn. »Du wolltest sichergehen, dass du nicht was?«

Colt räusperte sich.

»Über den Tisch gezogen würde«, sagte er.

Francie schien es, als würde sie sich in der Dunkelheit auflösen, vergehen, bis nichts mehr übrig blieb. Sie musste sich auf die Theke stützen.

»Über den Tisch gezogen«, wiederholte sie.

»Das stimmt«, sagte Colt. »Ja.«

»Kinder mit mir zu haben würde für dich wie eine Falle sein.«

»Für mich in dieser Phase meines Lebens … ja.«

»Und du wusstest, wozu das führen würde, wenn du es mir erzählt hättest«, sagte Francie. »Und deswegen wolltest du dich davor drücken.«

Er antwortete nicht.

»Du wusstest, dass ich dich verlassen würde«, sagte Francie. »Deswegen hast du es mir nicht erzählt.«

Colt antwortete immer noch nicht. Er sah zu Boden.

»Nun«, sagte Francie, »wer von uns ist denn jetzt der Passive?«

KAPITEL 11

Der Besucher

Die lange Pause, die dieser Frage folgte, wurde durch ein plötzliches Klopfen an der Haustür unterbrochen. Keiner von ihnen rührte sich. Sie hörten, wie Michael erschrocken die Luft einsog.

»He, ihr«, sagte er von seinem sicheren Platz hinter der Tür aus. Er klang, als hätte er geweint wie ein Kind, das ins Kreuzfeuer seiner Eltern geraten war. »Ich glaube, da ist jemand an der Tür!«

Es klopfte erneut, diesmal eindringlicher. Colt nahm eine Kerze, drückte sich an seiner Frau vorbei und machte sich auf den Weg in den Flur. Durch das Türglas konnte er jemanden mit einer Taschenlampe draußen auf der Veranda stehen sehen.

»Hallo?«, rief er.

Die Antwort war zu undeutlich, um verständlich zu sein. Colt öffnete mit der Vorsicht des Städters die Tür nur einen Spalt weit.

»Was haben Sie gesagt?«, fragte er. »Kann ich irgendetwas für Sie tun?«

»Ich ... ich komme nur vorbei, um zu sehen, ob alles in

Ordnung ist«, sagte die Person vor der Tür. Es war ein untersetzter Mann in einem dicken Räumdienst-Schneeanzug. Er hielt seine Taschenlampe auf seine Füße gerichtet; sein Gesicht lag im Schatten. »Ich wohne gleich hier an der Straße. Flebberman. Ich habe Sie schon einziehen sehen. Sie ... Sie sind die neuen Besitzer?«

»Ja, das sind wir«, sagte Colt. »Die neuen Besitzer.«

»Ah. Richtig. Gut. Dann noch mal: hallo.«

»Hallo«, sagte Colt.

Dem Mann war eindeutig unbehaglich zumute, so als müsse er eine unangenehme, aber notwendige Aufgabe erfüllen. Er blickte mehrfach über die Schulter zurück, als ob er sich einer schnellen Rückzugsmöglichkeit vergewissern wollte.

»Nun, äh ... Der Strom ist ausgefallen, deswegen dachte ich, ich komme am besten rüber und sehe mal nach dem Rechten. Wollte nur gucken, ob Sie zurechtkommen.« Er räusperte sich nervös und stampfte mit dem Fuß auf die Veranda. Es klang so hohl wie eine Trommel.

»Ah«, sagte Colt. »Sie sind der Nachbar.«

Er machte die Tür weiter auf, und dabei fiel ihm auch der Name wieder ein, den er auf dem Lastwagen gesehen hatte, der an ihnen vorbeigefahren war, als sie zur ersten Besichtigung gekommen waren – ABSCHLEPPDIENST FLEBBERMAN. Es war der Mann, der sie angestarrt hatte, nicht unbedingt feindselig, aber auch nicht unbedingt freundlich. Das war also Flebberman. Colt hatte ihn aus unerklärlichen Gründen für größer gehalten.

»Kommen Sie herein«, sagte er.

Flebberman trat schüchtern ein und folgte Colt durch den Flur ins Wohnzimmer, wo seine Gesichtszüge durch den sanften Schein des Feuers beleuchtet wurden. Er sah aus, als sei er um die vierzig; das spatenförmiges Gesicht war mit einem Dreitagebart bedeckt, und auf den Schultern und auf dem Kopf lag Schnee, den abzuschütteln er keinerlei Anstalten machte. Francie und Michael waren zusammen hereingekommen und standen am Eingang des Küchenflurs. Sie hat ihre Tränen in Rekordzeit getrocknet, dachte Colt.

»Hallo«, sagte Francie gefasst in einem Ton, der Colt durch Mark und Bein ging. »Mr …«

»Randy.«

»Mr Randy.«

»Nein, ich meine Randy Flebberman«, sagte Flebberman. »Niemand nennt mich Mister. Einfach nur … Randy.«

»Ich bin Francie. Das ist mein Bruder Michael und … Coltrane Hart.« Sie spie den Namen aus wie ein Gift.

»Hi«, sagte Michael.

»Wollte euch nicht erschrecken«, sagte Flebberman. »Hab euren Möbelwagen gesehen und gedacht, oho, das ist nicht ganz die richtige Zeit für einen Umzug. Bei dem aufziehenden Sturm und so weiter. Und dann fällt auch noch der Strom aus. Na gut.« Er zuckte vielsagend die Achseln. »Was wollen Sie jetzt tun?«

»Wir waren gerade dabei, Abendessen zu machen«, sagte Francie. »Möchten Sie vielleicht bleiben?«

Colt warf ihr einen Blick zu, den sie nicht bemerkte, aber das war auch nicht nötig.

»Nein, danke«, sagte Flebberman. »Die Frau wartet mit dem Essen. Bin nur schnell rübergekommen, um zu sehen, wie es hier steht.«

»Wir waren dabei, Abendessen zu machen«, sagte Colt. »Aber dann ist der Strom ausgefallen.«

»Sie haben einen Gasherd«, sagte Flebberman. »Sie können trotzdem kochen. Der Gasherd braucht keinen Strom.

Sie müssen ihn nur selbst wieder anzünden, weil die Zündflamme aus sein wird.«

»Oh«, sagte Colt etwas begriffsstutzig. »Stimmt.«

»Woher wissen *Sie,* dass wir einen Gasherd haben?«, fragte Francie.

»Die Bank hatte mich beauftragt, mich um das Haus zu kümmern«, sagte Flebberman. »Das mache ich schon seit wer weiß wie lange. Eine halbe Ewigkeit.«

»Ach so«, sagte Francie. »Darum war hier auch so wenig Staub. Haben Sie es sauber gehalten?«

Flebberman blickte zu Boden und scharrte mit dem Fuß. »Jau«, sagte er. Sie warteten, aber es folgte keine weitere Erklärung.

»Haben Sie irgendeine Vorstellung, wann der Strom wieder da sein wird?«, fragte Colt.

Flebberman zuckte wieder die Achseln und lachte schief. »Vielleicht in ein paar Minuten, vielleicht erst morgen«, sagte er. »Das kann man nie genau sagen. Jedenfalls fällt der Strom nie an einem schönen Sommertag aus. Immer abends oder nachts bei Wetter wie diesem. Haha. Und der Notdienst kommt von Gott weiß woher. Dauert mindestens eine Stunde, bis alle mobilisiert sind. Ich muss es wissen, habe für die Gemeinde gearbeitet.«

Er redete aus lauter Nervosität, dachte Colt. Er wollte etwas einwerfen, aber Flebberman fuhr fort:

»Habe für die die Straßen geräumt, als eine Art Selbstständiger, wissen Sie, denn die waren immer etwas knapp mit Personal, um Kosten zu sparen, aber wenn es dann wirklich mal schneit, sind die aufgeschmissen. Vielleicht fordern sie mich für diesen Schneesturm auch noch an. Wer weiß? In der Regierung sitzen doch bloß gottverdammte Nichtsblicker. Entschuldigen Sie mein Französisch.«

»Möchten Sie vielleicht ein Glas Wein, Randy?«, fragte Francie.

Flebberman schien erstaunt. »Wein?«, sagte er fast lachend. »Nein. Sonst alles in Ordnung? Haben Sie Wasser?«

»Ja«, sagte Colt. »Das Wasser fließt.«

»Gut«, sagte Flebberman. »Ich bin in diesem Haus aufgewachsen, müssen Sie wissen.«

Dieses Geständnis überraschte sie alle, denn es schien aus dem Nichts zu kommen. Francie lächelte den kleinen Mann an.

»Tatsächlich«, sagte sie. »Wie interessant. Das habe ich nicht gewusst.«

»Na ja, ich habe nicht wirklich hier *gewohnt.* Aber ich habe als Kind viel Zeit hier verbracht. Meine alte Tante Helen war die letzte Besitzerin des Hauses … vor der Bank. Eigentlich meine Großtante. Meine Mutter hat mich manchmal zu ihr gebracht, wenn sie zur Arbeit musste. Schönes altes Haus. Hat eine lange Geschichte. Hätte es selbst gekauft, wenn ich es mir hätte leisten können.« Flebberman scharrte mit seinen gestiefelten Füßen, während er über die eigene Armut nachsann. Dann schien ihm das alles plötzlich peinlich zu sein. »Ein schönes Auto haben Sie draußen stehen«, sagte er fast sehnsüchtig.

»Danke«, sagte Michael.

»Er sprach von *meinem* Wagen, du Dummkopf«, sagte Colt.

»Der Camaro?«, fragte Flebberman. »Von 1970? Ungefähr zweihundert PS?«

»Mit Autos kennen Sie sich jedenfalls aus«, sagte Colt.

Flebberman wurde rot und scharrte wieder mit dem Fuß. Als ihm aufging, dass er Streifen auf dem Boden hinterließ, hörte er abrupt damit auf und verdeckte seine Spuren mit dem Fuß.

»Haben Sie irgendwelche Pläne, wie Sie das Haus herrichten wollen?«, fragte er vorsichtig. »Irgendwelche Renovierungsarbeiten oder sonst was?«

»Eigentlich nicht«, sagte Colt. »Jedenfalls nicht sofort. Hatten aber eigentlich noch keine Zeit, darüber nachzudenken. Warum fragen Sie?«

»Nur aus Neugierde, das ist alles.«

»Es ist in sehr gutem Zustand für ein so altes Haus«, warf Francie ein.

Flebberman schien dankbar. »O ja«, sagte er. »Ich habe es in Ordnung gehalten, sagte ich ja bereits. Ist eine Menge Arbeit, so ein altes Haus wie dieses in Schuss zu halten.«

»Sie haben Ihre Sache ganz wunderbar gemacht«, sagte Francie. »Es war fast so, als wartete es auf uns. Wir sind dafür wirklich dankbar.«

Dieses Lob machte Flebberman so verlegen, dass er kaum noch Worte fand. Er zog den Kopf ein und nickte. »Na dann«, sagte er und räusperte sich, »ich mache Ihnen mit meinem Schnee den ganzen Boden nass. Dann will ich mal wieder los. Wir wohnen direkt an der Straße, wissen Sie, drüben auf der Hügelkuppe. Melden Sie sich einfach, wenn Sie irgendwas brauchen.«

»Das werden wir«, sagte Francie.

»Ja«, sagte Colt. »Auf jeden Fall werden wir das.«

Flebberman verabschiedete sich bei allen mit einem merkwürdigen, militärischen Gruß mit zwei Fingern und polterte dann zurück durch den Flur, die Stufen hinab und hinaus in den eisigen Rachen des Schneesturms. Durchs Fenster sahen sie ihn in seinen Lastwagen steigen und über die Straße verschwinden. Sie waren wieder allein.

»War das jetzt Barney Fife oder Gomer Pyle, den wir da kennen gelernt haben?«, sagte Colt.

»Zum Teufel mit dir«, sagte Francie und ging aus dem Zimmer.

KAPITEL 12

Männer in Weiß aus der Zukunft

Ihr Herz fühlte sich an wie ein Eisklumpen, als Francie die Treppe zum Dachboden hinauflief. Sie wollte jetzt nur allein sein, wie ein Hund, dessen Tod unmittelbar bevorstand – genauso fühlte sie sich. Als wären ihr die Eingeweide wirklich aus dem Leib gerissen worden. Kleine Flammen flackerten auf der Untertasse, die sie wie ein Kellner mit den Fingerspitzen hielt, und ihr unsteter Schatten folgte ihr in diskretem Abstand, immer an der Wand entlang. Er wollte also keine Kinder mit ihr, niemals. Also gut, wenn er dazu so fest entschlossen war, warum sagte er ihr das nicht einfach? Was war das für ein Mann, der sich lieber freiwillig den Sack aufschneiden ließ, als das Risiko einzugehen, sein Leben gemeinsam mit anderen Menschen verbringen zu müssen?

Und wenn die Dinge so standen, warum waren sie dann immer noch verheiratet?

Lass gut sein jetzt, sagte Francie sich. Eins nach dem anderen. Du hattest gerade einen Nervenzusammenbruch, und jetzt das. Sollte ich heute Abend noch die Scheidung einreichen? Ich glaube nicht.

Das hatte zumindest bis morgen Zeit.

Der Knackpunkt war nicht, dass sie sich Kinder so sehr gewünscht hätte. Manchmal tat sie es natürlich; das war nur natürlich. Zu unvorhersehbaren Gelegenheiten überraschte sie das Gefühl, dass sie irgendetwas Unbestimmtes vermisste, dass sie nicht nur gelangweilt war, sondern unerfüllt, dass sie der Welt mehr zu bieten hatte, als in einem Zustand geistiger Verstopfung in einer Wohnung herumzusitzen. Aber bei anderer Gelegenheit war sie froh, keine Kinder zu haben – für gewöhnlich, wenn sie müde und frustriert und ausgelaugt war von den zehntausenden komplizierter Dinge, die das Leben in einer modernen Stadt mit sich brachte. Zum Beispiel wenn sie versuchte, im U-Bahnhof ihre Fahrkarte aus ihrer Geldbörse zu holen, um sie in den Entwerter zu stecken, und gleichzeitig vermeiden wollte, von hinten durch ungeduldige Pendler angerempelt zu werden und dem Obdachlosen weiter vorn zu nahe zu kommen. Mitten in der Menschenmenge schien es dieser Mann immer ausgerechnet auf sie abgesehen zu haben, so sehr sie auch versuchte, seine Aufmerksamkeit nicht zu erregen. Und wenn sie sich danach in den U-Bahn-Wagen drängte, wo sie mit tödlicher Sicherheit schließlich neben irgendeiner alten Frau von höchstens einszweiundsechzig und einem schwitzenden, behaarten Bauarbeiter eingeklemmt stehen würde, gezwungen krumm zu stehen wie ein Fragezeichen – dann kam ihr wie aus dem Nichts der Gedanke: Stell dir vor, jetzt müsstest du auch noch ein Baby mit dir herumschleppen, und sie fragte sich, wie das überhaupt gehen solle.

Dennoch dachte sie von Zeit zu Zeit wohlwollend über die Möglichkeiten nach, die ihr Schoß in sich barg. Es ging dabei eigentlich nur um die Vorstellung von Babys – denn sie dachte manchmal gern an Babys, und Colt hatte ihr wieder und wieder Hoffnung gemacht, obwohl er genau gewusst hatte, dass es in Wirklichkeit keine gab. Und das war eine Lüge.

Er hatte sie belogen. Er hätte sie ebenso gut betrügen können.

Francie tastete ihren Bauch ab, während sie die Stufen hinaufstieg. Das Hühnerloch, erst vor kurzer Zeit verheilt, schien durch den Streit wieder aufgebrochen zu sein. Sie stellte sich vor, dass sie mit den Fingern leicht über das untere Ende ihrer Lungen fuhr, die ausgefransten Stellen spürte, wo das Huhn mit seinem Schnabel an ihnen gepickt hatte. Sie liebkoste ihre Leber, rieb mit dem Daumen über ihre Bauchspeicheldrüse, spielte mit den stummeligen Rundungen ihrer Nieren. Und da war ihr Uterus, winzig und dreieckig baumelte er herab wie eine leere Geldbörse.

Es war natürlich alles Wahnsinn. Sie wusste genau, dass nur verrückte Menschen so empfanden. Aber der Eindruck, dass dies keine Vision war, beziehungsweise dass es eine sehr gute war, war für sie unvermeidlich. Der Eindruck war viel überzeugender als alles andere, was sie bisher real erlebt hatte.

»Ich bin verrückt, verrückt, verrückt«, flüsterte sie.

Sie wollte auf den Dachboden, und da sie wusste, dass es dort oben kalt sein würde, ging sie zuerst ins Schlafzimmer im zweiten Stock und zog sich Jacke, Jogginghose und ein paar Wollsocken an. Darüber zog sie sich wieder ihren Bademantel und nahm noch eine Decke mit nach oben. Auf der Treppe sah sie ihren Atem wie eine weiße Wolke vor sich, sie kam sich vor wie ein Teekessel, der auf Wanderschaft gegangen war. Nachdem sie die letzten Stufen erklommen hatte, setzte sie den Teller mit den Teelichtern auf den Boden und machte einen der Kartons auf, die sie gesehen hatte, als sie zum ersten Mal mit Marge Westerbrook hier gewesen war.

Jede Ablenkung war ihr jetzt willkommen. In einer Situation wie dieser zu viel nachzudenken könnte sie wieder in den Abgrund zurückstoßen, aus dem sie gerade mit Mühe herausgekrochen war.

Ein willkürlicher Griff in den Karton brachte zwei Stapel Comics zum Vorschein. Wie ein Weinkenner schnüffelte sie daran und nahm das Bouquet von verrottendem Zeitungspapier und alter Druckerschwärze in sich auf. Irgendjemand hatte diese alten Sachen bewahren wollen; irgendjemand hatte angenommen, sie seien es wert, bewahrt zu werden.

Als junges Mädchen war Francie ganz versessen auf Science-Fiction gewesen. Ihre Eltern hatten das besorgt zur Kenntnis genommen, und die anderen Mädchen weigerten sich daraufhin, sie zu ihren Partys einzuladen. Mädchen gaben sich nicht mit Science-Fiction ab. Und genau deswegen tat sie es; zumindest teilweise. Sie hatte nie verstanden, warum die Mädchen Mars, Laserpistolen und Raumschiffe einfach ignorierten, während Jungen sie so faszinierend fanden. Die einzig mögliche Antwort auf dieses Problem lautete, dass Jungen diese Dinge für sich behielten, weil sie sie nicht teilen wollten. Typisch. Jungen waren Dummköpfe – es war ihre Schuld, dass die Welt nicht freundlicher war.

In Auflehnung gegen dieses und andere Vorurteile hatte Francie alles aus dem Genre gelesen, was sie in die Finger bekam, von den klassischen Werken H. G. Wells bis hin zu dem Comic über die Abenteuer von *Rom the Spaceknight.* Rom hatte ihr besonders gut gefallen; er war in einen Cyborg verwandelt worden, der Ärmste, und als ob das nicht Missgeschick genug gewesen wäre, musste er auch noch die Demütigung ertragen, in der Welt der Comic-Superhelden praktisch namenlos zu sein. Niemand anders kannte ihn; Rom war nie in das Pantheon der kritisch akzeptierten Weltverbesserer gelangt. Sie hatte ihn eines Tages am Comicstand eines kleinen Lebensmittelladens in Indianapolis entdeckt, versteckt hinter *Sgt. Rock and Easy Company* und *The Unknown Soldier.* Hier war jemand, so spürte Francie, der ihre Sympathie verdiente, ein unterschätzter galaktischer Erlöser, für den sie sorgen konnte. Sie hatte sich 1978 die erste Nummer der Serie für fünfzig Cent gekauft – das Heft war so neu gewesen, dass es noch gedampft hatte – und vage gehofft, es würde irgendwann ein Klassiker werden. Soweit sie wusste, lag das Heft immer noch irgendwo in ihrem Kinderzimmer zu Hause in Indiana – die einzige erste Nummer von irgendetwas, die sie sich jemals gekauft hatte. Wenn es lange genug unbekannt gewesen war, würde es vielleicht doch noch ein Klassiker werden. Es war die gleiche merkwürdige Zweiteilung, die Francie auch bei sich selbst beobachtete. Die Welt würde erst dann für ihre Dichtung bereit sein, wenn sie ihr ganzes Leben still durchlitten haben und dann allein gestorben sein würde.

Und, so schien es, kinderlos.

Doch sie hatte beschlossen, nicht daran zu denken.

Viele der Hefte, die sie herausgegriffen hatte, zeigten Astronauten auf dem Titelblatt. Sie musste unwillkürlich kichern über diese weißen Männer aus der Zukunft mit ihren klaren, einfachen Gesichtszügen, ihrem militärischen Kurzhaarschnitt, perfekten Zähnen wie aus dem 25. Jahrhundert und körperbetonten Anzügen, die sie irgendwie gegen den Druckverlust im Weltraum schützten, während sie gleichzeitig nichts an Komfort zu wünschen übrig ließen und ihren athletischen Köperbau auch noch gut zur Geltung brachten. Francie sah die Heftchen durch und legte sie beiseite, wenn ihr die Handlung nicht interessant erschien. In den Tiefen der Kartons fand sie noch ältere Bücher, Abenteuergeschichten für Jungen als Hardcover-Ausgaben: *The Iron Boys in the Steel Mills. The Dreadnought Boys. The Boy Allies.* Die echte *Hardy-Boys-Serie. Tom Swift and His Amazing Flying Machine.* Die Bücher waren nicht illustriert; sie stammten aus der Zeit vor den Comic-Heften. Dem Erscheinungsjahr konnte sie entnehmen, dass einige davon über achtzig Jahre alt waren. Aus alter Gewohnheit sah sie sich auch die Vorsatzblätter an, um zu sehen, ob frühere Besitzer dort ihren Namen hinterlassen hatten. In allen Büchern stand in ungleichmäßigen Blockbuchstaben sorgfältig geschrieben der Name RANDELL FLEBBERMAN.

Sie war noch keine fünf Minuten auf dem Dachboden, als sie Schritte auf der Treppe hörte. Als sie sich umwandte, sah sie Michael, der noch mehr Kerzen dabeihatte; das Licht beleuchtete sein Kinn und seinen fusseligen Bart. Francie zog ihren Bademantel noch fester um sich.

»Hi, Sissie«, sagte Michael. »Wollte nur nachsehen, ob alles in Ordnung ist.«

»Ich habe gelesen«, sagte sie, und Michael ließ sich neben ihr nieder. »Wie geht's deiner Nase?«

»Gut. Klasse, wie du ihn zusammengestaucht hast. Schätze, das hat ihm das eine oder andere klar gemacht. Mensch, du … echt alles in Ordnung mit dir?«

Sie nickte und presste die Lippen aufeinander.

»Ich wollte dir nur sagen … ich weiß es nicht. Tut mir Leid, meine ich. Ich wusste nicht, dass du dir so sehr ein Baby wünschst. Aber das ist ja logisch. Ich meine, du würdest eine großartige Mutter sein und alles.«

Er räusperte sich. »Hm … du weißt, dass eine Vasektomie rückgängig gemacht werden kann, ja? Das heißt, so was ist nicht für immer. Ich glaube, ich habe es im Fernsehen gesehen.«

»Nein«, sagte Francie. »Es ist schon besser so.«

»Wie meinst du das?«

Sie schüttelte den Kopf. »Nichts. Es hat nicht sollen sein, das ist alles. Nicht mit ihm.«

Michael nickte. »Er würde als Vater auch nicht viel taugen.«

»Und ich würde als Mutter nicht viel taugen«, sagte sie. »Nicht in dem Zustand, in dem ich mich befinde.«

Michael runzelte die Stirn. »Warum nicht?«

Francie seufzte. »Mach dir keine Gedanken. Ich will nicht darüber reden.«

»In Ordnung. Heilige Scheiße, sieh dir diese alten Bücher an!«, Michael wechselte von einem Augenblick auf den anderen das Thema. Francie hatte ihn um diese Fähigkeit immer beneidet: ein Thema einfach fallen zu lassen, sobald es ihn langweilte, ohne auch nur eine Sekunde zu zögern oder Schuldgefühle zu empfinden. »Die sind inzwischen bestimmt 'ne Million wert!«

»Das bezweifle ich«, sagte sie. »Ich kenne kaum eins davon. Es sind nur die bekannten Bücher, die etwas wert sind. Dieser *Tom Swift* vielleicht.« Sie ließ die Finger über den kühlen Leineneinband gleiten. Er war in tadellosem Zustand. Walter würde bestimmt etwas dazu sagen können.

»Was wirst du mit ihnen machen?«

»Sie gehören nicht mir.«

»Doch, das tun sie. Es ist doch dein Haus, oder nicht?«

»Es steht überall Randy Flebberman drin. Sie müssen ihm gehört haben, als er noch klein war. Wahrscheinlich sind sie hier liegen geblieben.«

»Und?«

»Und deshalb sind es immer noch seine«, sagte Francie. »Falls er sie noch will.«

Michael schlug ein Comic-Heft auf und hielt es nahe an seine Kerze. Während sein Blick von einem Bild zum nächsten wanderte, zog er wie ein Zauberer einen Joint hinter dem Ohr hervor und befeuchtete ein Ende davon mit der Zunge. Er unterbrach kurz seine Lektüre, hielt den Joint an eine Kerze und nahm einen tiefen Zug. Die getrockneten Samen in dem Joint platzten und knisterten. Er bot ihn Francie an, die ihn zu seiner – und ihrer eigenen – Überraschung annahm. Normalerweise hielt sie sich von dem Zeug fern. Aber was hatte sie jetzt noch zu verlieren?, überlegte sie. Nichts. Sie konnte genauso gut sterben. Niemand konnte überleben, was sie heute Nacht durchgemacht hatte. Der scharfe Rauch drang in ihre Lungen und trat sofort aus deren durchlöchertem unterem Ende wieder aus. Sie zog den Bademantel noch enger um sich und reichte Michael den Joint zurück.

»Du solltest wirklich aufhören, dieses Zeug zu rauchen«, sagte sie. »Du bringst dich noch in Schwierigkeiten.«

»Mit wem?«, schnaubte er. »Mit Mommy und Daddy?«

»Mit deiner Gesundheit. Darum mache ich mir Sorgen. Ab und zu ist es ja okay, aber du übertreibst.«

»Es gehört zu meiner Persönlichkeit«, sagte Michael ungerührt und ohne von seinem Comic-Heft aufzusehen. »Es ist, was ich bin. Ich mache, was ich mache, und du machst, was du machst, und niemand sollte über einen anderen urteilen.«

»Es ist einfach nicht gut für dich, das ist alles«, sagte sie. »Ich sehe nicht gerne, wenn du dir selbst schadest.«

»Weißt du noch, als wir nachts immer aufgeblieben sind und unter der Bettdecke gelesen haben mit der Taschenlampe?«, fragte Michael.

»Du hast nicht gelesen. Ich musste dir vorlesen.«

»Ja, aber nur, weil ich nicht lesen *konnte.* Die Buchstaben waren alle falsch rum.«

»Ich weiß. Armer Kerl.«

»Bemitleide mich nicht.«

»Ich kann nichts dagegen tun«, sagte Francie. »Du bist zu niedlich.«

»Sei still.« Er legte sich auf den Rücken und versuchte, in dieser Stellung zu lesen. Dann richtete er sich abrupt wieder auf und warf das Comic-Heft beiseite. »Es ist immer noch sehr schwierig«, beklagte er sich. »Mom und Dad haben immer gedacht, ich würde nur so tun. Sie haben geglaubt, ich sei faul.«

»Inzwischen wissen sie es besser«, sagte sie. »Dass du eine Krankheit hattest. Du hast es dir nicht nur eingebildet.«

»Wie auch immer«, sagte er. »Sie sind ja selbst auch nicht gerade die besten Vorbilder.«

»Wie meinst du das?«

»Ich meine eine positive Lebenseinstellung. Dad ist ein bigottes Arschloch voller rassistischer Vorurteile. Wenn er einige meiner Freunde kennen lernen würde, bekäme er einen Herzinfarkt.«

So wie ich vermutlich, dachte Francie, aber sie musste Michael Recht geben, was ihren Vater betraf.

»Und Mom ... ist einfach nur so eine Country-Club-Schnepfe. Großer Gott. Wenn du die beiden aus Indianapolis herausreißt, sind sie wie Fische auf Landgang. Sie tun nichts anderes, als an allem und jedem etwas auszusetzen. Sich beklagen. Hab ich dir mal erzählt, wie es war, als sie mich im College besucht haben, was das für ein Albtraum war? Dad konnte einfach nicht fassen, dass ich einen schwarzen Zimmergenossen hatte. Er dachte allen Ernstes, ich wolle ihm einen Streich spielen. Hat gemeint, Al würde dort arbeiten. Ich hätte ihn umbringen können.«

»Ich weiß, das hat Mom mir erzählt. Aber sie tun, was sie

können. Es sind eben alte Leutchen aus dem mittleren Westen, Michael. Sie sind auf gewisse Weise erzogen worden, an bestimmte Dinge zu glauben. Man kann die Menschen nicht so ändern, wie man sie vielleicht ändern möchte.«

»Unglücklicherweise.«

»Jetzt sag mir mal«, wechselte sie das Thema, »was du mir vorher erzählen wolltest, als der Strom ausfiel.«

»Was?«

»Vorher. Du hast dich so angehört, als ob irgendetwas nicht in Ordnung sei. Als ob du mir sagen wolltest, dass irgendetwas im Gange ist. Das ist jetzt das dritte Mal, dass ich dich danach gefragt habe. Also heraus damit.«

»Ach ja«, seufzte Michael schwer. »Nun, ich, hm ... ich bin ich Denver ein wenig in Schwierigkeiten geraten.«

»In welche Art von Schwierigkeiten?«

»Na ja, nachdem ich mich mit Yolanda zusammengetan hatte, hat sie mich zu dem Haus von diesen Leuten mitgenommen, wo sie manchmal wohnt, ja? Und so bin ich schließlich ein paar Wochen dort geblieben. Sie waren wirklich cool zu mir. Ich habe ein paar Botengänge für sie erledigt, weißt du? Ein wenig ausgeholfen. Aber hm ... na ja, dann war da diese Razzia, nicht wahr? Die ganze Straße war mit Polizeiwagen blockiert, ein einziger Mist das Ganze. Ich kam gerade von einem ... einem *Botengang* zurück und sah überall das Blaulicht auf der Straße und bin einfach weitergefahren. Eine Minute früher, und ich wäre ... Glück ist dafür gar kein Ausdruck. Heilige Scheiße, war das ein Gefühl! Das kann man gar nicht beschreiben. Ich bin haarscharf dran vorbeigekommen, geschnappt zu werden.«

»Und du hast Drogen für sie verkauft?«, sagte Francie.

Michael starrte sie an, als verwunderten ihn ihre geistigen Fähigkeiten. »Nein, nicht wirklich, Sissie, ich habe bloß ...«

»›Botengänge erledigt‹«, ergänzte sie. »Richtig?«

»Nun, ich habe nie wirklich *gesehen,* was ich ausgeliefert habe«, sagte Michael, »es ist also nicht meine Schuld, oder? Man kann mir nichts nachweisen.«

»Michael, das ist eine ernste Geschichte! *Wirklich* ernst! Weiß die Polizei, wo du steckst?«

»Nun, das ist ja das eigentliche Problem an der Sache. Am Tag vor der Razzia kam ein Mann zum Stromablesen ins Haus, klar? Und er fragte mich, ob ich dort wohne, und ich sagte ja, in gewisser Weise. Und er fragte, ob ich ihm meinen Namen nennen könnte, sodass er sich notieren könne, mit wem er gesprochen habe, und ich sagte: klar, und wie ein Idiot habe ich ihm meinen Führerschein gezeigt. Und dann hat er den Stromzähler abgelesen und ist wieder abgehauen.« Michael hielt inne und dachte nach. »Eigentlich war er ganz nett.«

»Aber er war nicht da, um den Strom abzulesen.«

»Das glaube ich auch nicht. Ich glaube, er war ein Polizist. In Zivil, so was.«

»Na und, Michael? Also, merk dir für die Zukunft: Stromableser fragen dich nicht nach deinem Ausweis.«

»*Jetzt* weiß ich das auch, Sissie.«

»Also wissen sie, wer du bist. Sie haben deine Adresse.«

»Meine alte College-Adresse. Die steht nämlich noch im Führerschein.«

»Ganz egal. Sie haben deinen Namen, sie können dich ausfindig machen.«

»Ich weiß«, sagte Michael. »Deswegen bin ich ja auch wieder nach Osten gekommen. Ich muss ein Weilchen untertauchen. Erzähl Colt nichts davon, ja? Er bringt mich sonst um.«

»Glaub mir, ich werde kein Wort sagen. Aber Michael …«

»Ja?«

»Wenn die Polizei hier auftaucht ...«

»Ich weiß. Ich mag gar nicht daran denken. Ich glaube nicht, dass es dazu kommt, aber immerhin, man kann nie wissen. Ich wollte fragen, ob ... ich meine, ich denke, dass ich für eine Weile hier bei euch besser aufgehoben wäre, selbst mit dem Steinzeitmenschen unten. Meinst du, ich könnte bei euch pennen? Ich meine, irgendwie länger als nur ein paar Tage? So etwas wie ... auf unbegrenzte Zeit?« Er streckte die Hand aus, nahm Francies Hand und verschränkte die Finger mit ihr. »Ich bin wirklich am Arsch, Sissie. Ich weiß nicht, was ich machen soll.«

»Colt wird es nicht gefallen«, meinte Francie.

»Ich weiß, aber ...«

»Aber wen schert das?«, sagte Francie. »Du bist mein Bruder. Es ist auch mein Haus, ganz gleich, was er sagt. Er fährt ohnehin Montag in die Stadt zurück. Und dann ist er weg bis Donnerstag.«

»Richtig«, seufzte Michael erleichtert. »Das hatte ich vergessen.«

»Wenn wir also den Rest dieser Woche und das Wochenende überstehen, dann sind wir hier allein. Wenigstens für ein paar Tage.«

»Wie romantisch«, sagte Michael. »Wie in den alten Zeiten. Hör mal, da ist noch etwas.«

Francie rieb sich müde das Gesicht. »Noch etwas? Wie kann da noch mehr sein?«

»Du weißt doch, dass ich gesagt habe, dass ich weiterfahren musste und nicht Halt machen konnte, als ich die Polizisten dort gesehen habe, ja? Am Tag der Razzia?«

»Ja und?«

»Nun«, sagte Michael. »Das lag daran, dass ich gerade zehn

Kilo Stoff im Wagen hatte und nicht wusste, was ich sonst damit hätte tun sollen. Also … habe ich es gewissermaßen mitgenommen. Es ist immer noch in meinem Bus.« Er sah sie dankbar an. »So«, sagte er. »*Jetzt* habe ich alles gesagt.«

»Ach du großer Gott, Mikey«, sagte Francie und wurde blass. »Sag mir, dass das nicht dein Ernst ist.«

»Doch«, sagte Michael. »Ich wünschte, es wäre anders.«

»Was um Himmels willen tust du …«

»Ich werd es zurückgeben«, murmelte er.

»Und wie willst du das bitte schön bewerkstelligen?«

»Also«, sagte Michael, »vermutlich werden sie mich ja früher oder später finden, wie du schon gesagt hast. Nicht die Polizei, meine ich, sondern die Jungs, denen es gehört. Das ist für sie eine Menge Kohle. Und wenn sie mich finden, muss alles da sein. Jedes Gramm. Ich werde nichts davon anrühren. Und dann kann ich es gewissermaßen übergeben und das Ganze erklären, und aller Wahrscheinlichkeit nach werden sie es auch verstehen. Ich meine, sie sind ja keine kaltblütigen Killer oder so was. Es sind nette Kerle. Ich *kenne* diese Jungs.«

»Wie lange hast du sie denn gekannt? Ein paar Wochen?«

»Ja. So was in der Art.«

»Und aufgrund dessen willst du ihnen dein Leben anvertrauen?«

»Sissie, hör schon auf. Wir reden hier nicht von Scarface. Und nicht von Al Capone. Es sind nur … Jungs.«

»Jungs, die in großem Umfang mit Drogen handeln.«

»Nun ja.«

Francie schlug sich die Hände vors Gesicht.

»Michael«, sagte sie, »du wirst nie etwas dazulernen.«

»Ich weiß«, sagte Michael, einfältig-spitzbübisch grinsend. »Aber ich bin immer noch richtig niedlich, was? Bin ich doch, oder? Und bist du nicht stolz auf mich, dass ich alles gesagt habe?«

»Du musst das Zeug loswerden«, erklärte Francie ihm. »Ich weiß nicht, wie, aber du musst es einfach. Großer Gott, Michael, du kannst doch nicht so eine Menge Stoff hier bei uns herumliegen lassen! Was zum Teufel hast du dir dabei gedacht? Weißt du, dass wir unser Haus verlieren könnten, wenn die Polizei es hier findet?«

»Sissie, ich habe dir doch gesagt, ich bin *weggelaufen* ...«

»Du läufst immer weg«, sagte Francie. »Du machst nie irgendwo Halt, um mal ein wenig nachzudenken. Hast du dir schon mal überlegt, ob das, wo du hinläufst, vielleicht schlimmer ist als das, vor dem du wegläufst? Und welche Auswirkungen das alles auf andere haben könnte? Daran musst du auch mal denken. Sonst bleibt irgendwann keiner mehr übrig, der dir hilft.«

Michael schwieg. Er starrte schmollend zu Boden.

»Sieh zu, dass du es los wirst«, sagte Francie. »Versprich mir das.«

»Aber was soll ich damit machen?«

»Ist mir völlig egal. Versenk es im Meer. Vergrab es. Versuch bloß nicht, es zu verkaufen, was immer du sonst damit machst. Sie werden dich erwischen, und das wird dein Ende sein. Du wirst für lange Zeit im Knast verschwinden, und niemand wird dich herausholen können. Versprich es mir.«

»In Ordnung«, sagte Michael. »Ich verspreche es.«

»Und wenn du sagst, dass du keinen Krümel davon anrühren wirst, was ist es denn dann, was du jetzt rauchst?«

»Na ja, es stört sie nicht, wenn ich mir ein *kleines bisschen* nehme«, sagte Michael. »Ich meine, schließlich habe ich es doch vor der Polizei gerettet. Und: ›Du sollst dem Ochsen, der da drischet, nicht das Maul verbinden.‹ Kannst du dich an den Bibelvers noch erinnern? Haha! Und du dachtest, ich wüsste gar nichts?«

Francie schlug wieder die Hände vors Gesicht. Dann riss sie Michael den Joint aus der Hand und drückte ihn auf ihrer Untertasse aus.

»Schluss«, sagte sie. »Jetzt ist einfach Schluss.«

»Bist du böse?«

»Ja. Ich bin böse.«

»Wie böse?«

»Wirklich böse.«

»Es tut mir Leid.«

»Ach so«, sagte Francie, »dann wird wohl alles in Ordnung sein.« Sie seufzte. »Lass uns schlafen gehen. Ich kann nicht mehr.«

Als sie wieder nach unten kamen, war Colt verschwunden. Michael holte seine Luftmatratze aus dem VW-Bus; draußen hatte der Sturm den Schnee jetzt zu fast einen halben Meter hohen Verwehungen zusammengetrieben. Er breitete seine Schlafunterlage vor dem Feuer aus, und er und Francie rollten sich darauf zusammen, zogen ein paar Decken über sich und nahmen ihre Arme als Kopfkissen.

Francie fror in ihrem Sweatshirt. Sie rückte näher zu ihrem Bruder und legte einen Arm über Mikey, der in seinem Marihuana-Rausch bereits tief eingeschlafen war. Es war ihr fast gelungen, ebenfalls einzuschlafen, als sie den Lärm hörte, den Colt im zweiten Obergeschoss machte. Anscheinend stampfte er von Raum zu Raum und schob irgendwelche Möbel herum.

Worüber zum Teufel hat *er* sauer zu sein?, überlegte sie. *Ihm* ist schließlich nicht das Herz aus der Brust gerissen worden. *Er* ist nicht soeben ausgeweidet worden.

Aber trotzdem tat es ihr auf merkwürdige Weise gut zu wissen, dass er überhaupt etwas empfand. Wenigstens saß er nicht herum und ignorierte sie und die übrige Welt um sich herum, indem er fernsah – das wäre sein übliches Verhalten nach einem Streit gewesen.

Das Letzte, was sie noch mitbekam, war, dass der Strom wieder anging. Licht durchflutete den Raum, und durch den Fußboden konnte Francie das schwache Summen des weit verzweigten Heizsystems hören, das wieder zum Leben erwachte. Sie stand zitternd auf und schaltete das Deckenlicht aus, bevor sie wieder unter die Decke kroch. Das Möbelrücken oben hörte jäh auf; stattdessen tickten nun die Heizungsventile, während das Haus sich langsam wieder erwärmte. Dadurch und beruhigt durch ihren Bruder, der sich an sie schmiegte, schlief sie endlich ein.

KAPITEL 13

Marly Musgroves Tagebuch

Wie es sich für einen anständigen Geheimgang gehört, fand Francie ihn rein zufällig.

Der Tag hatte damit begonnen, dass sie irgendwann vor Sonnenaufgang aufgewacht war. Michael neben ihr atmete sanft schnaufend, den Arm über das Gesicht gelegt, als versuche er immer noch, seine misshandelte Nase zu schützen. Vorsichtig ließ Francie sich von der Luftmatratze gleiten, um ihn nicht zu wecken, und wartete einen Augenblick auf Händen und Knien, um zu sehen, ob er weiterschlief. Das Haus war dunkel und kalt, obwohl die Heizung tapfer kämpfte, aber überall rumorte es. Geheimnisvolles Knacken und Ächzen kam von jedem Balken, und die Bodendielen knarrten unter ihren Füßen, als sie zu ihren Kleidern ging und in die Hosentasche griff. Wie immer, wenn sie sich einen Gruselfilm ansah oder sich vorstellte, dass sie von Geistern beobachtet würde, sträubte sich ihr das Nackenhaar. Dennoch hatte sie jetzt keine Angst.

An ihrem Schlüsselbund hatte sie eine winzige Taschenlampe. Francie nahm sie aus der Hosentasche und leuchtete damit im Wohnzimmer herum, zerschnitt mit dem Lichtstrahl die Schwärze wie das Dickicht eines Dschungels. Sie war auf Entdeckungsreise. Langsam tapste sie durch das andere Wohnzimmer ins Arbeitszimmer. Sie hatte keine Ahnung, wie spät es war, und der Himmel war immer noch schwarz. Wieder erregte der tiefe dunkle Glanz der Eichenholzverkleidung im Arbeitszimmer ihre Bewunderung; sie ließ die Finger über das glatte Holz gleiten. Dann ging sie in die Küche, wo ihr ein Schauer über den Rücken lief, als sie den Fuß auf die kalten Schieferplatten setzte. Im schwachen Schein der Taschenlampe sah alles ganz anders aus.

Als Nächstes reizte sie der noch unerforschte erste Stock mit seinem langen Flur und den vielen geschlossenen Türen. Dahinter lagen die Zimmer, die einmal voller Kinder gewesen sein mussten, jetzt aber völlig leer standen. Selbst Betten fehlten. Die Zimmer waren eng und klein, jedes mit einem einzigen Fenster gegenüber der Tür. Es waren insgesamt sechs. In jedes steckte sie kurz den Kopf hinein wie ein Gefängnisaufseher. Durch das Fenster am Ende des Flurs erhaschte sie einen Blick auf eine einsame, hoch fliegende Wolke, die nicht größer als die Faust eines Mannes zu sein schien und die das erste, sich über den Ostrand der Welt ergießende Rosa des Sonnenaufgangs reflektierte. Gleichzeitig fiel ihr das raue, laute Schnarchen von oben auf. Wieder richteten sich ihre Nackenhaare auf. Colt. O ja. Sie hatte ihn beinahe vergessen.

Francie schlich sich auf Zehenspitzen hinauf ins zweite Obergeschoss und spähte vorsichtig ins Schlafzimmer. Dort lag er nach Junggesellenart diagonal ausgestreckt auf der Matratze, die sie sich aus dem Gästeschlafzimmer geholt hatten, und nur seine Nase schaute unter dem Rand der Decke hervor. Schau ihn dir an, er schläft, als hätte er nicht die geringste Sorge auf der Welt, dachte sie. Wie kann er es wagen, so entspannt zu sein? Das würde sie sofort regeln müssen.

Sie nahm den leeren Koffer, der auf dem Boden lag, und ließ ihn wieder fallen, aber Colt bewegte sich nicht. Rachegelüste für die Verbrechen des Vortages brandeten plötzlich in ihr auf, und sie verspürte das starke Bedürfnis, mit etwas zu werfen. Wieder nahm sie den Koffer und schleuderte ihn mit aller Kraft in den offen stehenden Wandschrank, wo er hart gegen die Rückwand prallte. Aber Colt bewegte sich immer noch nicht. Mit dem festen Vorsatz, ihm den Koffer auf den Kopf fallen zu lassen oder dergleichen, ging sie zum Wandschrank, um den Koffer zurückzuholen. Als sie das Licht einschaltete, sah sie, wo er gegen die Wand geprallt war. Er hatte eine Delle hinterlassen, und als sie diese betastete, um festzustellen, ob die Wand beschädigt war, spürte sie, dass die Mauer selbst leicht nachgab. O je, dachte sie, und aller Zorn wich von ihr, ich habe irgendwas kaputtgemacht. Als sie versuchsweise auf die Stelle drückte, schwang plötzlich eine ungefähr einen Meter hohe Tür auf.

Erstaunt ließ Francie sich zu Boden sinken. Kindheitserinnerungen, wieder möglicherweise ihre, vermutlich aber auch nicht, drängten sich in ihre Gedanken: eine Garderobe in England mit einem abendländischen Wappentier darauf. Bei dieser Erinnerung überkam sie eine süße Sehnsucht: Ja, es *gab* einen besseren Ort als diesen, und sie würde ihn finden, wenn sie sich lange genug bemühte.

Und jetzt war ihr das offensichtlich gelungen.

Einen Moment lang war sie zu überrascht, um überhaupt irgendetwas zu tun. Colt begann sich schließlich im Bett zu bewegen. Francie zog hastig die Tür des Wandschranks hinter sich zu. Jetzt wollte sie nicht mehr, dass er wach wurde, denn er würde ihr auch das hier kaputtmachen. Immer noch zusammengekauert langte sie nach oben und zog an der Kette, mit der das Licht im Wandschrank ausgeschaltet wurde. Dann, plötzlich furchtsam, leuchtete sie mit ihrer Taschenlampe in den kleinen Eingang, der sich ihr gerade auf magische Weise selbst offenbart hatte.

»Haus, das soll wohl ein Witz sein«, flüsterte sie. »Unmöglich. *Völlig unmöglich.*«

Aber das Haus machte keine Witze. Der Lichtschein erhellte eine schmale enge Treppe, die nach unten führte. Sie passte gerade hindurch, und vor ihr lag undurchdringliche Dunkelheit. Trotzdem zwängte sie sich durch den Einstieg, ohne eine Sekunde nachzudenken.

Die Luft auf der Treppe war stickig und muffig, und überall waren grässliche Spinnweben, die ihr immer wie Netze aus menschlichem Haar vorkamen – *totem* menschlichem Haar. Sie konnte es kaum ertragen, wenn Spinnweben an ihr kleben blieben. Aber für etwas so unerwartet Wunderbares wie einen Geheimgang konnte sie sich überwinden.

Es ging immer tiefer abwärts, und nur der fingerdicke Lichtstrahl ihres Lämpchens zeigte ihr den Weg. Es war eine Wendeltreppe, und nach der zweiten Biegung verlor Francie die Orientierung. Ihr Atem beschleunigte sich bei dem Gedanken daran, was sie wohl am Fuß der Treppe vorfinden würde. Bestimmt würde es wundervoll sein; bestimmt würde es ihr Leben verändern, so als ob ein Engelsflügel ihre Stirn gestreift hätte. Es würde dort Fabeltiere geben und Hexen, sowohl gute als auch böse. Vielleicht würde sie völlig unbekannte Wesen vorfinden, die seit Jahrhunderten geduldig darauf warteten, dass sie kam und ihnen den Weg in die Freiheit wies. Ihr Blut brodelte wie im Fieber, ein Gefühl, das sie zuletzt als Mädchen verspürt hatte.

Und dann, ganz plötzlich, befand sie sich in einem winzigen Raum.

Sie vermutete, dass sie inzwischen im Erdgeschoss angekommen war, dass es ein unentdeckter Teil des Erdgeschosses sein musste. Der Raum war an seinem höchsten Punkt nicht höher als anderthalb Meter, die Wände liefen zum anderen Ende konisch zusammen. Nach der stufenförmigen Decke zu urteilen, befand sie sich unterhalb der Haupttreppe des Hauses. Wenn sie die Arme zu beiden Seiten ausstreckte, konnte sie die gegenüberliegenden Wände gleichzeitig berühren. Es war also nur eine Art Verschlag, mehr oder weniger – jedenfalls ein Versteck. Es konnte nichts anderes sein. Offensichtlich sollte niemand davon wissen.

Und trotzdem hatte *irgendjemand* es gewusst, denn es war jemand da gewesen und hatte Spuren hinterlassen. Im Schein der Taschenlampe fand Francie eine alte Flasche aus grünem Glas, die auf der Seite lag. Nicht weit davon saßen gegen die Wand gelehnt, wie um Rast zu machen, drei unheimliche kleine Gestalten, die Francie als altmodische Stoffpuppen identifizierte, deren Stoffgesichter so leer waren wie ein Daumennagel. Irgendjemand hatte sie mit viel Geschick aus Stoffresten zusammengenäht, denn abgesehen von ihrer Gesichtslosigkeit waren sie ohne weiteres als Mann, Frau und Kind erkennbar – eine kleine Lumpenfamilie –, jeder in seinen eigenen Kleidern. Als sie das Puppenkind aufheben wollte, durchfuhr ein scharfer Schmerz ihren Finger. Sie hatte in einen Holzsplitter der Bodendiele gegriffen. Ein Tropfen Blut quoll wie ein Tautropfen aus der Fingerkuppe. Sie leckte ihn ab; der saure Geschmack von Kupfer vermischte sich mit ein wenig Staub und Sand. Francie verzog das Gesicht, räusperte sich und spuckte aus. Ihr Speichel bildete in dem dicken Staub einen kleinen Teich. Auf diesen Ort hatten sich Flebbermans fürsorgliche Dienste nicht erstreckt. Niemand hatte hier jemals sauber gemacht.

Und das konnte nur bedeuten, dass das Versteck *wirklich* geheim war.

Francie steckte sich das Puppenkind in den Ärmel ihres Sweatshirts und beschloss, die beiden anderen Puppen da zu lassen, wo sie saßen. Sie wollte nicht, dass Colt auch nur das Geringste von diesem Versteck erfuhr, er hatte es nicht verdient. Dies war *ihre* Welt, dachte sie; er würde nur irgendetwas tun, um sie zu zerstören. Als sie mit ihrer Taschenlampe noch einmal rundum leuchtete, fiel ihr Blick wieder auf die Flasche. Sie wischte sie ab und las dann das vergilbte Etikett:

McNallys ORIENTALISCHER SPEZIALTRANK
Allheilmittel für GEIST, KÖRPER und SEELE!
Heilt garantiert, was Sie plagt!
Hergestellt nach EINEM GEHEIMEN Rezept
AUS EINHUNDERT KRÄUTERN des ORIENTS!
Dieses GESUNDHEITSELIXIER ist benutzt worden
Im Osten seit undenklichen Zeiten
Von Heiligen, weisen Männern, Königen und Königinnen!
Und auch von Prinzen und tatkräftigen Helden!
In Europa ist es unbekannt!
NUR IN AMERIKA!

Alle Gebrechen werden geheilt!
Die Jugend wieder hergestellt!
Ihre MANNESKRAFT wird sich wieder einstellen
Wenn Sie nur
EINEN Schluck dieses
AUSSERORDENTLICH SELTENEN Trankes einnehmen!
PREIS NUR $ 1.00
Ausgezeichnet auch für schlaflose Kinder, Zahnschmerz,
Fieber, Magenschmerzen und
Die Schmerzen gebärender Frauen!

Was für eine Art Schlangenöl sollte das sein?, überlegte Francie. Ein vertrockneter Korken verschloss immer noch die Flasche, zerbröselte aber zu Staub, als sie ihn herauszog. In der Flasche waren nur noch verkrustete Reste der dubiosen Flüssigkeit vorhanden, die sie einst enthalten hatte. Sie roch vorsichtig daran und nahm einen schwachen, medizinischen Geruch wahr. Sie stellte die Flasche zurück und wischte sich die Hände an ihrem Sweatshirt ab.

In dem Bewusstsein, auf eine Art Fundgrube gestoßen zu sein, verspürte Francie ein angenehmes Ziehen in den Eingeweiden. Sie wusste, dass sie zum eigentlichen Herzen des Hauses vorgedrungen war. Irgendein Kind hatte hier früher einmal gespielt – nach den Puppen zu urteilen vermutlich ein Mädchen. Dafür sprachen auch ihre nächsten Funde, eine Brosche, die nur noch zur Hälfte mit Strasssteinchen besetzt war, und eine Haarspange mit einem Schmetterling. Das waren Dinge, die nur ein Mädchen zu schätzen wusste. Als sie die Haarspange in die Hand nahm, sah sie, dass der Schmetterling ganz aus menschlichem Haar geformt war. Die Flügel bildeten unzählige gebogene Haarsträhnen, die in der Mitte zu dem zarten Insektenkörper zusammengeflochten waren. Sie überwand ihren ersten Widerwillen und bewunderte die Geduld, die erforderlich gewesen war, um ein solch winziges Kunstwerk anzufertigen. Wessen Haar war es wohl?, überlegte sie. Vorsichtig blies sie den Staub von dem Schmetterling und sah, dass das Haar einen schönen Goldton hatte – die Zeit hatte ihm nur wenig von seinem Glanz nehmen können.

Und dann entdeckte sie das Buch.

Sie hätte es beinahe übersehen, weil eine dicke Staubschicht es auf dem Boden hervorragend tarnte. Es war ein großes Buch, ein dickes Buch. Wieder schauderte sie vor Erregung. Sie fuhr mit den Fingern über den Buchrücken, spürte das trockene Leder des Einbandes, und Schauer liefen ihr den Rücken hinab wie ein Platzregen. Sie nahm das Buch in die Hand und staunte, wie schwer es war. Das war kein billiges Taschenbuch. Es war ein echtes Buch, so gebunden, wie Bücher früher gebunden worden waren. Nach seinem Gewicht zu urteilen mussten die Seiten eigentlich aus einem anderen Material als einfachem Papier bestehen; vielleicht aus Büttenpapier. Sie hatte auf dem College einiges über die Buchherstellung gelernt – nicht viel, aber doch genug, um zu begreifen, dass dies eine Art von Buch war, wie man es heute nicht mehr herstellte.

Weder sein Rücken noch seine Deckel trugen irgendeine Aufschrift. Sie schlug die erste Seite auf und las:

Sonntag, Mai 1851
Diese Woche haben wir unseren erstgeborenen Sohn, Charles William Musgrove, begraben. Er war einen Monat und zwei Tage alt. Jetzt ruht er in unserem Garten auf Adencourt. Möge Gott seine Seele in den Himmel aufnehmen.

Ungläubig betrachtete Francie die Jahreszahl. Konnte das Buch tatsächlich so alt sein? Konnte es seit so langer Zeit hier unten liegen? Es war offenbar ein Tagebuch; die Musgroves hatten hier also länger gewohnt, als sie vermutet hatten. Die Handschrift war eckig und ungelenk wie die eines Menschen, der es nicht gewohnt war, einen Federhalter in Händen zu halten. Francie überflog einige weitere Eintragungen. Alle waren kurz, umfassten nicht mehr als zwei oder drei Zeilen, und alle waren an einem Sonntag gemacht worden. Der Verfasser konnte nur eine Frau gewesen sein, das war offensichtlich. Die Eintragungen befassten sich mit nichts Welterschütterndem, sondern mit den tausenden alltäglichen Pflichten, die die Führung eines Haushaltes vor einhundertfünfzig Jahren mit sich gebracht hatte: Nähen, Backen, Buttermachen, Waschen, Gartenarbeit, Ernten, Bügeln und so weiter. Aber trotzdem waren die Aufzeichnungen faszinierend; die Zeit hatte ihnen jede Banalität genommen. Einige Eintragungen enthielten Bemerkungen über Familienmitglieder:

Vierter Sonntag, Januar 1853
Diese Woche ist uns ein Junge, Hamish, geboren worden. Musste das Bett hüten, Spitzen gehäkelt.

Und dann:

Dritter Sonntag, Dezember 1853
Hamish läuft. Brot gebacken, Butter gemacht. Der Captain hat es auf der Brust. Bin in Umständen.

Bin in Umständen?, dachte Francie. Entbunden, Spitzen gehäkelt? Brot gebacken, Butter gemacht, in Umständen – kein

Jahr, nachdem sie ein Kind zur Welt gebracht hatte? Der Mann *dieser* Frau hatte anscheinend kein Problem darin gesehen, eine Familie zu gründen. Die Schwangerschaften erwähnte die Frau im Tagebuch ebenso beiläufig wie ihre übrigen Pflichten. Und wer war dieser Captain, und warum hatte er es auf der Brust?

»Das soll wohl ein Witz sein«, wisperte Francie wieder.

Sie schloss das Tagebuch, drückte es an sich und dachte nach. Auf so etwas stieß man nur einmal im Leben, falls überhaupt. Eigentlich gehörte es in ein Museum – alt genug war es jedenfalls dafür. Der Alltag einer Frau, die vor anderthalb Jahrhunderten gelebt hatte. Sie hatte niemals etwas so Aufregendes gefunden, sie hatte eigentlich überhaupt noch nie etwas Aufregendes gefunden. Solche Dinge widerfuhren keinem langweiligen Menschen wie ihr.

Erneut schlug sie das Tagebuch auf der ersten Seite auf und las den ersten Eintrag noch einmal. Keine Aussage dazu, wem das Buch gehörte, kein »Dieses Buch gehört:« auf dem Vorsatzblatt, kein Wort darüber, dass dieses Buch, auf welche Weise auch immer, wichtig gewesen war. Und trotzdem musste es für die Verfasserin von unschätzbarem Wert gewesen sein. Seine Anschaffung war gewiss kostspielig gewesen. Es würde eifersüchtig vor den schmutzigen Händen der Kinder gehütet und vermutlich verborgen gehalten worden sein vor den neugierigen Augen eines Ehemannes.

Und wie traurig, dass es ausgerechnet mit dem Tod eines Kindes begann. Ein winziges Neugeborenes, erst einen Monat alt. Ihr erstes Kind. Vielleicht hatte dieses Ereignis die Verfasserin dazu bewegt, den Rest ihrer Tage aufzuzeichnen – die Erkenntnis, dass alles vergänglich ist und wahrscheinlich vergessen wird, wenn es nicht sorgfältig aufgezeichnet wird. Selbst so etwas wie der Verlust eines Babys – würde auch das mit der Zeit verblassen oder würde es für immer frisch bleiben, eine Wunde, die sich weigerte, zu vernarben?

Der »Garten«. Francie dachte darüber nach. Damals war es, wie sie wusste, nicht ungewöhnlich gewesen, dass die Leute ihre Toten auf ihrem eigenen Grund und Boden bestatteten. War es das, was sie damit meinte? War dieses früh verstorbene Kind immer noch hier irgendwo auf dem weitläufigen Grundstück vergraben? Und wer sonst mochte bei ihm sein nach einhundertfünfzig Jahren? »Adencourt«, flüsterte sie. »Dieses Haus heißt Adencourt.« Das Wort kam ihr über die Lippen und hielt sich vor ihrem Gesicht wie eine Biene; und ringsum die Wände blähten sich etwas und entspannten sich dann wieder wie verstaubte Lungen, die Atem holen.

»Ja«, sagte Francie. »Wach auf, Haus.«

»Michael«, flüsterte Francie ihrem Bruder ins Ohr.

Das Tagebuch hatte sie unter ihr Sweatshirt gesteckt, wo es kalt auf ihrem Bauch lag. Die anderen Schätze hatte sie ebenfalls mitgenommen, die Flasche und die Stoffpuppe und die Haarnadel, und sie in ihren Koffer gepackt. Das war der einzige Platz, von dem sie wusste, dass Colt nicht hineinsehen würde, denn sie wusste genau, dass er sich niemals die Mühe machen würde, ihr beim Auspacken zu helfen. »Mikey!«

Michael bewegte sich stöhnend. Francie rüttelte an seiner Schulter.

»Steh auf, Liebling«, sagte sie. »Wir müssen etwas herausfinden.«

Michael wälzte sich auf die andere Seite und zog sich den Schlafsack übers Gesicht. Francie zog ihn ihm wieder herunter und blies ihm ins Ohr. Das machte ihn schlagartig wach. Er setzte sich auf und schaute sich um.

»Ich habe gerade geträumt«, sagte er missmutig. »Warum hast du mich geweckt?«

»Ich möchte etwas suchen gehen«, sagte Francie. »Komm schon, zieh dich an.«

»Wie viel Uhr ist es?«

»Wen kümmert das?« Sie zog ihm den Schlafsack herunter. Michael bedeckte seine Lenden mit den Händen, wälzte sich noch einmal herum und zog den Schlafsack wieder hoch.

»Sissie, Mensch«, sagte er. »Ich hab immer noch meine Morgenlatte!«

»Gut, dann sieh zu, dass du sie loswirst«, sagte Francie unbeeindruckt. »Jetzt ist keine Zeit für deine kleinen Fantasien. Ich setze Kaffee auf.«

Michael stöhnte.

»Yolanda«, murmelte er.

Francie verdrehte die Augen, ging in die Küche und stellte den Wasserkessel auf den Herd. Die Sonne war inzwischen ganz aufgegangen und ließ vor dem Küchenfenster eine vollkommen weiße Welt in ihrem vollen Glanz erstrahlen. Es hatte die ganze Nacht geschneit. Die verkümmerten knorrigen Bäume des Obstgartens waren in die Gewänder der Reinheit gekleidet wie frisch ordinierte Geistliche, und auf dem Eis des kleinen Teichs lag ebenfalls Schnee. Vom Schnee wie mit einem Leichentuch bedeckt sah selbst die alte Scheune in ihrem Verfall jetzt würdiger aus.

Sie goss siedend heißen Kaffee in zwei Becher, brachte einen davon Michael und drängte ihn zu trinken. Er verbrannte sich den Mund, wie sie es erwartet hatte; dann musste sie sich anhören, wie er jedes kleine Detail seines Traums beschrieb, eines völlig gewöhnlichen Traumes. Schließlich brachte sie ihn dazu, sich anzuziehen, und kleidete sich selbst an. Dann traten sie vor die Tür und versanken sofort bis zu den Knien im Schnee, bevor sie festen Boden unter den Füßen hatten.

»Wow«, sagte Michael. »Das ist ja Wahnsinn.«

»Es hat richtig geschneit«, sagte Francie.

Sie hatte vergessen, was Schnee bedeuten konnte. Während sie über die Höhe des Schnees und dessen Struktur staunte, bahnte sie sich einen Pfad an der Scheune und dem Obstgarten vorbei zum äußeren Ende des Grundstücks. Michael schnaufte hinter ihr her; er trat in ihre Fußstapfen. Er hatte lediglich Turnschuhe an den Füßen; für einen Fußmarsch durch die Arktis war er nicht ausgerüstet. Der Schnee stehe ihm schon in den Socken, beklagte er sich. Ihm sei kalt. Er wolle wieder hineingehen.

»Wir sind hier nicht in der Arktis. Das hier ist nichts«, sagte Francie.

»Ja? Wie willst du das wissen?«

»Weil ich in der Arktis gewesen bin.«

»Ja? Tatsächlich?« Sie hörte die Unsicherheit aus seiner Stimme heraus. Es brach ihr fast das Herz, dass es so leicht war, ihn an der Nase herumzuführen.

»Ja«, sagte sie. »Colt und ich waren letzten Sommer im Urlaub dort. Um mal wegzukommen von der Hitze und den …«

Francie blieb plötzlich stehen; ihr war etwas eingefallen, und sie schob eine Hand unter ihre Jacke und unter ihr Sweatshirt. Es war fort. Nicht das Tagebuch, was sie immer noch auf ihrer Haut spürte, sondern das Loch in ihrer Mitte.

Mein Gott, dachte sie. Vielleicht bin ich nicht mehr verrückt. Vielleicht war ich es überhaupt nie! Vielleicht war das alles nur etwas in meinem Kopf!

Bei dem Gedanken musste sie lachen: Die Verrücktheit war in ihrem Kopf! Der Kandidat hat hundert Punkte! Verrückt auf verschiedenen Ebenen. Natürlich war es in ihrem Kopf. Wo sonst sollte es sein – in ihrer Leber vielleicht?

»Was ist?«, fragte Michael und blieb ebenfalls stehen. »Was ist so lustig?«

»Nichts«, sagte sie. »Schon gut.«

Es hatte keinen Sinn, ihm irgendetwas davon auseinander zu legen. Michael musste wissen, dass seine Sissie wohlauf war und in der Lage, für sich selbst zu sorgen und für ihn. Der arme Kerl fühlte sich im Moment etwas angreifbar bei all den bösen Drogendealern und lauernden Polizisten aus Colorado, die hinter ihm her waren.

»Ich versuche nur, meine Gedanken zu ordnen«, sagte sie.

Sie drehte sich um und blickte zum Haus zurück, aber von dort kam kein Hinweis, kein Zeichen, sie hatte eigentlich auch nichts erwartet. Sie wandte den Blick wieder nach Norden auf die Reihe von Bäumen. Die geschlossene Schneedecke lag unberührt vor ihnen. Westlich von ihnen breitete sich ein flaches Dickicht von Unterholz aus, in dieser Jahreszeit wie tot bis auf wenige immergrüne Gewächse, und heute Morgen wurde es von der dicken Schneeschicht flachgedrückt. Vielleicht befand sich dort der inzwischen überwucherte Friedhof. Sie änderte die Richtung und steuerte auf diese kleine Wildnis zu.

»Wonach suchen wir eigentlich?«, japste Michael. »Nach dem Yeti?«

»Nach Grabsteinen«, sagte Francie.

Ihr Bruder blieb wie angewurzelt stehen. »Was?«

»Da hinten liegt irgendwo ein kleiner Friedhof. Dessen bin ich mir sicher. Der dürfte nicht schwer zu finden sein.«

»Oh, Gott«, sagte Michael. »Du meinst, hier hinten liegen tatsächlich irgendwo Leichen versteckt? Das ist ja schaurig.«

»Nein, überhaupt nicht. Es ist schön. Es ist rührend. Und sie liegen nicht versteckt. Sie sind einfach nur … vergessen.«

»Wer liegt dort begraben?«

»Ein Kind«, sagte Francie. »Ein kleiner Junge namens Charles.«

Zehn Minuten später fanden sie den Friedhof. Der Pflanzenbewuchs, der ihn im Herbst verborgen hatte, hatte die Grabsteine vor dem Schneesturm der vergangenen Nacht geschützt. Jetzt entstand zwischen den Gräbern der Eindruck einer kleinen Kapelle mit Wänden aus ineinander verwobenen Ästen. Das Licht fiel durch ein Dach aus Schnee und verlieh ihm einen bläulichen Schimmer, so als wären sie unter Wasser. Durch eine Art natürliches Portal konnte man fast aufrecht eintreten.

Francie ging als Erste hindurch, Michael folgte ihr. Es war, dachte sie, als befände man sich in einem heiligen Iglu. Sie warteten stumm und lauschten, wie der leichte Wind außen über das Schneedach strich.

»Wow«, flüsterte Michael.

Zu ihren Füßen lagen, vom Schnee wie Puderzucker überstäubt, sieben Gedenksteine verschiedener Größe – zwei große, die übrigen kleiner. Francie ließ sich auf die Knie sinken und las die Inschriften. Den meisten davon hatten die Jahrzehnte, die sie der Witterung ausgesetzt gewesen waren, kräftig zugesetzt, die Buchstaben darauf waren einer nach dem anderen herabgefallen, und die verbliebenen klammerten sich wie vertrocknete Insekten an die verwitterten Steine. Francie las:

C T. VIC GROVE
18.. –....

und:

H MUS BR TH
18.. – 1….

und:

[unleserlich]
18.. – 1925

Eine Inschrift war noch vollständig lesbar, die Oberfläche der Buchstaben war glatt wie Papier. Auf dem letzten stand:

MARLY
unsere geliebte mutter
1835 – 1888

Die Buchstaben auf dem letzten Stein hatten die Zeiten besser überstanden als die auf den anderen, und zwar lediglich deshalb, weil der Stein zum Teil von einem dicken alten Baumstumpf – der damals noch ein Baum in seiner vollen Größe gewesen sein musste – geschützt wurde. Wenn sie die Ringe zählte, würde Francie bestimmt auf mehr als hundert, vielleicht sogar zweihundert kommen. Überwältigt setzte sie sich auf den Baumstumpf.

»Das ist sie«, sagte Francie. »Sie ist es, Marly. So muss es sein.«

»Sie ist was?«, fragte Michael. »Sissie, ist das hier so eine Art *Shining* oder so etwas? Du jagst mir echt Angst ein.«

»Sie ist es, die das Tagebuch geschrieben hat. Marly Musgrove. Sie hat von der Beerdigung ihres Kindes geschrieben. Ihres ersten Sohnes.« Francie wandte sich um und blickte wieder in Richtung des Hauses. Jetzt konnte man sich den Blicken aus den zahlreichen Fensteraugen entziehen, aber damals musste dieser Friedhof vom Haus aus zu sehen gewesen sein, hatte offen dagelegen und war gepflegt worden. Es war vielleicht ein kleiner Zaun darum herum gezogen worden. Ein paar Mal im Jahr würde die Familie hergekommen sein, um Blumen auf die Gräber zu legen. Man hatte seine Toten damals dicht bei sich.

»Was für ein Tagebuch?«, fragte Michael. Aber sie wusste wohl, dass es ihm eigentlich egal war, und gab deswegen keine Antwort.

Von den kleineren Steinen hatten nur drei eine Aufschrift, und keine davon war lesbar. Auf den übrigen beiden stand BABY, aber ohne Namen und Geschlecht, und nur auf einem von den beiden war ein Jahr angegeben: 1855. Fünf Kinder, dachte Francie. Von wie vielen? Vielleicht von der doppelten Anzahl? Vielleicht sogar von noch mehr? Damals bekamen die Frauen Kinder in zweistelligen Zahlen. Und dennoch schien der Tod von fünf Kindern ein furchtbarer Tribut zu sein, selbst in einer Zeit, als es noch keine guten Medikamente und Impfstoffe gab. Wenn jede Familie solche Verluste erlitten hätte, wären wohl auf der Welt kaum noch Menschen übrig geblieben.

»Mikey«, sagte Francie, »wir haben eine wichtige Entdeckung gemacht.«

»Schön, großartig«, sagte Michael. »Können wir jetzt wieder reingehen, bitte? Ich frier mir den Arsch ab.«

»In ein paar Minuten«, sagte Francie. »Ich möchte noch ein Weilchen hier bleiben.«

»Dann mach du ruhig. Ich gehe rein. Bis gleich.«

»Michael?«

»Ja.«

»Vielleicht sollten wir niemandem davon erzählen.«

»Klar, Sissie«, sagte Michael. »Wie du meinst.«

»Ich meine es ernst. Vor allem Colt nicht.«

»Warum vor allem Colt nicht?«

»Weil … es ihm nicht gefallen würde.«

Er wird es irgendwie kaputtmachen wollen, dachte sie, und es ist vollkommen so, wie es ist.

»Okay«, sagte Michael. »Wie auch immer. Bis gleich.«

Er verließ die kleine Enklave, und Francie blieb allein in der heiligen Stille zurück. Sie kniete nieder, zog einen Handschuh aus und fuhr mit den Fingerspitzen über die kalten Buchstaben von Marlys abblätterndem weißen Grabstein. Dann beugte sie sich vor und berührte sie mit der Zunge, sanft, nur um sie zu spüren. Sie war erstaunt, wie lebendig der Stein wirkte, obwohl er frostkalt war, und sie zog die Zunge schnell zurück, bevor sie daran festfrieren würde – mit Schuldgefühlen und erfreut über ihre eigene Verrücktheit zugleich.

Als kleines Mädchen hatte sie in der Umzäunung des elterlichen Gartens eine Festung gehabt, die eine gewisse Ähnlichkeit mit diesem Platz hatte. Wenn sie sich dorthin zurückgezogen hatte, blieb sie stundenlang ungestört, und niemand wusste, wo sie war. Als Michael alt genug war, erlaubte sie ihm, ebenfalls dorthin zu kommen, obwohl die Zuflucht eigentlich nur für Mädchen gedacht war. Michael hatte dauernd einen Ort nötig, an dem er sich verstecken konnte. Für ihn war es oft nicht sicher, sich in die Gesellschaft anderer Jungen zu wagen, die sich eher wie Wölfe als wie Menschen gebärdeten. Aber da Francie keine Freundinnen hatte, die sich dort zusammen mit ihr verstecken konnten, hielt sie ein zerlumptes, ausrangiertes Kleid bereit, das Michael tragen konnte, wenn er sie besuchen kam. Wenn er hereinkommen wollte, musste er das Kleid anziehen. Auf diese Weise fügte er sich wenigstens halbwegs den Regeln und gab Francie das Gefühl, als veranstalte sie eine echte kleine Damengesellschaft ohne die anstößige Anwesenheit eines Jungen.

»Ihr könnt meine Familie sein«, flüsterte sie den Steinen zu. »Von nun an werde ich für euch sorgen.«

Und die Steine schienen, obwohl sie es natürlich besser wusste, ihr Flüstern zu erwidern.

KAPITEL 14

Der Friedhof

Coltrane Hart konnte an einer Hand abzählen, wie oft er New York zum Vergnügen verlassen hatte. Im Laufe seiner bemerkenswerten Karriere hatte er viele Geschäftsreisen in zahlreiche Städte unternommen: nach Paris, Hongkong, London, Berlin, Amsterdam. Überall hatte er im Wesentlichen die Sitzungssäle in den Vorstandsetagen zu sehen bekommen – allesamt in bemerkenswert ähnlichem Stil eingerichtet mit holzfurnierten Konferenztischen und gepolsterten Ledersesseln –, und so war er zu der Überzeugung gelangt, dass die Welt außerhalb New Yorks größtenteils nur ein billiger Abklatsch der eigentlichen Stadt waren. Er hatte zu seinem Missfallen festgestellt, dass die Leute andernorts oft gar kein Englisch sprachen oder doch nicht besonders flüssig (das galt vor allem für die Londoner). Und wenn man sich dort mittags etwas zu essen kommen ließ, war das regelmäßig eine Enttäuschung, denn in keiner dieser Städte gab es Hamburger von einigermaßen vorhersehbarer Qualität – nur diese unsäglichen Dinger, die die Eingeborenen aßen. Ein Aufenthalt außerhalb New Yorks war für Colt also stets unerfreulich; es wunderte ihn, dass Leute überhaupt irgendwo anders leben konnten, ohne dass es ihnen etwas ausmachte.

Und jetzt befand er sich hier in Pennsylvania – wo er weder wusste noch sich dafür interessierte, was die Eingeborenen aßen – und stand in seinem Frotteebademantel auf einer Veranda, die ihm gehörte, und sann über die Ödnis seiner Neuerwerbung nach. Den ersten Schock hatte er am Vorabend erlebt, als er begriffen hatte, dass er sich zum ersten Mal in seinem Leben außerhalb des Lieferradius eines Restaurants befand. Und jetzt auch noch dieses Wetter. In New York waren die Naturgewalten größtenteils dekorativ, aber hier spielten sie tatsächlich eine Rolle, und das setzte ihm zu. Er hatte sein Leben lang angenommen, der Mensch habe das Wetter in den Griff bekommen, wie die Kinderlähmung oder die Nazis. Es hatte nie zuvor in Colts Leben so viel Schnee gegeben wie hier, so viel offene Landschaft, so viel Stille, so viel Himmel. Das brachte ihn, ehrlich gesagt, bereits jetzt an den Rand des Wahnsinns. Und der Mangel an Vertrautem störte ihn ebenfalls. Nicht nur, dass *er* nichts wiedererkannte – es gab einfach nichts wiederzuerkennen. Alles fehlte hier. Es gab praktisch nichts – keine Gebäude, keine Straßen, nichts. War der Kauf dieses Hauses vielleicht ein Fehler gewesen? Gut, theoretisch konnte man heutzutage mit Immobilien gar nichts verkehrt machen, so lange man sich nicht in ein Ghetto einkaufte. Wenn man aber darin leben wollte, mochte die Sache schon anders aussehen. Allerdings war er niemals davon ausgegangen, dass er für immer hierher ziehen würde, nicht wahr? Es war nur ein Ferienhaus – ein Experiment.

Eine Trophäe. Nur Francie war auf einmal auf diese blödsinnige Idee gekommen, hier *wohnen* zu wollen.

Wenn er über die Straße schaute, sah Colt nichts anderes als – nichts.

Das Flussbett lag eingesunken und außerhalb seines Blickwinkels unter dem Niveau der Straße, und dort standen ein paar armselige Bäume. Dahinter erstreckten sich Felder und in weiter Entfernung die Berge. Abgesehen davon gab es kein gottverdammtes Ding hier draußen, und das Wenige, was es gab, war vollkommen schneebedeckt. Alles in dieser Welt sah aus, als sei es von gleicher Größe und Farbe. Es war wie auf dem Mond. Welcher Mensch, der halbwegs bei Verstand war, würde an einem solchen Ort leben wollen? Seine Frau – und die hatte ohnehin seit geraumer Zeit ihre Sinne nicht mehr beieinander.

Colt stand in seinem Bademantel in der Kälte und beobachtete Randall Flebberman, der in seinem Laster die Auffahrt hinauf- und hinunterfuhr und die Reste des vorabendlichen Schneesturms beiseite schob. Jemand saß bei ihm in der Fahrerkabine, eine ungeschlachte, dicke Gestalt, ein Mann oder eher ein Teenager. Vielleicht war das Flebbermans Assistent. Flebberman & Co. Gott, was für eine Art, sich seinen Lebensunterhalt zu verdienen, dachte Colt. Das war Flebbermans Lebenswerk: eine Auffahrt räumen, vermutlich jedenfalls, oder etwas in der Art. Mit anderen Worten, nichts. Ein echter Loser. Und trotzdem spiegelte Flebbermans Gesicht nicht die geringste Verzweiflung wider – nur das Gefühl für den Augenblick, fast sublim in seiner Ganzheit, ein Blick, der besagte: »Ich räume jetzt diese Auffahrt«, nichts mehr und nichts weniger. Er schien nicht die geringste Ahnung davon zu haben, dass er eigentlich unglücklich sein müsste. Colt hatte sein ganzes Leben lang geschuftet, um es zu etwas zu bringen, und nach seinen eigenen Maßstäben hatte er noch ein gutes Stück vor sich. Und Flebbermans Gesichtsausdruck schien zu beweisen, dass er bereits alles erreicht hatte. Zum Wahnsinnigwerden.

Colt zitterte in seinem Bademantel. Der kalte Wind wehte ihm unangenehm um die ungeschützten Genitalien. Das vermittelte ihm ein Gefühl der Hilflosigkeit, annähernd Angst, und so goss er seinen restlichen Kaffee in den Schnee und ging wieder hinein. Flebberman und den Teenager aber behielt er durch das Panoramafenster im äußeren Wohnzimmer weiter im Blick. Jesus Christus, dachte er, diesem Hurensohn schien das tatsächlich Spaß zu machen. Colt wurde richtig schlecht davon.

Er hörte, wie Francie durch die Hintertür eintrat, durch die Küche und den langen Flur dorthin kam, wo er stand. Aber er drehte sich nicht um.

»Morgen«, sagte er gefasst.

»Ja«, sagte Francie. »Das haben wir, nicht wahr?«

Dagegen ließ sich nichts einwenden. Einen Augenblick später räusperte sich Colt.

»Möchte wissen, wie viel dieser Bursche von der Bank bekommt, um sich hier um das Haus und das Grundstück zu kümmern. Vielleicht wäre es vernünftig, ihn zu behalten. Ich habe bestimmt keine Zeit, alles selbst zu machen.«

»Colt, können wir reden?«

»Wir reden doch.«

»Ich meine über gestern Abend.«

»Ach das«, sagte Colt. »Eigentlich habe ich keine Zeit.«

»Warum nicht?«

»Ich fahre zurück in die Stadt.«

»Jetzt schon?«

»Was meinst du mit ›jetzt schon‹?«

»Ich habe gedacht … Colt, siehst du mich bitte an?«

Colt drehte sich um und sah sie an. Ihm war klar, dass sie wieder damit anfangen würde: Warum hast du es getan? Was hat dich dazu gebracht, es zu tun? Warum können wir kein

Kind haben? Aber er hatte bereits alles gesagt, was er zu sagen hatte.

»Ich ... habe gedacht, du würdest ein paar Tage hier bleiben«, sagte sie. »Mir auspacken helfen und alles in Ordnung bringen.«

»Dafür ist ja dein Bruder hier«, sagte Colt. »Kann sich ja auch mal nützlich machen. Ich will wieder an die Arbeit. Dieses Haus bezahlt sich nicht selbst, weißt du.«

»Ah«, sagte Francie. »Also gut.«

Colt war überrascht. Er hatte einen weiteren Streit erwartet.

»Ja«, sagte er mit einer Mischung aus Erleichterung und Enttäuschung. »Also gut.«

»Dann bis demnächst«, sagte Francie und ging zurück zur Küche.

Colt ging nach oben in das große Badezimmer, das zum Schlafzimmer gehörte. Es wies Spuren einer planlosen Renovierung in den siebziger Jahren auf, und man konnte darüber streiten, ob es dadurch besser geworden war. Es gab eine große Badewanne und einen Duschkopf an einem flexiblen Schlauch, die Wände waren in einem zarten Pink gekachelt, und der Teppichboden war eine Scheußlichkeit aus langem, grünlichem Flausch. Wer zum Teufel legte sich überhaupt Teppichboden ins Bad? Alte Damen natürlich. Das wäre der erste Punkt auf seiner Liste der Dinge, die hier zu tun waren – aus diesem Bad etwas zu machen, das er ertragen konnte. Als er den Hahn aufdrehte, stellte er fest, dass er unannehmbar lange auf das heiße Wasser warten musste, während er nackt und unbehaglich in einem Fußbad aus kaltem Wasser stand. Als das heiße Wasser endlich kam, floss es nur für zehn Minuten. Also würde auch der Boiler durch einen leistungsfähigeren ersetzt werden müssen. Nummer zwei auf der Liste. Colt schimpfte vor sich hin, während er in den Anzug schlüpfte, den er aus der Stadt mitgebracht hatte. Geld, Geld, Geld. Dieses Haus würde ihm ständig auf der Tasche liegen. Nichts, zum Teufel, würde jemals aufhören zu kosten.

Als er wieder herunterkam, sah er durchs Fenster, dass Flebberman und der gigantische Teenager mit Michael und Francie redeten. Der Teenager war gut einen halben Kopf größer als der ältere Mann, war aber über der Kühlerhaube des Lastwagens zusammengesunken, als erleide er gerade einen Herzinfarkt. Colt trat frohgemut hinaus und zog seine Geldbörse.

»Colt, das ist Marge Westerbrooks Sohn«, sagte Francie. »Owen. Erinnerst du dich noch? Wir haben ihn an dem Tag, als wir uns das Haus angesehen haben, gewissermaßen kennen gelernt. Er hilft Randy manchmal, wenn er keine Schule hat.«

»Ah ja.«

»Hi«, sagte der Teenager mit einer Stimme so tief und dick wie Sirup.

»Hi, Junge. Was schulde ich Ihnen für das Räumen?«, fragte Colt Flebberman.

Flebberman hob eine Hand. »Nichts«, sagte er.

Colt stutzte, ungeduldig. »Na los. Ich meine, wirklich.«

»Ich räume diese Auffahrt schon lange«, sagte Flebberman. »Ich halte sie ganz gern in Ordnung. Ist inzwischen so eine Art Gewohnheit. Dann sieht das Haus so aus, als sei es bewohnt.«

»Es *ist* bewohnt«, sagte Colt.

»Colt, Mr Flebberman meint, dass er es als Gefälligkeit getan hat. Und wenn jemand dir eine Gefälligkeit erweist, dann lautet die angemessene Reaktion: ›Danke‹«, sagte Francie.

Colt warf Francie einen finsteren Blick zu.

»Keine Ursache«, sagte Flebberman.

»Ich wollte Sie fragen, ob Sie sich nicht vielleicht weiter um das Anwesen kümmern können, für mich, dauerhaft. Ich werde selbst nicht viel Zeit dafür haben. Sie wissen schon, Schneeräumen und Gartenarbeit und … all das«, sagte Colt.

»Oh, *ich* kann einiges davon selbst machen«, sagte Francie schnell. »Jedenfalls einiges von der Gartenarbeit. Ich habe mich schon darauf gefreut, im Frühjahr damit anzufangen. Endlich einen Garten zu haben und alles.«

»Mr Flebberman ist ein Profi«, erklärte Colt seiner Frau spitz. »Er weiß, was er tut.«

»So wie ich«, sagte Francie.

»Ah«, sagte Flebberman. »Ich schätze, das wird sich finden.«

Colt runzelte die Stirn. »Ich biete Ihnen hier einen Job an«, sagte er. »Was soll ›das wird sich finden‹ bedeuten? Wollen Sie den Job oder nicht?«

Flebberman blickte auf seine Stiefelspitzen hinab und scharrte verlegen mit den Füßen. Er tauschte einen Blick mit Owen. Dann sah er wieder Colt an und zog die dünnen, fast unsichtbaren Augenbrauen zusammen.

»Klar«, sagte er missmutig. »Wenn Sie ihn mir anbieten.«

»Wie viel hat die Bank Ihnen bezahlt?«

Flebberman blickte nun gen Himmel und rechnete. »Zweihundert Dollar pro Monat«, sagte er.

»Ich gebe Ihnen einhundertfünfundsiebzig.«

»Coltrane!«, sagte Francie schockiert.

»Was denn? Ich verhandle. Stört dich das?«

»Nicht mit unserem Nachbarn, das tust du nicht. Das ist ungezogen.«

Flebberman sagte nichts und ließ seinen Blick von Colt zu

Francie wandern, als trügen die beiden ein Tennismatch aus. Dann sah er wieder Owen an, als wolle er sagen: Ich habe dir ja gesagt, wie die sind.

»Nein, es ist viel mehr«, sagte Francie. »Es ist kriminell, das ist es. Wir zahlen Ihnen ... wir zahlen Ihnen zweihundertfünfzig pro Monat, Mr Flebberman. Wäre das okay? Wenn Sie im Winter die Auffahrt freihalten und im Übrigen den Rasen mähen und helfen würden, die Büsche zu schneiden und so weiter? Wenn das Frühjahr kommt, meine ich.«

»Ach zum Teufel«, sagte Colt. »Meine eigene Frau fährt mir in die Parade. Also gut, Mr Flebberman, was sagen Sie? Zweihundertfünfzig im Monat, alles zusammen.«

Flebberman sagte immer noch nichts; er sah wieder auf seine Stiefelspitzen hinab, dann wehmütig zu seinem Lastwagen hin, der in so ausgezeichnetem Zustand war, dass niemand ihn hören konnte, obwohl er die ganze Zeit im Leerlauf lief. Colt fiel auf, dass Owen Westerbrook Francie anstarrte, als habe er noch nie zuvor eine Frau gesehen, was natürlich hier draußen in der Pampa durchaus möglich war. Francie lächelte ihn an; daraufhin lief Owen dunkelrot an und wandte seinen Blick ab. Colt grinste.

»In Ordnung«, sagte Flebberman kaum hörbar.

»Gut«, sagte Francie. »Vielen Dank, Mr Flebberman.«

»Vielleicht kann er den alten Friedhof in Ordnung bringen«, sagte Michael. »Das Gestrüpp wegschneiden und so weiter.«

»Also, schön, dass Sie vorbeigekommen sind, Mr Flebberman«, sagte Francie schnell. »Und war nett, dich kennen zu lernen, Owen. Wir sehen uns ja bald wieder.«

»Welchen Friedhof?«, fragte Colt. »Sagtest du ›Friedhof‹?«

Flebberman sah Michael an. »Sie haben ihn also gefunden«, sagte er leise, fast resigniert.

»Was gefunden?«, fragte Colt, und Francie sank das Herz. Sie warf Michael einen mörderischen Blick zu, aber er bemerkte es nicht einmal.

»Ganz am Ende des Grundstücks ist ein kleiner Friedhof. Wir haben ihn heute Morgen gefunden«, sagte Michael aufgeregt. »Er ist wirklich alt. Sissie und ich …« Er hielt inne, und zu spät fiel ihm ein, dass er die Sache eigentlich hatte für sich behalten sollen. »Oh«, sagte er. »Ups.«

»Du meinst, auf diesem Grundstück?«, sagte Colt ungläubig. »Da liegen tote Leute *auf diesem Grundstück?*«

»Ja. Meine Familie«, antwortete Flebberman. »Der Captain und seine Frau und deren Kinder. Ich bin schon lange nicht mehr dort gewesen. Seit ich klein war und Tante Helen noch lebte.« Er wandte sich zu Owen um, dessen lange Gestalt über der Motorhaube hing wie ein nasses Fensterleder. »Erinnerst du dich noch an den alten Friedhof, Owen?«

»Jep«, sagte Owen. »Ich habe ihn ein- oder zweimal gesehen.«

»Er ist sehr anrührend«, sagte Francie. »Er ist *friedlich*«, fügte sie hinzu.

»Er ist so gut wie weg«, sagte Colt.

Francie, Flebberman, Owen und Michael blickten ihn gleichzeitig an, als habe er gerade irgendeine furchtbare Obszönität über ihre Mütter von sich gegeben.

»Oh, und was soll das jetzt heißen?«, sagte Flebberman.

»Er ist so gut wie weg. Vergangenheit. Verschwunden«, sagte Colt. »Ich will so etwas nicht auf meinem Grund. Mann, das ist ja ekelhaft!«

»Colt, die Leute haben früher alle ihre eigenen Friedhöfe gehabt«, sagte Francie. »Es ist doch nichts, was einen beunruhigen müsste.«

»Francie, um Himmels willen, wir haben *Brunnenwasser*«, sagte Colt.

»Ach, davon kommt nichts in euer Wasser«, sagte Flebberman. »Die Gräber sind weit genug weg. Das hat man damals schon berücksichtigt.«

»Es ist mir egal. Ich lasse ihn verlegen«, sagte Colt. »Mir wird schlecht, wenn ich nur daran denke. Jesus! All diese Maden und ... bah!« Er schauderte, als ob ihm die Maden gerade den Nacken hinaufkröchen. »Kein Wunder, dass die Bank nicht feilschen wollte«, sagte er zu Francie. »Weißt du noch, wie ich sagte, das Ganze hat bestimmt noch einen Pferdefuß? Dass es zu schön wäre, um wahr zu sein? Jetzt haben wir es. Das ist genau das, wovon ich gesprochen habe. Verflucht, ich werde dieses Miststück von einer Maklerin bis aufs letzte Hemd verklagen!«

»Hehe«, sagte Owen Westerbrook. »Das ist meine Mama, über die Sie reden.«

»*Coltrane!* Es tut mir Leid. Mein Mann ist aus der Stadt«, sagte Francie zu den anderen, als ob das irgendetwas erklärte.

Flebberman hatte die Farbe gewechselt. »Was meinen Sie, Sie lassen ihn *verlegen?*«

»Ich meine, so etwas wie ausgraben und irgendwo anders hinbringen«, sagte Colt. »Das meine ich.«

»Oh«, sagte Flebberman. Er ballte die Fäuste, und seine Stimme begann zu zittern. »Das würde ich an Ihrer Stelle nicht tun ...«

»Dafür gibt es absolut keinen Grund«, sagte Francie verzweifelt. »Colt, sei doch vernünftig. Er ist schon immer da gewesen. Sie sind inzwischen sowieso alle nicht mehr da. Haben sich zersetzt.«

»Nein, das haben sie nicht«, sagte Colt. »Knochen können manchmal Jahrhunderte überdauern. Und selbst wenn sie nicht mehr da wären, ist es so etwas wie ... Umweltverschmutzung oder Verseuchung!«

»Jetzt mal Halt«, sagte Flebberman. »Diese Toten verseuchen hier gar nichts.«

»Colt, es handelt sich um Mr Flebbermans Familie«, sagte Francie.

»Verdammt, Meister, beruhige dich«, sagte Michael, den diese zimperliche Seite seines Schwagers großartig amüsierte. »Sie werden schon nicht unter deinem Bett lauern und nach dir greifen.«

Colt schüttelte den Kopf und seufzte. Dann ging er zu seinem Wagen. »Ich werde jetzt ein paar Telefonanrufe machen und darüber nachdenken«, sagte er über die Schulter. »Aber es bleibt dabei, dass der Friedhof auf meinem Besitz liegt. Also ist es meine Entscheidung.«

»Colt«, sagte Francie.

»Oh«, machte Flebberman ängstlich.

Colt öffnete die Tür seines Camaro und wartete.

»Ja?«, sagte er.

Flebbermans Gesicht wurde hart.

»Gut, vergessen Sie's. Wenn das so ist«, sagte er, »dann kündige ich.«

Colt schnaubte. »Was kündigen Sie?«

»Sie haben mich gerade angestellt. Jetzt kündige ich.«

»Ah, ich verstehe. Nun, dann werde ich mir irgendeinen anderen Burschen mit einem Schneepflug vor dem Laster engagieren müssen«, sagte Colt. »Das ist kein allzu großes Kunststück. Ich habe gestern bestimmt vierzig davon gesehen.« Er stieg in den Wagen und schlug die Tür zu. Dann ließ er den Motor an, setzte auf die Straße zurück und fuhr davon, ohne sich noch einmal umzusehen.

KAPITEL 15

Atmen

Die Vier standen in verlegenem Schweigen auf der Auffahrt. Owen Westerbrook hatte die Augen weit aufgerissen, der Unterkiefer hing herab, und der Mund formte ein perfektes O, als sei er gerade Zeuge eines Verkehrsunfalls geworden. Francie wandte sich zu Flebberman um, der vor Schreck und Zorn bleich geworden war.

»Das tut mir sehr Leid«, sagte sie. Sie blickte Michael an, der zusammenzuckte. »Es sollte eigentlich ein *Geheimnis* bleiben.«

»Seit hundertfünfzig Jahren liegen sie dort begraben, einige von ihnen«, sagte Flebberman. »Keiner hat sich jemals darüber aufgeregt. Wieso auch? Jetzt ziehen Sie hier ein und denken, Sie könnten hier machen, was Sie wollen? Das ist keine Art, so was!«

»Ich bin auf Ihrer Seite, Mr Flebberman«, beteuerte Francie. »Glauben Sie mir. Ich werde ihn bearbeiten. Ich werde nicht zulassen, dass das passiert.«

»Es ist meine Familie«, sagte Flebberman. »Das hier war ihr Haus. Sie ruhen dort, großer Gott! Sie dürfen sie nicht verlegen! Nur weil er das Haus gekauft hat ...«

»Und er hat meine Mum ein Miststück genannt«, brummte Owen Westerbrook. »So was schätze ich gar nicht.«

»Auch das tut mir Leid, Owen. Ich werde mich darum kümmern, mach dir keine Sorgen«, sagte Francie. »Ich werde alles wieder in Ordnung bringen. Das verspreche ich.«

»Und wie?«, fragte Flebberman. Er sah aus, als sei ihm speiübel.

»Ich weiß nicht genau«, sagte Francie und biss sich auf die Lippen. »Aber … ich werde mir etwas überlegen. Ich verspreche es. Es tut mir wirklich sehr Leid.«

»Na, das … das sollte es auch«, sagte Flebberman. »Es sollte Ihnen verdammt Leid tun!«

Er stieg in seinen Wagen. Owen kletterte auf den Beifahrersitz und warf die Tür zu, das Kinn hoch erhoben in rechtschaffener Empörung. Flebberman kurbelte die Scheibe herunter.

»Ihr gottverdammtes Volk zieht hier ein und denkt, ihr könnt hier machen, was ihr wollt!«, schrie er. »Wer zum Teufel glaubt ihr, dass ihr seid? Warum geht ihr nicht einfach zurück dahin, woher ihr gekommen seid?«

»Mr … Mr Flebberman!«, sagte Francie. »Bitte, nein. Er ist nicht … er versteht nicht …«

Flebberman und Owen hatten die Ausfahrt bereits verlassen, bevor sie den Satz zu Ende bringen konnte. Die schweren Räder des Lastwagens drehten im festgefahrenen Schnee durch, griffen schließlich und beförderten sie den Hügel hinauf. Die Stille, die sie hinterließen, war laut wie ein Wasserfall. Als sie fort waren, wandte Francie sich an Michael, der immer noch tief beschämt mit hängendem Kopf dastand.

»Ich glaub es immer noch nicht«, sagte Francie. »Was ist mit dir los? Hatte ich dich nicht gebeten, es niemandem zu erzählen?«

»Es tut mir Leid, Sissie, ich habe … ich habe mich hinreißen lassen, schätze ich«, sagte Michael. »Ich sehe sowieso nicht, was das für einen großen Unterschied machen soll. Meinst du, er hätte es nicht ohnehin früher oder später herausgefunden? Glaubst du, du kannst so etwas wie einen Friedhof verstecken? Und außerdem ist es nicht meine

Schuld, dass er so durchgedreht ist. Der Meister ist verrückt oder so was. Das war ja fast eine allergische Reaktion.«

»Aber ich hatte dir gesagt, du sollst es nicht erzählen, verdammt!«

»Gott, Francie«, sagte Michael. »Du brauchst doch deswegen nicht so böse mit mir zu werden!«

»Tut mir Leid. Es ist nur so – er *versteht* einfach dieses Haus nicht«, meinte Francie, unsicher, ob sie es selbst ganz verstand. Vielleicht lag es daran, dass sie sich ihm bereits verbunden fühlte – dem Tagebuch, dem Geheimversteck, dem Friedhof und der Familie, die dort lag. Und sie wusste, dass Colt das niemals so empfinden würde. »Er glaubt, dass dieses Haus so etwas ist wie ... ich weiß nicht, eine Art Medaille, die er sich um den Hals hängen kann. Er will seine Arbeitskollegen herbringen und mit dem Haus angeben. Er will ein Golf-Green hinten im Garten anlegen. Heiliger Bimbam. Colt ist kein Mensch, dem Geschichte etwas bedeutet.«

»Dieser Flebberman war ganz schön aufgebracht.«

»Und er hat *Recht*«, sagte Francie. »Sieh es doch mal von seiner Warte aus, Michael. Und auch von meiner. Wir tauchen hier auf, und in weniger als vierundzwanzig Stunden haben wir uns bereits Feinde gemacht. Das ist nicht gut. Ich will solche Probleme nicht haben. Ich kann solche Konfrontationen nicht ertragen.«

»Na ja, vielleicht kommt er drüber weg«, sagte Michael. Er gähnte und reckte sich. »Also, hör zu, Sissie, ich leg mich jetzt wieder schlafen. Du hast mich viel zu früh geweckt.«

Francie lachte ungläubig. »Was ist bloß mit dir los?«, sagte sie noch einmal. »Ist das alles, was dir einfällt? Schlafen?«

»Mann, was soll ich denn machen? Du hast mich um fünf geweckt!«

»Ich weiß nicht!«, widersprach sie. »Aber tu irgendwas!

Sag irgendwas Intelligentes, was Scharfsinniges! Irgendwas, das mir zeigt, dass dich irgendwas interessiert!«

»Also, entschuldige bitte«, sagte Michael verletzt. »Vielleicht solltest du zurück nach Indiana gehen und dort mit deinen schlauen Freunden vom College diskutieren!«

»Das hab ich nicht gemeint!«, sagte Francie. »Ich hab nicht ...«

Michael stand da und wartete, was sie als Nächstes sagen würde. Aber sie begriff, dass es keinen Sinn hatte, es zu sagen; er würde es einfach über sich ergehen lassen und darauf warten, dass sie ihm nicht mehr böse war, und dann würde es genauso weitergehen, wie es immer weitergegangen war. Man erreichte nichts damit, wenn man Michael anschrie. Es war besser, ihn in Ruhe zu lassen und nicht zu viel zu erwarten.

Aber plötzlich entschied Francie, dass sie davon genug hatte. Warum sollte sie ausgerechnet von ihm wenig erwarten, nur weil er ihr kleiner Bruder war? Vielleicht hing es damit zusammen, dass sie die Pillen abgesetzt hatte, vielleicht war es auch die Vergeltung dafür, dass er die Sache mit dem Friedhof nicht für sich behalten hatte. Sie würde selbst nie erfahren, was sie jetzt dazu veranlasste, die Auffahrt zu überqueren und zu seinem VW-Bus zu gehen und die Schiebetür aufzureißen. Aber als sie es tat, gab es schon kein Zurück mehr. Ein stechender Geruch, der ihr in der Nase biss, schlug ihr entgegen. Säuberlich gestapelt lagen da zehn backsteinförmige Bündel vor ihr, eingewickelt in Plastikmüllsäcke und zugebunden mit Klebeband, jedes etwa dreißig Zentimeter lang und knapp zwanzig Zentimeter hoch.

Michael trat hinter sie. »Was machst du da?«, fragte er.

»Nachsehen. Ich will wissen, ob es dein Ernst war.«

»Ja, das war es«, sagte er.

»Und du versuchst noch nicht mal, den Stoff zu verstecken?«

»Was hätte das für einen Sinn? Wenn mich ein Bulle anhält, riecht der es, bevor er aus dem Wagen steigt. Er braucht nicht einmal die Hunde kommen zu lassen.«

Francie fasste ihren Bruder fest ins Auge.

»Michael«, sagte Francie. »Ich will, dass du dir dieses Zeug vom Hals schaffst. Heute. Jetzt sofort.«

Michael riss die Augen weit auf. »Was?«, sagte er ungläubig. »Auf der Stelle? Soll das ein Witz sein?«

Francie verschränkte die Arme vor der Brust. »Sehe ich aus, als ob ich Witze mache?«, fragte sie.

»Sissie … Was soll ich denn damit *tun*?«

»Du solltest es einfach … abliefern. Geh einfach zur Polizei und überlass es ihr. Mach dort reinen Tisch. Erzähl alles.«

»Mit den *Bullen* reinen Tisch machen? Bist du wahnsinnig? Weißt du, was sie mit mir machen werden?«

»Was immer es sein wird, es wird nicht so schlimm werden, wie du glaubst. Weißt du, Michael, bei uns laufen Mörder und Vergewaltiger frei herum. Sie gehen ins Gefängnis und kommen wieder heraus, fast wie Hotelgäste. Was glaubst du denn, werden sie mit dir anstellen? Dich unter die Guillotine schicken? Es wird dir besser gehen, wenn du es hinter dich gebracht hast. Dann wird das nicht mehr wie ein Damoklesschwert über deinem Kopf schweben.«

Michael lachte, als hoffe er immer noch, es handele sich um eine Art Scherz – aber ein weiterer Blick auf Francie sagte ihm, dass sie zu Scherzen nicht aufgelegt war.

»Halt mal. Du meinst es ernst«, sagte er.

»Ja, ich meine es ernst«, sagte Francie. »Und noch etwas: Du hättest es überhaupt nicht erst hier herbringen dürfen. Denk mal darüber nach, wie egoistisch das war, Michael.

Denk einmal wirklich darüber nach, ein einziges Mal nur in deinem Leben. Wenn du hier damit erwischt würdest, wären wir alle in Schwierigkeiten. Man würde denken, wir seien *allesamt* Rauschgifthändler. Die Polizei könnte das Haus und das Grundstück beschlagnahmen, und wir würden es niemals wiedersehen. Begreifst du das?«

»Also … Sissie«, sagte Michael. »Ich konnte sonst nirgends hingehen. Was hätte ich tun sollen? Zu Mom und Dad fahren vielleicht?«

»Warum musstest du es überhaupt irgendwohin mit hinnehmen? Es ist überhaupt nicht das Problem von irgendjemand anderem, sondern ganz allein deins!«

»Also gut«, sagte er. »Dann denk mal an die Burschen, denen es gehört! Was immer die mir antun werden, ist viel übler als das, was die Bullen tun würden. Ich sag dir, Francie, sie müssen es zurückbekommen.«

»Hast du nicht gesagt, es wären nette Kerle?«

»Ja, aber Geschäft ist Geschäft.«

»Gut, dann bring es eben zurück nach Denver«, sagte sie. »Das ist mein Ernst. Heute, sofort. Bring es irgendwohin. Irgendwo anders als hier.«

Michael sah sie Mitleid heischend an.

»Denver ist gut drei Tagesreisen entfernt«, sagte er. »Francie, ich bin pleite. Ich bin total bankrott. Ich kriege diesen Monat keinen Scheck mehr von Dad.«

»Lass es«, sagte sie. »Versuch es erst gar nicht.«

»*Was* versuchen?«, kreischte Michael. Er warf die Arme in die Luft und begann, hin und her zu laufen. »Ich versuche *gar nichts!* Komm schon, Francie. Ich muss hier noch ein paar Tage bleiben!« Er hielt plötzlich inne und starrte sie argwöhnisch an. »Du bist böse, weil ich ihm von dem Friedhof erzählt habe, nicht wahr? Darum geht es eigentlich.«

»Michael, ich werde dir jetzt etwas sagen, und ich möchte, dass du zuhörst. Ich meine, *wirklich zuhörst.* Okay?«

»Okay«, sagte Michael. »Ich höre.«

»Gestern ist etwas mit mir passiert, während ich im Supermarkt war. Etwas … Großes. Und ich sehe die Dinge jetzt anders. Alles, um genau zu sein. Verstehst du? Mein ganzes Leben. Irgendetwas hat sich irgendwie bewegt. Ich verstehe es noch nicht ganz, aber das macht nichts. Was du wissen musst, ist, dass die Dinge nicht mehr so sein werden, wie sie früher waren. Nie mehr.«

»Das muss ja ein toller Supermarkt gewesen sein«, sagte Michael.

»Nein, du *Idiot*«, sagte Francie. »Der *Supermarkt* hatte nichts damit zu tun. Es war … also ich weiß nicht, was es war. Ich habe zuerst gedacht, es sei ein Zusammenbruch, aber in Wirklichkeit war es ein *Durchbruch.* Und es gibt ein paar Dinge, die jetzt einfach nicht mehr passieren dürfen. Und dass du mit einer Busladung voll Drogen auf meinem Grundstück stehst, ist eins davon. Ich liebe dieses Haus, Michael. Ich gehöre hierher. Also will ich, dass du die Sache in Ordnung bringst, bevor du irgendetwas anderes tust. Und … du kannst nicht zurückkommen, bis das geregelt ist.«

Michael seufzte.

»Kann ich wenigstens vorher frühstücken?«, fragte er.

Sie verschränkte wieder die Arme und erwiderte sein Lächeln nicht. »Ich leihe dir hundert Dollar«, sagte sie. »Und damit hat es sich. Zähl sie zu den tausenden hinzu, die ich dir im Laufe der Jahre schon gegeben habe. Und ich erwarte, dass du mir sie allesamt zurückgibst. Irgendwann.«

Michael warf wieder seine Arme in die Luft.

»Großer Gott! Verdammter Mist!«, rief er gen Himmel.

»Was ist das plötzlich alles für ein Scheiß? Das ist ja wie ein ... ein Albtraum oder so was!«

»Michael! Kannst du dich gefälligst zusammennehmen?«

»Sag mir warum, Francie. Warum? Warum muss plötzlich alles anders sein, einfach so? Was habe ich getan? He? Sag mir das! Was habe ich getan, das so falsch war?«

»Irgendwann muss sich alles ändern«, sagte sie. »Du musst die Verantwortung für dich selbst übernehmen, Michael. Das ist dein Schlamassel.«

»Es liegt Schnee!«, schrie Michael sie an. *»Und der Bus hat ein Loch im Boden! Das ist mein Tod!«*

»Nein, das ist es nicht«, sagte sie.

»Es könnte aber!«

»Michael«, sagte Francie, »es wird Zeit, dass du erwachsen wirst.«

Er starrte sie an, und ein ungläubiger Laut kam tief aus seiner Seele. »Gut«, sagte er. »Wenn du so ein dummes Miststück sein willst, dann gut.«

»Das habe ich jetzt nicht gehört«, sagte Francie.

Sie ging ins Haus und nahm fünf Zwanziger aus ihrem Portemonnaie. Als sie wieder herauskam, kratzte Michael bereits das Eis von der Windschutzscheibe des VW-Busses. Francie sah zu und sagte nichts. Als er fertig war, drängte er sich an ihr vorbei, ging ins Haus und kam mit der Luftmatratze, die er hinter sich herzog, wieder heraus. Sie hielt ihm das Geld hin, und er nahm es ihr im Vorbeigehen wortlos aus der Hand, wie ein Staffelläufer einen Stab übernimmt. Er öffnete die Schiebetür und warf die Matratze hinein. Und dann stieg er auf den Fahrersitz und ließ den Motor an. Es dauerte einige Sekunden, bis er ansprang, und die ganze Zeit über blickte er sie unverwandt mit gerunzelter Stirn an. Schließlich kurbelte er das Seitenfenster herunter.

»Ich fahre. Okay? Bist du jetzt glücklich?«, sagte er.

»Ich bin alles andere als glücklich«, sagte Francie. »Aber irgendwann werde ich es schon sein.«

»Was zum Teufel heißt das schon wieder?«

»Michael«, sagte Francie, »Auf Wiedersehen.«

Michaels Unterlippe begann zu zittern.

»Weißt du noch, als wir klein waren?«, sagte er. »Und du mir immer erzählt hast, dass wir eines Tages ein Haus auf dem Land haben würden, wo wir beieinander sein könnten und niemand uns stören würde?«

»Michael ...«

»Zuerst gehst du weg und überlässt mich mir selbst«, sagte er, »und jetzt wirfst du mich hinaus. Das sollte unser Haus sein, und jetzt teilst du es mit ihm. Großartig! Herzlichen Dank, Francie.«

»Mikey, das liegt *Jahre* zurück«, sagte sie.

Nachdem er ihr diesen Stich versetzt hatte, konnte Michael mit gewisser Genugtuung abfahren. Er rollte rückwärts die Auffahrt hinunter auf die Straße, wendete und fuhr langsam den Fluss entlang. Sie konnte erkennen, wie er zu ihr zurückschaute und auf ein Zeichen wartete, dass sie doch nicht alles ernst gemeint habe. Sie gab ihm kein solches Zeichen, denn sie meinte es ernst. Schon bald war er außer Sicht.

Jetzt bin ich also mit meinem Haus allein, dachte sie.

Francie stieg die Stufen hinauf und schloss die Haustür hinter sich. Im Flur machte sie Halt und horchte. Außer ihrem eigenen Atem war nichts zu vernehmen.

KAPITEL 16

Zero-G

Während der Fahrt über den New Jersey Turnpike hörte Colt die Stimme seines Vaters wieder.

Was ist los?, fragte die Stimme. Angst vor ein paar toten Körpern? Angst, dass sie dich holen kommen?

»Untersteh dich«, sagte Colt.

Warum nicht? Zu erwachsen, um auf deinen Vater zu hören?

»Du bist nicht mein Vater«, sagte Colt. »Du bist eine Stimme in meinen Gedanken. Und das heißt ... Was wohl? Du bist nicht real.«

Ja, aber was ist schon real? Ist nicht alles bloß eine Stimme in deinen Gedanken, wenn du es dir mal recht überlegst? Ist nicht die ganze Welt nur eine Illusion, von der wir uns wieder und immer wieder überzeugen müssen?

»Jetzt komm mir nicht mit diesem Hippie-Mist! Ich glaube nicht, dass es so ist.«

Eigentlich ist es kein »Hippie-Mist«. Ist eher auf dem Mist von Berkeley gewachsen.

»Zum Teufel mit dir und deinen Philosophen«, sagte Colt. »Wo warst du denn, als ich mit Moms Leiche dastand? Na? Und wo war deine Philosophie, als es deine Aufgabe gewesen wäre, mich großzuziehen?«

Er schaltete das Radio ein und hieb auf die Tasten, auf der Suche nach einem Song mit gellenden Gitarrenakkorden. Das war das Einzige, was funktionierte – die Lautstärke bis an die Grenze des Erträglichen aufzudrehen.

Nur wenn er allein war, hörte er Nova Harts Stimme.

Der Blödmann belästigte ihn nie, wenn andere dabei waren.

Die Toten sind lästig, dachte Colt.

Eigentlich war sein Vater gar nicht tot. Ihm beliebte es nur, ihn als tot anzusehen. Colt wünschte sich inbrünstig – aus Gründen, die er sich nicht noch einmal durchzukauen entschloss –, dass er seinen Vater nie wiedersehen würde, und so war es das Einfachste, ihn schlicht für tot zu erklären. In Wirklichkeit wohnte Colts Vater einige Autostunden nördlich von New York City, wenn man seine gegenwärtige Unterbringung denn als »Wohnung« bezeichnen konnte. Davon wusste nicht einmal Francie etwas; sie hielt Nova für tot wie alle anderen. Und Colt gestattete sich niemals, daran zu denken, und deswegen drehte er die Lautsprecher des Autoradios so weit auf, wie er es gerade noch ertragen konnte.

Aber ein Mensch musste nicht tot sein, um einen zu verfolgen. Das war eine irritierende Tatsache, die Colt in den letzten Jahren begriffen hatte. Mit der Stimme, die manchmal in seinen Gedanken das Kommando übernahm, konnte er nur auf eine einzige Weise verfahren, und die bestand darin, so viel Lärm wie möglich zu machen, bis sie verschwand. Und der einzige gesegnete Ort, an dem man sich darauf verlassen konnte, niemals einen Augenblick Ruhe und Frieden zu finden, war New York.

Colt jubelte innerlich vor Erleichterung, als er sich Manhattan näherte, der gezackten Skyline mit den Wolkenkratzern, die emporragten wie die versteinerten Zähne eines urzeitlichen Ungeheuers. Er gab mehr Gas, er war ein ausgedörrter Mann auf dem Weg zu einer Oase. Schneller, dachte er. Schneller, bevor es wieder losgeht. Vergiss Francie, vergiss das Haus, vergiss alles andere. Mach schneller und sieh zu, dass du dort ankommst.

Anchor Capital, die Investmentgesellschaft, für die Colt arbeitete, residierte in einem der Glas-Stahl-Monolithen, die die ganze Sixth Avenue dominieren. Die Straße selbst war eine lärmende Verkehrsader, auf der es ständig von Menschen, Autos, Straßenhändlern, Bauarbeitern und Touristen wimmelte; und in kurzen Abständen zitterte der Boden dort, dass einem etwas mulmig wurde, wenn eine Untergrundbahn durch die Eingeweide brauste. Colts Chef, Forszak, dem einundfünfzig Prozent von Anchor gehörten, hatte einen Teil des dreizehnten Geschosses des großartigen Gebäudes für die Firma gemietet, und in dieser »Schlangengrube« schufteten seine Untergebenen ohne Unterlass, und mithilfe von Fiberglaskabel-Tentakeln manipulierten sie auf ihre typische, subtile Art die Geschicke der Welt. Forszak selbst, der Kopf dieses Finanz-Kraken, saß in einem etwas abseits gelegenen Eckbüro, wo er wiederum mithilfe der modernen Elektronik alles sah und hörte, was über die Computer und Telefone seiner Angestellten abgewickelt wurde, meckernd lachte und sich seinen Bauch klopfte – und gelegentlich ein armes Waisenkind zum Lunch verspeiste, wenn man den Gerüchten Glauben schenken durfte. Meistens allerdings zählte er nur sein Geld. Das wusste Colt – er war in Forszaks Büro gewesen und hatte die Zahlen über die Bildschirme huschen sehen. Es waren Zahlen so lang und mit so vielen herrlichen Nullen, wie er sie nie zuvor gesehen hatte, selbst in seinen Träumen nicht. Das hatte gereicht, um ihm das Wasser im Mund zusammenlaufen zu lassen. Eines Tages würde auch er diese Zahlen zu einem fröhlichen Reigen anführen wie der Rattenfänger von Hameln seine Heerscharen von Ratten; eines Tages würde Colt Forszak sein.

Er nickte der Empfangsdame zu, die ihn mit einem respektvollen Lächeln begrüßte und ihm die gläserne Doppeltür mit einem Türdrücker öffnete. Colt ging direkt in die Schlangengrube und hängte seinen Mantel auf. Als Anchor Capital vor sechs Jahren hier eingezogen war, hatte Forszak alle Trennwände entfernen und alle Schreibtische zu Vierergruppen zusammenrücken lassen. So konnte in dem großen offenen Raum niemand mehr etwas vor irgendeinem anderen geheim halten; alle Händler der Firma waren dort versammelt und wickelten ihre Geschäfte in einem einzigen großen Chaos ab. Insgesamt waren es siebenunddreißig Männer und eine bedrohte Minderheit von zwei Frauen, die alle in der eigentümlichen Sprache der Aktienhändler durcheinander riefen und fluchten. Es herrschte ein Höllenlärm in der Schlangengrube, diesem modernen Babel. Der Lärm hatte auf Colt die gleiche Wirkung wie das Rauschen von Wellen auf die Seeschildkröten.

Er ging zu seinem Schreibtisch und spürte, wie der Tumult ihn mütterlich umfing. Hier konnte ihn nichts mehr beunruhigen, denn hier war einfach keine Zeit für Nachdenklichkeit. Wie auf allen anderen standen auf Colts Schreibtisch drei Bildschirme und eine schnurlose Tastatur. Hinter ihm befand sich ein Fernseher, der immer auf MSNBC eingestellt war. An der Wand vor ihm hing ein weiterer Fernseher, auf dem CNN lief. Zwischen diesen fünf elektronischen Orakeln konnten Colt und seine Kameraden alles Bemerkenswerte, was auf der Welt vorging, verfolgen. Unvorhersagbare Ereignisse – ein Erdbeben in Argentinien, ein Krieg in Afrika oder ein Waldbrand in Kalifornien – konnten den gesamten Markt beeinflussen. Man musste die Kunst beherrschen, die Auswirkungen dieser Ereignisse auf die Finanzwelt zu interpretieren, und, wenn möglich, seine Einsätze entsprechend lenken. Gewöhnlich war es *nicht* möglich, aber das hielt die Händler nicht davon ab, es wenigstens zu versuchen. Sie waren die Wahrsager vor den Toren des Tempels, die die Ereignisse des kommenden Tages aus den ausgebreiteten Eingeweiden eines Opfertieres lasen. Nichts, was geschah, war unbedeutend: In Singapur fiel ein Bleistift zu Boden, in Delhi vergaß eine Frau, gedämpften Reis zu kaufen, über dem pazifischen Ozean fiel ein Schmetterling vom Himmel – all diese Dinge hingen zusammen und, ganz gleich, wie geringfügig sie schienen, hatten allesamt etwas zu bedeuten. Und letzten Endes fanden die Auswirkungen dieser Dinge ihren Weg auf den Aktienmarkt. Theoretisch war es dem idealen Händler möglich, auf einer Wiese zu liegen, die Wolken am Himmel vorbeisegeln zu sehen und gleichzeitig zu wissen, was in jedwedem Moment überall auf der Welt geschah. Diese Person war natürlich noch nicht geboren, aber sie wartete draußen – der *Leser,* der eine – Er, Der-Keinen-Fuß-In-Ein-Büro-Setzen-Musste, Um-Mit-Jedem-Atemzug, Den-Er-Tat, Ein-Vermögen-Zu-Machen. Vielleicht war es aber auch eine Sie. Das konnte man nicht wissen. Alle Aktienhändler in Forszaks Firma träumten davon, einmal dieser Eine zu werden, und sie alle wussten, dass sie dieses Ziel nie erreichen würden.

Aber sie erschienen weiterhin tagtäglich zu ihrer Arbeit. Für alle Fälle.

Colt nahm Platz und nickte Herbert zu seiner Rechten zu, dem langsam kahl werdenden, pummeligen Ostasiaten, den alle nur »Buddha« nannten.

»Hi, Coltie«, sagte Buddha. »Wie steht's?«

»Buddha. Gibt's was Neues?«

Buddha zuckte die Achseln. »Nichts«, sagte er. »Habe mich verkauft und sitze auf Cisco fest.«

»Tatsächlich?«

»Tatsächlich.«

»Nun, dann wollen wir mal schauen.«

Colt drückte irgendeine Taste, und sofort erwachten seine Bildschirme zum Leben. Einer war mit Reuters verbunden, der zweite zeigte verschiedene Marktindizes, und auf dem dritten lief sein Webbrowser. Er hatte fast seinen gesamten Bestand vor dem Umzug in das neue Haus verflüssigt. Es machte wenig Sinn, Aktien zu halten, wenn man nicht da war, um ihren Stand zu kontrollieren. Sie lebten schließlich vom An- und Verkauf und nicht von langfristiger Anlage. Das war einer von Forszaks Lieblingssprüchen: Bewegung! Wir sind kein Lagerhaus. Wir krallen uns hier an nichts fest, wir kaufen und verkaufen. Colt hatte ein paar Aktien behalten, kleine Fische, nur um zu sehen, wie sie sich entwickelten, und stellte jetzt mit verhaltener Freude fest, dass sich ein Posten davon hervorragend gemacht hatte und sich der Verkauf lohnte. Er warf zweihundert Aktien in die elektronische See und beobachtete, wie der Köder von irgendeinem Hai aus Philadelphia angenommen wurde. Hübsch. Er war noch keine Minute an seinem Schreibtisch und hatte bereits hundert Dollar verdient. So funktionierte es Tag für Tag – manchmal mit großen Zahlen und manchmal mit kleinen. Was wirklich zählte, war, dass ein Pluszeichen davor stand. Er notierte »+ 100« auf ein Stück Papier, lehnte sich zurück und knackte mit den Fingerknöcheln.

»Ich baue Mist«, verkündete er, denn der im Büro vorherrschende Aberglaube wollte es, dass die Götter des Marktes einen umso eher mit ihrer Gunst überhäuften, je mehr man sich erniedrigte.

»Coltie«, sagte Joe, der ältere Mann, der ihm gegenübersaß. »Du bist doch umgezogen?«

»Ja, wir sind umgezogen.«

»Und wie lief es so?«

»Ganz gut, denke ich. Ging mir auf die Eier. Mein Schwager tauchte wie aus dem Nichts auf, und die Frau hatte gestern Abend einen Koller. Alles ziemlich verrückt. Ich wollte mir ein paar Tage freinehmen, aber ich musste da erst mal für eine Weile verschwinden.«

Joe nickte. »Kann ich ein Lied von singen«, sagte er. »Wenn man lieber bei der Arbeit ist als zu Hause, ist ja klar, wie es dort aussehen muss.« Er streckte die Hand aus und tätschelte den Plastikkopf eines kleinen Vogels, den er auf seinem Schreibtisch stehen hatte; es war ein ständig in Bewegung befindliches Spielzeug, ein kleiner Strauß, der mit rot gefärbtem Wasser gefüllt war. Das Teil trieb die anderen zum Wahnsinn, aber Joe hatte ihnen erklärt, es sei sein Glücksbringer, und ihnen damit den Wind aus den Segeln genommen. Ein Glücksbringer war jedem gestattet.

»Joe ist mal umgezogen«, sagte Buddha, »nachdem seine Frau seine Sammlung von Schwulenpornos gefunden hatte. War doch so, Joe?«

»Boing«, sagte Colt.

»Buddha kriegt ein schwarzes Kreuz, Joe«, sagte Raoul, der links von Colt saß.

Joe selbst, der stirnrunzelnd seine Bildschirme betrachtete, schien diese Infragestellung seines Charakters nicht im Geringsten zu stören. Er hatte vor einigen Jahrzehnten als Laufbursche begonnen, zu einer Zeit, als die Aktienkurse noch mit Kreide auf einer großen Tafel notiert wurden. Jetzt war er über sechzig, dreimal geschieden und verdiente viel, verdiente *gewaltig;* und nur Buddha durfte ihn aufziehen, denn Buddha war ein Komiker, wenn er es sein wollte.

»Zum Teufel mit dir, Schlitzauge«, sagte Joe abwesend.

»Großartig pariert, Joe«, sagte Colt. »Das war wirklich gut.«

Buddha schnaubte. »Er steht auf Don Rickles, unser Joe«, sagte er. »Ein Verstand so dumm wie Brot.«

»Halt mal«, sagte Raoul. »Seht euch mal Dell an.«

Colt warf einen Blick auf den Reuters-Bildschirm. Der Preis der Dell-Aktien war um fünf Cent gefallen – irgendwo im Universum ereignete sich etwas, und dies war eine Auswirkung davon, eine kleine, vervielfachte Welle, die sich jetzt am Strand einer Küste brach. Im Handumdrehen orderte er fünfhundert Aktien und fand sich einen Augenblick später belohnt, als sie in der Spalte mit seinen Beständen erschien.

»Heiße Sache«, sagte er. »Ich habe ein paar bekommen.«

»Ich auch«, sagte Raoul.

»Verkauf mir deine«, sagte Colt. »Ich mag Dell. Ich gebe dir zweieinhalb mehr, als du bezahlt hast.«

»Abgemacht«, sagte Raoul und drückte einige Tasten. »Viel Glück damit.«

»Weiß irgendjemand etwas über den Bomber?«, fragte Buddha.

»Was zum Teufel ist der Bomber?«, fragte Joe.

»Ich habe im Aufzug gehört, wie zwei Burschen darüber sprachen. Bombardier. Sie stellen U-Bahnwaggons her oder so etwas. Eine kanadische Gesellschaft.«

Raoul und Joe brachen in Gelächter aus. »Kanadisch!«, sagten sie gleichzeitig.

»Was ist los, Buddha, reicht's bei dir nicht mehr für amerikanische Aktien?«, fragte Colt. »Ist das gute alte Rotweißblau zu teuer für dein gelbes Blut?«

»Das Staatstier von Kanada ist der Biber«, sagte Joe.

»Na, da hast du's ja«, sagte Buddha. »Mein offizielles Tier ist die ›Hosenschlange‹. Das ist eine vom Himmel vorherbestimmte Verbindung.«

»Kümmer dich doch nicht um solches Aufzugsgeschwätz,

Buddha«, sagte Raoul. »Als Nächstes lässt du dir dann vielleicht einen Tipp von den Putzfrauen geben.«

»Na mach schon, Buddha«, sagte Colt. »Und schick uns eine Postkarte, wenn du da bist.«

Sie verfielen in Schweigen und schenkten ihre ganze Aufmerksamkeit den Monitoren. Ein halbe Stunde später, als Dell wieder gestiegen war, warf Colt ein paar Aktien auf den Markt, nur um enttäuscht festzustellen, dass niemand daran Interesse hatte. Die Händler im ganzen Land warteten darauf, was als Nächstes geschehen würde. Er lehnte sich wieder zurück, verschränkte die Arme und wartete ebenfalls.

»Buddha, hast du diese Woche schon Karten gespielt?«, fragte er.

»Oh Coltie, das muss ich dir erzählen. Am letzten Wochenende ging es die ganze Nacht durch.«

»Ach, nicht schon wieder«, sagte Joe und verdrehte die Augen. »Die Cannelloni-Story. Ich habe sie erst fünf Mal gehört.«

»Sei still, Joe. Hör zu, Colt. Ich war zum Kartenspielen in Brooklyn bei einer Runde, die sich regelmäßig trifft und an der ich manchmal teilnehme. Ordentliche Leute, für gewöhnlich immer die gleichen.« Buddha war ein ausgezeichneter Spieler; alle wussten, dass er sein ohnehin bemerkenswertes Einkommen durch regelmäßiges Pokerspiel noch weiter aufbesserte, und wenn seine eigenen Geschichten darüber glaubhaft waren, dann machte er an einem guten Wochenende manchmal bis zu zehntausend Dollar. Allerdings sprach Buddha nie über seine schlechten Wochenenden. »Rechtsanwälte, Steuerprüfer und so weiter. Ein Richter. Ab und zu ein Kongressabgeordneter. Die meisten davon kenne ich schon seit Jahren, du weißt schon.«

»Ja«, sagte Colt.

»Welcher Kongressabgeordnete?«, fragte Raoul.

»Das werde ich wohl kaum verraten, du Armleuchter. Also, die Brooklyn-Runde. Und beim letzten Mal ist da so ein Neuer dabei, jemand, den ich noch nicht kannte. Ich merke sofort, dass ich mit dem ein Problem haben werde. Er blufft, was das Zeug hält, und hat unglaubliches Glück. Und ich werde einfach nicht aus ihm schlau. Und er redet die ganze Zeit. Ist nie ruhig. Ich meine, wirklich nie. Sein Mundwerk ist ständig in Bewegung. Du erfährst seine komplette Lebensgeschichte ... wie er auf den Bermudas war und eine Filmschauspielerin gevögelt hat, dass er vier Porsches besitzt, dass seine ganze Familie im Knast sitzt.«

»Seine ganze Familie ist im *Knast?*«

»Sein Familienname ist Buonarotti. Er hat mir sogar seinen Führerschein gezeigt.«

»Leck mich«, sagte Colt. »*Die* Buonarottis?«

»Ja, und«, sagte Joe, »das musst du hören, Coltie.«

»Er redet also weiter und weiter und erzählt, dass sein zweiter Großonkel zweiten Grades Mafiaboss ist und dass er selbst auch dazugehört, und wenn er jemals jemanden erledigen wolle, dann genüge ein Wort. Verstehst du, was ich meine? Ein echtes Herzchen.«

»Diese Geschichte und kein Ende«, sagte Raoul.

»Leck mich, Raoul. Also, um zwei Uhr morgens lassen wir uns was zu essen kommen. Bei einem Italiener, der die ganze Nacht über liefert, wenn er die Kunden kennt. Das Essen kommt, und unser kleiner Mafioso besteht darauf, persönlich zu bezahlen. Er nennt den Pizzafahrer einfach ›Landsmann‹ und so weiter, und er gibt ihm sogar hundert Dollar Trinkgeld, nur um sich zu produzieren. Er hat's wirklich drauf. Und dann macht er einen der Behälter auf, schaut hinein und sagt: ›Was zum Teufel ist das?‹«

»Sag's ihm, Buddha«, sagte Joe.

»Was war es denn?«, fragte Colt.

»Cannelloni«, sagte Buddha. »Der blöde Hund will in der Mafia sein und weiß nicht mal, was Cannelloni sind. Ja, so war es.«

»Ich liebe diese Story«, sagte Joe.

»Wusstest *du,* was es war?«, fragte Colt.

»Ja, zum Teufel, ich wusste, was es war«, sagte Buddha. »Ich habe in meinem Leben so oft italienisch gegessen, dass es mir aus den Ohren kommt. Lass dich nicht von diesen Schlitzaugen täuschen. Ich bin praktisch ein halber Makkaroni.«

»Es waren *gefüllte* Cannelloni«, sagte Raoul. »Du musst die Geschichte auch richtig erzählen, Buddha.«

»Entschuldige. Es waren *gefüllte* Cannelloni. Ich habe diese äußerst wichtige Information versehentlich zurückgehalten. Also, ich denke mir, dieser Bursche ist ein reiner Blender. Ich meine, wie kann man zur Mafia gehören und nicht wissen, was Cannelloni sind? Das kann ich mir nicht erklären.«

»Frag mich nicht«, sagte Colt.

»Jedenfalls«, sagte Buddha, »nachdem ich begriffen hatte, was für ein Lügner er war, habe ich ihm fünf Mille abgenommen.«

»Wow! Das ist es!«, sagte Raoul. »Ich sagte ja, ich liebe diese Story«, sagte Joe. »Buddha ist ihm auf die Schliche gekommen. Bist du doch, Buddha?«

»Sein Fehler war, dass er geatmet hat«, sagte Buddha. »Sein Fehler war, dass er ein dämlicher Idiot war. Jedes Mal, wenn er das Maul aufriss, hat er gelogen. *Das* war sein Fehler. Er hat *jedes Mal* geblufft, Coltie. Ich kam mir vor wie im Schlaraffenland.«

»Trottel mit Geld muss man einfach lieben«, sagte Colt.

»Ich weiß«, sagte Buddha kichernd. »Nur dass sie sich immer so schnell davon trennen.«

Als Forszak spät aus dem Halbdunkel seines Büros kam, saß Colt immer noch an seinem Schreibtisch – alle Übrigen hatten inzwischen Feierabend gemacht.

»Gut«, sagte Forszak, als er ihn sah. »Ich habe mir gesagt, falls Colt immer noch da ist, wenn ich für heute Schluss mache, dann werde ich ihn auf einen Drink einladen. Und da sind Sie.«

»Da bin ich, Sir«, sagte Colt.

»Gut, dann wollen wir gehen.«

Colt stand sofort auf. Er war dabei gewesen, den Handel in Hongkong auf dem Bildschirm zu verfolgen – ein Teil seines ewigen Plans herauszubekommen, wann die Zeit günstig wäre, in Japan auf den Zug zu springen –, aber ein Angebot von Forszak schlug man nicht aus, denn man bekam vielleicht kein zweites.

Sie ließen sich vom Aufzug hinunter zu dem »irischen« Pub in der Lobby bringen und saßen dort auf einer gepolsterten Bank. Colt hatte sich ein Guinness bestellt, Forszak ein Bitters-and-Soda. Zur unaussprechlichen Erleichterung aller im Büro trug Forszak seit kurzem nicht mehr das Toupet, das die narbige Krötenhaut auf seinem Schädel nicht ganz bedeckt hatte; niemand hatte je den Mut aufgebracht, irgendetwas dazu zu sagen, aber es hatte sich in den qualvollen Wochen, als er es trug, auch niemand überwinden können, Forszak in die Augen zu sehen. Er war der einzige Mann im Büro, den man nicht aufzog – aus nachvollziehbaren Gründen. Jetzt glänzte sein Schädel matt im Zwielicht der Bar, während er nachdenklich ins Nichts starrte. Colt nippte an seinem Bier und wartete wie eine Geisha darauf, dass der Meister als Erster etwas sagte.

»Für gewöhnlich trinke ich gern einen kleinen Scotch in meinem Soda, aber ich bin im Training«, sagte Forszak nach einer Weile.

»Richtig. Und wie geht es damit?«

Forszak lächelte kläglich. »Ich laufe fünf Meilen pro Tag, ich bin auf Diät, ich gehe durch die Hölle«, sagte er. »Ich muss zehn Pfund abnehmen, bevor ich überhaupt in den Anzug passe. Aber die Ärzte haben meinem Herzen letzte Woche ihr Okay gegeben. Ich habe nie geraucht, müssen Sie wissen. Und es ist die Sache wert. Wissen Sie, was ich nächsten Dienstag mache?«

»Nein, Sir.«

»Nächsten Dienstag werde ich an einem Flug in einem Zero-G-Simulator mitmachen. Wissen Sie, was das ist?«

»Keine Ahnung.«

»Das ist ein Flugzeug«, sagte Forszak. »Ein Flugzeug, das direkt bis zum verdammten Rand der Atmosphäre fliegt und dann wieder senkrecht nach unten, und dann löst man seinen Gurt und befindet sich für ungefähr dreißig Sekunden in einem Zustand der Schwerelosigkeit. Weil man sich in freiem Fall befindet, verstehen Sie? Man schwebt umher und so weiter. Genauso wie im Weltraum. Das ist Training für den Ernstfall.«

»Hört sich lustig an«, sagte Colt.

»Lustig? Ich glaube eher, dass ich mir in die Hosen machen werde. Ich sage Ihnen, Coltrane, ich bin so aufgeregt, dass ich nachts kaum noch schlafe. Ich fliege zum Mond! Das Raumschiff ist bald fertig, habe ich Ihnen das schon erzählt?«

»Nein, Sir, das haben Sie nicht.«

»Es heißt *Comet*«, sagte Forszak. »Und die Ironie des Ganzen bringt mich fast um. Zuerst musste ich vor den Nazis fliehen, dann vor den Russen und jetzt fliege ich in einem verdammten Kommunistenraumschiff zum Mond, das mit Nazi-Technologie gebaut worden ist. Wussten Sie, dass die USA ihr gesamtes Weltraumprogramm praktisch von gefangen genommenen Nazi-Wissenschaftlern hatten? Von dem V-2-Programm, um genau zu sein?«

»Nein, Sir. Das wusste ich nicht.«

»Nun, das ist doch wirklich ironisch. Ohne Adolf Hitler würde ich nicht zum Mond fliegen. Ha. Das ist auf mehr als eine Weise wahr. Denken Sie mal drüber nach.«

Colt nickte. »Ja«, sagte er.

»Na ja, jetzt liegen die Dinge ohnehin anders«, fuhr Forszak fort. »Die Russen sind nicht mal mehr Kommunisten. Ich weiß gar nicht genau, was zum Teufel sie jetzt eigentlich sind. Na ja. Wenn meine Eltern mich jetzt nur sehen könnten. Sie würden es nie glauben.«

»Es ist schon ganz schön erstaunlich, wenn man mal darüber nachdenkt«, sagte Colt. »Sie werden berühmt werden.«

»Ja. Oder sterben.« Forszak erschauderte und tastete nach einem Stück Holz, auf das er klopfen konnte, fand aber nur laminiertes Plastik, das in einem »authentischen« rauchigen Dunkelbraun gestrichen war. »Oh Mist«, sagte er und ließ sich wieder in die Bank sinken. »Erinnern Sie mich doch bitte, dass ich einen Baum oder so etwas berühre, wenn ich das nächste Mal einen sehe.«

»Ja, Sir.«

»Gut denn. Wie ist denn Ihr neues Haus?«

»Es ist großartig, danke. Man muss natürlich noch ein wenig Arbeit hineinstecken.«

Forszak grunzte. »Das ist doch bei allen so. Wie alt ist es?«

»Hundertfünfzig Jahre alt.«

Forszak stieß einen leisen Pfiff aus. »Das ist fast so alt wie ich. Immer noch in guter Verfassung?«

»So sieht es aus.«

»Ich dachte, Sie wollten ein paar Tage freinehmen.«

»Ich, ehm … ich weiß nicht. Ich wollte eigentlich heute nicht hereinkommen … Aber ich habe meine Meinung geändert.« Er blickte auf sein Glas hinab. »Wenn ich zu lange untätig herumsitze, dann werde ich verrückt.«

»Deswegen gefallen Sie mir so, Colt«, versetzte Forszak. »Sie arbeiten gern. Sie haben eine großartige Arbeitsauffassung.«

»Danke, Sir«, sagte Colt. Er hielt inne und wählte seine Worte sorgfältig. »Eigentlich wollte ich fragen, ob Sie und Mrs Forszak nicht vielleicht irgendwann zu einem Wochenende zu uns herauskommen wollen, vielleicht, wenn das Wetter wärmer wird. Ich werde im Garten ein Green anlegen lassen. Platz gibt es massig dort. Ruhe und Frieden. Ich glaube, es wird Ihnen gefallen.«

»Nun, warum nicht?«, sagte Forszak großzügig. »Wenn einer meiner besten Leute mich in sein Landhaus einlädt, kann ich doch nicht Nein sagen?«

Dankbar lächelte Colt. »Im Winter kann man dort natürlich auch eine ganze Menge unternehmen«, meinte er. »Skilanglauf und dergleichen. Vielleicht schaffe ich mir auch ein Schneemobil oder zwei an.«

»Hört sich an, als wäre es der ideale Ort für Kinder«, sagte Forszak abwesend. »Haben Sie und Ihre Frau irgendwelche Pläne in dieser Hinsicht?«

Colt erbleichte. Ja, Coltie, sagte die Stimme seines Vaters. Wie steht es mit Kindern?

»Ah«, sagte er zu laut. »Nein. Nicht wirklich. Noch nicht, meine ich. Wie … wie geht es denn *Ihren* Kindern?«

Forszak seufzte. »Ich wünschte, ich wüsste es«, sagte er. »Ich höre nicht viel von ihnen. Der Sohn wohnt gerade eine Meile entfernt, und ich sehe ihn nie. Hat zu viel zu tun. Meine Tochter ist inzwischen in San Francisco, habe ich Ihnen das erzählt?«

»Nein, Sir.«

»Ja«, sagte der ältere Mann. »Na ja, ich wusste es bis letzten Monat selber nicht. Können Sie sich das vorstellen? Eine Tochter zieht von einem Ende des Kontinents zum anderen und erzählt ihrem Vater nicht einmal etwas davon?« Er brütete still vor sich hin. »Offensichtlich reden wir beide nicht viel miteinander«, erklärte er. »Sie hegt irgendwelche … Ressentiments. Wie hat sie es ausgedrückt? Ah ja. Ich sei ›emotional abwesend‹.« Er schüttelte in gespielter Verwunderung den Kopf. »Irgendeine lachhafte Populärpsychologie, die sie irgendwo aufgeschnappt hat. Ich will Ihnen etwas sagen. Diese Kinder haben keine Vorstellung, was ich durchgemacht habe. Nicht die geringste Vorstellung.«

Colt hörte schweigend zu. Ein Seitenblick auf seinen Chef zeigte ihm, dass dessen Gesicht düster und leer wirkte. Schnell sah er wieder weg. Aber aus den Augenwinkeln registrierte er, dass Forszak sich selbst zunickte, als ob er dem zustimme, was er gerade in seinem Kopf vernahm. Vielleicht hört ja die ganze Welt irgendwelche Stimmen, überlegte Colt. Vielleicht wird der ganze Planet gar nicht von Leuten regiert, sondern von den Stimmen in deren Köpfen. Das wäre doch der Hammer!

»Habe ich Ihnen jemals erzählt, dass ich erst mit dreizehn Englisch gelernt habe?«, fragte Forszak.

»Nein, Sir«, sagte Colt, obwohl Forszak es ihm mehrfach

gesagt hatte – und obwohl in Forszaks Aussprache stets irgendwelche gutturalen Reste einer anderen Sprache lauerten und sich kurz zu zeigen pflegten, wenn er erregt war.

»Ich bin mit Nichts in dieses Land gekommen. Ich habe in Frankreich zwei Jahre lang in einem verfluchten Waisenhaus gelebt. Nicht einmal in dem Haus selbst ... in einem Zelt. Wir waren hunderte. Unsere Eltern allesamt tot. Es war wie im Gefängnis. Natürlich auch nicht annähernd so schlecht wie in den Lagern, aber auch nicht gut. Schließlich bin ich einfach ausgekniffen und habe gelogen, was mein Alter betrifft, um einen Job zu bekommen. Und dann habe ich wieder gelogen, um hier rüberzukommen. Habe gesagt, ich hätte Familie in New York. Ich hatte keine Familie. Ich hatte auch kein Geld, Coltie. Nichts. Ich war noch nicht einmal alt genug, um mich zu rasieren.«

Colt versuchte, sich die Welt vorzustellen, die sein Chef heraufbeschwor, aber es gelang ihm nicht. Wieder nippte er an seinem Bier.

»Ich habe auf der Straße gestanden«, sagte Forszak. »Ich sprach drei Sprachen, aber Englisch gehörte nicht dazu.« Er brachte ein jämmerliches Lächeln zu Stande. »Ich konnte nichts sagen als: ›He Joe, hast du Schokolade?‹, und: ›He Joe, willst du Zigaretten kaufen?‹ Damit kommt man in dieser Stadt nicht allzu weit, das kann ich Ihnen sagen.«

»Nein, Sir«, sagte Colt.

»Und jetzt fällt ihr nichts Besseres ein als ›emotional abwesend‹. Als ob ich nicht den ganzen Tag damit beschäftigt wäre, mir meinen Arsch abzuarbeiten, damit meine Kinder nicht ebenfalls in einem Zelt enden. Damit sie von allem das Beste haben können, statt Tag für Tag in Dreck und Schlamm zu landen, wie ich es getan habe.« Forszak griff mit der Rechten unter den linken Ärmel seines Jacketts und rieb sich abwesend den Unterarm. Im Dämmerlicht konnte Colt eine Reihe von Ziffern erkennen, die mit blauer Tinte in die Haut tätowiert waren. Wieder schaute er weg – mit einem Gefühl, als hätte er den Mann gerade nackt gesehen.

Forszak schlug mit der flachen Hand auf den Tisch und richtete sich auf. »Hören Sie mich an«, sagte er. »Ich klinge wie ein alter Mann.«

»Nein Sir, das tun Sie nicht«, widersprach Colt. »Es ist sehr anregend, Ihnen zuzuhören, tatsächlich. Ich liebe Geschichten von Leuten, die mit Nichts angefangen haben.«

»Ja, richtig. Sie sitzen hier und fragen sich, wann zur Hölle ich endlich still bin, damit Sie endlich weitermachen können, was?«

»Nein, keineswegs.«

»Dummes Zeug. Wie dem auch sei. Wollen wir das Thema wechseln? Ihr Landsitz.«

»Wann immer es Ihnen passt«, sagte Colt. »Sagen Sie mir einfach Bescheid.«

»Ja. Wie wäre es nächstes Wochenende?«

Colt erstarrte.

»Nächstes Wochenende?«, krächzte er.

»Nicht das kommende, sondern das danach. Okay? Es ist nämlich so, dass ich den ganzen Dezember hindurch zu tun habe und im Januar nach Russland fliege«, erklärte Forszak. »Um noch mehr zu trainieren. Und ich komme wirklich gern zu Ihnen. Mir gefallen alte Häuser. Außerdem möchte ich mal sehen, was der gute alte Coltie sich da gegönnt hat. Es tut mir gut, wenn meine Jungs glücklich und zufrieden sind. Gibt mir das Gefühl, als ob das alles etwas wert wäre. Verstehen Sie, was ich meine?«

»Sicherlich.«

»Ihr Jungs seid für mich wie eine Familie«, sagte Forszak.

»Meine eigene Familie ruft mich nicht einmal an meinem Geburtstag an. Wie finden Sie das?« Er klopfte Colt auf die Schulter. »Im Ernst. Sie sind für mich wie ein Sohn, Coltie. Sie und all die anderen jungen Burschen, die hier bei mir angefangen haben. Es gefällt mir, wenn Sie Erfolg haben. Das ist gut für mein Herz. Ich hoffe, Ihr Vater weiß, wie glücklich er sich schätzen kann, einen Sohn wie Sie zu haben.«

Peinlich berührt murmelte Colt etwas Unverständliches.

»Außerdem ist es ungesund, immer nur im Büro zu hängen. Haben Sie schon Zeit gehabt, um in Ihrem Haus alles in Ordnung zu bringen?«

»O ja«, sagte Colt schnell. »Das ist kein Problem. Ich meine ... es wird ein wenig unwirtlich sein. Aber Sie werden sich wohlfühlen.«

»Gut«, sagte Forszak. »Dann also bis zum nächsten Wochenende.« Er trank den Rest seines Bitters und sprang von der Bank. »Ich muss los«, sagte er. »Wir gehen heute Abend ins Theater, meine Frau und ich. Sind Sie morgen da?«

»Ja, Sir, auf jeden Fall.«

»In Ordnung. Schicken Sie mir eine E-Mail mit der Wegbeschreibung. Ich freue mich schon.« Colt bekam einen weiteren herzlichen Schlag auf die Schulter, und dann war Forszak, KZ-Überlebender und zukünftiger Astronaut, verschwunden.

Colt schlug die Hände vors Gesicht. Möbel, dachte er verzweifelt. Lebensmittel. Teppiche. Farbe.

Dann richtete er sich erschrocken auf und dachte:

O ja, und dann ist da immer noch dieser verdammte Friedhof in meinem Garten.

KAPITEL 17

Eine historische Rückblende (Fortsetzung)

Ellen Musgrove, die älteste Tochter von Captain Victor T. Musgrove, war sieben Jahre alt, als McNally, der Handlungsreisende mit dem Tonikum, zum ersten Mal mit seinem großen Koffer die staubige Straße nach Adencourt entlanggewandert kam. Nur der Abwechslung halber hatte sie auf dem Dach der Veranda gelegen, einem Platz, der streng verboten war; natürlich machte genau das ihn so attraktiv. Ellen musste sich ruhig verhalten, denn ihr Vater, ein strenger alter Mann mit weit abstehendem Schnurrbart und stahlgrauen Augen, war auf die Terrasse hinausgekommen und hatte sich dort in seinen Schaukelstuhl gesetzt. Das bedeutete, dass sie in der Falle saß. Wenn sie sich bewegte, würde sie entdeckt werden und sicher die Peitsche zu spüren bekommen.

Der Captain erhob sich, als er Schritte näher kommen hörte. Als der Fremde die Stufen zur Veranda hinaufstieg, presste Ellen sich möglichst flach auf die Dachschindeln und belauschte die Erwachsenen durch einen Spalt im warmen Holz, auf das sie ein Ohr gedrückt hatte: Ihre tiefen, männlichen Stimmen dröhnten zwar laut, aber sie waren gedämpft, sodass sie nur wenig von dem verstand, was die Männer sprachen. Als ihr Vater mit dem Fremden hineinging, kroch Ellen durch ein Fenster zurück ins Haus und ging nach unten, wo sie dem Besucher vorgestellt wurde. Er war groß und sonnenverbrannt, mit Augen, die dicht beieinander standen – ein Hinweis darauf, dass ihm nicht zu trauen war. Ellen gefiel nicht, wie er sie oder die anderen oder ihr ganzes Haus ansah. Er musterte alles, als versuche er herauszufinden, wie viel es wert war. Sie fand ihn so Furcht erregend, dass sie am Abend Magenschmerzen vortäuschte, nur damit sie nicht mit dem Fremden zu Tisch sitzen musste. Die obligatorische Dosis Rhizinusöl war ein niedriger Preis, den sie für ihre Abwesenheit zu zahlen hatte. Statt im Bett zu bleiben, kroch sie allerdings in der Wand hinunter, in das Geheimversteck, das beim Bau des Hauses angelegt worden war.

Um dort hineinzugelangen, musste man zunächst in den eingebauten begehbaren Wandschrank des Elternschlafzimmers und von dort durch eine versteckte Tür in der Wand gehen. Ein begehbarer Schrank war damals ungewöhnlich und außerordentlich modern. Stattdessen hatten die Leute im Allgemeinen Kleiderschränke, aber der Captain hatte in einem seltenen Anfall von Voraussicht darauf bestanden, dass seine Frau für ihre Kleider einen eigenen kleinen Raum erhielt. Marly, die diese Großzügigkeit eines Mannes, der sonst kaum mit ihr sprach, verlegen machte, benutzte das Zimmer als allgemeinen Stauraum – unter anderem bewahrte sie dort ihre Schneiderpuppe auf, die den Kindern Angst machte, weil sie wie eine kopflose, nackte Frau aussah. Sie besaß ohnehin nicht genug Kleider, die einen eigenen Raum hätten beanspruchen können. Ellen hatte sich gefragt, ob ihr Vater vielleicht vorhatte, ihr mehr Kleider zu kaufen, nur um den Schrankraum zu füllen. Das wäre sehr aufregend gewesen. Aber kein solches Wunder geschah. Stattdessen blieb der Wandschrank weitgehend ungenutzt, was dem Kind, das zu Heimlichkeiten neigte, sehr zupass kam.

Das Geheimversteck selbst war in Wirklichkeit kein Geheimnis. Der Captain, der einen Ort und ein Haus vor allem nach seiner militärischen Verteidigungsbereitschaft beurteilte, hatte die Geheimkammer bei der Planung des Hauses als letzte Zuflucht für Frauen und Kinder vorgesehen für den Fall, dass sein Heim von Indianern, Mexikanern oder Franzosen angegriffen werden sollte. Davon, dass es im Osten Pennsylvanias seit dem Unabhängigkeitskrieg keine militärische Bedrohung mehr gegeben hatte, ließ er sich keineswegs beirren. Nach Ansicht des Captains konnte man gar nicht vorsichtig genug sein – er glaubte daran, dass die Frage nicht lautete, *ob* ein Krieg irgendwann Adencourt erreichte, sondern *wann.* Dann und wann, vielleicht einmal im Jahr, führte er ein Verteidigungstraining durch; dann schlug er mit einem Löffel gegen einen Eisentopf, brüllte Befehle, sodass die anderen Familienmitglieder ihre Posten bezogen. Marly und die älteren Kinder bewaffneten sich mit Besen, die Gewehre darstellen sollten, und gingen damit an die Fenster des zweiten Obergeschosses, wo sie pflichtschuldig die Borsten an die Schultern legten und dazu »Bum! Bum!« riefen. Die kleineren Kinder rannten in den begehbaren Wandschrank und schlüpften wie Mäuse in das Versteck. Eine enge Treppe führte durch die Decke des ersten Obergeschosses hinab in die winzige Kammer unter dem Haupttreppenaufgang.

Für die meisten Musgroves, groß wie klein, bedeutete der Aufenthalt in dem Geheimgang eine schreckliche Erfahrung. Da das Anzünden einer Kerze dort wenig ratsam war, gab es kein Licht, außer dem, das durch Spalten und Ritzen in der Wand fiel. Man hatte kaum genug Platz, um sich umzudrehen; nur wirklich kleine Menschen erlitten hier keinen Anfall von Klaustrophobie. Aber man konnte dort ohne entdeckt zu werden hören, was in anderen Räumen gesagt und getan wurde. Abgesehen von Spinnweben, Staub, Dunkelheit und Enge war das Geheimversteck der ideale Spielplatz.

Ellen hatte am Abend, als McNally mit ihren Eltern zusammen aß, dort Horchposten bezogen, verborgen wie ein Mäuschen hinter der Wand, und sie hörte, wie ihr Vater die ganze

Litanei seiner Leiden und Wehwehchen aufzählte: schmerzende Knochen, abgenutzte Gelenke, Kurzatmigkeit, Kopfschmerz, Benommenheit, eine abgebrochene Pfeilspitze im linken Oberschenkel und Splitter von zerborstenen Musketenkugeln überall in seinem Körper, als sei er damit gespickt worden. Ellen durfte sich nur geräuschlos bewegen, denn sie war zwar unsichtbar, aber nicht unhörbar, und ihre Mutter hatte Ohren wie ein Luchs. Sie hörte das Gluckgluck einer Flasche; es war die erste Dosis des asiatischen Tonikums, das McNally dem Captain verabreichte. Nach dem Dinner kroch Ellen wieder hinauf und ging zu Bett. Am nächsten Tag war sie erleichtert zu erfahren, dass McNally fort war, und ihre Magenschmerzen waren plötzlich auf wundersame Weise verschwunden.

In den Wochen darauf, als der Captain langsam drogensüchtig wurde und die Orientierung verlor, konnte Ellen nicht in das Geheimversteck, weil der einzige Weg dorthin durch das Schlafzimmer ihrer Eltern führte. Und sie konnte dort nicht hinein, während ihr Vater bettlägerig war. Das war eine Tragödie, denn sie bewahrte ihre Stoffpuppen dort auf und verschiedene unechte Schmuckstücke, die sie aus der dürftigen Schmuckschatulle ihrer Mutter entwendet hatte: einen zerbrochenen Kamm und eine Brosche, der die Hälfte ihrer Strasssteine fehlten. Sie war gezwungen, wieder mit ihrem zweitliebsten Platz vorlieb zu nehmen, dem Dach der Veranda. Dort war sie zwar nicht so gut verborgen, aber andererseits hatte sie dafür einen guten Überblick. Und deswegen war sie die Erste, die Wochen später McNallys Rückkehr bemerkte, und nur deshalb sah sie auch, wie ihre Mutter ihn kurz nach seinem Eintreffen mit der Schrotflinte unterm Arm über die Straße und zum Fluss vor sich hertrieb.

Das war eine seltsame Entwicklung, auf die sich das Mädchen keinen Reim machen konnte. Ellen sah zu, wie der blondschöpfige Vertreter seine Kleider auszog und die Arme hob. Von ihrem Platz aus konnte sie deutlich McNallys Penis erkennen. Ellen fand diesen Anblick so abstoßend, dass sie den Atem anhalten musste, um nicht laut loszukreischen. Nur die Furcht vor Entdeckung und Bestrafung hielt sie davon ab. Auf einem Bauernhof aufgewachsen, hatte Ellen schon zahlreiche Penisse gesehen, die aber alle an irgendwelchen Tieren hingen; sie wusste, dass Jungen als Babys ebenfalls einen Penis hatten; aber es war ihr völlig neu, dass auch Männer einen hatten. Und tatsächlich schien der Penis des erwachsenen Mannes nichts mit den winzigen kleinen Pilzchen gemein zu haben, die ihre Brüder besaßen. Er sah aus wie ein völlig anderes Organ.

McNally hatte zufällig einen extrem langen, dünnen Penis, der etliche Zoll von seiner Lende herabbaumelte. Er schien eher zu einem Pferd zu passen als zu einem Mann. Er war in der Tat *so* lang, dass Ellen glaubte, Zeuge einer »Verirrung der Natur« geworden zu sein – einen Begriff, den sie oft von ihrem Vater gehört, aber nicht verstanden hatte, wenigstens nicht bis zu diesem Augenblick. Da stand ein Mann, der buchstäblich aussah wie ein halbes Pferd; er bewies, dass es Irrtümer in der Natur geben konnte und dass sie manchmal tatsächlich auftraten.

Dann stieg eine kleine Rauchwolke auf, und einen Wimpernschlag später hörte sie den doppelten Knall der Schrotflinte. Entsetzt sah Ellen, was die selbst zu Boden gestreckte Marly nicht sah, nämlich den Schrothagel, der McNallys Körper durchsiebte, als sei er nicht widerstandsfähiger als eine Wassermelone. Der Schuss warf ihn nach hinten in den namenlosen Fluss, in dem er sofort abtrieb.

Marly rappelte sich wieder auf und kam schnell ins Haus

zurück. Ellen blieb flach auf dem Dach der Veranda liegen, bis sie sicher sein konnte, dass sie sich, ohne entdeckt zu werden, wieder ins Haus stehlen konnte. Dann rannte sie geradewegs zum Wandschrank, zu verängstigt, um sich um ihren Vater Gedanken zu machen, der sie aber ohnehin nicht bemerkte; er warf sich stöhnend im Bett hin und her, in einer Art Halbschlaf, der ihn in letzter Zeit ständig übermannte – die Kinder erhielten dafür keine weitere Erklärung außer der, dass es dem Captain »nicht gut« gehe. Ohne Zeit zu verlieren kroch Ellen durch die Geheimtür und hinunter in die winzige Geheimkammer, wo sie langsam wieder zu Atem kam und sich selbst zu erklären versuchte, was gerade geschehen war.

Die Gründe für das Ganze lagen auf der Hand, sobald sie einmal gründlich darüber nachgedacht hatte: Mutter hatte McNally wegen seines Penis' getötet. Ellen wusste sehr wohl, wozu Penisse da waren: Um in ein Weibchen Pipi zu machen, das dann Junge bekam. Was sie nicht verstand, war allerdings, in welchen Umständen ihre Mutter war. Marly Musgrove pflegte ihren Kindern ihre häufigen Schwangerschaften nicht auf die Nase zu binden, bis sie kurz vor der Entbindung stand. Ihre Statur machte es schwer, ihr anzusehen, dass sie schwanger war. Ellen hatte den Eindruck, dass McNally schon vor Wochen Pipi in ihre Mutter gemacht haben musste, als er nämlich zum ersten Mal bei ihnen war, und das bedeutete, dass Marly ein Baby von McNally erwartete.

Das war eindeutig keine gute Sache. Zum einen würde das Baby wie sein Vater eine »Verirrung der Natur« sein. Und zum anderen schien Marly selbst nicht besonders glücklich darüber zu sein, sonst würde sie McNally nicht getötet haben. Es verstand sich von selbst, dass McNally gegen deren

Willen in Marly Pipi gemacht haben musste – *jeglicher* Geschlechtsverkehr kam der kleinen Ellen vor wie eine Art Vergewaltigung, eine schmerzhafte Demütigung, die die weiblichen Tiere zu erdulden hatten. Und man konnte es Marly nicht übel nehmen, dass sie sich das nicht gefallen ließ. *Sie* war schließlich kein Pferd. Sie war Mutter, und was sie tat, musste richtig sein.

Es lief schließlich alles darauf hinaus, überlegte sich Ellen, dass Marly in Notwehr gehandelt hatte – Notwehr gegen McNallys Penis. Er musste wieder vorgehabt haben, in sie Pipi zu machen. Das alle Männer Penisse hatten, kam ihr gar nicht in den Sinn; sie sollte einen großen Teil ihres Lebens lang glauben, dass der bloße Besitz eines Penis schon ein Akt der Heimtücke war und dass nur böse Männer einen hatten. Die achtjährige Ellen schwor sich auf der Stelle, versteckt unter der Treppe, dass sie, wenn sie jemals wieder einen Penis sehen sollte, die Kraft aufbringen würde, sich ebenso dagegen zu verteidigen, wie ihre Mutter es getan hatte. Ellen wollte niemanden erschießen – aber wenn es sein musste, würde sie es tun.

Erst nach Stunden hatte Ellen wieder Mut gefasst und war aus dem Geheimversteck zurück ans Licht gekommen. Da saß Marly wie eine Statue in einem Schaukelstuhl, und Lucia stand ihr gegenüber. Die beiden kämmten Wolle.

»Hast du gehört?«, fragte Lucia ihre Schwester. »Mutter hat einen Fuchs geschossen.«

Ellen sah ihre Mutter genau an. Marly warf einen kurzen Blick auf ihre Tochter.

»Kind, wo hast du gesteckt? Du bist ja voller Schmutz und Spinnweben«, sagte sie. »Hol dir Wasser und wasch dir das Gesicht.«

»Ja, Mutter«, sagte Ellen. So sollte es also dargestellt werden. Gut. Sie konnte ebenfalls so tun, als ob nichts geschehen sei. »War es ein großer Fuchs?«, fragte sie.

»Groß genug«, sagte Marly und wich dem Blick ihrer Tochter angestrengt aus. »Geh und tu, was ich dir gesagt habe.«

»Hör auf Mutter, Ellen«, sagte Lucia, die sich, obwohl sie ein Jahr jünger war als ihre ältere Schwester, gern als Boss aufspielte.

Ellen ging zur Pumpe im Hof und füllte einen Eimer mit Wasser. Sie rieb sich in dem kalten, klaren Wasser die Hände und wischte sich mit den Handflächen fest übers Gesicht. Nachdem sie abgewartet hatte, dass sich die kleinen Wellen in dem Eimer legten, besah sie sich ihr Spiegelbild im Wasser und hielt den Atem an. Ihr durchsichtiges Spiegelbild blickte sie von der silbrigen Oberfläche an. Eine lange Minute starrte Ellen in ihre entsetzten Augen. Sie wusste, dass sie etwas gesehen hatte, das sie nicht hätte sehen sollen, und dass sie deshalb nicht mehr die Gleiche war. Sie prüfte, ob sie irgendwie verändert aussah. Wenn es eine Möglichkeit gäbe, auf der Stelle zu erstarren, überlegte sie, würde sie das tun; sie betete verzweifelt, dass sie keine Sekunde älter werden würde, wenn es schließlich darauf hinauslief, dass sie eine Frau wurde. Sie versuchte alle Tricks, die sie kannte, um die Zeit anzuhalten, sie hielt sogar den Atem an. Aber es funktionierte nicht.

Niemand wusste, was Ellen gesehen hatte, weil Ellen es niemals erzählte; und es wusste auch niemand, was Marly getan hatte – außer Ellen. Sie selbst ahnte gar nicht, wie gut es ihr gelingen sollte, die Zeit anzuhalten. Für den Rest ihres Lebens sollte sie, auch wenn ihr Körper alterte, stets das achtjährige Mädchen bleiben, das in den Eimer schaute, den Atem anhielt und sich wünschte, dass die Dinge wieder so würden, wie sie gewesen waren, bevor McNally nach Adencourt kam.

Ellen und Hamish, ihr Zwillingsbruder, verließen Adencourt zusammen, nachdem Hamish seinen Highschool-Abschluss mit einem Diplom in Buchhaltung gemacht hatte. Er hatte vor, sich eine Arbeit zu suchen, am liebsten bei einer Bank, und Ellen – die nur bis zu ihrem vierzehnten Lebensjahr zur Schule gegangen war – sollte ihm den Haushalt führen, bis sie einen Mann gefunden hatte. Sie waren froh, einander zu haben, denn sie hatten keine Ahnung, was das Leben in der Stadt für sie bereithielt. Und sie waren beide aufgeregt und ängstlich zugleich. Nur eines wussten sie über ihre Zukunft sicher – dass sie keinerlei Verlangen hatten, zu Hause zu bleiben. Damals allerdings hatte nur Ellen begriffen, warum das so war.

1870, als sie beide achtzehn waren, sagten die Zwillinge der Familie Lebewohl und zogen nach Westen, zuerst nach Harrisburg, wo sich aber keine dauerhafte Arbeit fand, und dann nach Pittsburgh, wo Hamish schließlich eine Stelle als Buchhalter in einer kleinen Fabrik bekam, die in Wirklichkeit eher eine große Schmiedewerkstatt war. Ohne sie je danach gefragt zu haben, ging Hamish davon aus, dass seine Schwester daran interessiert war, heiratsfähige junge Männer kennen zu lernen, und als ihr Bruder und männlicher Beschützer betrachtete er es als seine Verpflichtung, sie zu verheiraten. Das hatte er auch ihrer Mutter versprochen. Er unternahm mehrere Versuche, sie etlichen gut betuchten Angehörigen ihrer sozialen Schicht vorzustellen – natürlich kein echter Adel, aber definitiv etwas aus der Masse Herausgehobenes, denn sie waren immerhin die Kinder eines Kriegshelden. In den ersten Jahren machte er durch seine Arbeit die zufällige Bekanntschaft einiger junger Männer; gelegentlich brachte er einen davon, der nach seinen Vorstellungen für Ellen infrage kam, mit nach Hause, um ihm ihre Kochkünste vorzuführen. Ellen, die nicht die Absicht hatte, irgendjemanden zu heiraten, erwiderte diese Bemühungen mit Sabotage – sie fühlte sich wie ein Besitz vorgeführt. Sie streute heimlich Alaunstein über das Essen ihrer Gäste, denn ihr war klar, dass eine schlechte Köchin nie einen Mann bekommen würde.

Sie behielt Recht. Das bittere Pulver, harmlos, aber von beißend giftigem Geschmack, tat seine Wirkung. Keiner der jungen Männer stellte sich ein zweites Mal zum Abendessen ein. Nach einer Reihe von Versuchen gab Hamish sein Vorhaben auf, und zwar nicht ohne Erleichterung. Er hatte seine Schwester eigentlich gar nicht loswerden wollen, mit der ihm als ihrem Zwilling ein elementares, starkes Band verknüpfte; er hatte nur aus Pflichtgefühl gehandelt. Nachdem einmal klar geworden war, dass niemand sie jemals heiraten würde, fühlte er sich frei, sie als seine eigene Haushälterin anzusehen – was sie ja faktisch bereits war.

Und Ellen lebte fortan in der Sicherheit, dass sie niemals gezwungen sein würde, sich auf die gleiche Weise wie ihre Mutter gegen die Welt der Männer zu verteidigen, mit Gewalt und Blut.

Zuerst kamen Ellen und Hamish einmal im Jahr zu Weihnachten mit dem Zug von Pittsburgh zurück nach Plainsburg. Mit widerstrebendem Pflichtgefühl hielten sie an dieser Tradition fest, obwohl sie beide sie aus ihren eigenen Gründen hassten, und warteten jedes Mal sehnsüchtig auf den Augenblick, da sie wieder in die Stadt zurückkehren konnten. Sie sahen Pittsburgh inzwischen als ihre Heimat an.

Von den fünf überlebenden Musgrove-Kindern – Hamish und Ellen, Lucia sowie Olivia und Margaret, ebenfalls zweieiige Zwillinge – war nur Lucia daheim bei ihrer Mutter geblieben. Olivia und Margaret hatten Geschäftsleute aus Philadelphia geheiratet und waren zu wohlhabenden, würdigen Damen der Gesellschaft geworden. Sie trugen Kleider und Hüte, die die jeweilige Mode vorschrieb, und reicherten ihre Ausdrucksweise mit französischen Begriffen an, die großartig klangen, obwohl sie niemand verstand. Olivia und Margaret hatten ihren Geschwistern wenig zu sagen, ganz gleich ob auf Französisch oder in einer anderen Sprache; es war offensichtlich, dass sie bei jedem Besuch gar nicht abwarten konnten, wieder zurück in die Stadt zu kommen. Ihr Unbehagen wurde nicht gemildert dadurch, dass Lucia einen neu zugezogenen Nachbarn geheiratet hatte, einen recht ungehobelten Bayern namens Kloot Flavia-Hermann, der sich auf Schweine spezialisiert hatte. Allen Konventionen zum Trotz war Flavia-Hermann bei seiner Schwiegermutter eingezogen, und so wurde das Land von Adencourt eine Zeit lang zur Heimat einer kleinen Schweineherde. Das war tatsächlich mehr, als man erwarten konnte, den Schwestern aus Philadelphia zumuten zu dürfen, und kurz nach dieser unglücklichen Verbindung schützten sie immer öfter Gründe vor, die sie davon abhielten, die Fahrt nach Hause anzutreten.

Bevor sie sich aus den Augen verloren, war ein Friedhofsbesuch, auf dem ihre fünf Geschwister lagen, für alle Musgrove-Kinder ein unverrückbarer Bestandteil der Weihnachtsfeierlichkeiten. Alle hassten diesen Besuch, aber keiner wollte der Erste sein, der das zugab. Hamish hatte auf dem Friedhof, wenn sie wieder alle beisammen waren – fünf über und fünf unter der Erde –, das unangenehme Gefühl, dass die Toten wie eine Art Spiegel der Lebenden wären. In seinen poetischeren Augenblicken fragte er sich, ob vielleicht nicht die Toten die Lebenden mit dem gleichen Mitleid auf ihren bleichen Gesichtern betrachteten. Es gab schließlich keinen Beweis, überlegte er bedrückt, dass die Welt, in der er lebte, besser war als die seiner verstorbenen Geschwister.

Tatsächlich standen inzwischen sechs Grabsteine auf dem kleinen Friedhof. Der sechste war aufgestellt worden, um an den Tod des Captains zu erinnern, dessen Leichnam jedoch dort bestattet worden war, wo er gefallen war, bei Gettysburg. Der Captain war Atheist gewesen, und zu seinen Lebzeiten war es keinem Prediger jemals erlaubt gewesen, über den Gräbern zu sprechen. Aber nach seinem Dahinscheiden stellte sich heraus, dass Marly die ganze Zeit über gläubig gewesen war und ihren Glauben geheim gehalten hatte, damit sie nicht – wie eine frühe Christin – durch den römischen Kaiser in Gestalt ihres Ehemanns verfolgt würde. Ihr Glaube wurde stärker, je älter sie wurde. Die Tatsache, dass ihre Kleinen ohne jeden Segen und jede kirchliche Weihe begraben worden waren, nagte an ihr, bis sie es schließlich nicht mehr ertragen konnte. Im Jahr 1887 rief sie ihre überlebenden Kinder zu einer »Segnung der Steine«, wie sie es nannte, zusammen. Es handelte sich um eine Art gemeinschaftlichen Gedenkgottesdienstes für die Verstorbenen.

Ein methodistischer Priester aus Plainsburg wurde nach Adencourt geladen. Die Kinder, die inzwischen in ihrem dritten und vierten Lebensjahrzehnt standen, folgten dem Ruf ihrer Mutter widerwillig. Olivia und Margaret, die später der großen Grippe-Epidemie der Jahre 1917 und 1918 zum Opfer fallen sollten, brachten ihre wohlhabenden Ehemänner mit. Hamish und Ellen kamen ebenfalls; Lucia war sowieso da und gerade zum ersten Mal in Umständen – sie und Flavia-Hermann hatten seit Jahren wacker versucht, ein Kind zu zeugen und erst kürzlich damit Erfolg gehabt.

Die Ehemänner aus Philadelphia wanderten auf dem Besitz umher und erläuterten sich gegenseitig dessen Rentabilität oder den Mangel derselben. Es war klar, dass der dunkelhaarige Ausländer, der ihre Schwägerin geehelicht hatte, viel vom Potential des Landsitzes verschenkte. Er hätte die Bäume als Bauholz verkaufen, nach Öl bohren, nach Gold oder Kohle schürfen und Rinder statt Schweine züchten sollen. Aber er hatte nichts von alledem getan. Stattdessen hatte er eine gewaltige Sammlung abgewrackter landwirtschaftlicher Maschinen zusammengebracht, die er in der Scheune stehen hatte – Mähdrescher, Pflüge, Eggen und so weiter. Offensichtlich hatte er vor, diese Dinge zu reparieren und sie wieder zu verkaufen, aber man wusste nicht, wann er diesen Plan in die Tat umzusetzen beabsichtigte. So war das eben mit den Ausländern, erklärten die Ehegatten aus Philadelphia. Ihnen fehlte einfach die gute, altmodische amerikanische Tatkraft.

Die Zeremonie selbst war eine Katastrophe. Marly hatte sich zu dem Anlass ganz in Schwarz gekleidet, etwas, das sie nicht einmal beim Tod des Captains getan hatte. Dies kam ihren Kindern besonders morbide vor. Alle übrigen hatten Kleider mitgebracht, wie sie zu der ernsten, wichtigen Gelegenheit passten – aber nicht zu einer weiteren Beerdigung. Es wurde ihnen allen klar, dass ihre Mutter sich in den letzten Jahren verändert hatte. Und keins von den Kindern kannte den methodistischen Priester, der gleichwohl darauf bestand, jeden von ihnen mit einer ausgiebigen und peinlichen Umarmung zu begrüßen. Olivia schwor später, dass es irgendetwas Unanständiges hatte, wie der Mann sich an ihre Brust gedrückt habe. Und Ellen – Ellen, die von ihnen allen der Stoizismus in Person war – brach tränenüberströmt und schreiend zusammen, als der Priester die Namen der verstorbenen Kinder nannte. Sie war nicht mehr vom Boden hochzubekommen, war untröstlich und drückte ihr Gesicht in das Erdreich, als ob sie es *küsse* – »sie führt sich auf wie eine Katholikin«, sagte Margaret später ihrem verdrossenen Gemahl aus Philadelphia. Hamish musste sie schließlich ins Haus halb tragen, halb ziehen, was für einen Mann, der zehn Stunden am Tag am Schreibtisch saß und nichts Schwereres bewegte als einen Bleistift, eine beachtliche Leistung war. Selbst nachdem es ihm gelungen war, sie ins Bett zu stecken, schluchzte und stöhnte Ellen weiter. Keiner von den anderen dachte daran, ihnen ins Haus zu folgen. Ellen war schon seit langem einzig und allein Hamishs Problem.

»Elly, Elly, meine Liebe«, sagte er über sie gebeugt und rang die Hände. »Was ist denn nur los? Was kann ich tun?«

»Der arme kleine Kerl«, brachte Ellen unter einem Schluckauf hervor.

»Welcher kleine Kerl?«

»Der, der ertrunken ist!«

»Meinst du Henry? Aber Elly, das liegt doch schon Jahre zurück! Warum um alles in der Welt sollte dich das jetzt traurig machen?«

»Ach Hamish«, sagte Ellen. »Mach dir nichts draus ... aber wir müssen hier fort! Ich will nach Hause! Es ist so furchtbar hier! Ich halte es nicht noch einen Tag aus!«

»Ja, es ist schon gut, es ist schon gut, meine Liebe«, sagte Hamish. Er hatte wenig Erfahrung darin, Ellen zu trösten. Auf jeden Fall hatte er nie zuvor erlebt, dass sie sich so benahm wie jetzt. Hamish hatte keine Ahnung, was er tun sollte, außer sich nach ihren Wünschen zu richten. Er drückte sich seine Brille noch fester auf die Nase. »Wir fahren morgen«, sagte er. »Ich bin mir sicher, Mutter wird es verstehen.«

»Versprichst du es mir?«

»Das tue ich. Ich werde es ihr selbst erklären.«

Ellen seufzte erleichtert und gewann einen Teil ihrer Fassung zurück. Trotzdem blieb Hamish noch einige Stunden lang bei ihr sitzen, hielt ihre Hand und beruhigte sie jedes Mal, wenn der Kummer sie erneut zu überwältigen drohte. Währenddessen versuchte er, eine Erklärung dafür zu finden, warum seine Schwester der Verlust ihres kleinen Bruders – der vor fast dreißig Jahren aus dem Haus gegangen, nicht mehr zurückgekehrt und später dann im Fluss gefunden worden war, in dem Strudel eines großen, runden Felsbrockens – erst jetzt so hart zu treffen schien. Es war der gleiche Strudel gewesen, wo einige Jahre zuvor eine andere Leiche gefunden worden war, die eines fremden, blondhaarigen Mannes mit einer garstigen Wunde in der Brust, den niemand hatte identifizieren können. Das war merkwürdig gewesen, allerdings nicht die Tatsache, dass beide an der gleichen Stelle gefunden worden waren; in diesem Strudel sammelte sich alles Mögliche, was von der Strömung des Flusses angetrieben wurde.

Aber dass ihr kleiner Bruder ertrunken war, hatte die Familie, wie er sich jetzt erinnerte, schwer verwinden können. Jeder hatte sich zumindest zum Teil schuldig gefühlt; zwar war niemand speziell damit beauftragt gewesen, auf den Jungen Acht zu geben, der damals knapp über ein Jahr alt war, aber sie hatten doch alle gewusst, dass der Unfall nicht geschehen wäre, wenn sie etwas besser aufgepasst hätten. Danach, das wusste Hamish noch, hatte sich einiges geändert. Andere Kinder der Familie waren vor Henry gestorben, aber er war der erste, der einfacher Sorglosigkeit zum Opfer gefallen war, und das hatte die Änderungen bewirkt. Keiner von ihnen spielte noch am Fluss oder aß Fisch, der aus dem Fluss stammte. Und Sicherheit war wichtiger geworden: Sie hatten sich allesamt angewöhnt, wenigstens einmal am Tag alle durchzuzählen, um zu überprüfen, dass nicht noch einer der ihren von ihnen genommen worden war.

So war es gewesen, ein Musgrove zu sein, überlegte Hamish, während er in dem Sessel neben dem Bett langsam einnickte. Man wusste nie, wann man selbst genommen werden würde oder auf welche Weise. Es war, als habe irgendetwas in ihrer Ahnenreihe die Ordnung der Dinge verletzt, und die Natur brächte sie jetzt wieder ins Lot – stellte das Gleichgewicht wieder her, wie es zuvor gewesen war. In der winzigen Schlafkammer im zweiten Obergeschoss, die einst Lucia beherbergt hatte, überkam Hamish das Gefühl, dass der Name Musgrove selbst ihn niederdrückte. Er wünschte, er wäre in eine andere Familie geboren worden als gerade diese.

Am nächsten Tag fuhren Hamish und Ellen wieder heim, zurück in die Wohnung, die sie sich teilten, zurück in das Halbdunkel, das sich nach und nach über sie gesenkt hatte, zurück in ihre lieb- und geistlose Existenz. Für viele Jahre sollte sich in ihrem Leben wenig ändern; Hamish ging zur Arbeit, Ellen führte ihm den Haushalt, und keiner von beiden wagte sich weit aus der sicheren, aber winzigen Welt heraus, die sie für sich selbst geschaffen hatten. Sie gewöhnten sich so an ihre Traurigkeit, dass deren Fehlen ihnen merkwürdig vorgekommen wäre. Das heißt, bis 1917, als Hamish fünfundsechzig Jahre alt wurde. Zu dieser Zeit entdeckte er nämlich zufällig in einem Buchladen von Pittsburgh Sigmund Freud, und sein Leben änderte sich mit einem Schlag.

Es geschah, als er eines Tages von der Arbeit nach Hause ging, nur wenige Wochen vor seiner Pensionierung. Sein Weg führte ihn an einem bestimmten Buchladen vorbei, dem er meist einen kurzen Besuch abstattete, wenigstens einmal pro Woche. Dort kaufte er, ohne genauer hinzusehen, ein schmales Bändchen mit dem Titel *Dora: Die Analyse eines Falles von Hysterie.* Er hielt es auf den ersten Blick für einen neumodischen Liebesroman. Liebesromane waren Hamishs geheime Leidenschaft. Er verschlang sie dutzendweise, eine Angewohnheit, die ihm peinlich war. Jeden Monat schob der Besitzer des Buchladens ihm so diskret wie ein Apotheker eine neue Sendung in einfachem braunem Packpapier über die Theke. Die Bücher strotzten nur so vor leidenschaftlichen Phrasen, wogenden Busen und gelegentlich, oh welche Wonne, einem langen tiefen Kuss. Hamish schämte sich, solch weibisches Zeug zu lesen, aber er konnte einfach nicht damit aufhören.

Das Problem bestand darin, dass Hamish genau wie seine Schwester nie geheiratet hatte, aber anders als sie nichts lieber getan hätte. Jedoch waren seine ersten Versuche mit den Frauen von Pittsburgh, die etwas direkter und sehr viel gewitzter waren als die Mädchen, die er von zu Hause gekannt hatte, leider nicht erfolgreich verlaufen. Nachdem er einige Zurückweisungen hatte einstecken müssen – nicht mehr als jeder andere Mann, aber mehr, als er verkraften konnte –, hatte er sich wie eine Auster in sich selbst zurückgezogen und in die Welt seiner Fantasie. Die einzigen Frauen, die er hatte, existierten zwischen den Deckeln seiner Bücher. Das mochte weniger befriedigend sein als das Leben selbst, aber hier konnte er wenigstens ein wenig glänzen.

Aber *Dora* war keine Liebesgeschichte, wie sich herausstellte. Es war vielmehr die Fallgeschichte einer jungen Wienerin, die sich von dem berühmten Doktor Freud psychiatrisch hatte behandeln lassen. Von Liebe war in dem Buch kaum die Rede, dafür aber viel von düstereren Themen: vor allem von Inzest und der Neigung zu lesbischer Liebe – *Gynäkophilia*, wie Freud es nannte. Als Hamish seinen Irrtum bemerkte, hatte ihn die voyeuristische Erregung, alle schmutzigen Einzelheiten aus dem Leben einer völlig Fremden – und einer verrückten Fremden obendrein – kennen zu lernen, längst gefangen genommen. Er hatte das kleine Buch noch nicht ausgelesen, da wusste er bereits, dass er zu einem ergebenen Schüler der neuen Wissenschaft, der »Psychoanalyse«, geworden war.

Diese Wissenschaft, nach Hamishs Definition nichts anderes als »die Kunst, herauszufinden, was mit einem nicht stimmt«, war etwas, von dem er zuvor noch nie gehört hatte. Tatsächlich hatte damals kaum jemand etwas von der Psychoanalyse gehört – vor allem nicht in Pittsburgh, wo sich das Leben größtenteils um Stahl drehte. Für Hamish war sie eine vom Himmel gesandte Erleuchtung. Endlich war er auf etwas gestoßen, das vielleicht erklären konnte, warum er in seinem Leben noch keine Liebe gefunden hatte und warum er so unglücklich war. Er fühlte sich unaussprechlich erleichtert, selbst in seinem bereits fortgeschrittenen Alter – nur sechs Wochen vor seiner Pensionierung – der Lösung des Rätsels seines Lebens einen Schritt näher gekommen zu sein. Es gab in Doras Fall zwar nichts, das sich im strengen Sinn auf Hamish übertragen ließ, aber darauf kam es auch gar nicht an. Wichtig war, dass es irgendwo einen Mann gab, der wusste, dass Menschen *geholfen* werden konnte und dass dieser Mann vielleicht *ihn* heilen konnte.

Jahre zuvor, als Hamish noch ein Junge gewesen war, hatte er zum ersten Mal geargwöhnt, dass mit den Musgroves ganz allgemein irgendetwas nicht stimmte. Später war er sich dessen ganz sicher gewesen. Er würde den Tag, an dem er vom Tod seines Vaters erfuhr, niemals vergessen.

Er hatte auf den Dielen der Veranda gelegen und zu den vertrockneten, verblichenen Skalps der Eingeborenen emporgeschaut, die der Captain irgendwo weit fort ermordet hatte und die jetzt in der Brise hin und her schwangen wie ein unheiliges Windspiel. An diesen Augenblick dachte er oft ganz unvermittelt, wenn er irgendetwas tat, ohne zu wissen warum, und er musste sich dann jedes Mal dazu zwingen, das Bild aus seinem Geist zu verdrängen. Aber erst recht spät in seinem Leben hatte er endlich die Verbindung entdeckt, die er vor so langer Zeit zwischen den verschiedenen Welten gesucht hatte, und sie war so offensichtlich, dass er kaum glauben mochte, wie er sie so lange hatte übersehen können: Die Musgroves waren verflucht, weil sie Mörder waren.

Aber Hamish war sich nicht bewusst, wie richtig er damit lag. Er glaubte, sein Vater sei der Einzige aus der Familie, der jemals jemanden ermordet hatte, eine Tatsache, die er sich von seiner Schwester bestätigen lassen wollte, nachdem er Freuds Buch ausgelesen hatte.

»Hat Vater dir jemals von den alten Zeiten erzählt?«, fragte er Ellen, die zwar sein zweieiiger Zwilling war, aber nie die geringste Ähnlichkeit mit ihm besessen hatte: Sie war klein und rundlich wie ihre Mutter, Hamish dagegen schlaksig und schlank mit einer Hakennase. Das einzige körperliche Merkmal, das sie teilten, bestand darin, dass sie beide Linkshänder waren, ein Merkmal, das ihre Lehrer vergebens versucht hatten auszulöschen.

»Welche alten Zeiten, Hamish?«, erwiderte sie.

»Seine Tage an der Front. Und von der Zeit noch davor, als unsere Ahnen noch in England lebten.«

»Vielleicht hat er das. Ich weiß es nicht. Ich erinnere mich nicht mehr.«

»Ich *glaube*, mich zu erinnern«, sagte Hamish. »Es waren

furchtbare Geschichten. Sehr blutig. Ich habe nie besonders gut zugehört, aber jetzt wünschte ich, ich hätte es getan.«

»Um Himmels willen, Hamish, warum beschäftigst du dich jetzt damit? Diese Zeiten sind lange vorbei. Wir haben jetzt das zwanzigste Jahrhundert!«

»Ja, aber diese Skalps«, sagte er. »Erinnerst du dich nicht mehr an die Indianerskalps auf der Veranda? Wie sie von den Dachsparren baumelten?«

»Skalps? Mach dich nicht lächerlich. So etwas hat es nicht gegeben. Wie barbarisch!«

Aber Hamish bestand darauf; er war sich sicher, dass er diese Dinge nicht erfunden hatte. »Ich kann mich noch recht gut an sie erinnern«, sagte er. »Er erzählte die Geschichte, wie er sie erbeutet hatte, jedes Mal, wenn Besuch da war. Dass es nicht anders gewesen sei, als ein Opossum zu häuten. Weißt du noch?«

Ellen lachte. »Unser Vater und solche Geschichten erzählen!«, sagte sie. »Im Ernst, Hamish, ich glaube, du hast zu viele Romane gelesen! Wie bist du nur darauf gekommen?«

Gewöhnlich wäre Hamish an dieser Stelle in Schweigen verfallen, denn er hatte es niemals geschafft, sich dazu zu überwinden, seiner Schwester zu sagen, was er eigentlich dachte: dass die modernen Musgroves allesamt verflucht waren.

Aber das war, bevor er Freuds kleines Buch gelesen hatte. Was er stattdessen jetzt sagte, war:

»Ich glaube, ich würde gern nach Europa fahren und einen Psychiater aufsuchen.«

Es war ein Freitagabend, und sie hatten ruhig in der guten Stube gesessen – so brachten sie jeden Abend zu. Nichts hätte Ellen auf diese Aussage vorbereiten können. Sie sah aus, als habe man ihr direkt ins Herz geschossen. Sie legte eine Hand auf die Brust und stützte sich mit der anderen ab, obwohl sie bereits saß.

»Einen … was?«, stammelte sie.

»Einen Psychiater«, wiederholte Hamish. »Einen Nervenarzt.«

»Einen Nervenarzt? Was … was … was …«

»Es gibt keinen Grund, sich aufzuregen, Ellie. Es ist alles in bester Ordnung. Es ist nur … es ist nur eine Idee, die mir kam.«

»Aber Hamish! Warum denn, um alles in der Welt?«

»Nun, weil es *neu* ist«, erklärte Hamish ihr. »Es ist die moderne Art, die Dinge zu betrachten. Es gibt da einen gewissen Freud, der in Europa lebt. In Wien, um genau zu sein. Er verfügt über die bewundernswürdige Fähigkeit, mit Menschen zu reden und herauszufinden, was mit ihnen nicht stimmt. Und ich habe einfach gedacht, dass ich vielleicht mal hinfahren und ihn aufsuchen soll und mir von ihm sagen lasse, was mit *mir* nicht in Ordnung ist.«

»Aber Hamish! Mit dir ist gar nichts verkehrt!«

Hamish hatte mehr oder weniger erwartet, dass sie so reagieren würde, aber jetzt, da er damit konfrontiert war, fehlten ihm die passenden Worte. Er sah sich in ihrer Wohnung um, in die sie vor fünf Jahren eingezogen waren. Die fünfunddreißig Jahre davor hatten sie in einem Haus gewohnt, aber als sie älter wurden, war es ihnen zu anstrengend geworden, es in Ordnung zu halten. Hamish hatte nach den Jahrzehnten, die er über einen Schreibtisch gebeugt zugebracht hatte, Probleme mit dem Rücken, und seine Augen waren auch nicht mehr die besten; die immer dicker gewordene Ellen hatte es immer schwieriger gefunden, die Treppenstufen hinaufzusteigen. Sie war es gewesen, die darauf bestanden hatte, dass sie in eine kleinere Wohnung zogen, eine, die weniger Arbeit machte. Wenn er darüber nachdachte, war immer sie es gewesen, die auf irgendetwas bestanden hatte. Hamish hatte sich nie vorgestellt, sein ganzes Leben in der Gesellschaft seiner Schwester zuzubringen. Er hatte gehofft, Kinder zu haben und Enkelkinder und der Patriarch eines großen, glücklichen Familienclans zu werden.

Aber nichts dergleichen war geschehen. In der Tat war nichts genauso gekommen, wie er es erwartet hatte. Sein ganzes Leben war erfüllt gewesen von Langeweile, Traurigkeit und Enttäuschung. Auf den Musgroves lastete immer noch ein Fluch, überlegte er; nur dass der Fluch jetzt eine Form angenommen hatte, die der Welt, in der sie lebten, angemessener war.

Die Welt hatte sich während Hamishs Lebensspanne sehr verändert, sie war beinahe *zu* andersartig geworden. Automobile machten die Straßen unsicher, und aus jeder Fabrik hörte man das Krachen und Surren automatischer Fertigungsanlagen. Nichts davon hatte es in Hamishs Jugend gegeben. Ihm kam es vor, als sei das alles über Nacht installiert worden. Die jungen Leute von heute waren ebenfalls völlig andere Menschen – sie gingen ins Kino und in Trinkhallen, »schmusten«, ohne sich zu schämen, und sprachen einen Jargon, den niemand außer ihnen verstand. Man konnte kaum noch sagen, ob sie nun respektlos waren oder nicht, obwohl Hamish Letzteres argwöhnte. Und inzwischen gab es eine Eisenbahnlinie, die die eine Küste des Kontinents mit der anderen verband. Statt den langen Weg um die Südspitze Amerikas und wieder nach Norden hinauf nach Kalifornien zu segeln, eine Fahrt, die gewöhnlich viele Monate gedauert hatte, konnte man jetzt mit dem Zug fahren und das andere Ende des Kontinents in wenigen Wochen erreichen. Und in Europa metzelten sich Soldaten mit

Waffen nieder, die zuvor unbekannt und unvorstellbar gewesen waren.

Alles entwickelte sich ungefähr zehnmal so schnell wie zu der Zeit, als Hamish noch ein Junge gewesen war. In einer Zeit wie dieser gab es keinen Platz mehr für Geister und Familienflüche, so viel begriff Hamish – jedenfalls nicht im traditionellen Sinne. Niemand glaubte heute noch an dergleichen. Aber das bedeutete nicht, dass es solche Dinge nicht mehr gab. Sie hatten sich bloß geändert wie alles andere. Um die eine Sache zu infizieren, die sich *nicht* geändert hatte: das menschliche Herz.

»Doch, mit mir stimmt irgendetwas nicht«, sagte Hamish jetzt. »Sieh dir doch an, was aus uns geworden ist, Ellie. Fünf unserer Geschwister sind verstorben, kaum dass sie auf der Welt waren, und dieses Jahr sind Margaret und Olivia der Grippewelle zum Opfer gefallen. Sieben von uns sind tot. Und du und ich, wir leben hier in dieser Stadt wie in einem Kaninchenbau, alt und allein und …«

»Wir sind nicht allein!«, unterbrach Ellen ihn mit Panik in der Stimme. »Wir haben einander!«

Hamish sah seine Schwester an.

»Ellie«, fragte er ruhig, »warum wolltest du nie heiraten?«

Ellens Hände waren immer mit irgendwelchen kleinen Aufgaben beschäftigt: stricken, sticken oder, in den letzten Jahren, mit Kreuzworträtseln aus der Zeitung. Im Augenblick war sie dabei, ein paar Babystiefelchen zu stricken, die der Enkelin einer Frau zugedacht waren, die mit ihnen auf der gleichen Etage wohnte. Jetzt warf sie die Nadeln hin, stand auf und rang nach Luft.

»Wie kannst du es wagen, mich das zu fragen!«, schrie sie ihren Bruder an. »Wie kannst du es wagen, mich das zu fragen! Nach all den Opfern, die ich für dich gebracht habe!«

Hamish blieb ruhig und sah sie weiter unverwandt an.

»Ja, aber warum?«, wiederholte er. »Schließlich habe ich dich nie gezwungen, bei mir zu bleiben. Ich habe versucht, dich bekannt zu machen mit …«

»Sei still, Hamish!«, sagte Ellen jetzt flehend. »Um Gottes willen, bitte sei still!«

»Aber Ellie«, sagte Hamish, und seine Stimme blieb ebenso leise wie zuvor. »Ich habe nur gefragt …«

»Ach, geh doch zu deinem Nervenarzt, zum Teufel mit dir!«, rief seine Schwester. »Lass ihn herausfinden, was immer dich beunruhigt! Vielleicht kannst du mich dann in Frieden lassen!«

Sie stürmte hinaus und ging in ihr Schlafzimmer, wo sie sich einschloss. Noch eine Stunde später, als Hamish dachte, sie könne sich vielleicht beruhigt haben, konnte er sie schluchzen hören; er klopfte leise an, aber sie ignorierte ihn, weinte sich die Augen aus und hörte sich dabei an wie ein zehn Jahre altes Mädchen.

»Ich verstehe das nicht«, sagte er leise zu sich selbst und ging wieder zu seinem Lesesessel zurück. »Ich verstehe es einfach nicht.« Es sah Ellen gar nicht ähnlich, so aus der Fassung zu geraten; er hatte sie in der Tat nicht mehr so außer sich gesehen, seit ihre Mutter vor fast dreißig Jahren all ihre lebenden Kinder zur Segnung der Grabsteine zusammengerufen hatte. Es kam ihm nicht in den Sinn, dass diese beiden Ereignisse zusammenhingen, dass sie die gleiche Wurzel hatten, obwohl so viel Zeit zwischen ihnen lag. Hamish wusste nicht, dass für seine Schwester die Zeit seit über einem halben Jahrhundert stillgestanden hatte, seit damals, als McNally nach Adencourt gekommen war. Und er hatte auch nicht die geringste Vorstellung davon, dass er, weil er sich entschieden hatte, mit ihr zusammen zu leben, die ganze

Zeit unter dem gleichen einfachen Bann stand und dass er, um ihm zu entkommen, nichts anderes tun musste, als sie zu verlassen.

Irgendetwas ist hier ganz furchtbar falsch, dachte er, während ihm der Kopf langsam auf die Brust sank und Ellen in ihrem Schlafzimmer weiter vor sich hin schluchzte. Das ist die einzige mögliche Erklärung. Wir sind unschuldig. Wir haben nichts verbrochen. Unser einziges Verbrechen bestand darin, dass wir versucht haben zu leben. Wir dürfen nie nach Adencourt zurückgehen, Ellen und ich, oder wir werden vielleicht ebenfalls *genommen* – denn er spürte, wie ihn jetzt die gleiche alte Besorgnis überkam, die die Jahre seiner Kindheit beherrscht hatte. Er verspürte nicht den geringsten Wunsch, wie andere alte Leute ihn haben, noch einmal den Ort seiner Geburt aufzusuchen. Er wünschte vielmehr, er hätte ihn niemals zu Gesicht bekommen.

Ich frage mich, ob ich es jemals bis nach Wien schaffen werde, war sein letzter Gedanke, bevor er einschlief.

Teil 3

KAPITEL 18

Letzte Ruhestätte für alte Maschinen

Mit Magenkrämpfen machte Francie sich am Nachmittag entlang der geräumten Straße auf den Weg zur Hügelkuppe. Zu einem Besuch, auf den sie sich nicht gerade freute, zu dem sie sich aber verpflichtet fühlte. Diese Menschen waren demnächst immerhin ihre Nachbarn, und sie wünschte sich verzweifelt ein gutes nachbarschaftliches Verhältnis. Ihr war klar, dass solche Kontakte für ihr Glück lebenswichtig waren, anders als es anscheinend bei Colt der Fall war. Vielleicht konnte sie die Wogen glätten – ihnen verständlich machen, dass sie die Dinge anders sah als Colt und dass sie ihm nicht gestatten würde, ihren Friedhof zu entweihen. Sie glaubte zu verstehen, wie Flebberman sich fühlte, zumindest ein wenig. Er war hier aufgewachsen. Die Menschen in den Gräbern waren seine Verwandten. Er musste sie und Colt ja als Eindringlinge ansehen, die kein Recht hatten, hier dauerhaft etwas zu ändern.

Flebberman war wütend gewesen, und mit wütenden Menschen kam sie nicht gut zurecht. Sie machten ihr Angst. Sie musste sich zu jedem Schritt, den sie den Hügel weiter hinaufstieg, zwingen. Sie war voller Furcht davor, was er zu ihr sagen würde, und unsicher, was sie ihm sagen sollte – außer dass sie in friedlicher Absicht kam.

Der Schnee schmolz bereits wieder, und das Tröpfeln und Gurgeln der zahllosen Rinnsale in den Gräben an der

Straße erinnerte Francie an den Frühling. Vielleicht blieb etwas von dem Schnee liegen, vielleicht taute er auch völlig weg, bevor der Winter dann endgültig kam. Sie hoffte, dass er schmelzen würde. Für den Winter war sie noch nicht bereit. Erst heute war ihr klar geworden, dass sie kein Auto zur Verfügung hatte. Fast zehn Jahre lang hatte sie keins gebraucht. Colt hatte offensichtlich auch nicht daran gedacht. Er war aufgebrochen und hatte sie ohne jeglichen fahrbaren Untersatz zurückgelassen – und auch ohne Vorräte, abgesehen von dem bisschen, das sie im Supermarkt gekauft hatte. Sie war es gewöhnt, aus der Tür zu treten und höchstens drei Blocks entfernt eine U-Bahn-Station zu erreichen oder gleich ein Taxi zu nehmen. Allerdings sehnte sie sich danach durchaus nicht zurück, denn der U-Bahnhof hatte immer nach Urin gerochen, selbst im Winter, und war an heißen, schwülen Nachmittagen geradezu unerträglich gewesen.

Sie strich sich unsicher das Haar glatt. Sicherlich würde sie einer gründlichen Musterung unterzogen werden. Vorsorglich hatte sie ein Geschenk dabei: eine fast neue Packung Kräutertee aus einem Teeladen in Manhattan. Sie hatte den Tee in den Umzugskisten gefunden, das Preisschild entfernt und die Kanten der Tüte noch einmal glatt gestrichen, sodass das Geschenk so gut wie neu wirkte.

Die Flebbermans wohnten in einem Haus hoch über dem Tal auf dem Kamm des Hügels. Während ihres Aufstiegs merkte Francie, dass die Flebbermans in alle Richtungen über etliche Meilen einen freien Blick hatten. Von oben gesehen erinnerten die asphaltierten Straßen, die sich durch die Landschaft zogen, an magnetische Kraftfelder. Dazwischen lagen willkürlich verstreut Gehöfte auf Hügeln und in Tälern, das eine hier, das andere dort, dazwischen weite Flächen von Weideland und kleinen Wäldchen. Unter der weißen Schneedecke regte sich nichts. Sie sah den Fluss an ihrem Haus vorbeiströmen, kühl und silbern wie der Bauch eines Fisches. Die Flebbermans mochten den Hügel haben, aber wir haben den Fluss, dachte sie. Adencourt selbst lag breit und rechteckig neben der Straße – eine Festung, ein Monument. Aus dieser Perspektive hatte Francie es bisher nicht gesehen. Sie blieb stehen und starrte lange Zeit auf ihr Haus hinab, bestürzt und gleichzeitig erfreut darüber, wie hässlich es aus dieser Höhe wirkte. Es sah aus, so ging ihr auf, als sei es von jemandem erbaut worden, er nicht die geringste Vorstellung von dem hatte, was er da eigentlich tat. In diesem Augenblick wurde sie von einem zärtlichen Gefühl für das alte Haus überwältigt, so als sei es nicht einfach ein Gebäude, sondern ein missgebildetes Kind.

Sie wandte sich um und stapfte die lange Auffahrt der Flebbermans hinauf. Schon bevor sie das Haus erreicht hatte, sah sie, dass die weiße Farbe des Anstrichs abgeblättert war. Im Vorgarten lag der Schnee noch in kleinen und größeren Haufen über geheimnisvollen Gegenständen und verlieh ihnen eine künstlerische Aura, die sie bei wärmerem Wetter sicherlich völlig vermissen ließen. Am Ende der Auffahrt stand eine Remise; darin konnte sie einen alten, ziemlich verrosteten Pickup erkennen. Ein handgeschriebenes Schild auf der Windschutzscheibe bot ihn zum Verkauf an. Als sie die Holzstufen zur Veranda hinaufstieg, hörte sie lautes Kindergekreisch. Sie war zweifellos beobachtet worden, wahrscheinlich von dem Augenblick an, da sie aus ihrem eigenen Haus getreten war.

»Da ist jemand!«, schrie jemand – ein kleines Mädchen. Als sie dann klopfte, trat eine undeutbare Stille ein. Hinter der Tür hörte sie Schritte kleiner Füße und das Kichern der Kinder. Einen Augenblick später ertönten schwerere Schritte, und die Tür wurde geöffnet.

Vor ihr stand eine grobschlächtige Frau in weitem Hauskleid mit einem Kleinkind auf dem Arm. Sowohl die Mutter als auch das Kind kniffen wegen der plötzlichen Helligkeit des Schnees die Augen zusammen, als seien sie Höhlenbewohner. Die Frau hatte Säcke unter den Augen und Falten im Gesicht, für die sie eigentlich zu jung war. Selbst ihr Haar war schlaff und müde. Verängstigt setzte Francie ihr schönstes Lächeln auf.

»Was kann ich für Sie tun?«, fragte die Frau.

»Hallo«, sagte Francie. »Ich bin Francine Hart. Ihre neue Nachbarin.«

Die Frau starrte sie mit herunterhängendem Unterkiefer an. Francie wandte den Blick ab; dann zwang sie sich, die Frau wieder anzusehen, und brachte erneut ein Lächeln zu Stande.

»Und?«, sagte die Frau.

»Ja. Ich, hm ... ich dachte, ich komme einmal her und sage Guten Tag. Und ... ich bin mir sicher, Ihr Mann wird Ihnen davon erzählt haben ... es gab da eine kleine Meinungsverschiedenheit. Ich wollte ... ich wollte nur kommen und mich entschuldigen. Für mich selbst und meinen Mann.«

»Aha«, sagte die Frau. Sie verdrehte die Augen, aber nicht vor Abscheu oder Missfallen, sondern als ringe sie nach Worten. »Wo ist Ihr Mann denn?«, fragte sie schließlich.

»Oh. Nun ... er ist nicht mitgekommen. Er musste zurück in die Stadt.«

»Ah ... so.«

Francie räusperte sich und lächelte die Frau wieder an, diesmal noch ein wenig unsicherer. Sie hielt ihr die Tüte mit dem Tee hin.

»Das habe ich Ihnen mitgebracht«, sagte sie. »Aus der Manhattan Tea Brewery.«

Die Frau trat zurück, und zwei weitere Kinder, etwa drei Jahre alt, erschienen zu beiden Seiten ihrer ausladenden Hüften: Zwillinge, ein Junge und ein Mädchen, beide mit dem Daumen im Mund. Wie ihre Mutter starrten die beiden sie an; auf ihren rundlichen Gesichtern glänzte Speichel. Die Frau machte keinerlei Anstalten, das Geschenk anzunehmen.

»Kommen Sie herein«, sagte sie, nachdem sie anscheinend entschieden hatte, dass Francie von allein nicht weggehen würde.

Francie ging bis zum Türpfosten und verharrte dort einen Augenblick. Ein feuchter Geruch nach nasser Wäsche und Windeln schlug ihr entgegen, vermischt mit dem Dampf von gebratenem Schinkenfett, und sie konnte nur mit Mühe ein Niesen unterdrücken.

»Fleb!«, brüllte die Frau über die Schulter ins Haus. »Kommen Sie«, sagte sie noch einmal zu Francie und schloss hinter ihrem Gast die Tür.

»Danke!«, sagte Francie. Sie beschloss, es noch einmal mit dem Tee zu versuchen. »Hier, ich habe …« Ein Zwilling riss ihr die Tüte aus der Hand, verfolgt von dem anderen, der darin Süßigkeiten vermutete. Sie greinten beide, und jeder versuchte, den Beutel an sich zu bringen. Wie aus dem Nichts fuhr die Hand der Frau dazwischen, entriss ihnen den Beutel und zog beiden kurz den Handrücken übers Ohr, ein flinker, geübter Schlag wie mit einer Peitsche, der sie beide aufheulen ließ. Francie zuckte zusammen.

»Das ist nicht für euch«, sagte die Frau verärgert.

»Es ist nur Tee«, sagte Francie zu ihr. »Roiboos Zitrone.«

»Fleb!«, rief die Frau wieder. »Hier ist Besuch! Zitrone *was?*«, fragte sie Francie.

»Roiboos«, wiederholte Francie unsicher.

Über ihr wurden schwere Schritte hörbar und kamen irgendwo eine Treppe herunter. Dann erschien Flebberman, diesmal ohne seine Baseball-Kappe. Von den Augenbrauen an abwärts war sein Gesicht anscheinend immer sonnenverbrannt, aber seine Stirn war weiß wie Mehl. Als er Francie sah, blieb er überrascht stehen und sah sich rasch um, als suche er nach irgendeinem Fluchtweg. Dann schien ihm wieder einzufallen, dass er sich in seinem eigenen Haus befand, und prompt zeigte er mehr Selbstbewusstsein.

»Ah«, sagte er. »Ja.« *Sie,* hätte er ebenso gut sagen können, dachte Francie.

»Hallo, Mr Flebberman«, sagte Francie. »Ich hoffe, ich komme nicht ungelegen.«

»Nein«, sagte er.

»Nun, ich ... sehen Sie, ich will ganz offen sein. Ich weiß, dass wir aneinander geraten sind, und ich tue mich damit schwer. Wenn wir Nachbarn sein wollen, möchte ich, dass wir uns gut verstehen. Deswegen bin ich hergekommen ...«

»Sie ist hergekommen, um sich zu entschuldigen«, unterbracht die Frau sie.

»Oh«, sagte Flebberman.

»Ja«, sagte Francie. »Genau das.«

Das schien Flebberman noch mehr zu überraschen, so als hätte er eigentlich mit einem Angriff gerechnet. Er verdrehte die Augen ebenso wie seine Frau und rang nach Worten. Sein Unterkiefer klappte mehrfach auf und zu, bevor er etwas herausbrachte.

»Haben Sie die Frau schon kennen gelernt? Jennifer.«

»Ja. Hallo.«

Jennifer, die Frau, lächelte wieder freudlos.

»Wenn Sie einen Kaffee wollen«, verkündete sie, »kommen Sie in die Küche.«

Darauf ging sie voraus, Francie folgte ihr, Flebberman im Schlepptau; allesamt mussten sie über die Zwillinge steigen, die sich jetzt in einen Ringkampf um irgendein Spielzeug verwickelt hatten. Die Küche war ein lang gestreckter Raum mit altem Linoleumbelag und wasserfleckigen Wänden. An einem sehr mitgenommenen alten Holztisch arbeitete ein hübsches junges Mädchen, die Zunge vor Konzentration zwischen die Lippen geschoben. Vor ihm lag eine aufgeschnittene Einkaufstüte aus braunem Packpapier, die es als Malgrund für einen Sonnenuntergang in Pastell benutzte. Als Francie hereinkam, blickte das Mädchen schüchtern auf.

»Amelia«, sagte Flebberman. »Sag Guten Tag.«

»Guten Tag«, sagte das Mädchen, das ungefähr neun Jahre alt war und aussah, als sei es eine Leihgabe aus einer anderen Familie. Sein Haar war säuberlich zu einem Pferdeschwanz zusammengebunden, und es trug Kleid und Kniestrümpfe. Auf Francie machte es einen ziemlich aufgeweckten Eindruck – ganz im Gegensatz zu den übrigen Flebbermans.

»Hallo«, sagte Francie und lächelte. Sie spürte einen verwandten Geist. »Das ist ein schönes Bild.« Die Kleine erwiderte ihr Lächeln – der erste Flebberman, der das tat.

»Beweg deinen Hintern da weg und mach uns Platz«, sagte Jennifer.

»Oh, muss ich?«, fragte das Mädchen.

»Wir könnten uns auch ins Wohnzimmer setzen«, sagte Flebberman zu seiner Frau.

Jennifer seufzte hörbar. »Nun, ich werde doch nicht extra ein Tablett nach drüben schleppen«, sagte sie. »Wir können doch genauso gut hier sitzen, oder?«

Francie, die am liebsten im Erdboden versunken wäre, reagierte sofort.

»Ich wollte wirklich nicht lange bleiben«, sagte sie. »Ich wollte nur eben Guten Tag sagen. Mich kurz vorstellen. Und …« Sie wollte noch einmal sagen: mich entschuldigen, hielt aber inne.

»Nein, ist schon gut«, sagte Flebberman zu ihr. Zu seiner Frau sagte er: »Nun hol um Himmels willen schon Teller und Besteck raus. Und lass das Kind los. Es muss ja nicht ununterbrochen an dir hängen wie ein Affe.«

»Du weißt doch, wie der Junge ist«, sagte Jennifer warnend.

»Na, versuch's einfach mal«, sagte Flebberman. »Du willst ihn ja wohl nicht bis zu seinem Schulabschluss so herumtragen wollen, hoffe ich.« Er wandte sich zu Francie und zog die Augenbrauen hoch. Sie begriff, dass dies ein Scherz sein sollte, und war gleichzeitig erleichtert, dass das Eis gebrochen war, und in Panik, weil sie die Pointe nicht verstanden hatte. Aber für ein Lächeln reichte es. Jennifer setzte den Kleinen ab. Auf der Stelle begann er entsetzlich zu schreien und sah Francie mit weit aufgerissenen, feuchten Augen an. Er klammerte sich an die Beine seiner Mutter und vergrub sein Gesicht in deren teigigen Waden.

»Dieses Kind hat auch vor allem und jedem Angst«, sagte Flebberman.

»Hallo, du da«, sagte Francie sanft. Sie beugte sich herunter und wackelte mit ihren Fingern vor seinem Gesicht. Der kleine Junge drehte sich um, hörte auf zu schreien und stopfte sich drei Finger in den Mund.

»Sieh mal einer an«, sagte Flebberman angenehm berührt.

Jennifer Flebberman starrte Francie eine Minute lang unverwandt an, als versuche sie herauszufinden, welchen Trick die andere Frau benutzte. Dann nahm sie wortlos einige Pappteller aus einem Beutel auf der Küchentheke und verteilte sie auf dem Tisch, als gebe sie Spielkarten aus.

»Es ist nur, weil er mich nicht kennt«, sagte Francie. »Es hat nichts zu bedeuten.«

Sie saßen am Tisch und aßen Kuchen mit Plastiklöffeln, während die Zwillinge in die Küche hinein- und wieder aus der Küche herausjagten und der Jüngste ihnen um die Füße kroch und mit sich selbst sprach. Jennifer machte keine Anstalten, eine Kanne von dem Roiboos-Zitronen-Tee zu kochen. Er würde wohl, nachdem sie gegangen war, im Abfalleimer landen, überlegte Francie.

Das Haus war keine Müllkippe, aber es war auch nicht richtig sauber. Eine Führung hatte man ihr nicht angeboten. Von ihrem Platz in der Küche aus konnte sie im Wohnzimmer einen braunen, flauschigen Teppichboden, ein Sofa mit aufgeschlitztem Polster und ein Panoramafenster mit Blick nach Süden erkennen. Amelia, das ältere Mädchen, saß dort und spähte manchmal um die Ecke zu ihnen herüber. Es war keine Frage, dass sie sowohl neugierig als auch schüchtern war, aber man hatte sie nicht eingeladen, sich zu den Erwachsenen zu setzen.

»Dieses Haus ist ungefähr vierzig Jahre nach Ihrem gebaut worden«, erzählte Flebberman ihr beim Kuchen. Zu Francies immenser Erleichterung war er in beachtlichem Maße aufgetaut und jetzt in redseliger Stimmung. »Von einem Zweig der gleichen Familie. Aber sie hießen anders. Es war ein deutscher Name. Flavia und so weiter. Flavia-Hermann, genau.«

»Flavia-Hermann«, wiederholte Francie.

»Und irgendwie ist im Laufe der Zeit daraus Flebberman

geworden«, sagte Flebberman. »Vermutlich in einem der Weltkriege, als sie nicht mehr so deutsch klingen wollten.«

»Und sie waren mit den Musgroves verwandt?«

»Der Bursche, der das Haus gebaut hat, in dem Sie wohnen – das muss der Korporal gewesen sein ...«

»Der Captain«, unterbrach Jennifer ihn.

»... der Captain, meine ich ... das muss drei oder vier Generationen vor Tante Helen gewesen sein, der Tante meiner Mutter«, erklärte Flebberman. »Ich weiß nicht, wozu ihn das im Verhältnis zu mir macht, vielleicht eine Art Ur-Urgroßonkel oder so was. Sie hatten zehn Kinder, von denen fünf sofort oder fast sofort gestorben sind. Können Sie sich das vorstellen? Und keinen männlichen Nachkommen, der den Namen hätte erhalten können. Sind also keine Musgroves mehr übrig, und wir hier sind die letzten Flebbermans. Allerdings habe ich selbst zwei Jungs. Ha-ha. Geh hin und mehre dich, mein Sohn!«, sagte er in Richtung seines Fußes. Der sabbernde Kleine lachte und klopfte auf Francies Zehen.

»Das Haus war das Familienerbe«, sagte Jennifer Flebberman bitter.

»Nun, es hat fünfundzwanzig Jahre lang leer gestanden«, erinnerte Flebberman sie. »Und wir hätten ohnehin nicht genug Geld gehabt, um es zu kaufen.« Zu Francie meinte er: »Tante Helen hat es meiner Mutter hinterlassen, aber die musste es verkaufen. Konnte nicht einmal die Abgaben dafür bezahlen. Und die Bank war der einzige Abnehmer.« Er schüttelte den Kopf. »So ein altes Ding sollte unter Denkmalschutz stehen, wenn Sie meine Meinung hören wollen. Haben Sie schon Pläne für einen Umbau?«

»Uns gefällt es so, wie es ist«, sagte Francie. »Einige Bäder müssen saniert werden. Aber ansonsten wollen wir es in seinem historischen Zustand erhalten.«

Flebberman, der inzwischen seinen Kuchen verzehrt hatte, lehnte sich zurück und verschränkte die Arme. »Aha«, sagte er und warf seiner Frau einen kurzen Seitenblick zu, die ihren Kuchen in winzigen, wütenden Bissen aß, ohne aufzublicken. Francie kam zu dem Schluss, dass es Zeit für einen Themenwechsel war.

»Auf meinem Weg hierher ist mir klar geworden, dass ich irgendeinen fahrbaren Untersatz benötige«, sagte sie. »Mein Mann ist in die Stadt zurückgefahren und hat mich hier ohne Auto sitzen lassen. Wie viel verlangen Sie für den Pick-up in dem Schuppen?«

Auf Flebbermans Gesicht machte sich ein Ausdruck der Verwunderung breit. »*Das* Ding wollen Sie kaufen?«, fragte er ungläubig.

»Läuft es denn nicht?«

»Klar läuft es, aber …«

»Zeig es ihr«, sagte Jennifer schnell.

»Ja, ja, klar zeige ich es ihr. Mit einem zweibeinigen Pferd wäre ihr wahrscheinlich besser gedient, aber ich zeige es ihr«, sagte Flebberman. Er stand auf und warf seinen Pappteller wie ein Frisbee in Richtung Mülltonne. Der Teller klatschte gegen die Wand und kreiselte dann zu Boden wie eine Münze.

»Das ging daneben«, sagte er zu seiner Frau.

»Ich heb's schon auf«, sagte sie mürrisch.

»Ich zieh mir nur eben Stiefel an«, sagte er zu Francie.

Als sie vors Haus traten, atmete Francie tief durch, dankbar für die frische Luft. Flebberman führte sie ums Haus zu der Remise und stieg in den alten Pick-up. Er ließ den Motor an, was nach mehreren Versuchen gelang, und setzte den Wagen auf die Auffahrt. Der Pick-up vibrierte stark und stieß blauen Rauch aus. Seine Farbe war vor lauter Rost nicht zu erkennen; vielleicht war es einmal ein Rot gewesen. Flebberman stieg aus, schlug die Tür zu, aber sie sprang wieder auf, begleitet von einer Rostwolke von der Unterseite. Beschämt drückte er die Tür noch einmal sanft zu und lehnte sich dagegen, bis sie einrastete.

»Das Schloss ist etwas schwierig«, sagte er. »Damit es schließt, muss man es langsam zudrücken, verstehen Sie. Niemals zuschlagen.«

»Ich verstehe«, sagte Francie.

»Wissen Sie, wie man mit einem Schaltgetriebe fährt?«

»Ja, das weiß ich.«

»Das ist schon mal gut. Allerdings ist mir ein kleines Versehen unterlaufen, als ich mal ein neues Getriebe eingebaut habe. Ich zeige Ihnen am besten, was ich meine.« Er hielt inne und überlegte. »Der Wagen tut es nicht mehr allzu lange. Sind Sie sich sicher, dass Sie ihn wollen? Er wird auch etwas Arbeit machen. Eine Menge Arbeit.«

»Wird es sich um Arbeiten handeln, für die ich Sie engagieren kann?«

Flebberman schniefte stolz. »Zur Hölle, auf jeden Fall«, sagte er. »Ich kann alles reparieren, was nicht atmet. Und sogar noch mehr. Er läuft übrigens besser, wenn er warm ist. Wenn wir Ersatzteile brauchen, kann ich sie vom Hof holen. Wussten Sie, dass ich einen Schrottplatz habe?«

»Einen ... einen Schrottplatz? Nein, das wusste ich nicht.«

»Kommen Sie«, sagte Flebberman. »Ich zeig Ihnen den Platz, während der Wagen sich die Kehle freipustet.«

Francie folgte ihm auf die Terrasse, die das Haus hufeisenförmig umfasste, und als sie die der Straße abgewandte Seite des Gebäudes erreichten, machte Flebberman eine weit ausholende Geste mit dem Arm. Francie sah ein großes Gelände hinterm Haus, auf dem lauter Schneehügelchen emporragten, aus denen Teile rostiger Maschinen hervorragten. Von der anderen Seite aus führte eine kleine Stichstraße von der Landstraße zum Schrottplatz. Und zur Straße hin stand ein Schild, das sie von ihrem Standpunkt aus nicht lesen konnte.

»Flebberman und Söhne, gebrauchte Autoteile und Autofriedhof«, erklärte Flebberman ihr. »Ich habe da zwei Hektar voll ausgedienter Wagen stehen. Und alles Mögliche andere Zeug. Was Sie sich wünschen. Hier ist die letzte Ruhestätte für alte Maschinen.« Er grinste.

»Meine Güte«, sagte Francie wirklich beeindruckt. »Man würde so etwas hier nie vermuten.«

»Nein. Ich habe es so angelegt, dass es von der Straße aus nicht zu sehen ist. Jeder braucht einen Schrottplatz, aber keiner will einen Schrottplatz sehen. Ich habe schon den Leuten ihren Schrott abgekauft, als ich noch zur Highschool ging. Und wir haben dieses Gelände recht billig bekommen, weil es ja bereits in der Familie war. Ich wollte damals einen Gebrauchtwagenhandel hier aufziehen, aber ...« Flebbermans Stimme verlor sich. »Habe es nie geschafft, würde ich sagen.«

»Es gibt immer noch eine Gelegenheit«, sagte Francie.

Flebberman blickte sie an.

»Ja«, sagte er. »Ich denke, so ist es.«

»Also gut, wie viel wollen Sie für den Wagen?«

Er kräuselte die Lippen. »Wie wär's mit fünfhundert?«

Francie musste sich Mühe geben, nicht zu lachen. Sie hatte mit bis zu zweitausend gerechnet.

»Fünfhundert ist okay«, sagte sie. »Wenn Ihnen ein auf Sie ausgestellter Scheck recht ist.«

»Zum Teufel, ja«, sagte Flebberman. »Ein Scheck auf meinen Namen ist in Ordnung.«

»Es steht immer noch unsere New Yorker Adresse drauf. Ist das okay?«

»Es ist ja nicht so, als wüsste ich nicht, wo Sie wohnen«, sagte Flebberman.

Sie gingen wieder zurück zur Vorderseite des Hauses. Francie nahm einen Scheck aus ihrer Geldbörse und füllte ihn auf der vibrierenden Motorhaube des immer noch laufenden Pick-ups aus. Flebberman besah sich das Stück Papier ungläubig und steckte es sich in die Tasche.

»Wenn irgendetwas damit jemals nicht in Ordnung ist, bringen Sie den Wagen einfach her«, sagte er überschwänglich. »Ich überlasse Ihnen die Ersatzteile zum Selbstkostenpreis, kein Problem.«

»Sie sind sehr freundlich«, sagte Francie. »Und, Mr Flebberman ...«

»Nennen Sie mich doch bitte Randy.«

»Also Randy. Diese Geschichte mit meinem Mann heute Morgen tut mir sehr Leid. Mir ist es ernst damit, dass ich nicht zulassen werde, dass er den Friedhof verlegt. Ich wollte nur, dass Sie das wissen.«

Flebberman nickte und scharrte verlegen mit den Füßen im Schnee. »Jaja«, sagte er. »Also gut, abgemacht.«

»Wir sollten nicht gleich auf dem falschen Fuß miteinander anfangen. Manchmal bildet sich Coltrane ein Urteil über die Dinge, ohne mit mir vorher richtig darüber gesprochen zu haben.«

»Ja ja. Gut, ich weiß, wie das ist.« Er warf über die Schulter einen Blick zurück zum Haus.

»Ich möchte nicht, dass Sie sich Sorgen machen. Wirklich nicht. Ich werde nicht zulassen, dass er irgendetwas anfängt, das Sie verärgern würde oder … Ihre Familie … entehren könnte.«

Als dieser Ausdruck fiel, richtete Flebberman sich auf und sah ihr unverwandt in die Augen.

»Genau das ist es«, sagte er. »Genau darum geht es. Sie haben den Nagel auf den Kopf getroffen. Entehren.«

»Ja. Sie sollen nur wissen, dass ich Sie verstehe. Und dass ich auf Ihrer Seite stehe.«

Flebberman nickte völlig überzeugt. »Setzen Sie sich hier hin, ich werde Ihnen zeigen, wie man dieses Ding in Bewegung setzt«, sagte er.

Francie stieg ein, und Flebberman setzte sich auf den Beifahrersitz. Das Innere der Kabine war erfüllt mit einem seltsamen, nach Benzin riechenden Nebel. Flebberman schaltete das Radio ein und spielte mit dem Lautstärkeregler herum. Irgendwo im Armaturenbrett plärrte ein winziger Lautsprecher los. Country. »Der andere Lautsprecher funktioniert nicht«, erklärte er. »Das kann ich für Sie reparieren. Aber das Radio ist gut. Empfängt beide Sorten Musik.«

»Beide Sorten?«

»Country und Western.«

Flebberman grinste sie an. Francie lachte. Sie musste sich sehr beherrschen, um nicht vor Erleichterung zu weinen. Er mag mich, dachte sie. Hier kann ich dazugehören.

»Das hier ist die Kupplung«, sagte er. »Treten Sie sie mal.«

Francie tat wie ihr geheißen, und der kleine Laster setzte sich, nachdem sie die Handbremse gelöst hatten, hangabwärts Richtung Straße in Bewegung. Als sie versuchte, den ersten Gang einzulegen, stellte sie allerdings fest, dass nichts geschah. Während der Truck langsam Tempo aufnahm, fragte sie erschrocken: »Was mache ich jetzt?«

»Kräftig hin und her wackeln und dann mit einem Ruck

zur Seite damit. Der Gang liegt weniger hinten als vielmehr an der Seite. So ungefähr.«

Sie versuchte es und hatte Erfolg – der Truck bäumte sich auf und blieb mit aufbrüllendem Motor stehen. Flebberman stützte sich auf dem Armaturenbrett ab.

»Es ist mir ausgesprochen peinlich«, sagte er. »Es war die erste Schaltung, die ich selbst eingebaut habe. Sie ist nicht ganz auf der Höhe.«

»Ich bin mir sicher, sie wird schon funktionieren«, sagte Francie. »Sie gibt dem Wagen jedenfalls etwas Unverwechselbares.«

»Sie treffen den Nagel auf den Kopf«, sagte Flebberman befriedigt. »Sie haben das gut drauf mit den Worten.«

»Ja, nun ...«

»Also, der Rückwärtsgang ist auch ein wenig schwierig. Sie müssen die Kupplung treten und den Schalthebel dann herunterdrücken ...«

»Herunter?«

»Ja, nach unten ... und dann nach rechts ... nein, richten Sie sich nicht nach dem Schaltbild, das wird Sie nur verwirren.«

Francie schaffte es, den Rückwärtsgang einzulegen, und gab Gas. Für kurze Zeit drehten die Räder wild durch. Flebberman hielt seine Hände ruhig im Schoß, während ein Teil seiner Auffahrt durch die Luft geschleudert wurde.

»In Ordnung«, sagte er ruhig, »Kupplung etwas schneller kommen lassen.«

Jetzt ließ Francie das Pedal zu plötzlich los, und der Truck schoss nach hinten den Hügel wieder hinauf. Sie bremste.

»Es ist nicht einfach«, sagte Francie.

»Ah, Sie schaffen das schon«, sagte er. »Man braucht ein wenig Übung, das ist alles.«

»Vielen Dank.«

»Gern geschehen.«

Einen Augenblick lang saßen sie da, und der Motor vibrierte unter ihnen.

»Ich wollte Ihnen noch sagen, dass ich auf dem Dachboden einiges gefunden habe, das Ihnen gehört«, sagte Francie. »Alte Comic-Hefte. Und überall steht Ihr Name drin.«

Flebberman schnaubte. »Comic-Hefte?«, fragte er.

»Einige sind ziemlich alt. Und dann sind da noch einige ältere Bücher. Vielleicht sind die was wert.«

»Ach was. Dieser alte Krempel doch nicht. Außerdem erinnere ich mich gar nicht mehr richtig daran. Die müssen da jetzt seit Jahrzehnten liegen.«

»Vielleicht kann ich ja, wenn ich meinen Computer angeschlossen habe, mal im Internet nachschauen, wie sie so gehandelt werden.« Als sie seinen Ausdruck stiller Verwirrung bemerkte, fügte sie hinzu: »Bei Ebay oder auf einer antiquarischen Website.«

Flebberman nickte. »Ja«, sagte er. »Also, davon verstehe ich überhaupt nichts. Vom Internet. Habe mich nie damit beschäftigt.« Er fingerte am Türgriff herum, öffnete den Wagenschlag aber nicht, sondern fummelte nur herum. Francie merkte deutlich, dass es ihm gefiel, in ihrer Nähe zu sein. Er selbst roch nach Benzin oder vielleicht nach Maschinenöl. Er war zu schüchtern, um sie direkt anzusehen. Ein schneller Blick auf seine Hände offenbarte ihr schwarze Mondsicheln am Ende jedes Fingernagels und Schmutz, der tief bis in die Falten der Haut eintätowiert war.

»Glauben Sie wirklich, dass sie etwas wert sein könnten?«, fragte er.

Sie zuckte die Achseln. »Wer weiß? Es kann ja nicht schaden, mal nachzuschauen. Sie sind jedenfalls in gutem Zustand.«

»Also«, sagte Flebberman, »das wäre ja ein Ding. Ich könnte das Geld gut gebrauchen, wenn Sie wirklich wertvoll wären.«

»Gut, ich werde es in jedem Fall einmal überprüfen«, sagte Francie. Ohne hinzusehen wusste sie, dass Jennifer Flebberman irgendwo am Fenster stand und sie beobachtete. Dann fügte sie noch hinzu: »Ich mochte auch gern Science-Fiction, als ich noch klein war.«

»Oh. Den meisten Mädchen gefällt so was nicht.«

»Ich weiß.«

»*Spaceman* und so was? Tatsächlich?«

»Tatsächlich.«

»Ha«, sagte Flebberman verwundert.

»Gut, ich sage Ihnen dann Bescheid, wenn ich irgendetwas herausgefunden habe«, sagte Francie. »Und noch einmal vielen Dank. Es ist ein Vergnügen, mit Ihnen Geschäfte zu machen.«

Flebberman verstand dies als Wink auszusteigen. Während er sich vom Sitz gleiten ließ, sagte er: »Ich will mal schauen, ob ich irgendwo die Papiere von diesem alten Schätzchen auftreiben kann. Die werden Sie brauchen, wenn Sie den Wagen anmelden. Ich komme dann damit vorbei, vielleicht morgen.«

»In Ordnung, und noch einmal vielen Dank.«

Flebberman nickte und schloss die Wagentür.

Auf dem Weg hügelabwärts nach Adencourt spürte Francie das Brummen des Motors durch die Federung des Sitzes. Sie bog in ihre Auffahrt ein und dachte erst im letzten Augenblick daran, die Kupplung zu treten, bevor sie bremste. Sanft kam der Wagen zum Stehen; sie stellte den Motor ab und war stolz auf ihre Erwerbung.

»Ich werde schon aus dir schlau werden, Auto«, sagte sie. »Ja, das werde ich.«

Dann ging sie nach oben ins Schlafzimmer und zog ihre Kleider aus, um irgendetwas anzuziehen, das nicht nach Benzin roch. Plötzlich überlegte sie es sich aber, ging ans Fenster und drückte ihre Brustwarzen gegen das kalte Glas. Sie genoss den Schauer, den das durch ihre Leibesmitte sandte. Während sie den Blick noch einmal über die erstarrte Landschaft schweifen ließ, wurde ihr plötzlich klar, dass Glas durchsichtig war – man konnte sie sehen, um Gottes willen! Und da kam auch schon ein Auto! Rasch lief sie zum Bett und kroch unter die Decke. Erregt wartete sie, dass das Auto vorüberfuhr. Dann ließ sie ihre Hände über die Brüste, den Bauch hinunter und über ihren Schamhügel gleiten. Sie wusste nicht warum, aber sie war ganz plötzlich und völlig unzweifelhaft erregt. Es konnte nicht an Flebberman liegen. Woran aber dann?

Nun, vielleicht hatte Flebberman doch ein wenig damit zu tun. Er war zwar nicht im Mindesten attraktiv, aber er war auf jeden Fall geschickt. Und dann hatte er diese Hände. Schmutzig, aber stark. Sie stellte sich vor – nur zum Spaß natürlich –, dass sie auf ihr lägen statt ihrer eigenen, während sie sich einen Finger in den Mund schob und ihn dann befeuchtet immer wieder über ihre Klitoris gleiten ließ, auf und ab. Diese schmutzigen Mechanikerhände auf ihrem rosa Fleisch. Der Gegensatz war so erregend; Flebberman, der sie berührte, Flebberman, der sie leckte, Flebberman, der sie zum Höhepunkt brachte. Wie komisch. Wie völlig unwahrscheinlich. Trotzdem bäumte sie sich auf, erzitterte und hörte sich selbst leise stöhnen, die Intensität ihres Orgasmus überraschte sie.

So heftig war sie schon lange nicht mehr gekommen, überlegte sie, als sie wieder zu Atem kam. Seit Jahren nicht mehr. Tatsächlich nicht, seit sie Psychopharmaka nahm.

Also gut, dachte sie und atmete tief durch, in Hochstimmung. Dann war es wohl doch richtig gewesen, sie abzusetzen.

Als am späten Nachmittag die tote, frühwinterliche Sonne versank, ging Francie nach unten und las einige weitere Tagebucheintragungen in Marly Musgroves ungelenker Handschrift. Kühe melken, Gemüse pflanzen, Besuche von Nachbarn, die Namen weiterer Kinder. Die dürren Aufzeichnungen eines Jahres nach dem anderen zerrannen ihr unter den Fingern, und die Seiten fühlten sich an wie die Haut irgendeines zarten, ausgestorbenen Tieres. Keine Erwähnung der Familie Flavia-Hermann, zu der Flebberman gehörte. Ein merkwürdiger Name, sowohl italienisch als auch deutsch. Vielleicht sogar früher einmal ein adeliger Name. Ein Name, der vielleicht selbst ein »Familienerbe« war.

Als es dunkel wurde, schaltete sie die Lampen aus und wanderte mit einer Kerze von Zimmer zu Zimmer, ohne jede Furcht. Nur der trübe Schein der kleinen Flamme und das Knacken des Holzgerüstes des Hauses begleiteten sie. Sie war der einzig verbliebene Passagier eines steuerlosen Schiffes. Sie rief laut sowohl Engel als auch Dämonen an, um zu sehen, wer aus der Dunkelheit hervorgeflattert käme. Sie musste enttäuscht feststellen, dass es überall still blieb. Niemand erschien, um sie zu begrüßen, noch nicht einmal eine Maus oder eine Motte.

Francie stand vor einem der Fenster in der ersten Etage, die Kerze in der Hand, und starrte ihr eigenes Spiegelbild an. Sie trug ihr altmodisches und durchsichtiges Lieblingsnachthemd, und sie hatte ihr Haar gelöst, sodass es ihr bis über die Schultern fiel. Äußerst erfreut stellte sie fest, dass sie aussah wie eine alte Ausgabe ihrer selbst aus dem neunzehnten Jahrhundert. Jedem, der jetzt die Straße entlangkam und zufällig zum Haus hinaufsah, musste der Schreck seines Lebens in die Knochen fahren. Aber die Straße blieb still, so wie sie es den größten Teil der vergangenen zwei Jahrhunderte gewesen war.

Marly Musgrove war also verwitwet gewesen oder sonst wie allein gelassen worden. Irgendetwas war dem Mann, den sie den Captain nannte, zugestoßen. Er war fortgegangen und gestorben. Das hatte sie dem Tagebuch entnommen. Auch Marly hatte in ihrem Schlafzimmer wach gelegen und allein an die Decke gestarrt. Vielleicht war auch sie in der Dunkelheit im Haus umhergewandert, hatte in die Schlafzimmer ihrer Kinder gespäht, um sich zu vergewissern, dass sie tief und sorglos schliefen.

Die Vorstellung, selbst an diesem Ritual teilzunehmen, reizte sie. Sie nahm sich wieder die Kerze, deren Docht inzwischen kürzer geworden war, aber deren Flamme immer noch entschlossen brannte, und ging den Flur mit den Kinderzimmern in der ersten Etage entlang. Welches Kind hatte in welchem Zimmer geschlafen? Sie klopfte an die erste Tür, wie Marly selbst es getan haben musste – ihr Inneres zog sich vor Erregung und Furcht zusammen.

»Hamish?«, rief sie leise. »Ist alles in Ordnung?«

Ja, Mutter, hörte sie ihn antworten, schwach, aber wirklich real – oder etwa nicht?

Sie ging weiter zum nächsten Zimmer und klopfte wieder an. »Lucia? Liebling? Hast du wieder Albträume?«, rief sie.

Nein, Mutter, ich schlafe.

»Braves Mädchen.« Sie ging weiter und klopfte an der nächsten Tür. »Ellen? Mein Herzchen? Brauchst du etwas?«

Nein, Mutter. Ich hab dich lieb.

»Ich hab dich auch lieb«, rief sie durch die Tür.

Und gute Nacht, meine kleinen Schläfer, dachte sie und richtete diesen Gruß – wie Marly es ebenfalls getan haben musste – an die Kinder auf dem Friedhof.

Dann ging sie wieder hinauf in ihr eigenes Schlafzimmer, blies die Kerze aus und stieg ins Bett. Die einzige Beleuchtung war jetzt der Halbmond, dessen Schein draußen vom Schnee reflektiert wurde. Sie lag unter dem Deckbett – es war so neu, dass es noch nach Chemikalien roch – und blickte durch das Fenster zu dem kleinen Stückchen Himmel empor, das sie vom Bett aus sehen konnte. Ihr fiel wieder ein, dass sie einmal gelesen hatte, alte Fenster verzerrten den Blick, weil das Glas in ihnen immer noch flüssig sei. Es schien zwar fest zu sein, aber in Wirklichkeit floss es immer noch sehr langsam, mit der Gemächlichkeit eines schmelzenden Gletschers, nach unten. Diese Idee gefiel ihr als Dichterin sehr. Sie stellte sich vor, dass sie sich selbst ebenfalls verlangsamen könne, sodass sie mit der gleichen Geschwindigkeit alterte, mit der die Fensterscheiben flossen, praktisch in eine neue Dimension der Zeit einträte, in der die Außenwelt so schnell vorüberzuziehen schien, dass sie von dort aus so kurzlebig wie eine Sternschnuppe erscheinen musste. Dann ging ihr auf, dass auch den toten Musgroves auf dem Friedhof die Dinge so erscheinen mussten. Sie saßen sicherlich da, ganz entspannt, so wie in Thornton Wilders *Unsere kleine Stadt*, und sahen die Jahre vorüberziehen, als seien es Sekunden. Würden sie in einer Äone immer noch dort sein? In zweien? Oder würden sie verschwinden, so wie alle Dinge, die man kannte, langsam der Vergessenheit anheim fielen?

Die Zeit kann manipuliert werden, dachte Francie beim Einschlafen. Ich kann überall leben, wo ich will, und zu jeder Zeit, wie ich es möchte. Ich kann zwischen Marlys Welt und meiner nach Belieben wechseln. Ich *kann* Kinder bekommen, wenn ich will. Sie sind jetzt meine. Wir können sie teilen, Marly und ich.

Im Schlaf träumte sie von galoppierenden Pferden mit fliegenden Hufen, aus deren bebenden Nüstern die Atemwolken wie Dampf austraten. Das Pferd galoppierte direkt über sie hinweg, so dicht, dass sie die Adern unter seinem Bauch sehen konnte, und die Hufe trafen ihren Kopf wieder und wieder, wie Schmiedehämmer. Aber sie empfand keinen Schmerz. Und dann träumte sie, dass sie wieder bei den Kindern war, bei allen fünfen, bei denen, die auf sie gewartet hatten seit ihrem letzten Abschied.

KAPITEL 19

Gerüchte

Colt nutzte die Nacht allein in seiner Wohnung, um sich nach Junggesellenart großzügig quer ins Bett zu legen. Und zum ersten Mal in sechs Jahren verschlief er.

Vor etlichen Jahren hatte Forszak in seiner Firma die feste Regel eingeführt, dass jeder, der im Laufe des Monats mehr als einhunderttausend Dollar eingebracht hatte, den Rest des Monats frei nehmen konnte. Nur wenige der Händler erreichten dieses Ziel, und diejenigen, die es schafften, waren von dem Erfolg so berauscht, dass freie Tage das Letzte waren, woran sie dachten. Sie wollten nichts als weitermachen, wie eine alte Dame an einem einarmigen Banditen, der ständig Vierteldollars ausspuckte. Aber es gab keine feste Regel, die besagte, dass jemand zu spät kommen durfte – *das* war schlicht und einfach nicht professionell. Forszak hatte nie gesagt, dass man nach Belieben später kommen könne, ganz gleich, wie erfolgreich man gewesen war.

Colt verwünschte sich selbst für diesen Ausrutscher, duschte, zog sich rasch an und stürmte hinaus, um sich ein Taxi zum Büro zu nehmen. Er dachte gerade noch daran, nach der Post zu sehen, und steckte sich die wenigen Umschläge, die er im Briefkasten vorfand, in die Manteltasche. Dann schaffte er es gerade noch, pünktlich zur Eröffnungsglocke der Börse im Büro zu sein, und die nächsten drei Stunden über war er dann damit beschäftigt, auf seine Bildschirme zu starren, gelegentlich angespannt und mit knappen Worten zu telefonieren und ab und zu etwas auf seiner Tastatur einzugeben, wenn sich irgendwo eine besondere Gelegenheit ergab. An die Post dachte er erst wieder zur Mittagszeit, als er sich die Jacke wieder anzog, um mit Joe, Buddha und Raoul Kebab essen zu gehen. Ein kurzer Blick auf die Umschläge sagte ihm, dass sich in zweien Kreditkartenabrechnungen befanden und der dritte irgendeine unerwünschte Werbepost war; der vierte Brief kam von der Strafvollzugsbehörde des Staates New York. Er erbleichte und stopfte das Schreiben schnell wieder zurück in die Manteltasche, bevor die anderen es sahen. Dass seine Kollegen von den Briefen der Gefängnisverwaltung erfuhren, hätte ihm gerade noch gefehlt. Das würde ewig an ihm hängen bleiben. Er beschloss, den Brief erst im Büro zu lesen.

Kurz bevor ihnen das Essen gebracht wurde, standen Raoul und Buddha gleichzeitig auf und gingen zur Toilette. Joe nutzte die Abwesenheit der beiden, um sich zu Colt hinüberzubeugen und ihm, die Lippen dicht an dessen Ohr, zuzuflüstern:

»Habe gehört, dass Forszak dich gestern zu einem Drink eingeladen hat.«

Colt verschüttete fast sein Wasser. »Bitte! Würde es dir etwas ausmachen, mir nicht ins Ohr zu atmen«, sagte er.

»Tut mir Leid«, sagte Joe und setzte sich wieder gerade hin. »Und, stimmt es?«

»Ja, das stimmt.«

»Worüber habt ihr gesprochen?«

»Nichts Besonderes. Der gewöhnliche Mist. Warum?«

Joe verschränkte die Arme, und man sah seinem Gesicht an, dass er zweifelte.

»Ich habe mich nur gefragt«, sagte er. »Es gibt da Gerüchte.«

»Na und? Es gibt doch immer Gerüchte. Es ist in der Firma schlimmer mit den Gerüchten als an einer Highschool«, sagte Colt.

»Ja, aber *diese* Gerüchte sind etwas anderes. Es stehen große Veränderungen bevor.«

»Darüber hat er nichts gesagt, Joe. Und ich habe auch nichts gehört, das schwöre ich dir.«

»Ich bin etwas nervös, darum frage ich«, sagte Joe.

Colt rieb sich müde die Stirn. Obwohl er so lange geschlafen hatte, war ihm zu Mute, als hätte er noch gut ein paar Stunden im Bett gebrauchen können. So gut hatte er seit Jahren nicht mehr geschlafen. Hing das vielleicht damit zusammen, dass es das erste Mal seit Jahren gewesen war, dass er *allein* geschlafen hatte? Francies Träume waren immer eine Art Action-Kino – sie fluchte, lachte, schlug um sich, setzte sich gelegentlich auf und hielt längere Monologe. *Dieser* Seite seiner Ehe mit Francie würde er keine Träne nachweinen. »Joe«, sagte er, »du bist wie ein altes Weib. Wenn die Putzfrau vergisst, deinen Papierkorb auszuleeren, dann denkst du, das bedeutet, dass sie dich entlassen wollen. Was für einen Grund gibt es denn schon, dass du dich sorgen solltest? Sind deine Gewinne zurückgegangen?«

Joe nickte – und sah trotz seiner Hängebacken und seines grauen Haars aus wie ein Schuljunge, der sich schämte. »Ein wenig«, gab er zu.

»Na, was soll's. Du hast dein Leben lang Geld gescheffelt. Du solltest ohnehin aufhören, bevor du eines Tages dabei tot umfällst. Genieß dein Leben ein wenig, bevor man dich mit den Füßen voran aus dem Büro wegtragen muss. Weißt du noch, wie es dem Burschen aus dem achtundzwanzigsten Stock im letzten Jahr ergangen ist? Stell dir das mal vor. Hast dein ganzes Leben lang gearbeitet und fällst plötzlich tot um. Nein, vielen Dank. Und der war erst vierzig!«

»Wie du redest. Du wirst ebenso wenig irgendwann aufhören wie ich. Außerdem bin ich dreiundsechzig Jahre alt, zahle Unterhalt an zwei Ex-Frauen, für zwei Kinder das Studium und habe eine Hypothek am Hals«, sagte Joe. »Ich bin nicht die Gelddruckmaschine, für die jeder mich hält. Aber behalt das für dich, Coltie. Das muss unter uns bleiben.«

»Glaub mir, ich hab nicht genug freien Speicherplatz in meinem Gehirn, um mir auch nur die Hälfte der Wehwehchen zu merken, von denen die Leute mir erzählen«, sagte Colt. »Ist bereits vergessen.«

Als sie nach dem Essen auf dem Rückweg ins Büro waren, zog Buddha Colt am Ärmel, um ihn zurückzuhalten, während Raoul und Joe weitergingen. Gereizt zog Colt seinen Arm fort.

»Lass mich los«, sagte er. »Was ist denn mit dir los?«

»Man hört, dass du gestern Abend nach der Arbeit mit Forszak aus warst«, murmelte Buddha und beugte Colt vertrauensvoll den glatten, kahlen Schädel zu. »Stimmt das?«

»Jesus Christus, ist meine ganze Lebensgeschichte heute Morgen im *National Enquirer* abgedruckt worden? Ja, ich war mit Forszak aus. Und nein, ich habe keinerlei Gerüchte gehört. Und nein, ich weiß nicht, was vorgeht. Zufrieden?«

»Nicht im Geringsten«, sagte Buddha. »Man könnte sagen, dass ich mich in einem Zustand verschärfter Unzufriedenheit befinde.«

»Du glaubst, ich lüge.«

»Nein, ich glaube nicht, dass du lügst. Ich glaube, du weißt es einfach nicht.«

»Und?«, sagte Colt.

»Du weißt doch, wie es läuft. Der Einzige, der nicht von den Gerüchten hört ...«

»... ist derjenige, über den alle reden«, brachte Colt den Satz zu Ende. »Heilige Scheiße, Buddha, wenn ich es nicht besser wüsste, würde ich denken, dass ihr versucht, mich verrückt zu machen. Zuerst Joe mit seinen Fragen ...«

»Du hast mit Joe geredet? Was wollte Joe wissen?«, unterbrach ihn Buddha.

»Nichts. Vergiss es. Geh und belästige jemand anderen.«

Schweigend gingen die beiden Männer weiter, bis sie das Firmengebäude erreichten. Sie steuerten die Fahrstühle an. Colt ging wie gewöhnlich gleich weiter zum Treppenhaus – das Treppensteigen gehörte zu seinem Gesundheitsprogramm. Er hatte bereits den zweiten Stock erreicht, als er überrascht wahrnahm, wie sich eine Tür hinter ihm öffnete und wieder schloss. Dann hörte er eilige Schritte auf der Treppe. Er brauchte sich nicht einmal umzuschauen, um zu wissen, um wen es sich handelte.

»Coltie ...«, ertönte Raouls Stimme.

Colt drehte sich um.

»Ja«, sagte er. »Es stimmt. Morgen kommt die Steuerfahndung und bringt euch alle ins Gefängnis. Nur mich nicht. Ich sage als Kronzeuge aus. Und jetzt sieh zu, dass du Land gewinnst.«

Raoul wurde weiß und starrte ihn voller Panik an.

»Um Gottes willen, das war ein *Scherz!*«, sagte Colt.

»Oh Mann, mach doch nicht so etwas«, sagte Raoul und hielt sich am Geländer fest. »Du hast mir einen tödlichen Schrecken eingejagt, Colt!«

»Raoul, was zum Teufel geht hier eigentlich vor?«

»Ich weiß es nicht«, sagte Raoul jämmerlich. »Ich hatte gehofft, du wüsstest es. Alle reden sie, aber niemand sagt etwas. Es ist wie verhext.«

»Gibt es irgendeinen *Grund,* das Auftauchen der Steuerfahndung zu fürchten?«

»Nein, ich schwöre, den gibt es nicht, Coltie. Aber das spielt auch keine Rolle. Wenn diese Leute vor der Tür stehen, dann trifft es als Erste immer die kleinen dunklen Typen wie mich. Aber sag mir bitte, Coltie: Es heißt, dass große Veränderungen bevorstehen und dass man allen Ballast abwerfen will. Bitte, Kumpel, ich bitte dich inständig. Wenn du irgendetwas weißt … muss ich mich nach einem anderen Job umsehen?«

»Weißt du, was ich glaube?«, sagte Colt. »Ich glaube, dass ihr allesamt Koks schnupft. Nichts geht hier vor, Raoul. Jedenfalls nichts, von dem ich weiß. Das habe ich auch den anderen gesagt, und das sage ich jetzt dir.«

»Den anderen? Meinst du Bud und Joe? Was wollten *die* denn wissen?« Aber Colt war bereits wieder auf dem Weg nach oben. In flottem Tempo, immer zwei Stufen pro Schritt.

»Ich habe zwei Kinder, Mann!«, rief Raoul ihm nach. »Ich habe ein Recht, es zu erfahren!«

»Lies den *Enquirer,* Junge!«, rief Colt nach unten. »Da steht alles drin, Wort für Wort!«

Wieder an seinem Schreibtisch fiel Colt zum zweiten Mal seine Post wieder ein. Er nahm den Brief von der Vollzugsbehörde und schob ihn sich in die Hosentasche; dann ging er zur Toilette, wo er sich in eine Kabine einschloss, den Umschlag aufriss und las: Einladung zur Anhörung im Verfahren zur vorzeitigen Haftentlassung.

Ich hätte es wissen müssen, grübelte er. Waren es denn bereits drei Jahre? Gott, wie die Zeit verfliegt. Dann las er weiter:

Hiermit wird allen, die es betrifft, bekannt gemacht, dass in der Strafsache Nova Hart am 10. Dezember um 15.00 Uhr eine öffentliche Sitzung des Berufungsausschusses stattfinden wird. Sollten Sie daran teilnehmen wollen, teilen Sie es mindestens vierundzwanzig Stunden vor dem oben genannten Termin dem Ausschuss brieflich oder telefonisch mit.

Wirklich entzückend. Und mehr als ein kleiner Zufall. Die Anhörung war in zehn Tagen.

Nun, wie steht's, Coltie?, erklang prompt die vertraute Stimme. Wirst du mich dieses Mal rausholen?

»So siehst du aus«, murmelte er, und die kahlen Wände der Toilette verstärkten sein Gemurmel. »Wie man sich bettet, so liegt man.«

Ach, Coltie. Das zeugt nicht von großer Sohnesliebe.

Ein Hüsteln in der Kabine neben ihm machte ihn darauf aufmerksam, dass er nicht allein war. Rasch stopfte sich Colt den Umschlag wieder in die Tasche und verließ den Waschraum, bevor er erkannt wurde. Das Letzte, was er jetzt gebrauchen konnte, war, dass sich herumsprach, wie er auf der Toilette Selbstgespräche führte.

Nach diesem uneffektiven Vormittag verkaufte Colt am Nachmittag zehntausend Aktien einer Telefongesellschaft mit einem Gewinn von siebenundzwanzig Cent pro Aktien – ein guter Abschluss eines eher bedrückenden Tages. Ohne sich von seinen Kollegen, die sich seit dem Mittagessen ohnehin in sehr gedämpfter Stimmung zu befinden schienen, zu verabschieden, zog er seinen Mantel an. Er achtete darauf, an Forszaks Büro vorbeizugehen, ohne auch nur einen einzigen Blick hineinzuwerfen, um nicht neuen Gerüchten Vorschub zu leisten. Draußen auf der Straße stieg er in ein Taxi und zog sein Handy hervor. Er wies den Fahrer an, stadtauswärts zu fahren, und rief dann die Auskunft der Kreisverwaltung von Bucks County an. Dort gab man ihm die Nummer einer Tiefbaufirma und verband ihn gleich weiter. »Gebrüder Steinbach«, erklang eine Stimme aus dem Hörer.

»Ja«, sagte Colt. »Sie haben Bagger und so was?«

»Wer spricht denn da?«

»Mein Name ist Hart. Ich muss etwas ausschachten lassen.«

»Ja, natürlich haben wir Bagger. Um welche Art von Ausschachtungsarbeiten handelt es sich?«

»Um einen Friedhof. In meinem Garten. Ich will ihn ausgraben lassen und den ganzen Dreck wegschaffen lassen.«

Es folgte eine lange Pause. »Machen Sie Witze?«

»Zum Teufel, nein. Das ist todernst gemeint. Ich habe ein Haus gekauft und dann herausgefunden, dass es auf dem Grundstück einen Friedhof gibt. Was die verfluchte Immobilienmaklerin zu erwähnen versäumt hatte.«

Der Mann am anderen Ende der Leitung atmete langsam und hörbar aus. »Na dann«, sagte er. »Wo wohnen Sie denn?«

»Kennen Sie die 112, die Ausfallstraße? Das alte Haus, das mal den Musgroves gehört hat?«

»Bleiben Sie mal einen Augenblick dran«, sagte Steinbach. Der Art und Weise, wie er sprach, konnte Colt entnehmen, dass er Übergewicht hatte und Raucher war. »Sie wollen *den* Friedhof ausgraben lassen?«

»Genau. Können Sie das machen oder nicht?«

»Darf ich fragen, warum?«

Colt ballte seine freie Hand zur Faust und schlug sich aufs Bein. »Weil«, sagte er ruhig, »er mir nicht gefällt. Seine bloße Existenz stört mich. Mir gefällt die Vorstellung nicht, dass bei mir fremde Tote im Garten liegen. Darum. Ist das deutlich genug?«

»Ich denke ja. Es ist nur – ich kenne den Mann, der sich um das Haus gekümmert hat.«

»Ah, Sie sind ein Kumpel von Mr Flebberman?«

»Ja«, sagte Steinbach. »Kennen Sie Randy?«

»Wir sind uns vorgestellt worden«, sagte Colt. »Prächtiger Bursche. Hören Sie, ich plaudere wirklich sehr gern mit Ihnen, aber ich muss das Gespräch jetzt beenden. Wie sind Ihre Sätze?«

»Meine was?«

»Wie viel *berechnen* Sie für die Arbeiten?«

»Nun, für so etwas wird ein kleiner Aufschlag fällig. Wir müssen erst eine Genehmigung für die Exhumierung besorgen. Glaube ich wenigstens. Wir haben so etwas noch nicht gehabt. Na ja, einmal. Aber das war nur ein einziges Grab. Das war so um 1985 herum, als mein Vater noch …«

»Wie viel?«, fragte Colt mit zusammengebissenen Zähnen.

»Einhundertfünfzig die Stunde plus die Kosten für die Genehmigung.«

»In Ordnung«, sagte Colt. »Fangen Sie morgen früh um Punkt neun Uhr damit an.«

»Langsam, langsam«, sagte Steinbach. »Wir sind für anderthalb Monate vollkommen ausgebucht. Wir werden frühestens im Januar jemanden dort hinschicken können, und dann wird der Boden steinhart gefroren sein, und wir werden …«

»Dreihundert Dollar die Stunde«, sagte Colt. »Und ein kleiner Bonus für Sie selbst, Mr Steinbach, wenn die Arbeiten zügig durchgeführt werden. Morgen geht's los. Würde das alle Terminkonflikte beilegen?«

»Drei …«

»… hundert Dollar pro Stunde. Zuzüglich …«

»Oh«, sagte Steinbach. »Hm. Nun, ich denke, wir werden eine Möglichkeit finden, es hinzubekommen. Bestimmt. Morgen? Um neun Uhr früh?«

»Richtig«, sagte Colt. »Rufen Sie mich unter dieser Nummer an, wenn es irgendwelche Probleme geben sollte.« Er gab Steinbach die Nummer seines Handys und legte dann auf.

»Wo wollen Sie hin, Mann?«, fragte der Taxifahrer.

Colt überlegte. Er brauchte dringend einen Scotch. Scotch und eine schöne, dicke, teure illegale Zigarre. Er gab dem Fahrer den Namen einer Bar in der 83. Straße, wo es das alles – und mehr – gab.

KAPITEL 20

Grausamkeit

Am nächsten Morgen – nach zwei Scotchs, einem Macanudo und einer weiteren wunderbaren Nacht allein in der Wohnung – war Colt pünktlich im Büro. Die Börse öffnete um 9.30 Uhr. Um 9.28 Uhr klingelte sein Handy. Colt war gerade dabei, einige Kauforders einzutippen, die er abschicken wollte, sobald die Glocke geläutet wurde, und seine Hand schwebte bereits über den entscheidenden Tasten. Diese Käufe waren eine heiße Sache – Internetaktien, die er seit Wochen beobachtet hatte, an die er sich herangepirscht hatte wie ein Panther an eine fette, verwundete Gazelle. Ein Teil von ihm drängte ihn, das Klingeln des Handys zu ignorieren, aber er war einfach nicht der Typ dazu, auf einen Telefonanruf nicht zu reagieren. Schließlich wusste man nie, wer es sein konnte. Vielleicht der Präsident, der anrief, um einen zu belobigen, weil man ein aufrechter amerikanischer Bürger war. Es hatte schon die merkwürdigsten Dinge gegeben.

»Hallo«, sagte er.

»Du Arschloch«, sagte Francie.

»Ah, hallo Liebes«, sagte Colt laut genug, damit Raoul, Buddha und Joe ihn verstehen konnten, denn sie hörten ohnehin zu. »Ist alles in Ordnung?«

»Da ist irgendeine Maschine im Garten, und sie graben den Friedhof aus«, sagte Francie. »Also ist nichts in Ordnung. Coltrane, was ist hier los?«

»Also, ich habe nicht die geringste Ahnung«, sagte Colt. »Gibt es noch was? Die Börse macht gerade auf, und ich bin sozusagen ziemlich beschäftigt.«

»Colt, wie konntest du das tun?«, sagte sie. »Ich dachte, wir würden zumindest darüber *reden*!«

»Es ist immerhin mein Haus, oder nicht?«, sagte Colt.

Joe, Buddha und Raoul blickten gleichzeitig auf. Im Fernsehen erklang die Glocke, und das Gebrüll ging los. Colt hieb verzweifelt auf seine Tastatur ein.

»Ich muss Schluss machen!«, sagte er. »Der Markt ist eröffnet!«

Francie seufzte. »Coltrane, ich hatte gehofft, es dir persönlich sagen zu können ... Ich will die Scheidung.«

Colt schluckte die Säure hinunter, die ihm in der Kehle aufstieg. »So?«, sagte er, während er weiter seine Tastatur bearbeitete. Sein Bildschirm füllte sich mit Fehleranzeigen.

»Ja. Das will ich. Ich habe darüber nachgedacht und ... nun, wenn man alles bedenkt, was sich in letzter Zeit zwischen uns ereignet hat und ... die Tatsache, dass wir uns voneinander entfremden ...«

»Also, Francie, jetzt ist wirklich nicht der richtige Zeitpunkt, um darüber zu sprechen.«

»Siehst du? Du findest sogar die Börsenöffnung wichtiger als ein Gespräch über deine Ehe! Das nennt man seelische Grausamkeit, Coltrane!«

»Francie«, sagte Colt und senkte die Stimme – er unterdrückte den Impuls, durch die Leitung zu springen und sie zu erwürgen. »Ich sage es dir nicht gern, aber das Öffnen der Börse *ist* wichtiger als ein Gespräch mit dir. Klar? Das ist es, womit ich meinen Lebensunterhalt verdiene. Und weißt du, das Landhaus, das du so liebst und in dem du gerade sitzt, das habe ich gekauft. Mit dem Geld, das ich hier bei meinem Job verdient habe. Wenn du mich davon abhältst, meinen Job zu machen, hältst du mich davon ab, Geld zu verdienen. Und das bedeutet, dass ich nichts kaufen kann. Und du auch nicht. Du weißt, dass der verdammte Markt um halb zehn eröffnet. Und dann rufst du mich eine Minute vorher an und sorgst dafür, dass ich die Öffnung verpasse? *Das* ist seelische Grausamkeit. Außerdem ist es *wirklich verflucht dumm!*« Er hatte Mühe, seine Stimme zu beherrschen.

»Wie konntest du eine Vasektomie machen lassen, ohne es mir zu sagen?«, kreischte Francie so laut, dass Colt befürchten musste, seine drei Kumpels könnten es mitbekommen. Er warf einen kurzen Blick in die Runde, aber sie taten alle so, als bemerkten sie ihn nicht. »Wie konntest das nur tun? *Das* nenne ich seelische Grausamkeit!«

»Na gut. Jedenfalls muss ich jetzt Schluss machen«, sagte Colt.

»Nein! Nein! Ich werde mich nicht wieder von dir abwimmeln lassen! Ich verlange deine volle und ganze Aufmerksamkeit genau jetzt, Coltrane! Ich rede nicht nur von einem Job. Es ist wichtiger als ein Job! Es geht um unser beider Leben!«

»Ich muss *Schluss machen,* verdammt noch mal«, sagte Colt.

»Coltrane, ich habe niemals in meinem Leben so sehr das Gefühl gehabt, betrogen zu werden. Von niemandem.«

Er hörte, dass ihr die Tränen kamen.

»Also gut«, zischte er in den Hörer, »warum schreibst du kein Gedicht darüber?«

Sofort wünschte er, das nicht gesagt zu haben, denn nun begann sie wirklich zu weinen, und das war für ihn wie ein Schlag in den Magen. Er hatte sie einmal dafür geliebt, wie sie die Welt sah – ein Bild, gemalt in breiten Pinselstrichen von Gefühlen –, und hatte bewundert, mit welcher Ausdauer sie versucht hatte, dieses Bild in Worte zu fassen, ganz gleich, wie oft sie scheiterte. Hatte er ihr das jemals gesagt? Vermutlich nicht. Vielleicht konnte er es ihr jetzt sagen.

»Unsere Ehe ist zu Ende, Coltrane«, sagte sie weinend.

Zu spät.

Im gleichen Moment wurde ihm blitzartig klar, wie sie seinen Job sah, und er dachte: Sie glaubt, dass mich nur Geld interessiert, das Geld für mich das Wichtigste ist. Nun, das ist es nicht. Jedenfalls nicht für immer. Aber im Augenblick schon. Weil man dafür sorgen muss, dass man genug hat. Es ist ganz schön, herumzusitzen und Gedichte zu schreiben oder Urlaub zu machen oder sonst was. Aber bevor man irgendetwas anderes tat, musste man dafür sorgen, dass man genug Geld dafür hatte. Und wir haben nicht genug, noch nicht. Nicht annähernd genug. Und ich, so scheint es, bin der Einzige, der das versteht.

»Einverstanden«, sagte Colt.

Als sie daraufhin längere Zeit schwieg, hängte er ein. »Alles klar, Coltie?«, fragte Buddha. »Alles in Butter?«

Colt sah auf den Fernsehschirm; die Kurse waren bereits um zwanzig Punkte gestiegen. Er hätte von Anfang an dabei sein müssen. Jetzt konnte er den ganzen Tag hinterherlaufen.

»Alles bestens«, sagte Colt.

Er zog seinen Stuhl näher an seinen Schreibtisch heran, und sein Blick fixierte den großen Monitor; der Index war um zwanzig Punkte gestiegen. Er hätte vom ersten Moment an einsteigen müssen. »Es ist alles bestens«, sagte er noch einmal, obwohl ihn jetzt niemand mehr beachtete.

Ungefähr vier Minuten später klingelte wieder das Telefon. Wayne Steinbach war am Apparat.

»Mann, hier ist vielleicht was los«, sagte er.

»Ich bin gespannt auf die Einzelheiten.«, sagte Colt. Seine Uhr zeigte 9.46 Uhr, und er war bereits ausgelaugt. Mehr als alles andere wollte er nach Hause und zurück auf seine Couch.

»Randy Flebberman ist hier unten, und er ist wütender als ein Bulle beim Eierbrennen.«

»Ein Bulle beim *was?*«

»Na, Sie wissen schon, wenn die Bullen kastriert werden und man ihnen die Eier verödet.«

»Diesen reizenden Brauch kannte ich noch gar nicht.«, sagte Colt. »Ist das bevor oder nachdem man seine Schwestern geheiratet hat?«

»Was?«

»Nichts. Sagen Sie mir, was Flebberman macht.«

»Nun, er sagt, er nimmt sich einen Anwalt und besorgt sich eine Verfügung und so weiter.«

»Er hat also noch keine Verfügung, oder?«

»Nun … ich weiß nicht. Er sagt, er bekommt eine, wie ich schon sagte.«

Colt seufzte. Inzwischen hatten die Aktien, auf die er es abgesehen gehabt hatte, ihre Anziehungskraft völlig eingebüßt, *und* seine Frau verließ ihn. Und jetzt das. Es würde nicht nur ein schlechter Tag werden; es würde ein furchtbarer Tag werden. Er schlug mit der Faust auf den Schreibtisch. Alle Computer, auch die seiner drei Kollegen, erzitterten. Joe, Raoul und Buddha blickten ihn erschrocken an.

»Sagen Sie mir eins. Wedelt er mit einem Stück Papier in der Luft herum?«, fragte er Steinbach.

»Nein.«

»Dann hat er auch keine Verfügung.«

»Wie können Sie das wissen?«

»Weil das das Erste ist, was die Leute mit einer Verfügung machen. Damit in der Luft herumwedeln. Sehen Sie, Steinbach, wir verschwenden unsere Zeit. Mir gehört der Grund,

und ich brauche dort keine Toten zu dulden, wenn ich es nicht möchte. Verstehen Sie? Ich habe Sie beauftragt, diese Arbeiten durchzuführen, und Sie haben gesagt, Sie würden es tun. Das ist ein mündlicher Vertrag. Mündliche Verträge sind ebenso bindend wie schriftliche. Das wird Ihnen jeder Anwalt bestätigen. Ich kann Sie vor Gericht bringen.«

»Sehen Sie doch mal. Randy Flebberman ist einer meiner Freunde«, sagte Steinbach, und seine Stimme überschlug sich. »Ich bin mit ihm zusammen zur Schule gegangen. Teufel auch, ich bin mal mit seiner Frau gegangen. Bevor sie seine Frau wurde, meine ich. Ich wusste, dass es ihm nicht gefallen würde, aber wenn ich gewusst hätte, dass er es *so* übel nehmen würde, hätte ich den Auftrag gar nicht erst angenommen!«

»Sind Sie bereit, mit mir vor Gericht zu gehen, Mr Steinbach?«

Steinbach schwieg; Colt hoffte, dass ihm nicht klar war, dass er rechtlich nicht im Mindesten verpflichtet war, den Auftrag zu Ende zu führen, so lange er noch kein Geld dafür angenommen hatte. Er wartete ab.

»Nein!«, sagte Steinbach schließlich.

»Gut. Dann ist alles gesagt, was zu sagen war. Einen guten Tag Ihnen.«

Colt hängte auf und merkte, dass ihn seine drei Kollegen anstarrten.

»Tote? Leichen?«, sagte Raoul.

»Auf deinem Grund?«, sagte Joe.

»Was ist los, Colt?«, fragte Buddha. »Hat deine Frau jetzt die Leichen gefunden, die du im Keller hast?«

»Würdet ihr euch bitte um euren eigenen verdammten Mist kümmern?«, sagte Colt lauter, als er beabsichtigt hatte. Nachdem er so die Aufmerksamkeit *aller* im Büro auf sich gezogen hatte, beschloss er, dass es Zeit für eine Pause war. Er stand auf und zog seinen Mantel an.

»Wo gehst du hin?«, fragte Joe. »Es ist noch nicht einmal zehn Uhr!«

»Mein Vormittag ist gelaufen«, sagte Colt. »Verdammte Frau, verdammter Steinbach, verdammte Kollegen. Ich brauche eine Pause. Bis nachher.« Damit ging er, und alle Blicke im Büro ruhten auf ihm – für einen Sekundenbruchteil, bevor sie sich wieder ihren Bildschirmen zuwandten.

Zwanzig Minuten später spazierte Colt langsam durch den Central Park, die Hände tief in den Manteltaschen vergraben und den Kragen hochgestellt, obwohl es eigentlich draußen wärmer wurde – man hatte den Eindruck, als sei der frühe Schnee, der gefallen war, eine Art Fehlstart des Winters gewesen. Es mochte noch eine weitere Woche freundliches Herbstwetter geben, bevor es wirklich unangenehm wurde. Das wäre nicht schlecht, überlegte er. Ihm war noch nicht nach Überwintern, noch nicht.

Aus alter Gewohnheit schlug er den Weg zum Schwanenteich ein. Als Junge war er gern dort hingegangen und hatte die großen weißen Vögel, die in aristokratischer Eleganz übers Wasser glitten, bewundert. Das gehörte zu seinen wenigen schönen Kindheitserinnerungen. Wenn er damals etwas Geld dabeihatte, was selten der Fall war, hatte er damit manchmal eine Hand voll Futter aus einem Automaten gezogen und es ins Wasser geworfen, immer nur ein klein wenig, damit er es nicht allzu schnell verbrauchte. Auch die Enten waren dann herbeigekommen und hatten ihren Teil abhaben wollen, aber die Schwäne hatten sie stets vertrieben. Colt wusste noch genau, wie ihn das mit Stolz erfüllt hatte. Weil sie sein Futter fraßen. Er bewunderte die Schwäne, weil sie keine Angst hatten, sich zu nehmen, was sie sich nehmen wollten – sie kannten keine Scheu und keine Scham. Genau wie er. Man musste sich nicht schämen für das, was man tun musste, um zu überleben, ganz gleich, was es sein mochte, selbst wenn man in seiner Jugend auf dem Bauch durch Dreck und Unrat gekrochen war. Daran war nichts Schändliches – solange man aufwärts kroch.

Er war lange nicht mehr hier gewesen. Sowohl die Enten als auch die Schwäne waren zu dieser Jahreszeit nicht mehr da, weil sie vor den ersten Herbststürmen nach Süden geflogen waren. Jetzt gab es hier nur noch Tauben. Colt hatte die Tauben immer gehasst. Enttäuscht spazierte er zurück zum Südeingang des Parks, wo er hergekommen war.

Francie wollte sich also scheiden lassen. Das kam nicht unerwartet, wie er ihr schon gesagt hatte. Er selbst hatte mehr als einmal darüber nachgedacht. Warum hatte er es nicht weiterverfolgt? Weil er einfach zu beschäftigt war, um sich zu rechtfertigen. Bei seiner Wochenarbeitszeit hätten sie ebenso gut getrennt leben können. Eigentlich erstaunlich – sie sahen sich vielleicht nicht viel öfter als ein frisch geschiedenes Paar. Ein frisch geschiedenes Paar, das ein etwas mehr als freundschaftliches Verhältnis zueinander hatte, das heißt, ein Paar, das vielleicht übereingekommen war, weiter ab und zu miteinander zu schlafen, um der Einsamkeit abzuhelfen.

Die eigentliche Wahrheit war – und er schämte sich, das zuzugeben, selbst Forszak gegenüber –, dass ihn das Geldverdienen schlicht und einfach mehr interessierte als alles andere. Das war in seiner Branche nicht ungewöhnlich. Aber für ihn war es sogar wichtiger als Sex, und das *war* ungewöhnlich, und das war die Sache, die zuzugeben er sich schämte. Viele der Jungs aus dem Büro betrogen ihre Frauen. Keineswegs alle, aber einige. Es gehörte anscheinend zu der Art von Arbeit, die sie taten. Aber Colt hatte es nie gemacht – nicht aus

Mangel an Gelegenheit und auch nicht aus Tugend. Er hatte sich einfach immer nur gewundert, was der Witz bei all dieser Fremdgeherei sein sollte. Schon bald empfand man alles Neue doch wieder als alt; alle Eroberungen verwandelten sich allzu schnell in zusätzliche Belastungen. Dann erging es einem schließlich wie Joe, der seine erste Frau wegen seiner zweiten verlassen hatte, dann die zweite für die dritte; es war vermutlich nur eine Frage der Zeit, bis Nummer drei herausfand, dass er jetzt eine Warenterminhändlerin bumste. Und alles, was es ihm eingebracht hatte, waren Unterhaltszahlungen für zwei Ehefrauen und ein Magengeschwür. Gott, was für ein Schlamassel!

Bei Colt lagen die Dinge anders – und zwar, weil für ihn alles das Gleiche war. Geld und Frauen heißt das. Sie bedeuteten für ihn das Gleiche, nur Geld war leichter zu handhaben, es ließ sich leichter kontrollieren. Und es war eigentlich noch erregender. Er hatte es noch nicht einmal Francie gegenüber zugegeben, und erst recht sonst niemandem gesagt, aber manchmal, wenn er an seinem Schreibtisch saß, in all dem Chaos, der Erregung und der Angst um ihn herum, bekam er einen Ständer. Das Ganze war so turbulent, dass ihm inmitten der Kollegen der Penis anschwoll, verborgen nur von der dünnen Schreibtischplatte. Wenn er bei einem Geschäft richtig Punkte gemacht hatte, wurde er härter. Und dann ging er schließlich zur Toilette und holte sich einen runter. Manchmal passierte das zweimal am Tag, sodass er abends, wenn er heimkam, völlig ausgelaugt war.

Und Francie – es schien so, als habe sie immer weniger Lust auf ihn, je länger sie ihre Medikamente nahm. Es reichte ihr aus, in einer Ecke ihrer Wohnung im Sessel zu sitzen und ihre verfluchte Emily Dickinson zu lesen. Wenn er dann um sechs oder sieben oder acht hereingewankt kam, die Augen müde, die Lenden trocken, aß er zu Abend und ging zu Bett. Das war ihre Ehe: Ein Wichser und eine Dichterin, ein reicher Mann und seine einsame Frau.

In einigen arabischen Kulturen brauchte ein Mann, soviel Colt wusste, lediglich drei Mal im Kreis um seine Frau herumzulaufen und zu sagen: »Ich verstoße dich, ich verstoße dich, ich verstoße dich.« So etwas wäre hier auch eine brauchbare Neuerung, überlegte er. Jetzt muss ich mich stattdessen mit Anwälten herumschlagen.

Und ich hasse diese verfluchten Anwälte.

Colt kaufte einem Straßenhändler, der der Jahreszeit noch wacker standhielt, eine Tüte Erdnüsse ab, aß ein paar davon und vergnügte sich weitere zwanzig Minuten lang damit, den Rest an die Tauben zu verfüttern. Dann ging er zurück ins Büro. Mittags ging er nicht mit den Kollegen essen. Selbst nach vier Uhr blieb er und versuchte wieder einmal, die Finsternis des ostasiatischen Marktes zu durchdringen. Keine Einladung von Forszak diesmal zu einem Drink nach der Arbeit. Er war der Einzige, der noch im Büro war.

Welche Götter kontrollieren dich?, fragte er den stummen Bildschirm, der endlose Zahlenkolonnen wiedergab. Was ist der Schlüssel, um deine Geheimnisse zu ergründen? Welche Gipfel muss ich besteigen, um ihn zu finden?

Aber der Bildschirm verriet ihm wie immer wenig außer den blanken Tatsachen.

Und ich brauche die Fakten hinter den Fakten, dachte Colt. Ich habe die Antworten. Alle. Das Problem ist nur, dass ich die Fragen nicht kenne.

Aber manche Fragen befanden sich außerhalb des Einflussbereichs Sterblicher, sogar für den großen Coltrane Hart. Um neun Uhr ging er wieder in seine Lieblingsbar, wo er sich noch einige Scotch und eine weitere Zigarre gönnte. Ein paar Frauen sprachen mit ihm, aber er war lediglich höflich und ermutigte keine von ihnen, mit ihm nach Hause zu kommen – obwohl ihm das ohne große Anstrengung möglich gewesen wäre, wie er sehr wohl wusste. Und es ging ihm zum ersten Mal seit Jahren auf, als er sich diese fremden, hungrigen Frauen ansah, die angezogen wurden von seinen Kleidern, seiner Aura von Geld und Macht, dass keine von ihnen auch nur annähernd so schön war wie Francie und sicherlich nicht einmal halb so klug.

Und er dachte: Ich glaube, man kann mit Fug und Recht behaupten, dass ich es in großem Stil versaut habe.

KAPITEL 21

Die Ausgrabung

Der Schnee würde doch nicht liegen bleiben. Sonne und ein warmer Wind hatten ihnen noch eine Gnadenfrist gewährt, aber Francie wusste, dass es sich dabei nur um eine Verschiebung und nicht um eine Milderung der Strafe handelte. Für die Lebenden war das gut und schön, aber für die, die man aus ihrem Grab gerissen und verschwinden lassen hatte, bedeutete es nichts. Für die armen Musgroves zum Beispiel.

Für Francie war es, als sei die Geheimpolizei gekommen – als sei es in Colts Welt irgendwie gesetzwidrig, tot zu sein. Sie stand im Garten und sah sich die Verwüstung an, die der Bagger dort angerichtet hatte. Und mein Ehemann ist der geheime Stabschef, dachte sie, er ist der unsichtbare Mann in seinem unsichtbaren Büro, durch dessen Befehle Menschen verschwinden.

Selbst der riesige alte Baumstumpf, der Marlys Grabstein geschützt hatte, gehörte zu den Opfern und ragte halb aus dem Loch heraus, seine Wurzeln preisgegeben, er sah aus wie der gezogene Backenzahn eines alten Mannes. Die Bagger hatten auf dem kleinen Friedhof eine riesige Grube ausgehoben, und auf dem Grund, wo so viele Jahre lang die sechs Musgroves geruht hatten, hatte sich gelbbrauner Schlamm abgesetzt. Schmelzwasser sickerte von den Seiten her in die Grube und bildete unten einen üblen Morast.

Die Exhumierung der Überreste der Familie Musgrove war das Übelste gewesen, was Francie je hatte mit ansehen müssen. Sie hätte es beinahe nicht *gekonnt;* sie wäre lieber im Haus geblieben und hätte den Kopf unter ein Kissen gesteckt wie ein Strauß. Aber als Flebberman, völlig außer sich vor Rage und Kummer, hinzukam, wusste sie, dass sie nicht so tun durfte, als ob nichts passiert wäre.

Steinbachs drei Männer zogen zuerst die Grabsteine aus der Erde und verfrachteten sie auf einen Muldenkipper. Sie warfen sie einfach so hinein, als seien es irgendwelche Felsbrocken, und in der Mulde des Kippers polterten sie gegeneinander und zerbrachen.

»Herrgott nochmal!«, hatte Flebberman die Männer angebrüllt. »Wayne, sag diesen Tieren, dass sie Acht geben sollen, was sie tun!«

Steinbach, der Flebbermans Blick kaum ertragen konnte, sprach ein paar Worte zu seinen Leuten. Einen Augenblick lang glaubte Francie, dass alles von selbst wieder in Ordnung kommen würde – plötzlich hatten alle verstanden, und dann könnten sie doch alle wieder heimfahren, oder nicht?

Aber dann riss die Baggerschaufel die Erde auf und schlug eine lange Bresche über der Stelle, wo sich die Überreste der Musgroves befinden mussten.

Flebberman verlor den Rest von Selbstkontrolle, die er noch besessen hatte.

»Steinbach!«, kreischte er und übertönte das Dröhnen des Baggers. »Ich dachte, wir wären Freunde!«

Steinbach tat so, als könne er ihn nicht hören, obwohl das Gegenteil offensichtlich war.

»Wie kannst du so was tun?«, schrie Flebberman. »Hör auf damit! Bitte, Steinbach! Hör auf der Stelle auf damit!«

Francie spürte, wie ihr Herz in Stücke brach. Schließlich sah Steinbach zerknirscht zu Flebberman auf und schüttelte den Kopf.

»Das kann ich nicht!«, sagte er.

»Warum nicht?«

»Vertrag. Er hat mir den doppelten Satz geboten, Randy. Ich musste annehmen.«

»Ja, klar«, sagte Flebberman. »Damit all die kleinen Steinbachs neue Schuhe kriegen, stimmt's?«

Steinbach antwortete nicht.

»Weißt du, ich hoffe nur, dass keiner jemals die Knochen deiner Familie ausgräbt!«, brüllte Flebberman und war jetzt trotz des Baggerlärms gut zu verstehen. »Dann wirst du nämlich wissen, wie ich mich jetzt fühle!«

Flebberman wandte sich an Francie, die diesen Moment gefürchtet hatte. Sie war die Ehefrau des Mannes, der diese Entweihung befohlen hatte. Sie war Elena Ceauçescu und Imelda Marcos in einer Person. Sie zuckte zusammen und wartete auf das, was er ihr sagen würde.

Aber er schrie sie nicht an. Stattdessen kam er dicht an ihr Ohr, sodass sie seinen Atem spüren konnte. Unwillkürlich schloss sie die Augen und wartete, was er tun würde. Sie wäre nicht allzu überrascht gewesen, hätte er seine vom Tabak gelben Zähne in das feste Fleisch ihres Halses geschlagen.

Aber das tat er nicht. Stattdessen sagte er: »Wo ist er?«, und zwar so leise, dass sie ihn kaum verstehen konnte.

Damit hatte sie nicht gerechnet. Dabei waren die Gründe, aus denen die Menschen nach Rache dürsten, so klar und offensichtlich. Sie taten es nicht grundlos, und auch nicht um jemanden zu demütigen. Diese Menschen wurden von etwas getrieben, das mächtiger war als sie; sie waren in ihrer Grausamkeit nicht mehr bei Sinnen. Das hatte sie jetzt begriffen. Und obwohl sie wusste, dass das, was geschehen würde, vermutlich keine gute Idee war, wusste sie doch ebenso genau, dass sie sich dem Unvermeidbaren nicht verweigern konnte – dafür hatte sie ihre eigenen Gründe. Solange es nicht zu weit ging.

Es kam ihr gar nicht in den Sinn, es ihm nicht zu sagen. Was immer er ihm antun würde, Colt hatte es selbst zu verantworten.

»New York«, sagte Francie.

»Und wo dort?«

Francie schüttelte den Kopf. Er war ihr noch näher gekommen, sie konnte jetzt den Tabak in seinem Atem riechen und den Schweiß und das Motoröl auf seiner Haut. Sein Arm strich immer wieder ganz zart über ihre rechte Brust, und das spürte sie bis zu den Zehenspitzen.

»Ich sage es besser nicht«, antwortete sie und wusste doch gleichzeitig, dass sie nur Sekunden davon trennten, genau das zu tun.

Flebberman nickte verständnisvoll.

»Ich habe noch Ihren Scheck«, sagte er. »Ist die Adresse darauf noch gültig?«

Natürlich – der Scheck, den sie für den Truck ausgestellt hatte. Francie sagte nichts. Sie nickte, und die Bewegung ihres Kopfes war kaum wahrnehmbar. Dann schloss sie wieder die Augen.

Als sie sie einige Augenblicke später wieder öffnete, gab Flebberman gerade einem von Steinbachs Leuten etwas. Dann stieg der in seinen Truck. Francie sah, dass das Etwas ein Bündel Geldscheine war. Der Arbeiter wandte sich zu seinen Kollegen um und grinste; sie kamen zu ihm und er teilte das Bündel, sodass jeder etwas davon erhielt. Steinbach selbst hatte nichts davon bemerkt, weil Flebberman dafür den Moment gewählt hatte, in dem sein alter Freund mit den Wurzeln des Baumes beschäftigt war, die sich an der Schaufel des Baggers verfangen hatten. Der Arbeiter sah allerdings, dass Francie ihn beobachtet hatte, blickte bedeutungsvoll zu Steinbach hinüber und führte den Zeigefinger an seine Lippen. Francie starrte ihn stumpf an. Sie hatte keine Ahnung, was er meinte. Sie nickte, denn wenigstens wusste sie, dass er das von ihr erwartete. Der Mann grinste wieder und steckte sein Geld ein.

Sie blieb noch ein paar Minuten. Als die ersten Knochen aus der Erde geschaufelt wurden, ging sie ins Haus. Sie wollte sich nicht länger zwingen zuzusehen. Sie ging ins Haus, und in der Küche, von wo sie sehen konnte, wie der schändliche Arm des Baggers auf und nieder schwang und die geweihte Erde zerriss, legte sie ihre Hand auf das Telefon.

KAPITEL 22

Der Nekrophobe

Colt wachte mit dem schlimmsten Kater auf, an den er sich in letzter Zeit erinnern konnte. Noch bevor er seine Augen öffnete, wusste er, dass ihm wieder ein sehr schlechter Tag bevorstand. Seine Zunge war dick mit einem säuerlichen Schleim belegt, und die Augenlider klebten verkrustet aneinander. Stöhnend zwang er sie auseinander, aber als das Licht auf seine Netzhaut fiel, zuckte er zusammen und zog den Kopf sofort tief unter die Decke zurück. Er war auf der Couch eingeschlafen, wie es schien. In seiner Wohnung. Wo war er gewesen? Was hatte er getan?

Ach ja – es fiel ihm wieder ein. Wie viele Gläser Scotch hatte er getrunken? Endlose Mengen. Halt mal. Da war eine Erinnerung, unscharf wie ein alter Film. Er hatte mit irgendjemandem an der Bar ein langes, wenn auch etwas zusammenhangloses Gespräch geführt. So war es gewesen. Mit einem alten, über und über tätowierten Mann. Einem Kriegshelden; allerdings wusste er nicht mehr, aus welchem Krieg. Wahrscheinlich dem Unabhängigkeitskrieg. Das würde zu seinem Alter passen. Sie hatten sich gegenseitig ein Bier nach dem anderen ausgegeben, sich auf die Schulter geklopft und sich über die Treulosigkeit der Frauen ausgelassen. Der Veteran war bereits zum dritten Mal geschieden, hatte er erzählt. Colt entsann sich vage, die ganze Geschichte mit Francie in einem großen, reichlich chaotischen Schwall von sich gegeben zu haben, eine Vorstellung, die ihn jetzt vor Verlegenheit zusammenzucken ließ. Er war sentimental und weinerlich geworden. Großer Gott. Wie viele Gläser Scotch waren das gewesen? Dann fiel es ihm wieder ein: Sie hatten zu zweit fast die ganze Flasche geleert. Genug, um ein Pferd zu vergiften.

»Jesus Christus«, sagte Colt in die schale Luft seiner Wohnung.

»Jesus Christus hat Recht«, sagte eine Stimme vom anderen Ende des Zimmers.

Colt setzte sich so schnell auf, wie es ihm möglich war – also ziemlich langsam –, und versuchte, sich umzusehen. Mit Mühe konnte er erkennen, dass dort, von wo die Stimme gekommen war, jemand saß. Gleichzeitig merkte er, dass er unglaublich dringend Wasser lassen musste. Er hatte das Gefühl, sich jeden Moment nass zu machen.

»Wer zum Teufel sind Sie?«, fragte Colt.

Dann stand er ohne eine Antwort abzuwarten mühsam auf, ging zur Toilette und erleichterte sich. Vor dem WC-Becken stehend konnte er seinen Kopf gerade so weit drehen, um die Füße der Person zu erkennen, die auf dem Sessel saß und wartete, dass er wieder herauskam.

»Hallo?«, rief er. »Mit wem habe ich das Vergnügen?«

Keine Antwort.

Colt pinkelte fast eine ganze Minute lang. Schließlich kam er wieder aus der Toilette, nur mit seiner Unterwäsche bekleidet und außerordentlich erleichtert; in seinem Zimmer saß, als wäre es das Selbstverständlichste der Welt, sein Nachbar aus Pennsylvania, dieser kleine behaarte Bursche mit dem Schneepflug. Wie hieß er noch gleich? Colt blinzelte ihn fragend an.

»Flebberman?«, fragte Colt. »Was zum Teufel tun Sie in meiner Wohnung. Wie sind Sie hier hereingekommen?«

»Sie hatten die Tür nicht abgeschlossen«, sagte Flebberman. »Ich dachte schon, ich müsste den ganzen Vormittag darauf warten, dass Sie herauskommen, aber Sie haben es mir sehr einfach gemacht.« Er zog die Nase kraus. »Sie haben sich letzte Nacht richtig die Kante gegeben, was? Sie stinken wie ein Penner.«

»Ich – ich habe die Tür *offen gelassen?*«

»Jawohl.«

»Da sind Sie einfach hereingekommen?«

»Ja.«

Colt rieb sich das Gesicht. Dann ließ er sich wieder auf die Couch fallen. Sein Magen rebellierte. Er wollte sich wieder hinlegen, und wäre da nicht diese Merkwürdigkeit gewesen, dass Flebberman sich in seiner Wohnung befand, hätte er es auch getan.

»Ich bin verwirrt«, sagte Colt.

»Mal sehen, vielleicht kann ich es Ihnen ja erklären«, sagte Flebberman. Er stand auf, kam quer durchs Zimmer zu ihm, und dann spürte Colt, wie etwas Kaltes und Hartes gegen seinen linken Wangenknochen schlug. Der Schmerz machte ihn blind, und er fiel seitlich auf die Polster der Couch. Mit Mühe konnte er bei Bewusstsein bleiben. Danach konnte er peinlicherweise ein Weilchen nichts anderes als wimmern. So heftig war er noch nie in seinem Leben geschlagen worden. Er war derart benommen, dass er das Gefühl hatte, aus seinem eigenen Körper zu entweichen. So schien es für einen Augenblick wirklich zu sein, und er sah sich selbst daliegen, Flebberman über ihn gebeugt.

»Hey«, sagte Flebberman und schüttelte ihn an der Schulter. »Werden Sie mir nicht ohnmächtig. Sie haben einen großen Tag vor sich.«

»Boah«, sagte Colt. »Warum … warum schlagen Sie mich?«

»Das werden Sie schon rausfinden, Drecksack«, sagte Flebberman. »Hoch jetzt. Kommen Sie. Ziehen Sie sich an.«

Die Stimme des kleinen Mannes zitterte vor Wut. Colt setzte sich schwerfällig auf, das Gesicht inzwischen taub, und in seinem Schädel lärmten plötzlich Alarmglocken los.

»O Gott«, stöhnte er. Vor Schmerz rannen ihm die Tränen über die Wangen.

»Ja«, sagte Flebberman. »Fangen Sie schon mal an zu beten.«

»Womit ... womit haben Sie mich geschlagen?«

Flebberman zog eine Pistole aus seinem Schneeanzug und zeigte sie ihm kurz, bevor er sie wieder wegsteckte. »Damit«, sagte er.

»Sie haben eine *Pistole?*«

»Was sonst. Der kleine Klaps sollte Ihnen nur zeigen, dass ich es ernst meine.«

»Was ... was haben Sie eigentlich vor?«

»Das werden Sie schon merken«, sagte Flebberman. »Jetzt sage ich es Ihnen zum zweiten Mal: Ziehen Sie Ihre verdammten Klamotten an.«

Ein plötzlicher Geistesblitz durchzuckte Colt. »Es geht um diesen Friedhof, oder?«, fragte er.

»Genau«, sagte Flebberman. »Was sonst.«

»Wie haben Sie überhaupt erfahren, wo ich wohne?«

»Durch Ihre Frau.«

»Francie hat Ihnen gesagt, wo Sie mich finden können? Haben Sie ... haben Sie ihr wehgetan?«

»Zum Teufel, nein. Ich mag Ihre Frau. Sie hat etwas Besseres verdient als Sie. Sie hat mir einen Scheck ausgestellt. Darauf stand die Adresse. Und jetzt kommen Sie da runter und ziehen sich an. Schön langsam.«

Colt stand auf.

»Könnten Sie mir meine Hose reichen?«, fragte er. Er spürte, wie sein Gesicht allmählich anschwoll. »Sie hängt auf dem Stuhl hinter Ihnen. Sie haben darauf gesessen.«

Flebberman griff hinter sich ohne hinzusehen, und tastete nach der Hose. Er warf sie Colt zu, und Colt hatte alle Mühe, seine Beine hineinzufädeln.

»Ziehen Sie sich den Rest an«, sagte Flebberman. »Und ziehen Sie sich für draußen an.«

»Wo gehen wir hin?«

»Das werden Sie schon sehen«, sagte Flebberman. »Ich habe im Moment keine Lust zu großen Erklärungen.«

»Meine anderen Kleider ... sind im Schlafzimmer.«

»Beeilen Sie sich. Ich bin direkt hinter Ihnen.«

Colt ging ins Schlafzimmer, fand Socken und ein Sweatshirt, das er anzog. Als er sich herumdrehte, schnellte ihm Flebbermans Faust in den Magen, sie war klein, aber fast so spitz wie ein Speer und bewegt von einem Arm, der drahtig und erstaunlich stark war. Colt fiel zu Boden und kauerte sich nach Luft ringend zusammen. Er spürte, dass der kleine Mann über ihm stand. Als er wieder sprechen konnte, sagte er: »Dafür werde ich Sie umbringen.«

»Das werden wir ja sehen«, sagte Flebberman. »Wir werden sehen, wer heute wen umbringt.«

Colt hustete. »Warum schlagen Sie mich dauernd?«

»Um Ihnen zu zeigen, wer hier der Chef ist.«

»Okay«, keuchte Colt. »Verstanden.«

»Tun Sie alles, was ich Ihnen sage. Tun Sie nichts anderes. Machen Sie keine Dummheiten. Haben Sie verstanden?«

»Ja. Ich habe verstanden.«

»Das ist normalerweise nicht mein Stil«, sagte Flebberman. Er schien noch wütender geworden zu sein, und seine

Stimme wurde immer lauter. »Ich bin sonst nicht so. Ich bin ein friedfertiger Mensch, der weit davon entfernt ist, andere zu belästigen, und der nie von anderen belästigt werden wollte. Aber Sie haben das anscheinend so gewollt. Und jetzt werden Sie dafür bezahlen. Stehen Sie auf.«

Colt gehorchte. Er war kurz davor, sich übergeben zu müssen, schaffte es aber gerade noch, den Reflex zu unterdrücken. Der Schlag in den Magen hätte ihm beinahe den Rest gegeben. Noch einen von der Sorte würde er nicht aushalten.

»Schlagen Sie mich nicht wieder«, sagte er.

»Machen Sie, was ich Ihnen sage, dann tue ich Ihnen nichts. Gehen Sie zurück, da hinein.«

Colt erreichte das Wohnzimmer halb kriechend, halb gehend.

»Halt! Werfen Sie mir den Mantel rüber, bevor Sie ihn anziehen.«

Colt tat wieder, was Flebberman sagte. Flebberman durchsuchte alle Taschen des Mantels. Er nahm Colts Schlüssel heraus, ging zum Fenster, machte es auf und warf die Schlüssel hinaus.

»Hey«, sagte Colt schwach.

»Schnauze«, sagte Flebberman. »Ich will nicht, dass Sie irgendetwas Scharfes in die Hände bekommen. Glauben Sie mir, ich habe Sie durchschaut. Sie wollen sich irgendetwas ausdenken. Tun Sie es nicht. Ich bin so wütend, dass ich Sie auf der Stelle umbringen könnte.«

Colt beschloss, dass es wohl das Klügste wäre, nichts mehr zu sagen. Er zog seinen Mantel an und wartete. Mehr als alles andere wünschte er sich, ein Glas Orangensaft trinken und dann wieder ins Bett gehen zu können. Wie lange würde er sich wohl auf den Füßen halten können?

»Also«, sagte Flebberman, »es funktioniert folgendermaßen: Wir gehen jetzt hinunter zu meinem Wagen. Sie gehen voran. Ich habe die Pistole in der Tasche. Wenn Sie versuchen, mit irgendjemandem zu reden, wenn Sie versuchen loszulaufen … bumm! Das war's dann für Sie.«

»Man wird Sie schnappen«, sagte Colt.

Flebberman kam wieder auf ihn zu, und Colt duckte sich, krümmte sich zusammen und riss schützend die Arme hoch.

»Ja, das habe ich mir gedacht«, sagte Flebberman. »Der große taffe Geschäftsmann aus New York City. Jetzt sind Sie nicht mehr so taff. Also los, Sie fahren.«

»Es tut mir Leid«, sagte Colt und hasste sich dafür. »Es tut mir wirklich ehrlich Leid. Wenn ich gewusst hätte, dass es Sie dermaßen aufregt, hätte ich es wirklich nicht getan. Ich wollte …«

»Ich habe gesagt, Schnauze halten!«, sagte Flebberman drohend.

»Ich … ich wollte nur sagen, dass ich das Recht dazu hatte. Es ist mein Grundstück.«

»Soll ich Ihnen noch eine verpassen?«

»Nein. Bitte nicht. Ich habe es Ihnen nur aus meiner Sicht geschildert.«

»Sie haben keine blasse Ahnung«, sagte Flebberman. »Es gibt höhere Gesetze als die in unseren Gesetzbüchern, aber von denen haben Sie anscheinend noch nie gehört. Ich weiß gar nicht, warum ich es Ihnen dann zu erklären versuche. Also, marsch, marsch, zur Tür.«

Colt ging zur Tür, Flebberman dicht hinter ihm.

»Ich kann ohne Schlüssel nicht abschließen«, sagte er.

»Ihre Tür war vorher auch nicht abgeschlossen, wissen Sie das nicht mehr?«, sagte Flebberman. »Kümmern Sie sich nicht darum. Falls Sie diesen Tag überleben, können Sie sich den ganzen schicken Mist hier, der vielleicht geklaut wird, wieder neu kaufen. Reich genug Sie sind ja.«

Flebbermans Truck mit dem Schneepflug war vor dem Haus geparkt. Dass der Schneepflug immer noch montiert war, amüsierte Colt aus unerfindlichen Gründen oder hätte es wenigstens, wenn er nicht so eine Scheißangst gehabt hätte. Flebberman in der Stadt. Flebbermans New Yorker Abenteuer.

Er stieg auf der Fahrerseite ein, und Flebberman setzte sich neben ihn, die Pistole auf dem Schoß. Ein schneller Blick darauf zeigte Colt, dass es sich um ein ziemlich vorsintflutliches Exemplar handelte. Der Lauf war vom Rost verfärbt, und er fragte sich, wie gering die Wahrscheinlichkeit war, dass die Waffe überhaupt noch funktionierte. Besser er ließ es nicht darauf ankommen, überlegte er. Auf jeden Fall eignete sie sich noch sehr gut dazu, um ihm damit eins über den Schädel zu ziehen. Außerdem stand ihm der Sinn nicht nach irgendwelchen tollkühnen Manövern, wie man sie aus Filmen kannte. Er wollte nichts anderes als tun, was ihm gesagt wurde, und heil aus dieser Sache herauskommen.

Und dann – Vergeltung. Wenn er noch da sein würde, um Vergeltung zu üben.

Er ließ den Motor an, legte einen Gang ein und fuhr Richtung Holland-Tunnel. Für den Berufsverkehr war es noch zu früh, und sie hatten den Tunnel fast für sich allein. Ein Streifenwagen auf dem Weg in die Stadt begegnete ihnen. Colt sah ihm im Rückspiegel wehmütig nach.

»Vergessen Sie's«, sagte Flebberman.

»Ich denke gar nicht daran.«

»Doch. Sehen Sie diese Pistole?«

»Ja, ich sehe sie.«

»Sie hat meinem Dad gehört«, sagte Flebberman. »Es ist

ein Familienerbstück.« Colt spürte Flebbermans brennenden Blick auf seinem Gesicht. »Ich habe sie all die Jahre aufbewahrt. Wissen Sie, ich bin zufällig sehr stolz auf meine Familiengeschichte. Auf alles, was dazugehört. Und ich werde ein bisschen grantig, wenn Schnösel aus der Stadt glauben, sie könnten herkommen und tun, was sie wollen. Unter anderem Friedhöfe ausgraben, die dort seit einhundertfünfzig Jahren in Ruhe und Frieden existiert haben und die eigentlich für immer bleiben sollten. Können Sie mir folgen?«

»Ja. Ich kann Ihnen folgen.«

»Das Problem mit Ihnen ist, dass Sie ein Arschloch sind«, sagte Flebberman. »Sie heißen *Hart,* und so ist auch Ihr Herz. Wissen Sie überhaupt, wovon ich spreche?«

Colt schüttelte den Kopf.

»Das ist Ironie«, sagte Flebberman triumphierend. »Das ist genau das, was man eine ironische Situation nennen könnte. Ich wette, dass Sie gedacht haben, so ein dämliches Landei wie ich würde so ein Zehndollarwort gar nicht kennen. Stimmt's, Schnösel?«

»Das habe ich nie gedacht.«

»Doch, haben Sie. Sie denken, dass Ihre Scheiße nicht stinkt, und alle, die nicht aus New York sind, nur dämliche Trottel sein können. Oder etwa nicht? Sie halten sich für was Besseres. Vielleicht haben Sie so etwas wie jetzt schon lange herausgefordert. Vielleicht haben Sie es so gewollt. Haben Sie mal darüber nachgedacht?«

»Nein.«

»Exakt«, sagte Flebberman. »Exakt, was ich meine. Können Sie mir folgen?«

Colt konnte ihm keineswegs folgen, aber es dämmerte ihm, dass es klüger wäre, dies nicht auszusprechen.

»Ich kann Ihnen folgen«, sagte er.

»Jetzt ist der Augenblick gekommen, in dem Ihr Leben sich wie ein Film noch einmal vor Ihrem inneren Auge abspulen sollte«, sagte Flebberman. »Fangen Sie an, über all das nachzudenken, was Sie in Ihrem Leben nicht hätten tun sollen. Und über alles, was Sie hätten tun sollen und nicht getan haben. Das ist was für Sie, Drecksack. Sehen Sie einmal richtig in den Spiegel. Es war nur eine Frage der Zeit, bevor Ihnen so etwas passiert. Und wenn ich es nicht getan hätte, hätte es jemand anders gemacht.«

Colt gefror das Blut in den Adern.

»Denken Sie nach?«, fragte Flebberman.

»Ja«, sagte Colt. »Ich denke nach.«

Aus der feuchten Dunkelheit des Tunnels unter dem Fluss tauchten sie in New Jersey wieder auf; die Stadt lag jetzt hinter ihnen, und sie fuhren durch eine Landschaft von asphaltierten Parkplätzen, Tankstellen und Mietskasernen, eine tote Welt, in der nichts wuchs außer dem Unkraut in den aufgeplatzten Ritzen des Asphalts. Angewidert schüttelte Flebberman den Kopf.

»Möchte wissen, wie hier jemand wohnen kann«, sagte er. »In so einem verfluchten Höllenloch.«

Colt beschloss, nicht zu antworten. Wenn Flebberman herumnörgeln wollte, dann sollte er es ruhig tun.

»Die Leute leben hier wie die Karnickel. Haben kaum Platz, die Arme auszustrecken. Städte sind unnatürlich. Tiere leben nicht in Städten. Noch nicht einmal die Affen. Gorillas und so weiter. Sie brauchen Platz. Und wir eigentlich auch. Nur dass manche Menschen zu dumm sind, um zu verstehen, was ihre Natur ist. Bestimmte Dinge sollten auf bestimmte Weise gemacht werden.«

Sie erreichten eine Mautstation. Flebberman steckte die

Pistole unter seinen Schneeanzug, sodass man sie nicht sehen konnte.

»Ich habe kein Geld«, sagte Colt. »Ich habe meine Brieftasche vergessen.« Er wartete. Leise fluchend nahm Flebberman ein paar zerknitterte Scheine aus der Tasche und reichte sie ihm. Colt bezahlte, und schon hatten sie das Kassenhäuschen hinter sich.

»Jetzt schulden Sie mir zwei Dollar«, sagte Flebberman. »So ein verfluchter blöder, reicher Arsch und hat noch nicht mal zwei Dollar dabei. Großer Gott!«

Diese Feststellung, so bizarr sie auch war, machte Colt Hoffnung – vielleicht hatte Flebberman doch nicht vor, ihn umzubringen. In den Minuten davor hatte er sich gefragt, ob es vielleicht Flebbermans Plan war, ihn in irgendein entlegenes Gebiet zu bringen und ihm dort eine Kugel in den Kopf zu jagen. Aber jetzt glaubte er das nicht mehr. Der kleine Mann hatte irgendetwas vor. Jetzt fasste er etwas Hoffnung, dass er diese Sache durchstehen würde. Und er spielte bereits die verschiedenen, aussichtsreichen Variationen durch, die er Flebberman von der Mahlzeit auftischen würde, die am besten kalt gereicht wird – die Rache.

Bald fuhren sie auf dem Pulaski-Skyway, einer Hochstraße, die ein weitläufiges Panorama von brachliegenden Industrieflächen bot, durch die kreuz und quer Eisenbahnlinien führten und wo es Fabriken und große Abstellplätze mit rostigen Containern gab. Dann breiteten sich Feuchtwiesen unter ihnen aus, auf denen die Pfützen vor lauter Chemikalien in allen Regenbogenfarben schillerten. Wieder schüttelte Flebberman den Kopf.

»Sehen Sie sich das an!«, sagte er. »Glauben Sie, in dem Wasser kann noch irgendetwas leben?«

»Fragen Sie mich?«, fragte Colt ruhig.

»Ja, ich frage Sie. Sehen Sie sich um. Hier sehen Sie, was die Städte dem Land antun. Hier wird nie mehr irgendwas wachsen, das kann ich Ihnen sagen. Alles ruiniert und vergiftet. Gott, mir wird schlecht, wenn ich sehe, was die Leute tun.«

Colt spürte, dass der Mann ihn anstarrte, als ob er persönlich für all das verantwortlich sei. Wieder schien es ihm klüger zu schweigen.

Gemäß Flebbermans Anweisung nahm er den Zubringer zur Autobahn, und sie fuhren weiter durch New Jersey. Statt Fabriken sahen sie jetzt, eins nach dem anderen, kleine Städtchen, ausgewiesen nur durch ihre Autobahnausfahrten. Er brauchte nicht erst zu fragen, es war klar, dass sie nach Plainsburg unterwegs waren, aber er hatte nicht die geringste Ahnung, was ihn da erwartete.

Über eine Stunde lang fuhren sie schweigend weiter, bis sie am Delaware Water Gap die Grenze nach Pennsylvania überquerten. Dann ging es hinauf in die Berge, aber als sie sich Plainsburg näherten, wies Flebberman ihn an, auf der Autobahn zu bleiben. Es ging also irgendwo anders hin.

»Werden Sie mich töten?«, fragte Colt schließlich. Diese Frage beschäftigte ihn seit Stunden.

Flebberman schnaubte.

»Ich habe darüber nachgedacht, das können Sie mir glauben«, sagte er.

Colt fragte nicht weiter. Wenn es soweit war, könnte er kämpfen – so viel stand fest. Er war viel größer als dieser Mann und zweifellos kräftiger; aber darauf kam es weniger an als auf die Ausnutzung des richtigen Augenblicks. Er würde ihn in den Schwitzkasten nehmen und ihm das Genick brechen, beschloss er. So musste er es machen. Ihn unters Kinn fassen und den Kopf heftig herumreißen, bis er das Brechen der Knochen hörte, und dann würde er ihn einfach fallen lassen. Das würde er tun, wenn es so weit war.

Er freute sich fast darauf. Und während er darüber nachdachte, stieg sein Adrenalinspiegel. Sein Kater war inzwischen vergessen, und er zwang sich, das Pochen in seinem Gesicht und den dumpfen Schmerz im Magen zu ignorieren. Er spürte, wie eine Kraft in ihm wuchs.

»Fahren Sie hier raus«, befahl Flebberman. Sie verließen die Autobahn und kamen am Ende der Ausfahrt an ein Stoppschild. Wie Colt befürchtet hatte, waren sie irgendwo am Arsch der Welt angekommen. Er fuhr nach rechts, wie Flebberman es verlangte, und dann ein paar Minuten lang geradeaus, bis sie an ein Schild kamen, auf dem DEPONIE stand.

»Da rein«, sagte Flebberman.

Colt gehorchte. Die Straße war jetzt nicht mehr asphaltiert, sondern einfach festgefahrener Grund, ziemlich durchweicht und matschig mit zusammengeschobenem, schmutzigem Schnee an beiden Seiten. Der Truck mit dem Schneepflug musste auf dem Feldweg noch fast zwei Kilometer zurücklegen, bis die Straße schließlich ohne jede Vorwarnung endete. Das war's. Er hielt den Wagen an, lehnte sich in seinem Sitz zurück und wartete.

»Steigen Sie aus«, sagte Flebberman.

Colt stieg aus. Flebberman glitt nach ihm aus dem Wagen und richtete die Pistole auf Colts Rücken. »Gehen Sie ein paar Schritte«, sagte Flebberman.

Colt machte einige Schritte, bis Flebberman ihn eingeholt hatte und ihm den Lauf der Pistole in die Wirbelsäule drückte.

»Jetzt«, sagte Flebberman, »gehen Sie geradeaus weiter.«

Nach einer kurzen Strecke fiel der Grund vor ihnen ab. Sie standen über einem gewaltigen Loch in der Landschaft, wie Colt jetzt sah. Keinem Loch – einer Schlucht. Es war eine riesige Grube, die wieder aufgefüllt wurde. Mit Müll. Vor ihnen erstreckte sich eine endlose Fläche von Abfall. Weiter hinten sah er einen Bulldozer träge über den Müllberg kriechen. Dort lag auch kein Schnee mehr; die Gärungswärme hatte ihn schmelzen lassen. Die Planierraupe war zu weit entfernt, um sich von deren Fahrer Hilfe zu erhoffen. Vielleicht sogar außer Hörweite eines Pistolenschusses. Als der Wind sich drehte, traf ihn der Geruch, und Colt musste würgen. Er legte sich die Hand über den Mund und versuchte, durch die Finger zu atmen.

»Riecht nicht gut, was?«, sagte Flebberman.

»Nein.«

»Ich vermute, das ist das erste Mal, dass ein Drecksack wie Sie so etwas riecht. Sie denken wahrscheinlich, dass der Müll jeden Morgen von allein verschwindet. Wie von Zauberhand. Hier sehen Sie, was die Städte dem Land antun, Drecksack. Sie füllen sie mit Müll. Und mit den Leuten, die in der Stadt leben, ist es das Gleiche. Alles, was sie anfassen, verwandelt sich in Dreck. Weiter jetzt.«

»Wollen Sie mich hier töten?«

»Das hängt von vielen Dingen ab, Schnösel«, sagte Flebberman. »Jetzt haben wir erst mal eine Arbeit zu tun. Beziehungsweise Sie. Also vorwärts.«

»Da hinunter?« Colt deutete auf den Rand der Müllgrube.

»Ja, hab ich doch gesagt.«

Streiten war zweifelsohne nutzlos. Colt krabbelte seitwärts den Abhang hinunter. Er hörte, dass Flebberman hinter ihm heruntergerutscht kam. Sie stiegen ungefähr fünfzehn Meter hinab, bis sie auf der Mülllandschaft standen.

Colt konnte inzwischen kaum noch atmen; der Gestank war so stark, dass er beinahe ohnmächtig wurde. Er würgte wieder, und diesmal musste er sich übergeben. Sein Mageninhalt ergoss sich auf den Müll und über Flebbermans Stiefel. Fluchend trat Flebberman zurück. Säure und Galle in Kehle und Mund erinnerten Colt an seine Exzesse vom vergangenen Abend. Er wünschte sich nichts sehnlicher als ein Glas Wasser.

»Ich sollte Sie das ablecken lassen«, sagte Flebberman angewidert.

»Was tun wir hier?«, krächzte Colt.

»Das weiß ich nicht! Sagen Sie es mir. Sehen Sie sich um. Sehen Sie sich alles genau an und sagen Sie mir, was Sie sehen.«

Colt blickte um sich; er sah nichts als Müll. Kilometerweit.

»Wonach soll ich suchen?«, fragte er.

»Ach, um Himmels willen! Sieh nach unten, Drecksack.«

Colt blickte nach unten und sah direkt zu seinen Füßen mehrere flache, weiße Steine, von denen einige zerbrochen waren. Darum herum lag etwas verstreut, bei dem es sich nur um menschliche Überreste handeln konnte – ein Schenkelknochen, der Teil eines Schädels und andere Knochen, die er nicht identifizieren konnte. Es dauerte einen Augenblick, bis er begriffen hatte, dass es nur einen Grund geben konnte, warum Flebberman ihn hierher gebracht hatte, und dass es nur einen Friedhof geben konnte, der mit dieser Sache zu tun hatte. Es waren die Musgroves, die da vor ihm lagen.

»O Gott«, sagte er.

»Korrekt«, sagte Flebberman. »Hier sind sie geendet! Nach all der Zeit, in der sie in Frieden ruhten, wo sie hingehörten, sind sie schließlich hier geendet, wegen Ihnen!«

»Ich verstehe nicht«, sagte Colt, der langsam in Panik geriet. »Ich habe nicht ... sie haben mir gesagt, sie würden auf einem anderen Friedhof beigesetzt! Ich wusste nicht, dass Steinbach so etwas hier tun würde! Das schwöre ich!«

»Es war nicht Steinbach«, sagte Flebberman. »Wayne Steinbach hätte das nicht getan. Er ist ein anständiger Mann. Es war einer dieser Idioten, die für ihn arbeiten. Hat die hundert Dollar genommen, die ich ihm extra gegeben habe, damit meine Familie auf den Gemeindefriedhof kommt, und hat sie stattdessen hier abgekippt. Das hat sein Helfer mir gesagt. Hat mich gestern Abend angerufen und mir erzählt, was passiert ist, weil er sich deswegen schuldig fühlte. Hundert Dollar habe ich ihm gegeben! Und er hat sie genommen und hat dann das getan! Weil es näher war!«

Colt wandte sich um. »Flebberman. Mr Flebberman. Randy. Ich schwöre, dass ich nicht wollte, dass das passiert. Ich – ich werde tun, was immer nötig ist, um es wieder gutzumachen. Auf der Stelle. Das verspreche ich. Nur lassen Sie mich nicht ...«

»Das werden Sie, Gott verdammt noch mal, tun!«, brüllte Flebberman. Jetzt strömten ihm Tränen übers Gesicht, und er hielt die Pistole auf Colts Brust gerichtet. Colt trat besorgt einige Schritte zurück. »Das werden Sie, Gott verdammt noch eins!«

»Ich weiß, ich weiß, dass ich es werde. Nur ... warum halten Sie sich nicht an den Kerl, der den alten Friedhof hier abgeladen hat? Ist es nicht seine Schuld? Ich frage Sie. Bitte. Seien Sie vernünftig.«

»Glauben Sie mir, der kriegt auch noch sein Fett weg. Aber nichts von alldem wäre passiert, wenn Sie nicht gewesen wären. Sie haben die ganze Sache angezettelt. Und jetzt bringen Sie sie zu Ende. Lesen Sie sie auf!«, sagte Flebberman. »Bringen Sie sie den Hang hinauf! Jeden Knochen! Jeden einzelnen gesegneten Knochen!«

»Ich …«

»Tun Sie es!«, sagte Flebberman. »Sonst …«

Drohend hob er die Pistole, bis Colt die Mündung der Waffe direkt vor der Nase hatte.

»In Ordnung«, sagte Colt. Er blickte auf die Knochen hinab. »In Ordnung. Ich werde es tun. Nur – geben Sie mir eine Minute –, es gibt da etwas, das Sie nicht …«

»Nein«, sagte Flebberman. Er spannte den Hahn der Pistole und drückte sie Colt an die Schläfe. »Nein, nichts und gar nichts. Sie haben fünf Minuten, um sie alle auf den Laster zu schaffen, oder Sie werden ihnen Gesellschaft leisten.«

»Okay«, sagte Colt. Er musste sich wieder übergeben, krümmte sich zusammen, aber es war nichts mehr in ihm. »Es ist bloß … ich habe da ein Problem … mit Leichen. Ich kann mich nicht …«

Flebbermans Knie schoss ihm ins Gesicht und warf ihn rücklings in den Müll. Er spürte die Steine unter sich, berührte etwas Schleimiges und wagte nicht hinzusehen, was es war. Langsam richtete er sich wieder auf und versuchte, sich noch einmal zu übergeben, aber wieder ging es nicht. Ihm floss jetzt Blut aus der Nase – er spürte, dass es von seiner Oberlippe herabtropfte wie ein kleiner Wasserfall.

»Davon wird mir wirklich schlecht«, sagte er leise.

»Ist mir egal«, sagte Flebberman. »An die Arbeit!«

Colt machte sich an die Arbeit.

KAPITEL 23

Das Leichenschauhaus

Die Wand im Leichenschauhaus würde ihm für den Rest seines Lebens in Erinnerung bleiben. Das sollte sie auch – er hatte sie lange genug angestarrt. Es waren blaue Kacheln mit weißen Fugen. Weiße Fugen, denn Fugen hatten immer dieselbe Farbe – weiß.

Er erinnerte sich an die Schultoiletten in Cornell. Irgendein Witzbold hatte mit einem Filzstift »Fugen-Erwartungen« darauf geschrieben. Witzig. Ein paar Tage später hatte jemand in winziger Schrift »Jeder hat seine Fugenzeit« dazugeschrieben, seitdem wurde es zum Treppenwitz, zwischen die Fugen zu schreiben. Danach hatte es eine wahre Flut von Fugen-Witzen gegeben. »Fugen-Fischerei in Amerika«. »Manche werden als Fugen geboren, andere tragen ihre Fugen-Bürde mit Würde«. »Keine Fugen mehr!«. Fugen-Lyrik. So viel Erbauliches hätte man dem College gar nicht zugetraut.

Colt war sich der beiden Personen bewusst, die hinter ihm standen und darauf warteten, dass er sich umwandte. Sie hatten bereits ziemlich lange gewartet, und sie fanden wahrscheinlich, dass er unhöflich oder verrückt sein müsse, aber das kümmerte ihn nicht. Was das Warten betraf, würde er den längeren Atem haben. Einer der beiden war der Pathologe, ein älterer Mann mit graumeliertem Haar. Bei der zweiten Person handelte es sich um eine Frau, eine Schwarze, die viel jünger war als der Arzt. Vielleicht eine angehende Leichenbeschauerin. Sie trugen beide weiße Kittel und Brillen; seine war klein, golden und rund, ihre dagegen groß mit eiförmigen Gläsern. Sie hatten ihn an der Information in Empfang genommen und ihn hier heruntergeführt. Bis sie vor dem Sichtfenster angelangt waren, war er ihnen ganz gelassen gefolgt. Aber dort hatte er sich abgewandt, denn er wusste, dass er es einfach nicht konnte. Ausgeschlossen. Er konnte es einfach nicht.

»Mr Hart?«, fragte der ältere Mann. »Alles in Ordnung mit Ihnen?«

Colt spürte die Hand des Mannes auf seiner Schulter. Er schüttelte sie ab, denn es war ihm peinlich, dass es den Anschein hatte, als sei er nicht Manns genug, um damit fertig zu werden, er brauche möglicherweise Beistand. Er zog die Jacke fester um sich und richtete sich auf.

»Alles in Ordnung«, sagte er mit seiner überzeugendsten Brokerstimme.

Er war in jenem Jahr erst einundzwanzig gewesen, hatte aber bereits seit einiger Zeit an diesem Tonfall gearbeitet, und er hatte den Bogen inzwischen so ziemlich raus. Mit dieser Stimme konnte er bei seinen Kunden Zuversicht wecken, und sie hatte ihm bereits einen Job eingetragen, und das eine Woche nach seinem Examen. Und dieses Examen lag nicht einmal einen Monat zurück. Drei ganze Wochen hatte er sein neues Erwachsenenleben gelebt, hatte seine Vergangenheit für alle Zeit erfolgreich hinter sich gelassen, und dann musste das passieren. Er hatte das Gefühl, als sei jetzt alles verdorben. Alles. Er würde noch einmal ganz von vorn anfangen müssen, alles zu vergessen, und diesmal würde es erheblich schwerer sein. Es war ein Rückschlag. Es war eine Schande. Es ließ sich gar nicht vermeiden, dass die Leute davon erfuhren. Die falschen Leute obendrein – sein Chef, seine Kunden, seine Kollegen. Und sie würden es ihn spüren lassen, denn so waren diese Menschen eben. Sie ließen einen niemals etwas vergessen. Das war ihre Art, einen klein zu halten, einen daran zu hindern, die eigenen Träume zu verwirklichen. Das hätte sie umso mehr daran erinnert, dass es ihnen misslungen war, ihre eigenen Träume wahr werden zu lassen.

»Sehen Sie es doch mal so, mein Sohn«, sagte der Arzt. »Sie erweisen ihr einen Dienst. Es ist das Letzte und das Einzige, was Sie noch für sie tun können.«

Colt nahm ein Papiertaschentuch aus der Jackentasche und putzte sich die Nase.

»Warum haben Sie meinen Vater nicht herkommen lassen, damit er das übernimmt?«, fragte er. »Das wäre doch im Grunde seine Aufgabe, nicht wahr?«

Er konnte eher fühlen als hören, dass die beiden einander ansahen. Die Frau ergriff schließlich das Wort.

»Wir konnten ihn nicht ausfindig machen«, sagte sie. »Sie hatte Sie als nächsten Verwandten angegeben. Soweit wir wissen, hatten die beiden sich schon vor einiger Zeit getrennt.«

»Ach ja? Nun, da hat sie sich geirrt«, beschied Colt der Wand. »Ich bin nicht ihr nächster Verwandter. Ich habe sie seit fast fünf Jahren nicht mehr gesehen. Sie bedeutet mir nichts. Keiner der beiden bedeutet mir irgendetwas. Ich wusste nicht einmal, dass sie sich getrennt hatten. Das macht wohl deutlich, wie nahe ich den beiden stehe. Also weiß ich wirklich und wahrhaftig nicht, was *ich* hier zu suchen habe.«

Es folgte ein langes Schweigen.

»Ich habe die Schule ohne jede Hilfe absolviert, wussten Sie das?«, sagte Colt zu der Wand. »Erst letzten Monat habe ich meinen Abschluss an der Cornell gemacht. Als Fünftbester meines Jahrgangs. Ich habe die ganzen vier Jahre Studium selbst bezahlt. Sie hat mir niemals etwas angeboten. *Nichts.*« Er hielt inne, weil er sich nicht sicher war, ob irgendetwas von dem, was er gesagt hatte, bei den beiden anderen angekommen war; er war sich nicht einmal sicher, warum er es ihnen erzählte. Es interessierte sie ganz bestimmt nicht, so viel wusste er. Sie hatten sicher Besseres zu tun. Wahrscheinlich warteten sie nur darauf, dass er die Sache erledigte, damit sie sie in ihre Kühlkammer schieben konnten.

»Herzlichen Glückwunsch«, sagte der Arzt.

»Vielen Dank«, erwiderte Colt.

Abermals trat eine lange Pause ein.

»Sie ist hinter Glas, Sir«, sagte die Praktikantin. »Und der Abstand zwischen ihr und Ihnen wird mehr als einen Meter betragen.«

Sie warteten. Er drehte sich noch immer nicht um.

»Erzählen Sie mir noch einmal, wo Sie sie gefunden haben«, sagte Colt zu der Wand. »Es hieß, man habe sie in einer Gasse gefunden?«

»Äh«, sagte der Arzt. »Ich dachte, die Polizei wäre das alles mit Ihnen durchgegangen.«

»Ich habe nicht zugehört«, sagte Colt. »Erzählen Sie es mir noch einmal.«

Er hörte, wie der Arzt sich räusperte. »Ja«, sagte er. »Es war eine Gasse. Unter ein paar Kisten.«

»Wo?«

»Äh … das weiß ich nicht.«

»In der Bowery«, murmelte die Frau.

Colt hätte beinahe laut gelacht. »In der Bowery?«, wiederholte er. »Sie meinen, da wo ich aufgewachsen bin? Na, das ist doch was. Das ist wirklich bemerkenswert. Ich frage mich, ob sie unsere alte Wohnung sehen konnte, als sie sich erschossen hat. Ich frage mich, ob sie das Kinderzimmerfenster sehen konnte«, sagte er.

Dann begann er zu weinen. Er konnte nicht dagegen an. Es platzte aus ihm heraus wie Katzen aus einem Sack. Er lehnte die Stirn an die kühlen blauen Kacheln und versuchte, damit aufzuhören, aber er konnte es nicht.

»Wir verstehen, wie schwer das ist«, sagte die Frau. »Glauben Sie mir.«

»Nein, Sie verstehen es nicht«, widersprach Colt. »Glauben Sie *mir*.« Aber seine Worte waren unverständlich, denn der Weinkrampf war zu stark. Er schlug auf seine Schenkel, um endlich aufhören zu können. Beinahe hätte es funktioniert. Er tat es noch einmal und noch mal, wieder und wieder, mehrere Male, bis er die Hand des Mannes auf seinem Arm spürte, bis der Mann ihn festhielt. Dann hörte er auf, sich selbst zu schlagen, aber das Manöver hatte seinen Zweck erfüllt. Er weinte nicht mehr.

»In Ordnung«, sagte er und putzte sich abermals die Nase. »Ich muss es einfach wissen. Wie schlimm ist es?«

Keiner der beiden sagte etwas. Er konnte spüren, dass sie auch jetzt wieder einander ansahen. Sie versuchten, sich darüber klar zu werden, wie sie ihm die Lage am besten erklären sollten.

»Na los. Sagen Sie es mir. Ich will es wissen. Wie lange ist sie dort gewesen?«, fragte Colt scharf. »Wie lange hat sie unter diesen Kisten gelegen?«

»Zwei Wochen mindestens«, sagte der Arzt. »Vielleicht auch etwas länger.«

»Zwei Wochen, vielleicht etwas länger«, wiederholte Colt. »Waren die … waren die Ratten schon dran?«

Diese Frage beantworteten sie gar nicht.

»Also schön«, sagte er. »Ich werde es jetzt tun. Ich werde sie mir ansehen. Jetzt gleich.«

Aber wiederum konnte er sich nicht dazu überwinden, sich umzudrehen. Noch eine ganze Weile starrte er nur die Wand an. Niemals, ging es ihm durch den Kopf, hatte er sich sehnlicher gewünscht, irgendwo anders zu sein. Und das wollte einiges heißen.

»Hören Sie«, sagte die Frau. »Stellen Sie sich einfach vor, Sie täten es für sie. Ein letzter Dienst. Es dauert auch nur eine Minute. Wenn Sie sie nicht identifizieren können, wird sie kein ordentliches Begräbnis bekommen. Sie würde als Jane Doe eingetragen und im Krematorium verbrannt werden. In jedem Falle wird sie nichts haben als eine Nummer. Das wollen Sie doch sicher nicht, oder?«

»Ich habe es Ihnen schon einmal gesagt, es ist mir egal. Ich bin ihr nichts schuldig.«

»Nicht einmal dafür, dass sie Sie zur Welt gebracht hat?«

Er lachte und war überrascht darüber, wie unangenehm seine eigene Stimme klang – wie ein Bellen.

»Bitte«, sagte er. »Ich bin sicher, dass ich ein Unfall war, eine Unannehmlichkeit. Ich habe mich praktisch selbst großgezogen. Von frühester Kindheit an. Ich musste mir selbst etwas zu essen machen, musste mich selbst zur Schule bringen. Meine Eltern haben mich nicht gewollt.« Wieder putzte er sich die Nase. »Es ist nicht so, als hätten sie mich missbraucht. Das wäre beinahe besser gewesen. Zumindest hätte das gezeigt, dass sie von meiner Existenz Kenntnis genommen hätten.« Nachdenklich hielt er inne. »Wie haben Sie überhaupt herausgefunden, wer sie war?«

»Fingerabdrücke«, sagte der Arzt. »Sie – war polizeilich bekannt!« Wieder lachte Colt, diesmal vor Erstaunen. »Toll«, sagte er. »Meine Mutter, ein Sträfling. Was hat sie getan?«

»Das müssten Sie die Polizei fragen«, sagte der Arzt. »Diese Art von Informationen hat keinen Einfluss auf unsere Untersuchungen. Wir haben sie lediglich als ein menschliches Wesen behandelt und als nichts Geringeres.«

Colt seufzte.

»Wird sie mit einem Laken zugedeckt sein?«, fragte er. »Ich möchte nicht ... ich möchte nicht sehen ...«

»Sie werden nur ihr Gesicht sehen«, sagte die Praktikantin. »Das ist alles.«

»Ich ... ich habe noch nie zuvor einen Toten gesehen. Ich weiß nicht ...«

»Ist schon gut«, sagte der Arzt. »Das Ganze braucht nur ein paar Sekunden. Sie müssen sie lediglich so lange ansehen, bis Sie wissen, ob es sich um Ihre Mutter handelt. Wir bedauern den ... ihren Zustand. Jedenfalls haben wir sie sauber gemacht, so gut es eben ging.«

»Ach ja?«

»Ja, Sir.«

»Nun«, sagte Colt. »Okay. Dann mal los.«

Er drehte sich auf dem Absatz um wie ein Offizier bei einer Parade. Dann öffnete er die Augen.

Die Ratten hatten ihr tatsächlich zugesetzt. Keine Säuberungsaktion der Welt hätte das verbergen können.

Wieder schloss er die Augen.

»Ja«, sagte er. »Das ist meine Mutter.«

Dann fiel er zu Boden.

Der Arzt konnte ihn noch gerade rechtzeitig festhalten, aber Colt war zu groß, als dass der Arzt ihn allein hätte stützen können, und die Praktikantin, die noch nie mit einem Ohnmächtigen zu tun gehabt hatte, war zu langsam. Colt glitt zu Boden und schlug mit der Stirn auf die Fliesen.

»Auf so etwas muss man immer gefasst sein«, erklärte der Arzt seiner Praktikantin. »Man weiß nie, wann sie zusammenklappen, deshalb muss immer jemand direkt hinter ihnen stehen. Es muss verhindert werden, dass jemand sich verletzt, wenn er hinfällt.«

»Tut mir Leid«, sagte die Praktikantin. »Ich habe so etwas noch nie erlebt.« Sie kniete sich hin, bettete Colts Kopf auf ihren Schoß und gab ihm leichte Klapse ins Gesicht. Der Pathologe beobachtete sie missbilligend.

»Der arme Junge«, sagte die Praktikantin, während sie Colts glatte Wangen unter ihren Händen spürte. »Er ist kaum alt genug, um sich zu rasieren.«

»Die Leute können uns verklagen, wenn wir sie nicht auffangen«, dozierte der Arzt. »Falls sie sich dabei verletzen.«

Er klopfte an die Scheibe und bedeutete dem Diensthabenden, dass er den Leichnam jetzt fortbringen könne.

KAPITEL 24

Der Zusammenstoß

Colt saß wieder hinter dem Lenkrad.

Auf dem Weg aus der Müllkippe wären sie fast im Schlamm stecken geblieben, und einen entsetzlichen Augenblick lang dachte er, Flebberman würde ihn zwingen, die Knochen wieder abzuladen und selbst zu tragen. Wenn das geschehen wäre, hätte er Flebberman an Ort und Stelle umbringen müssen. Oder wäre selbst umgebracht worden. Es hätte keine Rolle gespielt, jedenfalls nicht in dieser Situation. Es hatte ihn bereits an den Rand seiner Kräfte gebracht, die Knochen Stapel für Stapel den Hügel hinaufzutragen.

Die Grabsteine waren nicht ganz so schlimm gewesen. Die spärlichen sterblichen Überreste der Familie Musgrove waren durch die Jahre in der Erde inzwischen dunkel-rotbraun und fleckig geworden und hatten grässlich geklappert, als er sie aus dem Müll gezogen und mit erzwungener Sorgfalt auf die Ladefläche gelegt hatte. Es wäre ihm lieber gewesen, sie möglichst weit von sich wegzuschleudern. Aber er wusste, welche Konsequenzen das nach sich gezogen hätte – »Bums«, wie Flebberman es ausdrückte. Aber um ein Haar hätte er es trotzdem getan.

Sie ließen die unbefestigte Straße hinter sich und kamen wieder auf die Landstraße. Mit einem letzten Schlingern schob sich der Kleinlaster auf das Pflaster der Straße wie ein Reptil, das den Übergang zur nächsten Evolutionsstufe vollzog. Colt stöhnte laut, als sein Magen erneut gegen diese Gleichgewichtsstörung protestierte.

»Nicht, dass es mich auch nur einen Scheißdreck interessieren würde, aber Sie sehen nicht besonders gut aus«, meinte Flebberman.

Colt antwortete nicht. Er schwitzte immer noch, nicht von der Überanstrengung, sondern vor Übelkeit. Noch vier Mal hatte er versucht, sich zu übergeben, jedes Mal ohne Erfolg. Jetzt schmerzten ihm die Rippen, als habe er gerade einen Ringkampf überstanden, und die Magensäure brannte ihm in der Kehle.

»Bitte«, sagte er. »Haben Sie vielleicht einen Schluck Wasser da?«

Seine Stimme war so rau wie die eines Ochsenfroschs. Nachdem Flebberman einen Augenblick lang überlegt hatte, griff er hinter den Sitz und holte eine halbleere Plastikflasche mit Mineralwasser hervor. Colt schluckte den gesamten Inhalt in Sekunden herunter. Das Wasser schmeckte, als habe es schon seit zwei oder drei Monaten hinterm Sitz gelegen, aber es war das Beste, was Colt in seinem ganzen Leben getrunken hatte.

»Was ist los mit Ihnen?«, fragte Flebberman. »Ist Ihnen schlecht?«

»Ich hab's Ihnen doch gesagt«, erwiderte Colt, warf die leere Flasche zurück und wischte sich den Mund ab. »Ich habe da so ein ... na ja, ich habe da so ein Problem mit Leichen. Ich halte es nicht aus. Ich drehe dann durch.«

»Soll heißen, Sie haben Angst vor ihnen.«

Er schüttelte den Kopf. »Nicht nur das. Es ist etwas anderes. Ich kann es nicht erklären. Ich habe nur ... Sie wissen doch, dass die Menschen irrationale Ängste vor irgendwelchen Dingen entwickeln? Wie Spinnen? Oder Wasser?«

»Ja«, sagte Flebberman und lehnte sich mit selbstzufriedener Miene in seinem Sitz zurück. »Sie haben Angst.«

Colt kochte. Nein, er hatte keine Angst vor Leichen. Er hasste sie einfach. Seit jenem Tag mit dem Leichnam seiner Mutter, als er sie hatte ansehen müssen, war er nicht einmal mehr in der Lage, auch nur einen Fuß in ein Trauerhaus zu setzen, ohne dass ihm der kalte Schweiß ausbrach. Wenn Verwandte seiner Freunde starben, schickte er Blumensträuße, hielt sich aber von der Beerdigung und allem anderen fern. Die einzige Bestattung, der Coltrane Hart jemals wieder beiwohnen würde, war seine eigene.

Die Straßen waren menschenleer und nass vom geschmolzenen Schnee. Colt fuhr langsam.

»Jawohl«, sagte Flebberman. »Sie sind nicht annähernd so stark und mutig, wie Sie glauben. Sie Schnösel. Hab ich Recht?«

Colt knirschte mit den Zähnen und sagte nichts. Er blinzelte; er sah vom Gipfel einer Anhöhe her einen Wagen entgegenkommen. Sie waren bisher an vielen anderen Autos vorbeigefahren, und er hatte gegen alle Vernunft gehofft, dass in einem von ihnen ein Polizist sitzen würde – leider vergeblich. Aber dieser Wagen sah so aus, als sei er mit Blaulicht ausgestattet.

Sei ein Polizist, dachte er, bitte, sei ein Polizist.

Auch Flebberman hatte den Wagen gesehen. Er setzte sich aufrecht hin und richtete abermals die Waffe auf ihn, wobei er darauf achtete, sie nicht zu hoch zu halten.

»Vergessen Sie's«, sagte er.

Colt wandte sich zu Flebberman, sah ihn an und ließ die Verachtung, die er für ihn empfand, in seinem Gesicht deutlich aufblitzen. Plötzlich hatte er das Gefühl, als sei es ihm im Grunde egal, was mit ihm geschah; er hatte genug. Es reichte. Mehr würde er einfach nicht hinnehmen. Jeder Mensch kommt irgendwann an die Grenze, an der er zusammenbricht, und Colt hatte seine Grenze erreicht. Jetzt – und obwohl immer noch eine Waffe auf ihn gerichtet wurde – bildete er sich ein, er hätte die Oberhand, weil es ihn mit einem Mal nicht mehr interessierte, ob er weiterlebte oder starb. Er hatte nur den einen Wunsch, diesen kleinen Mann leiden zu lassen, bevor er keine Gelegenheit mehr dazu hatte.

»Ist das Ding überhaupt geladen?«, fragte Colt.

»Was?«, rief Flebberman ungläubig. »Natürlich ist das verdammte Ding geladen! Wollen Sie es auf die harte Tour rausfinden?«

Colt grinste. Er beschleunigte unvermittelt.

»Klar«, sagte er. »Sicher will ich das.«

Flebbermans Augen weiteten sich.

»Machen Sie nur, schießen Sie«, sagte Colt. »Mir ist es scheißegal.«

Er trat noch fester auf das Gaspedal und blickte wieder zu dem Wagen hinüber, der auf sie zukam. Es war tatsächlich ein Streifenwagen – von der Staatspolizei, wie es aussah. Halleluja. Colt hoffte für den Polizisten, dass er seinen Sicherheitsgurt angelegt hatte, denn er würde ihn brauchen.

»Halt dich gut fest, Bulle«, murmelte er, in Gedanken bei dem fremden Mann. »Tut mir Leid.«

In den Augenblicken unmittelbar vor dem Zusammenstoß sah er wieder zu Flebberman hinüber. Der Mund des kleinen Mannes hatte sich in panischer Angst geweitet. Er sah so aus, als wolle er aufschreien, aber es kam kein Laut über seine Lippen. Wieder grinste Colt.

»Wer hat jetzt Angst?«, fragte er.

Dann riss er das Lenkrad hart nach links. Die beiden Wagen prallten mit unbarmherziger Gewalt aufeinander. Es war kein Frontalzusammenstoß; die Vorderseite des einen Wagens verkeilte sich in das Heck des anderen. Es krachte so laut, dass in dem Sekundenbruchteil, bevor er gegen das Seitenfenster geschleudert wurde, alle Glocken der Hölle in Colts Ohren widerzuhallen schienen. Es war das Letzte, was er eine unermessliche Weile lang bewusst wahrnahm.

KAPITEL 25

Das Geständnis

Nachdem die Bauarbeiter gegangen waren, saß Francie in ihrem neuen Ohrensessel und las das Tagebuch, um ihre Nerven zu beruhigen. Bei der Lektüre der Aufzeichnungen über die frühen Jahre hatte sie sich immer wieder bemüht, zwischen den zurückhaltend formulierten Zeilen zu lesen, um ein Gefühl dafür zu bekommen, was Marly wirklich empfunden hatte, oder zumindest dafür, worüber sie nachgedacht hatte – aber es gab herzlich wenig Hinweise, an denen sie sich hätte orientieren können. Genau genommen gar keine. Marly berichtete so sachlich über die Ereignisse ihres Lebens, als beträfen sie einen anderen Menschen, und die Welt ihrer Gefühle blieb Francie so rätselhaft wie die Oberfläche des Planeten Pluto. Im Laufe der Jahre klafften immer größere zeitliche Lücken zwischen den Einträgen – sie waren nach wie vor immer nur sonntags geschrieben worden, aber die Intervalle wurden immer größer. Zuerst waren es Wochen, dann Monate. Frustriert blätterte Francie weiter, in der Hoffnung, dass Marly Musgrove eine Art Offenbarung gehabt hatte oder dass ein wie auch immer gearteter schriftstellerischer Instinkt zu guter Letzt obsiegt hatte, nachdem ihr Drang, sich aus persönlichen Gründen mitzuteilen, schließlich erschöpft war. Aber es fand sich nichts, was über die gewohnten Einträge hinausgegangen wäre. »Holz gehackt – im Garten Pflanzen gesät – Butter gemacht – Socken gestopft.« Francie musste zu ihrer Enttäuschung langsam erkennen, dass sich hinter der Kittelschürze kein literarisches Genie verbarg, keine tiefen Ergüsse der Seele, keine weibliche Weisheit, die über die Epochen weitergegeben werden konnte – wobei sie insbesondere Letzteres erhofft hatte –, keine Art von Verbindung zwischen zwei Herzen, die die Jahrzehnte überwand und sie lehrte, eine bessere Frau zu sein.

Aber da war nichts außer Socken und Butter. Marly Musgrove war nur ein Jedermann gewesen, nicht mehr und nicht weniger.

Francie klappte das Tagebuch zu und rieb sich gähnend die Augen. Irgendwie war es Nachmittag geworden, und das orangefarbene Sonnenlicht fiel dünn durch die Fenster und wärmte ihre in Pantoffeln steckenden Füße. Das Haus knarrte und ächzte wie gewöhnlich, wie es das immer tat, wenn der Wind seine Richtung änderte oder die Temperatur schwankte. Gerade so wie bei einem Schiff. Lichtet den Anker, dachte sie. Nehmt Kurs aufs offene Meer.

Aus einer Laune heraus schlug sie das Tagebuch kurz vor dem Ende auf. Marly hatte fast zwanzig Jahre lang geschrieben und das Tagebuch irgendwann in den frühen siebziger Jahren des 19. Jahrhunderts langsam auslaufen lassen. 1888 lautete das Datum auf ihrem Grabstein. Das war alles. Francie musste enttäuscht feststellen, dass sie niemals erfahren würde, was Marly in den Tagen vor ihrem Tod gedacht hatte. Genauso wenig, wie sie je erfahren würde, *wie* sie gestorben war. Hatte es in diesen letzten Augenblicken vielleicht irgendwelche Offenbarungen gegeben? Ein Siechtum, das ein höheres Bewusstsein geweckt hatte? So etwas wie das Begreifen, dass das alles sich gelohnt hatte, dass man sich nur dem Schmerz des Lebens unterwerfen musste, um dessen süßen Lohn zu entdecken?

Es gab absolut nichts in dieser Art. Am letzten Tag, an dem Marly sich in der Lage gefühlt hatte, etwas aufzuschreiben, hatte sie einer Kuh beim Kalben geholfen und damit angefangen, das Haus auszuräumen, um den Frühjahrsputz vorzubereiten.

Aber dann bemerkte Francie zu ihrer Überraschung, dass das Buch einen letzten Eintrag in einer anderen Handschrift enthielt. Die Schrift kippte in die andere Richtung, und Francie erkannte sofort, dass hier ein Linkshänder am Werk gewesen sein musste. Mit neu entfachtem Interesse richtete sie sich höher auf.

Es war nur ein einziger Eintrag, aber ein ziemlich langer.

Irgendeine Frau hatte zu guter Letzt ihre wirklichen Gedanken in diesem Buch festgehalten – aber es war nicht Marly.

Der Eintrag war auf den 16. Mai 1888 datiert. Francie las:

Ich muss es mir von der Seele schreiben, in diesem Buch, in dem meine verstorbene Mutter versucht hat, die simple Geschichte ihrer Tage festzuhalten, auf dass es zum schweigenden Zeugen dessen wird, was ich getan habe. Ich kann nicht mit diesem Geheimnis in mein Grab gehen, denn es wiegt zu schwer, um es tragen zu können, obwohl ich das Verbrechen, von dem ich berichten will, nicht als erwachsene Frau begangen habe, sondern als kleines Mädchen. Ich hoffe, dass diese Tatsache mehr als jede andere dem Leser Grund geben wird, in seinem Herzen Raum zu suchen, um mir zu verzeihen, obwohl ich weiß, dass selbst die Geständnisse, die in jugendlichem Leichtsinn gemacht werden, ihre Grenzen haben und dass ich, so großzügig bemessen diese Grenzen sein mögen, diese weit, weit überschritten habe.

Vor fast dreißig Jahren hatten wir einen Bruder, Henry, dessen sterbliche Überreste neben seinen Brüdern und Schwestern auf dem Familienfriedhof begraben liegen. Als er gerade erst ein Jahr alt war, entfernte Henry sich vom Haus und ertrank im Fluss. Ich hatte ihn beobachtet, obwohl meine Eltern es mir nicht aufgetragen hatten und nichts davon wussten. Ich habe ihn nicht beobachtet, um ihn zu beschützen, sondern um auf eine Gelegenheit zu warten. Böses Kind, das ich war! Woher mag sie gekommen sein, diese Schlechtigkeit in mir? Ich werde es niemals wissen, ebenso wenig wie ich mir jemals verzeihen werde. Es war ein kindischer Gedanke, der in mir Wurzeln schlug und wucherte, eine dämonische Pflanze, deren Samen aufgrund einer Beobachtung, die ich gemacht hatte, gedieh, einer Beobachtung, die den ganzen

Rest meiner Tage vergiftete. Wenn ich den Mut hätte, hätte ich mir schon vor Jahren das Leben genommen. Oh, hätte ich es doch nur getan! Aber ich werde die mir zugemessenen Tage durchleben und mein Urteil empfangen, wenn die Zeit sich erfüllt. Nachdem ich bereits ein kleines Leben genommen hatte, kann ich nicht noch eines nehmen – auch wenn es ein Leben gewesen wäre, das keinen Wert hat.

Ich habe den kleinen Henry ertränkt. Jetzt, da es hier geschrieben steht, kann ich es nicht ungeschrieben machen. Warum ich es tat, ist schwer zu sagen, ich kann es mir nicht einmal selbst erklären. Aber ich muss es versuchen. Ich hatte geglaubt, dass ein Jahr zuvor etwas geschehen sein musste, das meine Mutter in andere Umstände gebracht hatte. Ein Mann war nach Adencourt gekommen, ein Mann von düsterem Temperament und ungesundem Charakter – und ich hatte sowohl in seinem Körper als auch in seiner Seele Beweise dafür gefunden. Es war der Handlungsreisende McNally, der mit seinem Elixier großes Unglück über meine Familie gebracht hatte und vielleicht noch größeres Unglück verursacht hätte, wenn meine Mutter ihn nicht vorher seiner gerechten Strafe zugeführt hätte. Ich werde ihre Tat hier nicht näher beschreiben, denn das ist etwas, das sie selbst mit ihrem Schöpfer abmachen muss, und jemandem wie mir steht es nicht an, sie zu verurteilen, denn was sie getan hat, war zweifellos rechtens.

Einfältige, törichte Närrin, die ich war, glaubte ich, Henry sei nicht meines Vaters Kind, sondern das von McNally. Er war der Einzige von uns Kindern mit gelbem Haar, genau wie McNally es gehabt hatte. Wir anderen waren alle dunkelhaarig. Und so kam ich zu dem Schluss, dass etwas geschehen müsse, um uns seiner zu entledigen. In unserem Haus war nichts, wie es sein sollte. Ein Unglück nach dem anderen hatte uns befallen. Irgendetwas fraß an uns, und ich wusste nicht, was – bis McNally kam und Mutter tat, was sie getan hat, und dann, einige Monate danach, kam Henry. Und ich mit meinen neun Jahren kam zu dem Schluss, dass Henry beseitigt werden müsse. Als er ein Jahr alt war, brachte ich ihn zum Fluss hinunter und hielt ihn unter Wasser, bis er aufhörte, sich zu wehren, und ein weiteres Kind der Musgroves diese Erde verlassen hatte und allzu früh vor seinen Schöpfer getreten war. Ein Jahr, in dem ich gezögert und geplant und auf die Bestätigung gewartet hatte, dass dieser Plan entweder richtig oder falsch war. Außerdem wartete ich darauf, dass ich den Mut dazu aufbrachte, und an einem dunklen Tag, nachdem Henry bereits laufen gelernt hatte, war es dann soweit. Als sein kleiner Körper an die Oberfläche stieg und schließlich im Strudel des großen Felsblocks auf der anderen Seite der Straße hängen blieb, war ich bereits zum Haus zurückgekehrt und hatte alles unternommen, um die Beweise meiner Tat zu verbergen – denn ich wusste zu diesem Zeitpunkt bereits, dass ich einen furchtbaren Fehler begangen hatte, einen, der sich niemals wieder gutmachen ließ. Hamish war derjenige, der ihn fand, und Vater trug seinen kleinen Körper vom Fluss zum Haus hinauf, und wir bahrten ihn zur letzten Ruhe auf. Die Scham, die von jenem Tag bis zum heutigen in meinem Herzen gebrannt hat, hat einen Abdruck in meiner Seele hinterlassen, von dem ich meine, dass er für jeden sichtbar sein müsse.

Oh, Henry, Henry! Ich hoffe, dass deine kleine Seele, wenn wir uns im Jenseits wieder begegnen werden, die Weisheit hat, in mein Herz zu blicken und die Absicht zu erkennen, die dort verborgen lag, nicht der Wunsch nach Bösem, sondern nach Gutem, und ich hoffe, dass du mich nicht zu hart verurteilen wirst. Aber ich weiß auch, dass die Rache, wenn du sie denn begehren solltest, dein wäre. Ich würde nicht versuchen, meinem Schicksal zu entrinnen. Ebenso wenig wie ich dieses Haus zum letzten Mal anlässlich der Beerdigung unserer Mutter verlassen konnte, ohne mir diese Last, die ich so lange getragen habe, von der Seele zu schaffen, und sei es auch nur für einen Augenblick. Böse ist das Herz der Frau! Böse ist das Herz eines kleinen Mädchens, das zu viel mit angesehen hatte und das, wenn auch ohne eigene Absicht, davon beeinflusst wurde! Wie ich gelitten habe und weiter leiden werde für den ganzen Rest meiner elenden Tage und bis ans Ende der Ewigkeit!

Ellen Musgrove

Nun, dachte Francie.

Sie klappte das Buch zu und legte es hastig neben sich auf den Fußboden. Ihr Herz raste, als sei sie gerannt; sie begriff, dass sie beim Lesen den Atem angehalten hatte, und stieß ihn langsam aus.

Henrys Grabstein war sicher einer von den unleserlichen, dachte sie. Und auch Ellens Name würde nicht auf dem Friedhof zu finden sein, es sei denn, auch er war unleserlich – aber andererseits war sie eins der wenigen Kinder, die nicht schon in ihren frühen Jahren gestorben waren. Also musste sie irgendwo anders begraben worden sein. Nicht hier.

Und sie war eine Mörderin.

Francie hob das Tagebuch wieder auf und las den Eintrag noch einmal. Danach dachte sie, dass sie es begriffen hatte: Ellen hatte irgendwann einmal geglaubt, dass ihre Mutter von diesem McNally vergewaltigt worden war. Und dieser McNally hatte etwas an sich gehabt, vor dem das Mädchen sich fürchtete – weil es vielleicht mehr gewesen war als die kindliche Angst vor Fremden. Also hatte Ellen ihren kleinen Bruder ertränkt, weil sie glaubte, er sei McNallys Kind, und weil sie gehofft hatte, dieses denkbar größte Opfer würde dem Leiden der Musgroves ein Ende machen. Francie glaubte zu verstehen, was das bedeutete – es ging um all die Kinder, die anderen, die gestorben waren. Es waren so viele gestorben, dass es dem kleinen Mädchen so vorgekommen sein musste, als würden sie bereits für irgendetwas bestraft werden – als lauerte hinter den Wolken eine Schar erzürnter Gottheiten, die beschwichtigt werden mussten, weil sie anderenfalls ihrem Zorn auf erschreckend willkürliche Art und Weise Luft machten. Es war nicht das erste Mal in der Menschheitsgeschichte, dass ein unwissender Narr eine solche Verzweiflungstat begangen hatte, um seine eigene Zukunft zu sichern, dachte sie. Man brauchte nur an die Azteken zu denken, die die Herzen der besten und klügsten ihrer jungen Menschen herausschnitten, oder die Puritaner in Salem.

Ellen hatte geschrieben, dass Henrys Leichnam sich im Wasser in der Nähe des »großen Felsblocks« verfangen habe. Francie war noch nicht dazu gekommen, den Fluss zu erkunden, aber sie erinnerte sich an einen großen Findling, der über die Straße emporragte. Sie zog Stiefel und Jacke an und ging die Einfahrt hinunter, um den Schauplatz des Verbrechens in Augenschein zu nehmen.

In Indiana, erinnerte sich Francie, hatten Michael und sie an den Ufern eines Baches ganz ähnlich diesem hier gespielt – denn in Wirklichkeit handelte es sich hier um einen Bach, nicht um einen Fluss, oder zumindest war es heute kein Fluss mehr. Irgendwo in der Nähe der Quelle dieses Baches musste ein Damm errichtet worden sein, denn es erschien ihr unvorstellbar, dass ein so dünnes Rinnsal dieses ganze Tal in das Gebirge gemeißelt haben konnte. In Indiana hatten sie Krebse und kleine Karpfen gefangen, hatten kleine Boote aus Blättern schwimmen lassen und waren zwecks Erkundung des Bachbetts durchs Wasser gewatet. Es war leicht, sich vorzustellen, wie die Kinder der Musgroves dasselbe taten, hundertfünfzig Jahre zuvor. Weniger leicht dagegen war es, sich vorzustellen, mit Michael zu tun, was Ellen ihrem eigenen Bekunden nach mit Henry gemacht hatte. Dieses kleine Gesicht zu sehen, wie es unter Wasser zu ihr aufblickte, entsetzt und verständnislos, und zu spüren, wie die Gegenwehr seiner weichen Ärmchen und Beinchen immer schwächer wurde, bis er sich schließlich nicht mehr regte – nein! Nicht einmal in ihren dunkelsten Augenblicken hätte sie sich jemals vorstellen können, etwas Derartiges zu tun.

Ellen Musgrove war ein Ungeheuer.

Der Fluss war etwa fünfzehn Meter breit, obwohl sie sehen konnte, dass er früher einmal breiter und wahrscheinlich auch tiefer gewesen sein musste. Steine, die nach Form und Größe Dinosauriereier hätten sein können, lagen im Flussbett. Es war gewiss nicht besonders angenehm gewesen, den Fluss zu durchwaten – es musste eine Menge verstauchter Knöchel gegeben haben. Die Bäume reckten sich in die Höhe wie Hände eines Taubstummen, und die knochigen Finger knackten im Wind. Nach einer Weile fand Francie den Felsblock, von dem Ellen gesprochen haben musste – dieser Stein hätte niemals bewegt werden können, höchstens von vielen Männern mit schwerem Gerät. Der Felsen musste lange vor jeder menschlichen Besiedlung hier in der Spur eines zurückweichenden Gletschers gelegen haben. Er schien alles mitangesehen zu haben. Francie grub die Stiefelspitze in einen Felsspalt und zog sich auf die breite Oberseite des Findlings.

Es war ein großer, mächtiger, glattgeschliffener Stein, dessen Oberfläche frei von Schnee war und von dem aus man wunderbar hätte ins Wasser springen können, wäre es tief genug gewesen. Von ihrem Ausguck aus blickte Francie, die sich fühlte wie eine Prinzessin auf einem Elefanten, in den Fluss hinunter. Das Wasser wirbelte um den Felsen herum und schien weiter unten an einer tief ausgewaschenen Stelle still zu stehen. Dort war es vollkommen ruhig, und jetzt hatten sich dort kleine Stöcke angesammelt, die demselben Weg gefolgt waren wie einst Henrys Leichnam. Wie schrecklich es für sie alle gewesen sein musste. Francie konnte sich den kleinen Jungen vorstellen, schlaff und durchweicht, wie er aus dem Wasser gezogen und über die Straße ins Haus getragen wurde, konnte sich das Wehklagen der Familie vorstellen – wieder einmal. Jeder viel zu frühe Tod musste ein neuer Schlag für sie gewesen sein, ein jeder mehr, als sie ertragen konnten. Und Ellen, die neun Jahre alte Mörderin. Ob sie ebenfalls geweint hatte? Wusste sie, was sie tat, oder reagierte sie nur auf einen uralten, unbewussten Drang, ihre Sippe vor einem weiteren Unglück zu bewahren, indem sie das Fremde und das Unerwünschte eliminierte? Sie hatte getan, was sie für das Richtige hielt. Francie begriff, dass das zumindest die eine Wahrheit war. Davon abgesehen begriff sie gar nichts.

Die arme Familie, dachte sie. Wie diese Menschen geweint haben mussten. Sie alle hatten gelitten – aber niemand außer dem Tagebuch wusste von der Last, die Ellen ihr Leben lang mit sich getragen hatte. Niemand außer dem Tagebuch – und jetzt Francie.

Plötzlich musste Francie an die Schmetterlingshaarspange denken, die sie in dem Geheimversteck unter der Treppe gefunden hatte. Sie war aus blondem Haar geflochten. Bisher hatte sie gedacht, dass es sich um das Haar eines Mädchens handelte, weil es so lang und hübsch war – aber jetzt begriff sie, dass es Henrys Haar gewesen sein musste. Er war der Einzige in der Familie mit blonden Haaren gewesen, hatte Ellen geschrieben. Wahrscheinlich hatte man ihm die Strähne abgeschnitten, bevor man ihn der Erde überantwortete, und sie dann zum Gedenken an ihn zu dem Schmuckstück verarbeitet. Ellen musste es zusammen mit dem Tagebuch, ihren alten Stoffpuppen und dieser seltsamen Flasche mit Schlangenöl in das Versteck unter der Treppe gelegt haben. Sie musste es in der Hoffnung getan haben, dass alles eines Tages gefunden wurde. Und was, hatte sie gehofft, würde dann passieren? Würde ihr Geist endlich Erlösung finden, weil sie zu guter Letzt ihre Schuld offenbart hatte? Hatte ihr der Mut gefehlt, sich vor ihrem eigenen Tod jemandem anzuvertrauen, und hatte sie deshalb das Tagebuch ihre Beichte tun lassen?

»Ellen«, sagte Francie laut zum Wasser. »Wie konntest du ihm das antun? Wie konntest du?«

Sie erhielt keine Antwort. Nur das sanfte Tröpfeln des kalten Wassers über die eiförmigen Steine, das einmal mehr ein Echo ihrer eigenen Stimme zu sein schien, ein Echo, das in einer fremden, flüssigen Sprache erklang.

»Ich kann dir nicht verzeihen«, flüsterte Francie. »Es ist nicht an mir, dir zu verzeihen. Es ist niemand mehr da, der das tun könnte, Ellen. Und selbst wenn ich es könnte, würde ich es nicht wollen. Wie konntest du das tun? Wie konntest du dieses kleine Kind töten?«

Das Wasser flüsterte ihr Erklärungen zu – Erklärungen, die sie mit ihrem Dichterherzen beinahe verstehen konnte. Aber was immer das Wasser sagte war zu schwach und zu alt, um gehört zu werden.

KAPITEL 26

Die Vergebung

In dem Traum oder Albtraum – vielleicht war es aber auch die Wirklichkeit – saß Colt in einem Gerichtssaal. Er wusste, dass er tot war, denn der Raum sah genauso aus wie ein Gerichtssaal auf Erden, nur dass er keine Wände hatte, keine Decke, keinen Fußboden. Überall um ihn herum war undurchdringliches, schwarzes Nichts, als sei er in einem Teil des Universums gelandet, den die Sterne noch nicht erreicht hatten. Sie schwebten in vollkommener Leere, und genau das hatte Colt sich immer unter dem Tod vorgestellt – einfach nur eine große schwarze Schale voller Nichts, mit einer Extraportion Nichts. Ein Nichts mit nichts darin.

Und doch saß er jetzt hier auf der Anklagebank. Also hatte er sich geirrt – es war *nicht* nichts. Und vor ihm saß ein Richter. Oder genauer gesagt, da saß *irgendjemand* auf der Bank da oben – aber er konnte keine Gesichtszüge ausmachen. Tatsächlich schien der Richter überhaupt keinen Körper zu haben. Er – oder sie oder es – war lediglich ein amorpher schwarzer Schatten, unsichtbar vor dem Hintergrund von Nichts. Dennoch konnte er die Anwesenheit dieses Richters spüren.

»Plädieren Sie auf schuldig oder auf nicht schuldig?«, fragte der Schatten.

»Worum geht es überhaupt?«, fragte Colt. »Ich habe nichts getan! Das ist alles nur Flebbermans Schuld!«

Der Schatten brummte wissend.

»Wenn Sie nichts getan haben«, fragte der Schatten ihn mit verdächtig vertrauter Stimme, »warum sind Sie dann *hier?*«

Colt bekam plötzlich keine Luft mehr.

»Ich bin jetzt bereit aufzuwachen«, sagte er.

Es folgte Getuschel, als beriete sich der Schatten mit jemand anderem.

»Schön, schön«, sagte der Schatten fröhlich. »Sie dürfen aufwachen. Aber wir werden Sie hier schon bald wiedersehen, und dann erwarten wir eine Antwort.«

»O nein, das werden Sie nicht«, sagte Colt. »Ich komme nicht zurück.«

»Doch, das tun Sie«, sagte die Stimme des Richters. »Sie sind nicht so raffiniert, wie Sie glauben, müssen Sie wissen.«

Als Colt erwachte, wusste er nicht, ob es Morgen oder Nacht war. Die Rollos vor den Fenstern waren zugezogen. Er wusste nur, dass er lange geschlafen hatte. Aus einer offenen Tür kam spärliches Licht. Er wusste, dass jemand bei ihm war, konnte aber nicht sehen, wer.

»Hallo?«, rief Colt. Es erschreckte ihn, wie jämmerlich und schwach seine Stimme klang. War das dieselbe »Brokerstimme«, an der er während der letzten zwanzig Jahre gefeilt hatte? Er klang mehr nach einem Wölfling mit Lungenemphysem.

Er hörte leise Schritte, und ein Gesicht erschien in seinem Blickfeld. Es war eine Frau. Eine Krankenschwester mit schulterlangem, grauem Haar und einem rosafarbenen Pullover über ihrer weißen Uniform.

»Endlich sind Sie wach«, sagte sie. »Herzlich willkommen, Coltrane. Ich heiße Wanda.«

Colt hatte Mühe, zu sprechen. »Tot?«, brachte er hustend hervor.

Wanda lächelte. »Nein, Sie sind nicht tot. Sie sind in einem Krankenhaus in Allentown in Pennsylvania. Sie hatten einen

Unfall auf dem Highway, und man musste Sie hierhin bringen, weil Sie in ziemlich schlechter Verfassung waren. Können Sie mich verstehen?«

Colt nickte erleichtert. Der Gerichtssaal war also doch ein Traum gewesen.

»Halsschmerzen«, sagte er.

»Sie hatten einen Schlauch im Hals, deshalb. Man hat Sie am Arm operiert. Wahrscheinlich wird es Ihnen noch ein paar Stunden schwer fallen zu reden.«

»Arm?«

»Er ist an drei Stellen gebrochen. Man musste ihn nageln. Ihren linken Arm. Versuchen Sie nicht, ihn zu bewegen. Wie fühlen Sie sich?«

»Mies«, sagte er. »Richter?«

»Wie bitte?«

Er schüttelte den Kopf, als wolle er sagen: »Vergessen Sie es.«

»Rückgrat?«, sagte er.

»Ihr Rückgrat, was ist damit?«

»Gelähmt?«

»Nein«, erwiderte die Krankenschwester. »Sie sind nicht gelähmt. Können Sie Ihre Zehen fühlen?« Sie beugte sich vor und kitzelte seine nackten Füße. Zu seiner unendlichen Erleichterung spürte Colt etwas. Von allen Dingen, vor denen er sich fürchtete, stand eine Lähmung ganz oben auf der Liste seiner Ängste, gefolgt von schweren Verbrennungen, gefolgt von Krankheiten, die sein Fleisch verzehren würden. Er hatte sich nicht verbrannt, und er fühlte sich nicht so, als würde ihn etwas auffressen. Wenn alles, was er hatte, ein gebrochener Arm war, war er relativ glimpflich davongekommen.

Aber was hatte er überhaupt hier zu suchen?

O ja. Jetzt erinnerte er sich. Flebberman. Die Müllkippe. Der Unfall. Der Streifenwagen.

»Polizist?«, sagte er und hustete abermals. Seine Kehle fühlte sich an, als sei sie mit Stahlwolle geschrubbt worden. »Polizist verletzt?«

»Sie meinen den Staatspolizisten, mit dem Sie zusammengestoßen sind?«

Colt nickte.

»Er war ein klein wenig mitgenommen«, erklärte Wanda ihm. »Aber es geht ihm gut. Und dem Mann, der mit Ihnen im Wagen gesessen hat, geht es ebenfalls gut.«

»Nicht tot?«

»Ach du meine Güte, nein«, sagte die Krankenschwester. »Er ist nicht *tot*.«

»Scheiße«, sagte Colt.

Wanda wirkte bestürzt. »Vielleicht sollten Sie besser nicht darüber reden«, sagte sie. »Ich meine, nicht mit mir. Draußen warten zwei Polizisten, um Ihnen ein paar Fragen zu stellen. Sie lungern schon eine ganze Weile hier herum. Sobald Sie das Gefühl haben, dass Sie soweit sind …«

»Bin soweit«, sagte Colt. »Jetzt.«

Wanda klappte das Kopfende des Bettes hoch, worauf Colt schwindelig wurde. Dann hielt sie ihm einen Becher mit Wasser an die Lippen. Er trank durch einen Strohhalm und hustete wieder, weil ihn das Schlucken so sehr angestrengt hatte – viel mehr, als er es in Erinnerung hatte.

»Wie lange war ich bewusstlos?«

»Ungefähr einen Tag«, antwortete Wanda. »Sie waren nicht bei Bewusstsein, als man Sie herbrachte, und kamen dann langsam wieder zu sich – bis man Sie für die Operation wieder betäubt hat. Man hat Sie gestern eingeliefert. Sie sind jetzt etwas mehr als vierundzwanzig Stunden hier.«

»Bin soweit«, sagte Colt. »Polizisten.«

»Wenn Sie sich sicher sind. Dann bringe ich sie jetzt rein.«

Wanda ging, und einen Augenblick später traten zwei Polizisten ein, große muskulöse Männer in den dunkelgrauen Uniformen der Staatspolizei von Pennsylvania. Sie trugen unförmige Pistolen an der Hüfte und breitkrempige Hüte, die ihnen verwegen schief auf den Köpfen saßen. Einer hatte einen Schnurrbart, der andere war glatt rasiert und hatte ein Puddinggesicht. Die beiden stellten sich als Witherspoon und Riller vor.

»Sie sind Coltrane Hart?«, fragte Witherspoon. Er war derjenige mit dem Schnurrbart.

Colt zuckte zusammen. »Zu laut«, sagte er.

»Bitte, sprechen Sie leiser, meine Herren«, bemerkte die Krankenschwester. »Er hat eine Gehirnerschütterung. Deshalb sind auch die Rollos heruntergezogen. Er ist sehr empfindlich gegen Licht und Geräusche.«

»Entschuldigung«, sagte Witherspoon.

Nachdem die Krankenschwester zweifelnd zwischen Colt und den beiden Polizisten hin und her geblickt hatte, verließ sie den Raum. Witherspoon beugte sich soweit über das Bett, dass sein Gesicht nur einige Zentimeter von Colts Ohr entfernt war.

»Sie haben meinen Wagen gerammt«, flüsterte er vernehmlich.

»Entschuldigung«, sagte Colt. »Flebberman, Pistole. Mich umbringen.«

»Ja, das wissen wir«, erwiderte Witherspoon und richtete sich auf. »Ich wollte Sie nur wissen lassen, dass es ein neuer Wagen war. Brandneu. Ich hatte ihn gerade wachsen und polieren lassen.«

»Na, komm schon, Ed«, sagte Riller.

»Tut mir wirklich Leid. Hat mich entführt«, erklärte Colt den beiden. Er hustete. »Wasser?«, fragte er hoffnungsvoll.

Der babygesichtige Riller nahm den Becher vom Nachttisch und hielt ihn Colt unters Kinn. Colt saugte abermals an dem Strohhalm, und das Wasser wirkte beruhigend auf seinen zerschundenen Hals, bis er den Becher auf den letzten Tropfen geleert hatte.

»Danke«, sagte Colt. An Witherspoon gewandt fügte er hinzu: »Ich wollte Sie nicht verletzen.«

»Aber Sie können bestätigen, dass Sie mich mit Absicht gerammt haben?«

Colt nickte. »Lebensgefahr«, sagte er.

»Habe ich mir gedacht. Mr Hart, können Sie uns genau erklären, was zwischen Ihnen und Mr Flebberman vorgefallen ist? Wir sind bisher nicht wirklich weitergekommen, weil er nicht redet.«

»Entführt«, sagte Colt. »Aus meiner Wohnung. Mit vorgehaltener Waffe.«

»Kennen Sie Mr Flebberman?«

Colt nickte.

»Dann war es also etwas Persönliches?«

»O ja«, sagte er. »Sehr persönlich.«

»Verstehe.« Witherspoon und Riller tauschten einen Blick.

»Die Waffe war übrigens nicht geladen«, bemerkte Riller. »Natürlich konnten Sie das nicht wissen. Aber es waren keine Patronen im Zylinder.«

Colt spürte, wie ihm eine heiße Welle der Scham ins Gesicht stieg. Nicht geladen? Er hatte sich von einer ungeladenen Waffe übertölpeln lassen? »Sind Sie sicher?«

»Allerdings. Aber es ist trotzdem ein Verbrechen. Wir ver-

suchen lediglich, genau zu ermitteln, welche Anklage wir gegen Mr Flebberman erheben sollen«, sagte Witherspoon.
»Das ganze Programm«, antwortete Colt.

»Das ganze Programm?«

»Gefängnisstrafe. Todesurteil. Gaskammer.«

»Das Gesetz sieht solche Strafen für eine Entführung nicht vor, Sir«, meinte Riller. »Aber er sitzt trotzdem tief in der Patsche. Sein größter Fehler war es, Sie über die Staatsgrenze zu bringen. An dem Punkt ist die Sache zu einer Bundesangelegenheit geworden. Das FBI wird mit Ihnen reden wollen.«

Colts Augen weiteten sich vor Entzücken. »Eine Bundesangelegenheit?«, wiederholte er. »Gut! *Tief* in der Patsche.«

»Ja«, bestätigte Witherspoon. »Er hat jetzt große Probleme. Was uns allerdings darüber hinaus noch interessiert, sind die menschlichen Überreste auf der Ladefläche des Trucks. Was, ehm … was für eine Geschichte steckt denn da dahinter?«

Colt spürte, wie ihm beim Gedanken an diese schleimigen Knochen wieder schlecht wurde. Er schloss die Augen, bis das Gefühl abebbte.

»Er hat mich gezwungen«, sagte er. »Musste sie aufsammeln. Sie anfassen. Von einer Deponie.«

»Wart ihr zwei vielleicht als Grabräuber tätig oder so etwas?«, wollte Witherspoon wissen.

»Nein! Ich hab's Ihnen doch gesagt. Er hat mich gezwungen. Die Müllkippe!«

»Sie haben die Knochen von der Müllkippe?«

Colt nickte.

»Was hatten sie denn *da* zu suchen?«, fragte Riller.

»Ein Versehen«, sagte Colt. »Nicht meine Schuld. Aber er hat mich dafür verantwortlich gemacht.«

»Jemand anderes hat die Knochen da abgeworfen?«

»Ja. Genau.« Er wollte nähere Erklärungen abgeben, aber sein Hals fühlte sich langsam an, als würde er im nächsten Augenblick ersticken. Er schüttelte den Kopf. In diesem Moment kam die Krankenschwester herein und warf den Polizisten einen besorgten Blick zu.

»Ihr zwei solltet jetzt besser gehen«, sagte sie. »Er braucht Ruhe.«

»Na schön. Aber wir werden noch einmal darüber reden müssen«, erwiderte Riller seufzend.

»Tut mir Leid«, sagte Colt.

»Danke für Ihre Hilfsbereitschaft, Sir.«

Die Polizisten gingen. Wanda, die Krankenschwester, gab ihm etwas gegen die Schmerzen, und er schlief wieder ein.

»Also?«, fragte der schattenhafte Richter mit derselben vertrauten Stimme. »Hat der Angeklagte sich entschieden?«

Colt sah sich um. Zu seinem Entsetzen befand er sich wieder in dem Gerichtssaal. Als er an sich hinabblickte, sah er, dass er nicht länger sein Krankenhausgewand trug, sondern einen der guten Anzüge, die er im Büro trug. »Oh Scheiße, warten Sie mal!«, rief er. »Ich weiß nicht mal, was mir zur Last gelegt wird!«

Der Richter seufzte.

»Wenn Sie diese ganze Scharade unbedingt wollen, bitte sehr«, sagte er – zumindest war es eindeutig eine Männerstimme, obwohl nichts an ihm auch nur annähernd deutlicher geworden wäre; er war nach wie vor lediglich ein dunkler Schatten hinter der Bank. »Aber die Liste der Anklagen ist ziemlich lang. Es würde mehrere Monate dauern, sie laut vorzulesen.«

Colt lachte ungläubig. »Mehrere *Monate?*«, wiederholte

er. »Ich bitte Sie. Sie haben den Falschen erwischt. Ich glaube, Sie verwechseln mich mit jemandem.«

»Nein, Sie sind durchaus der Richtige, Mr Hart. Wir wissen alles über Sie.«

»In diesem Fall«, entgegnete Colt, »will ich einen Rechtsanwalt.«

»Sie haben einen Anwalt«, erklärte der Richter. »Er steht direkt neben Ihnen.«

Colt blickte nach rechts. Dort stand, ebenfalls mit einem Anzug bekleidet, das Haar säuberlich zurückgekämmt, Joe.

»Hallöchen, Coltie«, sagte Joe. »Wie läuft's denn so?«

»Joe?«, fragte er ungläubig.

»So heiße ich«, sagte Joe. »Du brauchst aber nicht drauf rumzureiten.«

»Joe, du bist kein Anwalt!«, rief Colt. »Na, komm schon! Das ist doch lächerlich!«

»Ich war zwar auf der Erde kein Anwalt, aber hier bin ich einer«, meinte Joe. »Wir haben alle verschiedene Jobs.« Er beugte sich vor, um ihm vertraulich zuzuflüstern: »Wir haben wirklich keine Zeit, alles haarklein zu bereden«, sagte er. »Nicht jetzt. Mach einfach mit. Ich erkläre dir später alles.«

Colt geriet langsam in Panik.

»Wo sind die Geschworenen?«, fragte er. Er versuchte lediglich, Zeit zu schinden, und er konnte spüren, dass der Richter es wusste – aber Joe deutete nach rechts.

»Da«, sagte er.

Auf den Geschworenenbänken, die plötzlich aus dem Nichts aufgetaucht waren, sah Colt zwölf Personen – sieben Erwachsene zwischen dreißig und fünfzig, die allesamt Kostüme aus dem 19. Jahrhundert trugen, und fünf Kinder, von denen einige Säuglinge waren.

»Verdammt, einen Moment mal!«, rief Colt. »Was ist das

denn für ein Auswahlverfahren? Das ist doch Wahnsinn! Babys können keine Geschworenen sein!«

»Die Gesetze hier sind ein wenig anders«, erklärte der Richter. »Sie werden irgendwann schon noch dahinter kommen.«

»Er ist ja *so* schuldig«, sagte eins der Babys.

»Und wie er das ist!«, sagte einer der Männer, der einen eisengrauen Schnauzbart hatte. »Knüpft ihn auf!«

»Geduld, Captain Musgrove«, sagte der Richter.

»Geduld? Dass ich nicht lache!«, schnaubte der Captain. »Ich habe meine Meinung geändert. Ich will als Zeuge auftreten. Ich möchte kein Geschworener mehr sein.«

»Es kommen alle an die Reihe«, sagte der Richter. »Versprochen.«

»Also, jetzt reicht's aber!«, rief Colt. »Er kann unmöglich Geschworener *und* Zeuge sein! Das ist nicht fair, selbst wenn ich ihn wirklich ausgegraben haben sollte!«

»Sie geben es also zu?«, sagte der Richter, der sich sofort auf diese Aussage stürzte. »Ha! Bitte zu Protokoll zu nehmen, dass …«

»Ah, einen Moment bitte, Euer Ehren«, sagte Joe. »Streng genommen hat er den Captain gar nicht ausgegraben. Der Captain liegt in Gettysburg begraben.«

»Neben einem verfluchten Rebellen, immer noch!«, brüllte der Captain. »Was für eine Schande!« Er drehte sich um und funkelte die Frau neben ihm an, die ihn jedoch vollkommen ignorierte und nur gelassen und schweigend geradeaus blickte. Die anderen Geschworenen aber begannen, bei diesem Ausbruch untereinander zu tuscheln. Von der Geschworenenbank her strömte Colt Missbilligung entgegen.

»Was … warten Sie … ich gebe gar nichts zu!«, rief Colt. »Ich möchte wieder aufwachen, sofort!«

Der Richter seufzte. Wieder wurden Stimmen laut, die sich miteinander berieten, dann konnte man einen Hammer schlagen hören, obwohl kein Hammer zu sehen war.

»Es ist so verfügt«, sagte er. »Aber Ihnen gehen langsam die Chancen hier aus, Coltrane. Früher oder später werden Sie das hier hinter sich bringen müssen, hören Sie?«

Als Colt wieder aufwachte, hatte er immer noch kein Zeitgefühl. Er konnte abermals spüren, dass jemand bei ihm war. Er spähte in die Düsternis und erkannte eine vertraute Gestalt.

»Francie?«, fragte er.

»Hallo, Colt«, sagte Francie und erhob sich von dem Sessel an seinem Bett, auf dem sie sich zusammengerollt und gewartet hatte. Zuerst konnte Colt kaum ihre Gesichtszüge ausmachen. Dann wurden langsam Einzelheiten deutlicher, und in dem fahlen Licht sah er, dass sie ein Flanellhemd und Jeans trug, und sie hatte sich das Haar zu einem Pferdeschwanz zusammengebunden. Ihr Gesichtsausdruck beängstigte ihn; sie wirkte so distanziert, als sei sie Gast auf der Beerdigung eines Fremden. »Ich dachte, ich komme mal kurz vorbei und schaue, wie es dir geht. Die Polizei hat mich angerufen, um mir Bescheid zu geben. Ich ... es tut mir Leid, dass dir das zugestoßen ist. Ich wusste, dass Randy wütend auf dich war, aber ich wusste nicht, dass er *so* wütend war.«

»Mein Gott, ich hatte einen schrecklichen Traum. Wie viel Uhr ist es?«

Sie blickte auf die Uhr auf dem Nachttisch. »Es ist ein Uhr früh«, sagte sie.

»Ich verliere hier jegliches Zeitgefühl«, antwortete er. »Ich habe eine Gehirnerschütterung.«

»Das hat man mir schon gesagt.«

»Wie – wie bist du hierher gekommen? Hat Michael dich gefahren?«

»Ich bin selbst gefahren«, sagte sie. »In meinem neuen Wagen. Michael ist in Denver. Oder weiß der Himmel wo. Ich habe eigentlich keine Ahnung, wo er ist. Ich habe ihn rausgeworfen.«

»Du hast dir einen Wagen gekauft?«, fragte er.

»Das ist jetzt vielleicht nicht der beste Zeitpunkt, um darüber zu sprechen, aber du bist schließlich weggegangen und hast mich ohne jeden fahrbaren Untersatz sitzen lassen. Mitten auf dem platten Land. Das war nicht sehr rücksichtsvoll von dir.«

Colt ging plötzlich ein Licht auf. »Hast du den Wagen von Flebberman gekauft?«

»Ja.«

»*So* hat er also rausbekommen, wo unsere Wohnung ist. Er hat gesagt, du hättest ihm einen Scheck ausgestellt.« Colt funkelte sie wütend an. »Er hat mich gekidnappt«, sagte er. »Wusstest du das? Dieser Hurensohn hat sich in die Wohnung geschlichen und mir eine Waffe vorgehalten. Und er hat mich damit geschlagen! Ins Gesicht!«

»Er war wirklich ziemlich aufgebracht, als ich ihn das letzte Mal gesehen habe«, meinte Francie. »Aber die Polizei sagt, die Waffe sei nicht geladen gewesen.«

»Als würde das eine Rolle spielen! Wusstest du, was er mit mir machen wollte?«

»Natürlich nicht!«, sagte Francie. »Ich wusste, dass er irgendetwas tun würde, aber ich hätte nicht gedacht, dass er so weit gehen würde.«

»Ich wette, genau das hast du gehofft«, erwiderte Colt verbittert. »Ich wette, du wünschtest, er hätte mich umgebracht.«

»Colt, bitte«, sagte Francie. »Das ist nicht wahr.«

»Ha.«

»Hör mal. Es ist schon spät, und ich möchte nach Hause und ins Bett. Ich wollte lediglich sehen, wie es deinem Arm geht. Man hat mir gesagt, die Brüche seien ziemlich übel. Ich schätze, die haben ein wenig untertrieben.«

Colt hatte sich seinen Arm bisher noch nicht einmal angesehen – er hatte sich nicht dazu überwinden können. Jetzt blickte er flüchtig hin und sah, dass der Arm eingegipst war und dass zwei Schläuche aus dem Gips herausragten und durch jeden der Schläuche eine gelbliche Flüssigkeit floss. Voller Ekel wandte er den Blick ab.

»Jesus«, sagte er. »Kommen diese Dinger da aus *mir* heraus?«

»Das sind Drainage-Schläuche«, warf die Schwester ein. »Damit sich an den Schnitten keine Flüssigkeit ansammelt.«

»Sie sehen jedenfalls ziemlich abscheulich aus. Hör mal, Francie. Wenn diese Sache vor Gericht geht, wird deine Aussage sehr wichtig sein. Du musst ihnen erzählen, dass Flebberman sich wie ein Irrer aufgeführt hat. Vorher hat er sich ja auch wirklich wie ein Irrer aufgeführt, nicht wahr? Ich weiß, dass er zum Haus rübergekommen ist, während sie gegraben haben, während sie die ... Ausgrabungen erledigt haben. Er hat getobt und gewettert und so weiter. Steinbach hat es mir erzählt. *Und* er hat gedroht, mich umzubringen.«

»Nun, Colt ... du musst die Dinge von seinem Standpunkt aus betrachten, um wirklich zu verstehen, was in seinem Kopf vorgegangen ist.«

Colt starrte sie ungläubig an. *»Sein Standpunkt?«*, sagte er.

»Ich meine – ich will nicht sagen, dass es richtig war, was er getan hat, aber ...«

»Aber du verstehst, warum er es getan hat.«

»Dir sind die Gefühle anderer völlig gleichgültig, Colt«, sagte Francie. »Total gleichgültig.«

Colt lachte zur Decke hinauf. »Ich glaube es einfach nicht. Meine eigene Frau denkt, dass der Bursche, der mich mit vorgehaltener Waffe entführt hat, im Recht war. Heilige Scheiße!«

»Colt«, sagte Francie. »Es tut mir Leid, dass du gekränkt bist. Ich behaupte nicht, du hättest es verdient. Aber zumindest hast du so etwas selbst heraufbeschworen ... schon eine ganze Zeit lang.«

Colt war sprachlos. Er blickte zu Francie hinüber, um festzustellen, ob sie scherzte, aber ihr Gesicht war ruhig und offen. Flebberman hatte dasselbe gesagt, fiel ihm jetzt wieder ein. Sie hatten sich offenbar alle gegen ihn verschworen.

»Ach, geh zur Hölle«, sagte er. »Verschwinde.«

»Und ich will nach wie vor die Scheidung«, bemerkte Francie. »Daher wäre ich dir dankbar, wenn du aufhören würdest, mich als ›deine Frau‹ auszugeben.«

»Du kannst deine verdammte Scheidung kriegen. Mach dir da mal keine Sorgen.«

»Vielen Dank.«

»Du bist bescheuert, Francie, weißt du das?«, sagte Colt. »Total bescheuert.«

»Nein, Colt, ich bin nicht bescheuert«, erwiderte Francie, als sie bereits zur Tür ging. »Zumindest nicht nach dem zu urteilen, wie ich die Dinge sehe. In deiner Welt mag ich bescheuert sein, aber andererseits habe ich in deine Welt nie hineingehört. Und du hast niemals in meine gehört.«

»In dem Punkt bin ich ganz deiner Meinung!«

»Und lass dir bei der Gelegenheit noch etwas anderes sagen«, bemerkte Francie.

»Was?«

»Das alles könntest du auf der Stelle beenden. Du kannst dafür sorgen, dass es ein Ende findet.«

»Wie das?«

»Verzeih ihm.«

»Ihm verzeihen? Francie, du weißt nicht, was zum Teufel du da redest! Ich will ihm nicht verzeihen! Ich will ihn umbringen!«

»Dann wird es nicht aufhören«, versetzte Francie von der Tür aus. »Es wird bis in alle Ewigkeit so weitergehen. Das kann ich dir hier und jetzt auf den Kopf zusagen.«

»Schwester!«, schrie Colt keuchend. Sein Hals tat wieder weh. »Schwester!«

Die Krankenschwester kam herbeigeeilt – eine andere diesmal, eine Schwarze mit raschelnden, gestärkten Röcken. »Ich höre Sie, mein Junge«, sagte sie. »Ich höre Sie. Was ist los?«

»Schaffen Sie mir dieses verrückte Miststück vom Hals«, sagte Colt.

»Wen? Ihre Frau? Warum wollen Sie sie nicht länger hier haben?«

»Sie ist *nicht* meine Frau«, sagte Colt. »Sie ist meine Ex-Frau.«

»Ich wollte ohnehin gerade gehen«, sagte Francie.

»Vielleicht wäre es das Beste so, Miss. Ehefrau hin, Ehefrau her«, erklärte die Krankenschwester. »Wir dürfen nicht zulassen, dass er sich zu sehr aufregt.«

»Richtig, das dürfen wir nicht.«, sagte Francie. Sie verließ den Raum, ohne sich noch ein einziges Mal umzudrehen.

»Ach herrje«, sagte die Krankenschwester. »So geht das nicht. So geht das überhaupt nicht.« Mit einer geschickten Bewegung injizierte sie ihm etwas in die intravenöse Kanüle in seinem Arm, und unverzüglich spürte Colt, dass in seinem Kopf alles zu schwimmen begann.

»Wie heißen Sie?«, fragte er benommen.

»Betty.«

»Betty. Was ist das für ein Zeug, das ihr mir da gebt?«

»Schlafen Sie jetzt, mein Lieber«, sagte Betty. »Es ist nur eine nette, kleine Medizin, etwas ganz Besonderes.«

»Haben Sie das Zeug selbst zusammengemixt?«, fragte Colt und war schon halb weggedöst. »Oder wird das von einer Pharma…«

Er war wieder eingeschlafen.

»Nein«, sagte Colt. »Ich weigere mich, wieder hier zu sein.« Er drehte sich um und fand Joe abermals an seiner Seite, wiederum mit einem Anzug bekleidet. »Joe«, sagte er, »erklär denen, dass ich mich weigere, wieder hier zu sein.«

»Er hat dich gehört«, sagte Joe erschöpft.

»Das ist wirklich Pech«, meinte der Richter – auch er klang jetzt müde, obwohl Colt keine Ahnung hatte, wie ein Schatten müde werden konnte. »Es wird Zeit, endlich anzufangen. Der erste Zeuge?«

»Einen Moment mal«, widersprach Colt. »Es gibt keine Zeugen! Es gibt keinen Prozess! Ich ziehe die Autorität dieses Gerichts in Zweifel! Ich ziehe *Sie* in Zweifel!«

Tödliche Stille folgte. Er konnte spüren, wie der Schatten ihn einer gründlichen Musterung unterzog.

»Hm«, sagte der Schatten. »Das ist ja interessant. Was genau an mir bezweifeln Sie denn?«

»Ich bezweifele Ihre Moral«, sagte Colt. »Und ich bezweifle Ihre Motive. Sie wollen mir ja nicht einmal Ihr Gesicht zeigen! Sie sind nichts als ein Schatten!«

»Colt«, sagte Joe warnend, »Vorsicht.«

»Halt den Mund, Joe. Du bist gefeuert.«

Joe stand abrupt auf und ließ seine Aktentasche zuschnappen. »Die beste Neuigkeit, die ich heute gehört habe«, knurrte er. »Jetzt kann ich angeln gehen. Wiedersehen, Coltie, falls wir uns wiedersehen.« Und im nächsten Augenblick war er verschwunden.

Colt schluckte.

»So«, sagte der Schatten, »Sie wollen wissen, wie ich aussehe, habe ich das richtig verstanden? Sie wollen wissen, wer ich bin?«

»Sie haben's kapiert«, antwortete Colt. Er stand auf und verschränkte die Arme vor der Brust, wobei der linke Arm auf wundersame Weise wieder in seinen normalen Zustand zurückgekehrt war. Alles in allem verriet seine ganze Haltung Mut und Trotz, beides Dinge, die er keineswegs empfand. »Oder ich bin hier weg. Und nichts wird mich aufhalten.«

Von der Geschworenenbank vernahm er Gemurmel, aber er blickte nicht einmal in ihre Richtung.

»Sehr schön«, sagte der Schatten.

Die Dunkelheit hob sich langsam. Während das geschah, trat ein Ausdruck des Erstaunens in Colts Züge.

»Oh, mein Gott«, sagte er. *»Du?«*

»Ja, ich«, sagte der Richter. »Wen zum Teufel hattest du denn erwartet?«

Colt blinzelte mehrmals, aber seine Augen spielten ihm keinen Streich. Er blickte geradewegs in sein eigenes Gesicht – und in seine eigenen Augen. Der Richter war er selbst, und er war der Richter. Und je länger er sich selbst ansah, umso mehr vergaß er, wer wer war.

»Ist das die Hölle?«, fragte er kläglich.

Der Richter lächelte und nickte. »Jawohl«, sagte er. »Natürlich ist sie das.«

Als er zum dritten Mal aufwachte, konnte er Stimmen aus

dem Flur hören. Jetzt konnte er auch Tageslicht erkennen, das unter den Rollos hindurchkroch, und mit der Fernbedienung ließ er das Kopfende des Bettes hochfahren. Draußen vor seinem Zimmer stritten sich zwei Frauen.

»He«, rief er. »Was ist da draußen los?«

Eine Krankenschwester, wiederum eine andere als zuvor, schob den Kopf durch die geöffnete Tür.

»Mr Hart«, sagte sie. »Hier ist eine Frau, die mit Ihnen sprechen möchte. Sie sagt, sie müsse sofort mit Ihnen reden.«

»Hm, wer ist sie denn?«

Nun streckte auch die andere Frau im Flur den Kopf herein. Colt erkannte sie nicht, hatte aber eine ziemlich gute Vorstellung, wer sie sein könnte. In dem schwachen Licht konnte er ein geblümtes Hauskleid unter einem Mantel aus falschem Pelz erkennen. Das Gesicht der Frau war tränenüberströmt.

»Er hat es nicht so gemeint!«, sagte sie.

»Ma'am, Sie dürfen die Patienten nicht aufregen«, sagte die Krankenschwester. »Wenn Sie bitte einfach …«

»Es ist schon gut«, sagte Colt resigniert. »Lassen Sie sie rein.«

»In Ordnung. Aber die Kinder müssen draußen bleiben.«

»Kinder?«, fragte Colt. »Welche Kinder?«

»Ihr drei bleibt hier sitzen und haltet die Klappe«, rief die Frau über die Schulter gewandt. »Mama ist gleich wieder da.« Colt konnte zum Protest erhobene Kinderstimmen hören, und schließlich das verärgerte Seufzen der Krankenschwester.

»Sie dürften nicht mal auf dieser Station sein«, sagte sie. »Ich weiß nicht, wie Sie es geschafft haben, mit den Kindern so weit durchzukommen.«

»Bitte«, sagte die Frau zu Colt, während sie immer noch in der Tür stand. »Er wollte Ihnen nur einen Schrecken einjagen!«

»Mrs Flebberman, vermute ich«, sagte Colt.

»Ich … ja … ja, Sir. Ich bin Randalls Frau.«

»Angenehm.«

»Ich bin hier, um Sie zu bitten … lass das!« Letzteres sagte sie in Richtung ihrer Füße. Colt konnte ein kleines Paar Hände durch die Tür greifen und sich an ihre Knöchel klammern sehen. Mrs Flebberman schüttelte den kleinen Eindringling ab und trat weiter in den Raum hinein, wobei sie sich mit dem Handrücken über die Wangen wischte. »Bitte«, begann sie von neuem. »Randy ist eigentlich ein grundanständiger Kerl. Er hat einfach …«

»Vielleicht will er mich hereinlegen«, entgegnete Colt. »Ich bin nicht sicher, ob wir überhaupt darüber reden sollten.«

Die Frau nickte und weinte nun noch heftiger. »Ich weiß«, sagte sie. »Aber ich musste einfach herkommen. Es ist nur … Mr Hart. Ich bin hier, um *an Ihr Gewissen zu appellieren!*«

»Um an mein Gewissen zu appellieren?«

»Ich habe vier Kinder«, stieß sie atemlos hervor. »Wenn er ins Kittchen wandert, weiß ich nicht, was wir tun sollen! Wir sind am Ende!«

Colt verdrehte die Augen. »Meinen Sie nicht, dass er sich das hätte früher überlegen sollen?«, fragte er. »Bevor er beschloss, in meine Wohnung einzubrechen und mich mit vorgehaltener Waffe zu entführen? Großer Gott, meine Dame! Ihr Mann ist wohl nicht allzu helle, wie?«

Die Frau schniefte.

»Er war vielleicht nicht auf dem College wie Sie«, sagte

sie. »Aber ... er war aufgebracht, richtig aufgebracht. Er hatte nie die Absicht, Ihnen etwas anzutun. Er hat mir erzählt, dass er Sie lediglich zwingen wollte, diese Leichen zurück an den Ort zu bringen, wo sie hingehören. Und dann ...«

»Und dann was? Was wäre denn seiner Meinung nach als Nächstes passiert? Hat er gedacht, dass ich die ganze Geschichte einfach vergesse?«

»Ich weiß, ich weiß«, sagte Jennifer Flebberman. »Ich habe ihn angefleht, es nicht zu tun! Ich habe ihm erklärt, dass es verrückt wäre, aber er war so entsetzlich wütend, er wollte einfach nicht auf mich hören! Ich habe ihn noch nie zuvor in so einem Zustand erlebt!«

In diesem Augenblick kam ein Kleinkind in das Krankenzimmer gekrochen, gefolgt von einem anderen. Die Krankenschwester, die im Korridor gestanden hatte, sagte: »Also, das reicht jetzt wirklich. Sie müssen sofort gehen, oder ich rufe den Sicherheitsdienst.«

»Ich gehe ja schon«, sagte Jennifer Flebberman. »Nur ... bitte, verstehen Sie. Mr Hart. Sir. Bitte. Wenn er ins Gefängnis muss, werden wir alles verlieren. Alles.«

»Und Sie verlangen von mir, die Anzeige zurückzuziehen? Einfach so. Ich habe einen Schock fürs Leben davongetragen, und ich liege hier in einem Krankenhausbett mit einer halben Tonne Metall im Arm ... meinem *gebrochenen* Arm ..., und jetzt soll ich das Ganze einfach vergessen?«

»Wir würden alles tun«, sagte Jennifer Flebberman. »Alles, was Sie verlangen. Wir würden Ihnen alles geben, was Sie wollen. Nur ...«

»Ma'am«, erklang jetzt eine tiefe Männerstimme im Korridor, und Colt schloss daraus, dass die Krankenschwester den Sicherheitsdienst herbeigerufen hatte. »Wenn Sie das Gelände nicht auf der Stelle verlassen, werde ich Sie hinausbegleiten«.

»Ist ja gut, ich geh ja schon«, erwiderte Jennifer Flebberman.

»Was ich will, ist Gerechtigkeit!«, erklärte Colt.

»Er wollte doch bloß, dass sie in Ruhe gelassen werden!«, sagte Jennifer, bevor sie wieder in den Korridor hinaustrat. Colt hörte, wie sie ihre Kinder zusammenrief, die inzwischen allesamt weinten. Er presste sich den gesunden Arm auf die Augen und schauderte. Gütiger Gott. Was für ein Durcheinander.

»Bitte!«, rief Jennifer Flebberman noch ein letztes Mal, als sie den Flur hinunterging.

Die Krankenschwester kam zurück – diesmal machte er sich nicht mehr die Mühe festzustellen, wie sie aussah. Kaum kannte man die eine, wurde sie durch die Nächste ersetzt. Es bereitete ihm Kopfschmerzen, da mitzuhalten.

»Entschuldigen Sie diesen Zwischenfall, Mr Hart«, sagte sie. »Sie hat sich irgendwie an uns vorbeigeschlichen.«

»Schwester«, erwiderte Colt. »Keine Besucher mehr. Niemand. Bitte.«

»Geht in Ordnung, Mr Hart«, sagte die Krankenschwester. »Wir werden ein Schild an Ihre Tür hängen, dass man Sie in Ruhe lassen soll.«

»Dafür«, antwortete er, »bin ich Ihnen von Herzen dankbar.«

»Möchten Sie noch mehr Schmerzmittel?«

»Himmel, nein«, sagte er. »Davon bekomme ich Albträume.«

»Ich werde mit dem Arzt sprechen, damit er Ihnen etwas anderes gibt.«

»Sparen Sie sich die Mühe«, sagte Colt. »Lieber nehme ich

die Schmerzen in Kauf, als zu riskieren, wieder in diesem Gerichtssaal zu landen.«

»Welchem Gerichtssaal?«, fragte sie.

Aber Colt war vor Erschöpfung bereits wieder eingeschlafen, diesmal ohne medikamentöse Hilfe.

KAPITEL 27

Das Urteil

Colt lag seit einer Woche in dem Krankenhaus in Allentown. Er lehnte weiterhin alle Schmerzmittel ab; sein Arm fühlte sich an, als sickere geschmolzenes Blei durch sein Fleisch und versenge ihn von innen, aber er hatte beschlossen, lieber den Schmerz zu ertragen, als weitere Medikamente zu nehmen. Die Folge war, dass er ohne Vorankündigung ab und zu laute Schreie ausstieß. Langsam fühlte er sich, als litte er an einer besonderen Form des Tourette-Syndroms. Aber er blieb standhaft und verweigerte alle weiteren Spritzen.

Die Polizei stattete ihm noch einen zweiten Besuch ab, und diesmal gab er den Männern einen vollständigen Bericht über alles, was sich zugetragen hatte, angefangen von dem Augenblick, in dem er auf dem Sofa erwacht war. Er redete eine ganze Stunde lang, wobei er zwischendurch in regelmäßigen Abständen aufschrie. Er vergewisserte sich, dass die Polizisten jedes einzelne Detail auch wirklich aufnahmen. Flebberman habe noch immer kein einziges Wort gesprochen, erzählten sie ihm. Er saß in einer Zelle in Untersuchungshaft im Kreisgefängnis und weinte den ganzen Tag.

»Also das ist die ganze Wahrheit«, schloss Colt seinen Bericht. »Ich habe nichts … aaah! … von alledem erfunden.«

»Wir gehen nicht davon aus, dass Sie irgendetwas erfunden haben«, versicherte Riller ihm. »Alles, was wir bisher herausgefunden haben, bestätigt Ihre Aussage.«

»Dann können Sie ihn also hinter Schloss und Riegel bringen.«

»Er wird auf jeden Fall vor Gericht gestellt«, erwiderte Witherspoon. »Und falls er nicht von Anfang an auf schuldig plädiert, wird es eine Verhandlung geben. Aber bisher hat er wie gesagt noch nicht geredet. Er ist leider nicht sehr kooperativ.«

»Er hat Angst, das ist alles. Er weiß, dass er für lange Zeit in den Bau kommen wird. Oh, Himmel!«, schrie er.

»Er fühlt sich tatsächlich wegen irgendetwas schuldig, das steht fest«, sagte Riller und zog sich taktvoll vom Krankenbett zurück.

Colt unterdrückte einen weiteren Aufschrei, brachte es fertig, ihn in ein Stöhnen zu verwandeln und fragte, als er wieder zu Atem kam:

»Wie lange kann man ihn dafür einsperren?«

Die Polizisten zuckten die Achseln. »Das fällt im Grunde nicht in unsere Zuständigkeit«, sagte Witherspoon. »Das wird der Richter entscheiden müssen.«

»Ja, ich weiß. Ich dachte nur, bei Ihrer Erfahrung könnten Sie vielleicht …«

»Es wäre auf jeden Fall für eine lange Zeit«, antwortete Riller. »Darauf können Sie wetten.«

»Und wenn nicht? Habe ich Recht? Wenn er sich schuldig bekennt, könnte man ihm beim Strafmaß entgegenkommen und so weiter?«

»Da müssen Sie wirklich abwarten, was während der Gerichtsverhandlung passiert«, meinte Witherspoon. »Bedenken Sie, dass die Sache jetzt eine Bundesangelegenheit ist. Die Burschen vom FBI begnügen sich nicht mit einem Klaps auf die Finger.«

»Ja«, sagte Colt. »Die Sache ist nämlich die ... seine Frau hat mich aufgesucht.«

»Ach ja?« Die Polizisten waren überrascht.

»Allerdings. Sie hat mich um ... um Milde gebeten.«

Witherspoon und Riller sahen erst einander, dann Colt an.

»Er hat vier Kinder«, erklärte Colt.

»Ja, hm, an die hätte er denken sollen, bevor er die Straftat begangen hat«, bemerkte Riller.

»Genau das habe ich auch gesagt.«

»Sie haben seinen Familienfriedhof ausgegraben, nicht wahr? Damit hat es angefangen?«

»Ich habe es machen lassen, ja. Au!«

»Bei solchen Dingen werden die Leute schon mal komisch«, sagte Witherspoon. »Manche Menschen sind ziemlich empfindlich, wenn es um ihre Familie geht.«

»Ja«, bekräftigte Riller.

»Er könnte also auf vorübergehende Unzurechnungsfähigkeit plädieren«, meinte Colt. »Hab ich Recht? Oder so was in der Art?«

»Das funktioniert im Allgemeinen nur bei Streitigkeiten unter Paaren«, sagte Riller. »Ich habe noch nie zuvor von einem solchen Fall gehört, um ehrlich zu sein. Es ist ziemlich ungewöhnlich. Sogar die Zeitungen haben darüber berichtet.«

»Wirklich?« Colt war überrascht. »Was haben die denn geschrieben?«

»Nur ein paar Artikel. Die ganze Sache ist ziemlich merkwürdig. Niemand hat je zuvor von so etwas gehört.«

»Also, das gilt für mich auch«, meinte Colt.

»Es würde wohl davon abhängen, ob ein Geschworenengericht einberufen wird«, sagte Witherspoon. »Wenn er aufgrund vorübergehender Unzurechnungsfähigkeit oder etwas Ähnlichem auf nicht schuldig plädiert. Dann wäre es an den Geschworenen zu entscheiden, ob sie ihm glauben oder nicht.«

»*Wir* können Ihnen da wirklich nicht raten«, meinte Riller. »*Unsere* Aufgabe besteht darin, Informationen zu sammeln und Recht durchzusetzen.«

»Aber wenn dieser Bursche ein gefährlicher Krimineller ist«, ergänzte Witherspoon, »und Sie ihn hinter Gitter bringen können, dann ist es Ihre Pflicht, genau das zu tun. Im Interesse der Gesellschaft.«

»Klar. Ich weiß«, antwortete Colt.

»Gute Besserung, Mr Hart«, sagte Riller. »Wir werden uns noch mal sprechen.«

Der Arzt, der die Operation durchgeführt hatte, erschien jeden Tag zur Visite bei Colt. Er leuchtete ihm mit einem Lämpchen in die Augen, begutachtete stirnrunzelnd den genagelten Arm und untersuchte die Flüssigkeit, die aus den Drainageschläuchen in den Plastikbeutel am Infusionsständer floss. Der Arzt sah unwahrscheinlich jung aus, obwohl er sein Haupthaar bereits schütter wurde. Mit seinem von Sommersprossen übersäten Gesicht hatte er eine gewisse Ähnlichkeit mit Howdy-Doody.

Nach seiner letzten Untersuchung sagte Dr. Doody: »Es sieht gut aus, Mr Hart. Ihre Knochen wachsen zusammen, keine Entzündung. Ich denke, dass wir Sie wahrscheinlich am Wochenende entlassen können.«

»Welchen Tag haben wir heute?«, erkundigte sich Colt. »Ich verliere hier drin immer wieder jegliches Zeitgefühl.«

»Heute ist Freitag. Vielleicht können wir Sie am Sonntag entlassen.«

»Wann kann ich wieder arbeiten? Montag?«

»Montag?« Der Mann lachte. »Sie machen Witze?«

»Nein. Beileibe nicht.«

Der Arzt hörte auf zu lachen. »Was ist das für ein wunderbarer Job, den Sie haben, dass Sie es gar nicht erwarten können, wieder anzufangen?«, fragte er. »Die meisten Menschen erkundigen sich danach, wie lange sie noch krankfeiern können.«

»Aktien«, sagte Colt. »Ich bin Aktienhändler.«

»Ach ja? Aktienhändler, so. Haben Sie irgendwelche heißen Tipps?«, fragte Dr. Doody. »Ich habe mir sagen lassen, dass man auf dem Aktienmarkt nur dann verdienen kann, wenn man mit großen Summen spielt. Millionen. Ansonsten lohnt es angeblich kaum die Mühe.«

»Kommt darauf an, was Sie mit ›lohnen‹ meinen«, sagte Colt.

Der Arzt grinste. »Hm, mal sehen: Ich muss noch ungefähr zweihundertfünfzigtausend Dollar an Studiendarlehen zurückzahlen. Die Versicherung geht davon aus, dass meine Kunstfehlerprämien in den nächsten fünf Jahren meine Einkünfte übersteigen werden, und zwar um das … hm, ich vergesse immer, um welche Summen es dabei geht, aber es ist keineswegs so, dass das wirklich einen Ausgleich schaffen würde. Sobald man mehr zahlt, als man verdient, wird es Zeit, sich einen neuen Job zu suchen. Im Grunde heißt das, dass ich sobald wie möglich eine Million Dollar machen muss.« Dr. Doody lachte abermals. »Irgendwelche Vorschläge?«

»Ja«, sagte Colt. »Billig kaufen und teuer verkaufen.«

Dr. Doodys Lächeln verschwand.

»Na kommen Sie schon«, sagte er. »Das weiß doch jeder.«

Colt seufzte. Wie sollte er die vielen Stunden Recherchen erklären, die notwendig waren, um den Wert einer Aktie zu ermitteln? Es war kompliziert, und es gab keine Möglichkeit, auf anderem Weg zu Ergebnissen zu gelangen; man musste eine Vorstellung haben, was eine Firma wert war, um zu wissen, ob ihre Aktien ein Schnäppchen waren oder nicht. Noch komplizierter war jedoch der andere Teil des Ganzen, der Teil, den er selbst nicht verstand: Die Tatsache, dass, wann immer ein Kind in Iowa von seinem Fahrrad fiel, das Nachbeben zweitausend Meilen weit durch die Erde wanderte und im Boden der Börse in New York minimale Wellen schlug, die sich in einem denkbar winzigen Klicken in den digitalen Ziffern manifestierten. Der Markt war schlicht und einfach ein Spiegelbild des Universums, aber es war müßig, das einem Naturwissenschaftler klarzumachen. Colt hatte selbst Schwierigkeiten damit, obwohl er wusste, dass es nichtsdestoweniger der Wahrheit entsprach.

»Ich kann Ihnen nicht sagen, wie man reich wird«, erwiderte er.

»Ja, aber was kaufen Sie denn?«, hakte Dr. Doody nach. »Ich meine, wie entscheiden Sie, wo Sie Ihr Geld investieren?«

»Es ist ein Gefühl«, antwortete Colt. »Wie bei einem Seemann, der am Morgen zum Horizont schaut. Segeln Sie manchmal?«

»Gelegentlich.«

»Nun, Sie kennen doch diese Sprichworte wie: ›Morgenrot, Schlechtwetter droht. – Abendrot, Gutwetterbot'‹, oder: ›Morgengrau und Abendrot, ist ein guter Wetterbot'‹ und so weiter?«

»Ja?«

»Es ist irgendwie dasselbe. Das Segeln ist gleichzeitig eine Kunst und eine Wissenschaft. Man vertraut einfach darauf, was einem sein Bauch sagt, ganz egal, was die Meteorologen sagen. Auch wenn so aussieht, als würde es ein schöner Tag werden, dann fahren manche Leute trotzdem erst gar nicht raus, wenn sie ein ungutes Gefühl haben.«

»Sie sprechen von Aberglauben«, meinte Dr. Doody.

»Ja. Wenn Sie es so nennen wollen. Ein Seemann kann Karten lesen, die Windrichtung ermitteln und all das. Aber er ist gleichzeitig der abergläubischste Mensch, den es gibt. Der zweitabergläubischste, meine ich«, korrigierte er sich. »Aktienhändler kommen an erster Stelle. Jeder, den ich kenne, trägt irgendeinen kleinen Talisman mit sich herum, wie eine Hasenpfote oder etwas Ähnliches.«

»Ach ja? Was ist denn Ihr Talisman?«

Colt gestattete sich ein schwaches Lächeln. »Ein Ring«, sagte er. »Aber ich habe ihn verloren. Und Sie sehen ja, welche Konsequenzen *das* hatte.«

»Hm, trotzdem vielen Dank«, sagte der Arzt und machte sich eine Notiz in einer Tabelle. »Ich komme morgen wieder vorbei.« Dr. Doody verschwand so plötzlich, wie er erschienen war, und ließ Colt mit dem deutlichen Eindruck zurück, dass er soeben als Armleuchter abqualifiziert worden war.

Was Colt wenig bekümmerte. Die meiste Zeit litt er einfach stumm vor sich hin und wollte mit niemandem reden. Seine Weigerung, weitere Schmerzmittel zu nehmen, verwirrte das Pflegepersonal, denn seine Schmerzen waren ganz offensichtlich manchmal so stark, dass er kaum sprechen konnte; dann konnte er nur mit den Zähnen knirschen, wie ein verwundetes Tier stöhnen und den Kopf von einer Seite zur anderen werfen. Und doch lehnte er alles ab, was sie ihm anboten, denn Colt wusste, dass er verdammt werden würde, wenn er in diesen Gerichtssaal zurückkehrte – buchstäblich verdammt –, und da war es ihm schon lieber, hier auf Erden zu leiden.

Als Schwester Betty wieder Dienst tat, kam sie herein, legte ihm eine Hand auf die Stirn und schnalzte mit ihrer rosigen Zunge.

»Hier gibt es keine Tapferkeitsmedaillen, wissen Sie«, bemerkte sie.

»Ich bekomme Albträume von dem Zeug«, antwortete er ihr und zuckte zusammen, als die gebrochenen Enden seiner Knochen sich abermals bewegten, wenn auch nur eine winzige Spur. »Ich habe drei Spritzen bekommen. Mehr verkrafte ich einfach nicht.«

Betty lachte ein tiefes, aus dem Bauch kommendes Lachen. »Mein Lieber, warum denn nicht?«, fragte sie. »Wovor haben Sie solche Angst?«

»Man hat gesagt, dass ich verurteilt werden würde.«

»Wer hat das gesagt?«

»Der Richter.«

»Oh«, meinte Betty wissend. »*Diese* Art von Albtraum hatten Sie also.«

Colt war überrascht. »Sie wissen, wovon ich rede?«, erkundigte er sich.

»Das passiert hier dauernd«, sagte Betty. »Die Menschen träumen von ihrer Verurteilung.«

»Haben andere etwa denselben Traum?«

»Und ob«, antwortete Betty. »Zumindest diejenigen, die ihrem eigenen Tod nahe genug waren. Das hat dieselbe Wirkung wie bei Ihnen. Nun, nicht auf alle natürlich. Aber bei vielen ist das so. Im Allgemeinen bei den Intelligenteren unter den Patienten. Und sie erzählen mir ausführlich von ihren Träumen. Glauben Sie bloß nicht, Sie wären etwas Besonderes. Wissen Sie denn nicht, dass wir alle gleich sind?«

»Natürlich weiß ich das«, sagte Colt. »Alles hängt irgendwie zusammen. Das wusste ich schon vorher.« Er fing ihren Blick auf und fuhr ernsthaft fort: »Wussten Sie zum Beispiel, dass sich ein Autounfall in Paris noch am selben Tag wenig später im Dow Jones bemerkbar macht. Die Frage ist: Wie? Das ist etwas, auf das ich mir selbst noch keinen Reim gemacht habe. Ich weiß, dass es so ist – ich weiß nur nicht, warum oder wie oder auch nur wann diese Wirkung eintritt. Niemand weiß das. Zumindest niemand, den ich kenne. Aber eines Tages, eines Tages wird irgendjemand auftauchen, der alle Dinge gleichzeitig sehen kann. Er wird in der Lage sein, die Tafel mit den Aktienkursen zu lesen und einem zu sagen, was in jedem Augenblick überall auf der Welt passiert ist. Es wird so sein, als wäre er ... *angeschlossen.* Der Zeichendeuter. Der, Der Sieht. Alles ist bereits miteinander verbunden, aber bevor dieser eine nicht auftaucht, wird niemand wissen, wie alles funktioniert.«

»Stimmt, mein Lieber«, sagte Betty, die gar nicht wirklich zugehört hatte – Colt hatte seit seiner Einlieferung ins Krankenhaus ständig vor sich hingeplappert, und sie filterte aus dem, was er sagte, nur wenige einzelne Worte heraus. »Jesus steht mit allem in Verbindung, wie Sie schon sagten. Und diese Träume, die sind lediglich Ihr eigener Verstand, der auf Ihr Leben zurückblickt und herausfindet, was Sie nicht getan haben und doch hätten tun sollen und was Sie getan haben und besser gelassen hätten.« Betty schüttelte sein Kissen auf und fühlte seinen Puls. »Gibt es irgendetwas, was Sie bedauern?«, fragte sie beiläufig, während sie auf ihre Armbanduhr sah.

»Dinge, die ich bedaure? Ja. Ungefähr eine Million Dinge«, erwiderte Colt.

Es muss der Schmerz sein, der mich so reden lässt, dachte er. Weil ich verdammt genau weiß, dass ich keine Entscheidung bedaure, die ich je getroffen habe. Bis auf die Tatsache, dass ich Flebberman nicht aus dem Fenster geworfen habe, bevor er meine Wohnung verließ.

»Nun, wer tut das nicht? Sie haben Glück«, meinte Betty. »Sie sind noch jung. Sie haben jede Menge Zeit, die Dinge wieder in Ordnung zu bringen.«

»Ich bin fast vierzig«, entgegnete Colt. »Ich fühle mich auch nicht mehr so jung wie früher.«

»Meine Güte, wer tut das schon?«, lachte Betty. »Ich bin dreiundvierzig, aber an manchen Tagen merke ich morgens beim Aufstehen, wie es sich anfühlt, siebzig zu sein. Ich merk's vor allem in den Füßen.«

»Sind Sie verheiratet?«, fragte Colt.

»O ja«, sagte Betty. »Und Sie sind es auch, also werden Sie nicht zu dreist.«

Colt brachte ein Lächeln zustande. »Was mich betrifft, ich werde nicht mehr lange verheiratet sein. Wie ist mein Puls?«

»Völlig verrückt. Als hätten Sie einen Marathon gelaufen. Liegt das an meiner Traumfigur oder daran, dass Ihr Arm wieder wehtut?«

»An beidem.«

»Sind Sie sich sicher, dass Sie nichts zum Schlafen haben wollen?«

Mittlerweile hatte der Schmerz Colt halb ins Delirium getrieben, und die Dinge verschwammen vor seinen Augen; die Grenzen der Realität waren verwischt wie die fleckigen Umrisse einer Kreidezeichnung, und er starrte Betty in ihrer schimmernd weißen Dienstkleidung an, als sei sie soeben von einer Wolke herabgestiegen.

»Sind Sie ein Engel?«, fragte er.

Betty lächelte. Dann legte sie ihm noch einmal die Hand auf die Stirn.

»Sie würden sich wundern, wenn Sie wüssten, wie oft ich auch das zu hören bekomme«, sagte sie. »Schlafen Sie jetzt. Ich glaube, müde genug sind Sie.«

Und ermutigt von ihrer warmen, trockenen Hand auf seiner Haut schlief er tatsächlich ein.

Francie besuchte ihn nicht noch einmal – was kein Wunder war –, und ebenso wenig tat es Jennifer Flebberman – ebenfalls kein Wunder. Genau genommen besuchte ihn niemand, und es schickte auch niemand Karten oder Blumen – was ihn, wenn er darüber nachdachte, ebenfalls nicht überraschte. In seinem Geschäft war Mitgefühl die einzige Ware, mit der niemand handeln wollte, denn man konnte einem anderen ebenso gut die Kehle durchschneiden, wie ihn bemitleiden. Trotzdem begann er sich später am Tag zu fragen, warum Forszak ihm nicht zumindest einen kurzen Brief oder etwas in der Art geschickt hatte, um die Tatsache zu bestätigen, dass er noch lebte. Und das war der Augenblick, in dem Colt klar wurde, dass niemand bei Anchor Capital die geringste Ahnung haben konnte, wo er steckte.

»Betty!«, rief er und drückte gleichzeitig auf die Klingel neben seinem Bett.

Betty, die sich gerade die Hände an einem Papiertuch abwischte, erschien in der Tür.

»Was gibt's denn, Coltrane?«, erkundigte sie sich. »Ich finde es einfach himmlisch, diesen Namen auszusprechen. Er war schon immer einer meiner Lieblingsnamen. Haben

Sie nun doch noch Ihre Meinung geändert, was die Medikamente betrifft?«

»Nein«, sagte er. »Mir ist nur gerade klar geworden, dass niemand in meiner Firma weiß, wo ich bin. Sie denken vielleicht, ich wäre einfach verschwunden oder so etwas. Könnten Sie mir beim Telefonieren helfen?«

»Wenn Sie wollen«, sagte sie. Sie kam herein, wählte die Nummer, die er diktierte, und hielt das Telefon, als es zu klingeln begann, an Colts Ohr.

»Anchor Capital, Jeanette am Apparat, was kann ich für Sie tun?«, gurrte die Rezeptionistin.

Colt stockte. Irgendetwas in Jeanettes Stimme brachte eine vertraute und nicht allzu erfreuliche Seite in ihm zum Schwingen. Selbst wenn die Schlangengrube durch Glastüren abgeschirmt war, konnte er trotzdem hie und da gedämpfte Rufe hören, die wie Lichtblitze durch seinen Kopf schossen. Allein die Vorstellung, dort drin zu sein, machte ihn müde und tat ihm körperlich weh.

»Jeanette. Hier ist Colt Hart.«

Er hörte, wie sie aufkeuchte. »Mr Hart!«, rief sie. »Wir sind hier alle ganz krank vor Sorge um Sie!«

Ja, na klar, dachte er.

»Ich kann nicht lange reden«, sagte er. »Richten Sie Forszak nur aus, dass ich eine kleine Auszeit nehmen musste. Ich hatte einen Unfall.«

»Einen Unfall? Mein Gott, sind Sie in …«

»Jeanette, ich kann wirklich nicht reden. Mein Kopf bringt mich um. Sagen Sie Forszak, dass es mir gut geht und ich in … nun ja, in ein paar Tagen wieder da sein werde.«

In diesem Moment fing Colt Bettys Blick auf und bemerkte ihr trockenes Lächeln der Erheiterung. Sie schüttelte den Kopf, als wolle sie sagen: *O nein, das werden Sie nicht.*

»Gibt es irgendetwas, das Sie …«

»Auf Wiedersehen, Jeanette«, sagte Colt und drückte auf den Aus-Knopf.

»So ist es richtig. Sie kümmern sich erst mal nur darum, wieder gesund zu werden. Das ist im Augenblick alles, worüber Sie sich den Kopf zerbrechen sollten«, meinte Betty und nahm ihm das Telefon ab.

Am Montagmorgen eröffnete der Arzt Colt, dass er nach Hause gehen dürfe. Sein Gipsverband war durch einen aus Fiberglas ersetzt worden; der Arm wurde durch eine Verstrebung gestützt, die auf seiner Hüfte ruhte und ihn in einem Neunzig-Grad-Winkel zu seinem Körper hielt. Als er sich im Spiegel betrachtete, fand er, dass er aussah wie ein Brathähnchen aus der Kühltheke.

Kurz nach Mittag wurde er dann tatsächlich entlassen. Betty war an diesem Morgen nicht da gewesen, und Colt begriff mit einem deutlichen Anflug von Traurigkeit, dass er sie nie wiedersehen würde. Er hatte sie ins Herz geschlossen. Aus einer spontanen Entscheidung heraus ging er ins Schwesternzimmer und bat eine der Krankenschwestern, ein Stück Papier für ihn festzuhalten, während er darauf schrieb:

Liebe Betty,
danke für alles. Sie haben mich gerettet.
Coltrane Hart

»Darüber wird sie sich freuen«, meinte die Krankenschwester. »Sie hört immer gern noch etwas von ihren Patienten.«

»Sie ist eine tolle Krankenschwester«, erwiderte Colt. »Sie sind alle gute Schwestern.«

»Vielen Dank«, sagte die Krankenschwester, der er bisher noch nicht begegnet war.

»Ich fühle mich, als wäre ich ein ganzes Jahr hier gewesen«, erzählte Colt ihr.

»Das ist normal«, meinte sie. »Viele Menschen empfinden so. Wir sagen immer, ein Tag im Krankenhaus ist wie ein Monat draußen.«

»Ich hoffe, das gilt nicht auch für die Leute, die hier arbeiten«, bemerkte Colt.

Die Krankenschwester kicherte. »Manchmal kommt es einem schon so vor«, sagte sie.

»Ich weiß nicht, wie ich das erklären soll«, fuhr Colt fort, »aber ich werde das Krankenhaus vermissen. Mir wäre beinahe danach, gar nicht wegzugehen. Ich habe mich daran gewöhnt.«

»Auch das ist normal«, entgegnete die Schwester. »Aber ein Blick auf Ihre Rechnung wird Sie wahrscheinlich davon kurieren.«

»Ich will die Rechnung gar nicht sehen«, meinte Colt.

»Sie können damit direkt in die Verwaltung runtergehen«, sagte die Krankenschwester und reichte ihm ein zusammengefaltetes Blatt Papier. »Die da unten werden das regeln.«

»In Ordnung«, sagte Colt. »Bis dann. Und vielen Dank.«

Er mietete einen Wagen, um sich nach New York zurückfahren zu lassen, und saß schweigend auf der Rückbank, während der Chauffeur über seine Enkelkinder plauderte. Die Schmerzen waren immer noch so stark, dass sie den größten Teil seiner Konzentration und Willenskraft in Anspruch nahmen. Sehr erleichtert stieg er schließlich die Treppe zu seiner Wohnung hinauf. Automatisch tastete er in seiner Tasche nach den Schlüsseln. Dann erinnerte er sich daran, dass Flebberman sie aus dem Fenster geworfen hatte. Er fluchte. Es hatte absolut keinen Sinn, jetzt noch nach ihnen zu suchen. Dann fiel ihm ein, dass er die Wohnungstür gar nicht abgeschlossen hatte – wie auch? Was bedeutete, dass die Wohnung eine ganze Woche lang unversperrt gewesen war.

Ein ganzes Leben in New York hatte Colt gelehrt, dass man seine Wohnung niemals betrat, wenn man auch nur den leisesten Grund zu der Annahme hatte, es könne jemand anderes darin sein – denn die Chancen waren groß, dass tatsächlich jemand dort war oder dort gewesen war. Aber er konnte nirgendwo anders hin, und außerdem hatte ihn die Fahrt von Allentown zurück nach Hause erschöpft. Er wünschte sich nichts sehnlicher, als auf seinem Sofa zu sitzen, im Fernsehen MSNBC zu sehen und ein Nickerchen zu machen. Zögernd drehte er den Türknauf. Unter lautem Quietschen schwang die Tür auf. Colt zuckte zusammen. Wenn sich hier jemand aufhielt, würde dieser Jemand jetzt wissen, dass er zurückgekommen war.

Zumindest auf den ersten Blick schien im Wohnzimmer alles dort zu sein, wo es hingehörte. Colt, der sein Glück kaum fassen konnte, tat ein paar vorsichtige Schritte in den Raum hinein und dachte gerade noch rechtzeitig daran, mit seinem verletzten Arm dem Türrahmen auszuweichen. Er würde noch eine ganze Weile brauchen, bis er sich daran gewöhnt hatte. Keine heimlich lauernden Einbrecher schlugen ihm einen Knüppel über den Kopf, keine Junkies dösten in der Ecke. Vielleicht hatte er das große Los gezogen – er war noch einmal davongekommen. Ein weiterer Pluspunkt für Bürgermeister Giuliani, dachte er. Mit einem Seufzer der Erleichterung schlug Colt die Tür zu und legte die Sicherheitskette vor.

Dann drehte er sich wieder um und stieß vor Überraschung ein schrilles Jodeln aus: Unmittelbar vor ihm stand ein nackter Mann mit langem Haar und zerschundenem Gesicht, der soeben in der Küchentür erschienen war.

»Heilige Scheiße!«, sagte der Nackte. »Was machst *du* denn hier?«

»Uah!«, rief Colt.

Er drehte sich um und versuchte zu fliehen, aber da ihm bereits entfallen war, dass er soeben die Tür geschlossen hatte, rannte er dagegen und schlug mit seinem bandagierten Arm direkt gegen den feuerfesten Stahl – ein Missgeschick, das Schockwellen des Schmerzes von seinen Fingernägeln bis hinauf in seine Schultern sandte. Sekundenlang konnte er nicht einmal sprechen, und die Welt um ihn herum verschwamm. Als er wieder zu Atem kam, stieß er ein Heulen aus, das Zeugnis ablegte von allem Leiden, das im Laufe der letzten Woche über ihn hereingebrochen war, und er dachte nicht zum ersten Mal: Schneidet das verfluchte Ding doch einfach ab und lasst mich endlich in Ruhe.

»Colt, Mann! Ich bin's!«, sagte der Nackte.

Colt, der immer noch Höllenqualen litt, drehte sich um und sah ihn an. Das Gesicht des Mannes war so schwarz und blau verfärbt, als hätte man es als Punchingball benutzt, aber das lange Haar und die weinerliche Stimme kamen ihm bekannt vor.

»Mein Gott, Michael«, sagte er. »Was machst *du* denn hier?«

KAPITEL 28

Das Angebot

Michael führte Colt ins Wohnzimmer und half ihm, sich auf das Sofa zu setzen.

»Die Tür war offen«, sagte er. »Also bin ich einfach rein. Ich wusste nicht, wo du warst, aber ich hab gedacht, dass es dir nichts ausmachen würde … wenn du wüsstest, was ich durchgemacht habe …«

»Was *du* durchgemacht hast?«, wiederholte Colt. »Sieh mich an! Sehe ich so aus, als gäbe ich auch nur einen beschissenen roten Heller darum, was du durchgemacht hast?«

»Siehst echt mitgenommen aus. Woher hast du den lahmen Flügel?«

»Ich bin entführt worden. Und dann war ich in einen Autounfall verwickelt.«

»Entführt! Was? Das ist ja wirklich ein Scheißdreck! Ist mit Francie alles in Ordnung?«

»Ihr geht es gut. Sie hatte nichts damit zu tun. Es war unser entzückender Nachbar aus Pennsylvania. Er hat sich wegen dieses Friedhofs aufgeregt, den ihr beiden gefunden habt. Ich habe den Friedhof verlegen lassen, nur … es gab da ein Problem.«

»O Scheiße«, sagte Michael. »Das ist ja absolut beschissen!«

»Ja. Nett ausgedrückt. Was ist denn nun mit dir passiert?«, fragte Colt. »Du siehst so aus, als wäre eine Hockeymannschaft über dich hergefallen.«

»Es war eine Jugendbande«, antwortete Michael. »Ich bin ein bisschen herumgeschlendert und habe darüber nachgedacht, was ich jetzt anfange mit all dem …«

»Hör mir mal zu, Michael«, unterbrach ihn Colt. »Bevor du noch ein weiteres Wort sagst, tu mir einen Gefallen und zieh dir was an.«

Michael blickte an sich hinab.

»Hoppla«, sagte er.

»Es war ein Drogendeal, der nicht nach Plan gelaufen war«, erklärte Michael, nachdem er Jeans und Poncho übergeworfen hatte.

»Ein Drogendeal? Was für ein Drogendeal?«

»Ich hatte ein paar Pfund Haschisch in meinem Bus. Erstaunlich, dass Francie dir nicht davon erzählt hat«, sagte er. »Ich hätte geschworen, dass sie 's erzählen würde.«

»Francie und ich lassen uns scheiden«, entgegnete Colt. »Es gibt wahrscheinlich eine ganze Menge Dinge, die sie mir nicht erzählt hat.«

Michaels Augen weiteten sich. »Unmöglich!«, rief er. »Also, *das* ist die beste Neuigkeit seit Jahren.«

»Vielen Dank«, sagte Colt. »Bitte, erzähl weiter.«

»Im Ernst, Bruder. Nichts Persönliches, aber ihr zwei habt nie wirklich ...«

»Ich weiß, was du meinst«, sagte Colt. »Würdest du jetzt bitte fortfahren?«

»Na ja, zuerst dachte ich, ich würde nach Denver zurückgehen und versuchen, die Burschen zu finden, denen es gehörte.«

»Die Burschen, denen was gehörte?«

»Das ganze Dope, das versehentlich bei mir gelandet ist«, sagte Michael.

»Michael, Haschisch landet bei niemandem versehentlich«, warf Colt ein.

»Hm, na ja, egal. Was ich dir erzählen wollte, ist, dass

ich dieses ganze Haschisch am Hals hatte, das ich loswerden musste und das mir eigentlich gar nicht gehörte. Aber dann dachte ich, vergiss es, Denver ist verrückt. Die Bullen da draußen suchen wahrscheinlich nach mir, und sie würden das Ganze *definitiv* nicht verstehen. Außerdem ist Denver ziemlich weit weg. Also hab ich beschlossen, mir das Zeug einfach vom Hals zu schaffen, wie Francie es von mir verlangt hatte. Also, na ja, ich bin über die Autobahn gefahren und hab nach und nach kleine Mengen von dem Zeug durch das Loch im Bodenblech geworfen …«

»Dem Bodenblech deines Busses?«, unterbrach Colt ihn. »Du hast auf der Autobahn Marihuana durch ein Loch im Boden deines Busses geworfen?«

»Na ja, ich hab's *versucht.* Ich habe dir doch erzählt, dass das Blech vollkommen durchgerostet war? Aber es hat eine Ewigkeit gedauert. Du weißt schon, ich habe jedes Mal nur eine Handvoll rausgeworfen, damit niemand Verdacht schöpfte, und dabei musste ich noch lenken, klar. Das Ganze war schon ein kleines bisschen heikel. Und als ich in die Stadt kam, hatte ich immer noch fünf Pakete übrig. Es war keine so tolle Idee. Also denke ich mir, na ja, Scheiße – ich sollte einfach versuchen, das Zeug zu verkaufen. Also bin ich rauf nach Queens, und an einer Straßenecke habe ich diese Typen getroffen und sie total beiläufig gefragt, ob sie Interesse hätten, und im nächsten Augenblick prügeln die Kerle mich windelweich und bedienen sich einfach.« Ein bekümmerter Ausdruck trat in Michaels Züge. »Sie haben alles mitgenommen«, sagte er. »Mein Dope *und* meinen Bus. Ich kann von Glück sagen, dass sie mich nicht umgebracht haben.«

»Allerdings«, meinte Colt.

»Also brauchte ich für eine Weile irgendwo ein Plätzchen, wo ich mich verkriechen konnte. Ich konnte die Sache mit meinem Bus nicht mal den Cops melden, Mann, sonst hätten die auch das mit dem Dope erfahren. Das ist jetzt für immer weg. Und dann wollte ich gucken, ob du da warst, weil ich wusste, dass du wieder in die Stadt kommen wolltest, und ich dachte, ich weiß zwar, dass der Coltster mich nicht ausstehen kann, hatte aber trotzdem gehofft, du würdest mich verstehen und Mitleid haben, Mann. Du warst nicht da, aber als ich an der Wohnungstür war … na ja, die Tür war offen. Warum übrigens?«

»Das ist eine lange Geschichte.«

»Ja, klar. Also … ist Francie immer noch böse auf mich?«

»War sie das?«

»Sie hat mich rausgeworfen«, jammerte Michael. »Sie hat gesagt, es sei Zeit, dass ich erwachsen werde.«

»Ein Punkt für Francie.«

Michael sah ihn einen Moment lang zweifelnd an. Dann schenkte er Colt ein breites Grinsen.

»Sieht so aus, als säßen wir im selben Boot!«, bemerkte er. »Sie hat uns beide gefeuert!«

»Wir sitzen *nicht* im selben Boot«, widersprach Colt. »Wir befinden uns nicht einmal auf demselben Ozean.«

»Ja, okay, wie du meinst. Ich weiß bloß, dass wir beide hier in New York sind, wir sind beide total im Arsch, und keine Francie. Weißt du was? Wenn sie hier wäre, würde sie uns bestimmt Hühnersuppe und so'n Zeug machen.« Michael seufzte wehmütig. »Das Universum versucht, uns etwas mitzuteilen«, sagte er. »Deshalb haben wir beide einen Arschtritt gekriegt. Es will uns zu sagen, dass wir auf dem falschen Weg waren. Francie hatte Recht, was mich betrifft, Kumpel. Und was dich betrifft, hatte sie auch Recht. Wir sind zwei Verlierer.«

Colt beschloss, diese Bemerkung unkommentiert zu lassen – er hatte nicht einmal die Energie für einen Streit. »Hör mal. Wie lange wolltest du bleiben?«, fragte er.

»Hm, keine Ahnung. Ich habe kein Geld, verstehst du. Und kein Auto. Genau genommen stehe ich ziemlich genauso da wie am Tag meiner Geburt. Ich habe nichts. Rein gar nichts. Also habe ich irgendwie gehofft, dass ich vielleicht … du weißt schon, für ein Weilchen hier abhängen könnte, bis ich wieder Boden unter den Füßen habe?«

Colt massierte sich die Stirn.

»Schon kapiert«, sagte Michael und stand auf, bevor Colt auch nur die Chance gehabt hatte, etwas zu erwidern. »Ich dachte bloß, du brauchst vielleicht ein bisschen Hilfe. Aber egal. Ich hol mir nur schnell meine Schuhe, dann …«

»Nein, warte«, rief Colt.

Michael setzte sich erwartungsvoll wieder hin.

»Ich brauche tatsächlich Hilfe«, sagte Colt. »Ich kann nicht … ich habe im Moment nur einen funktionierenden Arm. Ich brauche jemanden, der …«

»Ich wisch dir bestimmt nicht den Hintern ab«, warf Michael hastig ein. »Aber alles andere mach ich.«

»Ich kann mir den Hintern selbst abwischen«, sagte Colt gereizt. »Himmel, ich habe nicht behauptet, ich wäre total hilflos. Aber ich kann mich nicht allein anziehen. Und ich brauche jemanden, der einkaufen geht und Essen besorgt und der das Kochen und Putzen und alles andere erledigt. Ich wollte jemanden einstellen, eine Privatschwester oder so etwas, aber solange du hier bist, kannst du das alles ja übernehmen. Wenn du willst.«

»In Ordnung«, sagte Michael strahlend. »Wie wär's mit fünfhundert die Woche? Ich kann …«

»Wie wär's mit Kost und Logis?«, fragte Colt zurück. »Wenn du glaubst, ich bezahle dich, bist du verrückt. Ich gebe dir ein Bett und etwas zu essen, aber das war's dann auch. Zumindest für die erste Zeit. Ich finde, nach all der Schnorrerei wäre das ein fairer Deal.«

»Recht hast du«, sagte Michael. »Es ist ein fairer Deal.« Er kicherte. »Es ist doch irgendwie komisch, oder? Ich meine, hier sitzen wir, du und ich, und sind aufeinander angewiesen, als wären wir irgendwie …«

»Lass es«, sagte Colt. »Die Ironie des Schicksals ist beinahe zu gewaltig, um sie in Worte zu fassen.«

»Also, was soll ich als Erstes machen?«

»Die Wäsche.«

»Okay. Zeig mir bloß, wo du deine schmutzigen Sachen hast, und ich werde …«

»Nicht meine«, fiel Colt ihm ins Wort. »Deine Sachen. Ich kann diese Jeans bis hierhin riechen.«

»Kapiert«, sagte Michael.

Am nächsten Morgen beschloss Colt, ins Büro zu gehen. Nicht um zu arbeiten – soweit war er noch nicht. Er wollte einfach nur mal kurz vorbeischauen und sich sehen lassen. Er musste sich dort sehen lassen, wenn er seinen Job behalten wollte. Es sei denn natürlich, sie hatten bereits Ersatz für ihn gefunden. Es war unmöglich, einen Anzug anzuziehen, daher bat er Michael, einen langen Schlitz in den linken Ärmel eines seiner Sweatshirts zu schneiden, um es über seinen Verband zu ziehen. Dann schlüpfte er in eine einigermaßen vorzeigbare Freitzeithose.

»Also, und ich häng einfach hier rum, bis du zurück bist?«, fragte Michael.

»Nein. Du kommst mit«, erklärte Colt ihm. »Du wirst Türen öffnen und schließen, du wirst Dinge für mich aufheben und sie wieder weglegen, du wirst alles tun, was ich mit einer Hand nicht tun kann.«

»Du willst ernsthaft, dass ich dich in dein Büro begleite? Zu all den Spekulanten und Kapitalistenschweinen?«

»Ich glaube, du wirst sehen, dass sie gar nicht so schlimm sind«, entgegnete Colt. »Du könntest sogar was lernen, wenn du schon mal da bist.«

Michael lachte. »Na klar«, sagte er. »Kapitalismus leicht gemacht: Ausbeutung der Massen.«

»Die Abteilung Ausbeutung befindet sich im zwanzigsten Stock«, gab Colt zurück. »Wir gehören zur Abteilung Aktienhandel. Und glaub's mir ruhig: Die Massen sind vollauf in der Lage, sich selbst auszubeuten.«

Sie fuhren mit dem Taxi in die Sixth Avenue. Als sie ausstiegen, starrte Michael zunächst einmal mit offenem Mund das Gebäude an, in dem Anchor Capital ein paar Etagen besaß. Wenn er sich zurücklehnte, lief die ganze Glas-Stahl-Front zu einem einzigen Fluchtpunkt zusammen.

»Heilige Scheiße«, sagte er. »Wenn man hochschaut und zusieht, wie die Wolken vorbeiziehen, muss man aufpassen, dass man nicht umkippt.«

»Dann behalte die Augen auf dem Boden«, meinte Colt, während er auf den Eingang zuging.

Michael half Colt durch die Drehtüren und drückte auf den Aufzugknopf. Sie zogen nicht wenige neugierige Blicke der anderen Büroangestellten auf sich, die dort warteten – Colt wusste, dass sie ein merkwürdiges Paar abgaben. Es hatte eine Zeit gegeben, da war es ihm sehr peinlich gewesen, mit Michael mit seiner verfilzten Rastafrisur und dem Zottelbart gesehen zu werden, aber inzwischen war er über dieses Stadium weit hinaus. Es war, als hätten die Schmerzen der vergangenen acht Tage seinen Kopf von allem unnötigen Ballast befreit – es gab eine Menge Dinge, über die sich aufzuregen er einfach nicht länger die nötige Energie hatte. Im zweiunddreißigsten Stock stiegen sie aus und steuerten auf die Empfangsdame zu, die sie zuerst verblüfft anstarrte und dann auf die Füße sprang.

»Mr Hart!«, rief sie. »Wie schön, Sie zu sehen!«

»Ja, da bin ich also«, sagte Colt.

»Sind Sie wiederhergestellt?«

»Mir geht es gut.«

»Ich hab selbst ein bisschen was abgekriegt«, meinte Michael. »Es ist da oben passiert, in …«

»Michael«, unterbrach ihn Colt. »Mach die Tür auf und sprich mit niemandem, es sei denn, du wirst angesprochen. Diese Regel gilt, bis wir das Büro wieder verlassen. Verstanden?«

»Klaro«, sagte Michael.

»Könnten Sie uns bitte anmelden?«, bat Colt die Empfangsdame.

»Sofort, Mr Hart«, sagte sie. Als sie eintraten, spürte er, dass aller Augen auf ihn gerichtet waren. Es herrschte einen Moment lang Stille, als die anderen ihn musterten, dann wurde er mit lautem Gejohle begrüßt. Colt grüßte zurück und wandte sich seinem Schreibtisch zu, ohne die Fragen zu beachten, mit denen er bestürmt wurde. Als Buddha und Raoul ihn erkannten, sprangen sie auf.

»Heilige Scheiße, Coltie!«, rief Raoul. »Wo zum Teufel hast du gesteckt?«

»Raoul. Buddha. Was liegt an?«

»›Was liegt an‹, fragt er uns«, sagte Buddha. »Und sieht selbst so aus, als sei er gerade durch einen Fleischwolf gedreht worden. Was ist passiert, Colt?«

»Autounfall«, sagte Colt. »In Pennsylvania. Ich bin nur rübergekommen, um sicherzugehen, dass ich hier immer noch einen Job habe.«

»Natürlich hast du noch einen Job«, erwiderte Raoul. »Machst du Witze? Ich meine, du müsstest natürlich Forszak fragen, um ganz sicherzugehen. Aber du bist wahrscheinlich der Einzige im Büro, der einen Monat lang wegbleiben könnte, wenn er wollte, und anschließend immer noch einen Job hätte, der auf ihn wartet.«

Colt versuchte, sich die Erleichterung, die ihn durchflutete, nicht anmerken zu lassen. Stattdessen sagte er: »Das ist mein Schwager, Michael.«

»Wie geht's, Kumpels«, sagte Michael.

»Siehst du, Michael? Die sind gar nicht so schlimm. Hört mal, Jungs, ich hatte ein paar Aufträge in der Schwebe. Ich wollte lediglich feststellen, was …«

»Wir haben das für dich erledigt«, sagte Raoul. »Colt, da ist …«

»Wie hat sich GE gemacht?«, fragte Colt. »Hat die Gesellschaft aus Erie diesen Lokomotivauftrag bekommen?«

»Ja, und du hast fünfzig Cent pro Aktie eingestrichen«, antwortete Buddha. »Herzlichen Glückwunsch. Coltie, hör mal, wir haben da ein paar …«

»Und ich hatte eine Stop-loss-Order für einige Tech-Aktien«, fuhr Colt fort. »Laufen die immer noch, oder …«

»Keine davon ist bisher ans Limit gekommen«, erwiderte Raoul. »Colt. Jetzt im Ernst. Hör mal kurz zu. Wir haben schlechte Neuigkeiten.«

»Einen Moment mal«, unterbrach Colt ihn. »Wo steckt Joe?« Er hatte gerade bemerkt, dass Joes Platz leer war und dass seine Sachen von seinem Schreibtisch geräumt waren – alles bis auf den nervigen Vogel, der zum ersten Mal, seit Colt bei Anchor Capital angefangen hatte, still stand.

»Genau darum geht es, Colt«, sagte Buddha. »Wenn wir gewusst hätten, wo du warst, hätten wir dich angerufen. Hör mir zu, Colt. Es tut mir Leid, dir das sagen zu müssen, aber Joe ist tot.«

Colt tastete nach seinem Stuhl. Michael schob ihn ihm hin, und er ließ sich darauf sinken, plötzlich so schwer wie ein Stein.

»Gütiger Gott«, stieß Colt hervor. »Ist das dein Ernst? Du nimmst mich nicht auf den Arm?«

»Mit so etwas würden wir dich nicht auf den Arm nehmen«, antwortete Buddha.

»Bestimmt nicht«, sagte Raoul. »Es ist letzte Woche passiert.«

»Es war sein Herz«, fügte Buddha hinzu. »In der U-Bahn. Er war auf dem Heimweg und ist einfach umgekippt«

»Ich kann es nicht fassen. Ich kann es einfach nicht fassen. Wir hatten gerade erst über solchen Sachen gesprochen«, sagte Colt. »Darüber, dass man sein ganzes Leben damit verbringen kann … ach, Scheiße. Armer Joe.«

»Ein Medizinstudent war im Zug, der hat versucht, ihn wiederzubeleben«, meinte Buddha. »Aber er war auf der Stelle tot. Einfach so. Es war in einer Sekunde vorbei. Tot, bevor er noch den Boden erreicht hat, hat der Pathologe gemeint.«

»Die Beerdigung war am Montag«, sagte Raoul. »Wir haben uns alle gefragt, wo du warst.«

»Wo *warst* du, Coltie?«, fragte Buddha.

»Ich war in Allentown, im Krankenhaus«, antwortete Colt. »Ich bin auf dem Highway zerquetscht worden.«

»Kommst du wieder in Ordnung?«

»Klar«, sagte Colt. »Sobald dieses Ding runter ist, bin ich wieder so gut wie neu.«

»Armer alter Joe«, meinte Raoul. »Ich schätze, er handelt jetzt im Himmel mit Aktien.«

»Nein, das tut er nicht«, sagte Colt. »Er ist jetzt Rechtsanwalt.«

Raoul und Buddha sahen einander an.

»Wie bitte, Coltie?«, fragte Raoul nach.

Colt schüttelte den Kopf. »Nichts«, sagte er. »Es ist eine verrückte Geschichte, mehr nicht. Ein Traum, den ich hatte. Wie war die Beerdigung? Sind all seine Ehefrauen da gewesen? Seine Exfrauen, meine ich?«

»Oh«, sagte Raoul. »Hm – keine Ahnung.«

»Wahrscheinlich«, meinte Buddha.

»Was soll das heißen, ›wahrscheinlich‹?«, fragte Colt. Er sah die beiden anderen Männer an. »Soll das heißen, ihr zwei seid nicht hingegangen?«

»Na ja, Colt, ich meine … komm schon«, sagte Raoul. »Die Beerdigung war um ein Uhr mittags an einem Montag. Wenn es ein Sonntag gewesen wäre oder so, dann wären wir natürlich hingegangen. Aber …«

»Das glaube ich nicht«, sagte Colt. »Also soll seine arme Witwe, oder was immer sie ist, ihn auf Eis legen, damit es in euren Terminplan passt? Buddha, bist du denn wenigstens dagewesen? Sag mir, dass du da warst.«

»Also, Colt, reg dich doch nicht so auf deswegen«, meinte Buddha. »Joe hätte das verstanden. Er weiß, wie der Hase läuft.«

»O Scheiße, wollt ihr mich verarschen?«, sagte Colt. »Keiner von euch ist da gewesen? War überhaupt jemand aus dem Büro da?«

»Forszak ist hingegangen«, antwortete Raoul.

»Forszak kann es sich leisten, sich frei zu nehmen«, bemerkte Buddha. »Colt, reg dich doch nicht so auf. Es war nichts Persönliches.«

»Nichts Persönliches? Wie viele Jahre wart ihr mit Joe befreundet? Fünf, sechs? Und ihr könnt euch nicht einmal die Zeit nehmen, ihm ›Auf Wiedersehen‹ zu sagen?«

»Ich habe ihm ›Auf Wiedersehen‹ gesagt, als er an diesem Tag nach Hause gegangen ist!«, erklärte Raoul. »Man kann ja nie wissen, ob es nicht das letzte Mal ist! Okay, Colt? Man kann es einfach nie wissen! Außerdem hat noch nie irgendjemand was von solchen Sachen gehabt. Beerdigungen sind deprimierend, sonst nichts. Es ist immer das Gleiche ... Blumen und Musik und Gebete. Außerdem, wann hätte Joe jemals etwas auf solche Dinge gegeben? Das ist doch sinnlos. Wenn es nach ihm gegangen wäre, hätten wir uns alle die Hucke vollgesoffen und Karten gespielt oder so etwas. Oder wären in einen Stripclub gegangen.«

»Man geht wegen seiner Frau hin, nicht um seinetwillen!«, versetzte Colt. Er stand wieder auf und beugte sich zu Raoul hinunter, bis sein Gesicht nur wenige Zentimeter von Raouls entfernt war. »Du dämlicher Scheißkerl, du wärest um deinetwillen hingegangen! Man geht nicht nur deshalb zu einer Beerdigung, weil sie einem gerade in den Terminplan passt! Man geht wegen der anderen Menschen hin! Man geht wegen der Familie hin, damit man den Angehörigen die Hand schütteln und ihnen sagen kann, wie sehr man den Verstorbenen gemocht hat! Deshalb gibt es Beerdigungen überhaupt, ihr Arschlöcher! Sie sind etwas für die Lebenden! Nicht für die Toten! Für die Lebenden!«

»Himmel, Colt«, sagte Buddha. »Mach mal halblang, ja?«

»Ja, Colt, was soll das Ganze überhaupt?«, fragte Raoul und wich langsam zurück. »Ich weiß, dass du außer dir bist. Glaub mir, wir waren es auch. Das ganze Büro ist ...«

»Ihr seid eine Schande«, erklärte Colt. »Ihr seid nicht bereit, fünf Minuten von eurem geldgierigen Leben abzuzweigen, um einem Freund Lebewohl zu sagen und seiner Familie euer Beileid auszusprechen? Ihr macht mich krank. Wirklich krank.«

Stille kehrte ein. Etliche Aktienhändler hatten in ihrer Arbeit innegehalten und hörten zu.

»Immerhin haben wir deine Aktien für dich im Auge behalten«, verteidigte Buddha sich. »Wir sind nicht vollkommen egoistisch.«

Colt riss seinen gesunden Arm hoch. »Wie viel Zeit hat euch das gekostet?«, fragte er. »Fünf Sekunden? Wenn überhaupt?«

»Was? Du bist sauer auf uns, weil du meinst, wir wären raffgierig?«, wollte Raoul wissen. »Wer im Glashaus sitzt, sollte nicht mit Steinen werfen!«

»Darum geht es doch gar nicht, verdammt noch mal«, rief Colt. »Es gibt schließlich Grenzen! Es geht um euch selbst! Lieber Gott! Habt ihr denn überhaupt nichts aus Joes Tod gelernt? Ich meine … Ich weiß nicht. Vielleicht liegt es daran, dass ich die ganze letzte Woche im Krankenhaus gelegen habe, halb bewusstlos und nur die Decke angestarrt. Ich hab viel nachgedacht. Ziemlich viel. Und wisst ihr, was ich jetzt denke?«

»Was denn?«, fragte Buddha mürrisch.

»Ich denke, ihr hättet hingehen sollen. Das hättet ihr wirklich tun sollen. Nicht nur um Joes willen, hört ihr. Um euer selbst willen.«

Das Telefon auf Buddhas Schreibtisch begann zu klingeln.

»Schön für dich, Colt«, meinte Raoul. »Du hast es geschafft, dass wir uns wie der letzte Dreck fühlen.«

»Gut«, sagte Colt.

Buddha griff nach dem Telefonhörer, lauschte kurz und sagte dann: »Ja, Sir.« Er legte den Hörer wieder hin und wandte sich zu Colt um.

»Also, Mister Sensibelchen«, sagte er. »Forszak würde dich gern in seinem Büro sehen.«

Colt drehte sich zu Michael um, der an der Tür stand und zuhörte.

»Du wartest hier«, befahl er ihm. »Ich bin gleich zurück.«

Forszak hielt die Jalousien in seinem Büro stets geschlossen, damit er die Computerbildschirme besser sehen konnte. Statt Neonröhren hatte er Bodenlampen, die seinen eindrucksvollen Arbeitsplatz in einen warmen, gelben Schimmer hüllten. Die Wirkung war wohltuend; es war, als besuche man einen freundlichen Großvater in seinem Wohnzimmer.

»Nehmen Sie doch Platz, Coltie«, sagte Forszak. »Ich wünschte, Sie hätten uns früher von Ihrem Unfall erzählt. Glauben Sie mir, wenn ich Bescheid gewusst hätte, hätte ich Sie angerufen. Ich habe einfach gedacht, Sie nehmen sich ein Weilchen frei, was Ihr gutes Recht wäre. Schließlich sind Sie einer meiner besten Händler.«

»Armer Joe«, sagte Colt. »Ich kann es einfach nicht fassen.« Er setzte sich auf eins der Sofas, die an den Wänden standen.

»Ja, armer Joe«, erwiderte Forszak. »Das war ein ziemlicher Schock. Er war ein guter Freund von Ihnen, nicht wahr?«

»Ich habe neben ihm gesessen, seit ich hier angefangen habe«, antwortete Colt. »Es ist einfach … es bringt einen ins Grübeln.«

»Das tut es sicher«, sagte Forszak. »Solche beschissenen Dinge bringen einen dazu, mal Bilanz im Lebens zu ziehen und sich zu fragen, was unterm Strich eigentlich dabei herauskommt.«

»Das ist es. Das ist genau das, was ich meine.« Bestürzung überfiel Colt, als er sich an Forszaks eigene Lebensgeschichte erinnerte, an all die Verluste, die er erlitten hatte. »Es ist natürlich nichts verglichen mit dem, was Sie durchgemacht haben«, fügte er hinzu. »Aber für mich …«

Forszak hob abschätzig die Hand.

»Alles ist relativ, das stimmt«, erwiderte er. »Für mich ist es keine so große Tragödie, wenn ein Mann in Joes Alter stirbt, jedenfalls nicht auf den ersten Blick. Man kann nicht behaupten, er sei zu jung gewesen, man kann nicht behaupten, er hätte nie eine Chance gehabt. Man kann nicht einmal behaupten, er hätte gelitten. Er ist wie ein nasser Sack Zement zu Boden gefallen. Es ist natürlich traurig für die Menschen, die er zurücklässt. Aber es ist nur dann eine Tragödie, wenn er nicht getan hat, was zu tun er sich vorgenommen hatte. Vielleicht hat Joe einige Dinge unerledigt gelassen, aber zumindest hat er in Freiheit gelebt. Er war immer in der Lage, selbst zu entscheiden, was er aus seinem Leben machen wollte.«

Colt nickte. »Da haben Sie Recht«, sagte er.

»Und jetzt hören Sie mir zu. Es hat während Ihrer Abwesenheit einige Veränderungen gegeben«, sprach Forszak weiter. »Ich dachte, ich sollte Ihnen am besten so bald wie möglich davon erzählen, weil einige Entscheidungen getroffen werden müssen.«

Colt versteifte sich und zuckte zusammen, als sein Arm ihm abermals an den Unfall erinnerte. »Ja, Sir?«, fragte er.

»Zunächst einmal freue ich mich, Ihnen sagen zu können, dass mein Abflugtermin jetzt feststeht«, erklärte Forszak ihm. Er stand von seinem Stuhl auf und trat an eins der Fenster, wo er das Rollo hochzog, sodass er auf die Sixth Avenue hinabblicken konnte. Colt blinzelte in dem grellen Licht. Auf der anderen Straßenseite konnte er die Fenster des Gebäudes gegenüber sehen und die Wolken, die über die Stadt zogen. »Ich werde nächste Woche starten.«

»Nächste Woche?«, wiederholte Colt.

»Ja. Daher befürchte ich, dass mein Besuch in Ihrem neuen Landhaus wird warten müssen, bis ich wieder da bin.«

Colt hatte seine Einladung völlig vergessen, obwohl die Vorbereitungen für Forszaks Besuch, wenn man es recht bedachte, der Anfang vom Ende gewesen waren; denn er hatte den Friedhof wegschaffen lassen wollen, bevor Forszak und seine Frau auftauchten. Dessen Entschuldigung erschien ihm derart absurd, dass er sich nur mit knapper Not das Lachen verkneifen konnte.

»Nun, dann müssen wir eben einen neuen Termin abmachen, Sir«, sagte er. »Meine, ähm – Francie wird enttäuscht sein, aber sie wird es sicher verstehen. Unter den gegebenen Umständen. Herzlichen Glückwunsch.«

»Ich kann es kaum erwarten«, erwiderte Forszak. »Ich sehe vielleicht nicht so aus, aber ich fühle mich, als wäre ich wieder zehn Jahre alt. Ich werde in zwei Tagen nach Russland fliegen, und ich werde dann mindestens einen Monat lang fort sein.«

»Einen Monat. Verstehe.«

»Ich bin zuversichtlich, dass die Dinge reibungslos laufen werden, während ich fort bin. Die anderen Partner werden immer wieder mal reinschauen, um ein Auge auf die Dinge zu haben.«

»Ja, Sir.«

»Da ist noch etwas, das ich schon seit einer ganzen Weile einmal mit Ihnen besprechen wollte«, fuhr Forszak fort. »Ich wollte bis kurz vor meinem Abreisetermin warten, bevor ich mit Ihnen darüber rede. Ich wollte es jedenfalls vor meinem Abflug regeln, denn – lassen Sie uns den Dingen ins

Auge sehen – es besteht schließlich die Möglichkeit, dass ich nicht zurückkomme.«

»Sie meinen … Sie werden vielleicht in Russland bleiben?«

Forszak lächelte. »Nein, Coltie«, sagte er. »Ich meine, dass eine gewisse Möglichkeit besteht, dass ich auf dem Weg zum Mond sterben könnte. Oder auf dem Mond selbst. Oder auf dem Rückweg vom Mond. Die Raumfahrt steckt immer noch in den Kinderschuhen, Colt. Wir sind wie die Pioniere, die in den Westen aufgebrochen sind. Es geht ständig irgendwas schief.«

»Oh«, sagte Colt. »Darüber habe ich nicht einmal nachgedacht.«

»Und für den Fall, dass ich *nicht* zurückkommen sollte, möchte ich sicherstellen, dass Sie die Chance bekommen, selbst Partner zu werden. Ich möchte den Papierkram erledigen, bevor ich abreise. Damit sich kein anderer mehr einmischen kann.«

Colt lehnte sich auf dem Sofa zurück und starrte Forszak staunend an. »Sie wollen mich zum Partner machen?«, fragte er.

»Zum Juniorpartner. Für den Anfang. Sie haben alle Eigenschaften, die man dazu braucht, Colt. Und das Wichtigste von allem, Sie haben das Kapital dafür. Sie haben sehr gut verdient, seit Sie hier angefangen haben, und ich kenne Ihren Lebensstil. Sie haben doch mittlerweile ein paar Millionen auf der hohen Kante, oder?«

Colt geriet ins Stottern, verwirrt über die Direktheit der Frage. »Äh … in der einen oder anderen Form, ja.«

»Wie viel hätten Sie im Moment flüssig?«

»Äh … zwei Millionen, Sir.«

»Wären Sie bereit, dieses Geld in die Firma zu reinvestieren? Und weiterzumachen, was Sie bisher getan haben, für einen erheblich höheren Anteil für Sie selbst, als Sie jetzt bekommen? Die Gewinnspanne wäre enorm, Colt. Ganz gleich, wie der Markt sich entwickelt. Es wird in Kürze eine größere Kurskorrektur kommen. Das weiß schon Hinz und Kunz. Vielleicht wollen Sie lieber abwarten, bis das Wirkung gezeigt hat. Andererseits wäre es möglich, dass dieses Angebot dann nicht länger besteht.« Forszak zuckte die Achseln. »Kommt ganz darauf an, was mit mir passiert.«

»Ich verstehe«, sagte Colt. Man bot ihm etwas an, von dem jeder Aktienhändler träumte – das lukrativste Angebot, das man überhaupt bekommen konnte. Es war die Chance, widerwärtig reich zu werden. Wenn er seine Karten richtig ausspielte, konnte er sein Geld in den nächsten fünf Jahren verdoppeln. Und es in den fünf Jahren darauf abermals verdoppeln. Und zu diesem Zeitpunkt wäre er erst fünfzig Jahre alt. Coltrane musste lächeln. Von diesem Augenblick hatte er geträumt, seit er acht war.

»Sie geben mir sicher Recht, dass es eine wunderbare Chance ist«, sagte Forszak.

»Ich gebe Ihnen Recht, Sir, das ist es«, antwortete Colt.

»Dann gehe ich davon aus, dass Sie ...«

»Hätten Sie etwas dagegen, wenn ich mir ein wenig Zeit ließe, um darüber nachzudenken?«, fragte Colt.

Forszak nahm seine Brille ab und blinzelte den jüngeren Mann mehrmals an.

»Darüber nachdenken?«, wiederholte er.

»Nur um alle Faktoren in Betracht zu ziehen«, erklärte Colt.

»Um alle Faktoren in Betracht zu ziehen.«

»Ich habe in der letzten Woche eine Menge durchgemacht«, sagte Colt. »Und um ganz offen zu sein, ich bin mir im Augenblick nicht sicher, was ich eigentlich will.«

»Ich verstehe«, sagte Forszak. »Nun, ich muss Ihnen gestehen, ich bin überrascht.«

»Meine Frau will sich scheiden lassen«, sagte Colt.

»Tut mir Leid, das zu hören.« Forszak schien überrascht zu sein über die neue Richtung, in die sich das Gespräch entwickelte.

»Ja. Hm. Sie ist wegen einer Menge Dinge ziemlich angekotzt von mir.«

»Verstehe«, sagte Forszak noch einmal.

»Ich weiß, dass Sie das verstehen«, bemerkte Colt und stand auf. »Sie haben mir von Ihren Kindern erzählt und dass sie kaum mit Ihnen reden. Ich würde Sie gern etwas fragen. Hat es sich gelohnt, es so weit kommen zu lassen? Bis zu diesem Ausmaß?«

»Meine Kinder«, wiederholte Forszak. »Nun, um ehrlich zu sein, Coltrane, ich glaube wirklich nicht ...«

»Sie haben sich dafür entschieden, für Ihre Arbeit da zu sein«, unterbrach Colt ihn. »Gut und schön. Das respektiere ich. Und jetzt haben Sie zwei Kinder, die kaum mit Ihnen reden. Und ich habe mich lediglich gefragt, ob Sie immer noch der Meinung sind, dass es das alles wert war.«

»Natürlich war es das wert«, erwiderte Forszak gereizt. »Was Sie nicht verstehen, junger Mann, ist, dass ich aus dem Nichts gekommen bin. Aus dem Nichts. Ich habe das alles mit bloßen Händen geschafft. Ich komme von ganz unten, verdammt!«

»Das weiß ich«, sagte Colt. »Hören Sie, Mr Forszak. Ich mache Ihnen keinerlei Vorwürfe.«

»Nun, es klingt aber so, als täten Sie genau das!«

»Dann entschuldige ich mich. Es sollte nicht so klingen.

Es ist nur, dass ich ... nun ja, wie ich schon sagte, ich habe eine Menge nachgedacht. Über das alles. Das ganze Leben. Und ...«

»O Gott«, unterbrach Forszak ihn resigniert, setzte sich dann wieder an seinen Schreibtisch und legte die Füße hoch. »Sie haben einen dieser Augenblicke.«

»Sir?«

»Von diesen Man-kann-nichts-mitnehmen-Augenblicken«, fuhr Forszak fort. »Also fragen Sie sich, welchen Sinn das alles hat und ob es nicht etwas Wertvolleres gibt als Geld. Ist es das?«

»Hm«, antwortete Colt, »ich schätze, ja. Ja.«

»Ich hätte wissen sollen, dass so etwas mal kommt«, meinte Forszak. »Hören Sie, Colt. Ich bin nicht der typische gefühllose Geschäftsmann. Ich habe über all diese Dinge viele Male nachgedacht. Ich habe mir, was meine Kinder betrifft, wirklich Mühe gegeben. Ich habe versucht, so viel Zeit wie möglich mit ihnen zu verbringen, im Rahmen meiner Möglichkeiten. Und wissen Sie, was? Meine Kinder sind zwei verwöhnte kleine Miststücke. Sie haben sich genau in die entgegengesetzte Richtung entwickelt wie ich damals. Sie hatten mehr als genug, und jetzt haben sie das Gefühl, als sei nichts gut genug. Ich ... ich denke bei mir, tja, Pech gehabt, aber ich bin immer noch da. Ich bin immer noch Igor Forszak, und manchmal bin ich immer noch der kleine Junge, der vor mehr als fünfzig Jahren aus dem Lager gestolpert ist, halb verhungert und verlaust. Und ich fühle noch immer, was ich an jenem Tag gefühlt habe. Können Sie sich vorstellen, was für ein Gefühl das war?«

Colt schüttelte den Kopf.

»Ich war vollkommen offen«, sagte Forszak und breitete die Arme aus. »Es war alles möglich. Das war der glücklichste Tag meines Lebens, und es lag nicht daran, dass ich frei war. Es lag daran, dass ich absolut nichts zu verlieren hatte, und ich wusste, dass ich nur auf dem Weg nach oben sein konnte. Alles war besser als das, was ich gerade hinter mich gebracht hatte. Man hätte mir Scheiße auf einem Sandwich servieren können, und ich hätte mich darüber gefreut, denn es war mehr, als ich hatte. Verstehen Sie, worauf ich hinaus will?«

»Ich denke, ja«, sagte Colt.

»Und genau darum ist es bei mir immer gegangen«, erklärte Forszak weiter. »Es ging mir nicht darum, haufenweise Geld zu haben. Es ging mir einfach nur um dieses Gefühl. Ich habe es nie wieder ganz so gehabt, aber ich jage ihm immer noch nach. Diesem Gefühl, dass ich alles tun kann, was ich will, und dass alles etwas ist, wofür ich dankbar sein kann. Ich habe jetzt fast den Gipfel erreicht, Coltrane. Fast ganz oben. Können Sie sich etwas Größeres vorstellen, als zum Mond zu fliegen? Es ist der Gipfel unserer Zivilisation. Es ist der größte Fortschritt, zu dem ein Mensch fähig ist … tatsächlich die Erde zu verlassen, der eigenen Schwerkraft zu entfliehen.«

Colt schwieg und blickte zu Boden. Er spürte, dass Forszak ihn schwer atmend ansah. Dann nahm Forszak einige Papiere aus einer Schublade und breitete sie sorgfältig auf seinem Schreibtisch aus.

»Wissen Sie was?«, fragte er. »Sie stehen jetzt an einem Scheideweg. Das kann ich ganz deutlich erkennen. Also, Sie haben etwas, worüber Sie nachdenken müssen. Ich werde Ihnen diese Papiere hier überlassen. Meinen Teil habe ich bereits unterzeichnet. Sie brauchen nur noch Ihren zu unterzeichnen. Sie brauchen sich auch nicht sofort zu entscheiden. Sie können den Vertrag mit nach Hause nehmen und darüber nachdenken, so lange Sie wollen. Wenn Sie ihn nicht unterzeichnen, werfen Sie ihn ins Feuer. Verstanden? Wenn Sie ihn unterzeichnen, bringen Sie ihn zu meinem Anwalt. Sein Name steht im Briefkopf. Er wird alles regeln.« Forszak schob die Papiere säuberlich zusammen und reichte sie über den Schreibtisch. Colt stand auf, und nach kurzem Zögern nahm er die Papiere entgegen.

»Das war es, worüber alle im Büro geredet haben«, meinte er. »Es hat eine Menge Getuschel gegeben, bevor ich den Unfall hatte. Die anderen wussten, dass etwas im Busch ist.«

»Oh, das«, sagte Forszak. »Ich habe ein paar Andeutungen fallen lassen, dass wir Personalkürzungen vornehmen werden. Das tue ich gern ab und zu, über die Sekretärinnen. Sie verstehen, ich füttere die Leute mit falschen Informationen und sage ihnen, dass sie es rumerzählen sollen. Das hält die Leute auf Trab. Außerdem lenkt es sie von den wirklichen Gerüchten ab. Das ist die einzige Art und Weise, wie ich hier ein Geheimnis wahren kann.«

»Ich bin sprachlos, Sir«, meinte Colt.

»Aber es klappt«, erwiderte Forszak. »Jetzt gehen Sie, wenn Sie so freundlich sein wollen, ich habe noch eine Menge zu tun.« Wieder lächelte Forszak. »Sie würden staunen, wie kompliziert es ist, sich auf einen Weltraumflug vorzubereiten. Es gibt eine Million Dinge, die man mitbringen muss, und man darf nichts davon mit in die Kapsel nehmen. Warum sie also überhaupt mitbringen?« Er zuckte die Achseln. »Aber wer bin ich, solche Fragen zu stellen? Ich tue einfach, was man mir sagt.«

Colt streckte seine gesunde Hand aus und Forszak schlug ein.

»Viel Glück, Sir«, sagte Colt.

»Ich danke Ihnen, Coltrane«, erwiderte Forszak. »Schauen Sie in zwei Wochen mal zum Himmel hinauf. Vielleicht werden Sie mich ja winken sehen.«

KAPITEL 29

Auf dem Weg nach Norden

Alles klar mit dir, Mann?«, fragte Michael, als sie draußen auf dem Gehsteig standen und ein Taxi heranwinkten. »Ein ziemlicher Knaller, das mit deinem Freund, was?«

Colt schwieg immer noch. Er hangelte sich auf den Rücksitz des Taxis und ließ sich von Michael anschnallen. Dann schloss Michael die Tür und stieg auf der anderen Seite ein. Der Fahrer wandte sich in Erwartung einer Anweisung auf seinem Platz halb um.

»West Village«, erklärte Colt.

»Alles in Ordnung mit dir?«, fragte Michael noch einmal.

»Mir geht es gut«, sagte Colt. »Würdest du bitte aufhören, mich danach zu fragen?«

»War er ein guter Freund von dir?«

»Wir haben seit mehr als fünf Jahren jeden Tag zusammen zu Mittag gegessen.«

»Ich schätze, das heißt, dass du den Burschen gemocht hast.«

»Michael«, sagte Colt, »du hast eine erstaunliche Fähigkeit, selbst die wichtigsten Dinge so darzustellen, als seien sie so bedeutsam wie ein Skatebord-Wettbewerb. Tu mir den Gefallen und rede entweder wie ein großer Junge oder halt's Maul. Das ist mein Ernst.«

»Mann«, sagte Michael gekränkt. »Tut mir Leid.« Für eine Weile schwieg er, aber als sein Schimpansenhirn abermals auf einen neuen Baum gehüpft war, begann er wieder zu sprechen.

»Was wollte dein Boss eigentlich da drin von dir?«

»Nichts«, antwortete Colt.

»Ist das ein Nichts wie in ›nichts Wichtiges‹ oder ein Nichts wie in ›Das geht dich nichts an‹?«

»So langsam kapierst du's«, versetzte Colt.

Er hielt immer noch den Stapel Papiere in der Hand, die ihn zum Partner machten, wenn er sie unterzeichnete. Wie viele Male hatte er von diesem Augenblick geträumt? Unzählige Male. Er wollte die Papiere unterschreiben, er wollte es wirklich. Er wusste sogar schon, dass er sie unterschreiben würde. Eine Erforschung der Seele war nicht notwendig; dies war jetzt der wichtigste Augenblick in seinem Leben. So einfach war das. Und doch war da irgendetwas, das ihn zu warten zwang, und er wusste nicht, was es war. Etwas Wichtiges. Wenn das einfach so aus heiterem Himmel passierte, dachte er, war es dann überhaupt echt? Konnte es auf diese Art und Weise passieren, oder sollten nicht zuerst andere Dinge geschehen?

Denn obwohl genau das eingetreten war, was eintreten sollte, fehlte doch irgendetwas. Und der Versuch herauszufinden, was dieses Etwas war, trieb ihn schier in den Wahnsinn.

Vielleicht lag es daran, was mit Joe passiert war. Armer Joe. Er fragte sich, welches wohl seine letzten Gedanken gewesen sein mochten, als er auf den schmutzigen Fußboden dieses U-Bahn-Wagens sank. Wusste er überhaupt, was ihm widerfahren war? Wahrscheinlich nicht. Wahrscheinlich hatte er lediglich darüber nachgedacht, was er zum Abendessen bekommen würde, oder er hatte versucht, sich auszurechnen, wie viel er diesen Monat würde verdienen müssen, um seine Alimente zu zahlen und noch genug für sich selbst übrig zu behalten. Hatte er sich gefragt, ob er genug Geld haben würde, um Weihnachtsgeschenke für alle zu kaufen? Joe hatte Bedürfnisse, kleine wie große, genau wie jeder andere auch. Und dann zeigt ihm sein letzter Blick auf das irdische Leben weggeworfene Schokoladenpapiere und Zeitungen und halbleere Plastikflaschen unter den Sitzbänken eines U-Bahn-Wagens. Gab es etwas Deprimierenderes?

Und dann war da auch noch Weihnachten. Himmel, Weihnachten rückte auch schon wieder näher, oder? Weihnachten schien immer aus dem Nichts zu kommen, und Colt biss jedes Jahr die Zähne zusammen und hielt es aus, bis es vorbei war. Er hasste Weihnachten mit Inbrunst. Genau wie alle anderen, die er kannte – bis auf Joe, der es geliebt hatte. Colt wäre es lieber, wenn Weihnachten einfach ein ganz normaler Arbeitstag wäre. Neujahr war ein Feiertag, den er aushalten konnte, aber Weihnachten? Er hatte nicht mal als Kind daran Spaß gehabt. Größtenteils deshalb, weil er wusste, dass es nichts Besonderes war. Wenn seine Eltern überhaupt daran gedacht hatten, ihm etwas zu schenken, war es immer etwas gewesen, für das er keine Verwendung gehabt hatte. Einmal war es ein Fahrrad gewesen, obwohl er nirgendwo damit hätte fahren können, und es war auch sofort aus dem Hausflur gestohlen worden. Ein Brettspiel, obwohl er niemanden gehabt hatte, mit dem er es hätte spielen können. Eine G. I.-Joe-Puppe, obwohl er nicht mit Puppen spielte. Francie schmückte die Wohnung immer mit diesen idiotischen Lichterketten, und sie hatten einen künstlichen Weihnachtsbaum, den sie in der Ecke aufstellte. Sie schwelgte die ganze Zeit in Erinnerungen an die echten Tannenbäume, die sie in ihrer Kindheit in Indiana gehabt hatten. Und sie machte mit Inbrunst einen großen Wirbel um die Strümpfe, die sie aufhängte und mit irgendwelchen Sachen voll stopfte. Das war auch etwas, das ihm an ihr hätte gefallen sollen und nicht gefallen hatte, mit wie viel Mühe sie das Weihnachtsfest vorbereitete. Aber er war einfach nicht daran gewöhnt. Die ganze Angelegenheit erschien ihm seltsam. Bei ihnen zu Hause hatte es nie Weihnachtsbäume gegeben, weder falsche noch echte.

Jetzt bedeutete Weihnachten für Colt nur noch eins: Er hatte in seinem Büro einen Zettel mit Francies Kleidergröße, und wenn die Feiertage vor der Tür standen, engagierte er einen Geschenkeinkäufer, der seine Einkäufe für ihn erledigte und zwar für ein Honorar, das sich sehen lassen konnte, das sich aber unterm Strich durchaus auszahlte, wenn man bedachte, wie viel Zeit er dadurch sparte. Vier oder fünf Kleidungstücke, ein paar Bücher, ein Schmuckstück. Diese Dinge wurden dann, bereits verpackt, in einem Karton in seinem Büro abgeliefert, zusammen mit kindlich-bunten Grußkarten, die mit Klebestreifen auf den Verpackungen befestigt waren. Er brauchte dann nur noch die Karten zu unterschreiben und die Umschläge zuzukleben, und wieder war ein Jahr geschafft.

»Da fällt was aus deiner Tasche«, bemerkte Michael.

Colt schreckte aus seinem Tagtraum auf. »Was?«

»Hier. Sieh mal. Ist das wichtig?«

Michael griff nach dem Umschlag von der Strafvollzugsbehörde, der anscheinend halb aus Colts Tasche gelugt hatte, und reichte ihn ihm. Die Benachrichtigung über die Anhörung zur vorzeitigen Haftentlassung seines Vaters.

Colt starrte den Umschlag an, als hätte er ihn noch nie zuvor gesehen. Er öffnete ihn noch einmal und hielt den Umschlag zwischen den Zähnen fest, während er das Schreiben herauszog. Noch einmal las er die Einzelheiten. Er hatte die

Sache tatsächlich vollkommen vergessen. Im Grunde hatte er nie die Absicht gehabt, darauf zu reagieren. Und ganz sicher hatte er nicht vorgehabt, an der Anhörung teilzunehmen.

Aber das war vor dem Unfall gewesen. Und vor Joe. Und vor der Liste der Anklagepunkte gegen ihn, die zu lesen den Richter Monate kosten würde.

»Heilige Scheiße«, sagte er. »Das ist ja heute.«

»Was ist heute?«, wollte Michael wissen.

»Wie spät ist es?«, fragte Colt ihn.

Michael zuckte die Achseln. »Keine Ahnung«, sagte er. »Ich hab keine Armbanduhr.«

»Kauf dir eine«, erwiderte Colt. »Du wirst als mein Assistent eine brauchen.«

»Dein Assistent? Aber, Kumpel ...«

»Hör auf, mich Kumpel zu nennen. Ich hasse dieses Scheißwort«, versetzte Colt. »Fahrer, fahren Sie zur Parkgarage an der Ecke Elfte und Dreißigste Straße West.«

»Was ist denn da?«, fragte Michael.

»Mein Wagen«, sagte Colt.

»Dein Wagen? Fahren wir denn irgendwohin?«

»Ja«, erwiderte Colt. »Wir fahren ins Gefängnis.«

KAPITEL 30

Die Anhörung

Das Gefängnis lag etwa eine Meile abseits des Highways. Es befand sich auf der Kuppe eines Hügels mit Rundblick auf das umliegende Tal, am Ende einer Schotterstraße, die über eine Art Kanal führte. Als eine der ältesten Strafvollzugsanstalten des Staates New York ragte der Bau wie eine mittelalterliche Burg auf, die von einem kriegerischen Volksstamm eingenommen worden war. Stacheldrahtzaun wuchs aus dem Boden und auf den Zinnen wie eine tödliche neue Spezies von fleischfressendem Efeu; der Boden ringsum war merkwürdig grau gesprenkelt von kleinen Schneefeldern, die dem Tauwetter hartnäckig widerstanden hatten. Es war ein altes Gefängnis, das ein Jahrhundert zuvor aus mannshohen, graubraunen Steinblöcken erbaut worden war. In der Verzweiflung, die der Boden selbst zu verströmen schien, war es verwittert und auf eine Art und Weise alterslos geworden, wie nur Anstalten es vermögen.

Michael fuhr und Colt saß auf dem Rücksitz, damit er seinen gebrochenen Arm ungehindert ausstrecken konnte. Michael lenkte den Camaro auf den Besucherparkplatz. Colt fiel auf, dass sogar auf dem Parkplatz an der Spitze der mit Natriumdampflampen bestückten Lichtmasten ferngesteuerte Überwachungskameras installiert waren. Auf einem Schild an einem der Masten stand zu lesen: LASSEN SIE KEINE WERTGEGENSTÄNDE IM WAGEN LIEGEN. DAS GEFÄNGNIS ÜBERNIMMT FÜR EINBRÜCHE KEINE VERANTWORTUNG. Also, das war das Komischste, was er seit Monaten gehört hatte, dachte er. Das Gefängnis übernimmt keine Verantwortung für Einbrüche? Natürlich. Hier interessierte man sich hauptsächlich für Ausbrüche.

»Herrgott, was für ein deprimierender Anblick«, bemerkte Michael. Er stellte den Motor ab und blieb einen Augenblick lang sitzen, um Atemübungen zu machen.

»Hättest du was dagegen, mich aussteigen zu lassen?«, fragte Colt.

»Ja, ja. Ich brauche nur ein paar reinigende Atemzüge, Mann«, antwortete Michael. »Spürst du es denn nicht?«

»Was soll ich spüren?«

»Die negativen Schwingungen. Diese Traurigkeit. Dieser Ort ist echt heavy.«

»Es ist ein Gefängnis«, knurrte Colt. »Es soll heavy sein. Jetzt lass mich raus.«

Sie gingen zusammen über den Gehweg zum Besuchereingang, einer großen Stahltür mit einem kleinen Fenster darin. Ein Roboterauge, das surrend über sie hinwegglitt, ließ sie hinein, dann wurden sie von einer Reihe gleichgültiger Wärter durchsucht und durchgeschleust und bekamen Besucherausweise, die sie an ihren Jacken befestigen sollten. Anschließend schickte man sie einen langen Korridor hinunter. Mit einem Mal schien es, als wären sie in einer Art Highschool gelandet. In die Türen waren kleine Fenster aus dickem Plastik eingelassen, und durch eine dieser Luken konnte Colt einen Blick auf einige orange gekleidete Männer werfen, die an viel zu kleinen Schreibtischen saßen.

»Was hat er noch mal gesagt, in welchen Raum wir gehen sollen?«, flüsterte Michael.

»In diesen hier«, antworte Colt.

Sie traten durch eine der Türen und befanden sich im hinteren Teil eines kleinen Saals. Dort quetschten sie sich auf die nächstbesten freien Plätze. Der Saal erinnerte an ein Klassenzimmer der Highschool, nur dass hier Klappstühle statt Schreibtische standen; vorne an einem langen Tisch saßen drei Männer und eine Frau. Das, vermutete Colt, war das Komitee für Strafaussetzung auf Bewährung. Eine ganze Anzahl weiterer Leute saßen bereits in den Zuschauerreihen, hörten zu und beobachteten das Geschehen; es mussten entweder die Angehörigen der Kandidaten für eine vorzeitige Haftentlassung sein – oder möglicherweise die Opfer der

Häftlinge, die hofften, die Haftverkürzung verhindern zu können. Vor dem Tisch stand ein einsamer Plastikstuhl, und darauf saß ein alter Mann. Colt konnte sein Gesicht nicht sehen, aber aus der gebeugten, in sich zusammengesunkenen Haltung des Mannes schloss er, dass er eine lange Zeit im Gefängnis verbracht haben musste. Sein orangefarbener Overall fiel ihm locker über die Schultern, und er saß zusammengekauert da, den Blick gesenkt, als sei er in tiefe Nachdenklichkeit verfallen.

»Ist er das?«, flüsterte Michael.

»Keine Ahnung«, sagte Colt. »Ich glaube nicht.«

»Du *weißt* es nicht?«

»Ich habe ihn seit zwanzig Jahren nicht mehr gesehen.«

»Er weiß nicht, dass du das tust?«

»Dass ich was tue?«, zischte Colt. »Ich habe nicht gesagt, dass ich irgendetwas tue. Wir sind einfach nur *hier*.«

Das Komitee war offensichtlich mitten in einer Anhörung. Die Frau am Tisch nahm jetzt ihre Brille ab und rieb sich die Stirn.

»Also, Mr Alonso«, sagte sie zu dem verhutzelten Mann auf dem Stuhl, »Sie wollen mir also erzählen, dass Sie das Gefühl hätten, Sie seien rehabilitiert. Ist das so?«

Der alte Mann nickte. »Ja«, antwortete er.

»Und Sie haben ein vom Gericht verfügtes psychiatrisches Programm durchlaufen? Haben Sie das Programm zu Ende gebracht, und wie ist es gelaufen?«

»Es ist gut gelaufen«, sagte Mr Alonso. »Ich bin jetzt fertig mit allem.«

»Und was werden Sie tun, falls Sie heute entlassen werden? Welche Pläne haben Sie?«, wollte einer der Männer wissen.

Mr Alonso drehte sich um und zeigte auf jemanden, der

im Publikum saß; Colt konnte jetzt erkennen, dass der alte Mann keine Zähne mehr hatte und sein Gesicht aussah wie eine zerknitterte Landkarte. Als er nun seinerseits in die Richtung blickte, in die der alte Mann zeigte, entdeckte Colt einen weiteren Mann, der große Ähnlichkeit mit ihm hatte, nur dass er keine Haare mehr besaß.

»Das ist mein Bruder«, sagte er. »Er ist seit zehn Jahren draußen. Er hat eine Wohnung.«

Der freie Mr Alonso erhob sich und winkte den Mitgliedern des Komitees zu, die seinen Gruß mit einem Nicken erwiderten.

»Ihr Bruder hat ebenfalls im Gefängnis gesessen?«, fragte die Frau, die, wie Colt vermutete, die Hauptverantwortliche war – die Vorsitzende. »Für welches Verbrechen?«

»Raub«, sagte der inhaftierte Mr Alonso.

»Verstehe. Bewaffneter Raub?«

»Ich glaube, so war es«, sagte der inhaftierte Mr Alonso.

»Verstehe. Und Sie sitzen ebenfalls wegen Raubs.«

»Ich habe versucht, ein Stop-and-Go zu überfallen. Bin aber nicht allzu weit gekommen.«

»Das bedeutet, dass wir damit zwei verurteilte Räuber hätten, die gemeinsam unter demselben Dach leben.«

»Ich bin fast siebzig«, sagte der inhaftierte Mr Alonso. »Mein Bruder ist dreiundsechzig.«

»Stimmt«, erwiderte die Vorsitzende. »Aber Sie sind trotzdem beide verurteilte Straftäter.«

»Und, ehm, wie wollen Sie Ihren Lebensunterhalt finanzieren?«, erkundigte sich einer der Männer des Komitees, der einen braunen Dreiteiler trug und so aussah, als strebe er ein öffentliches Amt an; der ehrenamtliche Dienst in einem Komitee für Strafaussetzung auf Bewährung war, wie Colt wusste, ein Weg, um in der Politik Fuß zu fassen. So etwas machte sich im Lebenslauf immer gut – und der braun gekleidete Mann machte den Eindruck, als hätte er sein Augenmerk auf nichts Geringeres gerichtet als das Amt des Präsidenten der Vereinigten Staaten von Amerika, so eifrig und ernst war sein Gesichtsausdruck.

»Hm«, sagte Mr Alonso, »wir haben schon seit einer ganzen Weile eine kleine Sparkasse im Auge. Keine Wachleute, kein Panzerglas vor den Kassen. Wir könnten die Sache in drei Minuten durchziehen, wenn mir mein kaputtes Knie keinen Strich durch die Rechnung macht.«

Einen langen, verblüfften Augenblick schwiegen die Mitglieder des Komitees. Der freie Mr Alonso schlug sich die Hände vor den Kopf. Der inhaftierte Mr Alonso drehte sich um, blickte in seine Richtung und dann wieder zum Komitee hinüber.

»Ehm – oh«, sagte er.

»Schön, nun ja, unter den gegebenen Umständen halte ich es nicht für notwendig, dass das Komitee sich zur Beratung zurückzieht«, meinte die Frau und warf einen Zustimmung heischenden Blick auf ihre Kollegen – von denen einer sich offenkundig bemühte, nicht in Gelächter auszubrechen. »Diesmal, Mr Alonso, kommt das Komitee zu dem Schluss, dass es nicht ratsam wäre, Ihre Strafe zur Bewährung auszusetzen, und wir geben hiermit die Empfehlung, dass Sie den Rest Ihrer Strafe im Gefängnis verbleiben. Das wären noch …« An dieser Stelle nahm sie ein Blatt Papier, das vor ihr lag, zur Hand. »Noch drei Jahre von heute an.«

»Vielen Dank!«, sagte Mr Alonso. Er stand gut gelaunt auf und hatte offensichtlich überhaupt nicht begriffen, was soeben vorgefallen war. Ein Wachmann kam herbei, um Mr Alonso aus dem Raum zu führen, und die Zuschauer begannen, leise miteinander zu tuscheln.

»Der führt sich auf, als brächten sie ihn nach Disneyland«, meinte Michael.

»Wenn das mein Vater gewesen wäre …«, begann Colt, brachte den Gedanken aber nicht zu Ende.

Der freie Mr Alonso stand auf und verließ kopfschüttelnd den Raum. Der Mann aus dem Komitee, der gegen das Lachen angekämpft hatte, hatte sich inzwischen wieder in der Gewalt.

»Sie können den nächsten Kandidaten hereinbringen«, sagte die Frau am Tisch. »Ist irgendjemand hier, der Interesse an dem Fall von …« Wieder warf sie einen Blick auf die Papiere, »von Mr Nova Hart hat? Ist irgendjemand wegen Mr Hart hier?«

Michael stieß Colt mit den Ellbogen in die Seite.

»Das bist du, Kumpel«, sagte er.

»Halt die Klappe. Ich weiß, dass ich es bin«, sagte Colt. »Ich habe mich noch nicht entschieden, ob ich etwas sagen will oder nicht.«

Michael zog die Augenbrauen hoch. »Du bist den ganzen Weg hierher gefahren und willst nicht einmal den Mund aufmachen?«

»Ich hab's dir doch erklärt, ich habe den Mann seit mehr als zwanzig Jahren nicht ein einziges Mal gesehen«, antwortete Colt. »Wenn er mir auf der Straße entgegenkäme, würde ich ihn nicht erkennen.«

»Ja, aber er ist trotzdem dein Dad!«

»Er ist nicht mein Dad. Er ist mein Vater. Das ist der Unterschied.«

»Egal.«

Michael lehnte sich auf seinem Stuhl zurück und verschränkte die Arme vor der Brust. Colt holte tief Luft und stand auf.

»Hier, Ma'am«, sagte er.

Die Mitglieder des Komitees sahen alle gleichzeitig auf, und ihr Blick blieb abschätzend an Colts erhobenem Arm hängen.

»Und Sie sind wer, Sir?«, fragte die Vorsitzende. »Haben Sie das Komitee davon in Kenntnis gesetzt, dass Sie kommen würden? Haben Sie den Wunsch, uns in dieser Angelegenheit etwas mitzuteilen?«

Colt räusperte sich. »Mein Name ist Coltrane Hart«, sagte er. »Ich bin Mr – ah, ich bin sein Sohn. Tut mir Leid, ich habe Sie nicht im Voraus benachrichtigt. Ich war mir nicht sicher, ob ich herkommen würde oder nicht. Ich habe mich erst heute Morgen entschieden.«

»In Ordnung«, antwortete die Frau. »Sie können sich in eine der vorderen Reihen setzen, wenn Sie wollen, Mr Hart. Wir werden Sie nicht beißen.«

Ein Kichern lief durch die Reihen der Zuschauer. Colt bemühte sich nach Kräften, die Röte, die in seinem Gesicht aufzusteigen drohte, zu unterdrücken, dann ging er zur ersten Stuhlreihe hinüber, dicht gefolgt von Michael.

»Und wer sind Sie, Sir?«, fragte die Frau an Michael gewandt.

»Mr Harts persönlicher Assistent«, antwortete Michael strahlend.

»Ich verstehe. Bitte, nehmen Sie Platz.«

Wieder öffnete sich die Tür vorn im Saal, und derselbe Wachmann erschien, diesmal mit einem anderen Gefangenen, den er am Arm hereinführte. Auch dieser Mann trug den vorgeschriebenen orangefarbenen Overall, und hätte die Vorsitzende nicht soeben seinen Namen ausgesprochen, dachte Colt, wäre er niemals auf die Idee gekommen, dass dieser Mann sein Vater war.

Nova Hart war früher einmal auf eine herbe Art und Weise attraktiv gewesen, mit einer kräftigen, dünnen Nase und hohen Wangenknochen, über denen sich eine breite, intelligente Stirn wölbte; er war nie besonders stark gewesen, aber, soweit Colt sich erinnern konnte, groß, hatte über eine gebieterische Ausstrahlung verfügt, und das üppige, schwarze Haar war ihm bis weit über die Schultern gefallen. Dieser Mann ähnelte in keiner Weise dem, den Colt in Erinnerung hatte. Schultern und Rückgrat waren jetzt gebeugt, die Haut zu einem teigigen Grau verblasst. Das wenige an Haar, was ihm verblieben war, klebte am Kopf und war vollkommen weiß geworden. Er schien in sich zur Ruhe gekommen zu sein wie ein Fluss in einem Hafenbecken. Außerdem war er mindestens dreißig Zentimeter kleiner, als Colt ihn in Erinnerung hatte, obwohl er nicht wusste, ob sein Gedächtnis ihm da einen Streich spielte oder nicht. Er ließ nicht erkennen, ob er seinen Sohn wieder erkannte, sondern schlurfte nur zu dem Stuhl hinüber, den Mr Alonso soeben freigemacht hatte, und ließ sich so behutsam darauf nieder, als hätte er Angst, dabei zu zerbrechen. Colt konnte ihn nur anstarren. Dieser Mann ist nicht Nova Hart, hätte er am liebsten gerufen – da muss ein Versehen vorliegen. Aber in diesem Moment hob der Gefangene eine Hand und strich sich eine Strähne aus der Stirn, und diese vertraute Geste weckte eine Erinnerung in Colt. Er war es doch.

»Guten Tag, Mr Hart«, sagte die Frau.

Der Gefangene nickte und murmelte etwas.

»Sie haben eine Gefängnisstrafe von fünfzehn Jahren abgeleistet, und jetzt wird ordnungsgemäß geprüft, ob Ihnen eine Strafaussetzung auf Bewährung gewährt werden kann«, sagte sie. »Das letzte Mal haben Sie vor drei Jahren vor diesem Komitee gestanden. Damals wurde entschieden, Ihr Gesuch abzulehnen. Wissen Sie, warum die Entscheidung so ausgefallen ist, Sir?«

Der Mann murmelte etwas.

»Entschuldigung«, sagte der Mann im braunen Anzug hoffnungsvoll. »Könnten Sie das bitte wiederholen?«

»Ich war zu krank«, antwortete der Gefangene. »Ich bin nicht gekommen.«

»Und Sie haben sich dazu entschieden, keinen neuerlichen Antrag zu stellen?«

Der Gefangene nickte. Dann hustete er. Ein tiefes, hohles Geräusch, das in der zerbrechlichen Höhle seiner Brust widerzuhallen schien.

»Sind Sie wieder krank?«, erkundigte sich die Frau.

Der Gefangene nickte. »Nicht wieder«, sagte er. »Immer noch.«

»In Ordnung. Also – nun, beantworten Sie mir eine Frage. An welchen Programmen haben Sie seit Ihrer Verurteilung teilgenommen, die dem Komitee Anlass geben könnten, Ihnen möglicherweise eine Strafaussetzung anzubieten?«

Der Gefangene zuckte die Achseln. »Ich habe ein paar Therapiestunden bekommen«, sagte er. »Das liegt jetzt schon eine Weile zurück.«

»Und man hatte Sie ursprünglich wegen des Handels mit Drogen verurteilt.«

Der Gefangene nickte.

»Vor allem Heroin. Ist das richtig?«

»Ja«, antwortete er. »Das ist richtig.«

»Haben Sie an irgendwelchen Arbeitsprogrammen teilgenommen?«

»Ich war zu krank«, sagte der Gefangene. »Die meiste Zeit bin ich auf der Krankenstation.«

»Mr Hart, sind Sie immer noch drogensüchtig?«

Der Gefangene schüttelte den Kopf. »Ich bin schon lange clean. Seit ich ins Gefängnis gekommen bin.«

»Hm, Sie nähern sich dem Ende Ihrer Haftstrafe. In einem Jahr würden Sie regulär entlassen werden. Und Ihr Verhalten ist Ihren Unterlagen zufolge vorbildlich gewesen. Das Komitee neigt dazu, Ihrem Antrag auf Strafaussetzung diesmal stattzugeben, aber wir müssen Ihnen vorher einige Fragen stellen, um sicherzugehen, dass Sie für Ihren Lebensunterhalt sorgen können.«

Es folgte ein langes Schweigen, währenddessen die Mitglieder des Komitees zunächst den Mann vor sich betrachteten und dann alle gleichzeitig zu Colt hinübersahen. Er hatte noch immer nichts gesagt, und sein Vater hatte ihn noch immer nicht bemerkt.

»Ich kann nicht für meinen Lebensunterhalt sorgen«, erklärte Nova Hart. »Am besten, Sie lassen mich einfach hier drin.«

»Wollen Sie damit andeuten, dass Sie keine Aussetzung Ihrer Strafe auf Bewährung wünschen?«, fragte einer der Männer.

»Weil es keinen Sinn hätte«, sagte Nova Hart. »Ich bin zu krank, um zu arbeiten. Ich kenne niemanden mehr. Ich habe kein Geld. Es hat keinen Sinn. Außerdem habe ich diesen Antrag gar nicht eingereicht. Das ist automatisch erfolgt. Am besten, Sie schließen mich wieder weg.«

»Möchten Sie dem noch irgendetwas hinzufügen, Mr Hart?«, fragte die Frau Colt.

Der Gefangene schüttelte den Kopf und stand auf. »Das war alles«, sagte er.

»Einen Augenblick bitte, Sir«, sagte die Frau. »Ich hatte mit dem Herrn hinter Ihnen gesprochen.«

Der Gefangene drehte sich um, eine Bewegung, die eine

sehr lange Zeit in Anspruch zu nehmen schien, und sein Blick glitt ohne eine Spur von Wiedererkennen über seinen Sohn hinweg. Colt stand auf und räusperte sich.

»Äh«, sagte er. »Ja.«

Der Gefangene starrte ihn zuerst überrascht an, dann erstaunt. Dann erkannte er ihn, und er taumelte zurück, als hätte ihn ein Windstoß getroffen.

»Gütiger Gott«, stieß er hervor. »Wie du aussiehst.«

»Erkennen Sie diesen Mann?«, fragte die Frau. »Mr Hart?«

Der Gefangene nickte, und sein runzliger Hals verlor sich in den Falten orangefarbenen Stoffes, der ihn einhüllte. Seine Stimme zitterte, als er sprach, so aufgewühlt war er.

»Ja, ich kenne ihn. Hallo ... Colt.«

»Hallo«, sagte Colt.

»So«, flüsterte der alte Mann. »So, so.« Er setzte sich wieder hin, beugte sich vor und rieb sich die Augen. Colt bemerkte zum ersten Mal, dass er Handschellen trug.

»Ich möchte jetzt meine Frage an den jüngeren Mr Hart wiederholen«, sagte die Frau. »Gibt es noch irgendetwas, das Sie in dieser Angelegenheit sagen wollten?«

Colt starrte sie, überwältigt von Gefühlen, nur stumm an.

»Mr Hart?«, hakte sie nach.

»Ah«, sagte Colt, »ob ich noch etwas sagen wollte?«

Er konnte die Blicke aller Anwesenden im Raum auf sich spüren.

»Ja, ich habe etwas zu sagen«, erklärte er. »Wo soll ich anfangen?«

KAPITEL 31

Eine historische Rückblende (Abschluss)

An einem milden Mainachmittag im Jahre 1888 ging Marly Musgrove auf dem Weg von der Küche zur Pumpe durch den Garten von Adencourt, einen leeren Eimer in der einen Hand und ihren Enkel, Lincoln Flavia-Hermann, der noch kein Jahr alt war, auf dem anderen Arm. Marlys bayrischer Schwiegersohn, Kloot, hatte gerade ein neues Pferd gekauft, eine graubraune, zweijährige Stute, die etwa vierzehn Handbreit Stockmaß hatte. Das Pferd war nervös. Um die Stute zu beruhigen, striegelte Kloot sie jetzt, aber seine Bemühungen schienen sie nur noch scheuer zu machen. Später machte er sich klar, dass der Transport sie so erregt haben musste. Als er sie weggeführt hatte, war sie ihm durchaus ruhig erschienen, aber als sie sich Adencourt näherten, blähte sie die Nüstern und begann, von einer Seite zur anderen zu tänzeln, als wittere sie ein Raubtier. Kloot dachte, wenn er sie nur ordentlich striegelte, würde sie das beruhigen und es würde ihr helfen, sich an ihre neue Umgebung zu gewöhnen, aber dummerweise hatte er nicht daran gedacht, sie dazu mit dem Führstrick am dafür vorgesehenen Pfosten festzubinden. Später hatte er sich die Schuld an den Konsequenzen dieser gedankenlosen Unterlassung geben müssen; denn je nervöser die Stute wurde, umso schwerer fiel es ihm, sie festzuhalten – bis sie sich schließlich losriss und über den Rasen galoppierte, »als hätte der Teufel selbst ihr das Hinterteil geleckt«, wie Kloot nachher in seinem unbeholfenen Englisch erklären sollte.

Marly hatte gerade einen Eimer Wasser aus dem Brunnen heraufgezogen. Schon zwei Jahre lang lag Lucia ihr in den Ohren, sie solle im Haus fließendes Wasser installieren lassen, aber Marly wollte einen derartigen Luxus nicht dulden, obwohl sie nach dem Tod des Captains eine Kriegerwitwenpension erhielt. Fließendes Wasser war in ihren Augen etwas, das nur in die Häuser der sehr Reichen gehörte. Als das Pferd durch den Garten jagte, war Marly von dem kleinen Jungen in ihren Armen abgelenkt, ihrem ersten und einzigen Enkelkind. Der Eimer baumelte ihr lose an der Hand, und als sie über ein am Boden liegendes Stück Feuerholz stolperte, schwappte ihr das Wasser über das Bein.

»Nun sieh dir mal an, was Granny angestellt hat«, sagte Marly zu dem Baby, ohne das siebenhundert Pfund schwere Tier wahrzunehmen, das blind auf sie zustürmte – Lucia sollte später erzählen, dass sie schon seit einer ganzen Weile den Verdacht gehabt habe, dass Marly langsam schwerhörig würde, dass sie ihre Mutter gedrängt habe, deswegen zum Arzt zu gehen, Marly jedoch dieselbe Logik auf ihren Körper angewandt habe, die sie auf ihr Haus anwandte: Jedwede Verbesserungen an der eigentlichen Struktur der Dinge waren pure Eitelkeit. Trotzdem konnte niemand begreifen, warum sie nicht zumindest die Vibrationen der Hufschläge gespürt hatte, denn selbst ein kleines Pferd kann Fenster und Glasscheiben erbeben lassen, wenn es galoppiert. Marly stellte den Eimer ab, um den Griff besser zu fassen zu bekommen; den kleinen Jungen hielt sie immer noch auf dem Arm. Kloot Flavia-Hermann hatte bereits ihren Namen geschrien, als das Pferd auf sie zustürmte, aber wiederum vollkommen unerklärlicherweise hatte Marly ihn entweder nicht gehört oder einfach keine Zeit gehabt zu reagieren.

Binnen einer Sekunde war alles vorbei. Die Stute überrannte die beiden und galoppierte weiter die Straße hinunter.

Später fand man sie im Stall des Bauernhofes ihres früheren Besitzers wieder, zitternd und mit verdrehten Augen. Ihre wilde Flucht war über zwei Menschen hinweggegangen: einen kleinen Jungen, der jetzt aufrecht dasaß und zu erschrocken war, um auch nur zu weinen, und eine Frau, die immer noch ausgestreckt auf der Erde lag und der Blut aus den Ohren sickerte; das eine Auge war geschlossen, das andere geöffnet und auf groteske Weise in den Schädel hineingedrückt. Später kamen neugierige Nachbarn und ein Landarzt, der aufgrund der Abdrücke im Erdreich zu dem Schluss kam, dass die Hufe des Pferdes den Kopf des kleinen Jungen höchstens um einen Zentimeter verfehlt haben konnten. Dass er noch lebte, war eine Gnade; dass er unverletzt war, ein Wunder.

Aber dieselben Hufe waren mit der Wucht eines Vorschlaghammers auf Marlys Kopf gekracht, und ihr Schädel war rechts und oben völlig zermalmt worden – der Bestatter musste ihr Gehirn komplett entfernen, damit es ihr nicht aus den Ohren sickerte.

Einmal mehr wurden die in alle Winde versprengten Kinder der Musgroves per Telegramm herbeigerufen. Diesmal fiel die Zusammenkunft erheblich gedämpfter aus als bei der Segnung der Steine. Marly war noch keine sechzig gewesen, und niemand hatte damit gerechnet, dass sie so bald sterben würde; obwohl man, wie Hamish später denken sollte, angesichts der Tatsache, dass sie eine Musgrove war, in Wirklichkeit hätte sagen müssen, welches Glück sie gehabt hatte, überhaupt so lange zu leben. Olivia und Margret erschienen abermals mit ihren Ehemännern aus Philadelphia, und Hamish und Ellen nahmen abermals den Zug von Pittsburgh und fuhren in einer Mietkutsche in Adencourt vor.

Marly lag in einem Sarg im vorderen Wohnzimmer, bereits bekleidet, gewaschen und zurechtgemacht von dem Beerdigungsunternehmer und seinen Angestellten. Ihre Kinder und die Nachbarn aus einem Umkreis von mehreren Meilen hielten fast die ganze Nacht hindurch die Totenwache. Kurz vor Sonnenaufgang gingen die Nachbarn zum Schlafen nach Hause, und die Kinder marschierten mit der Fügsamkeit dressierter Haustiere, die in ihre Käfige zurückkehrten, in ihre alten Zimmer. Die Ehemänner aus Philadelphia leisteten ihren Frauen keine Gesellschaft, sondern entschieden sich dafür, zusammen in einem der leeren Schlafzimmer zu campieren, um einander Trost zu spenden. Obwohl keiner von ihnen es zugegeben hätte, hatten sie beide Angst vor dem alten Haus und waren davon überzeugt, dass es dort spukte. Es verstand sich von selbst, dass niemand in Marlys Bett schlafen wollte, obwohl es das bequemste war.

Am Morgen war Lucia die Erste, die aufstand. Sie kochte mehrere Kannen Kaffee und briet Eier mit Schinken. Angelockt von dem köstlichen Duft, trudelten die anderen schon bald unten ein. Ellen war die Letzte, die aufstand. Als sie in die Küche kam, wo die anderen nacheinander an dem kleinen Tisch gefrühstückt hatten, versetzte ihr Anblick ihren Schwestern einen Schock. Ihr Gesicht war schmutzverschmiert, und ihr Kleid, das auszuziehen sie sich vor dem Schlafengehen nicht die Mühe gemacht hatte, war an den Seiten aufgerissen, als hätte man sie die Straße hinuntergeschleift.

»Ellen!«, rief Lucia. »Was um alles in der Welt ist mit dir passiert?«

Ellen wirkte verwirrt. Sie strich sich geistesabwesend das Haar zurück und starrte alle an, die sie anstarrten.

»Ich weiß nicht, was du meinst«, sagte sie.

»Du bist schmutzig! Und dein Kleid!«, rief Lucia. Sie ging

zu ihrer Schwester hinüber, drehte sie herum und machte sie auf die Risse in ihrer Kleidung aufmerksam. »Bist du im Schlaf herumgelaufen?«, fragte sie.

»Ich … ja, so muss es wohl gewesen sein«, antwortete Ellen schnell. »Ich glaube, ich kann mich daran erinnern, dass ich oben in der Scheune aufgewacht bin.« Sie lächelte schwach.

Hamish warf einen zweifelnden Blick auf ihre nackten Füße, die vollkommen sauber waren. Wäre sie bei Nacht in der Scheune gewesen, dachte er, hätte sie mit Sicherheit durch den Dung waten müssen, den beiseite zu schaffen Kloot Flavia-Hermann sich kaum je die Mühe machte.

»Das ist das erste Mal, dass ich von einem Schlafwandler höre, der sich Zeit nimmt, vorher die Schuhe anzuziehen«, bemerkte er.

»Also, Hamish, du weißt doch ganz genau, dass Schlafwandler seltsame Dinge tun«, entgegnete Lucia. »Und Ellen ist schon oft im Schlaf umherspaziert. Erinnerst du dich noch, wie Mutter einmal ein Geräusch hörte und sie auf dem Dach der Veranda fand?«

Hamish erinnerte sich tatsächlich an diesen Vorfall, und Ellen tat es ebenfalls; auch sie erinnerte sich daran, dass sie nicht wirklich geschlafwandelt hatte, sondern sich lediglich aus dem Bett geschlichen hatte, um das Haus bei Nacht zu erkunden, etwas, das sie häufig tat, obwohl sie vor jener Nacht noch nie ertappt worden war. Marlys Vermutung, sie habe geschlafwandelt, war eher barmherzig gewesen und diente vor allem ihrem eigenen Seelenfrieden, denn Mädchen, die des Nachts ihre Betten verließen, um sich zu amüsieren, war ganz und gar nicht zu trauen. Es war einfacher für Marly, so etwas nicht zu glauben. Anderenfalls hätte sie Ellen im Bett festbinden müssen.

»*Ich* erinnere mich daran«, bemerkte Olivia. »Aber dass sie dem nicht inzwischen entwachsen ist, entsetzt mich doch ziemlich.«

»*Et moi aussi*«, sagte Margret naserümpfend.

»Ellen hat seit Jahren nicht mehr geschlafwandelt«, sagte Hamish. »Dass ihr das jetzt wieder passiert ist, muss daran liegen, dass sie unter diesen widrigen Umständen wieder zu Hause ist.«

Es folgte ein allgemeines Murmeln der Zustimmung und des Verständnisses – man konnte immer darauf bauen, dass Hamish im Handumdrehen genau die richtige Erklärung parat haben würde. Solchermaßen diagnostiziert warf Ellen ihrem Bruder einen dankbaren Blick zu und eilte die Treppe hinauf, um sich zu waschen und umzuziehen.

Die Beerdigung fand noch am gleichen Nachmittag statt. Gegen ein Uhr erschien derselbe Pfarrer, der im Jahr zuvor die Gräber gesegnet hatte, in einem schwarzen Surrey, der von zwei schwarzen Pferden gezogen wurde. Die Trauergäste hatten sich nach dem Frühstück in Gruppen wieder eingefunden, und gegen Mittag war ihre Zahl auf mehr als Hundert angestiegen. Marly war zwar eine eher zurückhaltende Frau gewesen, aber man hatte sie in der Gemeinde respektiert. Als sie jetzt in ihrem schwarzen Kleid aufgebahrt lag, ein seidenes Tuch unter dem Kinn verknotet, um den Mund geschlossen zu halten und die schlimmsten Verletzungen zu verbergen – den zerschmetterten Kopf hatte man auf ein kleines Kissen gebettet und ihre Hände über der Taille gefaltet –, konnten die erwachsenen Musgrove-Kinder kaum glauben, wie klein der Tod sie gemacht hatte. In ihrer Erinnerung würde sie immer als die größte Gestalt aufragen, die sie je gekannt hatten. Sie hatte sogar ihren Furcht einflößenden, soldatischen Vater überragt, an den Olivia und Margret sich kaum erinnerten – aber jetzt stellten sie plötzlich fest, dass sie in Wirklichkeit nur eine winzige Frau von knapp über einen Meter sechzig gewesen war und der Geist, der in ihrer sterblichen Hülle gewohnt und dieser ein solches Format verliehen hatte, für alle Zeiten geflohen war.

Der Pfarrer sprach einen Segen über den Sarg, der anschließend geschlossen wurde. Als Marlys Gesicht zum letzten Mal ihren Blicken entzogen wurde, krampfte sich Hamishs Brust auf erschreckende Weise zusammen, und er spürte, wie der Boden unter seinen Füßen nachgab. Zutiefst beschämt über sich selbst, musste er sich von den Ehemännern aus Philadelphia stützen lassen, bis er sein Gleichgewicht wiedergefunden hatte. Seine Schwestern, für die der männliche Verhaltenskodex keine Rolle spielte, verfielen in ein kollektives Stöhnen, das zu einem tiefen Klageton anschwoll, als der Sarg durch die Vordertür hinausgetragen wurde.

Hamish erholte sich soweit, dass er seinen Platz als einer der Sargträger einnehmen konnte. Die Männer taten einen Schritt, hielten dann inne, machten einen weiteren Schritt und hielten wieder inne. In dieser feierlichen Manier, begleitet vom rhythmischen Dröhnen einer gedämpften Armeetrommel, die als Tribut an ihre Kriegswitwenschaft von der örtlichen Miliz aufmerksamerweise zur Verfügung gestellt worden war, marschierten sie um das Haus herum und auf den Familienfriedhof zu. Die Trauergäste schlossen sich ihnen an und bildeten eine schwarz gewandete Trauerschlange, die sich wellenförmig über den Weg schlängelte, eine Schlange, deren Kopf bereits vor dem offenen Grab stand, während ihr Schwanz gerade erst das Haus verließ.

Als alle versammelt waren, hielt der Pfarrer eine lange Ansprache. Er schwelgte in Erinnerungen an Marlys Kindheit, von der er überhaupt nichts wusste, und sprach von dem großen Kummer und den Entbehrungen, die sie im Laufe ihres Lebens hatte erdulden müssen. Aber all die Unbill hätte nunmehr ein Ende gefunden, da sie inmitten der ihr allzu früh genommenen kleinen Kinder zur letzten Ruhe gebettet wurde. Einmal mehr verlas der Pfarrer die Namen der toten Musgrove-Kinder, und die lebenden Musgroves warfen einen ängstlichen Blick auf Ellen, weil sie eine Wiederholung ihres Auftritts vom vergangenen Jahr fürchteten. Aber Ellen blieb, wie sie mit einer Mischung aus Erleichterung und Überraschung feststellten, vollkommen ruhig, ja sie weinte nicht einmal. Sie wirkte wie losgelöst. Den anderen kam es so vor, als sei die Beerdigung in Ellens Augen bereits vorüber, und sie befand sich wieder in ihrem Haus in Pittsburgh. Als der Gottesdienst vorbei war und der Sarg in die Grube hinabgelassen worden war, warf jeder der Angehörigen eine Schaufel voll Erde darauf, bevor sie zurücktraten, damit die anderen Trauergäste es ihnen nachtun konnten. Als sie fertig waren, war das Grab fast vollständig aufgefüllt. Die Leute des Bestattungsinstituts hatten nicht mehr viel Arbeit damit, und dann gab es ein neues Grab in Adencourt.

Es würde, das wussten die Kinder, das letzte sein. Obwohl sie miteinander nicht darüber gesprochen hatten, verspürte doch ein jedes von ihnen den inbrünstigen Wunsch, *nicht* in Adencourt begraben zu werden, wenn auch aus unterschiedlichen Gründen: Olivia und Margret, weil es in Philadelphia als völlig unmöglich gegolten hätte; Hamish, weil er nie wieder an diesen verfluchten Ort zurückehren wollte, weder im Leben noch im Tod; und Ellen, weil sie neben den Gründen, die sie mit Hamish teilte, die Vorstellung nicht ertragen konnte, bis ans Ende der Ewigkeit neben dem kleinen Bruder zu liegen, den sie ertränkt hatte. Es genügte, fand sie, dass ihre Seele für alle Ewigkeit in der Hölle Qualen würde erleiden müssen – der Gedanke, dass nicht einmal ihre Knochen keine Ruhe finden sollten, war einfach zu viel. Lucia war die Einzige, der es nichts ausgemacht hätte. Sie war ihr Leben lang in Adencourt geblieben und sah auch jetzt keine Veranlassung wegzugehen. Aber sie glaubte auch nicht – wenig religiös veranlagt, wie sie war –, dass es eine Rolle spielte, *wo* die sterblichen Überreste eines Menschen schließlich blieben. Beerdigt werden wollte sie allerdings neben ihrem Mann auf dem näher der Stadt gelegenen lutherischen Friedhof, wenn ihre Stunde einmal schlug.

Nach der Beerdigung kehrten alle Trauergäste zum Abendessen ins Haus zurück. Dann verabschiedeten sie sich von den Geschwistern und fuhren in ihren Kutschen zurück nach Hause. Als der Staub in der Einfahrt sich wieder gelegt hatte, machten die Frauen sich daran, ein weiteres Mal das Haus zu putzen. Sie schrubbten es von oben bis unten, angefangen vom Dachboden bis hin zum Keller. Das hatten sie ursprünglich nicht geplant, denn es war tatsächlich ein merkwürdiger Abschluss dieses traurigen Tages; aber sie wussten nicht, was sie sonst tun sollten, und statt Konversation zu machen, verfielen sie auf die Idee zu arbeiten.

Ellen und Lucia machten zusammen das Schlafzimmer ihrer Mutter sauber; sie kehrten zuerst die Ecken aus und schoben eine kaum sichtbare Menge Staub in den Flur, bevor sie dann auf Händen und Knien mit Seife und Wasser den Fußboden schrubbten. Zu guter Letzt öffnete Lucia auch noch den Wandschrank, in dem die wenigen Kleider ihrer Mutter hingen. Es war Jahre her, seit sie das letzte Mal Gelegenheit hatte, hier hineinzugehen, und sie erschrak beim Anblick der kopflosen Schneiderpuppe, die sie stumm begrüßte wie ein vergessener Gast, der vor langer Zeit hier hineingeraten war.

»Ich werde das alte Ding verbrennen«, erklärte sie entschieden. »Es hat mir schon immer eine Gänsehaut über den Rücken gejagt.«

Ellen pflichtete ihr bei. Sie räumten eine ganze Reihe von Dingen aus dem Schrank, für die niemand mehr Verwendung hatte, jetzt, da Marly tot war, und trugen sie nach draußen, hinter die Scheune, wo Hamish sie mit einem Gefühl grimmiger Befriedigung verbrannte. Dann kehrten die beiden Schwestern zurück in die obere Etage, um ihre Arbeit zu beenden. Erst da fiel Lucias Blick auf die Tür zu dem Versteck, die vorher hinter einem Stapel Kisten verborgen gewesen war.

»Meine Güte, dieses Versteck hatte ich völlig vergessen!«, rief sie aus. »Es ist eine Ewigkeit her, seit ich das letzte Mal da unten war.«

»Bei mir auch«, sagte Ellen schnell.

»Ob ich da wohl überhaupt noch hineinpassen würde?«

»O nein, Lucia«, rief Ellen, führte sie aus dem Wandschrank hinaus und schloss energisch hinter sich die Tür. »Du und ich, wir sind beide viel zu dick, um da unten herumzukriechen. Meine Güte, was wäre, wenn wir irgendwo feststecken? Die Jungs müssten das Haus abreißen, um uns wieder herauszuholen!«

Verlegen legte Lucia die Hände um die Hüften und strich ihr Kleid glatt.

»Du hast Recht«, sagte sie. »Ich bin seit Lincolns Geburt so fett wie eine Kuh.«

Die kinderlose Ellen lief bis zur Stirn hinauf rot an; das hatte sie verdient, dachte sie.

»Nun ja«, sagte sie, »wenigstens hast du einen guten Grund dafür, fett zu sein.«

Solchermaßen zufrieden gestellt, einander eine kleine Gemeinheit gesagt zu haben, verließen die Schwestern Marlys Schlafzimmer, zogen die Tür hinter sich zu und schlossen sie mit großer Entschiedenheit hinter sich ab.

Es sollten noch einige Monate ins Land gehen, bevor Lucia und ihr Mann es sich endlich gestatteten, dort einzuziehen, jetzt, da Adencourt ihnen gehörte, und dann würde der Wandschrank wieder einmal voll gestopft werden mit Kartons voller Stoffreste und ausrangiertem Kram. Der Durchgang zu dem Versteck war wegen des kleinen Lincoln versperrt worden, der seine ersten Schritte im Wohnzimmer machte, sich von dort aus dann langsam hinaufarbeitete zum Treppensteigen und schließlich die leeren Schlafzimmer im ersten Stock erkundete. Lincoln glaubte, es gäbe eine ganze Schar unsichtbarer Spielkameraden, die in dem Schrank ihr Quartier aufgeschlagen hatten und die er gewohnheitsmäßig einmal am Tag besuchte, um in einer selbst erfundenen Sprache fröhlich mit ihnen zu plappern. Häufig versuchte er auch, seinen Eltern diese Spielkameraden vorzustellen, und war dann immer sehr enttäuscht darüber, dass seine Eltern sie nicht sehen konnten. Für ihn waren sie genauso real wie alles andere auch, aber das Wichtigste daran war, dass sie seine Einsamkeit vertrieben. Als er dann zu einem hochaufgeschossenen, schlaksigen Jungen heranwuchs, nahm selbst Lincoln die Anwesenheit der Geister seiner fünf Tanten und Onkel nicht länger wahr, Tanten und Onkel, von denen keiner auf der Erde gelebt hatte, solange er, Lincoln, dort lebte, und die deshalb kaum die Fähigkeit besaßen, ihm in das geheimnisvolle Reich der Jugend und darüber hinaus zu folgen.

Das war auch der Grund, warum weder Lincoln noch einer seiner Nachfahren je das Tagebuch entdeckte, das Marly vor allen geheim gehalten hatte, über das Ellen jedoch in jener Nacht gestolpert war, in der sie aus dem Bett stieg und in ihrer tiefen Trauer die Besitztümer ihre Mutter durchstöberte, den Duft ihres Körpers, der noch in ihrem Bettzeug hing, einatmete, ihre magere Sammlung von Schmuckstücken berührte, die Schmetterlingsnadel, die Marly aus Henrys langem, blondem Haar geflochten hatte, stahl und schließlich ganz unten in einer Seekiste das Tagebuch fand, versteckt unter einem Stoß Unterwäsche. Hier hatte sie endlich einen Ort gefunden, an dem sie ihre Beichte dessen, was sie getan hatte, ablegen konnte, in der Hoffnung, Erleichterung darüber zu verspüren, dass sie ihr schreckliches Geheimnis endlich offenbart hatte. Vergeblich hoffte sie, einen gewissen Trost darin zu finden, ihre Beichte in demselben Buch niederzuschreiben, in das ihre Mutter mit ihrer kindlichen, ungelenken Handschrift geschrieben hatte – so als sei ihr Geständnis lediglich die Aufzeichnung einer weiteren der vielen häuslichen Tragödien.

Als sie ihre Beichte zu Ende gebracht hatte, kroch sie durch die Dunkelheit hinunter in das Versteck. Mehrmals verfing sie sich irgendwo an der Treppe und stand entsetzliche Ängste aus. In der Geheimkammer schließlich, wo sie seit mehr als zwanzig Jahren nicht mehr gewesen war, entledigte sie sich ihres Schuldbekenntnisses inmitten der Stoffpuppen, die sie selbst vor Jahren hier zurückgelassen und vergessen hatte, ebenso wie die leere Flasche mit dem Gift, das ihren Vater verzehrt hatte, als er die Flasche erst langsam und dann immer schneller leerte – ein weiterer Gegenstand, den sie gestohlen hatte und untersuchen wollte, um zu verstehen. Es war gleichermaßen ihre größte Hoffnung wie ihre größte Angst, dass das Tagebuch eines Tages von jemandem entdeckt werden könnte, der im Stande war, ihre Beweggründe zu verstehen, warum alles geschehen war, von jemandem, der vielleicht in der Lage war, den Schleier zu lüften, der gewöhnlich das Leben jener verbirgt, die zu verschiedenen Zeiten am selben Ort leben; von jemandem, der aufgrund irgendeiner wunderbaren Fügung und mittels der Fähigkeit, durch die Zeit zu sehen, die arme Ellen hätte sehen können, so wie sie wirklich war, und – ihr vergeben.

Teil 4

KAPITEL 32

Der Truthahn der Glückseligkeit

Die erste Stunde saßen sie praktisch schweigend nebeneinander im Wagen; Michael summte irgendeine blödsinnige Melodie vor sich hin, Coltrane saß breitbeinig auf der Rückbank, und der alte Mann auf dem Beifahrersitz hatte die Hände reglos im Schoß gefaltet, als trüge er noch immer Handschellen. Er hatte seine gesamte irdische Habe, wie er es bezeichnete, mitgenommen. Sie passte in eine durchsichtige Plastiktüte, die er die ganze Zeit über zwischen seinen Füßen stehen hatte, als befürchte er, jemand könne sie ihm stehlen. Die Landschaft im nördlichen Teil des Staates New York flog an ihnen vorüber. Nachdem alles Grün inzwischen von der Erde verschwunden war, fanden weder Colt noch Michael die Betrachtung der Umgebung lohnenswert; es war die Jahreszeit des Sterbens, und die Natur verfiel allmählich in eine Starre. Nur der ehemalige Sträfling war vollauf damit beschäftigt, aus dem Fenster zu schauen. »Wunderschön«, flüsterte er immer wieder. »Wunderschön.«

Nachdem das eine Stunde lang so gegangen war, fühlte Colt sich verpflichtet, eine andere Art der Konversation auszuprobieren.

»Geht es dir gut?«, fragte er.

Der alte Mann drehte sich halb auf seinem Sitz um.

»Hast du was gesagt?«, fragte er. Seine Stimme war so rau wie Schmirgelpapier.

»Ich habe gefragt, ob es dir gut geht. Ich habe mitbekommen, dass du krank warst.«

»O ja, alles bestens«, antwortete sein Vater. Er wandte sich wieder ab, aber nach einigen Sekunden kam ihm ein Gedanke, und er drehte sich wieder zu Colt um und fragte: »Und wie geht es dir?«

Colt schüttelte den Kopf. »Könnte besser sein.«

Der alte Mann zögerte, als fürchte er, irgendeine Grenze zu verletzen. »Wie hast du dir denn den Arm gebrochen?«, fragte er schließlich.

»Autounfall.«

»Ein schlimmer?«

»Ein ziemlich schlimmer.«

»Ist sonst noch jemand verletzt worden?«

»Nein, nur ich.«

Der alte Mann nickte, und kurz darauf widmete er sich wieder der Aussicht. Nach einem weiteren minutenlangen Zwischenspiel sagte er: »Das ist ein schöner Wagen. Ich schätze, es war nicht der, in dem du den Unfall hattest.«

»Das hier ist ein 1970er Camaro mit Dreigangschaltung und einer V-8-Maschine mit zweihundert PS«, erwiderte Colt automatisch.

Sein Vater nickte bewundernd. »Du hast dich gut gemacht.«

»Einigermaßen.«

»Ich wusste immer, dass aus dir mal was werden würde«, sagte sein Vater.

Eine halbe Stunde später waren sie wieder in der Stadt. Michael hielt vor der Parkgarage und gab einem Angestellten die Schlüssel. Nova Hart wartete darauf, dass Michael ihn aussteigen ließ – Colt kam es so vor, als warte sein Vater tatsächlich auf die Erlaubnis, den Wagen verlassen zu dürfen –, und dann stand er, seine Plastiktüte an die Brust gepresst, einfach nur da und blickte weder zur Seite noch geradeaus, sondern auf seine Füße hinab. Als er jedoch sah, dass Colt Mühe hatte auszusteigen, bot er ihm die Hand, und nach einem kurzen Zögern ergriff Colt sie. Die Hand des alten Mannes fühlte sich kühl und ledrig an, daher ließ er die Hand seines Vaters los, sobald er sein Gleichgewicht wiedergefunden hatte, und wischte sich hastig und verstohlen die Finger an seiner Hose ab.

»Wohnst du hier in der Nähe?«, erkundigte sich Nova.

»Ist noch ein ganzes Stück zu Fuß von hier aus«, antwortete Colt. Die Sonne war inzwischen hinter den Gebäuden verschwunden, und es wehte eine kühle Brise, aber die leichte Erwärmung der letzten zwei Wochen hatte sich fortgesetzt, und der Abend wirkte eher herbstlich als winterlich. »Fühlst du dich einem Spaziergang gewachsen?«

»Aber sicher«, sagte der alte Mann. »Kein Problem.«

»Wird Ihnen wahrscheinlich ganz gut tun, die Beine auszustrecken, wie?«, fragte Michael. Er hatte bisher geschwiegen und nur hier und da Colts Vater auf dem Beifahrersitz kurze Blicke zugeworfen. Colt fragte sich, ob Michael wohl etwas in ihm sehen mochte, das ihm gefiel; vielleicht hatte er sich die Idee in den Kopf gesetzt, dass Nova eine Art konterrevolutionärer Held war, den man wegen seiner Überzeugung inhaftiert hatte. Nun, dieses Missverständnis würde ein Gespräch mit dem alten Mann schnell aufklären.

In diesem Augenblick begriff Colt zum ersten Mal, woran es lag, dass er Michael immer so sehr verabscheut, ihn vielleicht sogar gehasst hatte. Es lag daran, dass er nicht mehr und nicht weniger war als ein Nova-Hart-Azubi, eine jüngere Version seines eigenen Vaters. Vor allem aber erinnerte Michael ihn an Nova, wie er vor dreißig Jahren gewesen war: verantwortungslos, wichtigtuerisch, egoistisch, ein wenig dumm und ausschließlich mit der Frage beschäftigt, wann die nächste Party stieg und wie er dort hinkam. Man brauchte sich nur Michael mit einem Kind vorzustellen, und das Ergebnis wäre mein Dad, dachte er. Und dann stelle man sich Michael vor, wie er den nächsten Schritt machte, den zum Heroin. Um dann anschließend alles im Stich zu lassen.

»Klar wird es das«, sagte Nova. »Richtig gut.«

Im Gänsemarsch trotteten sie schließlich den Gehweg entlang, Michael vorn, Nova in der Mitte und Colt als Letzter. Irgendwie konnte er sich nicht recht dazu überwinden, neben seinem Vater herzugehen. Es war ungefähr eine Meile bis zu seiner Wohnung, und der alte Mann ging langsam; er bewegte sich nicht länger mit den weit ausholenden Schritten, mit denen Colt, wie er sich erinnerte, kaum hatte mithalten können, bei den seltenen Gelegenheiten, da sie gemeinsam irgendwo hingegangen waren. Jetzt hatte er schon Mühe, seinen Vater nicht von hinten zu rammen. Im Gefängnis hatte der Entlassene eine Garnitur neuer Kleidung erhalten – Jeans, ein blaues Arbeitshemd, eine dünne Jeansjacke und eine schwarze Strickmütze, die ihm schief auf dem Kopf saß. Er bewegte sich wie jemand, der ständig damit rechnete, gegen eine Mauer zu prallen. Etwa alle hundert Schritt hielt er kurz und beinahe ungläubig inne, bevor er weiterging. Nachdem das zum dritten oder vierten Mal passiert war, drehte er sich um und bemerkte mit einem törichten Lächeln:

»Das ist das erste Mal seit langem, dass ich mehr als hundert Schritte in einer geraden Linie gehen kann.«

»Wie kommt das?«, wollte Colt wissen.

»So lang war der Gefängnishof«, sagte sein Vater.

Colt hatte die Schlösser an seiner Tür inzwischen auswechseln lassen und fummelte mit einer Hand mit den Schlüsseln herum, bis Michael sie ihm abnahm und aufsperrte. Dann zog Colt die Tür hinter ihnen dreien wieder zu und schloss sie ab. Sein Vater stand im Wohnzimmer, die Tüte immer noch an die Brust gedrückt, und starrte zu Boden. Michael verschwand im Badezimmer und machte die Tür hinter sich zu. Einen Augenblick später hörten sie ihn pinkeln. Für einen Moment waren sie allein miteinander.

»Hier wohnst du also, hm?«, fragte der alte Mann.

Colt nickte.

»Gefällt mir«, sagte sein Vater. »Bist du verheiratet?«

»War ich«, sagte Colt. »Wir lassen uns scheiden.«

»Oh, wie schade. Ich hätte sie gern kennen gelernt.«

»Sie weiß nicht einmal, dass es dich gibt«, versetzte Colt sachlich, während er sich aus seiner Jacke mühte. »Ich habe ihr erzählt, du seiest tot.«

Nova nickte ebenso sachlich, und seine Miene blieb so unverändert, als hätte Colt ihn soeben davon in Kenntnis gesetzt, dass es morgen regnen würde. »Wo wohnt sie?«, erkundigte er sich. »Habt ihr Kinder?«

»Wir haben vor nicht allzu langer Zeit ein altes Landhaus draußen in Pennsylvania gekauft«, erklärte Colt. »Ich schätze, damit hat das Ganze mehr oder weniger angefangen, die Scheidung, meine ich. Keine Ahnung, warum es so gekommen ist, aber so ist das eben. Wenn ich jetzt zurückblicke, erkenne ich deutlich, dass das ganze Problem mit dem Haus angefangen hat. Keine Ahnung, warum. Sie ist jetzt da draußen. Wird wahrscheinlich auch dort bleiben.« Er schluckte. »Und nein, wir haben keine Kinder. Ich wollte keine.«

Wieder nickte sein Vater. »Was machst du beruflich, Coltrane? Nennst du dich übrigens immer noch Coltrane?«

Dass sein Vater seinen Namen benutzte, überraschte ihn. Einen Moment lang geriet er ins Stottern, bevor er antwortete.

»Ja, ich nenne mich immer noch Coltrane«, antwortete er. »Was hast du denn gedacht? Dass ich meinen Namen ändern würde?«

»Hätte mich nicht überrascht.«

Colt grübelte darüber nach – es war ein Gedanke, der ihm nie gekommen war. »Ich bin im Finanzgeschäft.«

»Oh. Finanzgeschäft«, wiederholte Nova und nickte beeindruckt. »Aktienmarkt?«

»Ja.«

»Ja«, sagte sein Vater. »Hm, du konntest schon immer gut mit Geld umgehen.«

»Irgendjemand musste es ja können in unserer Familie«, meinte Colt. »Oder unserer so genannten Familie, sollte ich wohl sagen.«

»Ja«, stimmte sein Vater ihm zu, wiederum ohne jede wahrnehmbare Veränderung in der Miene oder dem Klang seiner Stimme. Colt spürte, dass er den ganzen Tag dort hätte stehen und ihm Bomben hätte zuwerfen können, und sein Vater hätte ihn lediglich mit leerem Blick angesehen und genickt. Der alte Mann war wie ein Punchingball – er würde einfach immer wieder zurückkommen, um den nächsten Schlag einzustecken. Warum zum Teufel habe ich ihn überhaupt hergeholt?, fragte er sich und wusste gleichzeitig, dass er sich diese Frage nicht zum letzten Mal gestellt haben würde. Suche ich in meinem Alter plötzlich nach einer Vaterfigur? Nein. Das ist Unfug. Es muss etwas anderes sein.

Jetzt sah sein alter Herr sich im Wohnzimmer um und betrachtete das Plüschsofa und die Sessel, die fast sechstausend Dollar gekostet hatten, die leeren Wände, an denen Francies Bilder gehangen hatten, und den riesigen Fernseher in der

Ecke mit dem DVD-Player. »Sieht so aus, als hättest du es weit gebracht«, bemerkte er.

»Ja. Ich bin ganz zufrieden. Möchtest du irgendetwas? Einen Drink oder etwas zu essen?«

»Nein«, sagte sein Vater. »Essen gibt es für gewöhnlich um sechs. Vorher habe ich nie Hunger. Irgendwie gewöhnt man sich daran, nach so einem Zeitplan zu leben.«

»Hm, dann setz dich doch. Wenn du willst.«

Der alte Mann nahm zaghaft auf dem Sofa Platz und ließ sich dann hineinfallen, mit einem Ausdruck purer Erleichterung auf dem Gesicht. »Ach«, sagte er. »Das Weichste, worauf ich seit Jahren gesessen habe. Darf ich darauf schlafen?«

»Wenn du willst«, sagte Colt.

Michael kam aus dem Bad. Colt schob die Hand in seine Tasche und fischte ein Bündel Geldscheine heraus.

»Hier«, sagte er und gab sie Michael. »Nimm das und hol uns ein paar Sandwiches. Und vielleicht etwas Bier. Möchtest du ein Bier?« Diese Frage hatte er an seinen Vater gerichtet, der den Kopf schüttelte.

»Ich darf nichts trinken«, sagte er. »Medikamente.«

»Hol ein Sechserpack von irgendeiner guten Marke«, sagte Colt zu Michael.

»Geht klar«, erwiderte Michael. »Welche Sandwiches soll ich holen?«

»Mir egal. Rauchfleisch. Magst du Rauchfleisch?« Auch diese Frage hatte er an seinen Vater gerichtet, immer noch unsicher, wie er ihn nennen sollte.

»Klar doch«, sagte sein Vater. »Nehme ich jedenfalls an. Ist eine ganze Weile her. Ich erinnere mich beinahe nicht mehr daran, ob ich es mag oder nicht.«

»Hol uns ein paar Rauchfleischsandwiches. Und Bier. Und Chips.«

»Welche Art Chips?«

»Egal. Irgendwelche.«

»Alles klar«, sagte Michael. »Ich bin bald wieder zurück.«

»Mach nicht so lange. Ich habe Hunger«, erwiderte Colt. Er sah auf seine Armbanduhr und stellte fest, dass es halb sechs war. »Du hast vor sechs nie Hunger?«, fragte er seinen Vater.

»Funktioniert wie ein Uhrwerk«, antwortete Nova.

»Bis dahin bin ich zurück«, erklärte Michael. Er steckte das Geld ein und verschwand. Colt schloss die Tür hinter ihm ab. Dann setzte er sich in einen der Sessel.

Ein paar Sekunden lang saßen sie schweigend da, und die einzigen Geräusche waren die der Stadt draußen. Schließlich sagte sein Vater: »Ich war ganz schön überrascht, dich da oben zu sehen.«

Colt schnaubte. »Ja«, antwortete er. »Da wären wir schon zu zweit.«

Der alte Mann wirkte verwirrt. Er legte den Kopf schräg, bat aber nicht um Erklärung.

»Was ich meine, ist, dass ich eigentlich gar nicht vorhatte zu kommen«, erklärte Colt. »Es war eine plötzliche Eingebung.«

»Oh«, sagte sein Vater. »Eine plötzliche Eingebung.«

»Ja.«

»Verstehe.« Er nickte.

»Du kannst diese Tüte jetzt abstellen, wenn du willst«, sagte Colt. »Keiner wird sie dir wegnehmen.«

Der alte Mann blickte auf die Tüte in seinen Armen hinab. »Ach ja«, sagte er. »Dieses Zeug. Das kann alles in den Müll. Es sind nur alte Kleider.«

»Hattest du denn keine Bücher oder sonst irgendetwas?«

»Nein. Man hat uns nicht erlaubt, viel zu haben.«

»Klar.«

Nova stellte die Plastiktüte neben sich auf den Fußboden. »Irgendwie gewöhnt man sich da drinnen daran festzuhalten, was immer man hat«, erklärte er. »Selbst wenn es nicht viel ist.«

»Dann wirst du also neue Kleidung brauchen«, erwiderte Colt.

»Ich schätze, so wird es sein. Früher oder später. Die Sachen, die ich anhabe, sind ziemlich neu. Wenn man Staatsgast ist, wird man jedes Jahr neu eingekleidet. Ist immer eine ziemlich große Sache, wenn das passiert. Etwas, worauf man sich freuen kann.«

Die beiden Männer saßen da, ohne einander wirklich anzusehen. Colt begann, mit dem Fuß auf den Boden zu klopfen, und musste sich dann zwingen innezuhalten.

»Ich war wirklich überrascht, dich zu sehen«, wiederholte sein Vater.

»Ja. Wie ich schon sagte, eine spontane Entscheidung.«

»Du hast mich vorher nie besucht. Nicht, dass ich dir einen Vorwurf deswegen mache ...«

Colt antwortete nicht auf diese Bemerkung. Stattdessen griff er lässig nach der Fernbedienung und schaltete MSNBC im Fernseher ein, allerdings ohne Ton. Instinktiv verfolgte er den am unteren Bildschirmrand eingeblendeten, durchlaufenden Börsenticker und schüttelte bestürzt den Kopf.

»Sieht schlecht aus für Tech«, sagte er. »Da werde ich wohl aussteigen müssen.«

»Der Aktienmarkt«, meinte Nova. »Da habe ich nie viel von verstanden.«

»Die Blase ist zu groß geworden und wird bald platzen«, sagte Colt. »Das ist alles. Einfach zu groß. Und wenn es kracht, werden eine ganze Menge Leute jaulen.«

»Verdienst du viel Geld mit deiner Arbeit?«

Colt fand die Direktheit der Frage erheiternd, und einen Moment lang grübelte er über die Motive dahinter nach – aber der alte Mann wirkte einfach neugierig. »Ja«, sagte er. »Tue ich.«

»Schön. Ich wusste immer, dass du es zu etwas bringen würdest.«

»Hm, das hast du schon mal gesagt«, erwiderte Colt. »Allerdings frage ich mich, wie du das wissen konntest.«

Sein Vater sah ihn an, und Colt befiel eine Ahnung, dass er vielleicht in fünfundzwanzig oder dreißig Jahren genauso triefäugig aussehen mochte wie er. Der Gedanke bereitete ihm Schwindelgefühle, und er kämpfte gegen den Schauder an, der ihm über den Rücken lief.

»Keine Ahnung«, antwortete sein Vater leise. »Du warst immer so selbstständig.«

»Hm, na ja. Musste ich wohl. Sonst wäre ich verhungert.«

Nova rutschte auf dem Sofa hin und her und prüfte geistesabwesend mit den Händen die Federung.

»Ach, Colt«, sagte er. Er schüttelte den Kopf. »Du kannst dir nicht vorstellen, wie oft ich mir gewünscht habe, ich hätte die Dinge anders angefasst.«

»Ja«, sagte Colt erbittert. »Und du kannst dir nicht vorstellen, wie oft ich mir gewünscht habe, du hättest es getan.«

Endlich war es heraus, und er verspürte ein Gefühl der Erleichterung, als hätte er soeben zehn Pfund abgenommen. Sein Vater blickte wieder auf seine Füße und rutschte unbehaglich auf dem Sofa hin und her.

»Ich danke dir«, sagte er, »dass du mich da rausgeholt hast.«

»Du wärst ohnehin bald rausgekommen. Es klang so, als hätten sie dich auf jeden Fall gehen lassen.«

»Ja. Einen alten Mann wie mich. Es gibt keinen Grund, mich noch länger dazubehalten. Ich schätze, ich bin zu alt dafür, irgendjemandem gefährlich zu werden. Jetzt bin ich nur noch eine Belastung für den Staat. Ich – ich wollte einfach, dass du es weißt. Ich mache dir keine Vorwürfe, weil du mich nicht besucht hast. Oder weil du nicht zur Verhandlung gekommen bist. Oder für irgendetwas sonst.«

»Ja, hm, gut«, erwiderte Colt. »Willst du hören, wofür ich dir Vorwürfe mache?«

Der alte Mann mied seinen Blick.

»Okay«, sagte er streitlustig.

»Ich musste Mom identifizieren«, sagte Colt. »Die nach einer Überdosis in einer kleiner Nebenstraße gestorben ist. Und sie hat zwei Wochen lang dort gelegen. Dafür mache ich dir Vorwürfe.«

»Colt, du musst verstehen. Wir hatten uns getrennt. Ich habe sie nicht mehr gesehen, seit ... ich weiß nicht, seit wann. Seit ein paar Jahren. Als sie starb, war ich in Mexiko, Coltie. Ich wusste nicht einmal, dass sie tot war. Hat es ... hat es eine Beerdigung gegeben?«

»Ja, irgendwie schon«, antwortete Colt. »Einen Gottesdienst. Ich und etwa fünf andere, von denen einer ein Priester oder so etwas war. Die anderen kannte ich nicht. Sie haben versucht, mit mir zu reden, aber ich wollte nicht mit ihnen reden. Sie sahen aus wie ... Junkies, nehme ich an. Verlierer. Ich wollte nichts mit ihnen zu tun haben.«

»Es können niemals Junkies gewesen«, meinte Nova. »Junkies haben immer Besseres zu tun, als zu Beerdigungen zu gehen. Das müssen andere gewesen sein.«

»Nun ja, es ist auch egal, wer sie waren. Alte Hippiefreunde von dir. Ich habe mich gefragt, wo du warst. Was zum Teufel hast du in Mexiko gemacht?«

»Billiges schwarzes Heroin. Am Strand.«

»Ist das das Zeug, das du über die Grenze zu schmuggeln versucht hast, als du verhaftest wurdest?«

Sein Vater nickte.

»Nun ja«, sagte Colt, »du willst wissen, was ich denke? Ich denke, es geschieht dir recht, weil du so ein dämliches Arschloch gewesen bist.«

Nova lachte leise und nickte einmal mehr. Diese Nickerei nervte langsam, dachte Colt.

»Oh, du findest das witzig?«, sagte Colt.

»Nein, ich …«

»Du findest es witzig, dass ich mein Zuhause verlassen musste, als ich noch zur Highschool ging, weil meine Eltern mir dauernd mein Essensgeld gestohlen haben, um sich zuzudröhnen? Oder vielleicht, dass ich meine eigenen Eltern so sehr hasste, dass ich sie nie wiedersehen wollte? Du findest das witzig?«

»Nein, nein. Ich habe nicht gelacht, weil es witzig war.«

»Warum dann?«, verlangte Colt zu erfahren.

»Weil es gut ist«, sagte Nova. »Es ist gut, dass du mir sagst, wie es ist. Erzähl mir alles, mein Sohn. Ich muss es hören. Für mich ist ohnehin fast alles vorbei. Mir bleibt nicht mehr viel Zeit. Irgendwie dachte ich, dass ich mein Leben im Gefängnis beschließen würde, und jetzt bin ich hier, in einem Luxusappartement mitten in New York.« Er schüttelte den Kopf. »Ich sag dir was«, fuhr er fort. »Mein Leben war voller seltsamer Überraschungen, so viel steht fest.«

»Ja«, sagte Colt. »Erzähl mir davon.«

»Warum bist du überhaupt hergekommen und hast mich rausgeholt?«

Colt fuhr sich mit der Hand durchs Haar und seufzte. »Es ist komisch«, sagte er. »Ein Teil von mir weiß es wirklich nicht. Und ein Teil von mir weiß es durchaus. Ich hatte diesen Autounfall, von dem ich dir erzählt habe. Und ich denke, dass ich um ein Haar dabei draufgegangen wäre. Ich ... ich hatte immer wieder diese Träume, aber es waren keine Träume. Es ging darum, dass ich ... verurteilt wurde. Nehme ich an. Und man wollte eine Anklageliste gegen mich verlesen. Nur ... ich wusste, dass es keine Verbrechen im engeren Sinne waren.«

Sein Vater nickte, als sei das genau die Art von Gespräch, die er jeden Tag führte. »Hm hm«, sagte er. »Was für Anklagen waren es dann?«

»Dinge, die ich bedaure«, antwortete Colt.

»Oh. Es gibt also Dinge, die du bedauerst.«

»Ja. Und da war noch etwas anderes.«

Nova blickte erwartungsvoll zu ihm auf.

»Ich, ähm ... ich habe im Kopf immer wieder deine Stimme gehört«, sagte Colt. »Als würdest du alles beobachten, was ich tat, und ein Urteil darüber sprechen. Als würdest du bewerten, ob es gut war oder schlecht.« Er lachte beinahe. »Es hat mich schier in den Wahnsinn getrieben. Ich habe alles versucht, um dem ein Ende zu machen, aber nichts hat funktioniert. Nicht einmal laute Musik oder Alkohol. Dadurch ist es nur schlimmer geworden. Also dachte ich ... ich weiß nicht. Wahrscheinlich hatte ich es einfach satt, davor wegzulaufen. Ich wollte herausfinden, ob es wirklich deine Stimme war, oder ob es nur etwas war, das ich erfunden hatte. Und jetzt ...«

Sein Vater sah ihn offen an, offen, neugierig, interessiert.

»Ja?«, fragte er. »Und was war es?«

»Keine Ahnung«, antwortete Colt.

Sein Vater blickte schüchtern auf seine Hände hinab.

»Komisch ist das schon«, sagte er. »Ich habe immer so getan, als unterhielte ich mich mit dir. Ich meine, in meinem Kopf.«

»Wirklich?«

Der alte Mann nickte. »Irgendwie musste ich dich am Leben erhalten«, sagte er. »Du warst alles, was ich noch hatte. Obwohl ich dich nicht verdient hatte. Versteh mich nicht falsch, Coltie, ich weiß, dass ich dich nicht verdiene. Ich habe dich nie verdient. Du warst ein Unfall, wusstest du das?«

Colt schloss die Augen und wandte den Kopf ab. Die Worte seines Vaters taten ihm körperlich weh.

»Nun ja, mehr oder weniger hatte ich es wohl vermutet«, sagte er.

»Wir hatten nie geplant, dich zu bekommen. Ich weiß, es ist wahrscheinlich nicht leicht, so etwas zu hören. Vielleicht sollte ich es dir nicht erzählen. Aber ich habe einen Grund, warum ich möchte, dass du es weißt. Denn später, nachdem du fort warst, wurde mir klar, was für ein Glück es war, dich überhaupt gehabt zu haben. Da war es allerdings schon zu spät. Ich habe ständig mit dir geredet, und ich habe so getan, als hörtest du zu. Ich wusste nicht einmal mehr, wie du aussahst. Ich wusste nicht einmal, ob ich dich erkennen würde, wenn ich dich wiedersähe. Aber als ich dich heute gesehen habe, wusste ich sofort, dass du es bist.«

Colt sah ihn verwundert an und hörte weiter zu.

»Manchmal«, fuhr sein Vater fort, »war ich mir nicht mehr sicher, ob es dich je gegeben hat. Ich war mir nicht sicher, ob du je wirklich da gewesen bist. Wenn man so lange eingesperrt ist, kommt es einem so vor, als wäre man niemals irgendwo anders gewesen, verstehst du?«

Er schüttelte den Kopf. »Nein, natürlich verstehst du das nicht. Du bist nie eingesperrt gewesen. Aber was ich meine, ist … ich habe gehofft, dass du wirklich da warst. Dass ich dich nicht nur erträumt habe. Und dass immer noch eine Verbindung zwischen uns bestand. Irgendwie. Nur eine winzig kleine Verbindung. Und … vielleicht …«

In diesem Augenblick wurde die Tür geöffnet, und Michael kam mit zwei braunen Papiertüten herein. Er stellte die Tüten auf den Fußboden, und nachdem er die Tür wieder abgeschlossen hatte, griff er in eine davon und förderte ein in weißes Papier gewickeltes Sandwich zu Tage. Er reichte es Nova Hart und gab das nächste dann Colt.

»Es gab nur geräucherte Putenbrust«, erklärte er. »Ich hoffe, das geht in Ordnung.«

Colt wartete ab, ob sein Vater seinen Satz zu Ende sprechen würde, aber jetzt wurde dessen Aufmerksamkeit zur Gänze von dem Sandwich in Anspruch genommen. Er beobachtete, wie sein Vater das Papier abstreifte, um ein längliches, in der Mitte durchgeschnittenes Baguette freizulegen, aus dessen Seiten Salatblätter, Tomaten und in Scheiben geschnittene Putenbrust quollen. Nova zupfte eine Tomate aus dem Sandwich und betrachtete sie wie ein Liebender; dann schob er sie sich in den Mund, zerkaute sie langsam und schloss dabei verzückt die Augen. Zweifelsohne würde er seinen Satz nicht beenden, bevor das Sandwich verzehrt war. Wahrscheinlich war es das Beste, was sein Vater seit fünfzehn Jahren gegessen hatte, dachte Colt. Colt packte sein eigenes Sandwich aus, führte es zum Mund und biss hinein.

»Ja, geräucherte Putenbrust ist in Ordnung.«

KAPITEL 33

Vorbereitungen

In den Tagen nach ihrem pflichtschuldigen Auftritt an Colts Krankenbett hatte Francie sich damit beschäftigt, Adencourt auf Vordermann zu bringen. Nicht das *ganze* Haus – diese Aufgabe wäre bei weitem zu groß gewesen. Stattdessen konzentrierte sie sich auf die Teile, in denen sie den größten Teil ihrer Zeit verbringen würde: das Schlafzimmer, die Küche, das Wohnzimmer und den eichenvertäfelten kleinen Raum, den sie zu ihrem Büro machen wollte. Nein, kein Büro: Colt hatte ein Büro. Sie würde ein Schreibzimmer haben. Von allen Räumen im Haus war dies der beste, um darin zu arbeiten. In der Ostwand gab es ein großes, bodentiefes Fenster mit Blick über das ganze Grundstück. Von dort konnte sie die Scheune sehen, deren Rückgrat wie unter einer ungeheuren Last gebrochen war, und die beschnittenen Apfelbäume, die – sofern sie überhaupt noch blühten – im Frühling einen Teil der Aussicht ausmachen würden. Und den Erdhügel, der die Stelle markierte, an der früher der Friedhof gewesen war, konnte sie gerade noch sehen.

Sie ging in einen Antiquitätenladen in der Stadt und erstand einen gebrauchten Zeichentisch, den der Verkäufer ihr freundlicherweise nach Hause lieferte, da der Tisch schwerer war als sie selbst. Jetzt konnte sie nach Lust und Laune ihre Papiere und ihre Bücher darauf ausbreiten, wenn sie sie endlich aus New York hergeholt hatte; und sie konnte sich mit den Ellbogen aufstützen und in den Garten hinausblicken, in einem endlosen Tagtraum, der ihren Geist beruhigen und auf die vor ihr liegende Arbeit ausrichten würde.

Sie spürte deutlich, dass es immer noch einige Hindernisse zu überwinden gab, die ihrer Kreativität im Weg standen. Zuerst einmal war da die schreckliche Wunde in der Erde, wo die Musgroves gelegen hatten – sie würde sie bald zuschütten lassen müssen, denn ihr Anblick war zu schmerzlich. Zum zweiten, und das war noch wichtiger, war da die Tatsache, dass sie noch immer keine gute Idee für ein Gedicht hatte. Sie hatte natürlich viele Ideen, aber keine davon entsprach den Ideen, die sie früher gehabt hatte, vor Jahren. Im Moment begnügte sie sich damit, wehmütig ihren Geist zu durchforsten, den Verlust des Lichtes zu beklagen, das sie einst durchflutet hatte, und für dessen Rückkehr zu beten.

Ihre dritte Sorge war eher materieller Art: nämlich der Umstand, dass sie kein Geld hatte. Während ihrer Ehe hatte sie ihr Geld immer von Colt bekommen und sich niemals Gedanken um ihre eigenen Ersparnisse gemacht; jetzt begriff sie, was für ein Fehler das gewesen war. Colt hatte ihr in ihrem ersten gemeinsamen Jahr ein Haushaltskonto eingerichtet, monatlich eine Menge Geld darauf überwiesen. Von diesem Konto hatte sie das Geld abgehoben und damit ihre Rechnungen bezahlt und sich alles gekauft, was ihr gefiel: gewöhnlich Bücher oder Antiquitäten, manchmal Kleidung. Aus Kleidern hatte sie sich jedoch nie allzu viel gemacht. Wenn sie Freundinnen gehabt hätte, mit denen sie hätte durch die Stadt ziehen können, hätte sie vielleicht mehr eingekauft, aber als sie jetzt auf das letzte Jahrzehnt ihres Lebens in der Stadt zurückblickte, musste sie feststellen, dass sie keinen Freundeskreis gehabt hatte – einmal abgesehen von Walter, dem Buchhändler, den sie aber auch seit Monaten nicht mehr gesehen hatte. Auch das, dachte sie, muss eine der Nebenwirkungen von Benedor gewesen sein. Sie hatte den größten Teil ihrer Zeit allein zugebracht, mit Lesen, Spazierengehen und Kinobesuchen. Das war alles gewesen. Es war eine lange, dürre Zeit für sie gewesen, eine Dürreperiode, die sich über zehn Jahre erstreckt hatte. Jetzt aber neigte sich diese Phase ihrem Ende zu, und obwohl es draußen Winter war, konnte sie so etwas wie einen warmen Frühlingsregen spüren, der sie gleichermaßen durchnässte und erweckte.

Und das war wirklich gut, änderte jedoch nichts an der Tatsache, dass sie schlicht und einfach pleite war. Auf ihrem Konto hatte sie höchstens noch ein paar tausend Dollar. Es schmerzte Francie, dass sie selbst nach dem Zerbrechen ihrer Ehe noch von Colt abhängig sein würde. Sogar ihren neuen Schreibtisch hatte sie mit einer der Kreditkarten bezahlt, die zwar auf ihren Namen lauteten, aber Colts Konto belasteten, und es war nur eine Frage der Zeit, wann die Karte eingezogen wurde. Ein Teil von ihr fürchtete diesen Augenblick, während ein anderer Teil ihn willkommen hieß, damit sie endlich von Colt freikam. Wieder ein anderer Teil flüsterte ihr jedoch zu, dass sie sich auf seine Kosten eine grandiose Einkaufsorgie leisten sollte, ein letztes Aufbäumen, bevor das Seil durchtrennt wurde. Aber da sie schon während ihrer Ehe zum Geldausgeben keine Lust gehabt hatte, konnte sie jetzt schwerlich damit anfangen, nur weil sie sich scheiden ließ. Sie würde einfach eine Möglichkeit finden müssen, allein zurechtzukommen. Und solange dieses Haus weiterhin ihr gehörte, wusste sie, dass sie die Kraft dazu aufbringen konnte. Sie hatte endlich jene unerschütterliche Stärke entwickelt, die daher rührte, dass sie ihren eigenen Platz auf der Welt eingenommen hatte.

Während der Zeit, in der sie putzte, organisierte und sich häuslich einrichtete, hörte Francie nichts von Colt selbst – aber sie bekam einen Anruf von seinem Anwalt, einem gewissen Mr Gibbons, der mit dem Papierkram für die Scheidung begonnen hatte und der sie anrief, um ihr mitzuteilen, dass sie sich so bald wie möglich einen eigenen Anwalt nehmen solle. Aber die Formalitäten der Scheidung selbst interessierten sie nicht im Mindesten. Die Angelegenheit kümmerte sie so wenig, als ob sie einem anderen widerfuhr, jemandem auf der anderen Seite der Welt. Abgesehen von der Frage, wie sie überleben sollte, hatte sie nur eine echte Sorge: dass man ihr gestattete, Adencourt zu behalten.

Mr Gibbons, der für einen Rechtsanwalt einen recht freundlichen Eindruck machte, erklärte, dass er seinen »Mandanten« von ihrem Wunsch in Kenntnis setzen werde, die Dinge so schnell und so glatt wie möglich abzuwickeln. Ebenso werde er Colt mitteilen, dass sie »den Besitz in Pennsylvania« behalten wollte.

»Können wir uns nicht einfach scheiden lassen?«, fragte Francie Mr Gibbons. »Ich meine, nichts für ungut, aber müssen wir da wirklich Rechtsanwälte mit reinziehen?«

»Das liegt im Grunde bei Ihnen«, sagte Mr Gibbons. »Wenn Sie die Scheidung anfechten wollen oder wenn Sie eine Forderung haben, dann ist es die Aufgabe von Rechtsanwälten, das alles zu regeln. Ich weiß, dass es meinem Mandanten äußerst wichtig ist, dass die Dinge glatt über die Bühne gehen.«

»Ich war fast zehn Jahre lang mit Ihrem Mandanten verheiratet«, sagte Francie. »Ihr Mandant ist ein Arschloch.«

Es klopfte an der Tür, und Francie unterbrach Mr Gibbons mitten in seiner Antwort, indem sie aufstand. Als sie die Tür öffnete, stand Jennifer Flebberman vor ihr, die über ihrem Hauskleid ein Kapuzensweatshirt trug und viel zu große Arbeitsstiefel, die ihr knapp über die stoppeligen Knöchel reichten. Ihre Lippen waren blau, und sie klapperte mit den Zähnen.

»Um Himmels willen«, sagte sie. »Mrs Flebberman! Was machen Sie denn bei diesem Wetter hier draußen, ohne Mantel? Kommen Sie schnell rein!«

»Ich bin nur … den Hügel hinuntergekommen«, keuchte Jennifer Flebberman. »Wie kalt es draußen war, habe ich erst auf halbem Weg gemerkt.«

Francie hatte inzwischen noch mehrere Bündel Holzscheite im Keller gefunden und damit im Kamin Feuer gemacht. Jetzt führte sie Jennifer Flebberman ins Wohnzimmer, zog den Ohrensessel näher an den Kamin und nötigte die Frau, sich hinzusetzen.

»Wo sind Ihre Kinder?«, fragte sie.

»Melia hütet sie«, antwortete Jennifer. »Ich habe nur wenig Zeit.«

»Kann ich irgendetwas für Sie tun?«

»Oh, ich …« Jennifer brach ab. »Ich weiß einfach nicht …« Die Frau, deren Haar langsam grau wurde, geriet abermals ins Stocken und begann, heftig zu schluchzen. Sie beugte sich vor, schlug die Hände vors Gesicht und weinte so sehr, dass sie nicht mehr sprechen konnte. Francie legte ihr eine Hand auf die knochige Schulter und versuchte, sie zu trösten, aber die andere Frau konnte nicht aufhören zu weinen und rang wiederholt vergeblich um ihre Fassung. Als der größte Teil ihrer Tränen vergossen war und sie wieder sprechen konnte, sagte sie: »Ich musste einfach mit Ihnen reden. Ich weiß nicht, mit wem ich sonst reden soll!«

»Ich verstehe«, sagte Francie.

»Ich weiß nicht, was wir tun sollen! Meine Kinder brauchen ihren Dad! Ich – ich kann einfach nicht glauben, dass Fleb so etwas tut und uns im Stich lässt. Ich dachte … ich weiß nicht. Ich dachte, wenn ich herkomme und mit Ihnen spreche, dann würden Sie vielleicht … dann könnten wir ein paar Sachen klären.«

»Was genau ist denn eigentlich passiert?«, fragte Francie. »Wie schlimm ist denn seine Situation?«

»Sehr schlimm. Furchtbar schlimm. Entführung. Mit einer tödlichen Waffe. Über Staatsgrenzen. Alles Mögliche. Sie reden über ihm, als wäre er ein Mörder, obwohl er das gar nicht ist! Er ist der freundlichste, liebste Mensch, den ich je gekannt habe, und wenn wir ihn nicht zurückbekommen, werden wir nicht durchkommen! Wir würden umziehen müssen und das Haus verlieren, und ich weiß nicht, was aus den Kindern werden soll!«

»Ich versichere Ihnen mein ehrliches Mitgefühl«, sagte Francie. »Wenn Sie mich fragen, hat mein Mann bekommen, was er verdiente. Und ich mache Randy nicht den geringsten Vorwurf aus dem, was er getan hat.«

Jennifer sah sie mit großen, feuchten Augen an. Sie wischte sich mit dem Ärmel über die Nase und versuchte, ihren Tränen Einhalt zu gebieten.

»Ich schäme mich, Sie das zu fragen«, sagte sie. »Aber ich arbeite nicht, und wir haben kaum etwas auf der hohen Kante. Und es gibt nicht viele Leute, die wir um Hilfe bitten können. Ich dachte … oh, ich finde es schrecklich, Sie darum zu bitten, wo ich Sie doch kaum kenne … aber Ihr Mann hat so einen guten Job, und …« Ihre Stimme verlor sich, und sie wirkte beschämt und hoffnungslos zugleich. Francie nickte.

»Sie brauchen Geld«, sagte sie. »Ist es das?«

»Ja«, antwortete Jennifer Flebberman. »Bitte, es tut mir Leid. Es tut mir wirklich Leid. Aber ich weiß nicht, was ich sonst tun soll.«

Francie seufzte. »Es fällt mir nicht leicht, Ihnen das zu sagen, aber mein Mann und ich lassen uns scheiden«, erwiderte sie. »Und ich besitze selbst keine großen Ersparnisse. Sie und ich, wir sitzen im gleichen Boot, Mrs Flebberman.«

»Sie könne mich Jenny nennen«, sagte Jenny.

»Jenny. Mein Mann und ich verstehen uns im Moment nicht besonders gut. Also wird er mir wohl kaum irgendetwas geben, auch wenn ich ihn darum bitte. Ich habe ein wenig eigenes Geld, davon könnte ich Ihnen etwas abgeben. Wären ... wären tausend genug?«

Jenny Flebberman nickte. »Damit könnten wir uns zwei Monate über Wasser halten«, sagte sie. »Wenn wir sparsam sind.«

»Und ich habe noch eine Idee«, erklärte Francie. »Ihr Mann hat auf dem Dachboden ein paar Kartons mit Comic-Heften zurückgelassen. Sie stehen schon seit Jahren hier. Ich hatte ihm gegenüber bereits erwähnt, dass ich die Comics vielleicht mal mit in die Stadt nehmen und sie einem Freund zeigen könnte. Einige der Hefte könnten inzwischen Sammlerstücke sein.«

»Wirklich?«, fragte Jennifer Flebberman. Sie hatte sich inzwischen beruhigt und sah Francie neugierig an. »Meinen Sie?«

»Die Comics sind bestimmt keine Millionen wert, nicht mal annähernd. Aber es sind ziemlich viele Hefte. Sie könnten durchaus ein paar Hundert Dollar einbringen und dann ... nun, vielleicht hat sich die Situation bis dahin geändert.« Francie schmiedete insgeheim bereits Pläne, was sie tun würde, um Colt dazu zu bringen, die Anzeige gegen Randy Flebberman zurückzuziehen oder zumindest abzuschwächen; wenn es notwendig werden sollte, gegen Colt auszusagen, um zu beweisen, dass er nur seine gerechte Strafe bekommen hatte, dachte sie, dann würde sie das mit Freuden tun. Oh, dann stutzte sie kurz, denn ihr war noch etwas eingefallen; Ehegatten durften nicht gegeneinander aussagen. Oder war es so, dass sie nicht *füreinander* aussagen durften? Sie konnte sich nicht erinnern. Sie hatte wohl nicht genug ferngesehen. Verdammt, dachte sie. Je weniger ich weiß, umso dringender brauche ich am Ende doch noch einen Rechtsanwalt.

»Ich fahre morgen in die Stadt«, sagte Francie. »Gleich in aller Frühe. Sobald ich mit Walter gesprochen und mir ein Bild gemacht habe, wie viel die Comics wert sein könnten, melde ich mich wieder bei Ihnen. Und ich werde versuchen, mit meinem Mann zu sprechen. Beziehungsweise meinem Exmann.«

»Ich weiß nicht, wie ich Ihnen danken soll«, ließ sich Jennifer Flebberman vernehmen.

»Wir sind doch Nachbarn, nicht wahr?«, sagte Francie. »Wir müssen einander helfen.«

KAPITEL 34

Noch einmal in der Wohnung

Da Francie ohnehin in die Stadt fuhr, beschloss sie, bei der Gelegenheit auch kurz in der Wohnung vorbeizuschauen und ihre Sachen aus dem Wandschrank zu holen. Insbesondere ihre alten Unterlagen vom College, eine beträchtliche Anzahl mit Lesezeichen und Unterstreichungen versehener Gedichtbände und die zehn vergilbten Ausgaben von *Poems from My Sinister Hand.* Von all ihren Besitztümern waren dies die einzigen, die zu verlieren sie wirklich bedauert hätte, wenn Colt auf die Idee gekommen wäre, sie wegzuwerfen. Sie wollte ihn nicht sehen; es genügte ihr vollauf, über Mr Gibbons mit ihm Kontakt zu halten. Aber sie hatte noch immer einen Schlüssel für die Wohnung, und wie sie ihn kannte, hatte er sicher so schnell wie möglich wieder zu arbeiten begonnen. Er würde sich von so etwas Nebensächlichem wie einem gebrochenen Arm nicht davon abhalten lassen, Geld zu verdienen. Nicht der Colt, den sie kannte.

Sie belud ihren Wagen mit Flebbermans Comic-Heften und fuhr in die Stadt – sie war zuversichtlich, genau den richtigen Zeitpunkt gewählt zu haben, um Colt auf keinen Fall zu begegnen. Sozusagen in geheimer Mission – er würde nie erfahren, dass sie da gewesen war. Inzwischen beherrschte sie die Eigenarten des Getriebes ihres Wagens, und als sie durch den Holland-Tunnel tuckerte, musste sie über sich selbst lachen – bei ihrer letzten Fahrt unter dem Fluss hindurch war sie noch ein anderer Mensch gewesen, der ein anderes Leben geführt hatte. Nie hätte sie gedacht, einmal in Flanellbluse und Jeans, die bereits zum Markenzeichen ihrer neuen Identität geworden waren, einen mit Comics beladenen Pickup zu lenken.

Als sie die Wohnung erreicht hatte, musste sie verwirrt feststellen, dass Colt die Schlösser hatte auswechseln lassen. Sie brauchte mehrere Versuche, um dahinter zu kommen; zunächst glaubte sie, dass der Schlüssel einfach im Schloss klemmte, aber wie sehr sie auch damit herumhantierte, die Tür ließ sich nicht öffnen. Francie fluchte. Er hatte sich also nicht verändert. Seine Bemühungen, ihr das Leben schwer zu machen, waren lediglich subtiler geworden, das war alles. Verzweifelt hämmerte sie an die Tür.

»Mistkerl!«, rief sie. »Du Arschloch! Was mache ich denn *jetzt*?«

Aber zu ihrer großen Überraschung klickte das Schloss, und die Tür wurde geöffnet.

»Francie?«, erklang eine leise Stimme – nicht Colts Stimme.

»*Michael?*«, fragte Francie.

Michael hatte sich hinter der Tür versteckt und lugte jetzt furchtsam dahinter hervor.

»Bist du … hallo«, sagte er. »Bist du noch böse auf mich?«

Francie konnte ihren Augen nicht trauen. »Oh mein Gott, Mikey«, sagte sie. »Ich dachte, du wärest nach Denver gefahren.«

Michael zog die Tür jetzt weiter auf und grinste sie töricht an. »Nein«, sagte er. »Ich bin stattdessen hierher gekommen.«

»Was um alles in der Welt *machst* du hier?«

»Ich habe mir das ganze – das ganze *Zeug* vom Hals geschafft«, erklärte er und lugte ins Treppenhaus, um sicherzugehen, dass niemand lauschte. »Genau, wie du es von mir wolltest. Und ich habe Colt geholfen. Er hat mir einen Job gegeben.«

»Du hast einen *Job?*«

»Ja, ich bin sein Assistent. Willst du reinkommen?«

Francie trat ein, und Michael schloss die Tür hinter ihr. Sie starrte ihn noch einen Moment lang, als sei sie immer noch außer Stande, ihren Augen zu trauen. »Oh, Michael, du kleiner Spinner«, sagte sie und streckte die Arme aus. Dankbar sank er an ihre Brust und drückte sie an sich. »Ich freue mich so, dich zu sehen.«

»Du bist nicht mehr böse auf mich?«, fragte er hoffnungsvoll.

»Die Sache tut mir wirklich Leid«, sagte sie und küsste ihn aufs Ohr. »Ich war nur …«

»Ich weiß«, antwortete Michael. »Ich habe mich ausgesprochen blöd benommen. Und es tut mir Leid. Ich habe meine

Lektion gelernt, glaub mir. Ich werde in Zukunft keine Botengänge mehr für Freunde machen.«

»Oder Mädchen auf Parkplätzen auflesen?«

»Das auch nicht.«

»Wo ist Colt? Der Bastard hat einfach die Schlösser auswechseln lassen.«

»Das musste er«, sagte Michael. »Flebberman hatte seine Schlüssel weggeworfen.«

»Wirklich?«

»Ja. Er hat es nicht deinetwegen machen lassen. Er hätte sonst die Tür nicht mehr abschließen können.«

»Oh.« Nachdem ihre Wut verraucht war, kam Francie sich ein wenig töricht vor. »Hm, wo steckt er denn eigentlich? Ich hoffe, er ist nicht hier.«

»Er ist mit seinem Vater Kleidung kaufen gegangen«, erklärte Michael.

Francie legte den Kopf schief und starrte ihn an; sie war sich nicht sicher, ob sie richtig gehört hatte.

»Was hast du gesagt?«, fragte sie. »Er kauft Kleidung ein? Mit seinem …«

»Vater«, beendete Michael ihren Satz. »Wir haben ihn aus dem Gefängnis geholt.«

Francie schüttelte den Kopf, als habe sie Wasser in den Ohren. »Ihr habt Colts Vater aus …«

»Ja. Seine Strafe ist zur Bewährung ausgesetzt worden. Colt hat für ihn gebürgt, und sie haben ihn vorzeitig entlassen.«

»Mikey, du scheinst da etwas zu verwechseln«, sagte Francie. »Colts Vater ist tot.«

»Oh, klar«, erwiderte Michael. »Scheiße, vielleicht sollte er dir das alles lieber selbst erzählen. Na ja, jetzt ist es zu spät. Sein Vater war nicht tot. Er war im Gefängnis.«

Francie setzte sich auf das Sofa. »Gütiger Gott«, sagte sie benommen. »Was denn noch alles?« Michael zuckte die Achseln. »Keine Ahnung«, sagte er. »Das ist alles, was ich weiß. Hör mal, Francie, wenn du ihn kennen lernst, dann tu überrascht, okay?«

»Michael, ich werde keine Überraschung heucheln müssen. Das kann ich dir versprechen.«

»Ich freue mich wirklich, dich wiederzusehen«, sagte er. »Ich hatte irgendwie Angst, dass du mich vielleicht nie wieder sehen wolltest. Nach dem ganzen …«

»Natürlich wollte ich dich wiedersehen«, widersprach Francie. »Ich kann dir nicht erklären, was ich durchgemacht habe, Mikey, es ist nur …«

»Ich weiß. Es war dieser verrückte Supermarkt, stimmt's?«, fragte Michael.

Francie lachte. »Ich habe dir doch erklärt, dass der Supermarkt nichts damit zu tun hatte. Ich habe etwas ziemlich Heftiges durchgemacht, Mikey. Etwas ausgesprochen Heftiges. Und jetzt habe ich es hinter mir, und ich fühle mich … besser.«

»Ich habe gehört, ihr wollt euch scheiden lassen«, sagte Michael.

»Ja, das stimmt.«

»Hm, dazu kann ich nur eins sagen: besser spät als nie.«

»Das gilt in letzter Zeit für viele Dinge, die mich betreffen, Michael«, antwortete Francie. »Ich weiß genau, was du meinst.«

»Aber dieser Colt … der steckt wirklich voller Überraschungen. Langsam habe ich das Gefühl, dass er gar nicht so übel ist. Immerhin hat er mir einen Job gegeben.«

»Wie viel zahlt er dir?«

»Hm, nichts. Für den Anfang. Aber er erlaubt mir, hier zu

wohnen. Was echt stark von ihm ist. Und er hat gesagt, dass er mich später vielleicht auf die Gehaltsliste setzen wird.«

»Ich bin stolz auf dich, Michael«, sagte Francie.

»Und dann holt er so einfach mir nichts, dir nichts seinen Vater aus dem Gefängnis.«

»Das muss ich mit eigenen Augen sehen«, erklärte Francie.

KAPITEL 35

Alles hängt zusammen

Colt war mit seinem Vater in ein Kaufhaus gegangen und hatte eigentlich nur einen kurzen Ausflug in die Herrenabteilung geplant, aber sobald sie durch die Tür traten, wirkte Nova desorientiert und wie gelähmt. Es sei fünfzehn Jahre her, seit er das letzte Mal etwas anderes als einen orangefarbenen Overall getragen habe, erklärte er seinem Sohn, und er befürchtete, er könne vergessen haben, wie man andere Kleidung trug. Colt erwiderte, dass das unmöglich sei; man vergesse nicht, wie man Kleider trug. Es sei wie mit dem Fahrradfahren.

»Nein, aber man vergisst, wie man sich benimmt, wenn man solche Kleider trägt«, entgegnete Nova.

»Na komm schon«, sagte Colt, der langsam die Geduld verlor. Sie hatten jetzt mindestens fünf Minuten lang an der Eingangstür gestanden, und die Sicherheitsleute warfen ihnen schon argwöhnische Blicke zu. »Du gehst schließlich nicht zu einem Vorstellungsgespräch. Du möchtest lediglich etwas zum Anziehen haben, das nicht schon von weitem nach Sträfling aussieht.«

Nova sah sich mit großen Augen in dem riesigen Kaufhaus um und betrachtete die Menschenmassen, die sich durch das Gebäude bewegten. Von der Decke her erklangen blechern Weihnachtslieder – diese belanglose Musik, die eigens gespielt wurde, um die Kauflust der Kunden zu steigern, dachte Colt. Er versuchte, sich daran zu erinnern, was aus dem traditionellen Erntedankfest geworden war. Es konnte noch nicht lange zurückliegen, aber er hatte nicht die leiseste Erinnerung daran. Er und Francie hatten zumindest immer Truthahn miteinander gegessen. Aber dieses Jahr war natürlich überhaupt nichts geschehen. Es war ihm nicht einmal aufgefallen, dass er etwas versäumt hatte. Und jetzt war es irgendwie Dezember.

»Alles an mir sieht nach Sträfling aus«, sagte Nova. »Alles. Weißt du, dass ich mittlerweile nicht mal mehr scheißen kann, wenn man mir nicht vorher die Erlaubnis dazu gibt?«

»Ein paar Dinge *will* ich gar nicht wissen«, versetzte Colt.

»Kann ich Ihnen irgendwie helfen, Sir?«, sagte einer der Wachleute, ein hochgewachsener Mann mit Bürstenschnitt und blauem Blazer, der schließlich doch noch auf sie zugekommen war.

»Wir sehen uns nur ein wenig um«, antwortete Colt.

»Ich war seit fünfzehn Jahren nicht mehr draußen in der Öffentlichkeit«, erklärte Nova dem Wachmann, der die Augenbrauen hochzog.

»Du brauchst nicht jedem Menschen, dem du über den Weg läufst, deine ganze Lebensgeschichte auf die Nase zu binden«, sagte Colt. Er nahm seinen Vater am Ellbogen und leitete ihn zur Herrenabteilung. Sie fuhren mit der Rolltreppe in den ersten Stock, wobei Nova sich die ganze Zeit über am Handlauf festklammerte und auf die Kunden unter ihm hinabblickte. Als sie vor Bergen von Krawatten und Hemden standen, erstarrte Nova abermals.

»Machst du Witze? Ich brauche nichts von diesem Kram«, flüsterte er.

»Komm mit. Wir besorgen dir nur eine legere Hose oder etwas in der Art. Und noch ein paar Jeanshemden. Du brauchst mehr als eine Garnitur Kleidung … Nova.« Colt war sich noch immer nicht sicher, wie er seinen Vater nennen sollte. »Dad« kam nicht infrage. »Vater« klang lächerlich.

»Die werde ich nicht brauchen.«

»Doch, tust du wohl.«

»Nein, Colt, wirklich nicht.«

Jetzt kam eine vollschlanke Verkäuferin in einem Kostüm auf sie zu, die die Düfte von brandneuem Stoff und blumigem Parfum verströmte. Colt konnte hören, wie ihre massigen, in dunklen Strumpfhosen steckenden Schenkel beim Gehen aneinander rieben.

»Kann ich den Herren irgendwie helfen?«, erkundigte sie sich mit honigsüßer Stimme.

»Auf geht's«, sagte Colt zu seinem Vater. »Dieser Mann … mein Vater, meine ich, braucht ein paar neue Sachen. Aber er ist sich nicht sicher, was er will.«

»Für welchen Anlass sucht er denn etwas?«

»Für den Alltag«, antwortete Colt. »Ein paar Hemden, eine Leinenhose, Schuhe.« Er hatte vergessen, dass er selbst das Einzige trug, was sich über seinen abstehenden Verband ziehen ließ, nämlich ein Sweatshirt, das an einem Ärmel säuberlich am Saum entlang aufgetrennt worden war, und eine Jeans; dennoch registrierte er erfreut, dass die Verkäuferin unterwürfig den Kopf neigte, gerade so, als trüge er seinen besten Anzug. Vielleicht erkennt sie mich, dachte er. »Ich überlasse ihn einfach Ihnen«, sagte er, »wenn Sie nichts dagegen haben.«

»Wollen Sie dann mit mir kommen, Sir?«, fragte die Verkäuferin. Nova machte große Augen und strahlte plötzlich glückselig; es schien, als habe die Frau ihn bereits in ihren Bann geschlagen. Colt überlegte mit einiger Erheiterung, dass sein Vater wahrscheinlich seit fünfzehn Jahren keinem weiblichen Wesen mehr so nahe gekommen war, zumindest keinem, das nicht in einer Uniform steckte.

»Ich warte hier drüben«, erklärte Colt seinem Vater und zeigte auf eine Reihe von Sesseln. »Und anschließend besorgen wir dir einen Anzug.«

Als er weggeführt wurde, warf Nova Hart einen ängstlichen Blick über seine Schulter. Colt machte es sich auf einem der Sessel so bequem wie möglich und begann, in einer Zeitschrift zu blättern. Etwa fünfzehn Minuten später kam die Verkäuferin zurück.

»Entschuldigen Sie bitte, Sir«, sagte sie. »Der Herr ...«

Colt blickte auf. »Ja?«

»Er hat sich in einer der Umkleidekabinen eingeschlossen, und er will nicht mehr herauskommen.«

Colt hievte sich hoch. »Na ja, vielleicht probiert er nur gerade etwas an«, sagte er.

»Ich glaube, ich habe gehört, dass er ... nun ja, dass er weint«, meinte die Frau. »Ist er krank?«

»Er weint?« O Gott, dachte er.

»Bitte, hier entlang, Sir. Ich führe Sie hin.«

Die Frau wies Colt den Weg zu den Umkleidekabinen und zeigte auf eine der Lamellentüren. Colt klopfte an.

»Nova?«, rief er. »Bist du da drin?«

Es kam keine Antwort, aber er hörte lautstarkes Schnüffeln, als ob sich auf der anderen Seite jemand die Nase putzte.

»Nova«, wiederholte er. »Komm raus.«

»Nein«, antwortete sein Vater durch die Tür. »Es ist zu ...«

»Zu was?«

»... zu groß«, sagte er. »Zu groß.«

»Hast du Angst? Ist es das?«

»Ich habe keine Angst«, sagte der alte Mann gereizt. »Ich fühle mich hier drin einfach besser, das ist alles.«

»Du kannst aber nicht den ganzen Tag da drin bleiben.«

»Es sind nur ... die Wände.«

»Die Wände? Was ist mit den Wänden?«

Es folgte eine lange Pause.

»Ich vermisse sie«, kam schließlich die Antwort.

»Leidet Ihr Vater unter Agoraphobie?«, fragte die Verkäuferin.

Colt drehte sich zu ihr um – er hatte ganz vergessen, dass sie da war. »Nein, er ist ein ... ja«, sagte er. »Er ist agoraphob.«

»Ich bin nicht ... wie immer du mich gerade auch genannt hast!«, rief Nova Hart. »Ich bin ein Sträfling!«

Die Augenbrauen der Frau fuhren auf dieselbe Art in die Höhe wie die des Wachmannes, und sie machte einen winzigen Schritt rückwärts.

»Schon gut, schon gut«, sagte Colt verlegen. »Komm endlich raus, Nova. Wir werden nach Hause fahren, wenn es dir dann besser geht.«

»Ganz bestimmt wird es mir dann besser gehen«, sagte Nova, machte jedoch noch immer nicht die Tür auf.

»Es tut mir Leid ... habe ich irgendetwas falsch gemacht?«, fragte die Verkäuferin. »Ich kann mir nicht vorstellen ...«

»Nein, es ist nicht Ihre Schuld«, erklärte Colt. Wieder klopfte er an die Tür. »Nova, komm raus, dann fahren wir nach Hause.«

»Schick sie weg«, flüsterte Nova. »Ich kann nicht rauskommen, solange sie da ist.«

Colt sah wieder die Verkäuferin an. »Ich glaube, er meint Sie«, sagte er. »Es ist nichts Persönliches.«

»Oh«, erwiderte die Verkäuferin. »Nun ja, es tut mir wirklich Leid.«

»Dazu besteht kein Grund.«

Die Verkäuferin rauschte davon und blickte noch einmal kurz über ihre Schulter.

»Alles in Ordnung«, sagte Colt. »Sie ist weg.«

Die Tür wurde geöffnet, und Nova erschien mit gerötetem, erhitztem Gesicht. »Ich ... ich weiß nicht, was über mich gekommen ist«, sagte er. »Könnten wir jetzt bitte gehen?«

»Ja, okay. Wir gehen.«

»Ich brauche wirklich keine Kleider«, sagte Nova. »Ich brauche nur einen einzigen Anzug.«

Colt seufzte. »Na schön«, sagte er. »Warum brauchst du nur einen einzigen Anzug?«

»Nur irgendetwas halbwegs Anständiges, um mich darin begraben zu lassen. Wenn ich im Knast geblieben wäre, hätte man sich da um alles gekümmert. Beerdigungskosten und so weiter. Sie hätten mich niemals rauslassen sollen.«

»Wovon um alles in der Welt redest du?«, fragte Colt.

»Hat man es dir im Gefängnis nicht erzählt?«, sagte Nova.

Colt starrte ihn an. »Was soll man mir erzählt haben?«, fragte er.

»Ich werde bald sterben«, antwortete sein Vater, als sie auf die Rolltreppe traten. »Ich habe Aids.«

Ein eisiger Schauder kroch Colts Rückgrat hinauf. Der alte Mann hatte so beiläufig gesprochen, als handele es sich um eine Grippe.

»Nein«, sagte er. »Das hat man mir nicht gesagt.«

»Ich dachte, dass sie es dir gesagt hätten«, meinte Nova

beiläufig. »Wie wenn man einen Welpen aus einem Tierheim holt. Man sagt dem neuen Besitzer alles, was mit dem Tier nicht stimmt. Damit er weiß, was ihn erwartet.«

»Keiner hat irgendetwas gesagt.«

»Na ja«, sagte sein Vater. »Die sollten sich was schämen. Es wäre viel einfacher gewesen, als es dir selbst zu erzählen. Und jetzt lass uns von hier verschwinden«, fügte er hinzu. »Bitte, ich halt das hier nicht aus.«

»In Ordnung«, sagte Colt. »Wir gehen.«

Mehrere Minuten lang warteten sie schweigend auf ein Taxi. Colt fiel nichts ein, was er hätte sagen können. Genaugenommen fiel ihm nichts ein, was er hätte *fühlen* können. Sollte ihn diese Enthüllung traurig stimmen? Ein Teil von ihm sagte ja, aber ein anderer Teil seiner selbst erinnerte ihn an eine Zeit, da er beinahe glücklich gewesen wäre zu hören, dass sein Vater im Sterben lag oder tot war. Und diese Zeit lag noch nicht allzu lange zurück.

Sie stiegen in das Taxi, und Colt gab dem Fahrer die Adresse.

»Du bist aber plötzlich mächtig still«, meinte Nova.

»Ich muss das erst … verdauen.«

»Ich habe es übrigens von schmutzigen Nadeln. Nicht von … du weißt schon.«

»Klar«, erwiderte Colt.

»Ich weiß, dass du dir diese Frage gestellt hast.«

»Nein, ich habe nur … hm, ja. Ich habe mir diese Frage gestellt.«

»Bei uns Knackis kann man ja nie wissen …« Nova grinste.

»Mein Gott«, sagte Colt. »Ich bitte dich.«

»Immer mit der Ruhe. War nur ein kleiner Witz.«

»Warum hast du mir nicht schon eher davon erzählt?«

»Weil ich wirklich dachte, du wüsstest bereits Bescheid. Außerdem habe ich es ja auch nicht erst vor kurzem erfahren. Ich habe es schon seit Jahren. Lange Zeit hatte ich nur diese HIV-Geschichte. Es hat sich nichts getan, aber jetzt ... treten die ersten Symptome auf. Ich huste viel. Und habe Schatten auf den Lungen. Ich muss jede Menge Medikamente einnehmen.«

»Wann hast du dich angesteckt?«, fragte Colt. »Du hast dem Komitee gesagt, du hättest seit deiner Inhaftierung keine Drogen mehr genommen.«

»Das war eine Lüge«, sagte Nova. »Man erzählt ihnen das, weil sie nicht gern hören, wie korrupt das Gefängnissystem ist. Man möchte sie nicht daran erinnern, was für ein Witz das Ganze eigentlich ist. Sie glauben an diese hübschen kleine Illusion, dass das Gefängnis ein Ort ist, an dem Menschen rehabilitiert werden und an dem niemals etwas Schlimmes passiert.« Er lachte geringschätzig. »Aber es gibt da korrupte Dreckschweine ... am liebsten würde ich jedem Einzelnen die Kehle durchschneiden«, meinte er. »Weißt du, von wem ich das Zeug bekommen habe? Von den Wärtern«, sagte er. »Sie haben es in ihren Ärschen versteckt reingeschmuggelt. Sie haben es in Luftballons gepackt und dann ab damit ins Arschloch. Wir haben es von ihnen gekauft. Und wir haben uns Nadeln geteilt, wir Gefangenen. Wir hatten nur eine oder zwei. Wir mussten sie immer wieder an der Wand schärfen, weil sie so stumpf wurden.«

Eine unerklärliche Übelkeit befiel Colt. »Wie lange ist das so gegangen?«

Sein Vater zuckte die Achseln. »Jahre«, antwortete er. »Genau weiß ich es nicht mehr. Aber jetzt bin ich wirklich clean. Schon ziemlich lange. Am Anfang war es allerdings drinnen nicht anders als draußen. Es ist ein beschissener Witz. Nur damit du weißt, dass deine Steuerzahlerdollars nicht viel bewirken.«

Colt beschloss, diese Bemerkung zu ignorieren. »Dann hast du dich also bei deinen Gefängniskumpeln angesteckt.«

»Ja.«

»Mein Gott.«

»Ich sag dir was, Junge. Das war der reinste Saustall. Das ganze System ist ein einziger Witz. Geh bloß ja nie ins Gefängnis. Du wirst schon verrückt von dem Versuch zu kapieren, wie das alles läuft.«

»Ich habe nicht die Absicht«, meinte Colt.

»Gut.«

»Also«, sagte Colt. »Hm, es ... es tut mir Leid, dass du krank bist.«

Nova sah ihn an.

»Danke«, sagte er.

Sie schwiegen lange Zeit, während das Taxi im Verkehr immer wieder anhielt und sich aufs Neue in Bewegung setzte. Nach einer Weile drehte Nova sich abermals zu Colt um und fragte: »Glaubst du an Gott?«

Colt war überrascht. »An Gott?«

»Ja.«

»Hm ... nein. Eigentlich nicht.«

»Oh. Warum nicht?«

»Keine Ahnung. Weil es mir eine ziemlich primitive Idee zu sein scheint, deshalb. So etwas glauben die Menschen, weil sie sich dann besser fühlen. Warum fragst du?«

»Ich habe nur überlegt, ob du meinetwegen nicht an Gott glaubst oder ob du einen anderen Grund hattest.«

»Nun ja«, sagte Colt. »Unsere Familie war ja nicht sonderlich fromm.«

»Nein«, pflichtete Nova ihm bei. »Ich konnte es schon als Kind nicht ertragen. Aber ich schätze, in letzter Zeit habe ich erheblich mehr darüber nachgedacht.«

»Ach ja? Glaubst du an Gott?«

»Ich?« Nova runzelte die Stirn. »Keine Ahnung. Ich weiß nur, dass ich immer gebetet habe, nicht im Gefängnis zu sterben. Ich habe nicht geglaubt, dass irgendjemand zuhört. Aber dann ... bist du gekommen.«

Colt schnaubte verächtlich. »Ich bin nicht Gott.«

»Nein, das weiß ich. Ich wollte sagen, vielleicht hat irgendetwas dich zu meiner Anhörung geschickt, um mich rauszuholen.«

»Ich weiß nicht, warum ich zu dieser Anhörung gefahren bin«, sagte Colt. »Vielleicht ist Gott ein ebenso guter Grund wie alles andere auch. Aber ich habe niemanden mit mir reden hören.«

»Nein. Natürlich nicht. Das meinte ich auch eigentlich nicht.«

»Nun, was meintest du denn dann?«

»Wahrscheinlich beschäftigt mich einfach folgende Frage: Wenn es wirklich einen Gott gibt und er dich wirklich in das Gefängnis geschickt hat, müsstest du dann unbedingt etwas davon wissen? Ich weiß es nicht. Ich kann da wirklich nur raten.«

»Hm.«

»Ja? Und was meinst du?«

»Kein Ahnung«, sagte Colt. »Das ist nichts, worüber ich jemals nachdenke.«

Als sie nur noch wenige Häuserblocks von der Wohnung entfernt waren, aber immer noch im Stau standen, bemerkte Colt: »Möchtest du wissen, worüber ich nachdenke?«

»Klar.«

»Es wird aber nicht sehr vernünftig klingen. Und es hat nichts mit dem zu tun, worüber wir geredet haben. Aber ich habe gerade über eine Idee von mir nachgedacht. Ist irgendwie schwer zu erklären.«

»Versuch's.«

»Es geht um den Aktienmarkt«, sagte Colt. »Ist dir jemals aufgefallen ... hm, nein, wahrscheinlich nicht. Es ... es hat damit zu tun, dass der Markt auf irgendeine Weise mit dem Rest der Welt zusammenhängt.«

»Verstehe«, sagte Nova.

»Es beruhigt mich einfach, darüber nachzudenken«, fuhr Colt fort. »Es gibt mir das Gefühl, als hätte wirklich alles seinen Grund. Es hat damit zu tun ... ich weiß nicht, damit, wie das Universum funktioniert oder so etwas in der Art. Verstehst du, all diese Zahlen, wenn man sie zu einer Matrix zusammenfügt, ergeben sie ein Muster. Wenn du sie auf die eine Weise betrachtest, sind es einfach nur Werte, und Schluss. Sie haben mit nichts anderem etwas zu tun. Aber betrachtest du sie auf eine andere Art und Weise, zeigen sich die Dinge in anderem Licht. Weißt du, dass alle Ereignisse auf der Welt ihre Auswirkungen haben? Das ist keine Einbildung – es ist wahr. Eine Naturkatastrophe ereignet sich oder ein Krieg, und der Markt reagiert. Das ist kein Hokuspokus.«

»Verstehe«, sagte Nova.

»Eines Tages kam mir also ein Gedanke: Wenn große Dinge eine große Wirkung auf den Markt haben, dann müssen kleine Dinge eine kleine Wirkung haben. Verstehst du, was ich meine? Ich rede nicht über Dinge, über die man in der Zeitung lesen kann. Ich meine die kleinen alltäglichen Ereignisse, die jedem widerfahren, andauernd. Auch diese Dinge müssten sich bemerkbar machen. Denn weißt du, warum?«

»Warum?«, fragte Nova.

»Weil alles zusammenhängt«, sagte Colt. »Je mehr du in dem Geschäft drinsteckst, umso mehr wird dir das klar. Alles steht mit allem anderen in Verbindung: John Shmoe in Kalifornien ist mit dem linken Fuß aufgestanden und hat einen schlechten Tag. Und das schlägt sich in Zahlen nieder. Irgendwie. Frag mich nicht, wie. Ich versuche immer noch, dahinter zu kommen. Aber ich weiß, dass es stimmt. Es muss stimmen.« Er blickte seinen Vater an, um zu sehen, wie er diese Worte verarbeitete. »Das ist nichts, worüber ich je zuvor mit irgendjemandem gesprochen habe«, meinte Colt. »Aber du hast mich gefragt, ob ich an Gott glaube. Nein, tue ich nicht, aber an diese andere Geschichte, an die glaube ich. Nicht nur, was den Aktienmarkt betrifft. Ich glaube daran, dass alles miteinander zusammenhängt. Wir alle glauben daran, wir Aktienhändler. Oder zumindest an etwas in dieser Art. Stell dir vor, viele von uns tragen Glücksbringer mit sich herum.«

»Nein. Was für einen Glücksbringer hast du?«

»Nun ja, ich habe meinen verloren«, sagte Colt. »Vor ein paar Monaten. Wahrscheinlich war das genau der Zeitpunkt, ab dem die Dinge für mich schief gingen. Ich habe einfach so getan, als sei es egal. Oder als kümmere es mich nicht.«

»Ja, aber ... was war das denn nun für ein Glücksbringer?«

»Es war ein Ring«, sagte Colt. »Ein schlichter kleiner Goldring.«

»Warum ein Ring? Hatte er eine Bedeutung?«

»Er hat Mom gehört«, erklärte Colt. »An dem Tag, an dem ich auszog, habe ich den Ring mitgenommen. Ich wollte irgendetwas von ihr haben, aber ich wusste, dass sie mir nichts geben würde. Oder sie würde mir das Falsche geben. Außerdem wollte ich ihr gar nicht erzählen, dass ich auszog. Ich wollte einfach weg. Also bin ich in dein Zimmer gegangen und habe diesen alten Ring aus Moms Schmuckkasten genommen. Ich habe ihn jahrelang an einer Kette um den Hals getragen. Wahrscheinlich ist die Kette gerissen, als wir umgezogen sind.«

»Ich erinnere mich an diesen Ring«, meinte Nova. »Er hat ihrem Vater gehört. Massives Gold. Sein Ehering.«

»Ja. Es war eine Gravur darin. Initialen und ein Datum.«

»Ja, genau. Nur gut, dass du den Ring mitgenommen hast. Als du weggegangen bist.«

»Warum?«

»Sie hätte ihn am Ende sowieso zum Pfandleiher gebracht, um Stoff zu kaufen. So ist es nämlich mit all unseren Sachen gegangen. Sie hat übrigens nach dem Ring gesucht. Daran erinnere ich mich noch. Sie hatte gehofft, zwanzig Mäuse dafür zu bekommen, aber wir konnten uns nie erklären, was aus dem Ding geworden war.«

»Oh«, sagte Colt.

Wieder folgte ein langes Schweigen.

»Weißt du, diese Idee, von der du mir erzählt hast ... dass die Dinge alle zusammenhängen. Das mit den Zahlen.«

»Ja?«

»Das ist ziemlich gut«, meinte Nova. »Das unterscheidet sich nicht allzu sehr von dem, was andere große Denker zu anderen Zeiten geglaubt haben. Wusstest du das? Die alten chinesischen Weisen glaubten etwas ganz Ähnliches. Ich erwähne die Chinesen, weil ich sie immer irgendwie interessant fand. Ich konnte in der Bibliothek etwas von ihnen lesen. Von den Tao-Meistern. Sie glaubten, wenn man sich nur gut genug aufs Meditieren verstünde, könnte man sehen, wie sich die Natur aller Dinge in allem anderen widerspiegelt. Es spielt dabei keine Rolle, was man sich ansah. Eine Blume. Einen Käfer. Man kann die gesamte Struktur der ganzen Schöpfung sehen, widergespiegelt in diesem einen kleinen Ding.«

»Ja«, sagte Colt. »Genau das ist es.«

»Das ist es, was du meinst?«

»Ja. Genau, was ich meine.«

»Du wohnst verdammt weit draußen«, sagte Nova Hart, als sie endlich aus der Schlange glänzender Wagen ausscherten und vor der Wohnung vorfuhren.

KAPITEL 36

Das Leben in Adencourt

Colt öffnete die Wohnungstür und trat ein. Dann hielt er überrascht inne, denn neben Michael auf der Couch saß Francie.

»Oh«, sagte er. »Hi.«

»Hi«, erwiderte Francie.

»Der Coltster«, rief Michael.

Nova Hart zottelte hinter ihm her, und auch er blieb stehen, als er Francie sah. »Hallo!«, sagte er.

»Der Novarama«, rief Michael.

»Oh, mein Gott«, sagte Francie und starrte Nova an. »Dann sind Sie also wirklich *echt*.«

Nova lächelte erfreut. »Ja!«, sagte er. »Kommt natürlich ganz drauf an, was Sie mit ›echt‹ meinen.«

Francie stand auf. »Ich bin Francine. Francine Hart«, sagte sie. »Noch.«

»Ja, ich habe die traurige Neuigkeit gehört«, meinte Nova kopfschüttelnd. »Ich bin Nova Hart.«

»Es ist eine … eine große Überraschung, Sie kennen zu lernen«, erklärte Francie. »Es ist schon komisch, aber Colt hat nie von Ihnen erzählt.« Sie sah Colt säuerlich an, aber er tat so, als bemerke er es nicht.

»Ja. Ich mache ihm keine Vorwürfe«, sagte Nova. »Sie sind wirklich eine ausgesprochen schöne junge Frau.« Er sah seinen Sohn an, der auch seinem Blick geflissentlich auswich.

»Vielen Dank«, antwortete Francie. »Colt, könnte ich dich bitte unter vier Augen sprechen?«

»Ah, okay«, sagte Colt. »Klar. Ich schätze schon.«

Sie gingen ins Schlafzimmer, und Francie schloss die Tür. Dann drehte sie sich um und stemmte die Hände in die Hüften.

»Du steckst ja wirklich voller Überraschungen«, meinte sie.

Colt zuckte – soweit das mit nur einem beweglichen Arm möglich war – die Achseln. »Was soll ich sagen?«, fragte er.

»Warum hast du mir nie erzählt, dass dein Vater noch lebt?«

»Was glaubst du wohl?«

»Du hast dich geschämt.«

Er nickte. »Das trifft es einigermaßen«, sagte er.

»Trotzdem hat Michael mir erzählt, dass du dafür verantwortlich bist, dass er aus dem Gefängnis entlassen werden konnte.«

»Ja, das stimmt. Aber sie hätten ihn ohnehin rausgelassen.«

»Aber du hast ihn mit nach Hause genommen.«

»Ja. Wie du siehst.«

Francie schüttelte den Kopf. »Ich verstehe nicht«, sagte sie.

»Ja, hm, ich auch nicht, ehrlich gesagt«, erwiderte Colt. »Es schien mir das Richtige zu sein. Damals. Ich habe nicht wirklich nachgedacht, als ich es tat.«

»Nun, Coltrane Hart«, sagte Francie, »Ich muss schon sagen, jetzt kenne ich dich schon so lange, aber das ist neu. Du hättest mir übrigens von ihm erzählen können. Ich hätte dich nicht dafür verurteilt, was auch immer er getan haben mag.«

»Darum ging es nicht«, erwiderte Colt. »Wahrscheinlich hatte ich das Gefühl, dass es vielleicht an der Zeit war … hm, nein, nicht direkt einen neuen Anfang zu machen. Dafür ist es ein bisschen spät.«

»Was hat *er* übrigens getan? Er hat doch niemanden umgebracht, oder?«

»Er hat versucht, Heroin aus Mexiko ins Land zu bringen«, antwortete Colt. »Damit er es verkaufen und reich werden konnte. Sie haben ihn an der Grenze erwischt. Und ich habe es dir nicht deshalb nicht erzählt, weil ich Angst davor hatte, was du denken könntest. Ich habe es dir nicht erzählt, weil ich ihn nicht länger kennen wollte. Da … da steckt eine lange Geschichte dahinter, Francie. Ich habe früher viel erlebt, ich wollte damit abschließen. Als Kind, meine ich. Vielleicht mag er in deinen Augen ein netter alter Bursche sein, aber er war ein miserabler Vater. Wirklich mies. Und sehr lange wollte ich einfach so tun, als ob es ihn nicht mehr gäbe. Aber …«

»Jetzt bist du dahinter gekommen, dass du es nicht schaffst«, sagte Francie.

»Ja«, sagte Colt. »Das ist richtig.«

»Ja«, meinte Francie. »Hm. Ich weiß eigentlich gar nicht, was ich sagen soll. Es ist verrückt, Colt. Wir waren so lange zusammen, und ganz plötzlich kommt es mir so vor, als hätte man uns gerade erst einander vorgestellt.«

»Ja, hm«, sagte Colt unsicher. »Du bist also nur kurz vorbeigekommen, um …«

»Ja, stimmt. Ich wollte nur ein paar alte Sachen holen«, antwortete Francie. »Meine Papiere und Bücher und so weiter.«

»Ja. Okay. Hm, du weißt, wo die Sachen sind.«

»Hm. Und da war noch etwas, worüber ich mit dir reden wollte.«

»Was?«

»Jennifer Flebberman war gestern bei mir.«

»Ach ja? Was wollte sie denn?«

»Was glaubst du, was sie wollte?«

Colt rieb sich müde die Augen. »Ja«, sagte er. »Erzähl es mir nicht. Sie will, dass ich die Anzeige gegen ihren Mann zurückziehe. Und du gibst ihr Recht.«

Francie verschränkte die Arme vor der Brust. »Allerdings«, erwiderte sie. »Das tue ich.«

»Weil du denkst, ich hätte es verdient. Das hast du mir schon im Krankenhaus gesagt, als ich im Bett lag und schreckliche Schmerzen hatte. Dass ich es verdient hätte.«

»Also, Colt …«

»Nein, sprich es nicht noch einmal aus. Lass es. Ich weiß schon, was du denkst.«

»Schön«, erklärte Francie. »Diese Frau hat vier Kinder, Coltrane. Sie haben sowieso schon finanzielle Probleme. Wenn Randy Flebberman ins Gefängnis wandert …«

»Ich weiß, ich weiß«, sagte Colt. »Ich habe die Anzeige bereits zurückgezogen.«

Francie starrte ihn lange an. Sie war sich nicht sicher, ob sie richtig gehört hatte. »Was hast du gesagt?«, fragte sie schließlich.

»Die Anzeige, ich habe sie zurückgezogen. Ich habe gestern bei der Polizei angerufen und mitgeteilt, dass ich keine

Anzeige erstatten werde. Wahrscheinlich weiß Mrs Flebberman nur noch nichts davon. Es werden wohl noch ein paar bürokratische Hürden zu überwinden sein, und es gibt nichts, was ich dagegen tun könnte. Aber er wird bald nach Hause gehen können.«

»Oh, mein Gott«, sagte Francie.

»Ja. Du hast mich falsch eingeschätzt.« Colt lächelte, ein zurückhaltendes Grinsen, ein Blick, der einräumte, dass er im Unrecht gewesen war und jetzt ausnahmsweise einmal versuchte, die Dinge wieder in Ordnung zu bringen. »Ich habe nämlich über einiges nachgedacht. Im Krankenhaus hatte ich ja jede Menge Zeit zum Nachdenken. Und ... dann war da noch der Traum, den ich hatte. Drei Träume, um genau zu sein. Oder eigentlich waren es eher Albträume. Und mir ist klar geworden, dass ich diesen Friedhof niemals hätte verlegen dürfen. All das ...«, er zeigte auf seinen gebrochenen Arm, »und alles andere ist nur deshalb passiert. Es ist wie ... ich weiß nicht. Wie ein Zeichen.«

»Ein Zeichen?«

»Von ... von wo auch immer. Ich weiß es nicht. Dem Universum oder was auch sonst.«

»Mein lieber Schwan«, sagte Francie. »Mir scheint, Coltrane Hart hat eine spirituelle Erweckung erlebt.«

Colt plusterte sich auf. »Also, jetzt mach mal einen Punkt«, sagte er. »Es ist schließlich nicht so, als hätte ich zu Jesus gefunden oder etwas in der Art. Ich meine, ich werde nicht plötzlich anfangen, in die Kirche zu gehen oder sonst etwas in der Art zu tun.«

»Oh, nein«, sagte Francie. »Gott behüte.« Sie lächelte.

»Guter Spruch«, sagte Colt. »Sehr witzig.«

»Nun«, sagte Francie. »Was soll ich dazu sagen? Ich freue mich.«

»Das dachte ich mir.«

»Oh, und ich habe etwas gefunden, das dir gehört.« Francie zupfte etwas aus ihrer Tasche und reichte es Colt. »Oben im Schlafzimmer«, sagte sie. »Auf dem Fußboden. Es steckte irgendwie zwischen zwei Bodendielen. Ich weiß nicht, was aus der Kette geworden ist.«

Es war sein Glücksbringer – der Ring seiner Mutter. Colt nahm ihn entgegen und wog ihn in der Hand.

»Wow«, sagte er. »Ich dachte, der wäre für immer dahin.«

»Nun, da hast du ihn«, sagte Francie.

»Danke.« Er steckte den Ring in seine Tasche und klopfte sachte darauf. Er war gerade im Begriff, die Tür zu öffnen, aber etwas in ihrer Miene verriet ihm, dass sie noch mehr zu sagen hatte. »Liegt sonst noch was an?«

»Ja. Ich habe Post von deinem Rechtsanwalt bekommen.«

»O ja. Gibbons.«

»Er will, dass ich mir einen eigenen Anwalt besorge.«

»Tja, hm, du weißt, dass das das Beste wäre. Ich meine, so wird das nun mal gehandhabt. Nehme ich jedenfalls an. Sodass die Anwälte all die Streitereien und den ganzen anderen Kram für uns erledigen können. Auf diese Weise brauchen wir das nicht miteinander auszufechten. So ist es viel einfacher.«

»Hm, ich dachte, ich würde lieber vorher zuerst mit dir reden«, sagte Francie. »Nur, um dich wissen zu lassen, was genau ich eigentlich will.«

»Ehm … okay. Ich schätze, das geht in Ordnung.«

»Ich will das Haus«, sagte Francie. »Das ist alles. Sonst nichts. Kein Geld, keine Aktien. Nichts aus deinem Wertpapierdepot. Nur das Haus.«

»Oh«, sagte Colt. »Das ist alles? Bist du dir sicher?«

Sie nickte. »Es ist das Einzige von allem, was wir besitzen, das mir etwas bedeutet«, erwiderte sie.

»Womit willst du dir dein Geld verdienen?«

»Das weiß ich noch nicht. Aber ich kann selbst für mich sorgen. Ich kann mir irgendwo einen Job suchen. Vielleicht in Plainsburg.«

»In Plainsburg? Gibt es denn dort überhaupt so etwas wie einen Arbeitsmarkt?«

»Das ist nicht dein Problem, Colt«, erwiderte sie. »Damit werde ich schon fertig. Ich wollte es dir lediglich sagen.«

»Ja. Okay. Hm. Damit habe ich kein Problem. Es ist ohnehin bereits abbezahlt, und ehrlich gesagt, irgendwie hatte ich den Kauf schon bedauert. Wer weiß, ob irgendjemand es jemals zu würdigen gewusst hätte.«

»*Ich* weiß es zu würdigen«, antwortete Francie. »Und das ist alles, was zählt.«

Colt holte tief Luft. »Da wäre, ah ... da wäre etwas, das ich dir gern erzählen würde, Francie. Ich meine, etwas, von dem ich das Gefühl habe, du solltest es hören.«

Die Hände in den Taschen vergraben, wartete sie ab.

»Und das ist, dass es mir ... nun ja, dass es mir Leid tut.«

Wieder einmal war Francie sich nicht sicher, ob sie ihn richtig verstanden hatte. »Es tut dir Leid?«, wiederholte sie. »Hast du das wirklich gesagt?«

»Ja.«

»Was tut dir Leid?«

»Hm«, sagte er. »Ich vermute, einfach alles.«

»Könntest du vielleicht etwas konkreter werden?«, sagte Francie.

»Hm, einen Moment mal«, erwiderte Colt. »Es geht nicht darum, dass ich vor dir zu Kreuze kriechen will. Ich meine es eher ganz allgemein. Alles tut mir Leid.«

»Coltrane, drücke dich bitte deutlicher aus«, verlangte Francie. »Wenn du dich bei mir für etwas entschuldigen willst, wüsste ich gern, was dieses Etwas ist. Das ist alles.«

»Klar. Nun ... die, ehm ... die ganze Geschichte von wegen Kindern. Und all das.«

»Du sprichst von der Tatsache, dass du eine Vasektomie hast vornehmen lassen, ohne mir etwas davon zu sagen?«

»Ja. Das.«

»Das tut dir Leid?«

»So ist es«, sagte Colt. »Ich meine, ich hatte meine Gründe, und du weißt, was für Gründe das waren, daher dürfte es sich wohl erübrigen, das Ganze noch einmal durchzukauen. Aber in den vergangenen zwei Wochen sind mir einige Dinge zugestoßen, die mich irgendwie ... verändert haben, schätze ich. Und ich wollte dich nur wissen lassen, dass es nicht persönlich gemeint war.«

In diesem Moment wurde etwas in Francies Gesicht weicher, so jedenfalls erschien es ihm. Sie trat von einem Fuß auf den anderen und blickte zu ihm auf. Colt stellte fest, dass es nicht so schwer war, sie anzusehen, während er ihr diese Dinge sagte, wie er erwartet hatte.

»Es war nicht persönlich gemeint?«

»Nein. Das war es wirklich nicht. Es ging nicht darum, dass ich mit dir keine Kinder haben wollte. Ich wollte einfach gar keine Kinder, basta.«

»Klar.«

»So? Du wusstest es?« Er hielt inne. »Hast du ... ehm ... hast du gedacht, es sei eine persönliche Sache?«

»Doch, ehrlich, Colt, ich habe es geglaubt«, sagte Francie. »Und es ist meiner Meinung nach praktisch unmöglich, so etwas nicht persönlich zu nehmen, nur damit *du* Bescheid weißt. Es wäre schon ein Ausmaß an Selbstbeherrschung, das kein menschliches Wesen aufbringen kann, vonnöten gewesen, um etwas Derartiges nicht persönlich zu nehmen.«

»Ja. Ich weiß. Hm, es tut mir wirklich Leid. Und es war wirklich nicht persönlich gemeint. Und da wäre noch etwas«, sagte Colt.

Francie wartete.

»Du hast gesagt, dass du dich von mir scheiden lassen willst«, fuhr er fort. »Und wenn du das wirklich willst, dann bin ich damit einverstanden. Und das Haus kannst du auch behalten. Ich werde mich nicht mit dir darum streiten. Aber ich muss einfach noch eines sagen. Und das ist Folgendes …«

Francie wartete immer noch schweigend ab.

»Ich weiß nicht, ob *ich* die Scheidung will«, erklärte er. »Ich meine, ich bin nicht so wütend auf dich, dass ich den Wunsch hätte. Es ergibt einfach keinen Sinn. Um genau zu sein, bin ich überhaupt nicht wütend auf dich. Du hast nichts getan. Ich weiß, du warst diejenige, die um die Scheidung gebeten hat. Und ich sage nicht, dass du zu mir zurückkommen sollst oder etwas in der Art. Ich werde auch nicht betteln, dass du das alles vergisst. Das meine ich nicht.«

»Verstehe«, antwortete Francie. »Was meinst du denn dann?«

»Was ich meine, ist … ich meine … ich weiß nicht. Ich wollte dich nur fragen, ob du wirklich das Gefühl hast, dass eine Scheidung … nun ja, dass eine Scheidung notwendig ist.«

»Ich glaube, ich weiß nicht, was ›notwendig‹ in diesem Zusammenhang bedeutet«, sagte sie.

»Das weißt du nicht?«

»Nein. Aber ich weiß sehr wohl, was ich brauche. Ich brauche Zeit für mich allein. Um mein eigenes Ding zu machen. Ich schätze, das ist es, was jetzt notwendig ist.«

»Oh.«

»Eines wollte ich dir noch sagen, Colt«, sprach Francie weiter. »Auch bei mir hat sich vieles verändert. Erinnerst du dich noch an den Tag vor zehn Jahren, als wir uns im Museum kennen gelernt haben? An die Menschen, die wir damals waren?«

»Ja.«

»Das war nicht ich«, erklärte sie. »Oder vielmehr, es war nicht mein ganzes Ich.«

»Nein?«

»Auch ich habe mich verändert«, sagte sie. »Sehr sogar. Vielleicht noch mehr als du. Zum einen war ich damals gerade mal einundzwanzig Jahre alt, und jetzt bin ich dreißig. Das ist ein großer Unterschied. Aber ich weiß nicht. Wahrscheinlich haben wir uns beide verändert. Und das führt zu der Frage, ob wir überhaupt noch zusammengehören. Was mir klar geworden ist, ist …« Sie brach ab und griff sich an den Hals. »Oh, Mist«, sagte sie.

»Alles in Ordnung mit dir?«, fragte Colt.

»Ja«, sagte sie und wischte sich mit der Hand über die Augen. »Hast du jemals …«

Colt wartete.

»Hast du jemals darüber nachgedacht, dass wir aus den falschen Gründen zusammen waren? Nur weil wir einander brauchten? Und nicht, weil wir einander liebten?«

Colt runzelte die Stirn. »Ich weiß nicht«, antwortete er. »So habe ich unsere Beziehung nie betrachtet.«

»Schade«, sagte Francie. »Aber ich habe es getan.«

»Verstehe«, erwiderte Colt.

»Ich habe dich als die gekannt, die ich unter dem Einfluss meiner Pillen war, und nie als die, dich ich vorher war«, sagte Francie. »Und du hast mich nie anders gekannt. Du hast nie gewusst, wie ich wirklich bin, du hast mein wahres Ich nie gekannt. Du hast nur die Frau gekannt, die unter Drogen stand. Und das war nicht ich. Es war nur mein halbes Ich. Du hast mich nie all die Dinge tun sehen, die ich tun könnte. Ich habe aufgehört, überhaupt *irgendetwas* tun zu wollen. Und das war nicht die Frau, die ich einmal war. Ich hatte früher einmal Träume, Colt. Ich war wirklich ehrgeizig. Genau wie du. Ich hatte Ziele, und ich war fest entschlossen, diese Ziele anzusteuern.«

»Ich dachte immer, diese Pillen würden dir helfen«, meinte Colt.

»Vielleicht ja. Am Anfang. Sie haben mir geholfen, nicht solche Angst zu haben. Aber nachdem ich aufgehört hatte, Angst zu haben, habe ich die Tabletten einfach weitergenommen. Und jetzt begreife ich …« Wieder legte sie eine Hand auf den Mund und brauchte eine Weile, bis sie weitersprechen konnte. »Jetzt begreife ich, dass ich die Tabletten genommen habe, nur um mir einreden zu können, ich sei glücklich.«

»Glücklich. Mit mir.«

Sie nickte.

»Verstehe«, sagte Colt. »Dann hast du also … was getan? Gelogen?«

»Hm«, sagte Francie mit zitternder Stimme, »ja, wenn du es so betrachten willst. Ich finde nicht, dass das fair ist, aber mir war klar, dass du irgendwie das Gefühl haben könntest, ich hätte dich … nun ja, vielleicht betrogen. Betrogen um mein wahres Ich. Falls es das ist, was du jetzt empfindest. Ich weiß es nicht.«

»In Ordnung«, sagte Colt. »Hm. Es spielt wahrscheinlich keine Rolle. Jetzt nicht mehr. Nicht, wenn es vorbei ist.«

»Nein«, sagte Francie. »Nicht, wenn es vorbei ist.«

»So.«

Es folgte eine lange, leere Pause. Francie hatte Mühe zu atmen; sie setzte sich aufs Bett. Colt legte ihr eine Hand auf die Schulter und setzte sich neben sie, aber sie stand auf und rückte von ihm ab.

»Nicht«, sagte sie. »Tu das nicht.«

»Entschuldige.«

»Ich sollte jetzt gehen«, erklärte Francie.

»Das brauchst du nicht. Nicht meinetwegen. Wenn du willst, kannst du bleiben. Michael ist hier. Du kannst mit ihm zusammen sein.«

»Nein, ich muss wirklich gehen.«

»In Ordnung.«

Sie stand auf und ging zur Tür.

»Francie«, sagte Colt.

Sie drehte sich um. »Ja?«, fragte sie.

»Was es auch heißen mag«, erklärte er, »ich habe dich immer als einen Menschen gesehen, der zu großen Dingen fähig ist. Und ich habe mich manchmal gefragt, was dich davon abhält. Was immer es war, ob es die Tabletten oder etwas anderes waren ... vielleicht sogar ich ... ich möchte nur, dass du etwas weißt ...«

Sie wartete ab.

»Ich bin froh, dass dieser Zustand vorbei ist«, sagte er.

Francie brachte ein Lächeln zu Stande.

»Ich danke dir«, antwortete sie und verließ das Schlafzimmer, in dem Colt zurückblieb und ihr nachsah.

KAPITEL 37

Verkauft

Sie war die Letzte, die es erfuhr.

In der Vergangenheit hatte Walter immer den ganzen Tag lang gearbeitet, hatte den Laden früh geöffnet und erst um zehn Uhr abends wieder geschlossen; da er, wenn er nicht Bücher verkaufte, nur einer einzigen Beschäftigung nachging – dem Schlafen –, konnte er, wie er häufig bemerkt hatte, ebenso gut hinter seiner Kasse sitzen. Nach Francies Erfahrung hatte er seinen Laden nie geschlossen. Aber als sie jetzt vor der Buchhandlung vorfuhr, sank ihr das Herz. Sie sah, dass kein Licht brannte, und an der Tür war mit Klebestreifen ein Schild befestigt. Sie hätte es nicht lesen müssen, um zu erfahren, was darauf stand, aber sie zwang sich trotzdem, aus dem Wagen zu steigen und es sich anzusehen.

FÜR IMMER GESCHLOSSEN

stand darauf in Walters kühner, eleganter Handschrift zu lesen.

»Oh, Mist«, sagte Francie. »Oh, Walter!«

Sie drückte das Gesicht an die Schaufensterscheibe und beschirmte die Augen gegen das grelle Licht. Walter hatte offenbar noch nicht einmal sein Lager ausgeräumt – all seine Bücher standen noch auf ihren Regalen und warteten zweifellos darauf, dass die Gläubiger herbeikamen, um sie wegzuschaffen. Und doch …

Francie musste zweimal hinsehen, um sich davon zu überzeugen, dass ihre Augen ihr keinen Streich spielten.

Sie wusste genau, wo *Poems from My Sinister Hand* gestanden hatte, nur etwa dreißig Zentimeter rechts von der Kasse auf einem kleinen Plexiglasständer. Aber jetzt war es fort. Sie kniff die Augen zusammen und sah nach, ob das Bändchen vielleicht nur einfach umgefallen war, doch in diesem Moment erspähte sie eine handschriftliche Notiz, die an den Ständer geheftet war. In seiner Handschrift und mit rotem Textmarker geschrieben stand auf dem Papier zu lesen:

DIESES BUCH HAT EIN ZUHAUSE GEFUNDEN

Francie schnappte nach Luft. Jemand hatte ihr Buch gekauft.

Sie lehnte noch eine lange Minute an dem Schaufenster, hielt die Stirn gegen die Glasscheibe gedrückt und bedeckte das Gesicht mit den Händen, als blicke sie noch immer in die Buchhandlung, obwohl sie die Augen geschlossen hatte.

Als sie ihre Fassung wiedergefunden hatte, drehte sie sich um und stieg wieder in ihren Pickup. Sie ließ den Motor an, kämpfte mit dem Getriebe und lauschte auf das befriedigende *Plop,* das es immer von sich gab, wenn sie den ersten Gang erfolgreich eingelegt hatte.

Dann lenkte sie ihren Wagen in einer Wolke blauen Rauchs auf die Straße und fuhr zurück durch den Tunnel und aus der Stadt hinaus, zurück dorthin, wo sie hingehörte.

EPILOG

Keine zwei Wochen später klopfte es an ihrer Tür, und als sie öffnete, stand ein freier Flebberman in seinem vertrauten Schneeanzug und Stiefeln vor ihr und lächelte sie schief an.

»Hallo, John Dillinger«, sagte sie. »Ich hatte eigentlich damit gerechnet, dass Sie hinter schwedischen Gardinen verschwinden würden.«

Flebberman lachte gehemmt. »Ja«, sagte er. »Ich schätze, da lagen Sie ziemlich richtig.«

»Also hat man Sie rechtzeitig zu Weihnachten wieder freigelassen?«

Er nickte. »Das habe ich wahrscheinlich Ihnen zu verdanken«, sagte er. »Sie haben Ihrem Mann diesen Floh ins Ohr gesetzt.«

»Ob Sie es glauben oder nicht«, antwortete Francie, »er hat es aus eigenem Antrieb getan. Jedenfalls soweit ich das beurteilen kann.«

Flebberman war verblüfft. »Sie machen Witze«, sagte er.

»Nein, es ist mein voller Ernst.«

Das zu begreifen, war offensichtlich zu viel für Flebberman. Er stand einfach nur da und starrte sie an, und sein Mund stand leicht offen, wie immer.

»Er hat mich gehen lassen?«, fragte er schließlich. »Warum?«

»Er ist ein neuer Mensch«, antwortete Francie. »Sie dürfen ihm natürlich nicht erzählen, dass ich das gesagt habe, denn er würde es abstreiten. Aber genau das ist passiert. Wollen Sie reinkommen? Sie haben doch wohl keine Knarre dabei, oder?«

Flebberman errötete. »Nein«, sagte er.

»Ich konnte Sie mir ohnehin nie als bewaffneten Räuber vorstellen«, meinte Francie. »Das scheint mir nicht Ihr Stil zu sein.«

Flebberman trat ein und trat sich die Stiefel auf der Fußmatte ab. In der Nacht zuvor hatte es noch einmal geschneit, nicht mehr als eine dünne Schicht Pulverschnee zwar, die aber diesmal liegen geblieben war; Eisbröckchen stoben durch die Diele, als Flebberman seine Stiefel abstreifte und ins Wohnzimmer trat. Die Zeit des Tauwetters war vorüber, und langsam fror draußen wieder alles zu. Es würde ein kalter Heiliger Abend werden und ein einsamer für Francie, aber genauso hatte sie es gewollt. Sie hatte Colts Angebot, den Feiertag mit ihm und seinem Vater in der Stadt zu verbringen, abgelehnt, und Michael war zu ihren Eltern nach Indianapolis gefahren. Früher einmal, vor nicht allzu langer Zeit, hätte der Gedanke, Weihnachten allein zu verbringen, sie zu Tode erschreckt. Jetzt jedoch freute sie sich darauf.

»Was kann ich für Sie tun?«, fragte Francie.

»Ich, ehm … da ist etwas, das ich Sie fragen wollte«, antwortete er.

»Ja, und jetzt, da Sie hier sind, fällt mir auch wieder ein, dass ich Ihnen etwas zeigen wollte«, sagte Francie.

»Ja? Was denn?«

»Nein, Sie zuerst.«

»Also, die, ehm, sterblichen Überreste … sie wissen schon,

der Familie ... die Polizei hat sie jetzt, und sie haben gesagt, wir könnten sie zurückbekommen, wenn wir eine Beerdigungserlaubnis bekämen. Die ich bereits habe. Ich wollte Sie fragen ... könnten wir ... ich meine, kann ich ... sie wieder eingraben? Wo sie hingehören?«

»Natürlich können wir das tun«, erwiderte Francie. »Wir können es gleich heute tun, wenn Sie wollen.«

»Nicht heute. Ich muss sie erst wieder abholen«, sagte Flebberman. »Vom Polizeirevier. Ich freue mich nicht gerade darauf, diese Leichen wiederzusehen, aber was soll man machen. Wie wär's mit übermorgen?«

»Kein Problem. Ich habe sonst nicht viel vor. Und jetzt warten Sie einen Augenblick«, sagte Francie.

Sie ging nach oben in ihr Schlafzimmer und griff nach Marlys Tagebuch. Als sie mit dem Buch wieder unten war, sagte sie: »Ich dachte, das würden Sie vielleicht gern sehen. Ich habe es unter der Treppe gefunden.«

Flebberman nahm das Buch in seine geröteten, schwieligen Hände und schlug vorsichtig die erste Seite auf. »Was ist das?«, fragte er.

»Ein Tagebuch«, sagte Francie. »Das wirklich Wichtige daran ist, wem es gehört hat.«

»Wem?«

»Marly Musgrove.«

Flebberman ging mit dem Buch zu dem Ohrensessel hinüber und setzte sich hinein, und sein Schneeanzug raschelte hörbar. »Gütiger Gott«, rief er und betrachtete das Buch voller Staunen. »Sie wollen mich auf den Arm nehmen.«

»Nein, es ist echt.«

»Und *wo* haben Sie es gefunden?«

»Unter der Treppe«, antwortete Francie. »Da gibt es eine Art Geheimkammer.« Sie zeigte auf die Wand unter der

Haupttreppe. »Man erreicht sie vom Wandschrank im Schlafzimmer aus. Das haben Sie nicht gewusst?«

Flebberman schüttelte den Kopf. »Nein«, sagte er. »Ich hatte keine Ahnung, dass es so etwas hier im Haus gab.«

»Dann zeige ich es Ihnen. Es ist durchaus sehenswert. Ich habe alle möglichen Sachen da unten gefunden.«

»Nicht leicht zu lesen«, bemerkte Flebberman, als er die Seiten des Tagebuchs eine nach der anderen umblätterte. »Komische Handschrift. Haben Sie es gelesen?«

»Ja. Alles.«

»Steht irgendetwas Interessantes drin?«

»Nun ...«

Flebberman blickte erwartungsvoll zu ihr auf.

»Sie lesen es am besten selbst«, erklärte sie. »Nehmen Sie es mit. Es gehört ohnehin Ihnen. Es gehört Ihrer Familie.« Und was mit Henry passiert ist, solltest du aus diesem Buch erfahren, dachte sie. Du solltest es nicht von einem Fremden hören – nicht von mir. Wenn Ellens Geist – oder Henrys Geist – immer noch ruhelos war, musste ein Mitglied der eigenen Familie diese Sünde vergeben und nicht irgendjemand anderes.

»In Ordnung«, sagte Flebberman. »Ich weiß wirklich nicht ...« Er suchte nach Worten und wurde dabei bis zu den Ohren hinauf rot. »Ich weiß nicht, was ich sagen soll«, beendete er seinen Satz matt.

Francie lächelte.

»Das haben Sie sehr eloquent ausgedrückt, Mr Flebberman«, sagte sie. »Und das Gefühl beruht auf Gegenseitigkeit.«

Francie erwachte spät am nächsten Morgen und verbrachte den größten Teil des Tages mit untergeschlagenen Beinen in ihrem Ohrensessel. Das Feuer prasselte, und das Notizbuch lag aufgeschlagen auf ihrem Schoß. Sie hatte vergessen, dass Weihnachten war. Die meiste Zeit blickte sie aus dem Fenster, nur hier und da kritzelte sie ein oder zwei Zeilen in das Notizbuch, um dann mit einem kleinen stolzen Lächeln noch einmal zu lesen, was sie geschrieben hatte. Nachdem sie am nächsten Tag zu den Kasernen der Staatspolizei in Allentown gefahren waren und mit offizieller Erlaubnis die sterblichen Überreste der Familie Musgrove abgeholt hatten, hatten sie und Flebberman die Knochen wieder in das klaffende Erdloch im hinteren Teil des Grundstücks gelegt. Man hatte die Knochen in eine Plastiktüte mit der Aufschrift MENSCHLICHE ÜBERRESTE verpackt, und Francie beobachtete Flebberman, wie er behutsam den Bulldozer, den er sich von Wayne Steinbach geliehen hatte, über das Gelände lenkte und den halb gefrorenen Erdhügel wieder über das jämmerliche graue Bündel schob, das von seinen Vorfahren übrig geblieben war. Man konnte die Knochen unmöglich auseinandersortieren, da sich nicht feststellen ließ, welche zu wem gehörten; Flebberman hatte beschlossen, die Knochen in dem Beutel zu lassen, sodass die wenigen verbliebenen Reste der Musgroves zusammen ihre Ruhe finden konnten.

»Spielt jetzt ja keine Rolle mehr«, meinte er. »Nach allem, was sie durchgemacht haben. Das Wichtigste ist, dass sie wieder da sind, wo sie hingehören.«

Francie stimmte ihm zu. Gemeinsam klopften sie die Erde mit Schaufeln fest und stellten dann die Bruchstücke der Grabsteine darauf, die sie, so gut es eben ging, wieder zusammengesetzt hatten.

»Ich sollte Ihnen wenigstens anbieten, neue Steine zu kaufen«, bemerkte Francie. »Das wäre das Mindeste, was ich tun kann, wenn man meine Rolle bei dem Ganzen bedenkt.«

Aber Flebberman lehnte ab. »Nein. So, wie ich das sehe, muss früher oder später ohnehin alles zur Erde zurückkehren. Die Menschen sollten sich nicht einmischen, das ist alles. Es ist nicht recht, den Gang der Dinge zu beschleunigen, aber es ist auch nicht recht, ihn aufzuhalten. Verstehen Sie, was ich meine?«

»Und ob ich das tue«, antwortete Francie.

»Man sollte einfach alles sich selbst überlassen«, erklärte Flebberman kategorisch. »Außerdem würde das nur noch mehr Geld kosten. Und ich stecke bis zum Hals in Prozessschulden. Was ich ja auch verdient habe«, fügte er beschämt hinzu.

»Wie hoch sind denn die Kosten?«, erkundigte sich Francie.

Flebberman zuckte die Achseln und stützte sich auf seine Schaufel. »Anwaltshonorare, Abschleppkosten, das Bußgeld für den Diebstahl von der Müllkippe ... obwohl es sich um Sachen handelte, die mir gehörten ... kaum zu glauben. Ich wusste nicht einmal, dass es überhaupt ungesetzlich ist, etwas von einer Müllkippe zu nehmen. Außerdem muss ich für den Schaden an dem Streifenwagen bezahlen. Alles in allem etwa dreißigtausend Dollar, vielleicht mehr.«

»Und Sie haben das Geld nicht?«

Flebberman hätte um ein Haar gelacht, etwas, das Francie noch nie bei ihm gesehen hatte. »Nein. So viel Geld habe ich in meinem ganzen Leben noch nicht gehabt. Aber ich habe eine Idee.«

»Und die wäre?«

»Nun ja«, sagte er, »ich bin kreditwürdig. Das ist das eine. Und ich kann ein Darlehen aufnehmen. Sie erinnern sich an die Idee, von der ich Ihnen erzählt habe? Dass ich einen Gebrauchtwagenhandel aufmachen könnte?«

»Sie … Sie wollen einen Gebrauchtwagenhandel aufmachen? Hier?«

»Nicht hier. In der Stadt. Ich meine einfach, jetzt wäre der richtige Zeitpunkt dafür. Mit dem, was ich jetzt mache, werde ich niemals genug Geld verdienen, um meine Schulden zurückzuzahlen. Solange ich mich erinnern kann, haben wir von der Hand in den Mund gelebt. Aber ich hab über die Zukunft nachgedacht, vor allem, als es so aussah, als würde ich die nächsten zwanzig Jahre im Bau verbringen. Ich habe angefangen, über all die Dinge nachzudenken, die ich tun wollte und nie getan habe. Schon komisch, was so in einem vorgeht, wenn man weggeschlossen ist. Und ich dachte, mein Gott, wenn ich je hier rauskomme, werde ich keine Sekunde meines Lebens mehr verschwenden. Ich werde all die Dinge tun, die ich tun wollte, und dazu noch all die Dinge, die ich tun sollte. Und dieser Gebrauchtwagenhandel stand ganz oben auf der Liste. Abgesehen davon, dass ich mehr Zeit mit meinen Kindern verbringen will, meine ich«, fügte er hinzu. »Ich könnte es schaffen. Ich weiß, dass ich das könnte. Ich weiß sogar, wo ich das Geschäft aufmachen will. Ich werde vielleicht nicht reich dabei, aber ich könnte wesentlich besser dastehen als früher, und in ein paar Jahren könnte ich all meine Schulden abbezahlt haben und außerdem noch Geld für meine Kinder beiseitelegen. Was halten Sie davon?«

»Große Klasse«, antwortete Francie. »Perfekt. Tun Sie das. Lassen Sie sich von nichts aufhalten.«

»Ja«, sagte Flebberman. »Genau das denke ich auch.«

Er hatte etwas mitgebracht, das er ihr zeigen wollte. Es war ein Fotoalbum voller Bilder der Familie Flebberman. Die meisten davon waren während der letzten fünfzig Jahre aufgenommen worden, und darunter befanden sich einige handtellergroße Schnappschüsse in Schwarzweiß und in Farbe. Das Bild, das ihr am besten gefiel, war ein großes Foto von einem alten Mann in einem Schaukelstuhl, der, das Kinn auf einen Rohrstock gestützt, aus einem Fenster sah.

»Wer ist das?«, fragte Francie.

»Das«, sagte Flebberman, »war der alte Onkel Lincoln. Eigentlich mein Großonkel, glaube ich. Es heißt, er wäre als Baby von einem Pferd niedergetrampelt worden und hätte den Unfall überlebt. Er starb, als ich noch klein war. Ich kann mich nicht an ihn erinnern.« Er hielt kurz inne, um nachzudenken. »Das war dasselbe Pferd, das Marly getötet hat«, sagte er versonnen. »Marly war Lincolns Großmutter.«

Francie blätterte noch ein paar Seiten weiter, bis sie zu einer Postkarte kam, einer sehr alten. Es war das Bild einer altertümlich aussehenden Stadt, und darunter stand »Wien«.

»Was ist das denn für eine Karte?«, fragte sie.

»Keine Ahnung«, antwortete Flebberman. »Das hab ich mich auch immer gefragt. Nehmen Sie sie einfach raus und lesen Sie, was darauf geschrieben steht.«

»Wirklich? Sie könnte zerreißen.«

»Nicht, wenn Sie vorsichtig sind«, sagte Flebberman. »Nur zu. Ich hab mich schon immer gefragt, von wem sie ist.«

Die Postkarte war in das Album geklebt worden. Francie holte ein scharfes Messer aus der Küche und schob es behutsam zwischen die Postkarte und die Pappe. Mit der Geschicklichkeit einer Chirurgin arbeitete sie, bis die Postkarte sich löste. Auf der Rückseite stand in krakeliger Handschrift geschrieben:

12. Mai 1919
Liebe Ellen,
bei mir steht alles zum Besten. Ich hoffe, dir geht es genauso gut. Ich finde Wien wunderbar und werde vielleicht länger bleiben. Mach dir keine Sorgen.

Herzlichst
Hamish

»Ach ja«, sagte Flebberman versonnen. »Ich habe von diesem Burschen gehört. Er ist der, der als alter Mann nach Europa ausgewandert ist.«

»Ich habe davon gelesen, wie er laufen lernte«, bemerkte Francie. »In Marlys Tagebuch.«

»Ich hab nie erfahren, was letztendlich aus ihm geworden ist«, meinte Flebberman. »Ich frage mich, ob er dort drüben gestorben ist oder ob er zurückgekommen ist.«

»Vielleicht könnten wir es herausfinden.«

»Wie?«

»Übers Internet«, erwiderte Francie.

»Im Internet steht was über meine Familie?«, fragte Flebberman zweifelnd. »Ich weiß nicht …«

»Man kann Zugang zu Unterlagen bekommen«, erklärte Francie. »Außerdem kann man E-Mails schicken und Informationen erbitten. Ich wette, irgendetwas könnten Sie auf die Weise in Erfahrung bringen. Sie könnten sogar etwas über den Namen Flavia-Hermann herausfinden, wenn Sie wollen.«

Flebberman schnalzte mit der Zunge. »Wow«, sagte er.

»Wir werden uns darum kümmern, sobald ich meinen Computer angeschlossen habe«, fuhr Francie fort. »Dann zeige ich Ihnen, wie das funktioniert.«

»Das wäre große Klasse«, sagte Flebberman. »Das und alles andere, was Sie getan haben.« Er lächelte sie schüchtern an und entblößte dabei seine vom Kautabak fleckigen Zähne.

Sie brachte ihn zur Tür und sah zu, wie er die Einfahrt hinunter in Richtung Straße ging. Als er ihr Grundstück verlassen hatte, blieb er noch einmal stehen, wandte sich um und lächelte ihr zu.

»Sie sind eine gute Nachbarin«, sagte er.

Francie erwiderte sein Lächeln.

»Ein frohes Neues Jahr, Randy«, rief sie.

Flebberman setzte sich wieder in Bewegung, wobei er weder schnell noch langsam ging, sondern das einzige Tempo anschlug, das er in seinem ganzen Leben gekannt hatte. Francie stand noch in der Tür, als er bereits ein Weilchen auf der anderen Seite des Hügels verschwunden war. Sie blickte zu dem großen Findling, der über das Ufer des Flusses emporragte. Dann ließ sie ihren Blick über das Tal gleiten und dachte darüber nach, wie groß es doch war und wie still. Die Luft war so reglos wie im Inneren einer Kirche, und die Kälte durchdrang ihre Kleidung nur langsam. Aber schließlich begann sie doch zu frieren, schloss die Tür wieder und kehrte in ihren Sessel am Kamin zurück. Und dort blieb sie.

William Kowalski:
Als Nachfolger von John Irving gefeiert

Alles begann mit einem Körbchen vor der Tür eines großen zerfallenen Farmhauses. In diesem Korb, eingehüllt in eine Decke, lag ein schlafendes Baby. Das Einzige, was auf seine Herkunft hindeutete, war ein Zettel mit den handgeschriebenen Worten: Eddies Bastard.
Als der alte, verbitterte Mann auf der Schwelle seines Hauses dem Kind in die Augen blickt, weiß er sofort, dass dies sein Enkelsohn ist. Also beschließt er, den Jungen allein aufzuziehen – mit Liebe, gebratener Mortadella und den faszinierenden Geschichten der einstmals bedeutenden irischstämmigen Familie.

ISBN 3-404-14809-6

BASTEI
LÜBBE